dtv

Es ist nicht die Heizung, wenn es im Haus ‹zum Eisernen Zeit› im schweizerischen Münsterburg in den Wänden klopft. Die drei jungen Rechtsanwälte, die die Dachwohnung beziehen, scheinen Wiedergänger eher anzulocken, als sie zu vertreiben. So machen sie Bekanntschaft mit dem Freiherrn von Sax und seiner tödlichen Schädelwunde, und nicht nur das ‹Gespenst des Kommunismus› und die bösen Geister des 19. und 20. Jahrhunderts treiben ihr Unwesen. Mit Figuren wie von Fellini und einer labyrinthischen Architektur bietet der Roman ein ungeheures Leseerlebnis. Wer den Sehnsüchten, Liebesgeschichten, Plänen und Karrieren von Muschgs Figuren nachspürt und dabei die dünne Wand zwischen den Lebenden und Toten durchstößt, begegnet der Frage, die beide Seiten umtreibt: die nach dem gelebten und dem ungelebten Leben. Spannend, hoch erotisch und mitunter abgründig – eine literarische Geisterbeschwörung.

Adolf Muschg, geboren 1934 in Zürich, war u. a. Professor für deutsche Sprache und Literatur an der ETH Zürich und Präsident der Akademie der Künste in Berlin. Sein umfangreiches Werk, darunter die Romane ‹Albissers Grund› (1974), ‹Der Rote Ritter› (1993), ‹Sutters Glück› (2001) und ‹Kinderhochzeit› (2008), wurde mit zahlreichen Preisen ausgezeichnet, u. a. mit dem Hermann-Hesse-Preis, dem Georg-Büchner-Preis und dem Grimmelshausen-Preis. Neben seiner schriftstellerischen und essayistischen Tätigkeit äußert sich Adolf Muschg regelmäßig zu politischen Zeitfragen. Zuletzt veröffentlichte er den Roman ‹Löwenstern› (2012) und die Essays ‹Im Erlebensfall› (2014).

Adolf Muschg

Sax

Roman

Deutscher Taschenbuch Verlag

Ausführliche Informationen
über unsere Autoren und Bücher
finden Sie auf unserer Website
www.dtv.de

MIX
Papier aus verantwortungsvollen Quellen
FSC® C019821

2014 Deutscher Taschenbuch Verlag GmbH & Co. KG,
München
Lizenzausgabe mit Genehmigung des Verlages C.H.Beck

Umschlagkonzept: Balk & Brumshagen
Umschlagfoto: Trevillion Images / RomanyWG
Satz: Fotosatz Amann, Memmingen
Druck und Bindung: Druckerei C.H.Beck
Gedruckt auf säurefreiem, chlorfrei gebleichtem Papier
Printed in Germany · ISBN 978-3-423-14303-5

für Albrecht Schöne

Erstes Buch

I
April 1970. Dach

Thomas Schinz, Privatbankier, hatte von seinem Rotarier-Freund Peter Leu am 6. April 1970 gerade eine rote Mauritius erworben und sich zur Feier des Tages eine Zigarre angesteckt. Darauf wünschte er, auf die legendäre Aussichtsterrasse der Liegenschaft geführt zu werden. Der Briefmarkenhändler erbleichte.

Als sie nach einer halben Stunde wieder in die Beletage zurückgekehrt waren, legte Leu ein umfassendes Geständnis ab. Der Bankier war auf vieles gefaßt gewesen, auf eine endgültig zerstörte Ehe, eine Krankheit zum Tode, eine verheimlichte Straftat und natürlich auf einen Konkurs. Aber nicht auf eine Gespenstergeschichte.

Um vier Uhr nachmittags hatte ihn Leu vor dem Hauptportal des Hauses «zum Eisernen Zeit» in Empfang genommen. Schinz inspizierte die Sonnenuhr über dem Torbogen; ein Metallstab ragte schräg aus der Sandsteinfront und kam eigentlich nie in den Fall, seinen Schatten auf den Fächer mit der Stundenskala zu werfen, denn die Hausfront lag zur Nordseite hin. *Ultima necat* lautete die Devise im geknickten Spruchband, und Leu lieferte gleich die Übersetzung: «Die letzte tötet.» Schinz bemerkte nur, daß eine Uhr, die gar keine Stunden anzeige, auch keine letzte zu melden habe. Aber auch er wußte einen Spruch, mit dem er sich als Bub im Album der Mädchen verewigt hatte: «Mach es wie die Sonnenuhr, / Zähl die heitern Stunden nur.»

Das Bronzeschild an der Tür zeigte Leus Geschäftsadresse an. Darunter ein doppelt gewinkelter Pfeil: «Hermann Frischknecht, Velos».

Der ist doch Kommunist? fragte Schinz. Leu erklärte, Hermann sei sonst ein ordentlicher Mann, ein guter Handwerker. Seine Werkstatt im Soussol, nur von der Hofseite zugänglich, störe sehr wenig, auch sei er ein pünktlicher Zahler.

Doch mal sehen, was der für eine Ordnung hat, entschied Schinz.

Leu ging voran, in die Kluft zwischen den Häusern, eine Sackgasse ohne Namen, in der sich ein Torbogen öffnete; sie gelangten in den Hof des «Eisernen Zeit». Er lag fast ganz im Laubschatten; die Linde mußte so alt sein wie die Häuser, von denen nur die Rückseite zu sehen war, mit Ausnahme der Biedermeierfront des Hauses «zum Schwarzen Garten». Der Stamm war von Fahrrädern umlagert. Eines stand aufgebockt unter dem offenen Vordach, wo Frischknecht im Blaumann zugange war, ein Riese mit rosiger Tonsur im schütter gewordenen Haar.

Schinz erkundigte sich nach den Parolen zum 1. Mai und wollte wissen, wie sich Frischknechts Partei die wild gewordenen Studenten vom Leib zu halten gedenke. Die Auskunft war unbestimmt, aber höflich.

Typen wie Frischknecht behielten was Solides, befand Schinz auf dem Rückweg. Ihre politischen Hörner seien zwar kurz, aber wirksam, während die linken Geweihe, die sich Sohn Jacques und Genossen aufgesetzt hätten, nur zum Abstoßen gut seien.

Sie traten in Leus «Schatzkammer», und Vera, die graublonde Sekretärin, erstarrte, als ihr Schinz mit der qualmenden Zigarre zuwinkte. Aber die Preziose lag hinter Glas wie ein medizinisches Präparat. Schinz beugte sich über das Miniaturprofil der jugendlichen Königin Victoria; er setzte die Musterung durch eine langstielige Lupe fort. Dann lehnte er sich in den Ledersessel zurück und hauchte Ringe gegen die Decke. Der Kopf des Fünfzigjährigen war rosig gepolstert und das graublonde Haar in der Mitte zu einer doppelten Mähne gescheitelt. Auch Peter Leu trug das Emblem der Rotarier am Revers, aber die großen Augen über der dünnen Nase blickten unstet, und sein schmaler Mund wurde von Hungerfalten abgeschnitten. Er legte die Hände zusammen; so ließ sich ihr Zittern unterdrücken.

Schinz sagte nach einer Weile:

Was macht das Schnitzelchen kostbar? Daß es auf einem Versehen beruht. Verabredet war POST PAID, und bei der ersten Serie ist dem Drucker POST OFFICE hineingerutscht, Gott weiß, warum. Das ist wie im richtigen Leben, Peter. Ohne Fehldruck keine Evolution. Wäre es beim Kopieren des Erbguts nichts weiter als korrekt zugegangen, wären wir immer noch Einzeller.

Wenn du meinst, sagte Peter Leu.

Als Kind habe ich gar nicht gewußt, daß man Marken *kaufen* kann. Ich dachte, man müsse auf Briefe warten. Da schenkte mir mein Vater zum achten Geburtstag einen großen Umschlag mit durchsichtigem Fenster. «1000 ganze Welt» für drei Franken. Plötzlich waren die Marken, die ich schon gesammelt hatte, nichts mehr wert. Erinnerst du dich an den alten Hirsch? Ein Sammler – Porzellan, Gobelins, Rüstungen. Und konnte '38 nur mitnehmen, was er auf dem Leibe trug. Aber unterm Bild seiner toten Frau waren ein paar Briefmarken versteckt, von denen hat er noch zehn Jahre gelebt. Und sich dann doch vergiftet.

Briefmarken sind sicherer als Gold, sagte Leu.

Eine tote Frau habe ich auch, sagte Schinz, aber Mara lebt gerne gut. Ihr Vater ist im Realitätengeschäft. Wenn ein Wiener Grundstücke meint, redet er von «Realitäten».

Thomas, ich habe einen Champagner kalt gestellt – wenn es dir recht ist.

Dann trinken wir ihn auf dem Dach. Ich war noch nie oben.

Da ist es aber gar nicht aufgeräumt … und sicher auch nicht.

Kein Geländer?

Nur ein falscher Schritt … und feuergefährlich. Du dürftest gar nicht rauchen.

Schinz drückte die Zigarre aus. – Ich nehme das Tablett. Die Flasche wirst du noch tragen können.

Das barocke Treppenhaus blieb bis zur vierten Etage stattlich. Erst beim Aufgang zum Dachgeschoß wich das gedrechselte Kirschholzgeländer einem einfachen Handlauf, und die Stufen waren ausgetretenes Tannenholz. Auf der Straßenseite war das Dachgeschoß abgeschrägt, aber zur Hofseite hin öffnete es sich mit einer Zeile ziemlich hoher Fenster. Der Aufbau stamme aus dem Biedermeier, erklärte Leu, hier habe ein Mathematikprofessor, ehemals Astronom, den Himmel beobachtet.

Sie traten auf ein mit einem Holzrost gedecktes geräumiges Flachdach hinaus, von welchem der Blick in drei Himmelsrichtungen schweifte. Rechts außen an der Vorderkante erhob sich ein turmartiger Aufbau, ein Würfel aus wettergrauem Holz. Die Aussicht reichte über die Dächer in das noch junge Grün der Hügel bis zum Kranz der Alpen, die kaum körperlicher wirkten als das diesige Weiß des Aprilhimmels. Der Korken sprang in die Linden; Schinz übernahm auch das Einschenken. Zum Wohl! Schweigend taxierte er das Geländer, klopfte am Turmaufbau und begann die Front der Dachwohnung abzuschreiten. Durch die Lamellen glaubte er eine Ansammlung unförmiger Körper zu erkennen.

Was lagerst du da oben? Särge? fragte er und probierte die Türen. In einer steckte der Schlüssel, und Schinz drehte ihn ohne Umstände. Eine unnatürliche Kälte schlug ihm entgegen. Als er den Lichtschalter ertastet hatte, stand er vor einer mit grauem Tuch verhängten Landschaft; hob man einen Zipfel, kam das gestreifte Damastpolster eines Stilmöbels zum Vorschein. Die Bilder an den Wänden waren alte Stiche mit idealen Landschaften. In der Mitte hing das Fotoporträt einer Dame im Profil; es traf Schinz wie ein Schlag, denn es war das Bild seiner toten Frau – wie kam es hierher? Das dunkle Haar war über dem langen Nacken zu einem losen Knoten geschürzt, die großen Augen blickten sinnend vor sich hin. Aber wann hätte sie ein Samtkleid mit einer Perlenkette getragen? Die hohe Büste hatte nichts von einer kranken Brust, auch war die Dame älter, als Chantal geworden war; es war auch ein älteres Bild – aus den zwanziger Jahren vielleicht. Und doch hatte er das Gefühl, die Dame könnte jeden Augenblick den Kopf wenden und ihn ansehen. Er löschte schnell das Licht und verriegelte die Tür.

Leu blickte ihm mit der Miene eines Menschen entgegen, der zu einer schmerzhaften, doch unvermeidlich gewordenen Untersuchung stillgehalten hat.

Aparte Räume, sagte Schinz. – Wer ist die Dame an der Wand?

Frau Dr. Fanny Moser, sagte Leu.

Das gleichmäßige Rauschen des Abendverkehrs war zu hören, das Brummen eines Flugzeugs. Dann fünf Schläge der nahen Augustinerkirche.

Wo du gewesen bist, war einmal mein Kinderzimmer.

Und auf der andern Seite?

Da lebten die Eltern, flüsterte Leu. Plötzlich ließ er das Glas fallen, das auf dem Boden zersprang, und hielt sich mit beiden Händen die Ohren zu.

Mein Tinnitus. Auf dem Dach kommt er regelmäßig. Ich habe dich gewarnt.

Ein krankhaftes Ohrgeräusch, soviel Schinz wußte; und als er Leu beim Arm genommen hatte, zog dieser ihn mit. Fast flohen sie unter das Dach und alle Treppen hinunter bis auf die zur Geschäftsetage. An der Schwelle stand Leu still und seufzte tief auf. Kein Mensch stellt sich vor …

Sorgen, Peter?

Wir werden verfolgt, seit dreißig Jahren. Schon meinen Vater haben sie zur Strecke gebracht. Und lassen nicht locker …

Sie? fragte Schinz. Wer?

Gehen wir ins Kabinett zurück, sagte Leu.

Vera erhielt Erlaubnis zum Feierabend, doch Leu setzte sich erst, als das Klopfen ihrer Absätze verklungen war.

Jetzt will ich es wissen, Peter.

Auf deine Gefahr. Aber zwei Dinge mußt du mir schwören. Kein

Wort zu niemandem, auch nicht zu Mara. Und du mußt mich zu Ende hören. Du bist der erste Mensch …

Schinz hatte nicht mit so viel Zeitaufwand gerechnet. Aber bald maß er ihn nicht mehr, obwohl der Glockenschlag der Augustinerkirche regelmäßig mahnte. Auch dachte keiner daran, Licht zu machen, und so schien der Erzähler allmählich selbst Teil der Finsternis zu werden, die seine Erzählung verbreitete.

Angefangen hatte alles nach dem Zweiten Weltkrieg. Bis 1946 bewohnte die elterliche Familie mit den damals dreijährigen Zwillingen Peter und Doris den vierten Stock des «Eisernen Zeit»; die unteren Etagen gehörten dem Geschäft. Dann beschloß Vater Leonhard, das bisher nur als Dachboden verwendete Laboratorium des Astronomen wohnlich zu gestalten, mit Schlafzimmern und Bad. Auf der rechten Seite wurde ein offener Kamin eingebaut, da kam auch eine Leseecke hin und das Spinett der Hausfrau. Auf der anderen Seite schliefen die Kinder gemeinsam im hinteren Raum, solange sie klein waren, und im vorderen die Mutter. Später erbte ihn Peter, aber es wurde nie ein eigenes Zimmer. Es lag mitten in einem Trampelpfad für jedermann, angeblich, weil Jungen eigentlich gar kein Zimmer brauchten, sondern an die frische Luft gehörten. Und doch wollte er eine glückliche Kindheit gehabt haben – bis zum 24. September 1948.

Beim Abendessen hatte der Vater noch gesagt: Es gibt bald wieder Krieg. In der Nacht wurden die Eltern zum ersten Mal durch Klopfgeräusche aus dem Schlaf geschreckt. Es war zwei Uhr früh, aber das Klopfen klang so dringlich, daß der Vater unwillkürlich *Herein!* gerufen hatte. Als ihm nur Stille antwortete, glaubte er sich verhört zu haben und war kaum wieder eingenickt, als sich das Klopfen wiederholte, ein Wirbel wie von trommelnden Knöcheln. Doch im Badezimmer fand sich kein Mensch, auch in den Kinderzimmern blieb alles still. Zur Sicherheit stieg der Vater in die tieferen Etagen ab; auch in den Geschäftsräumen zeigte sich nichts Verdächtiges. Als er wieder ins Schlafzimmer trat, sagte die Mutter schreckensbleich: gerade habe es wieder geklopft, dreimal, jedesmal stärker. Das Phänomen wiederholte sich nicht, doch an Einschlafen war nicht mehr zu denken. Am Morgen aber fragte die fünfjährige Doris, wer die ganze Nacht gehämmert habe.

In der nächsten Nacht war Peter erwacht, weil eine kühle Hand über sein Gesicht gestrichen hatte. Er schrie laut, und als die Mutter hereinstürzte und Licht machte, hatten beide zuvor eine undeutliche Gestalt im Fenster verschwinden sehen. Bald zeigte sich der Spuk auch am hellichten Tag. Plötzlich waren im Kaminzimmer alle Bilder umgedreht. Natürlich dachten die Eltern zuerst an einen dummen Streich, aber als man gemeinsam weggewesen war, hingen die Bilder hinter verriegelter Tür zum zweiten Mal verkehrt. Bald war auch die Wohnetage nicht mehr sicher. Spiegel fielen von der Wand, ohne zu zerbrechen, Wollknäuel hüpften durch den Raum, als würden sie von einer Katze gejagt. Manchmal gingen Schritte, klapperte Geschirr, klirrten Ketten, und eines Nachmittags, als man auf der Terrasse saß, hörte man einen dumpfen Knall. Im Kaminzimmer war ein schwerer Tisch ohne Ursache umgestürzt; ein andermal lagen die Sessel mit verhakten Beinen auf einem Haufen. Aber der Spuk machte sich auch einen Stock tiefer bemerkbar. Man mußte erleben, daß ein Teller, in den man hatte schöpfen wollen, unter der Hand weggezogen wurde – von *keiner* Hand. Es kam auch vor, daß Mutter im Halbdunkel am Spinett saß, ohne zu spielen; machte man Licht, war der Sessel leer.

Was die Eltern nicht weniger belastet hatte als der Spuk, war die Scham. Wie konnte man über Unmögliches reden, ohne sich selbst unmöglich zu machen? Waren Fremde zugegen, zeigten sich die Phänomene nie – dabei hätte man Zeugen gut gebrauchen können. Aber man brauchte den Spuk nur zu erwarten, dann kam er nie. Handwerker, welche die Leitungen überprüften, fanden alles in bester Ordnung; Fehlanzeige auch bei Strahlenmessern und Wünschelrutengängern. Gute Freunde gingen, nachdem sie im Hause gewacht hatten, kopfschüttelnd weg und kamen nicht wieder. Das

Geschäft gab nach. Was für ein Leben für Kinder, die über ihr Grauen nicht einmal reden durften!

Ach, sagte Leu, so schlimm war es eigentlich gar nicht gewesen. Die Geister seien ihnen eher frech als böse begegnet. Die hätten sich Dinge erlaubt, die man sich selbst nie getraut hätte, und man habe sie nicht einmal dafür strafen können.

Man muß mit ihnen spielen können. Und ich hab's verlernt. Aus Angst vor den Eltern. Da hat der Spaß aufgehört. Als die Mutter an einem schönen Sommertag auf dem Dach Wäsche aufhängte, sah sie eine Gestalt, die sich aus dem Elternzimmer beugte, so tief, daß ihr langes schwarzes Haar den Boden streifte. Sie glaubte, es sei die neue Waschhilfe, und rief sie an; da richtete sich die Gestalt auf und hatte ein schneeweißes Gesicht und tieftraurige Augen; dann verging sie in der Wand.

Danach zog die Mutter aus und nahm Doris und mich mit zu ihren Eltern in die Vorstadt. Vater blieb im «Eisernen Zeit», und nun kannten die Geister kein Halten mehr. Einmal hatte er in der Wand Messer wetzen gehört; plötzlich lag ein Frauenkopf auf dem Kissen. Er sprang aus dem Bett, und das Phantom verging mit einem stillen Lächeln, doch auf dem Kissen blieb noch lange der Abdruck eines Schädels zurück.

Schließlich ließ Vater einen Kapuziner aus den Abruzzen kommen. Er kostete ein Vermögen, aber war ganz sicher, die Quelle des Spuks geortet zu haben. Horner – das war der Astronom aus dem letzten Jahrhundert – hatte diesem Haus eine Sternwarte angebaut, die vor seinem Tod nicht fertig geworden war. Die Ruine endete unter dem Holzaufbau unter dem Dach. Das sei der Schlupfwinkel der Geister. Es gelang Pater Sirio, einen zur Rede zu stellen, aber es war der Geist eines Missionars, der in der Südsee Menschenfleisch gekostet hatte und darum keine Ruhe fand. Abbrechen konnte man die Sternwarte wegen der Statik des Hauses nicht, aber wirksam verkleiden. Der Kapuziner weihte jedes Brett einzeln und schnitt ein Kreuz hinein. Aber kaum war der Exorzist verreist, begann es in den Wänden zu kichern. Es kam vor, daß sie mitten in der Nacht in leises Gelächter ausbrachen, das von allen Seiten zu kommen schien. Die Mutter betrat das Haus nicht mehr, Vater aber begann zu «studieren», wie man das nannte.

Eines Tages kaufte er ein Werk über Spuk und stieß in seiner Buchhandlung ganz zufällig auch auf die Verfasserin persönlich, eine Frau Dr. Fanny Moser. Sie war, trotz ihrer bald achtzig Jahre, immer noch eine sehr schöne und auch sehr vermögende Frau. Ihr Vater hatte einmal den Uhrenhandel Rußlands beherrscht, sie selbst sich als Meeresbiologin einen Namen gemacht. 1913 nahm sie in Berlin an einer spiritistischen Séance teil, bei der sich ein schwerer Tisch ohne jede mechanische Nachhilfe bis zur Decke erhob. Das wurde ihr Damaskus, wie sie sagte, und gab ihrem Forscherleben eine ganz neue Richtung.

Für Vater kam sie als Engel vom Himmel. Sie bat sich aus, eine bestimmte Zeit ungestört unter unserem Dach zu wohnen, und bezahlte den Eltern sogar eine Reise in die Südsee, die sich Mutter immer gewünscht hatte. Das war im Winter '52/'53. Sie ließ die Sternwarte wieder öffnen und brachte viele Nächte darin zu, in bitterer Kälte – sie sollte sich dabei den Tod holen. Aber auch den Eltern muß unterwegs etwas zugestoßen sein. Erst beim Begräbnis meiner Mutter deutete Vater an, sie habe auf dem Schiff «mit einer anderen Stimme» zu sprechen angefangen. Dabei hatte sie auf den Marquesasinseln ein Telegramm Frau Mosers erreicht: WESENHEIT ERKANNT & FREUNDSCHAFTLICH ZUGENEIGT STOP LÖSUNG UNMITTELBAR BEVORSTEHEND STOP HERZLICHST DR. FANNY MOSER.

Die LÖSUNG erwies sich als neuer Schicksalsschlag. Drei Tage vor der Rückkehr der Eltern nach Münsterburg, am 24. Februar 1953, war Frau Dr. Moser plötzlich verstorben, in ihrer eigenen Wohnung, als sie mit der Reinschrift ihrer Notizen beginnen wollte. Natürlich forschte Vater, sobald es die Pietät erlaubte, nach dem Verbleib des Materials. Aber es war gleich nach Frau Dr. Mosers Hinschied an das Institut in Freiburg gegangen, das die Verewigte gestiftet hatte, und der Direktor verweigerte Außenstehenden jeden Zugang zu ihrem Nachlaß. Später erfuhren wir, daß die einzige Schwester, Mentona Moser, die Vernichtung der Papiere durchgesetzt hatte. Sie war überzeugte Kommunistin und hatte den Geisterglauben der älteren Schwester immer als Verirrung betrachtet. Alles, was Vater auf einem Umweg erfahren hatte, war, daß Frau Dr. Moser, schon bewußtlos, immer wieder *Caspar, ich komme!* gestammelt habe.

Es konnte sich dabei nur um den 1834 verstorbenen Caspar Horner handeln, den Erbauer der Sternwarte. Er war die WESENHEIT, und die Folgen seines Kontakts mit Frau Moser hätten sich eine Weile wohltätig bemerkbar gemacht. Die Phänomene seien verschwunden, die Mutter sei sogar ins «Eiserne Zeit» zurückgekehrt, ohne Dank für Frau Moser, deren Porträt an der Wand sie nicht habe dulden wollen. Im Frühjahr 1955 habe es wieder zu klopfen begonnen, diesmal wie mit dem Taktstock eines Dirigenten, der dem Stimmen von Instrumenten Schweigen gebietet. Gleichzeitig habe sich ein widerwärtiges Schnalzen vernehmen lassen und, wie das Ticken eines Metronoms, auch dann fortgesetzt, wenn es in den Wänden angefangen habe zu singen und zu klingen, anfangs wie aus weiter Ferne. Dann aber habe sich die Musik zum Brandungslärm gesteigert, und darin habe man Stimmen gehört wie von ewig Verdammten. Immer deutlicher sei auch die Stimme einer Frau herausgetreten, zwischen Jubel und Klage unablässig verfolgt vom Schnalzen des Dirigenten. Die Musik habe nach Wagner geklungen, doch als würden die Noten rückwärts oder sonst verkehrt gespielt. Auch diesmal sei nur die engste Familie betroffen gewesen. Wenn Peter und Doris versucht hätten, Mutter aus ihrer Depression zu reißen, habe sie gefragt, warum sie da seien. Sie habe nie Kinder gewollt, schon gar nicht von diesem Mann.

Peter Leu schien entschlossen, seinem Zuhörer und auch sich selbst nichts zu ersparen. In den späten fünfziger Jahren hatte der Vater eine bescheidene Dreizimmerwohnung gemietet und kam nur noch selten ins Geschäft, wo Peter Leu das Steuer übernommen hatte. Doris, die pflegen gelernt hatte, verdiente auf jede

Weise Geld, um nach Neuseeland auszuwandern. Der Vater habe noch ein paarmal versucht, die Mutter nach Hause zu nehmen, aber sie blieb tagelang im Bett, und wenn man sie ansprach, antwortete sie mit Schnalzen. Plötzlich fing sie zu fotografieren an und wanderte tagelang in der Stadt herum, um asiatisch aussehende Frauen zu suchen und sie erst zu beschimpfen, dann zu fotografieren. Auch sich selbst fotografierte sie splitternackt vor dem Spiegel, dann zog sie den Film aus der Kamera und drapierte sich damit. In einem Modegeschäft probierte sie ein Kleid ums andere und lief dann in Unterwäsche auf die Bahnhofstraße, wo die Polizei sie festhielt. Im Irrenhaus sei sie durch eindeutige Angebote an Ärzte und Pfleger aufgefallen sowie durch anhaltendes Schnalzen. Erst eine Behandlung mit Elektroschock habe sie ruhiggestellt, dann freilich so massiv, daß sie sich nur noch wie ein Automat bewegt habe. Zum Glück – so müsse man leider sagen – habe dann ein Schlaganfall dem Unglücksleben ein gnädiges Ende bereitet. Vater habe sich danach kaum noch unter Menschen gewagt. Nur für den Besuch seiner Rotarier-Essen habe er sich noch umständlich feingemacht, um den Sohn als Nachfolger gut einzuführen. Im eigenen Fall …

Diese Wendung, die Peter Leu immer öfter gebrauchte, kam Schinz unfreiwillig passend vor, wenn er den Mann im Halbdunkel gestikulieren sah; nur sein Kragen leuchtete noch, und die auf und ab fahrenden Manschetten. Im eigenen Fall also hatte sich Peter verlobt, mit Elisabeth, der Arzttochter, bei der die Aussicht auf eine schöne Wohnung in der Altstadt die Bedenken überwog, in eine zerrüttete Familie einzuheiraten. Sie legte ihre Mitgift in Stilmöbeln an.

Du hast sie ja gesehen, sagte Leu.

Sogar das Bild Fanny Mosers hängt wieder da.

Anfangs hat Elisabeth sogar meinen Vater ertragen. Er erschien mit einer jungen Pflegerin auf unserer Hochzeit. Das Leben war ihm über den Kopf gewachsen. Er war zuckerkrank und hinterließ einen Kühlschrank, der bis zum Bersten voll war mit Torten und Zuckerzeug. Seine Schulden habe ich bezahlt. Seine Pflegerin erzählte, am Morgen seines Todes sei er mit über Nacht weißem Haar aus seinem Zimmer gekommen und habe nur noch gesagt: «Jetzt verstehe ich alles.»

Was denn? fragte Schinz.

Er meinte, er habe in jüngeren Jahren die Geister gelästert.

Gelästert? fragte Schinz.

Als er bei den Rotariern aufgenommen wurde, noch im Krieg. Sein Haus sei früher als Gespensterhaus bekannt gewesen, aber jetzt verrate er den Herren ein Geheimnis. In Wirklichkeit sei es ein Puff gewesen.

Und wenn schon? fragte Thomas Schinz.

Das hätten ihm die Geister nie verziehen. Dafür brächten sie ihn zur Strecke. Inzwischen bin ich bald selbst so weit. Es wiederholt sich. Thomas, es ist ein *Fluch*.

Unsinn, sagte Schinz. – Elisabeth ist doch nicht wegen der Geister ausgezogen.

Der Tinnitus reicht auch, sagte Peter Leu.

Gegen den gibt es Mittel, soviel ich weiß.

Nicht gegen meinen. Ich krieg ihn ja nur auf dem Dach, in der Wohnung wird er schon leiser, und im Geschäft ist er ganz weg. Wie soll ich ihn da einem Arzt in seiner Praxis vorführen? Wenn ich ihm die Tatsachen erzähle, wie sie sind, weiß ich, was er denkt. Peter Leu gehört dahin, wo seine Mutter geendet ist.

Als Schinz zu schweigen fortfuhr, sagte Peter Leu: Du weißt noch nicht, wie sich der Tinnitus anhört. Es *schnalzt*.

In Gottes Namen, laß es schnalzen. Lebensgefährlich kann es nicht sein, und wenigstens hört Elisabeth nichts davon.

Leider doch, sagte Leu, ich habe selbst angefangen. Warum schnalzt du die ganze Zeit? fragte sie mich kürzlich, sie habe kein Auge zugemacht. – Schnarche ich wieder? fragte ich. – Du schnalzt, sagte sie, wir brauchen getrennte Schlafzimmer.

Die haben wir jetzt, Thomas, und du kannst dir vorstellen, wie die Geschichte weitergeht. Ich schnalze jetzt auch am Tag. Kaum ist Elisabeth in der Nähe, beginnt es zu schnalzen.

Kannst du dich nicht beherrschen, verdammt noch mal? fragte Schinz.

Ich weiß ja gar nichts davon, sagte Leu leise.

Das ist ja ...! sagte Schinz erschüttert. – Aber bitte, lassen wir die Kirche im Dorf. Wir hocken jetzt schon bald drei Stunden zusammen, und weißt du, wie oft du geschnalzt hast? Nie! Kein einziges müdes Mal!

Wir leben ja auch nicht miteinander.

Ich will dir nicht nahetreten, aber schnalz doch mal. Damit ich mir etwas vorstellen kann.

Das kann ich nicht.

Das *kannst* du nicht?

Es kommt, sagte Leu, wie ein Peitschenschlag. Elisabeth hält sich die Ohren zu. Sie glaubt es nicht. Ich glaube es auch nicht.

Das ist ja kein Leben, sagte Schinz.

Jetzt weißt du, warum wir ausgezogen sind.

Ihr solltet einfach einmal zusammen ... Schinz biß sich auf die Lippen.

Verreisen, wolltest du sagen.

Mein Gott, nein! Es gut haben zusammen.

Gern, wenn du mir verraten kannst, wie. Auf dem Haus liegt ein Fluch, Thomas. Man bleibt allein damit, Thomas. *Allein.*

Das konnte Schinz sehen. Er wußte auch, warum Leu die Hypothek aufgestockt hatte. Das Haus gehörte eigentlich schon der Bank.

Glück ist ein Luxus, sagte Leu. – Früher habe ich auf der Terrasse die Linde summen gehört ... Seine Stimme brach.

Jetzt erlaubst du, daß ich Licht mache, sagte Schinz. – Und als er zum Schalter ging, blieb er vor Leu stehen. – Weißt du, was Trokkenwohner sind?

Leu schüttelte den Kopf.

Neubauten werden zu schnell aufgezogen. Sollen Rendite abwerfen, bevor die Wände trocken sind. Also braucht man erst mal Mieter auf Zeit. Junge Leute riskieren auch mal einen Rheumatismus für ein zahlbares Dach über dem Kopf. Du brauchst Trockenwohner, Peter, die das Gemäuer ordentlich ausnüchtern.

Leu sah an dem schweren Leib hinauf, der kaum merklich wippte.

Jacques hat gerade Staatsexamen gemacht und sucht Räume für seine Praxis, mit zwei Kollegen. Das nennt sich Anwaltskollektiv, aber du weißt ja ... wer mit zwanzig kein Kommunist ist, hat kein Herz, wer mit vierzig immer noch einer ist, hat keinen Verstand. So lange brauchen die Buben nicht. Du kennst Jacques. «Wer zweimal mit der gleichen pennt ...» Aber es muß nur die Richtige kommen, dann gehört er schon zum Establishment. Moritz Asser ist der Sohn eines Textiljuden und in drei Jahren reif für eine Position bei mir. Der dritte heißt Achermann, Hubert, ein Bäckersohn aus der luzernischen Provinz, wollte mal Priester werden, aber jetzt ist er auf die Welt gekommen und wird ein erstklassiger Jurist. Die drei Jungen brauchen keine drei Jahre mehr, um etwas zu werden, aber eine Adresse brauchen sie. Deine Geister und das Gespenst des Kommunismus – die treiben sich gegenseitig aus, wetten? Du vermietest deine Dachwohnung an Achermann, Asser & Schinz, ich stehe für die Kosten gut. Nach drei Jahren zieht ihr wieder ein, Elisabeth und du. Der Spuk ist verflogen, und dein Tinnitus auch.

Und die rote Mauritius ... Wie regeln wir das?

Ich zahle dann beide zusammen. Die rote und die blaue.

Die blaue ... Thomas, von der ersten Serie gibt es noch zwölf. Sie sind in festen Händen.

Keine Hand ist so fest, daß man sie nicht mit einer Million öffnen kann.

Wer weiß, ob die japanischen Stücke jemals auf den Markt kommen und wann.

Du bist der Markt, Peter. Sorg dafür, daß sie kommen.

Wenn es die zweite Serie wäre ... da hätten wir eine Chance.

Mit einem zweiten Rang habe ich mich noch nie begnügt. Es ist der erste oder keiner. POST OFFICE, mein Lieber, nicht POST

PAID. Briefmarken sind heute auch nicht mehr, was sie mal waren. Die Zeit der Phantasiepreise ist vorbei.

Weißt du, was mich die rote gekostet hat? fragte Leu, am ganzen Leib zitternd.

Du brauchst eine Herausforderung, mein Lieber, sagte Schinz und tätschelte ihm die Schulter. – Die blaue Mauritius – das ist sie. Du hat keine Chance – also pack sie, wie diese jungen Leute sagen. Du wirst sehen: wenn sie ins Haus kommen, wird es hier gleich heller. Die Miete – ein Tausender für die vier Dachstübchen, paßt das? Ich lege dir noch einen dazu, für den Schreck. Überläßt du mir dafür das Porträt dieser Frau Moser? Es erinnert mich an jemanden ... Morgen holt es ein Bote bei dir ab, einverstanden? Dafür lass' ich dir die rote Victoria da, als Pfand, und du hast jetzt bitte nur noch die blaue im Kopf. Man muß nur hinter einer fremden Frau her sein, dann wird auch die eigene wieder munter. Glück auf, Peter! Du hörst von mir.

Er hatte zwei große Scheine aus der Brieftasche geblättert, steckte sich jetzt die nächste Zigarre an und winkte dem Mann adieu, der vor dem Hinterglasbildchen am grünen Tisch sitzen blieb und keiner Bewegung mehr fähig schien.

2
6. September 1970. Fest

Die Mansarde war mit rot-weißen Lampions dekoriert, aber sie leuchteten noch kaum heller als der blanke Abendhimmel. Es war ein warmer September, und die Gäste saßen oder standen um neun Uhr abends in T-Shirts oder leichten Kleidern herum und blickten mit einem Glas in der Hand über die Dächer der einnachtenden Stadt. Es waren vielleicht vierzig Personen da, die Mehrzahl unter dreißig, jener Schwelle, über der, nach einem damals geläufigen Wort, keinem Menschen zu trauen ist. Aber wenn hier jemand dem Frieden nicht traute, war es Peter Leu, der in den Schweizerkreuzen auf den Lampions böse Ironie witterte. Doch Schinz senior erklärte ihm, daß die Söhne eigentlich Patrioten seien, das heißt Jakobiner, und die Bourgeois die wahren Verräter der Revolution. Da sei es doch das mindeste, ihr ein Fest zu spendieren.

Thomas Schinz, Sponsor des Abends, konnte sich Witze leisten. Er war übrigens nicht mit seiner Frau Mara erschienen, sondern hatte eine Stewardeß mitgebracht. Marybel war zierlich, hatte rotes Haar und einen kornblumenblauen Augenaufschlag, außerdem gerade ein *Sesshin* in einem Zen-Kloster hinter sich. Sie hatte mit der politischen Szene nichts zu tun und hinderte ihren Beschützer auch nicht daran, sich der Begleiterin seines Sohnes Jacques zu nähern, einer gewissen Sidonie Wirz. Hoch trug sie ihren Kopf mit der kurzen, doch üppigen dunklen Mähne, und ihre grauen Augen hielten auf Distanz, auch wenn ein schwarzes Trikot ihre schlanke Figur eindringlich zur Geltung brachte. Sie war Schauspielschülerin; offenbar war ihr in Jacques' Abendprogramm eine Rolle zugedacht.

Die übrige weibliche Jugend trug Jeans, Mini oder fußlange Kleider, die sich beim Tanzen öffneten, denn einzelne bewegten sich schon zu den Klängen, die der Hippie im Hintergrund seiner Gitarre entlockte. Mit belegter Stimme sang er Arlo Guthries nie endendes Widerstandslied und gab den Gästen Gelegenheit, in den Refrain einzufallen: *You can get anything you want/at Alice's Restaurant.*

Solange es nicht die «Internationale» ist! dachte Peter Leu. Seine Frau Elisabeth war zu Hause geblieben, auf dieses Dach setzte sie keinen Fuß mehr. Das Schnalzen in seinem Ohr war erträglich, vielleicht, weil er es gelegentlich vergaß. Noch hielt sich der Lärm in Grenzen, aber in der nahen Umgebung gab es nach Feierabend auch kaum noch Nachbarn, die er hätte stören können. Am Eingang stand ein Wachmann; Schinz hatte ihn organisiert. Er hatte auch den Abtransport der Stilmöbel persönlich überwacht und den Einzug der jungen Advokaten begleitet. Als sie sich dem Personal vorstellten, hatten sie es gleich zum Fest eingeladen. Leu beobachtete Vera, seine Sekretärin im gelben Cocktailkleid. Schon nach zwei Tänzen sang sie die linken Lieder mit.

Am Vormittag hatte er das neue Schild am Portal inspiziert. «Achermann, Asser & Schinz, Advokaten (AAS)».

Was bedeutet «AAS»?

Association des Avocats Suisses.

Wenigstens hatten sie auf «Anwaltskollektiv» verzichtet.

Jetzt war eine Gruppe damit beschäftigt, etwas wie eine Fahne zu hissen, drei bunte Karpfen und einen geschwänzten Wimpel an einem sechs Meter langen Mast. Am Geländer ließ er sich nicht festmachen, erklärte Hermann Frischknecht, der auch zum Fest erschienen war. Das war Leu unbehaglich. Sein Vater hatte Hermanns Mutter geschwängert, die zum Putzen ins Haus kam. Er bezahlte, das Verhältnis blieb verschwiegen, doch war er dem Kind einen Gefallen schuldig und stellte Hermann, als er fast zu einem Riesen herangewachsen war, das Soussol als Werkstatt zur Verfügung; er wolle sich sein Ingenieursstudium mit dem Reparieren von Fahrrädern verdienen. Aber kaum hatte er sich eingenistet, trat er der Partei der Arbeit bei, und von Studium war keine Rede mehr. Aber er hatte keine unfreundliche Art, war auch einmal für eine kostenlose Reparatur im Haus zu haben, und sein Geschäft, namentlich mit Rennrädern, florierte.

Nun besorgte er seinen politischen Freunden Licht und Ton für ihr Fest. Aber mit dem Windspiel, das Marybel von ihrem Japanflug mitgebracht hatte, kam er nicht zurecht. Als er für die Halterungen der Stange Löcher in die Wand des Holzturms bohren wollte, widerstand sie wie Eisen. – Ich hole den Schlagbohrer, sagte er, als Peter Leu hinzutrat und schroff erklärte: In diese Wand kommt mir kein Loch! – Peter Leu blieb beim Sie, auch wenn sich auf dem Dach jedermann duzte. Da kam Moritz mit einem Zementblock für Sonnenschirme an, den er unten im «Jardin Noir» ausgeliehen hatte. Die Stange paßte genau ins Rohr, und bald blähten sich die Luftgeschöpfe zum Ah und Oh der Zuschauer tanzend im Wind.

Kann ich etwas für Sie tun? – Marybel stand vor Peter Leu, mit einem Glas Rotwein in der Hand. Hatte ihm die wildfremde Person gleich den Tinnitus angesehen? Mit einer Grimasse schüttelte er den Kopf, dabei kamen ihm Tränen.

Die Mansarde war mit Gartenmöbeln belegt, Körbe mit Brot oder Früchten standen herum, ein Grill rauchte in der Ecke; Kisten und Kartons stapelten sich unter dem Vordach. An einem freien Tisch besorgten Vera und die Lehrtochter in weißen Schürzen den Ausschank. Die Gesellschaft lagerte sich in Gruppen und begann zu singen, wenn der Hippie – sie nannten ihn «Tövet» – sein versonnenes Klimpern in eine bekannte Melodie übergehen ließ.

Peter Leu sah zu. Der junge Schinz, Jacques, beherrschte die Szene. Seine lange Gestalt, die etwas vorgebeugt ging und mit zurückgelegtem, leicht schiefem Kopf, gebot Aufmerksamkeit, ohne daß er sie suchte. Die Ähnlichkeit mit dem Vater war nicht zu verkennen, nur war sein Gesicht hagerer, sogar eine Spur eingefallen, während der Senior immer so aussah, als käme er eben aus der Maske. Das also war der Anarchist. Dagegen war Moritz Asser ein Soldat, der seinen kurzen Atem hinter einem ebenso kurzen Lachen versteckte. Der junge Mann konnte in einem Kibbuz gearbeitet haben, aber er hatte zugleich etwas Geheimdienstliches. Tanzen konnte er auch, denn plötzlich waren Asser und Vera ein Paar. Er hatte sie vom Schanktisch geholt, zog ihr die Schürze über den Kopf und ließ das Tuch neben seiner Hüfte hüpfen, wie ein Torero die Muleta. Vera senkte ihre Dauerwelle, um nach dem Tuch zu stoßen, da riß er es hoch, schwenkte es im Kreis, und die graublonde Vera wiegte sich wie ein Vamp. *All you need is love.* Am Ende band er sich die Schürze selbst um, nahm ihren Platz an der Theke ein und lachte ihr Mut zu, als sie allein weitertanzte.

Wie machen sie es? hatte sich Peter Leu schon auf dem Schulhof mit brennenden Augen gefragt, wenn er die andern Kinder selbstvergessen spielen sah.

Aber auch Hubert Achermann tanzte nicht. Er debattierte mit dem Fabrikanten Dörig am Geländer. Dörig hatte mit dem Patent einer Wegwerfwindel für Erwachsene ein Vermögen gemacht und die Arbeiter am Gewinn beteiligt. Er bekannte sich zu seiner Mission, das Problem Inkontinenz – eine Volkskrankheit der alternden Gesellschaft – von Scham und Schande zu befreien, und fühlte sich verpflichtet, einer Illustrierten auch sein eigenes Schicksal zu eröffnen. Er hatte Blasenkrebs. Er war fünfzig, ein kleiner Mann, immer noch in Jeans, mit einer schieferfarbenen Löwenmähne und lebhaft wandernden Augen. Er stützte die Ellbogen aufs Geländer und faltete die Hände. Achermann wirkte höflich distanziert, ein wenig schüchtern. Seine hellen Augen waren ungleich offen und auffallend asymmetrisch. Bereits wich das dunkelblonde Haar von seiner Stirn zurück und ließ sie zerbrechlich aussehen.

Peter Leu stand geistesabwesend, als die Frau im schwarzen Trikot auf ihn zutrat.

Wer sind Sie?

Leu erschrak, denn in diesem Augenblick wußte er es nicht.
Wollen wir tanzen? fragte Sidonie.

Bist du bereit für ein Mandat? fragte Reinhold Dörig.
Von dir? fragte Hubert Achermann.
Ich will die Regierung verklagen. Über der Verfassung steht: «Im Namen Gottes des Allmächtigen». Wenn das ernst gemeint ist, ist es eine Verletzung der Religionsfreiheit. Wenn nicht, ist es eine Verhöhnung Gottes.
Seit wann bist du ein Christ?
Gar nicht. Aber wenn nichts mehr heilig ist, ist es bald auch der Sozialismus nicht mehr. Wehret den Anfängen, sagt der Klassenfeind.
Der Gottesname ist die Einleitung der Präambel, ohne Rechtskraft.
Also nur eine Redensart? Gehört so was in eine Verfassung?
Es ist eine fromme Konvention, Reinhold.
Sie konveniert mir nicht, sie *revoltiert* mich.
Es ist die alte Eidesformel. Vielen bedeutet sie etwas.
Wie kann ihnen der Gottesname etwas bedeuten, wenn sie ihn gedankenlos in den Mund nehmen? «Du sollst den Namen des Herrn, deines Gottes, nicht mißbrauchen.»
Das sehen sie nicht so. Es geht um den Segen zu ihrem Werk.
Eine Verfassung ist Menschenwerk, Gott sei Dank. Da hat Gott nichts zu suchen.
Gott sei Dank, hast du gesagt. Gedankenlos?
Natürlich. Aber ich spreche ja nicht Verfassungstext. Von dem verlange ich, daß er meint, was er sagt. Und daß er dafür haftet.
Wie soll sie denn lauten, deine Klage?
Die formulierst *du*, Jurist. Entweder es gibt Gott den Allmächtigen, dann ist er über die Verfassung erhaben. Oder es gibt ihn nicht, dann soll sie uns keine Märchen erzählen. Eine Verfassung ist die Grundlage einer ehrlichen Gesellschaft. Gottes Name muß weg.

Du bist ja ein Eiferer, Reinhold.

Bei Menschen nicht. Aber wenn man es bei der Verfassung nicht genau nimmt …?

Und wenn Menschen keine ganze Sache sind?

Dann darf gerade die Verfassung keine halbe Sache sein. Dagegen muß man etwas tun. Nur das Menschenmögliche, Hubert. Tu es für mich, Advokat heißt: «Der Berufene». Ich berufe dich.

Ich wäre aber beinahe Priester geworden.

Du bist es eben nicht geworden. Das heißt, du bist seriös. Ich habe in allen europäischen Verfassungen nachgeschaut. Sie lassen Gott aus dem Spiel, bis auf drei: die irische, die spanische – und unsere. Ist das eine Gesellschaft, Hubert?

Wir haben eine *Bundes*verfassung. Bünde werden beschworen, und zwar bei Gott.

Wir sind aber nicht mehr auf dem Rütli. Wer nicht schwören will, darf auch nur «geloben». Sogar Bundesrat wirst du ohne Schwur, dank unserer Verfassung. Dann kann sie nicht schon im ersten Satz das Gegenteil behaupten!

Was du verlangst, würde vors Volk gehören, und da hat es am wenigsten zu suchen.

Warum nicht?

Der Theologe würde sagen: weil Gott das Volk wählt, nicht umgekehrt. Der Jurist sagt: weil eine Präambel keine Gesetzesform hat. Sie ist weiche Materie.

Und was sagst *du*?

Ich enthalte mich der Stimme.

Dann bist du lau, und dein Gott wird dich ausspucken aus seinem Mund. Für mich ist Gott eine verdammt harte Materie, wenn es ihn gibt. Hoffentlich nicht, kann ich nur sagen.

Sie starrten in die Lindenkrone, die der Nachtwind fächelte; sie winkte ihnen mit tausend Blättern zu.

Du müßtest eine Volksinitiative starten und würdest haushoch verlieren. Das ginge ja noch. Aber du würdest die Sache gar nicht wiederkennen, für die du angetreten bist, und dich auch nicht – bei deinen Freunden am wenigsten. Du hättest eine große Spiegelfechterei veranstaltet, und am Ende wärst du nicht nur der Böse, sondern auch der Dumme.

Glaubst du, das wüßte ich alles nicht? Dafür brauche ich keinen Advokaten. Du klagst auf Urheberschutz.

Urheberschutz? fragte Achermann verblüfft. – Wo ist da ein Urheber?

Das fragst *du*? Ich habe gerade ein mobiles Klo patentieren lassen. Das genießt Urheberschutz. Und dein Gott nicht?

Reinhold, die Klage wäre ein Witz. Sie hätte nicht den Hauch einer Chance.

Was keine Chance hat, ist darum noch kein Witz. Damit das klar ist, Hubert: Ich muß den Prozeß nicht gewinnen. Aber *anstrengen* will ich ihn.

Es geht dir nicht gut. Da tust du dir noch einen Prozeß an?

Darum. Wenn ich noch alle Zeit der Welt hätte, könnte mir die Verfassung gestohlen bleiben. Aber die habe ich nicht. Darum will ich es noch erleben.

Daß du dich blamierst?

Daß sie die Rute spüren, die Pharisäer und Heuchler. Ich möchte mich noch einmal gut unterhalten, Hubert. Machst du den Narren für mich?

Gut, Reinhold, sagte Hubert und legte ihm den Arm um die Schulter.

Du kämpfst es durch bis zur letzten Instanz?

Versprochen, sagte Achermann. – Aber das kostet.

Meine Sache.

Und es dauert, sagte Achermann. – So lange mußt du leben.

Mit Gottes Hilfe, sagte Dörig und grinste. Er sah sich um. – Hier wollt ihr Revolution machen? In diesen kleinbürgerlichen Dachkammern?

Komm, sagte Hubert Achermann und nahm ihn beim Arm.

Die Dachwohnung hatte zwei kleine Flügel; rechts stieß man zuerst auf die Naßzelle, und Dörig unterzog sie einer strengen

Musterung. Im Kaminzimmer dahinter war jede ebene Fläche von Menschen belegt, die mit verklärten Augen selbstgedrehte Stummel von Hand zu Hand, von Mund zu Mund gehen ließen. Dörig wehte sich etwas von dem würzigen Dunst in die Nase und atmete ihn tief ein.

Jimi Hendrix stirbt noch vor mir, sagte er. – Aber ich habe ihn gehört. War geschäftlich in New York, da hörte ich von einem Open air im Hinterland und daß Jimi Hendrix komme. Erst steckte ich im Stau, dann versanken wir im Schlamm, aber für Jimi Hendrix wäre ich bis ans Ende der Welt gegangen. Und das war es auch, was Hygiene betraf. Sie stank zum Himmel, wir lagen zu fünft in einem Zelt, und ich hatte noch Haar genug, daß ich mir einen Knoten hineinwickeln konnte.

Er nahm die graue Mähne ab und schüttelte sie.

Ich hockte auf meinem letzten trockenen Hemd, als die Baez sang. Der junge Mann neben mir trug Bürstenschnitt und einen Tarnanzug, als käme er gerade aus Vietnam. Die Baez sang von Joe Hill, dem Gewerkschaftler, der in Chicago dran hatte glauben müssen. Am Ende sieht er mich an und sagt: *Salut, camarade.* Da stellt sich heraus, das ist der Sohn des Moische Asser von der Dreierstraße, Moritz. Sein Ding war *Gerechtigkeit.*

Er könnte dich besser vertreten als ich, sagte Achermann. – Du solltest *ihn* fragen.

Den Rabbinerenkel? Das kann ich ihm nicht antun. Und Jacques ist mir zu – sprunghaft. Nein, dieses Kreuz ist für dich. – Er setzte ihm die Perücke auf den Kopf. – Steht dir. Hast du nie Richter werden wollen?

Nein, lächelte Hubert, mir fehlt es an Urteil. Die Glatze steht dir.

Wenn ich sie mir ausgesucht hätte. Aber sie ist ein Werk der Chemotherapie.

Hubert nahm die Perücke ab und setzte sie Dörig behutsam wieder auf.

In Woodstock, sagte Dörig, ist mir zum ersten Mal die Idee mit den Scheißhäusern gekommen. Damals waren sie grauenhaft, aber ich sage dir, am Open air in St. Gallen stehen ganz andere da. Der Sponti mit der Gitarre organisiert es, wenn man das so nennen darf. Das ist ja einer, bei dem kommen sie von selbst.

Draußen vor dem Fenster teilte Moritz Asser jetzt Portionen roter Bohnen auf Pappteller auf. Dörig betrachtete ihn verklärt.

Ich habe ihn gefragt, was er an der Baez so mag, und er sang es mir vor: *Says I «But Joe, your're ten years dead» «I never died» said he* – und jetzt kommt's: *went on to organize.*

Moritz hatte ihn durchs Fenster gehört und wiegte den Kopf, Dörig wandte sich ab. – Nur raus aus dem Dampf. Aber das Zimmer ist passabel. Wer soll's denn kriegen? Natürlich, Jacques, der Bankier. Und wo bleibt ihr?

Komm auf die andere Seite, sagte Hubert, da waren Leus Kinderzimmer. Im hinteren steht schon mein Schreibtisch.

Aber nun lagerte eine Männergruppe darauf und diskutierte über Hilferding und Stamokap. Im Büchergestell stand erst eine Reihe leerer Weinflaschen. Im vorderen Raum predigte ein junger Mann zu niemandem im besonderen, aber wie zu einer Volksversammlung und verlangte *unbedingten* Vorrang der *Existenz* über die Essenz. Quer über seinen blanken Schädel zog sich eine furchterregende Furche. Die anderen unterhielten sich über das Rezept der provenzalischen Suppe, die sie löffelten. Hermann Frischknecht saß am Fenster und regelte an seinem Schaltpult.

Jetzt rede ich mit Herrn Leu, sagte Dörig.

Als sie auf die Terrasse traten, sahen sie Peter Leu tanzen. Die Schauspielschülerin hatte seinen Arm erhoben und drehte ihn zu *Bella ciao* im Kreis wie einen Bären. Dörig faßte ihn an der Schulter und zwang ihn zum Stillstand.

Komm doch bitte mal mit.

Sidonie hob die leeren Arme mit einem Ausdruck gespielter Verzweiflung, aber Dörig zog beide Männer unerbittlich zurück bis vor Huberts Schreibtisch.

Kinderzimmer, sagte er. – Aber Arbeitsplätze für *Advokaten*?

Hören Sie …! sagte Peter Leu.

Mein Freund Hubert hat gerade ein umfangreiches Mandat angenommen – von mir; Dörig. Unternehmer, Hygiene. Dafür braucht er *Räume,* Sekretariate, Konferenzzimmer, ein Archiv. Wenn ich *das* hier sehe, muß ich fragen: Was stellst du dir vor?

Peter Leu war verstummt. Dann begann er: Da müssen Sie mit Herrn Schinz …

Dies ist immer noch dein Haus. Bewohnst du es eigentlich noch? Ich sehe viel ungenützten Raum. Ich miete den vierten Stock dazu, für diese Genossen, damit Sie *arbeiten* können. Dreitausend im Monat. Und den Dachboden hier oben reservieren wir für Parties wie heute. Schlaf drüber, und morgen telefonieren wir.

Als sie wieder am Geländer standen, sagte Hubert: Das hätten wir vorher besprechen müssen, Reinhold.

Leu ist pleite. Er hängt am Tropf des Bankiers, und der will das Haus. Aber wenn jemand dieses Haus besetzt, dann *wir.* Ja, ich hätte euch fragen müssen. Aber ihr seid anständig. Das habe ich nicht mehr nötig, verstehst du? Wer die letzten Windeln trägt, ist frei. Es geht um die *Sache.* Oder nicht?

Als die Glocke der nahen Augustinerkirche elf schlug, begann Jacques zu sprechen, an den Holzturm gelehnt, und allmählich wurde es still.

Freundinnen, Freunde, sagte er, wir haben ein Stücklein vorbereitet, Sidonie, Hermann und ich. Der Arbeitstitel: «Leben und Aberleben des Herrn von Sax.» Ich widme es meinem Vater, der diesen Abend *ermöglicht* hat, wie man sagt. Ich hoffe, Papa, du sitzt gut.

Heiterkeit, denn Thomas Schinz hielt Marybel auf dem Schoß; das alte Ledersofa aus dem Kontor von Moische Asser war bereits überbelegt.

Sie, sehr geehrter Leu, haben uns eine wesentliche Altlast Ihres Hauses verschwiegen. Das «Eiserne Zeit» ist ein Spukhaus. Wenn wir das gewußt hätten! Aber der Mietvertrag war schon unterschrieben, als ich – im Antiquariat Rohr – auf dieses Schriftchen gestoßen bin. Hermann, mehr Licht.

Ein Spot fiel auf die Broschüre in Jacques' Hand und folgte ihr, als er sie erhob und den Wind darin blättern ließ.

Zugesteckt hat es mir der unschätzbare Herr Fries, dem nichts entgeht, was in den letzten fünfhundert Jahren zu Münsterburg an Heimlichem oder Unheimlichem das Licht der Welt erblickt – oder dieses Licht gescheut hat. Das Schriftchen erschien nur in kleinster Auflage, und auch diese versuchte der Verfasser nachträglich zu unterdrücken. Ganz ist es ihm nicht gelungen, aber es kostete mich dreißig Franken, die Wahrheit über dieses Haus zu erfahren.

Der Verfasser ist Ihr Vater Leonhard, Herr Leu. Und das Büchlein enthält die Rede, die er 1943 anläßlich seiner Aufnahme in den Rotarier-Club gehalten hat. Er war unter ihnen der erste Philatelist und blieb der einzige, statutengemäß. Auch im Club sind Sie Nachfolger Ihres Vaters. Aber ich nehme Sie für seine Äußerungen nicht in Sippenhaft, auch wenn das Wort dem Geist jener Zeit nicht fremd wäre. Von Herrn Fries erfuhr ich, daß das Nachbarhaus – noch verdeckt es die Linde –, das Haus «zum Schwarzen Garten», an der Stelle errichtet wurde, wo 1348 die Synagoge brannte. Da man die Juden der Brunnenvergiftung bezichtigte, brannten viele von ihnen gleich mit. Doch davon redete Ihr Vater damals nicht. Sein Hausgeist war ein gewisser Herr Philipp von Hohensax aus dem 16. Jahrhundert, ansässig gewesen auf der Burg Forsteck im heute sanktgallischen Rheintal. Die von Hohensax waren auch Bürger dieser Stadt, und Philipp hat darin im Jahre des Herrn 1570 das Haus «zum Eisernen Zeit» erworben; kein anderes als Ihr Haus, Herr Leu, in dem wir heute unseren Einzug feiern. Betreten aber – und jetzt kommt's! – hat er es erst nach seinem Tod, einem gewaltsamen Tod von der Hand seines Stiefneffen, der ihm einen Hirschfänger über den Schädel zog. Daher die Wunde, die Herr von Hohensax in seinem Nachleben vorzuweisen hat wie eine Kennmarke. Er hat eine Weile so regelmäßig in diesem Haus gespukt, daß es für Leute aus Fleisch und Blut unbewohnbar wurde. Die Obrigkeit hat es geschlossen, und Münsterburg bekam ein Gespensterhaus in bester Lage. Dabei blieb es bis zum Jahr 1730, als die Gruft im entfernten Sennwald, wo der Freiherr ruhte, renoviert wurde – mit erstaunlichen und unheimlichen Folgen. Davon gleich mehr.

Jacques sah von einem zum andern und genoß seine Rolle. Marybel hatte sich von Vater Schinz gelöst und kniete allein auf dem Boden, mit dem Ausdruck äußerster Konzentration.

Ein Wort zum Nachbarhaus hinter der Linde, dem «Haus zum Schwarzen Garten», denn es gehört zu den Mitbetroffenen unserer Geschichte. Aber ich wage noch nicht, es einen Glücksfall zu nennen, daß Ihr Vater, Herr Leu, seine Rede gerade in diesem Haus gehalten hat. Die Rotarier waren kriegsbedingt von ihrem Stammlokal in den «Schwarzen Garten» umgezogen, das Haus, wo früher die Synagoge gestanden hatte. Nach dem Pogrom stopfte die Obrigkeit die Lücke mit einer Art Gesellschaftshaus für Gewerke, die nicht zunftfähig und doch nötig waren: Chirurgen, Bader, Steinschneider, Abdecker und Henker. Auf solche Leute will die Obrigkeit ein Auge haben, aber wenn sich die Zeiten ändern, gehören plötzlich Teile der Obrigkeit selbst dazu. Heute gelten sogar Chirurgen als ehrbar. Die Rotarier hörten gewiß gern, daß der «Schwarze Garten» schon im 18. Jahrhundert eine Loge beherbergte. Waren es Aufklärer oder Illuminaten? Hinter dem ägyptisch drapierten Altar führte jedenfalls eine Tapetentür ins Nebenhaus, wo man sich geistlich verkleidete und die Nachtseite der Natur erforschte, da, wo sie sich unerschrockenen Männern am zugänglichsten offenbart: am weiblichen Geschlecht. Hier begann das Klösterchen der Äbtissin Hedwig, und für ein Freudenhaus gibt es keine bessere Deckung als ein Gespensterhaus – das heißt, wenn die echten Gespenster ausgespukt haben. Und Herr Philipp von Hohensax war ausgezogen, aus sittlicher Entrüstung oder karrierebedingt. Denn der streng reformierte Freiherr war zum katholischen Märtyrer geworden, wenn auch nur vorübergehend, und hatte dabei, bis auf eins, alle Glieder verloren, und das eine ist einem Toten nichts mehr nütze. Liebe Freunde, Genossinnen und Genossen: Der Herrenwitz ist nicht der meine, mit dem der bedauernswerte Philipp von Sax behandelt wurde. Die wiederholte, wenn auch nur rhetorische Totenschändung ist das geistige Eigentum Ihres Herrn Vaters, der sich als Jungfernredner bei seinen Rotariern gewinnbringend einführte, beim Lunch im «Schwarzen Garten» und im Jahre des Herrn 1943, als draußen in Europa die Endlösung der Judenfrage so richtig in die Gänge kam. Der gedruckte Text seiner Rede vermerkt an mancher Stelle – in Klammer – «Heiterkeit», sogar «große Heiterkeit». Diesem Herrenwitz möchten wir heute abend mit dem nötigen Mutterwitz begegnen.

Fast unbeachtet war Sidonie auf den hölzernen Turm gestiegen; plötzlich stand sie in beträchtlicher, nach der Hofseite hin sogar schwindelnder Höhe straff aufgerichtet im Lichtkreuz zweier Scheinwerfer.

Heiterkeit! kommandierte Jacques.

Sidonies Füße kreuzten sich, die Hände fuhren hoch und befestigten sich in einem bizarren Winkel, während der Kopf zur Seite knickte, als würde ihr das Genick gebrochen. Dazu öffnete ihr Mund einen breiten Riß, und ihre Augen glitzerten.

Starke Heiterkeit!

Sidonies Gestalt begann zu vibrieren und dann immer heftiger zu rütteln, als stünde sie unter Strom. Ihr Gesicht verrutschte bis zur Unkenntlichkeit.

Wenn der Text Heiterkeit oder starke Heiterkeit registriert, fuhr Jacques fort, markiert sie Sidonie entsprechend. Erschreckt nicht, es ist nur, damit ihr immer wißt, wo ihr lachen könnt. Applaus für Sidonie.

Einige Hände rührten sich zaghaft.

Unser Lichtmeister, fuhr Jacques fort: Hermann Frischknecht!

Der Applaus wurde herzhafter.

Ihr Herr Vater, Leonhard Leu, versichert in seiner Rede, daß die Tapetentür nach dem Einzug der bürgerlichen Revolution zugemauert worden sei. Beide Häuser seien zur Tugend zurückgekehrt.

Im «Schwarzen Garten» widmete sich eine antiquarische Gesellschaft der Volksbildung. Das Haus «zum Eisernen Zeit» aber wurde 1807 an eine ehrsame Bäckerwitwe namens Regula Horner verkauft, die es für ihren Sohn einrichtete, Caspar Horner, damals ein vielversprechender Astronom. Er hatte als Begleiter eines russischen Admirals die Welt umsegelt und sollte endlich seßhaft werden und eine Familie gründen. Das sei ihm wohl gelungen, erzählt uns Leonhard Leu, und hundert Jahre später habe sein Großvater das Haus übernommen. Inzwischen sei es ein Hort der Solidität, auch wenn man ihm, dem Redner, diese vielleicht nicht gleich ansehe. Heiterkeit. Aber seit er im Rotarier-Club aktiv geworden sei, seien Rechte und Pflichten des Spukens an seine liebe Ehefrau übergegangen. Große Heiterkeit.

Unter diesen Umständen, Herr Leu, wundern wir uns nicht, daß Ihr Vater seine flotte Rede hat drucken lassen, auf eigene Kosten. Wir fragen uns nur, warum er das Schriftchen dann wieder eingezogen hat – um fast jeden Preis. Und da wir es nun einmal mit den Verdammten dieser Erde halten und gern die Welt vom Kopf auf die Füße stellen, haben wir auch Philipp, den Freiherrn von Hohensax, zu unserem Fest geladen und bitten um seinen Segen – oder was immer –, wenn wir das Haus beziehen, das zuerst das seine gewesen ist, lange vor den Horners oder den Leus. Wenn man Heinrich Fries, die Seele der Buchhandlung Rohr, erzählen hört, so hat der kleine Ritter ein bemerkenswertes Leben geführt. Was mag er nur versäumt haben, daß er keine Ruhe fand? Denn leider ist aktenkundig, daß dieser Bürger Münsterburgs, unser aller Mitbürger, sehr viel länger *nicht* gelebt als gelebt hat. Und dabei wollen wir ihm jetzt ein wenig zusehen – Sidonie hat sein Leben studiert, und ich möchte schwören, daß er mitten unter uns und auf seine Vorstellung gespannt ist. Papa, eben habe ich hinter dir etwas huschen sehen – spürst du kein eisiges Windchen? Kein frostiges Händchen?

War anfangs noch ab und zu gekichert worden, hatte sich längst Befremdung ausgebreitet. Marybel hatte etwas die Arme geöffnet. Jacques betrachtete sie.

Ich höre gerade, sagte Jacques, daß er sich im Anflug befindet. Marybel, wir müssen deine Fische vorübergehend vom Himmel nehmen. Wegen Flugsicherheit. Guten Geistern wären sie nicht im Wege, aber es könnte sein, daß Herr von Sax nicht ganz freundlich ist.

Moritz hob die Stange aus der Halterung. Wohin? fragte er.

Marybel ist bereit, sagte Jacques, sie kann die Fischlein hüten.

Moritz senkte die Stange, so daß die ermatteten Windgeschöpfe in Marybels offenen Armen landeten. Und in diesem Augenblick verdunkelte sich die Terrasse. Dreimal klopfte es mit Macht gegen den Holzboden des Turms; dann wurde man auf ein Irrlicht aufmerksam, das über Sidonies Kopf erschienen war. Und während Jacques weiterredete, ließ es sich auf ihrer Stirn nieder, breitete sich auf ihrem Gesicht aus und verwandelte es zum Erschrecken. Es war erblaßt und hatte den Ausdruck lasziver Grausamkeit angenommen. Die gebleckten Lippen waren nicht mehr diejenigen Sidonies, und wo ihr Haar gewesen war, zeigte sich ein blanker Schädel, gespalten von einer tiefen Kluft. Die Augen glitzerten wie Eis. Der Körper stand in herausfordernder Bereitschaft. Jacques redete weiter.

Als man über ein Jahrhundert nach dem Tod des Freiherrn seine Gruft öffnete, fand man seinen Leichnam dort unverändert so, wie man ihn hineingelegt hatte. Man baute ein Guckloch ins Grab, um ihn im Auge zu behalten. Nachtbuben aus dem Vorarlberg hielten ihn für einen Märtyrer des katholischen Glaubens, stahlen den Leichnam und schafften ihn über den Rhein, um ihn der verdienten Verehrung zuzuführen. Als das empörte Münsterburg den Leichnam zurückbekam, war er nicht wiederzuerkennen. Hände und Füße waren weg und ins Reliquiengeschäft abgewandert.

Während Jacques sprach, begann der Körper auf dem Turm plastischer hervorzutreten und färbte sich rötlich, während das Gesicht an Helligkeit verlor, sein Ausdruck an Bosheit. Dann blendeten sich die Hände und Füße aus, Unterarme und Unterschenkel wurden unsichtbar; ein Rumpf schwebte auf der Bühne, immer noch mit weiblichen Merkmalen. Jetzt begannen ihn dunkelrote Strähnen zu überrieseln und flossen über Schultern, Brüste und Bauch; Jacques hatte sich abgewandt und sprach wie zu sich selbst.

Die Reste des Freiherrn wurden nicht mehr in die Gruft gelegt, sondern in den Kirchturm gehängt und Wind und Wetter preisgegeben. Aus dem Wachsmann wurde ein schwarzer Ritter, mit dem man nicht nur Kinder erschrecken konnte. Aber auch als Mumie blieb der Freiherr auf seine Weise intakt. Sein drittes Nachleben dauert bis heute.

Sidonie war wieder als weibliche Gestalt sichtbar geworden, doch über sie schob sich eine schemenhafte – das skelettierte Phantom des Todes – und begann zu tanzen.

Also kein Ende, sagte Jacques. – Und mit einem Schlag war die Szene auf dem Holzturm erloschen, der Holzturm nur noch ein schwarzer Fleck, der sich der Iris als helles Negativ einbrannte.

Ein kleines Nachspiel, sagte Jacques, ein Dialog zwischen Herrn Fries und mir. Sidonie wird ihn illustrieren, garantiert jugendfrei.

Allmählich traten aus der Dunkelheit über dem Turm fünf helle Tupfen hervor und nahmen Gestalt an: zwei Füße, zwei Hände, ein Gesicht. Und in der Folge tanzten sich die sichtbaren Teile Sidonies gewissermaßen von ihrem Körper frei. Wie ein Vogelschwarm schossen die Lichtgeschöpfe ineinander und wieder so weit auseinander, als wären sie dem Körper endgültig entflogen. Sie begleiteten den Text wie eine selbständige Interpunktion. Manchmal flatterten die Füße in alle Lüfte, während die Hände dicht nebeneinander am Boden hockten wie verdrossene Kleintiere, und das Gesicht wandte sich staunend bald dem einen, bald dem andern Paar der zerstrittenen Geschöpfe zu. Kurz darauf bedeckten sie das Gesicht, wie bei einer Mondfinsternis und waren ihrerseits unsichtbar geworden, wenn die Scheibe wieder zum Vorschein kam.

Guten Tag, Herr Fries. – Guten Tag, Herr Doktor. Haben Sie das Schriftchen gelesen? – Besten Dank. Jetzt weiß ich alles über das Haus. –

Wann ziehen Sie denn ein? – In einem Monat. – Hoffentlich fühlen Sie sich wohl. Ihr Vater will immer nur Ihr Bestes. – Das soll er nicht kriegen. – Herr Doktor, Sie wissen hoffentlich, was der Name «zum Eisernen Zeit» bedeutet? – Die Sonnenuhr. Sie steht auch über dem Portal. – Aber wissen Sie auch, wie das Haus früher geheißen hat?

Fries ist wie Sokrates. Er will immer wissen, was einer nicht weiß.

«Zum Sitkust». – Was heißt das? – Ein Sitkust ist ein Papagei, der Vogel der Jungfrau Maria. Und wissen Sie, warum? Weil er AVE sagt! Der Papagei war ihr Grußvogel: Gegrüßet seist du, Maria, voll der Gnade, der Herr ist mit dir. Du bist gebenedeit unter den Frauen. – Ich habe noch keinen Papagei AVE sagen hören, sagte ich, worauf sich Fries nach Kundschaft umblickte, und als die Luft rein war, begann er durchdringend zu krähen. *AVE, haben Sie es gehört? Und jetzt kehren wir den Schrei mal um. – Wie kehrt man einen Schrei um?* – Er krähte gleich nochmals. *Das war EVA*, sagte er errötend, *Eva ist das Sündenweib, mit den gleichen Buchstaben. – Also eigentlich auch die gleiche Frau. – Das haben* Sie *gesagt. Herr von Sax war reformiert, darum verlangte er, daß er das Haus «zum Sitkust» umtaufen dürfe, sonst werde nichts aus dem Kauf. Die katholische Richtung paßte ihm nicht. – Aber was paßte ihm denn an der Sonnenuhr?* – Die letzte tötet, sagte Fries, *das war keine Drohung, es war ein Trost. Er meinte nicht nur die letzte, eigentlich meinte er jede Stunde, denn aus jeder war das nötige Quantum Tod zu saugen. – Was versprach er sich denn vom Tod? – Daß er endlich mal was erlebt. – Aber er hatte doch ein enorm bewegtes Leben. – So sieht es aus, aber ob es auch so war, zeigt sich erst, wenn einer stirbt, und* ob *er stirbt. – Aber Freiherr von Sax ist doch im Mai 1596 gestorben. Weil ihm sein böser Neffe das Jagdmesser über den Schädel gezogen hat. – So sieht es aus, aber kann sein, er hat es gar nicht bemerkt. Er war vielleicht auch nie sicher, ob er gelebt hat, Leben kann man auch kopieren, wenn man das nötige Training hat, und so eins war die Reformation. So tun, als ob man lebte, ist lernbar. Da lebt einer noch lange nicht, und am besten läßt er's gar nie so weit kommen. – Aber wenn einer vielleicht gar nicht gelebt hat, wie kann er dann sterben? – Kann er eben nicht. Kann sein, der Tod fällt ihm gar nicht auf.*

Der Sax hatte doch seine Schädelwunde weg, und was tut er? Geht nach Hause und schreibt einen Brief an den Hohen Rat zu Münsterburg, beschwert sich über seine Wunde und merkt gar nicht, daß er an ihr schon gestorben ist. Er vergißt seinen Körper im Sarg, geht persönlich nach Münsterburg und staunt ein wenig, daß die Leute bei seinem Anblick in Ohnmacht fallen, er ist doch unverändert. Mit seiner Stundenuhr im Kopf hat er gar nie gemerkt, wann etwas Zeit ist und wofür. Ein Leben, das nie gewesen ist, ist auch nie richtig vorbei. Das ist kein Märchen, Herr Doktor: Wer nicht gestorben ist, der lebt auch heute noch nicht. Der kann jederzeit wieder im «Eisernen Zeit» vorbeikommen und durch Lebende gehen wie durch Wasser, so, wie die jungen Leute mit dem Walkman im Ohr durch den Bahnhof gehen. – Und wie hilft man ihm ins Jenseits? – Um Gottes willen, da ist er doch schon lange. Jenseits, das hat er doch immer schon gehabt, mehr als genug, immer, immer nur Jenseits! Nur kein Jenseits mehr, was er braucht, ist ein ordentliches Diesseits, endlich was Ganzes. Zum Glück steckt auch im ganzen Tod ein ganzes Leben. – Man müßte ihn also einmal zu Tode erschrecken, sagte ich, *zu Tode erschrecken über sich selbst. – Sie sagen es, Herr Doktor, das wäre seine Rettung. Aber das können nur Leute, für die der Tod den Schrecken verloren hat.*

Die Bühne war erloschen, als Jacques anfing, sich in eine Art Trance zu reden, und nur den Nächststehenden fiel auf, daß er sich dabei immer wieder an die Brust griff.

Danke, Freunde, das war's. Danke, Sidonie, danke, Hermann. Und jetzt kannst du die Papageien wieder aufziehn, Moritz. Die Fische. Danke, vielen Dank.

Er ließ sich zu Boden sinken und lehnte sich an die Turmwand. Moritz kniete neben ihm. Alles o.k.?

Warum ziehst du die Fische nicht wieder auf?

Moritz fühlte seinen Puls. – Das kann Hermann auch. Leg dich einen Augenblick hin. Komm, wir gehen in dein Zimmer.

Er faßte ihn unter, und Jacques ließ sich widerstandslos führen; die Szene fiel nicht auf, denn auf der Terrasse saßen schon andere eng umschlungen. Die zwei jungen Männer im Kaminzimmer blickten ihnen verträumt entgegen.

He! sagte Moritz. – Ihr müßt hier weg.

Warum? fragte einer.

Weil ich's sage, antwortete Moritz.

Du bist ja ein repressives Arschloch, sagte einer, doch bei Jacques' Anblick rappelten sie sich auf. Marybel stand in der Tür und sagte: Laßt mich zu ihm. Ich weiß, was zu tun ist.

Moritz stutzte. – Er braucht Ruhe, sagte sie, ich schließe das Fenster.

Moritz nickte langsam und war kaum draußen, da drehte sich auch der Schlüssel im Schloß. Und im selben Augenblick stieß Moritz mit Thomas Schinz zusammen.

Haben Sie Marybel gesehen? fragte er.

Sie ist da drin, bei Jacques. Er fühlt sich nicht wohl. Sie leistet Erste Hilfe.

Er konnte zusehen, wie Thomas Schinz mit sich kämpfte. Dann sagte er: Unten gibt es auch eine Toilette, nicht wahr?

Ich zeige sie Ihnen.

Als sie auf der Treppe standen, sagte Schinz:

Wenn sie wieder zum Vorschein kommt, richten Sie ihr aus, ich sei gegangen. Wir sollten noch miteinander reden, Moritz, über New York.

Ich rufe Sie morgen an, sagte Asser.

Wissen Sie, sagte Thomas Schinz, Jacques hat mir den Tod seiner Mutter nie verziehen.

Schinz war schon auf der Treppe, da rief jemand seinen Namen. Es war Peter Leu. Er stand im Eingang seiner Wohnung, blaß wie der Tod.

Thomas, sagte er. – Ich dachte, ich könne dir vertrauen.

Ich habe nicht geplaudert, sagte Schinz, verlaß dich drauf.

Er war schon an Leu vorbei, als der ihm nachrief: Ich vermiete jetzt noch *mehr*. Auch meine eigene Wohnung. Nur daß du's weißt. – Und als ihn Schinz kurz und vernichtend ansah, fügte er hinzu: Es ist immer noch mein Haus. Und kein Freudenhaus.

Schinz machte eine unbeschreiblich wegwerfende Bewegung

und stieg mit schwerem Schritt weiter ab. Jetzt wandte sich Leu Moritz zu.

Man hat mich verraten, Herr Doktor, sagte er, man ist meinem Vater sehr nahegetreten. Gehört sich das? Ich frage Sie.

Ich rede mit Jacques, sagte Moritz. – Sie sehen müde aus, Herr Leu. Gehen Sie ruhig ins Bett.

Und wer paßt hier auf? Wann wird hier je wieder aufgeräumt?

Dafür sorge ich, sagte Moritz Asser, ich gehe als letzter.

Es war halb zwei, Tövet griff Volkslieder auf seiner Gitarre, in Abständen krähte der Diskant des Unbedingten. Die Linde rauschte hörbarer als der Verkehr. Hubert Achermann lehnte an der Wand des Holzkastens; jemand setzte sich neben ihn. Es war Sidonie.

Was ist das eigentlich? fragte sie und klopfte gegen das Holz.

Jacques nennt es die Kaaba. Vielleicht ein Wasserreservoir oder ein vernageltes Oberlicht.

Wenn man drauftritt, klingt es hohl.

Das hat man gehört. Sie waren grandios. Schon die gymnastische Leistung.

Und jetzt möchte ich mit Ihnen tanzen.

Ich kann nicht tanzen, sagte Achermann. – Ich kam nie richtig dazu.

Dann sind Sie auch noch nicht davon abgekommen. Sie sind so gefällig, Hubert, dann können Sie auch tanzen.

Warum bin ich gefällig?

Ich habe Sie beobachtet, bei Ihrer Vollversammlung.

Warum gehen Sie dahin? Sie sind doch keine Juristin.

Aber ich suche einen Juristen. Wie wär's denn mit Ihnen?

Wenn Sie einen Anwalt brauchen, Moritz ist der beste.

Er ist Jude. Ich brauche einen guten Schweizer Christen, für den hätte ich ein Mandat. Sie haben heute schon eins angenommen, nicht wahr? Von dem älteren Herrn in Jeans, der sich jetzt mit Leus Sekretärin beschäftigt.

Woher wissen Sie das?

Ich habe gelauscht. Was schreit der Herr dort hinten die ganze Zeit?

Unbedingt, glaube ich.

Recht hat er. Dann möchte ich jetzt mit Ihnen tanzen – *unbedingt!* Darf ich bitten? Oder *muß* ich bitten?

3
7. September 1970. Jugendreise

Tövet zupfte einen Tango, über das Instrument gebeugt, wie um sich selbst besser zu hören. Achermann hatte kaum seinen Arm um Sidonie gelegt, da begann sie ihn schon zu leiten. Hingabe an eine Frau war ihm fremd, und Sidonie beschränkte ihr Repertoire keineswegs auf ein schonendes Minimum. Es gefiel ihr, sich brüsk von ihm abzustoßen, um sich weit zurückzulegen. Oder sie nahm ihn auf eine gestrenge Schrittparade mit, die sie mit schroffer Kopfdrehung einleitete. Die Gesellschaft begann sich dem Paar zuzuwenden und begleitete es händeklatschend. Beim letzten Akkord lag Sidonie mit Hohlkreuz, ein Bein in die Luft geknickt und den Kopf in den Nacken geworfen, als triumphierende Beute in Achermanns Armen. Er hatte sich, zur Stütze ihres Rückens, so weit vorbeugen müssen, daß sich fast ihre Lippen berührten. Als sich Sidonie wieder aufgerichtet hatte, verbeugte sie sich vor dem Publikum und er vor ihr. Sie nahm seine Hand und führte ihn an einen Tisch, wo sie Moritz mit Champagner erwartete. Sidonie war jetzt auffallend redselig. Sie kam auf ihre Rolle zurück: Philipp von Hohensax.

Sie haben ihn studiert, sagte Moritz. – Wie studieren Sie eine Figur des 16. Jahrhunderts?

Er habe als frühreifer Gelehrter angefangen. Für einen jungen Strauchritter allerhand, was er an Theologie, Philosophie, Altphilologie eingesaugt hatte, in St. Gallen, Münsterburg, Lausanne und Genf. In Paris, wo er ausstehende Pensionen seines Vaters einzutreiben versuchte, sei er der Bartholomäusnacht nur knapp entgangen. Auf nach Oxford, wo er sich einen *Master of Arts* besorgt habe, und nun begann sich sein *networking* zu lohnen. Er ging nach Heidelberg, wo ein Genfer Kommilitone Pfalzgraf geworden war und die Universität reformierte, und brachte es bis zum Gesandten an den Reichstag zu Regensburg. Doch als sein Gönner starb, trieb ihn der lutherische Nachfolger ins Exil, und er schloß sich Johann Moritz von Nassau an, den er auch schon in Genf kennengelernt hatte, zur Befreiung der Niederlande. Der Humanist erwarb sich als Obrist einen solchen Ruf, daß er die reiche Adriana von Brederode zur Frau bekam und Königin Elisabeth von England ihren Günstling Leicester zur Hochzeit nach Utrecht entsandte. Sax wurde Gouverneur von Geldern, wo er einen Bildersturm veranstaltete und die Mönche des Karmeliterklosters in die reformierte Predigt zwang. Einer verehrten Landesmutter legte er einen verurteilten Verbrecher ins Grab und goß katholische Geläute zu reformierten Kanonen um. Gnadenlos bestrafte er die kleinste Übertretung seiner Soldaten mit dem Tode, plünderte aber für sich selbst ungeniert die ganze Klosterbibliothek und ließ ihren größten Schatz mitlaufen, die Manessische Liederhandschrift. Darin fand er gleich zwei eigene Vorfahren, und Sidonie zitierte: «Sie hat mich so fest angebunden, daß ich ganz nach ihrem Willen leben muß.» Hoffentlich war die Jungfrau Maria gemeint, denn Minnesänger Eberhard von Sax war ein Mönch. Als Philipp seinen Abschied nahm, wollte er diese Handschrift in seine Stammlande heimführen, mitsamt seiner Adriana, doch unterwegs blieb er in der Pfalz hängen, die wieder reformiert worden war, und der neue Landesherr schickte ihn als Vogt in das Städtchen Mosbach im Odenwald. Da gebar ihm die Adriana einen Stammhalter, und vier reformierte Städte der Eidgenossenschaft standen ihm zu Gevatter.

Was interessiert Sie an dem Herrn? fragte Moritz.

Sein Glück. Und er machte nichts daraus. Das darf einem Menschen nicht passieren. Sonst stirbt er daran – und nicht einmal das schafft er richtig.

Als sich Moritz kurz entschuldigte, sagte Sidonie zu Achermann: Ich langweile Sie.

Oh, nein. Sie lehren mich das Gruseln.

Sie musterte ihn. – Wissen Sie, woran Philipp gestorben ist? An halben Sachen.

Sie meinen, er hätte nicht heimkommen sollen.

Doch, aber wie ein Mann. Sie sind Jurist, Hubert Achermann. Nehmen wir an: Sie sind der zweite Sohn aus der zweiten Ehe Ihres Vaters. Kirchlich ist diese Ehe ungültig, Ihre Mutter eine Konkubine. Aber die erste Frau ist Ihrem Vater durchgebrannt und hat ihn mit fünf Kindern sitzenlassen. Er braucht wieder eine Frau, schon wegen der Kinder. Nur: Solange die erste noch lebt, darf er nicht wieder heiraten, sagt er alte Glaube. Was tut er?

Er heiratet nicht mehr, sagte Hubert.

Aber dann wären Sie gar nicht da, mein Lieber.

Ich dachte, Kinder gibt es auch ohne Heirat.

Sind Sie ein Wüstling oder ein Mönch?

Nur katholisch, lächelte er.

Also ein bißchen von beidem, sagte sie. – Ganz der Vater. Aber Ihr Vater hat Pech. Die Frau, die er haben will, ist streng. Ohne Heirat geht bei ihr nichts. Was tut er nun?

Er läßt sie, sagte Hubert.

Oder nimmt sie trotzdem, sagte Sidonie. – Wenn er ein Mann ist. Und dann werden Sie ein Bastard und müssen für die Richtigkeit Ihrer Existenz kämpfen. Können Sie das?

Das kommt auf die Umstände an.

Sagt der Jurist. Wenn Sie ein Mann sind, holen Sie sich, was Sie brauchen, rechtmäßig oder nicht.

Woher weiß man, was man braucht?

Durch Probieren, mein Freund. Durch Versuch, und wenn's ein Irrtum war: durch den nächsten Versuch.

Zum Versuch gehört die Versuchung, sagte Achermann.

Ganz der Vater, sagte sie, der wollte auch in der Ordnung sein. Ist es in Ordnung, wenn seine Frau ihn verläßt? Was schuldet er dieser

Person? Jetzt braucht er eine richtige Ehe, und wenn er dafür den Glauben wechseln muß. Könnten Sie das?

Ich kann es verstehen.

Er wird reformiert, verstehen Sie das auch?

Fragen Sie den Mönch oder den Wüstling?

Ich frage Sie.

Um meinen Glauben zu wechseln, müßte ich des Glaubens an mich selbst sicher sein. Darum ist es eine akademische Frage.

Glauben Sie, sagte sie mit hörbarem Spott. – Sie gefallen mir, Hubert Achermann. Aber nun stellen Sie sich vor: Sie haben einen reformierten Vater, und er hat Sie durchaus nicht akademisch gezeugt. Es hält große Stücke auf Sie, wie es scheint. Sie sind begabt, er läßt sich Ihre Ausbildung mehr kosten, als er hat. Er gibt Ihnen jede Chance, sich zu legitimieren, aus eigener Kraft, und Sie pakken es auch, oder etwa nicht? Sie werden ein Humanist, der fünf lebende Sprachen beherrscht und sich in zwei toten fließend ausdrücken kann. Sie sind *Master of Arts*, Obrist, Herr der größten Mitgift der freien Niederlande, glückliches Familienoberhaupt. Hat Ihr Vater nicht recht getan, als er Sie zu seinem Nachfolger bestimmte? Nun stirbt er, mit einem Testament, in dem er versucht, es allen recht zu machen, die zweite Familie nicht nur zu begünstigen, die erste nicht nur zu enterben, und an Sie kommt es nun, dieses Testament zu vollstrecken. Natürlich haben es die Halbgeschwister angefochten. Natürlich kämpfen sie nicht mit Paragraphen, sondern mit Klauen und Zähnen, noch lieber mit ihrem rechten Glauben. Denn natürlich haben Ihre älteren Geschwister immer sich selbst als legitim betrachtet und Sie als unehelich. Zwar gibt es gar nicht viel zu verteilen, ein paar Weiler im oberen Rheintal, eine Handvoll Bauern, die jedes zweite Jahr die Konfession wechseln und ihr Kirchlein umrüsten mußten, je nachdem, welcher Herr gerade im Land war. Aber wo Schmalhans Küchenmeister ist, da gedeihen Habgier und Brotneid erst recht; gleich werden sich die Erben zerfleischen. Doch nun kommen Sie, ein wahrhaft groß gewordener Herr, kommen heim, veranstalten ein Maiengericht und verkünden Ihren weisen Ratschluß ... Was verkünden Sie denn, Hubert?

Moritz saß schon eine ganze Weile wieder am Tisch und folgte Sidonies Vorstellung mit Vergnügen, auch wenn sie zum Verhör geworden war. Hubert war weit entfernt, etwas zu verkünden; er wußte nichts mehr zu sagen, und an seiner Unkenntnis feudaler Rechtsverhältnisse lag es nicht.

Wären wir im 20. Jahrhundert, sagte Moritz, würde ich an Philipps Stelle auf eine Erbschaft verzichten, die mir nur Scherereien bringt. Ich würde Adrianas Millionen in die Emser Werke investieren und eine Zukunftsindustrie daraus machen. Aus dem Ertrag könnte ich mir dann ein würdigeres Schloß kaufen. Sax ist gerade gut für eine Strafanstalt.

Eine solche existierte wirklich auf dem ehemals freiherrlichen Gelände, mit offenem Vollzug. Auch Freunde von «Rotrecht» saßen ihre Strafe als Wehrdienstverweigerer im Saxerriet ab. Achermann, Asser & Schinz waren gnädiger weggekommen – Hubert als werdender Geistlicher, Moritz mit einem psychiatrischen Gutachten, und Jacques hatte einen Herzfehler. Die Emser Werke aber waren kriegswichtig gewesen, für Holzverzuckerung und die Gewinnung von Treibstoffersatz.

Nur habe ich nicht dich gefragt, sondern Hubert, stellte Sidonie fest. – Nein, Philipp von Sax war kein guter Geschäftsmann. Er hat nur in seinen Tod investiert. Erst wollte er gar nicht hingehen, zur Testamentsverkündung am Maiengericht. Seine Frau hatte geboren; er hätte sich gern hinter Gastgeberpflichten für die Taufpaten versteckt. Hätte er es getan, er wäre noch am Leben. Aber er war nicht mutig genug, zu seiner Angst zu stehen. Oder zu seinem Geiz, denn das Maiengericht war auch ein Schützenfest, und dabei mußte ein Landesherr etwas springen lassen. Wenn er nicht da war, würde ihm irgendwer irgendwas nachsagen, also war er doch besser da, bei den Leuten. Also ging er hin. Setzte sich zu seinen Halbgeschwistern, den Todfeinden, stieß auf den erreichten Frieden an und zahlte auch dem übelsten seiner Halbneffen noch das Schießgeld aus der eigenen Tasche. Dann ließ er sich von ihm so lange provozieren, bis er ziehen *mußte* – und da war's um den großen Kriegsmann auch schon geschehen. Mit einer schweren Schädelwunde brachten sie ihn nach Forsteck zurück, wo ihm noch eine Woche blieb, der Obrigkeit von Münsterburg sein Leid zu klagen, eigenhändig, und ihren Beistand anzurufen; schon sein Vater war Bürger dieser Stadt gewesen. Zu spät – aber es dauerte nur noch wenige Jahre, bis ihr die Herrschaft Sax für ein paar Silberlinge in den Schoß fiel. Adriana und ihr Früchtchen, der von vier reformierten Städten begrüßte Stammhalter, hatten das Vermögen flott durchgebracht und Konkurs gemacht. Hubert, was ist? Warum sehen Sie mich so an?

Ich bin nicht Philipp von Sax, sagte Achermann in allem Ernst.

Darauf trinken wir, sagte sie. – Ich weiß doch gar nicht, wer Sie sind, Hubert, wie sollte ich Sie gerade für Sax halten? Nichts mehr von ihm.

Sie suchen einen Anwalt. Machen wir einen Termin aus.

Sie verabredeten sich auf Donnerstag in seinem Büro auf dem Dach. Sie erklärte, jetzt nach Hause gehen zu wollen, und lehnte Huberts Angebot, sie zu begleiten, ab. Sie habe nur fünf Minuten zu Fuß in ihre WG.

Sie wollte sich gerade verabschieden, da ereignete sich etwas Unerhörtes. Der junge Mann mit dem kahlen Schädel, der bisher zwei Schritte entfernt am Geländer gestanden hatte, trat auf sie zu und sagte:

Schäm dich.

Und im nächsten Augenblick hatte er sich aufs Geländer geschwungen, balancierte einen Augenblick auf der obersten Stange, dann drehte er sich gegen Sidonie, hielt sich die Nase zu wie ein zimperliches Schulmädchen auf dem Sprungbrett und ließ sich langsam nach hinten fallen, in die Krone des Lindenbaums. Ein Aufschrei ging durch die Terrasse, während der Mann durch das Laub in die Tiefe stürzte, man hörte Zweige brechen, Äste knacken, doch der erwartete Aufprall blieb aus. Viele rannten zum

Geländer, einige, Frischknecht voran, ins Haus, um über alle Treppen die Haustür und durch die Hintergasse den Hof zu erreichen.

Von oben konnte man nicht sehen, nur hören, wie jemand ins Astwerk kletterte; Zurufe verrieten, daß der Springer heil geborgen war. Doch dauerte es eine Weile, bis die Helfer wieder auf dem Dach auftauchten. Hermann trug den Kahlkopf auf dem Rücken; Jacques' Zimmer, in dem sie ihn ablegen wollten, blieb verschlossen. Doch jetzt stand er schon wieder auf eigenen Füßen und wirkte bis auf ein paar Kratzer unverletzt, blieb aber sprachlos. Er wurde als Gregor angeredet. Moritz tastete ihn ab.

Wo bist du zu Hause?

Nirgends.

Und wo sonst?

In Rapperswil.

Achermann erklärte, er begleite ihn im Taxi; Sidonie war verschwunden. Gregor saß auf dem Sofa und ließ den Kopf im Nakken kreisen. Plötzlich sagte er: Du bist nicht Philipp von Hohensax?

Ich? fragte Hubert Achermann.

Hüte dich, antwortete Gregor. – Du kommst dran.

Es sollte, bis Rapperswil, sein letztes Wort bleiben. Dort nannte er dem Fahrer eine Adresse. Sie lag in einer Siedlung eintöniger Wohnblocks. Gregor hatte die Schlüssel verloren, vermutlich beim Sturz in den Baum. Es dauerte lange, bis ein mürrischer alter Herr herausgeklingelt war, der ihn einließ. Er ging ohne Dank. Achermann bezahlte das Taxi und ließ es fahren. Er war nicht weit vom Kloster entfernt, in dem er zwei Jahre verbracht hatte.

Es tagte schon, als er zurückkehrte. Die Terrasse war aufgeräumt, zusammengeklappte Möbel, Stapel von Getränkekästen standen zum Abtransport bereit. Die Morgenbrise blätterte in der Linde, das Holz des Turmaufbaus war schwarz vom Tau. Achermann setzte sich an den Schreibtisch und starrte auf den dunklen Würfel. Er kam von einer langen Reise zurück. Dabei hatte er seinen Ort nicht verlassen, den Steinblock am Wasser, der sich in zwanzig Jahren ebensowenig verändert hatte.

Als er neun Jahre alt gewesen war, war seine Mutter vom Kirchturm gesprungen. Er war in der Ferienkolonie gewesen, von Herzen ungern. Eigentlich war dieses Sommerlager in Wildhaus armen oder verwahrlosten Kindern des Städtchens zugedacht. Wie gern hätte Hubert in einer Ecke nur sein Buch zu Ende gelesen und gleich das nächste angefangen. Aber zu Hause gab es jetzt keinen Platz für ihn. Mutter war gemütskrank und seit Monaten in einem Heim. In den Ferien kam sie nach Hause, versuchsweise. Wenn das Geschäft ruhig sei, könne der Vater auch einmal eine Reise mit ihr machen, sagte der Pfarrer. Vielleicht besuchen sie dich einmal in Wildhaus! Da gab es ja auch Ausflüge für ihn. Er werde bergsteigen, vielleicht gar klettern. Je tapferer er war, desto schneller werde die Mutter wieder gesund. Die Szenen in der Nacht, die Schreie, das lange leise Weinen. Einmal war sie dem Vater mit dem Messer nachgelaufen. Wenn sie nicht da war, konnte man ungestört für sie beten, das tat der Pfarrer auch. Hubert war ja sein liebster Ministrant.

Was liest du gerade?

Die Lebensgeschichte des Franceso von Assisi.

Des heiligen Franz? Sehr schön. Aber verstehst du es denn schon?

Das Buch hieß «Francesco und Chiara». Es war eine Liebesgeschichte. Sie wollte zu Ende gelesen sein.

Die Ferienkolonie wurde von Herrn und Frau Anderhub geleitet. Sie waren immer streng und lustig. Er fürchtete sie. Morgen wollte man zu einer Wanderung aufbrechen und zum ersten Mal *klettern*. Hubert hatte gebetet, Gott möge ihn krank werden lassen. Aber vor dem Frühstück hatte ihn Frau Anderhub beiseite genommen. Hubert, du mußt leider nach Hause. Ich packe deine Sachen, dann fahren wir zusammen.

Im Zug erklärte ihm Frau Anderhub, daß seine Mutter plötzlich gestorben sei.

Er durfte sie noch einmal sehen. Sie lag aufgebahrt in der Sakristei. Aber er sah nur ihr Gesicht, denn ihr Kopf war verdeckt wie bei einer Klosterfrau. Die Augen waren zu, das linke schwarz unterlaufen. Aber ihre Lippen schienen zu lächeln. Dieses Gesicht machte Hubert stumm. Hochwürden legte die Hand auf den Arm des Vaters, der von Schluchzen geschüttelt war, aber es hörte sich an wie entsetzliches Gelächter.

Die Totenmesse, der Sarg, Berge von Blumen; sein Vater und er, die Verwandtschaft in Schwarz, das offene Grab. Er machte sich fest wie Stein und kehrte zu seinem Buch zurück, um darin zu verschwinden.

Seine Mutter war auf den Kirchturm gestiegen. Der Nachtwächter der Kantonalbank hatte sie um halb fünf Uhr morgens gefunden und den Vater geholt, der schon in der Backstube stand. Sie war schon oft mitten in der Nacht aufgestanden. Die Eltern hatten kein gemeinsames Schlafzimmer mehr.

Sonst hätte keins von beiden Ruhe gehabt.

Anderntags hätte sie ins Heim zurückkehren müssen, wenn sie nicht gestorben wäre. Hubert verstand sie. Vater erzählte dies und das, wenn Hubert in den Ferien aus dem Internat nach Hause kam. Er hatte sein Zimmer behalten dürfen, als der Vater eine neue Familie hatte. Einmal nahm er Hubert zu einer Verbandssitzung nach Münsterburg mit. Hubert war fünfzehn, sie hatten ein Zimmer in einem Hotel, jeder für sich, und am nächsten Tag, einem schönen Herbstsonntag, besuchten sie die kleine Stadt am oberen See. Am Abend saßen sie auf der Mauer unter dem Kapuzinerkloster und betrachteten den Sonnenuntergang. Die Ufer lagen im Dunst, die Seefläche wirkte unbegrenzt.

Sie wollte einfach nicht mehr. Niemand hätte sie halten können.

Woher hatte sie die Schlüssel zum Turm?

Ihr Onkel war Sigrist, und die Glockenstube war ihr Lieblingsplatz. Wenn sie jemanden mochte, hat sie ihn hinaufgelassen. Es war auch eine Mutprobe. Der Raum hatte kein Geländer. Und der Glockenschlag ging einem durch und durch, da konnte man sich lange die Ohren zuhalten.

Bist du auch oben gewesen?

Nach einem Pfänderspiel, am Ende des letzten Schuljahrs. Wir feierten in der «Traube», und sie war mir einen Kuß in der Glokkenstube schuldig. Später sind wir immer wieder hinaufgegangen. Wir haben uns auf dem Turm verlobt.

Ist sie schon früher immer traurig gewesen?

Nein. Darum schämte sie sich ja so. Es war eben diese Depression.

Einen Schlüssel zum Turm hatte sie in die Ehe mitgenommen und zwischen ihrer Wäsche versteckt.

Nach einer Weile sagte er: Sie hätte dich so gern liebgehabt. Sie wisse nur nicht mehr, wie das gehe. Sie habe sich vom Liebhaben viel zuviel erwartet, darum habe sie es nicht richtig kennengelernt. Aber dafür dürften wir nicht büßen. Sie meinte dich und mich.

An jenem Abend am See hatte Hubert den Entschluß gefaßt, Priester zu werden.

Zwei Jahre später hatte er wieder an der Ufermauer gesessen, diesmal allein. Und wieder war er fest wie Stein.

Er war ein vorbildlicher Priesterschüler gewesen, das hatte ihm der Bischof beim Abschied bestätigt. Er war nur nicht richtig gewesen.

Woran zweifeln Sie denn? An Gottes Gnade? Genau dafür haben wir sie nötig.

Ich weiß es nicht.

Mutters Antwort. Aber er war gar nicht richtig verzweifelt.

Ich habe mir Ihr Motiv, Priester zu werden, immer so zurechtgelegt: Sie tun es für Ihre Familie, sagte der Bischof.

Wir waren keine Familie. Jetzt hat mein Vater eine. Und geniert sich, er fühlt sich schuldig, daß ich zu kurz gekommen sei. Aber das bin ich gar nicht. Es ist schön, daß du so stark bist, sagte mein Vater. Stark bin ich auch nicht, ich wüßte gar nicht, wozu. Ich merke meist, wenn etwas nicht stimmt, es muß darum nicht unwahr sein. Nur merke ich es zu langsam, und früher habe ich mich dann auch nicht getraut, es zu sagen, aus Angst, jemandem weh zu tun. Ich habe schon nach drei Tagen bemerkt: Der Priesterberuf stimmt nicht für mich. Und jetzt getraue ich mich, es zu sagen.

Ich glaube, was Ihnen gefehlt hat, ist Liebe. Könnte es sein, daß Sie sich nicht einmal trauen, sie zu vermissen? Daß Sie sogar ein wenig stolz darauf sind, daß man Ihnen nicht anmerkt, was Ihnen fehlt? Sie haben einen ganz eigenen Hochmut.

Das mag wohl sein, Eminenz. Ich habe im Seminar viel Überzeugendes gehört, aber von mir selbst bin ich nicht überzeugt. Ich traue meinem Glauben nicht. Darum darf ich kein Gelübde ablegen.

Anfangs hatte ich das Gefühl, daß Sie für das Priesteramt wie geschaffen seien.

Im Kopf, Eminenz, aber mein Kopf weiß nicht alles über mich.

Diese Einsicht ist die Grundlage des Glaubens.

Nur daß ich ihn vom Unglauben immer weniger unterscheiden kann, und das stört mich nicht einmal.

Herr, ich glaube, hilf meinem Unglauben, lächelte der Bischof.

Ich glaube, Hilfe ist etwas, was ich nicht vertragen kann, und Helfer noch weniger.

Das eben ist Ihr Hochmut, mein Freund, sagte der Bischof. – Gut, dann soll Ihnen nicht zu helfen sein. Und wohin gehen Sie jetzt?

Ich weiß erst, daß ich gehen möchte, sagte Hubert, weiter noch nicht.

Hätte er von Erich sprechen sollen?

Erich war sein Zimmergenosse, der Sohn eines Bahnmeisters, ein Lockenkopf mit Blatternarben. Der hatte ihn zum Vertrauten seiner Mühsal mit dem zölibatären Leben gemacht. Er artikulierte seine Probleme mit großer geistlicher Sorgfalt. Am Ende trieben sie ihm Wasser in die Augen. Seine Rührung über sich selbst konnte grenzenlos sein. Dabei unterzog er sich freiwillig strengen asketischen Übungen. Hubert hatte den Eindruck, daß er die Denkverbote, unter denen er litt, zugleich nährte wie ein Forscher seine Bakterien. Zugleich gefiel er sich in den Gewändern, die seine geistliche Mutter in einem Atelier der Innerschweiz für ihn weben ließ. Er trug sie voller Andacht für die eigene Prächtigkeit. Hubert fiel es immer schwerer, sich Erichs Anfechtungen in Geduld anzuhören. Das Fleisch, an dem er litt, roch unappetitlich; zugleich nahm es etwas Onduliertes an, wie seine Locken, mit denen er sich ausgiebig beschäftigte.

Erich hatte Hubert die Berufung zum Priesteramt als Stilfrage bewußtgemacht. Die Physiognomie vieler Priesterschüler war derjenigen Erichs zu ähnlich. Das war die Armut nicht, die er lieben konnte. Verzweifelt war er nicht, nur verstummt, als er sich zum zweiten Mal auf die Ufermauer vor dem Kloster setzte, diesmal allein.

Spontan entschloß er sich, an der Pforte zu läuten. Franz von Assisi hatte ihm schon mit neun Jahren das Leben gerettet. Nun meldete er sich bei seinen Brüdern als Flüchtling vor dem Priesteramt.

Anfangs hielt er ihnen das Unverständnis zugute, mit dem sie diesem Wechsel begegneten. Sie gaben sich Mühe, ihm das Tragen einer Kutte schmackhaft zu machen. In den ersten Klosterwochen genoß er die Disziplin des Stundengebets und die Wohltat der Entfernung von jeder Theologie. Soweit war alles richtig.

Woran fehlte es, daß er, wieder zwei Jahre später, auch das Kloster wieder verließ, fluchtartig diesmal, und für immer Abschied nahm vom geistlichen Leben? Er hatte nie, wie Erich, Schwierigkeiten damit gehabt. Es war ihm nur, und im Kloster unabweislich, aufgegangen, daß er nie ein solches geführt hatte. Und bei den Kapuzinern war nicht einmal mehr sein Kopf dabeigewesen, der sich nach einer ernstzunehmenden Arbeit sehnte. Was er wollte, wußte er weniger denn je, aber was er nicht wollte, war deutlich wie noch nie.

Der Bischof hatte ihn mit Christophorus verglichen, der jeden Herrn abschütteln muß, den er bei der Furcht vor einem größeren Herrn ertappt. Immer wieder begibt er sich jeweils in den Dienst dieses größeren, bis nur noch der kleinste seine Überkraft beugen kann, das Kind Jesus auf seiner Schulter. Sein Gewicht drückt ihn unter Wasser, und so wird er endlich getauft auf den wahren Herrn.

Bevor er nach Belgien fuhr, hatte er seinen Vater um ein Darlehen gebeten: Er wolle Philosophie studieren. Der Vater hatte ihn in seinem möblierten Zimmer besucht und ihm eine Erklärung zur Unterschrift vorgelegt, wonach er, nach Vorbezug seines Anteils von 200 000 Franken, auf jeden weiteren Anspruch auf das elterliche Erbe verzichte. Vater gab zu verstehen, daß er seiner Familie diese Maßregel schuldig sei. Als Hubert unterschrieben hatte, drückte ihm der Vater noch einen Umschlag mit zehn Tausendernoten in die Hand. Dafür brauche er keine Quittung. Die Trennung war vollzogen, und für Hubert stimmte sie. Vor dem Tod des Vaters sah er ihn nur noch einmal, als er, schon krank, zum ersten Mal die Universität betrat, bei einer Kundgebung gegen Studiengebühren. Er wollte seinen Sohn, der im Leitungsausschuß von «Rotrecht» tätig war, einmal öffentlich reden hören. Aber er redete dann gar nicht. Dafür sprach ihn der Vater vor dem Hörsaal an, und sie tranken in der Unibar Kaffee zusammen. Jetzt bist du also ein Linker geworden, sagte er, deine Mutter hat auch immer Sozialisten gewählt, und sie sind doch nie in den Stadtrat gekommen. Aber wenigstens glaubst du jetzt an etwas, das hätte sie gefreut. Der Vater war ein Verehrer von Johannes XXIII. Er hatte sich auch über Arbeiterpriester kundig gemacht und die Befreiungstheologie. Was hast du jetzt vor, machst du ein Anwaltsbüro auf? Mit zwei Kollegen vielleicht. Einer stammte auf der Mutterseite von Rabbinern ab und hatte in Nicaragua gekämpft; der andere war Sohn eines Privatbankiers. Unter Linken habe es auch früher schon feine Leute gegeben, meinte der Vater, er habe gelesen, Karl Marx sei sogar mit einer Gräfin verheiratet gewesen. Plötzlich fiel ihm ein, daß er auch hätte fragen können, wie sich die Freunde kennengelernt hatten, und so fragte er es denn.

Wir sind alle drei ohne Mutter aufgewachsen, war alles, was Hubert antwortete. Der Vater verabschiedete sich bald, und wie sich zeigte, für immer. Er hatte ihm nur die Wahrheit gesagt, lange bevor er sie selbst verstanden hatte.

Kennengelernt hatten sie sich, Moritz Asser, Jacques Schinz, beide einundzwanzig, und der zwei Jahre ältere Hubert Achermann, im Sommer 1965 durch einen Anschlag am Schwarzen Brett im juristischen Seminar. Moritz suchte Mitfahrer nach Griechenland – zuerst suchte er ein Fahrzeug. Jacques fuhr einen kleinen grünen Fiat und hatte sich gemeldet, weil er eine griechische Bekannte aus seiner Pariser Zeit wiedersehen wollte, Hubert eigentlich nur, weil er noch nie in Griechenland gewesen war. Politisch aktiv war damals erst Moritz, der in Athen an einem Treffen der Lambrakis-Jugend zur Verteidigung der Demokratie gegen den drohenden Militärputsch teilnehmen wollte. Auf dem Syntagma-Platz wurden sie in Straßenkämpfe verwickelt. Eine Polizei, die als Partei auftrat, knüppelte die Demonstranten nieder; Jacques wurde mit Verdacht auf Schädelbruch, der sich glücklicherweise nicht bestätigte, ins Krankenhaus geschafft. Aber die Keule hatte auch ihn das Licht politischen Ernstes sehen lassen. Er verzichtete sogar auf den Besuch seiner Freundin.

Doch war Griechenland für die drei jungen Männer mehr gewesen als eine Straßenschlacht. In Arkadien hatten sie ein Camp der Lambrakis-Jugend besucht, welche Leitungen für Wasser und Strom in ein armes Bergdorf legte, und in Delphi mit einer Aktivistengruppe den Widerstand gegen ein Aluminiumwerk besprochen, dessen Ausstoß die klassischen Stätten bedroht hätte. Doch diese kamen auch zweckfrei zu ihrem Recht. Das Wort «Augenschein» nahm eine ganz neue Bedeutung an, als sie noch bei Nacht zum Kap Sunion hinausfuhren und in die Sonne blickten, die ihnen durch die Säulen des Poseidon-Heiligtums aufging. Im alten

Dionysostheater am Südfuß der Akropolis sahen sie «Philoktet» von Sophokles. Das Stück wurde in klassischen Masken aufgeführt, die als Schalltrichter wirkten. Wie Vogelstimmen gellte es in die Arena hinaus und hallte von der Bergwand zurück. Die Figuren bewegten sich wenig und waren kaum zu unterscheiden; so kam alles auf die Sprache an, und sie verstanden kein Wort. Mit Schulgriechisch hatte es nichts zu tun. Dennoch hielt Hubert einen Text auf den Knien, den er im Goethe-Institut ausgeliehen hatte. Am nächsten Abend, ihrem letzten in Athen, waren sie lange nach Mitternacht immer noch beim Trinken. Sie hatten mit dem Wirt politisiert; als er die Taverne schloß, hatte er sie weiter beim Retsina sitzen lassen. «Philoktet» gab zu reden.

Du schweigst immer, Hupp, sagte Moritz. – Du sagst, das Stück habe dir die Priesterweihe verdorben. Sag uns noch etwas mehr.

Es gibt wenig zu sagen, lächelte Hubert geniert, ich habe damals für meine Oberen einen kleinen Aufsatz über Philoktet geschrieben, und den haben sie mir auszureden versucht. Für mich war Philoktet kein Bild der Sündhaftigkeit, auch kein armer Vetter des Mannes am Kreuz. Ein gewöhnlicher Mensch, den Schmerz und Einsamkeit verrückt gemacht haben.

Und was folgte daraus? fragte Moritz.

Eben nichts, und das hat den Professor gestört. Ich habe ihm zu viel offengelassen. Und für mich ist es immer noch offen.

Das größte an diesem Philoktet, sagte Jacques, war doch, wie er heulen konnte. *Aiaiaiai! Apapapapai! Papa papa papa papai!*

Ein Gruppe Nachtwanderer war stehengeblieben, drei junge Damen und ein älterer Mann. Dieser fragte vorsichtig: *Does he need help?*

Ask him, sagte Moritz.

Oh yes, sagte Jacques mit Grabesstimme, *I need help. Help me right away! I need all the help I can get!*

Die Touristen sahen einander an, lächelten betreten und gingen zögernd weiter.

Und wann heult er richtig los? setzte Jacques fort, genau dann, wenn alles schon geritzt ist. Der Sohn Achills hat ihm versprochen: nach Hause geht's. Stink, soviel wie du willst, wir nehmen dich mit. Und was tut er? Freut er sich wie ein Schneekönig? Er heult zum Steinerweichen.

Weil sie ihm sein Liebstes nehmen wollen, sagte Moritz. – Seinen Schmerz.

Achermann zitierte: «*Wer aber starr beharrt in selbstgewähltem Leid / Wie du, der hat kein Recht mehr zu erwarten, daß / Für ihn noch jemand Nachsicht oder Mitleid hat.*»

Voilà, sagte Moritz.

Was seid ihr für Banausen, sagte Jacques.

Eine Stunde später saßen sie immer noch, immer weniger nüchtern, und Jacques schon ausgesprochen betrunken. Ein Name wie «Neoptolemos» verlangte zuviel von seiner Zunge. Er rüttelte an Huberts Arm und schrie: Bist du da? Bist du zufällig, ausnahmsweise, richtig da, Neo-poplius? Findest nichts mehr zum Instrumetallisieren, hast den Bo-gen raus, wie? Glaubt ihr, ihr kriegt mich? brüllte er, und zum verschlossenen Lokal hinüber: Zahlen! Oder ich zahle mit Blut!

Das wollen die Götter nicht, sagte Moritz.

Was weißt du von Göttern, tiefgefrorener Leninist, schnaubte Jacques und versuchte aufzustehen.

Fragen wir sie doch selbst, sagte Moritz, der Weingott hat jederzeit Sprechstunde.

Er hielt den gestikulierenden Arm Jacques' fest und legte ihn sich um die Schulter; Hubert hakte sich in den andern ein. So standen sie fürs erste und konnten wagen, sich zu bewegen. Manchmal brachte sie Jacques zum Stehen. Wohin? sang er mit schönem Baß, dahin! dahin! dahin, o mein Geliebter, laß uns ziehn! Und ließ sich selbst weiterziehen. Fast im Gleichschritt gingen sie den Berg hinunter, an geschlossenen Souvenirläden vorbei, nach rechts in die auch nach Mitternacht noch belebte *Dionisiou Areopagou*. Vor ihnen die Akropolis, über der ein schiefer Sichelmond hing. Hinter der

Mauerwand zeichnete sich der Giebel des Parthenons ab wie ein lückenhaftes Gebiß.

Zusammen erreichten sie den Eingang zum Dionysostheater und gelangten durch Baum- und Steingruppen ins Innere. In der der Mitte der kreisrunden Arena blieben sie stehen und hielten einander immer noch fest. Dann aber ließen sie los, traten zurück, breiteten die Arme aus wie Kormorane, die ihre Flügel trocknen, und rückten wieder zusammen, bis jeder den Unterarm des andern bis zum Ellbogen zu fassen bekam. Langsam, doch gleichzeitig begannen sie sich so weit vorzubeugen, daß jeder hätte fallen müssen, wenn ihn der Ring der Arme nicht gehalten hätte. Sie senkten die Köpfe, bis sie sich berührten, und ihre Augen hafteten auf dem Mittelpunkt des Kreises; so glichen sie Eishockeyspielern, die das Time-out für eine Absprache nützen. Aber sie wiegten sich in Schweigen.

Wie auf ein Zeichen stießen sie sich gleichzeitig voneinander ab und standen wieder im Gleichgewicht, oder beinahe. Dann streckten sie die Arme vor sich hin und legten ihre sechs Hände zusammen.

Schon am nächsten Morgen hätte keiner mehr sagen können, was sie im nächtlichen Theater beschworen hatten. Doch von jener Nacht an blieb ihre Verbindung unauflöslich.

Damals wurden sie Achermann, Asser & Schinz.

4

7. September 1970. Dämmerung

Das Kloster lehnte an der Seeseite des Burghügels, fast an der Spitze, ein Bollwerk gegen die Reformation. Zum Ufer mußte Achermann durch die noch immer wohlbekannte Treppe absteigen. Auf dem ersten Absatz kam er am vergitterten Schaubild des Gekreuzigten vorbei. Der Totenkopf lag noch immer unter seinen zusammengenagelten Füßen. Die Klosterpforte verbarg sich im Winkel, mit dem Klingelzug in schmiedeeiserner Befestigung.

Hier war er vor acht Jahren eingetreten. Jetzt stieg er weiter ab, durch den kleinen Weinberg des Klosters bis zum Uferweg. Vor ihm breitete sich der See aus, doch die nächtliche Weite war verhüllt. Bleßhühner schrien, eine Ente knarrte, und von den Laternen, die den Weg zum Ende der Landspitze säumten, sah man nur die nächsten; ihr Orange verfärbte die Umgebung. Das Wasser plätscherte zwischen Felsblöcken vor der Mauer. Er setzte sich an die alte Stelle und fühlte die Kälte des Steins gegen sich aufsteigen. Seine Uhr zeigte halb vier.

Er nahm sich vor, sitzen zu bleiben, bis er aus der Klosterkirche Gesang hörte. Damals waren sie beim Morgengebet sieben Männer in der fast dunklen Kirche gewesen, außer ihm nur zwei unter sechzig und nur noch einer bartlos. Beim Klang der eigenen Stimme schienen sie oft einzunicken, doch verstummten sie nicht. Noch im Traum folgten die murrenden Bässe der durchdringenden Stimme Bruder Vinzenz'.

Er sah sich neben Bruder Nepomuk knien, der für den Novizen zuständig war; er war Österreicher, ungemein korpulent und konnte nicht reden, ohne dabei schwer zu schnaufen. Sein dröhnender Tonus rectus hatte etwas Anzügliches. Er unterstrich es durch volkstümliche Redensarten. «Dreckstäßl» gehörte zu den Kraftworten, mit denen er unliebsame Zeitgenossen bedachte, und eines Tages hatte er Hubert die Bedeutung der e-Laute auseinandergesetzt. Er war aus Ottakring gebürtig, das Kind böhmischer Zuwanderer, die man an Spezialitäten ihres Dialekts erkannte. Den landläufigen Wiener «Dräcksteßl» sprachen Nepomuks Eltern «Dreckstäßl» aus, und das geschlossene «e» klang wie ein «i». Dies wurde als Merkmal der Unterschicht betrachtet, dabei befand man sich in allerhöchster Gesellschaft. Denn die Habsburger, auch der Kaiser persönlich, sagten ebenfalls «Drickstäßl»; natürlich nicht vor jedermanns Ohren. Aber *wenn* sie es sagten, dann nicht wie die Höflinge, sondern wie die Putzfrauen. Die Höchsten redeten die Sprache der Niedrigsten, getreu dem Herrenwort: die Ersten würden die Letzten sein und umgekehrt. Das war im Geiste der Kapuziner, in deren Kirche und Kutte die Majestäten ja auch beigesetzt wurden. Erst wenn sich die allerhöchste Leiche als armer Sünder zu erkennen gab, tat sich die Pforte des Grabes vor ihr auf, der Durchgang zur Auferstehung im Herrn.

Als Vertrauensbeweis durfte Hubert Bruder Nepomuk ins nahe Frauenkloster begleiten, wo er als Beichtvater wirkte. Am Vormittag nahm er sich die Frauen einzeln vor und schickte den Novizen zum Spazierengehen. Aber beim Mittagessen durfte er wieder dabeisein, danach bei einer Messe, welche Bruder Nepomuk in seiner Prachtrobe zelebrierte. Der Frauenchor hatte Negro Spirituals einstudiert, und die zwei Brüder saßen als einziges Publikum in der ersten Bank. Schwester Leonie, die den Vortrag anleitete, hatte *groove*, und wenn sie vor ihren Frauen swingte, ruhte Bruder Nepomuks Blick mit volkstümlichem Entzücken auf der fiebrig wirkenden jungen Frau. Er ließ sich diese Abrundung seiner beichtväterlichen Zuständigkeit schwer atmend gefallen. Hubert aber empfand immer mehr das Herzzerreißende der weiblichen Inbrunst. Er wohnte keiner heiligen Handlung bei, sondern einem Menschenopfer. Sie kam ihm vor wie der Mißbrauch der armen Hirtenkinder von Fátima, der ihn revoltiert hatte.

Aber es war eine andere Geschichte, die seinen Abschied vom Kloster besiegelte.

Bruder Suso, ein gehemmter Westfale, war Hubert für die regelmäßige Prüfung seines Gewissens zugeteilt. Eines Tages bat er den Junior zu einem Gespräch unter vier Augen auf seine Zelle. Hubert machte sich auf große Dinge gefaßt, aber Bruder Suso hatte ein ganz privates Anliegen. Er spielte nämlich Gitarre. Nun hatte ihn Bruder Nepomuk als Ruhestörer verklagt; sein Spiel habe zuwenig Erhebendes, und überhaupt sei es schwach. Bruder Suso erbat sich Huberts aufrichtiges Urteil. Er würde ihm gern eines seiner Stücke vortragen, dann möge ihm Hubert sagen, ob er wirklich so schlecht spiele.

Er spielte in der Tat wie ein Anfänger, und da er schon viele Jahre mit dem Instrument zugange war, konnte man Nepomuks Ungeduld nachfühlen. Da Suso aber auch nicht erlaubt worden war, Gitarrenstunden zu nehmen, empfand Hubert Mitleid mit dem wehmütigen Milchgesicht, dann aber packte ihn eine heilige Wut auf die Kleingeisterei des Hauses. Schlagartig wußte er: Hier war nicht mehr sein Platz. Er packte und stahl sich unter Hinterlassung eines Zettels an den Bruder Guardian aus dem Kloster. Er setzte sich in einen Zug, der ihn über die Grenze fuhr, nordwärts. Er hatte in der Lese-Hore den «Führer der Unschlüssigen» des mittelalterlichen Denkers Maimonides kennengelernt, und der französische Text war von einem Professor in Lüttich eingeleitet. Also reiste er dahin und schrieb im Zug einen Brief an seine tote Mutter, in dem er seinen Schritt begründete.

So lernte er das Heimweh kennen, auch wenn er nicht sagen konnte, wonach, aber keinen Augenblick der Reue. Er hatte seine Kutte mitgehen lassen. Sie war das Kleid für eine Erinnerung, und etwas war immer noch daran, was darauf wartete, daß er es sich zu eigen machte.

In Lüttich war alles fremd, und sein Schulfranzösisch reichte nicht weit. Er schrieb sich an der Universität ein, doch der Professor, den er suchte, war emeritiert und nach Córdoba umgezogen. Achermann besuchte Vorlesungen in der *Faculté des Lettres* über Mallarmé, Proust, Joseph Conrad. Dann stieß er auf Hugo Grotius, blieb am Völkerrecht hängen und am Recht der Europäischen Wirtschaftsgemeinschaft. Schon im Priesterseminar hatten ihm scholastische Fallstudien zugesagt, auch die Architektur des kanonischen Rechts. Jetzt lernte er weltliche Gegenstücke dazu kennen. Aber sein reelles Studium, jenseits von Recht und Unrecht, begann mit Mandy.

Sein möbliertes Zimmer im Viertel Le Carré lag über ihrer Wohnung, und wozu diese diente, war durch den dünnen Fußboden nicht zu überhören. Mandy selbst begegnete er im Treppenhaus oder am Briefkasten. Sie war eine Exotin, eher klein, nicht eben hübsch, aber sie grüßte ihn ganz vertraulich. Er hatte sich als Schweizer und Student vorgestellt, sie arbeitete als Tänzerin, ihr Französisch hatte ebenfalls einen Akzent. Ob er hier denn studieren könne? Das Viertel sei ja eher laut, besonders nachts. – Daran habe er sich gewöhnt.

Sie mußte wissen, daß er stiller Teilhaber ihrer Berufstätigkeit war. Er hatte noch nie mit einer Frau geschlafen. Die Nachrichten über das Geschlechtsleben, die er jetzt empfing, waren drastisch, aber auch eintönig. Trotzdem erzwangen sie seine Beteiligung. Eines späten Vormittags kam er in den Fall, Mandys Wohnung zu betreten. Sie stand im Morgenmantel in der Tür, als er die Treppe herunterkam, und bat um Hilfe; sie komme mit der Heizung nicht zurecht. Es war Februar und das Mietshaus so überheizt, daß man abends den Radiator abdrehen mußte; jetzt konnte ihn Mandy nicht mehr öffnen. Achermann tauchte unter ein breites Bett, fand den Bakelitknopf geborsten und kehrte mit einer Flachzange zurück. Als sie ihren Dienst getan hatte, lud ihn Mandy zu einer Tasse Tee im Wohnzimmer ein. Es war bescheiden, doch nett möbliert, und das Bett hier schien nur für den eigenen Gebrauch bestimmt. Über ihrem Arbeitsplatz hingen zwei Poster von Goyas Maja, einmal bekleidet, einmal als Akt. In ihrer Privatsphäre aber waren alle Wände mit Familienfotos tapeziert. Mandy, die sich hinter einem Paravent unzimperlich angekleidet hatte, berichtete von Eltern und Geschwistern auf den Fidschiinseln. Die Familie war indisch, darauf legte sie Wert. Sie unterhielten sich auf englisch über die Kultur des Teetrinkens. Hubert empfahl einen Rauchtee, den er kürzlich entdeckt hatte, und lud sie ein, ihn zu versuchen. Sie verabredeten sich für den nächsten Tag um die gleiche Zeit, diesmal in seinem Zimmer.

Er hatte unruhig geschlafen und war kaum überrascht, als Mandy, nach Lilie duftend, im Negligé vor seiner Tür stand. In seiner Bude musterte sie jede Einzelheit, öffnete auch das eine oder andere Buch. Vom Tee trank sie nur den kleinsten Schluck, doch statt zu warten, daß er sich abkühlte, schlüpfte sie aus dem Morgenmantel und begann Hubert zu entkleiden. Sie führte ihn an der Hand zu seinem Bett, schlug die Decke zurück, legte sich darauf und zog ihn nach. Er wollte sie ungeschickt umarmen, doch sie hielt ihn zurück, nahm sein nur halb gerüstetes Mannsglied zwischen die Finger und begann es gegen ihren Unterleib zu schütteln. Als es sich fester anzufühlen begann, öffnete sie die Beine und verstärkte den Druck gegen eine undeutlich aufgewühlte Stelle. Staunend blickte er auf ein fremdes Gesicht nieder, in dem sich etwas Ähnliches zeigte, wie er an ihrem Schoß zu registrieren glaubte; ihre Augen gingen zu, aber die Lippen öffneten sich zu einem Ausdruck kindlicher Gier. Sie atmete erst kürzer, dann lauter, während sie seinen Schwengel immer heftiger rührte und ihr Leib ins Vibrieren geriet. Plötzlich zog sich ihr Gesicht wie von übergroßer Anstrengung bekümmert zusammen. Dann zuckte in den Winkeln der nun kindlich geöffneten Lippen ein Lächeln, das sich über das ganze Gesicht ausbreitete. So etwas hatte er noch nie gesehen. Ihre Züge glätteten sich, und sie schluckte mehrmals.

Dann öffnete sie die Augen, ließ sein Glied los, schob sich unter ihn und sagte: *please*. Und schon im nächsten Augenblick schnellte er in ihren Leib und saß wundersam tief darin fest. Aber wollte sie ihn da überhaupt? Sie lag ja wie tot. Aber zugleich war sie weich und warm, und er spürte: Alles ist recht. Es war eine Befreiung ohnegleichen. Sie entfesselte ihn wie von selbst. Er arbeitete nicht mehr, er tanzte, und dabei lockerte sich der Verschluß, der sein Innerstes festgeklemmt hatte, und was über die Ränder trat, war zuerst die reine Wut. Nun aber ruhte er nicht mehr, bis sie sich in einem lauten Schrei entlud. Hubert Achermann brach zusammen, ließ fallen, was von ihm noch übrig war, und begrub es am Ende der Welt, das ihm noch nie so nahe gekommen war wie diese Frau.

Hingestreckt wie eine erlegte Beute verlängerte er noch ein wenig das Nachgefühl und wußte schon nicht mehr, wovon. Dabei berührte er Mandys Busen, und sofort nahm sie ihn bei den Haaren. Untersteh dich! sagte ihr Blick. Es war schon fast sicher, daß sie sein Gewicht jetzt als drückend empfand, seinen Aufenthalt in ihrem Leib als Zumutung.

I haven't even finished your tea, sagte sie unter der Tür. *Tomorrow you bring me a fresh cup, o.k.? But this time you come to me. At eleven, o.k.?*

Und so geschah es, und nun wiederholte es sich jeden Tag. Hubert war der Hausgenosse, an dem sich Mandy schadlos hielt für ihre Berufsarbeit. Davon brauchte er nicht ihr Liebhaber zu werden. Sie behielt ihn in der Hand, so lange, wie es ihr gefiel. Dann ließ sie sich auch von ihm etwas gefallen. Er lernte, aus jeder Begegnung das Beste zu machen, denn jede war anders. *Go!* konnte sie sagen, sie hatte keinen aufmerksamen Liebhaber nötig. Was sie selbst nicht liebte – ihre Brüste gehörten dazu –, behielt sie möglichst für sich. Er war kein Kunde, sonst hätte sie Gummi verlangt und Geld. Er war auch nicht ihr Geliebter, sonst hätte sie sich auf Zärtlichkeiten eingelassen. Was war er?

Früher hatte er sich Sex als Jüngstes Gericht vorgestellt. Dazu gehörte das Gesicht einer Erwachsenen, der Mutter eines Mitschülers. Er hatte sie auf einem Schulausflug beim Pinkeln belauscht. Von da an sah er nur noch das *andere* Geschlecht. Mandy hatte es ihn nie sehen lassen, sowenig, wie sie ihn je geküßt hätte. Aber sie gab es ihm zu fühlen, er wurde zuständig, die Besessenheit fand ihren Ort und lernte sich verlieren, ohne alles zu verschlingen. Das Jüngste Gericht konnte bei Mandy abgeschüttelt werden. Was immer Liebe heißen mochte: Sie vergiftete sich nicht mehr an der Scham. Wenn Hubert die Nähe zu Mandy überzog, spürte er es an ihrer Ungeduld. *À demain* war das einzige Versprechen, das sie einander gaben, und auch dieses bedurfte einer Schutzbehauptung. Eines Tages würde es auch keinen Morgentee mehr geben, aber es wurde kein trostloser Tag. Wenn der Körper nichts als das Seine tat, brauchte auch die Seele keine angenommenen Gefühle mehr. Hubert arbeitete konzentriert an der Geschichte des römischen, des angelsächsischen Rechts, denn die Natur war zu ihrem eigenen Recht gekommen. Und obwohl er jeden Tag vor dem Schild mit Mandys vielsilbigem Namen stand, konnte er sich ihn nie merken.

Am 8. März 1964, einem Sonntag, klopfte er umsonst. Sie war ausgezogen, ohne Vorwarnung.

An diesem Tag wanderte er ziellos durch die Stadt. Es dämmerte schon, als er in eine Kirche einkehrte, aus welcher Orgelton klang. Nach der Messe kam er mit dem Banknachbarn ins Gespräch, der ihm angesehen hatte, daß er endlich niemand mehr war. Pascal war Priester und in einer Organisation tätig, die sich um arbeitslose Einwanderer aus Nordafrika kümmerte. Hubert begleitete Pascal nach den Vorlesungen in die Hinterhöfe seines eigenen Viertels, und Mandy begegnete ihm wieder, wenn auch nicht in Person. Er lernte Menschen kennen, die nicht einmal eine Chance hatten, sich selbst zu verkaufen.

Es gab Tage, wo er beides nicht mehr aushielt, das Elend der andern und die eigene Leere. Dann setzte er sich in die Bahn und reiste nach Gent zu St. Bavo und betrachtete den siebenflügeligen Altar der Gebrüder van Eyck. Es war sein Bild, und doch sah er an den Figuren vorbei, den Anbetern des Lamms, den Darstellern einer religiösen Vergangenheit. Er vertiefte sich in die Bäume und Büsche, aus denen sie hervortraten, in die Pflanzen, die ihre Füße nicht berührten, die Landschaften, die sie halb verdeckten, in das

Stadtbild am Horizont. In diesen Hintergründen und Nebenschauplätzen fand er die ganze Wahrheit seiner eigenen Seele. Er sah an all diesen wohlaufgestellten Menschengruppen vorbei in eine unscheinbare Tiefe, wo sein Blick zu Hause war. Hinter einem Baumpaar, einer dunklen Zypresse und einer etwas höheren Dattelpalme, ging eine lichte Ferne auf, in der sich nur noch Spuren sichtbaren Daseins hielten. Hier lag der Ursprung von allem, dort wollte Hubert untergehen, wie das Trunkene Schiff, damals sein Lieblingsgedicht. Wie unbegreiflich exakt und wie fremd zugleich hatten diese Brüder van Eyck jedes Blatt, jedes Gras gemalt! Hubert hatte bei Rousseau eine Stelle gefunden, die ihm aus dem Herzen gesprochen war: *Ich verdanke mein Leben den Pflanzen, nicht wirklich, aber sie haben mir ermöglicht, im Strom des Lebens weiterzuschwimmen und nicht unterzugehen, beschwert von Bitterkeit.*

Die Bitterkeit zeigte sich im Widerstand, mit dem Hubert den Manns- und Weibsbildern auf dem Altar begegnete, den gerechten Richtern, frommen Rittern, Eremiten und Pilgern, den Heiligen und Märtyrern, den Engeln mit und ohne Flügel, den Sibyllen und Propheten. Keins der Gesichter, einschließlich dasjenige des Vaters in der Höhe – oder war es der Sohn? –, das nicht von heiliger Einfalt strahlte, und manche stanken vor Eitelkeit. Dagegen war die gewachsene Natur auch gemalt, nur gemalt, ohne eine Spur von Falsch. Mit jeder pflanzlichen Existenz wurde die Kunst für Hubert zur reinen Erlösung.

Der Altar lag hinter Panzerglas. Er war zu oft zerstückelt, ausgeweidet, verschleppt und verhökert worden. Welches Stück des Altars hätte Hubert für sich gestohlen?

Eines, das original nicht mehr zu sehen war. Es lag jetzt auf der Rückseite des Altars – eigentlich der alltäglichen Schauseite, denn er hätte, außer an hohen kirchlichen Feiertagen, geschlossen bleiben müssen. Als Museumsstück aber blieb er aufgesperrt wie das Maul eines ausgestopften Hais. Hätte die Kirche noch *gelebt*, hätte man am 29. August 1963, einem gewöhnlichen Donnerstag, als Hubert die Kathedrale St. Bavo zum ersten Mal betrat, anstelle

Gottvaters, der Muttergottes und Johannes des Täufers ein *Stilleben* gesehen, das diese Herrschaften gnädig bedeckte. Es war Teil der *Verkündigung*, und Hubert liebte wiederum nur den kleinen Teil davon, der den *Abstand* zwischen Engel und Jungfrau illustrierte. Was machte die Kunst aus dieser heiklen Stelle, wo der Funke des Heiligen Geistes springen soll, den man sich aber nicht als männlichen Samen vorstellen darf, sowenig wie das Organ, das ihn empfängt als weiblichen Schoß?

Hier malten die Brüder van Eyck auf zwei Paneelen die *Stille* zwischen den Figuren. Auf dem linken blickte man durch ein zweiteiliges Bogenfenster auf eine Straße des alten Gent. Das rechte aber zeigte nur eine Wandnische, die zum Waschen von Gesicht und Händen dient. Sie hat, in ihrer gotischen Einfassung, ganz wenig Licht aus einem kleeblattförmigen Fenster. Das Kupfergeschirr schimmert in halber Dämmerung um so eigensinniger: der Kessel, der an einer Kette bis zur Mitte hängt, das Becken auf dem Boden der Nische. Ein straffes, doppelt gefaltetes Tuch, das an seiner Stange förmlich aus der Wand springt, schirmt die kleine Wasserstelle vor dem indiskreten Blick ab, in ganzer Länge, als wäre es eine Gardine. Dabei ist es selbst ein Gegenstand täglichen Gebrauchs, mit dem man sich Gesicht und Hände trocknet. Nur ein Linnen, aber welcher Stolz des Hauses strahlt daraus hervor, welche Würde der Reinlichkeit!

Weil jetzt alle Besucher des Bildes seine Botschaft in einem großen Figurentheater suchten, blieb das kleine Stilleben, in dem sie Hubert empfing, dauerhaft verborgen. Aber Hubert war dankbar, daß er eine gute Kopie besaß, denn hätte er das Original gestohlen, so hätte er auf der Rückseite ein Stück von Maria, dem Täufer oder gar Gott persönlich mitnehmen müssen. Dazu fühlte er sich nicht mehr imstande und nicht mehr verpflichtet.

Er war sich in den Hinterhöfen Lüttichs einer anderen Verpflichtung bewußt geworden und hatte zugleich die Hoffnung verloren, sie je abzutragen. Doch für Pascal war Hoffnungslosigkeit selbstverständlich und keine Entschuldigung. Seine Arbeit machte ihm

Vergnügen. Für ihn waren die Elenden nicht nur Opfer, sondern seine Oberen und Lehrer. Hubert sah, daß ihre Lage jeder Beschreibung spottete, dennoch kamen sie ihm lebendiger vor, als er je gewesen war, und auch fröhlicher. Mit Mitleid war den Unterkünften, die er betrat, nicht beizukommen, noch weniger mit schlechtem Gewissen. Für dieses mochte der reiche Jüngling Hubert Gründe haben, doch sie waren vergleichsweise privat und trugen nichts zu einer veränderten Welt bei, waren vielmehr Teil der gefallenen. Ja, es gab eine Art zu sein, die fast ein Verbrechen war, doch die satte Bürgerlichkeit, die ihm auf der Schauseite der Bilder entgegenstrahlte, war nur ihr vordergründiger Ausdruck. Die Anlage dazu reichte weiter zurück, vielleicht bis in den Kern der Schöpfung.

Maimonides, der «Führer der Unschlüssigen», wurde Arzt, um Philosoph zu bleiben. Achermanns Medizin war das Recht, und Pascal bestärkte ihn darin. Gerechtigkeit brauchst du gar nicht erst zu suchen; vielleicht findet sie dich auch so. Du weißt ja, was passiert, wenn einer dahinterkommt, daß er ein Gerechter sein könnte! Ist er's wirklich, so fällt er auf der Stelle tot um. Solche Verluste können wir uns nicht leisten. Da wir noch leben, gehören wir wahrscheinlich nicht dazu und fragen besser gar nicht danach. Immerhin, eine Spur, nur eine *Spur* gerechter werden können wir Menschen und Dingen schon, aber nur, wenn sie uns als Einzelne begegnen. Ein Fall, der uns etwas angeht, ist immer speziell. Das Böse steckt in der Verallgemeinerung, in der statistischen Größe, und wir sollten sie scheuen wie der Teufel das Weihwasser. Du mußt immer das *besondere* Recht suchen, *mon ami*, das allgemeine überlaß den Akademikern. Ein *wenig* gerecht sein kannst du nur von Fall zu Fall; und ganz wirst du es nie, sonst wärst du kein Mensch mehr. Jesus war so ein Fall, und sollte es wahr sein, daß er aus den zerstreuten Spuren unserer mangelhaften Gerechtigkeit einen Weg zusammensetzen kann, sogar einen Weg des Heils, *tant mieux*, aber überlaß das Ihm. Was wir als Heil suchen, kommt immer schief heraus. Dich geht nur deine Spur etwas an, das ist dein Stein des Puzzles. Und auch wenn du darin keinen Zusammenhang erkennst, behandle jeden Fleck Erde, aber auch jeden Flecken auf der Weste so, als wäre er das Ganze. Dein Puzzlestein ist der einzige Fels, auf den du deinen Glauben bauen kannst. Du darfst es auch lassen, das schadet nichts und ist vielleicht noch besser. Wenn du etwas sehen willst, wie es ist, steht dir zuviel Glaube nur im Weg.

Auch in Lüttich blieb Hubert zweimal zwei Jahre, aber am Ende unterlief es ihm zum ersten Mal, die Gelübde zu halten, die er seiner Kirche schuldig geblieben war, Armut und Gehorsam dem Sinne nach, und die Keuschheit sogar wörtlich. Daß er jetzt anfing, sich nach Liebe zu sehnen, fand er ein gutes Zeichen.

Es war beinahe fünf Uhr, Hubert fror, und im Kloster am See blieb es unverändert still. Offenbar war das Nachtgebet aus der geistlichen Tagesordnung gestrichen, und bis zu den *Laudes* mochte er nicht warten. Vom nahen Bahnhof war Rangiergeräusch zu hören; er ging mit steifen Gliedern zum Automaten hinüber, um eine Fahrkarte zu lösen. Er war der einzige Gast im überheizten Wagen, und kaum begann er zu rütteln, nickte Hubert ein.

Er kam erst im Hauptbahnhof wieder zu sich. Der Fußweg zu seiner Bude führte nicht an der Chorherrengasse vorbei, aber es war nur ein mäßiger Umweg, und plötzlich hatte er Lust, sich an den neuen Arbeitsplatz zu setzen. Jetzt besaß er einen Schlüssel zum Haus mit der Sonnenuhr. Schritt für Schritt erstieg er das würdige Treppenhaus, dann die schmaleren Stufen zur Dachetage und trat mit ein paar Schritten ins Freie. Aufgeräumt und naß wie ein gescheuertes Schiffsdeck reichte die Terrasse in den Morgendunst hinaus, durch den das Vorgefühl kommender Helligkeit geisterte. Als Hubert eine Weile an seinem Schreibtisch saß, trat, wie aus treibendem Rauch, die Insel des Höhenzugs im zarten Sonnenlicht hervor. Doch dann verschwand sie wieder wie ein Phantom, und der Blick reichte nicht weiter als bis zum schwarzen Würfel am Rand der Mansarde.

Plötzlich drangen Laute an Huberts Ohr, zuerst ungewiß, aus welcher Richtung; aber als nur das entfernte Ende der Dachwohnung in Frage kam, war schon mehr als deutlich, was sie zu bedeuten hatten. Jacques feierte den Einzug in die neuen Räume auf seine Art. Das gedehnte Singen einer Frauenstimme, der Takt, in dem sie abbrach und wiederkehrte, schloß unmittelbar an Erinnerungen auf der Ufermauer an. Nicht schon wieder! hätte Achermann beinahe laut gesagt und lauschte doch gespannt wider Willen. Endlich wurde es still. Hubert vergegenwärtigte sich Reinholds Mandat und zog einen Block aus der Schublade. Er dachte leichter, wenn er dazu zeichnete; zu schreiben begann er dann von selbst.

Wie ließ sich Dörigs Aktivlegitimation zu seiner Klage begründen? Warum sollte der trotzkistische Unternehmer vom Mißbrauch eines christlichen Symbols – diesen einmal vorausgesetzt – persönlich betroffen sein? Gar in seiner Persönlichkeitssphäre verletzt? Religiöse Überzeugungen konnte er ja wohl nicht ins Feld führen. Er setzte sich für ein Rechtsgut ein, das allgemeine Geltung beanspruchte – besaß es sie auch? Oder nur als Kulturgut? Aber wie soll ein solches einklagbar sein, wenn …

Ein Schrei, diesmal schrill und durchdringend. Als er in den Korridor hinaustrat, stand eine Frau vor ihm. Marybel, nackt, die Augen vor Entsetzen geweitet.

Er stirbt!

Mit ein paar Schritten war Hubert in Jacques' Zimmer. Er lag bäuchlings auf dem Fußboden. Hubert drehte ihn zur Seite, dann auf den Rücken. Jacques war fahl und hatte die Augen geschlossen. Mit dem Ohr auf der Brust fand Hubert keinen Puls, wohl aber am Handgelenk, unglaublich schleppend. Er stemmte Jacques' Oberkörper an der Bettwand hoch und schlug ihn auf beide Wangen, während Marybel ihr Gewicht gegen seine Brust warf, immer wieder. Plötzlich schlug er die Augen auf und packte ihre Hände. – Was ist los?

Bist du da? rief Marybel. Jacques! Jacques!

Wo soll ich sein? sagte er. – Und Hubert ist ja auch da. Bin eingeschlafen. Marybel, so was! Du bist die erste Frau, mit der ich *geschlafen* habe!

Jacques! stieß sie hervor, dann ließ sie den Tränen freien Lauf.

Wir brauchen einen Arzt, Jacques, sagte Hubert.

Ach, der weiß es schon. Mein Herz hat einen kleinen Fehler. Ich habe viel größere und lebe noch. Schatz, beruhige dich doch.

Er nahm sie in die Arme, und sie lag schluchzend an seiner Schulter.

Ich will aufstehen, sagte er, zog sich am Bett hoch, stand und zitterte. – Besuch, und wir haben nichts an. Wo bleibt unser Anstand, Marybel?

Sie holte Frotteetücher aus dem anstoßenden Badezimmer; eines schlug sie sich um den Leib, das andere über Jacques' Schulter. Und schon war er ein Herr.

Da können wir ja gleich was besprechen, Hupp. Wir brauchen ein Sekretariat. Hier steht es vor dir, wenn auch nicht im Dienstanzug, aber das sind Äußerlichkeiten. Wenn du uns zufällig gehört haben solltest: das war ein Anstellungsgespräch.

Jacques, sagte Hubert, das muß erst besprochen sein.

Darum bespreche ich es mit dir. Mit Moritz ist es besprochen.

Er ist einverstanden?

Überglücklich. Ich habe schon zwei Klienten. Ich brauche Hilfe. Und den Seinen gibt's der Herr im Schlaf.

Und wo soll sie arbeiten? fragte Hubert.

Leu macht ein Zimmer frei, in der vierten Etage – er braucht es nicht, und da ist sie ungestört. Natürlich arbeitet sie für uns alle – nicht wahr, Marybel? Ihre Arbeitskraft ist teilbar, nur ihre Seele nicht.

5
1946–1970. Vorleben eines Engels

Marybel, getauft Anne Marie, war das elfte Kind ihrer Eltern und das achte lebende. Sie betrieben in ihrem Walliser Zweihundertseelendorf ein Geschäft, das man damals noch einen Kramladen nannte und in dem von der Karrensalbe bis zum Klistier alles zum Überleben Notwendige zu kaufen war. Verhütungsmittel führte der Vater nicht, auch wenn ihm ihr Mangel einst zum Schicksal geworden war, denn er hatte die Frau, die er geschwängert haben sollte, heiraten müssen. Aber die Serviertochter im «Simplon» war eine Schönheit, und ihre Verehrer blieben Kunden, als sie eine tüchtige Geschäftsfrau geworden war, wohl auch eine brave Ehefrau. Jedenfalls gebar sie Jahr um Jahr ein Kind, von denen keines aus der im Tal vorherrschenden Art schlug, die, je nach Gesichtspunkt, als erstaunlich oder erschreckend homogen beschrieben wird. Es blieb gewissermaßen alles in der Familie. Tüchtige Nachkommen wechselten mit sogenannten Gotteskindern, und wenn sie Glück hatten, vertauschten sie die Wiege früh mit dem Särglein und wurden dem wahren Vater in die Hände zurückgelegt. Oft half eine Mutter auch mit dem Kissen nach, ein nicht erlaubtes, aber das einzige Verhütungsmittel im Tal, wobei das Mißgeschick nur einem getauften Kind widerfahren durfte. Frau Rosy nahm die Gelegenheit zur Beichte ausgiebig wahr, seit der Bischof dem Dorf einen Priester aus Irland zugeteilt hatte, dem Walliserdeutsch nicht geläufig war. Da Rosy Manieren gelernt hatte, war sie ganz die Rechte, gegenseitigem Unverständnis abzuhelfen.

Kurzum, die nächste Tochter, die Rosy gebar, gab schon in der

Wiege keines der Merkmale einheimischer Eigenart zu erkennen. Ein schneeweißes Gesicht, über das Sommersprossen huschten wie Laubschatten, Stupsnase, tiefblaue Augen und rotes Haar machten Anne Marie zu einem Gotteskind der besonderen Art, das denn auch früher als andere lesen und schreiben lernte. Für Hochwürden war der Anblick des Töchterchens, das seiner Messe mit Andacht zu folgen schien, eine tägliche Prüfung. Da ihm seine Oberen die Versetzung verweigerten, war es schließlich Anne Marie, die aus dem Dorfbild weichen mußte. In ihrer weitläufigen Verwandtschaft fand sich eine nach Münsterburg ausgewanderte Tante, unverheiratete Handarbeitslehrerin, die das Kind in Kost nahm. Sie kam ihren stiefmütterlichen Pflichten nach, aber sie hatte der Heranwachsenden, deren Wesen ihr ein Ärgernis oder ein Vorwurf war, die Wärme nicht zu bieten, nach der das Kind hungerte. Es hatte Heimweh nach einem himmlischen Leben, denn für dieses wußte es sich bestimmt, seit es in einem Weihnachtsspiel die Rolle des Engels mit der Lilie gespielt hatte.

Nach dem Schulabschluß, bei dem Anne Marie wieder unter den Besten war, begann sie die Lehre bei einem Buchhändler, der katholische Theologie im Sortiment führte. Die junge Frau war noch keine Woche im Geschäft, da hielt sie nach Dienstschluß, beim Einrichten der Weihnachtsauslage hinter verhängtem Schaufenster, den Lilienstengel ihres Chefs in der Hand. Nach dem ersten Schreck schien ihr die Kenntnis, wie man sich damit zu benehmen hatte, von selbst zuzuwachsen. Keinen Augenblick lang hatte sich die Sechzehnjährige als Opfer gefühlt. Auch wenn es frivol wäre, den Mißbrauch eines Dienstverhältnisses ein Aha-Erlebnis zu nennen: es war durchaus nicht ihre eigene Abhängigkeit, die sie zu spüren bekam. Der Mann hatte mit seiner natürlichen Schwäche zielsicher ihre Stärke getroffen, die sie, von Gewissensbissen befreit, gegen ihn auszuspielen verstand. Der Lilienstengel bescherte ihr freie Tage oder eine Lohnaufbesserung, aber sie verwendete die Vorzugsbehandlung auch zugunsten anderer: ihre Kollegialität war so musterhaft wie ihre Diskretion. Mit ihr glaubte der Chef nichts zu riskieren. Dabei war sie es, die sich auf seine Angst und seine Scham verlassen konnte.

Den Respekt für sich selbst, den sie benötigte, verschaffte sie sich als Leserin. Sie nützte ihren Arbeitsplatz zur Fortbildung, und auch wenn sie nicht sicher war, die Kirchenväter oder theologische Fachliteratur zu verstehen, so lernte sie ihr Unverständnis vorteilhaft einzusetzen. Kunden, die sich kompetent glaubten, verwickelten niemanden lieber in ein Gespräch als die attraktive junge Frau, die sich so gern etwas erklären ließ. Der Buchhändler wußte nicht, daß Anne Marie neue Ziehväter gefunden hatte, die sich nicht nur mit Belehrungen begnügten, aber keiner trübte ihre Wachsamkeit. Viele Männer betrachteten, was sie in der Hose hatten, als Zauberstab. Für sie blieb es eine Wünschelrute, und ob sie ausschlug oder nicht – Gewinn brachte sie allemal, doch einen wahren Schatz angezeigt hatte bisher noch keine. Das bloße Vergnügen blieb doch zu platt, verglichen mit der *Tiefe*, die aus Büchern zu schöpfen war. Am Ende der Lehre bedurfte der Chef kaum der Nachhilfe, ihr ein glänzendes Zeugnis auszustellen.

Jetzt benötigte sie eine Stelle und auch eine neue Bleibe, denn bei der Tante hatte sie die Koffer packen müssen, nachdem sie drei Nächte unentschuldigt weggeblieben war. Zuerst war sie im möblierten Zimmer einer studentischen Kundin untergekommen, bis diese von ihrem Auslandssemester zurückkehrte. Danach öffnete ihr ein UNO-Funktionär seine generöse Eigentumswohnung, die er, da er eigentlich in Genf arbeitete, nur als Pied-à-terre nützte, aber er versteckte darin eine wertvolle Sammlung russischer Ikonen, die nicht ganz legal zusammengekommen war und die er nicht ohne Aufsicht lassen wollte. Anne Marie hatte ihn in der Buchhandlung kennengelernt, und von seiner russischen Mutter – angeblich einer natürlichen Tochter Rasputins – hatte er ein Liebesvermögen geerbt, das er für übernatürlich hielt und von dem er die Frauen, im Goldschatten seiner Figuren, profitieren ließ, bis sie um Gnade flehten. Anne Marie tat ihm den Gefallen, denn sie suchte ja immer noch eine Stelle. Und siehe, unter den gefallenen Engeln, die den Rasputin-Enkel anflogen, fand sich auch ein solider. Er war in der Öffentlichkeitsarbeit der damals noch stolzen nationalen Luftgesellschaft tätig und bot ihr eine Ausbildung zur Stewardeß an, eine Knochenarbeit, für die man damals nur die feinsten Töchter des Landes in Betracht zog.

Anne Marie hatte bei ihrem Lebensstudium Grundsätze entwikkelt; etwa den, sich immer eine männerfreie Privatsphäre zu wahren und aus jedem Verhältnis das Maximum an Lernbarem zu saugen. Ehrliche Arbeit hatte sie nie gescheut, und auch die diskretere verrichtete sie ehrlich, denn dafür nahm sie niemals eine Entschädigung in Geldform an. Für *keine* Liebe, so ihr Grundsatz, wolle sie auch nicht bezahlt werden. Der Dienst in der Luft versprach ihren Horizont zu erweitern, aber zuvor verlangte er drei Jahre straffer Ausbildung. Anne Marie richtete sich in zwei Hinterzimmern des Halbrussen ein Studio ein und beschränkte sich künftig auf die Bewachung seiner Kunstobjekte. Wenn sie eine Art Kontaktsperre über ihr Geschlechtsleben verhängte, zeigte sich ein Gesetz der Ökonomie: je rarer sich eine Frau macht, desto mehr kann sie verlangen. Aber wenn sie Geist hat, verlangt sie es auch von sich selbst.

Jetzt verfeinerte Anne Marie die Kunst, Vorzüge gewinnbringend spielen zu lassen, durch eine adrette Uniform. Sie hieß nun Marybel, auf Anregung eines saudischen Prinzen, der sie hartnäkkig bei diesem Namen rief, als sie ihn, auf dem Flug nach Djakarta, in der ersten Klasse bediente. Auf nächtlichen Langstreckenflügen war die erste Klasse damals noch eine Kontaktzone, in der schon mancher Karrieresprung einer Luftbegleiterin begonnen hatte. Auch im Cockpit fuhr noch kein Bewegungsmelder mit. Marybel kannte den Streß, der im Niemandsland eines Diensthotels in der toten Zeit zwischen Hin- und Rückflug nach Abfuhr drängte. Aber der Scheich blieb eine Ausnahme, die nur wegen ihres geistlichen Interesses durchging. Marybel hatte angefangen, sich mit Gott zu beschäftigen, im Ernst. Lieb war er nicht, soviel war klar. Aber was dann? Und *wer* eigentlich war Gott?

Von der Messe, die sie als Kind besucht hatte, ging ihr ein schweres Wort nach: die Heilige Trinität. Gott war dreieinig. Er kam in dreierlei Person, und die Jungfrau Maria stieß noch dazu, dann auch noch die Mutter Kirche. Aber einen rechten Platz hatten die Frauen nicht. Der wahre Gott war ein Männerpaar, Vater und Sohn. Zum Zeichen, daß sie eigentlich eins waren, kam noch ein dritter dazu, der Heilige Geist. Er blieb unscharf. Es war nicht einmal ganz sicher, war er Mann oder Frau. Doch eher Mann. Vater und Sohn durften doch nicht durch eine Weiblichkeit verbunden sein. Wodurch aber dann?

Marybel hatte auch Männer sich paaren sehen, bei ihrem UNO-Beamten sogar öfter, und hatte Mühe, sich Gottvater und Gottsohn in Liebe vereint vorzustellen. Etwas stimmte da nicht, die Liebe eines Vaters zu seinem Sohn sah anders aus. Warum mußte er ihn kreuzigen lassen? Warum mußte der Sohn erst zum Leichnam werden, bevor ihn der Vater von den Toten erwecken und zu sich in den Himmel erheben konnte?

Mit der Muttergottes hatte sie fast kein Problem. In ihr erkannte sie sich wieder. Jungfrau brauchte sie nicht zu sein, das war eine Redensart. Auch eine Lilie duftet, weil sie bestäubt und befruchtet werden will. Ihre Blüte ist ein Geschlechtsteil, und selbst wenn sie nichts als weiß und rein gewesen wäre, gehörte ein Stengel dazu. Paaren kann sich die Frau besser als der Mann, auch wenn er es nicht glaubt. In diesem Unglauben kann man ihn lassen. Er macht ihn selig, und der Frau tut es nicht weh. Aber sie wird nicht selig davon.

Sie haben noch nie geliebt, Marybel, hatte ihr ein Liebhaber gesagt. Dabei konnte er sich nicht beklagen. Als Frau war sie stark, dazu brauchte sie nicht einmal einen Orgasmus. Sie war immer stärker gewesen als ihre Eltern, ihre Geschwister, die Tante, der Pfarrer und alle Kerle, die sich bei ihr tummelten. Und doch, der Mann hatte nicht unrecht – ein Taxichauffeur in Bombay, ein arbeitsloser Dozent der Philosophie. Es war etwas Wahres daran, daß sie noch nie geliebt hatte.

Warum durfte sich die Muttergottes nicht gepaart haben? Damit sie die Männer nicht beschämen konnte? Die beiden Gottmänner, Vater und Sohn, hätten dann ja merken müssen: sie ist uns über. Ohne sie hätte es nie einen Sohn gegeben. Und wenn der Vater schon eins sein will mit dem Sohn, gäbe es auch diesen Vater nicht. Eigentlich müßte sie über uns sein, wie bei vielen Heiden. Wenn sie plötzlich nicht mehr kniet und dient, sondern aufsteht? Und jeder sehen kann, wie groß sie ist? Den Männern fällt zur Muttergottes blutwenig ein. Man läßt sie hängen, irgendwo zwischen Himmel und Erde. «Weib, was habe ich mit dir zu schaffen?» Könnte er mit der Mutter nicht etwas netter sein, dieser Sohn? Warum soll er sie weniger liebhaben als einen Vater, der ihn aufs Kreuz legt? Weil sie nur ein Mensch ist? So einer wurde er doch auch, und sogar der elendste. Wer war elender als er am Kreuz? Seine Mutter mußte auch noch zusehen. Und als er wieder Gott wurde, hatte er keine Stelle für sie.

Auf den langen Nachtstrecken, wenn sie auf dem Notsitz einnickte, suchte sie im Himmel der Männer eine Stelle für sich. Im Halbschlaf kam ihr der Christenhimmel wie ein einziger Auflauf vor, bei dem jeder vermitteln will. Es muß ein Riesenstreit ausgebrochen sein, denn man hört die Vermittler durcheinanderschreien. Aber man hört nur sie. Vielleicht ist die Vermittlung selbst der Streit. Sie muß ein riesiges Geschäft sein. Aber es funktioniert nicht. Jede Stelle darin ist mindestens doppelt besetzt, oft dreifach und noch mehr. Dabei beansprucht jeder auch gern die Zuständigkeit für das ganze Geschäft. Du sollst keine anderen Götter neben mir haben. Keiner kommt zum Vater denn durch mich. Außerhalb der Kirche kein Heil. Wovor haben alle soviel Angst? Was gibt es denn an der Welt, was so schwer zu vermitteln ist, daß Gott Zwischenträger in Anspruch nehmen muß, eine Fehlerquelle nach der andern? *Sie* sind der Fehler, aber sie verheißen uns, sie würden uns die Fehler nicht anrechnen, die wir eigentlich nur ihretwegen machen. Ist das gnädig? Warum versteckt sich Gott hinter seinen Maklern?

Auf einem Flug nach Hongkong kommt sie dahinter. Der Fehler im System liegt nicht darin, daß die Menschen nicht an Gott glauben. Dazu kommen die meisten, irgendwie, aus Gefälligkeit, Wunschdenken oder Todesangst. Das Problem ist: Gott glaubt nicht an den Menschen. Davor hat er Angst. Schon der Gedanke wäre das Ende der Welt, und er verschleiert ihn vor sich selbst, mit einem Gewusel von Mittlern, einer Wolke von Zeugen. Heilig, heilig, heilig, sagen sie, und: du bist gut, alles ist gut, alles herrlich wie am siebenten Tag. Aber Gott weiß es anders, und keiner wagt ihm zuzustimmen.

Wenn Marybel imstande wäre, Gott etwas vorzumachen, so viel, daß er an den Menschen glaubte, wäre sie dann nicht die Frau, auf welche die Welt gewartet hat? Sie glaubt an sich selbst. Das hat sie gelernt. Sie hat auch gelernt, Männern etwas vorzumachen – sie verlangen geradezu danach, aber natürlich sprechen sie es nicht aus. Auch Gott würde es nie zugeben, davor bewahren ihn die Vermittler. Gott kann man nichts vormachen, sagen sie. Und wenn doch? Wenn man ihm den Glauben an den Menschen vormachen müßte, für den er vielleicht keinen Grund mehr findet? Natürlich spricht alles gegen diesen Glauben, das weiß Marybel auch. Ihr macht man nichts vor. Frauen macht man überhaupt weniger vor als Männern – außer wenn sie lieben. Dann kennen sie nichts mehr.

Sie habe noch nie geliebt, sagte der Taxichauffeur. Wenn das ein Glück wäre? Ein Vorteil für das ruhige Blut, mit dem sie Gott etwas vormacht? Ein gelungenes Leben, trotz aller Fehler Gottes, die er so grausam zu fürchten scheint, daß er Heerscharen von Mittlern unterhält, die sie schönreden? Natürlich ist das Leben nicht schön. Aber wenn man es packt, wird es ein Wunder. Marybel packt es nicht für Gott, nur für sich. Dann, wer weiß, glaubt Gott an sie. Dieser Glauben wäre das Größte. Vielleicht ging es ohne Liebe – wahrscheinlich ging es *nur* ohne Liebe, denn da kannte man nichts mehr. Ein wenig davon nahm sie sich immer noch heraus, wenn es sich so ergab. Hoffnung hatte sie nicht nötig.

Praxis ist alles. Und dabei durfte man Gott vergessen.

Ihr Beruf brachte sie an alle Enden der Welt, an flugfreien Tagen probierte sie allerhand; es konnte auch mal eine Woche werden. Bei Big Sur an der kalifornischen Küste nahm sie an einem Kurs teil, der betitelt war: *I Love No Body – No Body Loves Me.* Es hatten sich nur Leute eingeschrieben, denen man auf den ersten Blick glaubte, daß sie nicht geliebt wurden. Und daß ihnen damit, daß sie liebten, nicht geholfen war. Marybel aber war sexy. Damit störte sie anfangs, dann aber wurde sie fast zur Schlüsselfigur. Denn was hier «Arbeit» genannt wurde, sollte die Erfahrung ermöglichen, wie sehr man sich über das Allerwichtigste täuschen konnte – sogar ein unvorteilhaftes Selbstbild. Es kostete die schöne Marybel keine Überwindung, auf jeden und jede *zuzugehen* und vermeintlich unheilbare Wunden zu lecken. Und am letzten Kurstag war dies wörtlich zu verstehen.

Daß Marybel dabei die Augen geöffnet wurden, ist eine paradoxe Behauptung. Denn dort, wo man hingeführt wurde, sah man nicht einmal mehr die Hand vor dem Gesicht. In der legendären Black Box des blinden Gurus Pat O'Donnell war er der einzige, der sich darin so mühelos orientierte wie andere am hellichten Tag. Die Paare setzten sich, dann legten sie sich zueinander, wie von Pat bestimmt: *Now let your Upper face meets the Lower face of your companion, while his or her Upper face meets your Lower face. Speak to it, but with no words; listen to it, but with the wholeness of your body.*

Später wird Marybel beschwören, daß sie in dieser Körperfinsternis, die dicht war wie ein Mutterleib, soviel gesehen habe wie im Leben noch nie. Denn die Gedanken, zu denen sie eine fremde Zunge beflügelte, seien *sichtbar* gewesen, so plastisch wie das Gebilde, dem ihre Lippen zusprachen. Männlich oder weiblich – es habe immer weniger eine Rolle gespielt. Ungezählte Male sei sie gestorben und wiederauferstanden. Zugleich habe sie die Musik dieses fließenden Prozesses empfunden, einen Rhythmus hinter dem Werden und Entwerden, den *Takt* der Natur. Sie, sie alle, machten die Musik, aber zugleich war einer da, der sie ordnete; blind, wie er war, sah und wußte er immer und überall Bescheid.

Jedem Ton, den Pat empfing, entnahm er, was die Musik verlangte, wann es geboten war, eine Passage abzuklopfen, jemanden an eine andere Stelle zu führen; wie man ein Feuer gleichmäßig abbrennen läßt, indem die Zange ein erloschenes Holz wieder zur Mitte rückt, wo es frisch auflodern kann.

Pat hatte die Gruppe so lange brennen lassen, bis sie von selbst ausgebrannt war, ohne erschöpft zu sein. In aller Ruhe blieben sie beieinander liegen, ohne irgend etwas tun oder lassen zu müssen. Jetzt verweilten sie gemeinsam in einem Zustand *leibhafter* Erleuchtung. Festhalten konnte man diesen Augenblick nicht, und doch hatte er etwas Bleibendes. Denn *er* war es nun, der einen festhielt, und vor dem Hintergrund dieser Erinnerung sah man die Welt *anders*.

Sie flog immer noch und schlief hie und da mit einem Mann, auch mit Frauen, und eigentlich lieber. Bei ihnen wußte das obere Gesicht besser Bescheid über das untere Gesicht. Darum verständigten sich auch die unteren Gesichter mit mehr Geduld. Männer mußten immer wieder nach- und loslegen. Sie verstanden es nicht, gründlich zu sterben. Darum lebten sie sprunghaft, immer nur von Fall zu Fall.

Im Bild der verschränkten Fischblasen, das Marybel um den Hals trug, hatte auch ihr Verhältnis zu Gott einen Sprung getan. Sie ließ die Trinität hinter sich und war bei einer umfassenden Zweiheit angelangt, in der sich eine tiefere Einheit verbarg. Die Verschiedenheit der Geschlechter war bei beiden schwächer als die Spannung zwischen Kopf und Bauch. In der Black Box hatte der Kopf nicht nur mit dem Kopf gesprochen, der Bauch nicht nur mit dem Bauch. Beim banalen Sex schaltete der Bauch den Kopf aus, und wenn die Bäuche fertig waren, sollten wieder die Köpfe sprechen und wußten meist nicht, was. Marybel hatte schon lange vor der Black Box geahnt, daß auch die Bäuche nie richtig miteinander gesprochen hatten. Sie kannten nur den letzten Schrei, der die wahre Musik verstummen ließ.

Sprach der Kopf aber zum Bauch, der Bauch zum Kopf, so lernten beide reden. In der Black Box hatte jeder noch den Körper eines anderen dazu gebraucht. Doch immer weniger kam es darauf an, *welches* anderen, denn jeder Beteiligte besaß auch für sich selbst Kopf und Bauch. Marybel hatte für sich nie an eine Ehe gedacht, und allmählich begann sie jetzt auch dem Sex zu entwachsen. Was stimmen mußte, war ihr eigenes Verhältnis von Kopf und Bauch. Sie trug es in Form eines Medaillons um den Hals, das sie in Bangkok gekauft hatte, und legte es unter keinen Umständen ab. Gelassen und wohlgeneigt lagen da das Weibliche und das Männliche nebeneinander, Kopf an Bauch und Bauch bei Kopf, die Stärke des einen bei der Nachgiebigkeit des andern und beides umkehrbar. Jedes hatte auch ein rotes Zentrum mitten in der Kopflast, die von derjenigen des anderen aufgefangen wurde. Diese Kernpunkte lagen auf gleicher Höhe wie Augen, mit denen die schwarze und die weiße Blase plastisch *sehen* konnten – die *Leibhaftigkeit* der Dinge.

Bist du Taoistin? fragte hie und da ein Liebhaber.

Früher trug ich ein Kreuz, antwortete sie.

Marybel war keine Taoistin, aber sie hatte ein Tao. Das durfte man ihr anmerken. Sex mußte auch im Kopf guttun, sonst konnte sie ihn lassen. In ihren letzten Jahren bei der Luftlinie war sie, sogar nach den Begriffen der Personalchefin, eine korrekte Stewardeß.

Aber sie bekam kein Kind.

Seit sie gefürchtet hatte, vom Patron der Buchhandlung schwanger geworden zu sein, nahm sie die Pille regelmäßig. Dann fühlte sie sich für eine Veränderung reif; warum nicht für eine Schwangerschaft? Sie begann sich Väter auszusuchen. In ihrem Kopf hatte sich der Gedanke an Brutpflege eingenistet, nur der Bauch machte nicht mit. Da nistete sich nichts ein. Etwas fehlte noch zur Verständigung zwischen beiden. In dieser Lücke erschien ihr immer wieder ein totes Kind und verfolgte sie bis in die Träume, Träume aus dem Dorf.

Damals war sie selbst noch ein Kind, vier Jahre alt. Klara blieb lange eine Große für sie, das einzige Geschwister, zu der sie eine enge Beziehung hatte. Klara war immer dagewesen, sie durfte das

Bett nicht verlassen. Später erfuhr Marybel, sie habe an unheilbarem Muskelschwund gelitten, aber leiden hatte man sie nie gesehen. Sie war eben krank und würde es immer bleiben, das war ein Glück. Denn so konnte sie vorlesen, und wenn ihre Augen müde wurden, erzählte sie auch ohne Buch. Sie war blaß, wie die Feen in ihren Geschichten, aber hatte volles braunes Haar und eine starke, ein wenig schneidende Stimme. Sie kannte nicht nur gute Feen, sondern auch sehr böse, und erzählte von wilden Männern, die mit Schädeln kegelten, und von Dieben, die aufgehängt wurden; dann wuchs unter dem Galgen das Hexenkraut. Menschen wurde die Haut über die Ohren gezogen, sie mußten nicht einmal böse sein, und wenn kleine Buben in eine Schatztruhe spähten, schlug ihnen der Deckel den Kopf ab. Am liebsten hörte Marybel die Geschichte vom bösen Herrn Korbes, den Hühnchen und Hahn, Nähnadel und Stecknadel verfolgten, aber auch ein Mühlstein, der ihn am Ende platt machte, obwohl man nie erfuhr, was er ihnen eigentlich getan hatte. Nadeln konnte man auch im eigenen Laden kaufen, und Klara brauchte nicht auszusprechen, daß der böse Herr Korbes eigentlich der Vater war.

Eines Tages aber lag sie im Hinterzimmer des Ladens in einer erstaunlich kleinen Kiste auf zwei Böcken. Auch das Gesicht war sehr klein und immer noch gleich blaß. Doch sein Ausdruck hatte sich verändert; Klara lächelte. Sie war zum ersten Mal keine Große mehr. Marybel hatte gedacht, Klara werde krank bleiben, aber jetzt war sie ein totes Kind. Sie hielt einen Strauß Maiglöckchen in den gefalteten Händen. Wäre sie lebendig gewesen, sie hätte ihn gleich fallen lassen. Auch ein Brautkleid mit Schleier hätte sie nie getragen.

Nach dem Mittagessen schlich Marybel allein zu Klara und beugte sich vorsichtig über sie. Tod mußte doch einen Geruch haben. Aber es waren so viele Blumensträuße im Raum. Dann sah Marybel, wie sich auf Klaras Lid eine goldgrüne Fliege setzte und mit dem Rüssel darauf herumtastete. Das mußte Klaras Seele sein.

Das Bild der Schwester stand immer noch fest. Sie war zwölfjährig gestorben und geblieben, aber sie schien auch mit jedem Jahr soviel jünger wie Marybel älter geworden war. Die Schwester wurde endlich das Kind, das sie nie hatte sein dürfen, und etwas an ihr war in die Frau übergegangen, die Marybel an ihrer Stelle geworden war. Vielleicht war sie auch das Kind, das nicht zu ihr kommen wollte. Wo blieben die Toten, wo warteten sie darauf, sich wieder zu verkörpern? Warum legten sie sich quer und verweigerten eine Geburt? War die Tote beleidigt, als Marybel ihr entwachsen war, in ein weibliches Leben, von dem sie nicht einmal hätte träumen dürfen? Und piekte jetzt nach ihr wie die zornigen Nadeln nach dem bösen Herrn Korbes?

Im Herbst '69 hatte sie ihre Stelle gekündigt. Sie logierte immer noch bei ihrem UNO-Beamten, wo sie an flugfreien Tagen ein Auge auf seine Ikonen gehabt hatte; nun, da die Wohnung zum Daueraufenthalt geworden war, hatten die Ikonen ein Auge auf sie. Marybel kam sich verworfen vor, wenn sie durch die Galerie zürnender Greise und erstarrter Marien Spießruten lief. Auch ihre Hinterzimmer verwahrlosten, Trödelkammern der Souvenirs, die sie von ihren Flügen zurückgebracht hatte: javanische Schattenspielfiguren, chinesische Papierschirme, toltekische oder ghanaische Idole, fliegende Karpfen für das japanische Knabenfest, marokkanische Intarsienkästen, Prachtbände mit Faksimiles der Schriftrollen vom Toten Meer. Aus allen Dingen blickte sie jetzt ihre eigene Einsamkeit an und bevölkerte sich mit Gespenstern, die sich vom Tao an ihrem Hals nicht vertreiben ließen.

Von der Abfindung der Luftlinie ließ sich fürs erste leben, und Marybel hatte auch etwas zurückgelegt, auf der Bank Schinz & Cie, dessen Chef sie persönlich beriet, als er ihr zufällig im Schalterraum begegnete. Er wurde ihr Geliebter. Es gefiel ihm, wenn sie an einen Konferenzort vorausflog, um ihn dann auf seiner Suite zu überraschen. Im Sommer 1970 glaubte sie, schwanger geworden zu sein; aber die Hoffnung hatte sich wieder in nichts aufgelöst, als sie Thomas zu einem Fest begleitete. Sein Sohn Jacques feierte mit zwei Kollegen die Eröffnung einer Kanzlei in der Altstadt. Es gab eine Mansarde, darum hatte Marybel als Einstandsgeschenk ihre japanischen Flugfische mitgebracht.

Als sie zum ersten Mal in der Luft zappelten, war sie noch die Begleiterin eines reichen älteren Mannes gewesen, aber innerhalb weniger Stunden wurde sie ganz neu. Sie hörte nur noch Jacques' Stimme. Dazu sah sie den bunten Fischen im Nachthimmel zu. Zum letzten Mal saß sie bei Thomas Schinz, aber sie spürte kaum noch seine Berührung. Einmal, als Jacques aufblickte, hatten sich ihre Blicke getroffen; es war ein Schlag. Er mußte gestützt werden, als er auf sein Zimmer ging. Sie aber folgte ihm nach, und alles Weitere ergab sich von selbst. Und während sie den Geruch seiner Achselhöhle einsog, spürte sie den Hauch seiner Sterblichkeit darin, die Todesstille. Sie wußte, daß sie das Leben des Menschen, der ihr noch vor einer Stunde ein Unbekannter gewesen war, festhalten mußte, um es mit ihrem eigenen Leben zu nähren. Zugleich ruhten sie miteinander im Nest ihrer Heimlichkeit. Manchmal dämmerte Marybel, aber ihr Schlummer blieb wachsam wie der einer Mutter. Sie hörte Moritz' Stimme, ein Kommen und Gehen, das Klappen von Stühlen, das Schleifen schwerer Gegenstände. Draußen wurde aufgeräumt. Als es von einem nahen Turm viermal geschlagen hatte, hörte sie Tövets Gitarre, und dazu den Gesang. *«I never died» said he, went on to organize. Went on to organize.* Sie hörte Gläser klingen, man stieß an, auf das Ende des Festes, auf gute Heimkehr. Sie umfaßte den atmenden Körper neben ihr, so neu und so fremd, und schon näher als der eigene. Sie war zu Hause, zum ersten Mal.

Und dann, eine unbestimmte Zeit später, ihr Entsetzen: der Geliebte war tot. Aber ein Freund war da, Hubert Achermann, und gemeinsam holten sie Jacques wieder zurück. Doch schon an diesem Morgen mußte sie erfahren: sie hatte ihn nur geliehen. Jetzt wurde ihre Liebe Arbeit an Jacques' Leben. Er bot ihr eine Stelle an, wie zum Scherz. Für sie aber gab es schon keine andere mehr.

Er gehörte ihr nicht, aber jetzt gehörte sie dazu. Und jetzt ahnte sie, was sie bereit sein mußte, Gott vorzumachen: wie man über sich hinauswächst. Gott konnte das auch. Jetzt verlangte sie es von ihm, für Jacques. Er mußte leben.

Am Montag morgen kam sie wieder, um sich mit ihrer Stelle vertraut zu machen. Alle waren da, Moritz, Hubert und Jacques: der Geliebte war nicht nur ihr einziger, er war einer von dreien. Sie war gleichberechtigt, aber die Praxis, die dazugehörte, mußte sich erst entwickeln. Unter Brüdern war sie Gesellschafterin, keine Angestellte. Trotzdem bat sie, einstweilen wie eine solche behandelt zu werden. Sie brauchte ein Pflichtenheft.

Die Genossen – Marybel hatte das Wort noch nie gebraucht – waren, was ihre Praxis betraf, alles andere als dreieinig. Man gestand sich ein Grundeinkommen in gleicher Höhe zu; was darüber hinaus hereinfloß, kam in eine gemeinschaftliche Kasse und sollte verteilt werden. Ein Fünftel deckte die Betriebskosten, ein Fünftel wurde als Salär betrachtet, ein weiteres Fünftel kam in eine Kasse für «Aktionen», wozu auch Notfälle rechneten wie die Taxiauslagen für Gregor. Der Rest wurde als Reserve bei einer Bank deponiert, mit deren Anlagepolitik man sich politisch identifizieren konnte. Moritz hatte eine dänische bestimmt, aber es müsse sich um ein Provisorium handeln. Man suche einen ganz anderen Zugang zum Finanzgeschäft. Was Thomas Schinz betraf: die Miete, die er für die Anwälte übernommen hatte, wurde so bald wie möglich abgelöst – in aller Freundschaft, auch wenn Jacques murrte. Wir sind keine Ödipus AG, beschied ihn Moritz. Marybel wußte, welche Pläne Thomas mit Moritz gehabt hatte und wie große Stücke er auf ihn hielt. Zum Glück hatte sie diese Verbindung nicht ganz abgebrochen.

Noch lebten die Anwälte auf Pump, und das Salär kam einem Taschengeld gleich. Aber Moritz traf Vorsorge für ganz andere Verhältnisse. Sollten die Mandate der Teilhaber zu größeren Einkünften führen, würde der Löwenanteil einem Fonds zugeschlagen, den man als Kapital zum Einstieg in eine Steuerung des Geldwesens ins Gemeinnützige verstand. Marybel fühlte sich als völlige Analphabetin dieser politischen Wissenschaft. Aber es entging ihr nicht, daß Herz und Seele der Advokaten am gemeinsamen Projekt unterschiedlich beteiligt waren. Was Jacques betraf, so war er nicht nur *pfleglichen* Umgang mit Geld nicht gewohnt, sondern gar keinen. Warum hätte er im Haus seines Vaters rechnen lernen sollen? Hubert konnte haushalten, zugleich schien ihn Geld kaum zu interessieren. Moritz aber hatte die Akkumulation von Kapital zum Hauptziel des Kollektivs erklärt. Das konnte nur heißen, daß die Geschäftsführung an ihm hängenblieb.

Sie trafen sich von nun an jeden Freitagnachmittag um vier Uhr zu einer Kanzleikonferenz. Für ihre Beschlüsse wurde Einstimmigkeit verlangt – auch mit Marybels Stimme. Ihr Anteil würde sich nicht auf Büroarbeit beschränken, auch wenn sie darauf bestand, ihre Name dürfe in keinem Briefkopf erscheinen, bei keiner Präsentation, schon gar nicht auf dem Türschild.

Sie bleibt unsere graue Eminenz, sagte Jacques, und Moritz widersprach galant: ich sehe nichts Graues an ihr.

Eine glückliche Hand bewies Marybel sogleich beim Umgang mit Peter Leu. Sie hatte schon beim Dachfest die Witterung seines Elends aufgenommen. Jetzt wußte sie: Thomas hatte ihn in der Hand. Zugleich betrachtete er den Bankier als Hochverräter an seinem Vertrauen. Wer, wenn nicht der Vater, konnte dem Sohn die ehrenrührigen Indiskretionen eingeflüstert haben, mit denen Jacques seine Geisterrevue gespickt hatte! Da hatte Marybel allerhand richtigzustellen. Sie half Leu, seine Abhängigkeiten zu sortieren, und wußte, daß er sich gar nicht leisten konnte, seinen Hauptgläubiger zu verprellen, aber Reinhold Dörig bot die Chance, dessen Schlinge zu lockern. Marybel war klar, wem das Haus gehören mußte: der seltsamen Dreieinigkeit, deren beweglicher Teil sie geworden war, doch ihr Instinkt gebot ihr, Peter Leu als Respektsperson zu behandeln. Auch schenkten ihm die Advokaten das Wohnrecht auf der anderen Hälfte des vierten Stocks, den Dörig gemietet hatte, als Rückzugsgebiet vom Geschäft und einer zur Qual gewordenen Ehe. Es war Marybel, welche diese Lösung ausgehandelt hatte, und danach war es kein Wunder, daß Peter Leu sie als persönlichen Engel betrachtete. Beim Umzug innerhalb der Etage hatte Hermann Frischknecht Hand angelegt, und Marybel hatte sich mit ihm angefreundet, denn sie witterte seine besondere Beziehung zu diesem Haus.

Auch die Advokaten betätigten sich schlecht und recht als Umzugsmänner, allein Jacques verließ sein Dachzimmer nur ausnahmsweise. Auch das lag an Marybel – an der Schonung, die sie ihm auferlegte. Ihrem praktischen Urteil beugten sich Hubert und Moritz noch bereitwilliger als Jacques ihrem gesundheitlichen. Und so geschah es, daß ein Umzug innerhalb einer Etage ausreichte, Marybels Position im Anwaltskollektiv zu begründen – und auch diesem selbst einen festeren Boden einzuziehen.

Der Klientenverkehr der drei blieb undurchdringlich. Jacques war außer Haus mit einer reichen alten Dame beschäftigt, Moritz brachte immer noch einen Teil seiner Zeit im Bankhaus Schinz zu und war oft in London, um dort einen Stützpunkt zu errichten, wofür, verstand einstweilen er allein. Nur Hubert Achermann hatte schon in der ersten Woche eine Klientin in seinem Dachbüro empfangen. Es war die Schauspielschülerin Sidonie Wirz.

6
17. September 1970. Sidonie

Am Vormittag hatte sich Achermann mit dem Sortieren von Büchern beschäftigt, die in Marybels Büro zu einer juristischen Handbibliothek vereinigt werden sollten. Vom Einbaugestell, das die ganze hintere Wand des einstigen Salons bedeckte, würden viele Regale leer bleiben. Dort hatte die Spezialbibliothek für übersinnliche Phänomene gestanden, die Leus Vater angeschafft hatte, Protokolle spiritistischer Gesellschaften und Abhandlungen über Grenzphänomene, eingeschlossen das Werk Frau Dr. Fanny Mosers. Diesen eigenartigen Schutzwall eines bürgerlichen Haushalts hatten die neuen Mieter abgetragen und die Bücherkartons in die andere Etagenhälfte geschleppt, wo sie sich zu Türmen stapelten. Ob sich für die Altlast ein Käufer fand, war zweifelhaft, denn Leus Preisvorstellungen waren exorbitant. Offenbar fand er die geistige Welt entschädigungspflichtig für das Unglück, das sie in seiner Familie angerichtet hatte. Überdies war er dringend auf Einkünfte angewiesen. Achermann, Asser und Schinz hatten ihre Rechtsquellen und Weistümer zusammengetragen und sahen sich am Ende von der halbleeren Wand mit der Lückenhaftigkeit ihres Wissens konfrontiert.

Am Nachmittag saß Achermann in seinem Dachzimmer und arbeitete sich mit der Klage gegen Gott den Allmächtigen ab, ein paradoxes Stoßgebet, mit dem er sich Seines Beistands gegen den drohenden Besuch versicherte. Er erwartete Sidonie um sechs, und der letzte Schlag war noch nicht verhallt, als er den Summer hörte. Er schlüpfte in die Jacke seines beigefarbenen Sommeranzugs und lockerte zugleich die olivgraue Krawatte, während er zum Türöffner ging. Ihre Stimme in der Sprechanlage, darauf das Klöppeln ihrer Schritte; an der obersten Treppe kam er ihr entgegen. Ihre Kopfbewegung war brüsk, wie beim Tango, als sie ihm eine Wange zur Begrüßung bot; sie duftete nach etwas Herbem und folgte ihm, ohne einen Blick für die Terrasse, geradewegs in sein Büro. Sie hatte sich schon gesetzt, bevor er sie dazu einlud, und wünschte sich nichts als ein Glas Wasser.

Sie kommen von der Probe.

Rosalind, «Wie es euch gefällt». Zur Hosenrolle stimmte das kurzgeschnittene, zum Bubikopf frisierte Haar. Der Verdacht, daß sie das dunkelrote Knautschlederkostüm direkt auf der Haut trug, verstärkte sich, als sie die nackten Beine übereinanderschlug. Sie trat sich die kleinen Lackschuhe von den Füßen und bewegte ihre auffallend langgliedrigen Zehen, die silbern lackiert waren, wie die Hände, die sie ums Knie gefaltet hatte. Einer Frau nie geradezu in die Augen zu sehen, hatte zum geistlichen Comment gehört, aber ein Mund kann ebenso delikat sein. Derjenige Sidonies, blaß und üppig, zuckte wie eine ausgeblutete Wunde, als sie zu reden begann.

Kennen Sie den Mann, der in den Baum gesprungen ist?

Ich habe ihn zum ersten Mal gesehen.

Er hatte etwas unverschämt Indiskretes, als kenne er uns durch und durch. Wie kam er auf die Party? Hat er nichts erzählt? Sie haben ihn doch im Taxi nach Hause gebracht.

Er hat sich nicht bedankt. Erzählt auch nichts. Er wohnt bei einem älteren Mann in Rapperswil.

Haben Sie sich den genauer angeschaut?

Warum sollte ich?

Ich habe die Idee, er könnte Ihnen ähnlich gesehen haben.

Liebe Sidonie, ich wußte nicht, daß es der Baumspringer ist, der Sie herführt.

Ich entschuldige mich, Hubert – es kommt vor, daß ich eine Grenze überschreite. Wenn ich eine bestimmte Figur spiele, habe ich selbst keine Grenze mehr. Dann ist es möglich, daß ich Menschen verwechsle. Auf Ihrem Dach war ich selbst ein wenig ... jenseits. Ich weiß: Sie sind nicht Philipp von Hohensax.

Ich wäre von mir aus gar nicht auf die Idee gekommen, sagte er und errötete.

Dann hätte ich ihn schlecht gespielt, sagte sie, aber kommen wir zum Geschäft. Ich glaube, ich habe einen Auftrag für Sie. Doch um ihn anzunehmen, müssen Sie etwas von mir wissen. Und erzählen kann ich es erst, wenn Sie ihn angenommen haben.

Ich nehme ihn an, sagte er.

Sie lehnte sich zurück. Bevor sie die Augen niederschlug, hatte er sie leer werden sehen, als hätten sie keine Pupillen mehr.

Berlin 1945, Sidonie war noch nicht zwei Jahre alt. Sirenen. Die unbekannte Person, auf deren Arm sie saß, rannte in den Bunker, Einschläge, daß die Wände bebten, plötzliche Finsternis, Stöhnen, Verletzte, Tote, Männer in Uniform, die brüllten, rauchende Häuser, Trümmer. Immer verdunkelte Räume, etwas wie eine Schminkgarderobe, Musik, schwitzende Körper in Hast. Jemand, der sich über sie beugte, Hunger. Sie lag im Arm einer Frau, die ihr den Kopf in dickes Wollzeug preßte, während sie die Flasche bekam. Diese Frau war ein Lieder summender Berg. «Ich glaube, ich habe anfangs nur unter der Erde gelebt.» Aber dann wurde es Licht, grell, auch nachts. Ein Auto kam, mit Männern, die fuhren mit ihr durch Schutt und Trümmer zu einem großen Haus im Wald. Da waren schon viele andere Kinder, manche lagen im Bett, und eine Mutter gab es auch, aber nur eine für alle. Sidonie fror fast immer, aber sie bekam zu essen und durfte spielen. Lieder lernte sie auch. Manche Kinder verschwanden wieder, sonst blieb sich alles jeden Tag gleich, im Haus stand die Zeit still. Erst in der Schule verging sie stundenweise, sie stand im nächsten Dorf, die Kinder wurden im grauen Bus hingefahren, und der Fahrer trug Uniform. Man saß in Reihen und zeichnete die Buchstaben nach, welche die Lehrerin an die Tafel schrieb, deutsche, russische. Sidonie wußte fast immer die richtigen Antworten, sie lernte auch, daß sie eine Waise war. Ihre Eltern waren von bösen Menschen mitgenommen und getötet worden, jetzt suchte man neue Eltern für sie. Plötzlich – immer geschah lange nichts, und dann immer plötzlich – mußte sie ihre Sachen packen. Ein Auto mit einem roten Kreuz. Es fuhr mit ihr zu einem kaputten Bahnhof, und jetzt sah sie überall rote Kreuze: an den Waggons, sogar am Häubchen der Schwester, die sie in Empfang nahm. Der Zug war voller Kinder in geflickten Kleidern, viele weinten und riefen Mama, es gab zu essen für alle, Butterbrot, Apfelsinen, Schokolade und ein Getränk namens Ovomaltine. Wenn die Fenster zu spiegeln begannen, verwandelten sich die Sitzbänke in Betten, man wurde in den Schlaf gerüttelt, fuhr dann wieder bei Licht über blühendes Land und durch zerstörte Städte. Endlich kam man in einer an, die war ganz. Vor vielen Fenstern blühten Blumen, die Bahnhofstafel war weiß und blau, und Sidonie konnte sie lesen: Basel SBB. Plötzlich waren die Kreuze weiß statt rot, und sie geriet in eine verkehrte Welt. Die Leute bellten oder wimmerten nicht, sie plauderten und lachten, es gab zu essen, soviel man wollte, und wenn man aufwachte, waren die Häuser immer noch ganz.

Ich glaubte nicht, daß diese Welt richtig war. Es war die Welt, wie sie sein muß. Es gab Menschen, die hier zu Hause waren. Davon konnte ich nur träumen. Ich war neun Jahre alt, als ich in ein Kinderheim im Tessin kam. Hier durfte ich länger bleiben als alle, die noch Eltern hatten. Aber eines Tages sagte mir die Heimmutter, ich würde auch bald Eltern kriegen. Und dann holten sie mich ab. Sie hatten einen Bauernhof hoch über einem See. Da durfte ich bleiben. Der Mann war lustig, das war jetzt mein Vater. Die Frau war freundlich, das war jetzt meine Mutter. Ihre Sprache verstand ich noch nicht, aber gehört hatte ich sie schon im Heim. Und sie gaben sich Mühe, meine Sprache zu sprechen. Manchmal durfte ich ihnen sagen, wie etwas heißt. Sie beteten auf hochdeutsch. Später bekamen sie ein eigenes Kind. Da hatte ich Angst, ich müsse wieder gehen. Aber die Eltern sagten: Jetzt hast du ein *Schwösterli*, das Vreneli. Ich hätte es gern liebgehabt, aber es fürchtete mich.

Schon als es klein war, konnte ich ihm nichts recht machen. Wenn ich mit ihm spielen wollte, begann es zu weinen. Später schrie es mich an. Als das Müetti starb, sagte mir Vreneli: Du hast es getötet. Da war es elf, ich dreizehn und ging ins Gymnasium. Es war viel krank und wollte Vati für sich allein haben. Das war mir ganz recht. Jeden Tag fuhr ich mit dem Zug in die Stadt, und eines Tages ging die ganze Schule ins Theater – Schillers «Tell», das war obligatorisch. Da spürte ich: Das Leben auf der Bühne ist das wahre. Da kann man spielen, worüber man sich nicht zu reden traut, und bekommt noch eine wunderbare Sprache dazu. Ich schlich mich in die Proben, und eine Schauspielerin, die selbst aus Berlin geflohen war, wurde meine Freundin und verschaffte mir Karten für die richtige Vorstellung. Jetzt war ich fast jeden Abend im Theater. Für die Schule lernte ich nicht mehr. Aber ich habe mich durch die Matura gezaubert. Das war meine erste Talentprobe. Dann ging ich an die Schauspielschule. Vater Wirz glaubte nicht, daß ich Talent hätte, doch abschlagen durfte er mir nichts. Verena hielt mich für eine Schauspielerin, aber es war nicht als Lob gemeint. Auch sie wollte keine Bäuerin werden. Sie machte eine kaufmännische Lehre. Mit achtzehn Jahren bekam sie eine Stelle in der Bankgesellschaft, und Vater Wirz schenkte ihr einen Sportwagen. Er gönne sich endlich etwas, sagte er. Er verspielte viel Geld, spendete aber auch seiner Kirche, und wenn er allein war, trank er. Den Hof hat er verpachtet, nur den Kirschgarten behalten. Letztes Jahr ist er von der Leiter gefallen und innerlich verblutet. Ich lebte seit Jahren in meiner WG. Aber in seinem Testament kam sein schlechtes Gewissen zum Vorschein. Ich wurde gleich bedacht wie Verena. Bares Geld ist nicht viel übrig, aber der Hof ist schuldenfrei und hat dreißig Hektar, davon zehn Bauland. Man könnte verkaufen und hätte ausgesorgt. Aber jetzt verlangt Verena die ganze Erbschaft. Meine Adoption sei aufgrund eines Betrugs zustande gekommen.

Das Ehepaar Wirz habe sich ein Judenkind ausbedungen, weil auch Herr Jesus ein geopferter Jude gewesen sei. Dafür gebe es Beweise in der Korrespondenz von Mutter Wirz. Ich sei aber gar nicht jüdisch, meine Papiere seien falsch. Ich hieße nicht Sidonie Rosenstiel, sondern Sabine Becker, und auch eine Vollwaise sei ich nicht, denn meine leibliche Mutter existiere noch. Verena habe die alte Dame besucht, deren Adresse sie mit Hilfe eines Berliner Privatdetektivs und seiner Verbindungen zur DDR-Staatssicherheit ermittelt habe. Die achtzigjährige Frau Becker lebe, teilweise gelähmt, von einer kleinen Rente des Arbeiter- und Bauernstaates in Güstrow. Sie sei in ihrer Jugend Tänzerin gewesen, habe später hinter der Ostfront der Wehrbereitschaft deutscher Offiziere gedient und ein unerwünschtes Kind dank guter Beziehungen in einem Heim zur Erhaltung der Volkskraft untergebracht. Nach dem Krieg habe sie, diesmal als Freundin eines russischen Generals, dafür gesorgt, daß das Kind zu einer neuen Identität kam und zur Chance, sein Glück zu machen. Luise Becker habe sich als junges Ding durch den Weltuntergang geschlängelt und für ein Kind, das sie nicht behalten konnte, das Möglichste getan. Sie habe sich oft gefragt, was aus ihm geworden sei, und sei jetzt erleichtert zu hören, daß es in der Schweiz ein Elternhaus gefunden und sein Glück gemacht habe. Sie habe der Besucherin ein Foto des Säuglings gezeigt, das späteren Kinderbildern Sidonies geähnelt habe. Sie habe dem Kind gegönnt, daß es kein Opfer geworden sei wie ihre Mutter – damit meinte sie sich selbst.

Achermann hatte wortlos zugehört; Sidonie spielte auch die böse Schwester überzeugend. Sie saß wie angefroren, und ihre Hände hielten sich aneinander fest, als wäre ihnen jede Bewegung verboten.

Und, ist das die Wahrheit? fragte Achermann.

Sidonie hielt sich an den Armstützen fest und fragte: Kümmert Sie das?

Juristisch betrachtet ... begann Achermann, da wiederholte Sidonie heftig: *Kümmert Sie das?*

Sie wollen meinen Rat als Anwalt, sagte Achermann, und das heißt, daß ich die Klage Ihrer Schwester lesen muß, bevor ich mit einem Urteil dienen kann.

Und wenn Ihr Urteil gegen mich ausfällt, übernehmen Sie das Mandat nicht?

Ich habe es schon angenommen. Aber zwischen uns möchte ich wissen, was ist.

Darf ich Ihnen noch eine Geschichte erzählen? fragte sie.

Im Kinderheim von Morcote habe ich nur hochdeutsch gesprochen. Als ich nach Überseen kam, hat mich der Lehrer schon am ersten Schultag für mein gutes Hochdeutsch gelobt – ich dachte, es sei ein Lob. Doch alle Kinder redeten Mundart, und da sie nicht mit mir spielten, habe ich es nie gut gelernt. In der fünften Klasse kam ein Neuer, der wurde gleich zum Star. Er hieß Robert und war Auslandschweizer, in Bremen aufgewachsen. Anfangs konnte er auch nur Hochdeutsch. Er wohnte bei einer Tante, denn seine Mutter war gestorben und der Vater auf einem Hochseefrachter unterwegs. Auch Robert wollte Kapitän werden. Die Mädchen himmelten ihn an, die Jungen beneideten ihn, aber er blieb immer kurz – und redete bald nur noch Mundart, auch mit mir. Vor Weihnachten sprach er mich plötzlich auf hochdeutsch an. Sidi, wir machen für Schulsilvester eine tolle Nummer. – Wer? fragte ich. – Du und ich. Wir zeigen denen mal, wie das klingt, richtiges Hochdeutsch.

Schulsilvester war der letzte Schultag im Jahr, an dem man schon in aller Frühe Unfug treiben durfte. Dann ging man nochmals ins Schulzimmer, aber nur, um Theater zu spielen, sogenannte Produktionen, bei denen man sich verkleidete und auch den Lehrer auf die Schippe nahm. Mich hatte noch niemand dazugebeten. Und nun gerade Robert! Treffen wir uns morgen abend um fünf vor dem Wäldchen, sagte er, das war ein Dickicht junger Bäume hinterm Schulhaus. – Am andern Tag um fünf, es war schon dunkel, erwartete er mich. Wir singen ein Lied zusammen, sagte er, und sang mir vor: *«Nach em Räge schint d' Sunne, nach em Briegge / Wird g'lacht – duli, duli duli-o …»* – der Schlager war damals in aller Munde. Robert sagte: das singen wir jetzt mal richtig deutsch. «Nachm Reegen schaint die Sonne, nachm Brie-ge – würd gelacht, ha, ha, ha», bellte er mir vor, und ich mußte es nachbellen. Ich hatte keine Ahnung, daß er die Rolle der häßlichen Deutschen mit mir probte, doch er schwor, gerade so komme es bei Schweizern am besten an. Am Ende erklärte er: ich gebe dir jetzt einen Kuß. Ich erstarrte, und bevor er ging, sagte er: morgen proben wir weiter. Ich kam wieder, bellte Ha, ha, ha und bekam meinen Kuß, so ging es auch am nächsten Tag, und jedesmal zog er mich tiefer ins Wäldchen. Am Schulsilvester darf man alles, sagte er, auch rauchen. Und diesmal küßte er mich nicht nur, sondern nahm meine Hand und führte sie an seinen Hosenschlitz. Plötzlich hatte ich etwas Steifes in der Hand und zuckte zurück. Das stecke ich in deine Möse, sagte er, und obwohl ich das Wort nicht kannte, schüttelte ich heftig den Kopf. Als er mir die Strumpfhose herunterziehen wollte, gab ich ihm eine Ohrfeige und rannte weg. Glauben Sie, daß ich danach mit Robert noch aufgetreten bin?

Achermann schwieg.

Der Lehrer saß am Pult, das mit Tannenreisig geschmückt war, zwischen Apfelsinen brannten Kerzen, ich hatte mich mit Robert aufgestellt, wir hatten den Text geblökt, ich hatte mein Kunstlachen geliefert, danach blieb es ganz still. Und Robert rief laut: Sidi wird ein Star. Und jetzt sagt sie uns noch, wo sie wohnt.

Im «Gugger».

Im Guuga, äffte mich Robert nach. Ein Huronengebrüll brach los, und ich verstand gar nichts mehr. Was war lustig? Ich machte beim Lesen und Schreiben kaum Fehler und stand plötzlich am Pranger. Ich begriff nur soviel: Robert hatte mich verraten. Der Lehrer ließ die Klasse toben, es war ja der letzte Schultag. Dann sagte er: Sie ist eine Deutsche. Sie denkt eben, das sagt man so. Und auf dem Heimweg sangen mir die Kinder nach: Sidisidi Guuga, hastne schöne Fuuga, laß mich auch mal luuga. Verstehen Sie das? Aber ich langweile Sie.

Achermann hatte aus dem Fenster geschaut, auf den schwarzen Würfel, der einen langen Schatten über die leere Terrasse warf. Sein Blick ging aus Not beiseite, das wußte sie nur zu gut, sonst blieb er an einer Stelle haften, deren Nacktheit eigentlich nicht möglich und doch fast unzweifelhaft war.

Bitte reden Sie weiter, sagte er heiser.

Ich bin gestorben, bei lebendigem Leib, aber den kriegte ich auch noch weg. Ich verweigerte Essen und Trinken. Der Arzt wußte nicht mehr weiter. Da holten die Wirz' meinen *Götti*, der gerade in der Schweiz war, Friedrich Traugott Wahlen. Sagt Ihnen der Name etwas?

Der Vater der Anbauschlacht, sagte Achermann. – Für meine Eltern war er ein Nationalheiliger, gleich nach General Guisan. Er hatte alle Schweizer zu Bauern gemacht, die sich selbst durch den Krieg füttern konnten. Später wurde er auch Bundesrat.

Richtig, sagte sie, aber damals war er nur mein Götti. Er saß an meinem Bett und nahm meine Hand. Er hatte eine zarte Frauenstimme und war sehr fromm. Sidonie, sagte er, ich bin da, du mußt *nid briegge*. Er erzählte von der Freiheitsstatue in New York, den Wolkenkratzern, den unkomplizierten Amerikanern. Sie hatten ihm ein Amt gegeben, Direktor der FAO. Er durfte dafür sorgen, daß die Kinder auf der ganzen Welt keinen Hunger mehr leiden mußten. Brot, Reis und Hirse reichten für alle, man mußte sie nur besser verteilen, und das dürfe er jetzt tun – der Herrgott tue es durch ihn, das mache ihn demütig. Zum Glück genieße die Schweiz Vertrauen, einen Schweizer sehe man überall gern. Darauf dürften wir doch ein wenig stolz sein. Ob er mit mir beten dürfe? Wenn man Sorgen habe, dürfe man sie immer getrost auf Ihn werfen. «Werfen», sagte er, und mir kamen Schneebälle in den Sinn. Erst hat er das Vaterunser mit mir gebetet und meine Hände zwischen seine genommen. Und dann sagte er mir noch Verslein auf:

So legt euch denn, ihr Brüder, / In Gottes Namen nieder, / Kalt ist der Abendhauch. / Verschon uns, Gott, mit Strafen, / Und laß uns ruhig schlafen, / Und unsern kranken Nachbarn auch. Ich hörte die Engel singen, und in diesem Augenblick wußte ich: ich war wirklich tot.

Sie hatte die Augen weit aufgerissen, er sah, wie sie sich langsam mit Tränen füllten, und sein Geschlecht hatte sich erhoben. Scham und Entsetzen machten es nur stärker, sie konnte es nicht mehr übersehen und dachte auch nicht daran. Laut weinend oder singend sprang sie auf, und bevor er eine Hand rühren konnte, hockte sie mit gespreizten Knien auf seinem Schoß, legte den Kopf an seinen Hals, tastete mit beiden Händen heftig nach seinem Hosenschlitz und ruhte nicht, bis sie das rohe Fleisch enthüllt und verschlungen hatte; dann begann sie es weichzureiten wie eine galoppierende Tatarin.

Der Raum dämmerte, als er halbwegs zu sich kam. Er lag mit einer unkenntlich gewordenen Person am Fuß des Büchergestells, das der Bewegung Halt geboten haben mußte; sie waren noch immer verhakt, aber nun stemmte er sich von ihr weg, um ihr Gesicht zu entziffern.

Sie dürfen mich auch küssen, hörte er. – Am letzten Schultag darf man alles.

Seine Lippen stießen an ihre Stirn und schmeckten Blut; sie mußte sich gestoßen haben. Aber auch sein Ohr fühlte sich wund an, und er wußte, daß seine Glieder gleich an vielen Stellen schmerzen würden.

Sidonie! flüsterte er.

Finden Sie nicht hin? fragte sie. – Wo es redet, sind meine Lippen.

Sie verschlangen ihn, kaum hatte er sie berührt, und während ihre Zunge seinen Mund aussaugte, summte ihre Kehle. Allmählich erkannte er die Melodie: «Ein Männlein steht im Walde».

Und zu seiner Verwunderung fing es wieder zu stehen an.

Als er das nächste Mal die Augen öffnete, lag das Zimmer im Dunkel.

Ich bin hier, sagte es mit klarer Stimme. – Bitte machen Sie kein Licht.

Es dauerte, bis er sich notdürftig hergerichtet hatte. Die schwache Helligkeit des Nachthimmels im Fenster ersparte ihm Feinheiten der Wahrnehmung; das konnte nur vorteilhaft sein. Er fühlte sich besudelt, nicht nur am Körper. Noch nie war ihm so viel Gewalt angetan worden.

Wir wollten die Sache juristisch betrachten, sagte Sidonie aus dem Sessel, in dem sie saß, als wäre nichts gewesen als ein Stromausfall, von dem man sich nicht länger stören ließ.

Für die Eifersucht meiner Schwester war ich ein schlechtes Judenkind, sagte sie. – Nun, da Wirz gestorben ist, soll ich auch noch ein *falsches* Judenkind sein. Daß ich das Kind eines Nazis bin, behauptet sie noch nicht – das spart sich ihr Anwalt für die nächste Runde. Fürs erste reicht, daß ich mich als Diebin in die Schweiz eingeschlichen habe. Ich habe Verena, das rechte Kind ihrer Eltern, ihr Leben lang verkürzt. Jetzt will sie *alles*, und dafür soll ein Schweizer Gericht meine Nichtigkeit erklären.

Ich war ein schlechtes Kind, das ist die Wahrheit. Ich habe die brüchige Stimme Müettis gehaßt, wenn sie sich selbst am Harmonium begleitete. Sie war, was man eine seelengute Frau nennt, aber ich kann Ihnen nicht sagen, wie mir der Geruch dieser Seele widerstand. Sie hat ihren Mann noch verlogener gemacht. Ich glaube ihr, daß sie mich adoptieren wollte, weil ich vom Stamm ihres Erlösers war. Damit sammelte sie Punkte im Himmel, und mit ihrer Nachhilfe würde ich ja noch sein Licht sehen. Das war dann das Werk ihres Gebets, in das sie mich täglich einschloß. *Einschloß*, Hubert Achermann. Ich habe bald überhaupt kein Licht mehr gesehen – bis ich auf eine Bühne kam. Aber jetzt will ich das Judenkind sein, das ich nicht bleiben sollte. Ich bin nicht mehr bekehrbar, nicht durch Verena und ihre Klage. Sie hat sich nie etwas gegönnt, sagt sie. Aber mir noch etwas weniger – das sagt sie nicht. Das Erbe, das sie mir abspricht, ist meins – *weil* ich es nicht haben soll. Ich weiß, wer ich bin und was ich nicht bin, denn ich mußte mich selbst schaffen, Hubert, ganz allein. Und wenn ich vor Gericht ziehen muß, dann nur mit einem Anwalt, der mir *glaubt*.

Ich glaube, Sie sind im Recht, sagte Achermann. – Eine Adoption, die einmal von Schweizer Behörden als gültig betrachtet wurde, hat das Gewicht des Faktischen und ist nicht revidierbar.

Davor hält die Klage Ihrer Schwester nicht stand. Wenn das Testament Ihres Vaters sonst keine ernsthaften Mängel hat, ist es gültig.

Aber? fragte sie.

Ohne Wenn und Aber, juristisch. Doch wenn Verenas Anwalt den Fall an der Frage aufhängt, ob Sie nun wirklich Jüdin sind oder nicht, dann nützt auch ein gewonnener Prozeß nichts, man wird Ihnen doch einen Strick drehen. Da reicht das Recht nicht hin. Da beginnt das Vorurteil, die üble Nachrede, der Rufmord.

Also? fragte sie.

Ich möchte Sie nicht zu Ihrem Nachteil vertreten. Wie heißt der Gegenanwalt?

Der Kollege, den sie nannte, war für seine Unzimperlichkeit bekannt. Die öffentliche Wirkung eines Mandats konnte Frühgott wichtiger sein als Erfolg. Und wer mit Vorurteilen gewinnbringend umgehen konnte, dem hatte der Fall etwas zu bieten.

Ich habe die Kopie seiner Klage auf Ihren Tisch gelegt, das Testament von Wirz auch, und die Unterlagen aus Berlin. Was brauchen Sie noch?

Vor allem brauche ich Ihre Vollmacht, sagte er, und Ihre Adresse, damit ich sie Ihnen zuschicken kann.

Ich unterschreibe jetzt, erklärte Sidonie.

Es wäre mir lieber, Sie studierten sie genau.

Nein, erklärte sie, ich unterzeichne blind.

So merkwürdig hatte er sich sein zweites Mandat nicht vorgestellt. Sie stand neben seinem Tisch, und er brauchte ihre Hand nicht zu führen; sie unterschrieb ohne Zögern an der richtigen Stelle, fünfmal. – Wir haben nicht über Ihr Honorar gesprochen, sagte sie, ich habe noch kein Geld. Aber wenn wir gewinnen, sind Sie ein gemachter Mann. Begleiten Sie mich nicht zur Tür, ich finde den Weg. Und suchen Sie mich nicht. Ich melde mich bestimmt.

Als sie gegangen war, hörte er ihren Schritten nach, umsonst; kein Geräusch unterbrach die Stille, die ihn umgab, als säße er in einer schalldichten Zelle. Er fürchtete, das Gehör verloren zu haben, doch als er sich auszog, hörte er seine Kleider rascheln. Er ging durch die Tür in den Korridor, und dann in die Naßzelle gleich gegenüber; auch da machte er kein Licht; wäre ich wirklich blind, dachte er, müßte es ja auch so gehen, und es ging leichter als gedacht; er duschte ausführlich, warm und kalt, und fühlte sich dabei frisch wie ein Mensch, dem es gelingen muß, die schwierigsten Verhältnisse richtigzustellen. Nur mit einem Frotteetuch bekleidet, trat er auf die Terrasse und sog die Nachtluft mit tiefen Zügen ein; die Linde bewegte ihr noch ganz volles Laub, und auch der Straßenlärm im Hintergrund rauschte regelmäßig. Als er in sein Büro zurückkam, machte er Licht. Es war nicht die geringste Unordnung darin zu bemerken, gerade, als wäre in der kurzen Zeit seiner Abwesenheit aufgeräumt worden. Seine Kleider lagen, die Hose wie frisch gebügelt, auf dem Sessel, wie er sie abgelegt hatte, und zeigten keine Spur von Verwüstung; auch an seinem Körper fand er sie nicht, ein wenig unnatürlich war nur die Tiefe seiner Gelassenheit. Doch auf dem Arbeitstisch lag, neben den Materialien zum Verfassungsrecht, ein kleiner Stoß neuer Akten in einer hellblauen Klarsichthülle, zuoberst das Blatt mit ihrer Unterschrift, und er erschrak nun doch, als er sah, was die fliehenden, doch nicht flüchtigen Züge sagten: *Sidonie Wirz Achermann.*

Die drei Advokaten hatten noch eine Bleibe in der Stadt, Moritz über dem Stoffladen seines Vaters, und auch die andern hatten ihre Buden in Hochschulnähe behalten. Aber inzwischen war das Dach des «Eisernen Zeit» immer mehr ihr neuer Lebensmittelpunkt geworden, zu sehr unterschiedlichem Gebrauch. Für Achermann war das ehemalige Kinderzimmer eine Fortsetzung klösterlichen Lebens, Sidonies einmaligen Besuch ausgenommen, während man sich auf Jacques' Seite auf regelmäßige Unruhe verlassen konnte. Die Damen, die er beriet, waren nicht von Anfang an Klientinnen, doch manche wurden es und waren in diesem Fall immer gestandenen, sogar fortgeschrittenen Alters. Auch der Tod ist ein Gelegenheitsmacher, wenn man versteht, ihm etwas von seinem Stachel zu nehmen. Angesichts des Endes über das Seine noch einmal souverän verfügen zu können, ist ein besonderes Gefühl von Stärke, und Jacques war der Mann, seiner Klientel dieses Gefühl zu vermitteln. Er holte eine Dame in ihrem Haus ab, machte sich ein Bild von ihren Verhältnissen, fuhr sie in seinem Citroën DS (*Déesse* auszusprechen) vor die Tür des «Eisernen Zeit», half ihr die Treppen hinauf, führte ihr die Aussicht auf der Mansarde vor und bereitete ihr dann in seiner entzückenden Dachwohnung eigenhändig einen Tee, den man nirgends kaufen konnte; er verdanke ihn seinem Kontakt zum Dalai-Lama. Von einem Mandat war natürlich keine Rede, bis ihm die Dame von sich aus antrug, ihr beim Aufsetzen und Ausführen des Kostbarsten behilflich zu sein, was sie besaß: ihres Letzten Willens.

Nach unten war die Altersgrenze von Jacques' Klientel offen und gewissermaßen fließend. Da blieben Verbindungen leichter im Vorfeld des Juristischen stecken, das Anwaltsgeheimnis stand nicht zur Debatte, und um die Arbeitsruhe des Kompagnons war es geschehen. Aber für die Ruhe Marybels war Jacques' Dachpraxis die viel härtere Prüfung. Der Sohn spendete sein Sakrament als Leib und Blut, seine umfassende Liebe blieb teilbar. Die ihre war es nicht. Aber der einzig Geliebte durfte ihr nicht sterben; darum mußte er sich selbst treuer bleiben dürfen als ihr. Marybel mußte am stärksten sein, wenn Jacques ordinär wurde: Was sich liebt, das fickt sich, aber was sich fickt, braucht sich noch lange nicht zu lieben. Solche Sprüche waren die Kehrseite seiner Empfindlichkeit; denn hätte er Marybel so verletzen müssen, wäre er nicht selbst so verletzlich gewesen?

Immerhin ersparte sie sich Herzeleid, wenn sie ihn auf Abstand hielt. Das wurde ihr durch die neue Raumzuteilung sehr erleichtert. Ihr Arbeitsplatz blieb nicht lange ein triviales Büro; sie sorgte dafür, daß die Aktenordner unsichtbar wurden. Man glaubte eine Bibliothek zu betreten. Wo die juristische Fachliteratur nicht hinreichte, waren die Regale mit Bildbänden gefüllt, die sie aus ihrer Wohnung mitgebracht hatte. Inzwischen war im Ikonensaal fast nur noch erotische Literatur zurückgeblieben.

Hermann Frischknecht, von Marybel «mein Riese» genannt, war ein begnadeter Tüftler und ein rechter Seelentrost. Die Umzüge im Haus hatten ihm Gelegenheit gegeben, nicht nur Leibeskraft und Feingefühl unter Beweis zu stellen. Zur Licht- und Tontechnik hinzu eignete er sich jetzt auch den Umgang mit Büromaschinen an. Die Früchte von Silicon Valley reiften auch für den Alltag immer schneller. Das Flicken von Fahrrädern war nur noch Hermanns Brotberuf, wie für Spinoza das Brillenschleifen oder für Einstein die Registratur von Patenten. Wenn er für seine Partei keine Flugblätter verteilte, hospitierte er in einem Institut für Verfahrenstechnik oder tingelte mit einer Geisterbahn, die er mit Lasereffekten konkurrenzlos gemacht hatte. Die Hausgenossen im «Eisernen Zeit» aber profitierten auf allen Ebenen von Hermanns Tüchtigkeit – Marybel auch auf der emotionalen, wobei sie vor Komplikationen sicher war. Denn die Gefühle ihres Riesen schienen restlos in technischen und politischen Passionen aufzugehen. Vielleicht war der Sohn seiner Mutter ein gebranntes Kind – aber zugleich ein linkes Kind des Hauses, und er stützte es mit seiner Stärke, während Peter Leu, der gesetzliche Besitzer, immer schwächer leuchtete wie ein abnehmender Mond.

Marybel hatte ihre ganz eigene Art gefunden, Jacques ihre Nähe zu zeigen, ohne ihm zu nahe zu treten. Sie bepflanzte die Dachmansarde. Den schwarzen Kubus hatte sie schon nach dem Einzugsfest zu begrünen angefangen. In große Zementkisten, die Hermann aufs Dach schleppte – und danach zahllose Säcke bester Gartenerde –, hatte sie Geißblatt gepflanzt, das die angebrachte Gitterwand bereits zu umschlingen begann. In ein, zwei Jahren mußte aus dem nackten Klotz ein grüner Hügel mit gelben und weißen Blüten werden. Sein Duft würde Jacques, wenn er aus seiner Dachwohnung trat, an Marybel erinnern, die ein Stockwerk tiefer an ihrem Schreibtisch saß. Dort stand, neben der DOS-Büromaschine, die sie mit Hermanns Hilfe bedienen lernte, auch das Bild eines Grabes auf dem Wiener «Friedhof der Namenlosen», dessen Inschrift ihr teuer war: «Unbekannt, doch unvergessen.»

Als Reinhold Dörig eines schönen Tages die neue Etage besuchte, mußte er den Eindruck gewinnen, er habe sie eigentlich für Marybel angemietet. Denn in ihrem Büro vereinigte sich alles, was er als unentbehrlich betrachtet hatte: Sekretariat, Empfangs- und Konferenzräume – auch das Zimmer des Chefs.

Es war der klirrend kalte Februar 1971. Die Wochenkonferenz fand in Marybels Büro statt, das jetzt auch über eine Sitzgruppe aus schwarzem Leder verfügte; sie hatte sie im Brockenhaus besorgt. Dörigs Haar war wieder etwas nachgewachsen, sein zerknittertes Gesicht wirkte fast durchsichtig, aber Haltung und Stimme waren ungebrochen.

Arbeitest du immer noch für Schinz? fragte er Moritz.

Im April schickt er mich nach New York, sagte Moritz. – Ich lerne Investmentbanking.

Ins Gehirn des Monstrums, sagte Dörig, solange du weißt, was du tust, Partisan. Und es ist wohl richtig, wenn du dich ein wenig aus der Schußlinie nimmst.

Welcher Schußlinie? fragte Jacques.

Das fragst *du*? Ich höre von Segeltörns mit der Frau deines Vaters – oder höre ich nicht recht?

Unsinn, sagte Jacques. In Marybels Gegenwart war ihm das Thema peinlich.

Unsinn, du sagst es, sagte Dörig sehr kurz. – Es muß nicht sein, daß die große Sache in privater Scheiße steckenbleibt. Zum Glück habt ihr Marybel. Die macht es richtig.

Es war Hubert Achermann, der den Gast die Treppe hinunter begleitete.

Wie geht es, Reinhold?

Die Weltrevolution erlebe ich wohl nicht mehr. Aber dem Moritz könnt ihr trauen. Jacques ist ein Kerl und bleibt ein Arschloch. Sogar Väter sind Menschen, das müßt ihr ihm mal beibringen. Auch Marybel behandelt er lausig. Wo bleibt ihr, wenn sie durchdreht?

Sie waren im ersten Stockwerk angelangt, dessen Tür sich geöffnet hatte. Leus Sekretärin wurde sichtbar.

Reinhold! War mir doch, ich hätte deine Stimme gehört!

Vera? jubelte er und küßte sie dreimal auf die Wange. Ich möchte mit dir essen. Wann bist du frei?

Oh – ich weiß gar nicht.

Also heute, sagte er. – Um acht in der Kronenhalle. Abgemacht?

Aber dann muß ich ... sagte sie mit fliegender Röte. – Abgemacht! wiederholte sie und floh ohne Abschied.

Was bin ich für ein Mann! sagte er unter der Haustür. – Aber ein Nachtessen ist besser als nichts. – Übrigens wollte ich dir die Frage zurückgeben. Wie geht's?

Glänzend.

Du hättest Kirchenlehrer werden sollen. Als ich dein Exposé las, ist mir der Kamm geschwollen. Meine Bieridee, und du machst ein Weißbuch der Theologie daraus. Nennt man so was nicht Theodizee? Mit deinem Papier kann ich getrost in die Grube fahren. Du hast hoffentlich nicht nur mein Mandat.

Eins habe ich noch. Die Klientin hat lange nichts mehr von sich hören lassen. Heute teilt sie mir mit, daß sie schwanger ist.

Interessant. Und was kümmert's dich?

Ich bin der Vater des Kindes.

Schreibt sie das? Kennst du den Lebensstil der Dame?

Es gilt, ich weiß es.

Sie standen auf der Gasse; Dörig blickte zum Hauszeichen hinauf und wiegte den Kopf. Seine Augen zwinkerten, doch es war kein Schalk.

Es gibt noch Gott den Allmächtigen, sagte er dann. – Ich brauche ihn auch noch, Hubert. Nur nicht in der Verfassung! – Ein Kind! Ich habe nie eins gehabt. Vielleicht kann man ja auch gratulieren. Wie ist sie denn, die Frau?

Ich kenne sie nicht, Reinhold, sagte Hubert, und immer weniger.

7
1971. Seestücke

Im April hatte Achermann Dörigs Klage gegen «Gott den Allmächtigen» beim Europäischen Gerichtshof in Straßburg anhängig gemacht, zur Prüfung der Rechtmäßigkeit der Verwendung Seines Namens in einer staatlichen Verfassung. Daß diese Klage die Landesgrenzen überschritt, wurde dem Kläger verübelt, schließlich ging es um den Gott der Eidgenossenschaft. Aber Achermann ging es um eine nützliche Frist. Sein Mandant hatte nicht mehr viel Zeit. Und in Straßburg bestand Gewähr, daß eine Grenzfrage der Rechtsstaatlichkeit ernst genommen wurde. Für Gleichgültige blieb sie skurril, aber sie erreichte Dörigs Hauptzweck: eine Debatte loszutreten. Fritz Halder, bei dem Achermann, Asser & Schinz Staatsrecht gehört hatten, schrieb einen Artikel, der ihr das nötige Gewicht verlieh. Er stand in der «Neuen Münsterburger», und damit bekam die veröffentlichte Meinung einen Spielball, mit dem sie sich in vielen Sportarten betätigen konnte, vom Softball bis zum Catch-as-catch-can. Dabei schaute zwar kein zählbares Resultat heraus, aber doch ein ordentlicher Lärm. Dörig genoß ihn nach Noten, war aber so klug, sich über seine Motive nie direkt vernehmen zu lassen; er verwies an seinen Rechtsvertreter. So fiel es Achermann zu, in Referaten, Interviews und Talk-shows für die Rechtmäßigkeit des Anliegens zu streiten, den Volkszorn ebenso auf sich zu ziehen wie theoretische Hochachtung und dabei ein öffentlicher Intellektueller zu werden. Dörig betrachtete das Martyrium seines Anwalts mit Vergnügen und ließ ihn im Rampenlicht zappeln.

Sein Grundsatzpapier in «Glauben heute» hatte so viel Aufsehen erregt, daß ihm ein Ehrendoktorat aus Marburg drohte, wo man es als Fortsetzung des Disputs von 1529 begriff. Ob der Leib Christi beim Abendmahl wörtlich oder bildlich zu genießen sei, war damals zwischen Luther und Zwingli eine Frage um Gedeih oder Verderb der Seele gewesen. Der Streit um den Ernst des Gottesnamens war ein später Ableger davon, mit einer profanen Pointe. Denn in französischer Landessprache erschien er – *nom de dieu!* – als Fluch, sobald man ihn seines Attributs entkleidete. Gott hatte «allmächtig» zu bleiben, wenn man ihn nicht ganz entbehren wollte. Daß er sich zu keinem Kompromiß bequemte, erregte bei Dörig eine Genugtuung, die eines Christen würdig gewesen wäre.

Aber das wußte Achermann allein, den er regelmäßig auf den See mitnahm, in seinem Motorboot «Rahel». Wiederholt war Zukker in den Benzintank geschüttet worden, da das gesunde Volksempfinden den Besitzer großmehrheitlich für einen argen Gottesleugner hielt. Der Blasenkrebs erschien als gerechte Strafe dafür. Und nun hatte er auch noch «fremde Richter» angerufen, gegen die 1291 der erste Bund der Eidgenossen geschlossen worden war, und brachte es fertig, zugleich Unternehmer und Trotzkist zu sein. Natürlich lud er auch mit seinem Produkt, der geruchlosen Windel, zu schnöden Sprüchen ein. Doch Dörig vertrug auch Schläge unter die Gürtellinie. Dafür genoß er die Massage, die ihm Marybel regelmäßig zuteil werden ließ, wenn sie ihn als diskrete Pflegerin auf die «Rahel» begleitete. Eigentlich ging es ihm ja sehr schlecht. Aber auch wenn der Wirbel um Gott seine letzte Freude sein sollte, bevor er ihm unter die Augen trat: der Streich hielt, was er sich davon versprochen hatte. Das Land erlebte seit Jahrhunderten wieder einen Gottesstreit, eine öffentliche Disputation des falschen Glaubens gegen den wahren, des berechtigten Unglaubens gegen den lästerlichen, und die Medien, vom Gratisanzeiger bis zur theologischen Fachzeitschrift, hielten – wie sich Dörig ausdrückte – «die Kacke am Kochen: jetzt sterbe ich ruhig.» In Straßburg schien man, trotz chronischer Überlastung, über den schönen Zankapfel nicht unglücklich. Auch die religiöse Volksbildung erlebte eine Sternstunde, denn alle Gottesbeweise der Vergangenheit kamen wieder zu Ehren, und eine Flut von Leserbriefen bewies, daß die Sache mit Gott nicht weniger reizte als Sex and Crime.

Dabei war Achermann noch in einen anderen Prozeß verwickelt. Nach ihrem ersten Auftritt ließ sich Sidonie im März zum ersten Mal in Marybels Büro blicken, nur um sie wie Luft zu behandeln. Was sie ihrem Advokaten zu eröffnen hatte, mochte jeder wissen: Sie habe den Termin des Bezirksgerichts zur Anhörung der Parteien erhalten. Dabei sei ihre Anwesenheit hoffentlich nicht nötig. Herr Dr. Achermann werde sie vertreten. Falls man mit der Aufmerksamkeit der Medien rechnen müsse: er beweise gerade, daß er in ihrer Behandlung ein Meister sei. Sie vertraue darauf, daß die Klage der Schwester abgewiesen werde. Da sie ein Kind erwarte, gebe sie die Schauspielerei auf und habe sich in der Schule für Soziale Arbeit eingeschrieben. In ihrer Frauen-WG sei das Studium mit der Mutterrolle vereinbar; im übrigen werde sie ihre Verhältnisse neu ordnen, wenn ihr Erbe freigegeben sei. Sie kam in den plissierten Kleidern eines japanischen Designers, in denen eine Schwangerschaft nicht zu erkennen war; allerdings hatte Hubert auch Mühe, sie sich in einer WG vorzustellen.

Kein persönliches Wort? fragte Reinhold.

Sie schaukelten auf dem Obersee, nur zwei Steinwürfe vom Wohnturm C. G. Jungs entfernt; in der kleinen Bucht davor lärmte seine Nachkommenschaft. Das Wasser war während Reinholds «Kur» zu seinem fast täglichen Aufenthalt geworden. Öfter als am gedeckten Bootsplatz lag die «Rahel» über Nacht in einer mehr oder weniger stillen Bucht vor Anker, und immer wieder traf er mit Hubert zum gemeinsamen Frühstück im «Schiff» zu Schmerikon zusammen und nahm ihn dann «auf große Fahrt» mit. Der Obersee war klein und bot immer dieselben Landschaftsbilder in unterschiedlicher Beleuchtung, und ebendiese subtile Einförmigkeit schien Dörig zu genießen. Das Baden ließ er sich nicht nehmen und verpflichtete auch das Personal seiner Firma dazu. An schönen wie anderen Tagen holte er es partienweise am Hafen der Seegemeinde ab, in der die «Hygeia» ihr Domizil hatte. Reinhold duzte sich mit seinen 350 Werktätigen und machte sich am Steuer der «Rahel» – nach seiner verstorbenen Frau benannt – zu ihrem Familienvater. Sie schleppten Bier und Musikinstrumente an Bord und feierten mit ihm manchen Sommerabend, als wäre er der erste oder der letzte. In der Nacht und am Morgen aber war Reinhold allein auf dem Schiff, was Freunde nicht ohne Sorge sahen, zugleich im stillen Einverständnis mit dem größten anzunehmenden Unfall. Doch immer noch fuhr er nach Rapperswil zum Kiosk, um alle Zeitungen einzukaufen, in denen vielleicht etwas über seinen Prozeß zu lesen war, und Kreuzworträtsel, bei denen man «um die Ecke denken» mußte, blieben seine Leidenschaft.

Jacques Schinz war in diesem Sommer 1971 beides, Glücksvogel und Unheilbringer des Anwaltkollektivs. Von Glück reden konnte man bei seiner Verbindung mit Frau Seiler, einer 85-jährigen Dame, die man eine Abenteurerin nennen durfte, obwohl sie meist bettlägerig war. Jacques hatte sie aus seinem Verhältnis zu einer Großbank mitgebracht, die sich einen Gefallen zu tun glaubte, wenn sie den Praktikanten Schinz in ihrer Abteilung «Vermächtnisse und Testamente» beschäftigte. Doch Frau Seiler war nur eine der vermögenden kinderlosen Witwen, die an dem gewinnenden jungen Mann hängenblieben, als er aus der Bank ausschied. Sie wurden seine Mitgift an die AAS. Dank Frau Seiler kamen die Advokaten zu einer Idee, für die sie bis zum Eintritt der Weltrevolution leben konnten.

Die Erblasserin nahm nur ein Menschenrecht wahr, wenn sie über dreißig Millionen nach Gusto verfügte. Da sie mit ihrer Verwandtschaft, ihrem Leben, vielleicht sogar mit ihrem Geld eine noch größere Rechnung offen hatte, gönnte sie sich mit Jacques eine *folie à deux*. Wer aller Welt ein Schnippchen schlagen wollte, hatte in ihm einen kongenialen Ratgeber. Am Ende betraute sie die AAS mit der Einrichtung einer Stiftung, die den Zweck hatte, «die freie Entwicklung der menschlichen Persönlichkeit im Sinne eines umfassenden Humanismus» zu fördern, was der Auslegung einen denkbar weiten Spielraum ließ. Einstweilen besaßen die Stiftungsräte – unter dem Vorsitz Frau Seilers – Vollmacht, diesen Zweck quasi treuhänderisch für ihre eigenen Persönlichkeiten auszuprobieren, und Frau Seiler hatte Jacques mit der Geschäftsführung betraut. Daß man damit den Bock zum Gärtner gemacht hatte, störte sie nicht, im Gegenteil; er verkörperte einen umfassenden Humanismus nach ihren Vorstellungen. Und während er andere Damen lieber zu Bett brachte, half er dieser heraus und nahm sie auf manchen Ausflug mit, bei dem er sich als aufmerksamer Sohn verhielt. Jacques brachte viele Abende bei der alten Dame zu und las ihr anzügliche Geschichten vor, etwa von Maupassant oder der Colette, und zwar im Original, denn Französisch war die Sprache seiner Mutter und für Frau Seiler ein Gegenstand kultivierten Entzückens.

Die AAS hatte sich ein Statut gegeben, das die Gesellschafter auf Gedeih und Verderb zusammenband. Aber nachdem Jacques für «Gedeih» gesorgt hatte, machte er bald auch dem Verderb alle Ehre – und traf dabei seinen Vater so empfindlich, daß er den Sohn zu enterben vorhatte. Einzelheiten hätte Hubert nicht weitersagen dürfen. Aber auf der «Rahel» verflüssigte sich das Anwaltsgeheimnis.

Auch Jacques hatte sein Piratenstück auf dem Wasser vollbracht. Er hatte Mara, die Frau seines Vaters, mit zwei ihrer Freundinnen zu einem Segeltörn auf dem Bodensee eingeladen; Thomas kehrte am nächsten Tag aus Mailand zurück, man wollte gemeinsam einen Termin in St. Gallen wahrnehmen. Mara logierte im «Bad Horn», aber dort war sie nie gesichtet worden, als der Gatte etwas früher als erwartet eintraf. Dafür fehlte sein Boot im nahen Hafen. Ein Unglück ahnend, alarmierte er die Rettung in Rorschach, und bei der Suche auf dem See begegnete den Männern auf einer schaukelnden Jolle das Unglück in Gestalt eines selbstvergessenen Paars. In Gegenwart von Zeugen beherrschte sich Thomas Schinz, doch blieb es nicht dabei, als er Mara an Land gezogen hatte. Diesmal war es die Polizei, die sie auf einem abgelegenen Parkplatz auflas, allein, weinend, mit zerfetztem Kleid, am ganzen Leib mit blauen Flecken bedeckt. Von der Wache, wo der Sachverhalt zu Protokoll genommen wurde, fuhr Mara gleich zu ihren Eltern nach Wien weiter und teilte Thomas Schinz mit, sie werde sein Haus nur noch zum Abholen ihrer Sachen betreten und in Begleitung eines Anwalts.

Eheliche Gewalt oder ein außerehelicher Skandal: da war nur noch die Frage, was den Ruf gründlicher ruinierte. Vater Schinz zahlte für beides, erst durch ein Schweige- und Schmerzensgeld, dann durch eine kostspielige Trennung. Nun aber hielt er sich an Jacques, der sich nicht mehr als seinen Sohn betrachten möge. Um so besser, ließ dieser verbreiten, er habe sich gerade mit Mara verlobt.

Marybel nimmt das nicht ernst, sagte Reinhold, zum Glück ist sie Kummer gewohnt. Bisher mußte es Jacques seinem Vater zeigen, jetzt beginnt er ihm zu gleichen. Söhne werden wie die Väter. Erst wollen sie ihre Frauen, am Ende übernehmen sie ihre Attitüden.

Mein Vater war schwach, sagte Achermann.

Das muß kein Unglück sein. Was wolltest du werden?

Das wußte ich nicht. Etwas Geistliches.

Bei meinen Eltern war nichts, kein Hochschein von Religion. Und was passiert? Ich mache einem Herrn den Prozeß, an den zu glauben ein Witz ist – und diesen Witz treibe ich bis zum Gehtnichtmehr. Pflanzen sind heliotrop. Sind Menschen theotrop, Hubert, selbst wenn sie sich dafür verbiegen müssen? Jetzt habt ihr euch den alten Schinz zum Todfeind gemacht. Das ist nicht gut.

Auf Moritz setzt er immer noch, sagte Hubert.

Zum Glück versteht Moritz etwas von Dialektik. Er weiß, was es heißt, ein Doppelagent zu sein. Marybel habt ihr auch noch. Gestern war sie zum Baden auf dem Boot. Mit Vera. Sie schwammen, und dann legten sie sich aufs Deck. Nackt! Marybel fand wohl, ich müsse noch einmal eine Frau sehen. Sogar zwei. Und ich sage dir: eine, die es schafft, daß sich Vera vor einem Mann auszieht, die hält auch euren Verein über Wasser.

Als Thomas Schinz noch Marybels Liebhaber war, hatte er von Moritz Asser wie von einem Nachfolger gesprochen; sein Sohn blieb immer nur «Ach, Jacques», als wäre «Ach» sein Zuname. Er hatte ihm schon als Kind entweder nichts zugetraut oder das Schlimmste, und Jacques hatte ihm dieses «Ach» heimgezahlt und noch ein «Wehe» darauf gepackt. Davon hatte Marybel nichts geahnt, als sie zu Jacques abgefallen war; jetzt kam auch für sie das Wehe nach. Aber ein Sohn, der seinen Vater mit dem Messer sucht, bleibt ein verwundetes Kind, das man hüten muß. Marybels Liebe wurde erwachsen. Sie hatte ein Amt. Jacques selbst hatte es ihr gegeben, nachdem er in ihren Armen so gut wie gestorben war.

Es gab eine Stelle, an der Reinhold immer wieder den Motor anwerfen mußte, sonst wäre die «Rahel» in den Binsen gestrandet. Wenn sie sich in Sichtweite von C. G. Jungs Turm, ins Gespräch vertieft, treiben ließen, rückte er unvermerkt näher, als verfüge er über magnetische Kräfte. Auf der Gegenseite des Obersees lagerte der Buchberg, ein finsterer Rücken fast ohne Spuren menschlicher Besiedlung, dessen kleine Buchten Dörig abends zum Ankern aufsuchte. Im Morgenlicht leuchtete die bewaldete Höhe wie ein heiliger Hain, aber schon um die Mittagszeit verdunkelte sie sich wieder und warf einen immer längeren Schatten auf das Wasser, aus dem die «Rahel» wegstrebte, zurück in die Fülle des Lichts. Hier schwebte sie während der heißen Stunden des Tages, die Reinhold in der Kajüte verbrachte, mit Dösen und Rätsellösen, oder, wenn er Gesellschaft hatte, auf dem Deck unter dem Sonnendach – bis der Kiel mit leisem Knirschen meldete, daß er auf Grund gelaufen war. Und wieder sahen sie sich Auge in Auge mit dem Turm. Man brauchte den Stachel, um die «Rahel» in tieferes Wasser zu staken, und Schwärme erschrockener Wasservögel erhoben sich aus dem Röhricht, wenn Dörig die Turbinen anwarf, die für das Seelein zu mächtig waren. Sie schafften wieder Abstand – wenn auch nicht so viel, daß das Boot die Schattengrenze des Buchbergs überschritt.

Typisch Rahel, sagte er. – Sie fühlte sich auch immer zu diesem Schamanen hingezogen. Dabei war er ein Vatermörder wie Jacques, trieb Unzucht mit Abhängigen, schneiderte eine Psychoanalyse für Nazis und lieferte ihnen später den Freispruch nach, das kollektive Unbewußte.

Du tust ihm unrecht, sagte Hubert.

Hoffentlich ausreichend, sagte Reinhold grimmig. – Warum müssen Männer so beschissen sein, und die Frauen lieben sie noch dafür.

Natürlich sprach er von Jacques.

Marybel kriegt er nicht, auch wenn er meint, er hat sie schon. Er hat nicht jede gekriegt, die er wollte. Sidonie nicht, Frau Schieß auch nicht.

Wie kommst du auf Frau Schieß? fragte Hubert.

Schieß hat mir's selbst erzählt, sagte Reinhold.

Hubert staunte noch mehr. Schieß war ein Volkstribun, den seine wachsende Anhängerschaft schlicht «den Eidgenossen» nannte, ein milliardenschwerer Großindustrieller, der nationalkonservative Ressentiments mit dem Pathos freien Unternehmertums zusammenrührte. Die Mischung übte auf kleine Leute aller Lager eine berauschende Wirkung aus. Er hatte die ehemalige Bauernpartei zur «vaterländischen» angereichert, unter beträchtlichem Einsatz von Eigenmitteln. Inzwischen war sie die größte des Landes geworden, doch wiederum noch nicht so stark, daß Schieß zu fürchten brauchte, er werde zu bald in die Verantwortung genommen.

Ich kann mit ihm reden, sagte Dörig, und was Kunst betrifft, haben wir vielleicht keinen Geschmack, aber den gleichen. Er sammelt Anker, und Anker ist ein großer Darsteller des kleinen Lebens. Er zeigt, wie schön es sein kann, aber verklären muß er es nicht.

Und was war jetzt mit Frau Schieß und Jacques?

Schieß war schon verheiratet, aber noch Jurastudent, ein paar Semester über Jacques, als sie zufällig am Polyball zusammentrafen – muß etwa '66 gewesen sein. Sie kannten sich nicht. Jacques war mit Sidonie gekommen – hat sie dir das nie erzählt? Er warb heftig um sie, kam aber nicht vom Fleck – vielleicht machte sie der Polyball geneigt. War damals noch ein gesellschaftliches Ereignis. Nach Mitternacht verschlug es die zwei Paare an den gleichen Tisch, die Männer politisierten gleich, übers Kreuz natürlich, bis Jacques fand, er könne Frau Schieß mehr imponieren, wenn er mit ihr tanzte. Aber dabei scheint er ihr nicht nähergekommen, nur nahegetreten zu sein, während sich Schieß am Tisch mit Sidonie bestens unterhielt. Sie hatten eine gemeinsame Liebe entdeckt, Friedrich Traugott Wahlen, Sidonies Pate und Schieß' christliches Vorbild – das heißt: Melchiors, denn sie waren zum Du übergegangen. Für Jacques ein Schock, denn *ihn* siezte Sidonie immer noch.

Wie mich, sagte Achermann.

Ausgerechnet an Schieß hatte sie einen Narren gefressen. Sah fast aus wie der Anfang einer wunderbaren Freundschaft. Frau Schieß *was not amused*, aber Jacques noch weniger. Kennst du die Geschichte der Schieß?

Gleich sitzen wir wieder bei Carl Gustav Jung in den Binsen.

Dörig manövrierte sich frei, und diesmal warf er hundert Meter weiter draußen den Anker.

Ich mache es wie Odysseus bei den Sirenen, die hatte ich gerade im Kreuzworträtsel. «Verderben droht, ob sie an der Küste singen oder von den Dächern heulen.» SIRENEN.

Schieß' Urgroßvater hatte noch Gottschalk Schießle geheißen und war aus Pfullingen zugewandert, einer Kleinstadt im Schatten der Schwäbischen Alb, die von sich reden gemacht hatte, als sie ihrem höchsten Bauwerk, dem zweibeinigen Schönbergturm, eine Unterhose überzog – leider ohne den gewünschten Eintrag ins Guinness-Buch zu erreichen. Von feiner Unterwäsche hatte man bei den Schießles, einer pietistischen Handwerkerfamilie, noch nichts gewußt, als Gottschalk, einem Ruf seines Gewissens folgend, der Zellerschen Anstalt am Zürichsee seine Dienste als Gärtner anbot, um einen Gotteslohn, wie sich versteht. Denn sein berühmter Landsmann Samuel Zeller verrichtete Gotteswerk im

Sinne der Bergpredigt, namentlich an den Schwachen im Geiste und im Gemüt Beschwerten. Nicht umsonst führte auch jeder Schießle Gott im Namen, und so war der fünfte Sohn, nach Gottlieb, Gottfried, Gotthilf und Gotthard auf Gottschalk getauft worden. Von den Wundern, die der damals Neunzehnjährige als Gotteslehrling zu wirken anfing, zeigten sich die Damen der Anstalt ergriffen. Der Herr beugt auch die Reichen, und der rüstige Gottschalk wußte sie schon durch seine Erscheinung wieder aufzurichten, wenn sie ihn im leichten Arbeitsgewand werken und wirken sahen. Seine Gaben müssen so auffallend gewesen sein, daß Vater Zeller ihn lieber weiterförderte ans Evangelische Lehrerseminar. Bei einer Industriellenwitwe am Zürichberg fand er so natürlich Familienanschluß, daß die einzige Tochter des Hauses nicht ruhte, bis ihre Mutter der Verbindung mit dem frommen Schwaben zustimmte. Die Verlobung, von einer Schwangerschaft untermauert, konnte gleichzeitig mit dem Erwerb des Lehrerpatents gefeiert werden. Als das junge Paar in Oberneunforn die Lehrerwohnung bezog, zappelte bereits ein Stammhalter in der Wiege, und sein Name «Theophil» bewies, daß sich Schießles Gott im Aufstieg befand. Bei der Aufnahme ins Schweizer Bürgerrecht wurde aus dem penetrant schwäbischen Schießle ein bündiger Schieß.

Der fromme Haushalt wurde mit Kindern gesegnet, von Theodor und Theobald bis Dorothee. Theophil, der Älteste, studierte Theologie, doch übertrieb er die Gefälligkeit gegen Gott und Menschen nicht mehr und entwickelte eine ganz eigene Widerborstigkeit, die zum Haus- und Gütezeichen der neuen Schieß' werden sollte. Er verdarb seinen Pfarrkindern den Frieden, den sie in der Kirche zu suchen gewohnt waren, und begegnete ihnen weniger als guter Hirte denn als bissiger Hirtenhund. Ein Mann der Feindesliebe war er nur in dem Sinn, daß man gar nicht genug züchtigen kann, was man liebt. Die Ungemütlichkeit seines Gottesdienstes erstreckte sich auch auf die Seelsorge, und so war es kein Wunder, daß Theophil Schieß mehrfach die Gemeinde wechseln mußte und schließlich von seiner Landeskirche, diesem Pfuhl der Lauheit, aus dem Verkehr gezogen wurde. Doch seine Feindesliebe hatte auch im Ehebett Früchte getragen, nur daß die drei Söhne keinen Gottesnamen mehr bekamen, sondern diejenigen der Heiligen Drei Könige. Weise wurden sie nicht, doch beim mittleren, Melchior, war jedenfalls die Klugheit nicht zu bestreiten, auch eifern hatte er gelernt, nur daß er das geistliche Kapital auch ökonomisch gewinnbringend einzusetzen wußte. Wer Gott zum Eideshelfer hat, der kann auch einer mittelmäßigen Politik, die hierzulande als nötig gilt, die Furcht des Herrn lehren; so wurde Schieß immer größer und am Ende zum «Eidgenossen» in Person.

Dörig schloß seine Erzählung mit den Worten: Von dem Mann könnt ihr euch was abschneiden, Hubert. Sei kein Verschwender wie Jacques. Es ist Bubenzeug, was der macht. Nimm eine Frau wie Sidonie, aber sei ein Mann und dreh sie um.

Wenn's weiter nichts ist, lachte Achermann.

Auf dieser Welt sind schon ganz andere Dinge passiert. Gott ist Mensch geworden.

Du glaubst doch gar nicht daran.

Und wenn mich unser Prozeß missioniert hätte? Würde ja langsam Zeit. Ich dümple nicht mehr lange auf dem Obersee. Die nächste Fahrt ist Styx *einfach*.

Styx?

Mein Rätselbastler verwendet immer alle Buchstaben des Alphabets. Bei STYX hast du X und Y in *einem* Wort. Auch die Götter schworen beim Styx, wenn ihnen was wirklich ernst war. Zeus kannst du auch mal erweichen, den Tod nicht.

Die Freitagskonferenzen der AAS fanden auf dem Dach statt, nur bei ganz schlechtem Wetter setzte man sich in Marybels Büro. Aber eigentlich war auch die Mansarde schon *ihre* Domäne. Sie hatte den gewünschten Garten daraus gemacht, nur *hängen*, wie derjenige der Semiramis, durfte er nicht. Das Weltwunder wollte gewässert sein. Man blickte durch Gruppen von Ginster, Goldwacholder und Scheinzypressen in die Weite. Vor Jacques' Fenster hatte Marybel eine weiße Kamelie gestellt. Wenn das Bäumchen im Winter in sein Büro umzog, hörte es zu blühen nicht auf, wobei es die Blüten nicht verdorren, sondern schon beim ersten Braunstich ganz fallen ließ. Dann legte sie Marybel in eine flache Schale, wo sie noch eine kurze Weile schön blieben. Jacques' Abwesenheit benützte sie dazu, um in seinem Zimmer das Gröbste aufzuräumen. So blieb im Hause kaum noch eine Lücke ihrer Zuständigkeit, aber manche Stellen waren schmerzempfindlich und vieles, was sie tat oder unterließ, eine Schule der Selbstüberwindung.

Das Geißblatt war jetzt, in der Tat, zu einem Hügel gediehen, der den alten Kubus vollständig bedeckte. Bienen besuchten ihn, Käfer, Schmetterlinge, auch Nachtfalter. Er hatte mit der Linde um die Wette geduftet und versprach damit auch allein weiterzufahren, bis zum Einbruch des Winters. Während der Freitagskonferenz ging Marybel mit der Gießkanne herum, aber sie scheute sich nicht mehr, in den Diskurs einzugreifen.

Ich weiß, was du in Amerika machst, Moritz, aber was machen wir ohne dich?

Was mache ich denn in Amerika? fragte Moritz.

Den Kapitalismus kaputt, sagte Marybel an der Geißblatthecke. Bei dieser Hitze trockneten die Kästen innerhalb eines Tages völlig aus.

Und dann?

Dann kommen *wir*, sagte Marybel.

Da habe ich dir etwas nicht gut erklärt, sagte Moritz. – Der Kapitalismus geht nie kaputt. Dafür sind seine Schulden zu groß. Und er hat zu viele Geiseln.

Aber es gibt kein wahres Leben im falschen, sagte Marybel.

Und was machst du denn den ganzen Tag? lachte Moritz. – Wenn es kein wahres Leben im falschen gäbe, brauchten wir doch gar nicht erst anzufangen. Darum brauchst du das Grünzeug nicht zu übergießen! Nein, Marybel, wir gründen eine Bank, und die wird genauso bieder wie ihr Name: «zum Zinstragenden Sparhafen». Biederkeit ist das einzige, was Zukunft hat, denn es verschwendet sie nicht.

Moritz rede wie eine graue Maus, erklärte Jacques, dabei sei er der berühmte Schmetterling der Chaostheorie. – Er flattert jetzt über den Atlantischen Ozean, nach New York, zu Nieman Brothers. Dort setzt er sich auf den Schreibtisch des Chefs und legt die Flügel zusammen. Damit löst er den Sturm aus, der die falsche Wirtschaft aus der Welt fegt und eine richtige an ihre Stelle setzt. Das war dann die Revolution, und jetzt bleibt nur noch die Frage: was tun wir danach? Sammeln wir Marken, dann profitiert endlich auch Peter Leu.

Für ihn hat die Welt nichts Schönes mehr, sagte Marybel. – Er *sieht* es nicht.

Die große Depression, sagte Jacques. – Nur das nicht. Nie wieder.

Marybel führte die Agenda, besorgte Buchhaltung und Administration. Auch da war sie keine Naive mehr. Die Bank «zum Zinstragenden Sparhafen» würde nicht mehr lange ein Witz sein oder ein Phantom; Marybel wußte, daß große Kapitalzuflüsse zu erwarten waren, und machte sich so kundig wie möglich. Denn wenn Moritz nach New York ging, würde sie ihn zu vertreten haben. Man wollte das Haus kaufen, sobald sich die Gelegenheit ergab. Inzwischen hatte sich auch Thomas Schinz wieder gemeldet; Marybel argwöhnte allerdings, daß er sie als Agentin zu gewinnen hoffte, da er sie für ein Opfer hielt, eine von Jacques ebenso grenzenlos Gekränkte, wie er selbst es war. Aber sie trieb ihr eigenes Doppelspiel, das mit den Rechnungen der Herren nichts zu tun hatte. Das zweite Pflichtenheft, das sie führte, stand freilich nirgends geschrieben als in ihrem Herzen, dort aber um so fester. Erst beides zusammen machte sie zur Frau des Hauses.

8

1972/73. Zwei gehen

Peter Leu, immer noch Hausherr, belegte die andere Seite von Marybels Etage. Schon Thomas hatte über ihn nur die Achseln zucken können. Briefmarken – da ist keine Musik mehr drin. Jetzt ist auch das Herz nicht mehr dabei. Seine Frau hat ihn schon lange verlassen – außer physisch. Sie war eine Schönheit, jetzt ist sie schon so grau wie er.

Aber Marybel *spürte* den grauen Mann. Die Energie war noch nicht ganz weg, nur fehlte es ihm am Nötigsten, das hatte sie schon beim Einzugsfest erfaßt. Als sie ihm später im Treppenhaus begegnete – er schleppte sich kaum noch in sein Geschäft hinauf –, erklärte sie, wie gern sie in ihrem neuen Büro sitze, der guten Stube der Familie. Daran denke sie mit Dankbarkeit, wenn sie ins Lindengrün hinausblicke, das sich so unermüdlich bewege. Als sie Tränen in seinen Augen sah, faßte sie ihn an, spontan, aber prüfend, an Schulter und Hals.

Diese Blockaden könnten eine Massage gebrauchen. – Und als er zu ihr aufsah wie ein geschlagener Hund: Warum nicht gleich? Zehn Minuten – können Sie abspannen?

Sie war aufrichtig erschüttert, als sie sein Rückzugsgebiet betrat. Es war eine Rumpelkammer, zugestellt mit Familienmöbeln; zugleich stand die Luft zum Schneiden dick. Sie riß alle Fenster auf und zupfte das ungemachte Bett glatt, damit er sich hinlegen konnte. Dann schloß sie die Augen und begann ihn abzufühlen, wie sie es in Big Sur gelernt hatte.

Leu reagierte mit einem völligen Zusammenbruch. Sie hielt

seine Hand, bis er eingeschlafen war, tränengebadet, geschwollen wie ein Säugling. Es war zehn Uhr morgens. Marybel ging in Leus Geschäft, damit Vera Bescheid wußte. Als sie später nach ihm sah, war er wach, aber wirkte entrückt und hatte ein bestimmtes Leuchten in den Augen. Sie sah, daß sie ihn kurzhalten mußte. Sie würde ihn regelmäßig behandeln, aber erst, wenn er seine Wohnung saubergemacht hatte.

Schon am nächsten Tag klopfte er an, um Vollzug zu melden, und Marybel begann Wunder zu wirken. Bei der ersten Sitzung lokkerten ihre Hände den Würgegriff der Resignation; bei der zweiten lösten sie auch die Zunge. Peter Leu gab Stück um Stück seiner Geschichte preis, zuerst derjenigen seiner Eltern und ihres Fluchs. Sein Elend begegnete nun zum zweiten Mal einem menschlichen Ohr. Und dieses hörte immer besser und immer mehr.

Peter Leus Tinnitus eröffnete ihr Zusammenhänge einer neuen Größenordnung. Sie hatte Wand an Wand mit einer geistigen Welt gelebt – sogar mit einer verborgenen Architektur. Dem Haus war eine Sternwarte eingefleischt wie ein ungeborener Zwilling. Sie selbst hatte den schwarzen Kubus mit Geißblatt verkleidet, ohne zu ahnen, daß er Horners Kuppel verbarg – einen Hort der Geister, die ein Kapuziner gebannt glaubte, als er ihn mit geweihtem Holz versiegelt hatte. Aber diese Geister summten immer weiter in Peter Leus Ohr, sprachen sogar aus seiner Stimme, dumpf geworden, bis zur Unkenntlichkeit verstellt. Er hatte als Kind Frau Dr. Fanny Moser noch selbst erlebt, welche diese Geister belauscht hatte, allein auf dem Dach, bevor sie selbst zu ihnen überging – weil sie mehr erfahren hatte, als ein Mensch über die *andere Seite* wissen darf, oder weil sie von ihr unwiderstehlich angezogen worden war … *Ach Caspar!*

Bei diesem Herzensseufzer hatte sie sich schon zwischen Leben und Tod befunden – eine Schwelle, die Marybel gut hüten mußte, seit sie der Liebste fast überschritten hätte. Und damit eröffnete ihr Leu ein Forschungsgebiet, von dem er selbst sich nichts träumen ließ. Sie aber hatte nie von etwas vergleichbar *Wirklichem* geträumt; und diesen Traum galt es nun zu *leben*. Sie fühlte sich berufen, einer verborgenen Wirklichkeit nachzutasten wie den Knoten und Krämpfen Peter Leus. Und es war ihr klar: nicht Geister müssen erlöst werden, sondern Menschen, denen vor Geistern schaudert.

Und nun übte sie dreimal wöchentlich die Kunst, Peter Leu mit ihren Fingern besser zu lesen, als er sich selbst las, und plötzlich erwies sich die Rumpelkammer als Goldgrube. Leu senior hatte jedes Wort gesammelt, das die verehrte Fanny Moser publiziert hatte, von ihren meeresbiologischen Studien bis zu ihrem unvollendeten «Spuk». «Jetzt verstehe ich alles», waren die letzten Worte des über Nacht ergrauten Mannes. War ihm Fanny Moser erschienen? Hatte sie ihm den nahen Tod angekündigt, die Augen geöffnet über ein ganzes unverstandenes Leben? Wenige Stunden später war er in dem Lehnstuhl eingeschlafen, den Peter Leu in einer dunklen Ecke versteckt hatte. Leu mußte diese Hinterlassenschaft vor seiner Frau Elisabeth geheimhalten. «Moser» war ein verbotenes Wort. Aber jetzt übernahm Marybel eine ganze verbotene Bibliothek. Sie nahm den Faden auf, wo er an Fannys letztem Erdentag – dem 24. Februar 1953 – gerissen war, und tastete sich daran in die Tiefe der Vergangenheit zurück.

Es zeigte sich bald, daß Fannys Biographie, für sich allein schon abenteuerlich genug, vom Familienroman der Mosers nicht zu trennen war. Fannys Fallstudien belegten, daß Spuk in der Familie übertragen, sogar auf die nächsten Generationen vererbt wird. Was sich zeigt, ist der Geist der Beteiligten, doch an ihren Spannungen und Konflikten weiden sich auch ganz andere Geister und benützen sie für ihre eigene Darstellung. Es leuchtete Marybel ein, daß sie selbst Teil dieser Familie werden müsse, Fannys kleine Schwester, bevor die große bereit war, Geheimnisse mit ihr zu teilen.

Peter Leu hatte noch ihre eindrucksvolle Erscheinung gesehen; ihr Porträt, das seinem Vater so teuer gewesen war, hatte er Thomas Schinz überlassen, den es verzaubert hatte. Es hing über dem Flügel, in Thomas' Villa, die sie, Maras wegen, nie betreten hatte.

Nun, da diese Rücksicht hinfällig geworden war, blieb ihr sein Haus aus anderen Gründen verschlossen. Peter Leu hätte das Porträt nicht hergeben dürfen; sie sehnte sich nach diesem Bild. Es würde ihren Blick erwidern, dessen war sie gewiß.

Sie lernte Fannys Vater kennen, den Uhrmacher aus Schaffhausen und Uhrenkönig des Zaren, und flüchtiger seine erste Frau, für die er hoch über dem Rhein das Schloß Charlottenfels errichtet hatte. Gründlicher war die Bekanntschaft mit seiner zweiten Frau, und zugleich rätselhaft wie sie selbst, eine gebürtige Freiherrin («nicht Freifrau») von Wart, die zwei Töchter geboren hatte und die erste nach sich selbst Fanny nannte, während die zweite, Mentona, in Badenweiler das Licht der Welt erblickt hatte, als ihr Vater starb, zur gleichen Zeit, im gleichen Hotel. Fanny I war als Wöchnerin mit nicht viel mehr als zwanzig Jahren Witwe geworden und mußte sich nachsagen lassen, sie habe den Gatten vergiftet, um ihrem Nachwuchs den Löwenanteil seines Erbes zu sichern. Fanny II war beim Tod ihres Vaters zwei Jahre alt; Marybel las, wie die Urkatastrophe von Badenweiler drei Frauen lebenslänglich geprägt, getrennt und auch in sich selbst gespalten hatte; wie die ältere Fanny, noch keineswegs alt, sondern eine Schönheit und unsagbar reich, sich in das Landgut Au am Zürichsee gerettet hatte, wo sie einen Salon berühmter Männer unterhielt, von denen viele auch auf ihre Hand und ihr Vermögen spekulierten. Und während dieses Gesellschaftsspiels empfand sie ihren Anhang als Last, beklagte sich über die verstockte Mittelmäßigkeit der Töchter. Die jüngere Fanny tröstete sich am See, suchte ihr Leben am Wasser, wo sie es auch unbemerkt hätte verlieren können, darum wurde sie später Meeresbiologin, während die kleinere Schwester Mentona ihre Zuflucht zu den Vögeln nahm, die im Gebüsch sangen und im Schilf knarrten. Im Alter, als Asylantin im eigenen Land, sollte sie ein wunderbares Vogelbuch für Kinder schreiben, doch als Kind auf der Au hatte sie selbst flügge werden wollen, eine Stimme für die Verdrängten und Verdammten dieser Erde. Fanny I, die reichste Frau der Schweiz, hatte diesen Töchtern, als sie ausflogen und zu studieren begannen, so gut wie nichts zukommen lassen. Sie hatten gegen die Mutter gerichtlich vorgehen, ihre Entmündigung betreiben und am Ende doch ihren Tod abwarten müssen, bis sie ihren Anteil an der väterlichen Erbschaft herausbekamen. Es war immer noch mehr als genug für ein sorgloses Leben, wenn nicht beide größere Sorgen auf sich genommen hätten, Mentona für Waisen und Weltrevolution, Fanny für das Übersinnliche, die andere Welt inmitten der bekannten.

Indem sich Marybel in diese phantastische Familiengeschichte hineinlas, wurde sie unmerklich Teil davon. Und daß ihr Anteil rechtmäßig war, bemerkte sie daran, daß sie Wunder wirkte.

Leu hatte ihr Elisabeths Auszug, seinen eigenen Rückzug aus dem Elternhaus geschildert, womit der Spuk ein Ende zu nehmen schien, hätte ihm nicht der Tinnitus jeden Gang aufs Dach verbittert. Sie hatte sich dieses Schnalzen im Ohr schildern lassen und keinen Reim darauf machen können, bis sie ihm in ihren Quellen begegnete – und vielleicht an der *wahren* Quelle. Fanny I hatte in ihrem Salon auf der Au auch einen jungen Wiener Nervenarzt namens Freud empfangen, der seine Patientinnen hypnotisierte, damit sie ihm den Ursprung ihrer Leiden verrieten, ohne daß ihr strenger oder schamhafter Verstand sie daran hindern konnte. Um die Entblößung der wahren Motive zu erleichtern, massierte der Arzt die Damen, die man damals hysterisch nannte, am ganzen Leib und verglich dann die Antworten, die sie sich in diesem Zustand entschlüpfen ließen, mit denen, die sie im gesellschaftlichen Verkehr zu geben pflegten. Bei dem Kommandoton, den Freud anwandte, verwunderte sich Marybel allerdings kaum, daß die Damen sich von ihm nicht nachhaltig kurieren ließen. Dennoch war Fanny I nach Wien gereist, um sich seiner Behandlung zu unterziehen, weil ihre Töchter, namentlich Fanny II, sie krank machten. Wenn Marybel die hinterher von Freud verfaßte Fallstudie recht las, hatte Fanny I ihren Arzt nicht weniger als Forschungsobjekt behandelt als er sie. Sie hatte an ihm ihre Fähigkeit erprobt, den Zumutungen der Männer, ihren Massagen, Unterstellungen und Hypnosen, Widerstand zu leisten. Sein Honorar blieb sie nicht schuldig, wohl aber ihre Besserung. Gleichzeitig ließ sie auch Fanny II, die, gerade siebzehn, an beständigem Bauchweh litt, von einem Wiener Gynäkologen behandeln. Der Massageeffekt war bei beiden Frauen nicht von Dauer, führte bei Fanny II sogar zu einer schweren nervösen Erkrankung. Dennoch wiederholte Fanny I ihren Besuch in Wien noch einmal, um den gleichen Mißerfolg zu erleben und diesen Dr. Freud danach für immer von der Gästeliste in der Au zu streichen. Als er der große Vater der Psychoanalyse geworden war, gestand er das Unzulängliche seiner früheren Methode selbst ein. Und doch: unter dem Pseudonym Emmy v. N., einer vorgeblich livländischen Witwe, war Fanny I als mißratenes Gesellenstück nicht nur in die Geschichte der Psychoanalyse eingegangen, sondern hatte mit sperriger Hand daran mitgeschrieben.

Marybel hatte das Drama der beiden Fannys mit fliegendem Atem studiert, doch er stockte, als sie auf eines der Symptome stieß, mit dem «Emmy v. N.» den jungen Dr. Freud herausgefordert hatte. *Sie unterbrach sich häufig in der Rede, um ein eigentümliches Schnalzen hervorzubringen, das ich nicht nachahmen kann.* Und in einer Fußnote fügt der Arzt bei: *Dieses Schnalzen bestand aus mehreren Tempi; jagdkundliche Kollegen, die es hörten, verglichen dessen Endlaute mit dem Balzen des Auerhahns.* Der fremde Klang war eine Melodie, welche Fanny I, unbeeindruckt von Hypnose oder Massage, angestimmt hatte. Sie enthielt einen Code, den der Arzt hätte lesen müssen, um zu heilen. Statt dessen war er, wie ein Schwarzer Peter, weitergereicht worden, um sich siebzig Jahre später in Peter Leus Gehör einzunisten. Jetzt kam das Erlösen an sie, Marybel, die Vollendung von Freuds Werk.

Sie sprach kein Wort, als sie nächstes Mal mit Leu zusammentraf, in seiner immer noch traurigen Absteige. Sie las mit den Fingerspitzen, lauschte mit dem Herzen. Sie hörte die Kreatur unter ihren Händen seufzen, wenn diese weitergaben, was ihre Augen im Buch gelesen, ihr Kopf dem Herzen gesagt und dieses bewahrt hatte, bis es auch ihr Kopf recht bedacht hatte. Nun aber massierte sie ihm das Resultat wortlos unter die Haut, und der Fluch entwich, seufzend, stöhnend, am Ende mit einem häßlichen kleinen Schrei.

Jetzt sollte er sich waschen, anziehen und mitkommen. Sie hatte ihn auf dem Dach, ehe er's recht merkte. Und fragte: Was ist mit dem Tinnitus?

Ja, was war damit? Weg war er! Einfach verschwunden!

Hörst du die Linde summen?

Er öffnete den Mund, als ließe sich das Wunder anders nicht fassen.

Was hast du mit mir gemacht?

Ich habe einen Tip ausprobiert, das ist alles.

Es hätte Peter Leu gefallen, die Behandlung jeden Tag fortzusetzen, aber sie bestimmte: Du bist geheilt, Peter, und ich habe zu tun.

Sie konnte strenger sein als Dr. Freud. Peter Leu war kein Mohr, aber er hatte seinen Dienst getan. Eine leere Stelle in Marybels Welt hatte sich bevölkert, und jetzt widmete sie sich neuen Patienten. Aber was sie erfuhr, blieb in der Familie. Die Sternwarte blieb, für jedermanns Augen, verschlossen und bedeckt.

Im Juni '72 war es soweit: Einer fuhr nicht mehr zur See.

Die «Rahel» war scheinbar führerlos in den Binsen vor Jungs Turm gestrandet; es war Samstag abend, die angebaute Villa von Sommergästen besetzt. Zwei Beherzte stiegen an Bord, fanden Dörig bewußtlos in der Kajüte und alarmierten die Rettung, die ihn mit dem Hubschrauber in die Notfallstation des Universitätsspitals flog. Seine Identität entnahm man den Schiffspapieren; Angehörige waren nicht bekannt, so benachrichtigte man die Stallwache der «Hygeia», und von da erweiterte sich der Kreis der Betroffenen rasch. Als Achermann am Sonntag nachmittag im Krankenhaus eintraf, war Reinhold wieder bei Bewußtsein, aber am Tropf und mit Sonden bestückt. Er erkannte Hubert nur mit den Augen; reden konnte oder wollte er nicht. Der gute Tod im Wasser war verpaßt.

Hubert kam jeden Tag; auch Vera, mit Blumen, für die sich kein Platz fand; nach Feierabend erschienen Kollegen der Belegschaft. Marybel aber hielt stundenlang Reinholds Hand. Das hippokratische Gesicht blieb verschlossen. Aber als er mit Hubert allein war, beschwerte er sich.

Kann man mich nicht lassen? fragte er, behindert an Mund und Nase. – Ich möchte verduften. Dafür brauche ich keine Maschinen und auch keine Damen.

Es traf sich, daß Frau Seiler zur gleichen Zeit im Krankenhaus war, ebenfalls ohne Aussicht, wieder herauszukommen, und nicht minder unwillig, sich immer noch Behandlungen gefallen zu lassen. Aber stumm zu leiden war nicht ihre Art. Jacques bekam etwas zu hören, doch der Grimm der Sterbenden behielt viel Aufgeräumtes. Sie beschwerte sich, «die Sache hier» dauere ihr reichlich lange. Wozu habe sie einen Anwalt, wenn er der Gewinnsucht der Medizin keinen Riegel schiebe? Was hier an sie, Frau Seiler, verschleudert werde, gehe am Ende nur der Stiftung ab.

Dagegen hatte Reinhold nur noch einen Wunsch: ein Einzelzimmer, betrieblich eine Zumutung. Achermann setzte sie durch. Für ihn galt das Besuchsverbot nicht; dafür wurde er zum Sitzwächter. Der Raum hatte kaum Seeblick, aber wenn der Wind die Parkbäume rührte, blitzte zwischen den Kronen eine Spur Wasser auf.

Plötzlich sagte Dörig: Ist morgen nicht Donnerstag? Bring mir doch das Rätsel.

Doch anderntags war der Patient nicht im Zimmer. Man hatte ihn zu einer Untersuchung gefahren, Achermann hätte dasein, sich wehren müssen, war aber gerade in keiner Verfassung dazu. Die Morgenpost hatte eine Anzeige mit einer handschriftlichen Mitteilung Sidonies gebracht. Am 17. Juni hatte sie einen Sohn geboren, er heiße Salomon. Und auf einem separaten Papier hatte sie zu melden, ihre Schwester Verena sei mit ihrem Sportwagen tödlich verunglückt. Unter diesen Umständen müsse sie mit ihm «bei Gelegenheit» über sein Mandat reden.

Da Reinhold nicht zurückkam, war Achermann ins Büro gefahren und hatte die Frauen-WG angerufen. Ob er Mutter und Kind besuchen könne? Er hörte, wie sich die junge Frau mit zugedeckter Sprechmuschel Instruktionen holte. Das Resultat: morgen nachmittag um vier Uhr. Als er am nächsten Morgen im Spital auftauchte, war Reinholds Zimmer leer. Man kämpfe in der Intensivstation um sein Leben; kein Besuch jetzt. Aber hier lag ja das Rätsel auf dem Nachttisch? Daran habe er gearbeitet, als er das Bewußtsein verlor.

Er wollte nicht auf der Intensivstation sterben! Er wollte Bäume sehen und ein kleines Stück Wasser! Bringen Sie ihn her, oder ich verklage Sie! Ich bin Jurist!

Ich weiß, Herr Dr. Achermann, sagte der Arzt, und ich schlage vor, Sie gehen jetzt in die Cafeteria, essen etwas und kommen in zwei Stunden wieder. Wir tun, was wir können.

Das Kreuzworträtsel war etwa zu einem Viertel mit Buchstaben gefüllt, ungleich groß und zittrig. Aber sie waren beliebig und ergaben keinen Sinn. Achermann nahm das Rätsel mit.

In der Cafeteria stellte er sich nicht in die Schlange. Er setzte sich an einen freien Platz und starrte ins Leere. Dann begann er das Rätsel zu lösen, aber beschränkte sich auf die Felder, die Reinhold leer gelassen hatte. An einem Punkt geriet er ins Stocken.

THETAN, sagte es über seinem Kopf.

Hinter ihm stand Jacques. «Das E-Meter zeigt an, ob er operiert». Hast du nie von einem «Operating Thetan» gehört? So einer kannst du werden, wenn du deine Seele der Scientology Church verschreibst. Sie ist wieder einmal in der Zeitung. Wie geht es Reinhold?

Entschuldige mich, sagte Hubert und rannte zur Toilette, doch der Brechreiz hatte getrogen. Am Brunnen rieb er kaltes Wasser in ein Gesicht, das er im Spiegel nicht kannte, doch wenn er grinste, verzog es gleichzeitig den Mund. Als er zurückkam, war Jacques über das Rätsel gebeugt. Er hatte die Unsinnslettern ausradiert und war im Begriff, die Kästchen fliegend auszufüllen.

Was tust du! Das hat Reinhold geschrieben. Vielleicht das letzte ... Huberts Stimme erstickte.

Jacques steckte den Kugelschreiber ein. – Das tut mir leid. So leid.

Du wußtest es ja nicht, sagte Hubert. – Bitte, mach's fertig.

Wir lösen es zusammen, sagte Jacques, Wasser in den Augen.

Als Achermann auf Reinholds Zimmer erschien, waren zwei Schwestern mit dem Abziehen seines Bettes beschäftigt.

Herr Dörig ist vor einer Viertelstunde verstorben.

Achermann machte einen langen Spaziergang durch den Wald hinter dem Zoo. Als ihm der Termin mit Sidonie einfiel, war er längst verpaßt. Das Telefon in der Frauen-WG wurde nicht abgenommen. Er sprach eine Entschuldigung auf den Anrufbeantworter.

Zwei Tage später fuhr er mit dem Lift in den Keller des Krankenhauses. In einem fensterlosen Räumchen bat man ihn, Platz zu nehmen. Auf dem Tisch stand ein Gesteck künstlicher blauer Primeln, auch das schrill grüne Topfgewächs in der Nische war aus Plastik. Endlich öffnete sich die Tür zu einem Hinterraum, durch den die Bahre herangerollt wurde. – Möchten Sie allein sein?

Kühle wehte ihm von dem knappen Totenbett entgegen. Drauf lag Reinhold, es konnte kein anderer sein. Doch das Leben hatte sich aus der gelblichen Maske verflüchtigt. Es überließ das Gesicht noch nicht dem Verfall, aber der Tod hatte es gegenständlich gemacht, wie es nie gewesen war.

Einmal hatte Achermann eine Fotoausstellung besucht, in einer deutschen Mittelstadt; das kleine Museum war auf Tod spezialisiert. Fotoporträts im Weltformat zeigten zweimal denselben Menschen, *vorher* und *nachher*, wie auf der Reklame eines Haarwuchsmittels. Vorher war das Gesicht unruhig, flackernd vor Leid oder Angst, die Züge verrutscht. Nachher: Unruhe geglättet, Falten ausgebügelt, das Gesicht gefestigt und erloschen zu stiller Heiterkeit. Der Tod wirkte kosmetisch. Jeder Tote ein Andachtsbild.

Der gewesene Mensch, der im Spitalkeller vor Achermann lag, glich den künstlichen Primeln im Wartezimmer.

Nein, sagte er, Reinhold, entschuldige: ich gehe. Über das, was ich da sehe, hättest du dich geärgert. An deiner Stelle liegt etwas von entfernter Ähnlichkeit. Es tut nicht einmal weh. Nur, daß du so allein gestorben bist, auf der verhaßten Intensivstation. Aber ich glaube, sie war weit weg. Nicht wahr? Sie war viel weiter weg als ich.

Achermann berührte das dünne Haar, die kalte Stirn. Wir haben uns schon auf der «Rahel» verabschiedet und wußten es nicht. Was bleibt: du fehlst, und von jetzt an fehlst du mir ganz und gar.

Darf ich dich zeichnen? Ich habe so was lange nicht mehr versucht.

Er packte Block und Bleistift aus der Tasche. Wie unsicher sein Strich geworden war. Doch vielleicht gelang es eben so, auf dem Papier eine Spur des Lebens festzuhalten, das er im Gesicht des Toten so schmerzhaft vermißte.

Marybel hatte mit der Belegschaft der «Hygeia» die Organisation der Beisetzung besorgt. Die «Bachtel», das gemietete Ausflugsschiff, war, dicht mit Menschen besetzt, in respektvollem Abstand von der «Rahel» bis zur Seemitte gefahren. Die Wächter der Urne hatte Marybel ausgewählt. Viele hatten den Einzug ins «Eiserne Zeit» mitgefeiert, Tövet spielte Gitarre, Lieder der Revolution, doch auf der «Rahel» sang man sie nicht mit; zu singen war dem großen Schiff bestimmt. Und als Jacques die Glocke des kleinen hatte schlagen lassen, erschallte sie auch auf der «Bachtel» und läutete den großen gemischten Chor ein, die Internationale, Credo und Sanctus einer verflossenen Arbeiterbewegung. Diese Welt soll unser sein! Und sie war es noch einmal, bis die Urne, in einem Kranz roter Rosen versteckt, die Oberfläche des Wassers berührte. Im Augenblick, als Hubert das unscheinbare Gefäß sinken ließ, begannen die Sirenen der «Bachtel» zu heulen und die Glocke der «Rahel» zu gellen. Die Belegschaft zog ihre roten Halstücher aus, um dem Sinkenden nachzuwinken. Nur noch der Rosenkranz schaukelte auf dem Wasser, heftiger als die Schiffe, denn im Westen hatte sich eine Wetterwand aufgebaut, aus der hie und da ein Blitz zuckte. Auf beiden Seeseiten hatten gelbe Warnsignale zu rotieren begonnen. Höchste Zeit, das Ufer zu erreichen, und so warf Hermann den Motor der «Rahel» an, und auch die «Bachtel» begann in weitem Bogen den rettenden Hafen anzulaufen. Einzelne sahen schon seekrank aus. Marybel versäumte trotzdem nicht, Jacques und Hubert auf das herrschaftliche Gut auf der Halbinsel hinzuweisen, das einmal der jungen Witwe Moser, geborene von Wart, als Magnet für Gesellschaften gebildeter Männer gedient hatte, während die Töchter Fanny und Mentona sehen mochten, wo sie blieben. Kreideweiß starrte das Gebäude durch Ufergehölz, Schaum krönte die Wellen, und als der sichere Hafen erreicht war, begann es zu gießen. Der Kranz mitten im See zerstob in Winden und Wellen, ebenso gewiß, wie Reinholds Krüglein seine Ruhe hatte; die Tiefe, in die es versunken war, blieb ungestört.

Er brauchte nicht mehr zu erleben, daß das Gericht in Straßburg seine Klage abwies: Gott der Allmächtige in der Schweizer Bundesverfassung blieb rechtens, mangels Erheblichkeit für die Substanz des Gesetzeswerks. Den Nachrufen auf Dörig folgten abschließende Kommentare zu seinem Prozeß, einzelne würdigten seine Zivilcourage, bei allem Bedauern für die *peinture naïve* seines Rechtsverständnisses.

Jacques und Hubert hatten sich am Abend nach Reinhold Dörigs definitiver Wasserung um neun Uhr abends unverabredet auf dem Dach getroffen, das noch regennaß war. Es dämmerte, aber der Himmel ließ einzelne Sterne hervortreten, das Gewitter hatte die Luft erfrischt, auch die Pflanzungen Marybels getränkt. Sie selbst und Moritz waren mit der Belegschaft in Reinholds Fabrik weitergezogen, um ihn «auf befreitem Gelände» die ganze Nacht abzufeiern. Achermann und Schinz hatten sich entschuldigt. Sie wußten natürlich als Juristen nichts von dem Kommandounternehmen, das am Ende des Festes geplant war. Reinhold hatte die «Rahel» den Arbeitern geschenkt. Vier von ihnen fuhren sie vor Tagesanbruch in die Seemitte, um sie zu versenken, nicht ohne Treibstoff und Öl herausgepumpt und in den Nachen geladen zu haben, mit dem sie zurückfuhren.

Man möchte wissen, was er jetzt weiß, sagte Jacques. – Er könnte ein Zeichen geben.

Dazu haben sich schon manche verabredet, sagte Hubert.

Im Ernst. Wenn es soweit ist, teile ich dir von drüben das Nötigste mit. Versprochen. Aber du mußt auf Empfang sein. Die Verbindungen sind schlecht. – Hupp, sagte er nach einer Weile. – Das Rätsel. Ich habe es Reinhold weggelöst. Von jetzt an löse ich es zu seinem Andenken, jeden Donnerstag, wenn die Zeitung kommt. Machst du mit?

Man kann ein Rätsel nicht gut zu zweit lösen, sagte Hubert.

Warum nicht? Um die Wette, jeder auf seinem Stübchen. Wir geben uns eine Stunde. Solange wir lösen, leben wir.

Du gewinnst immer, lächelte Achermann.

Sie waren mit ihren Deckstühlen vom Geißblatt weggerückt, denn in der Nacht verströmte es eine betäubende Süße. Jacques schenkte einen Whiskey nach, der in Eichenfässern Neuenglands gereift war, ein Geschenk Marybels aus ihrer Fliegerzeit.

Sie tranken und sahen in die Sterne. Dann sagte Achermann:

Ich habe die Vendetta gegen deinen Vater nie verstanden.

Bist du mein Freund, Hupp?

Was soll die Frage?

Du könntest auch ein Priester sein. Dann dürfte ich beichten. – Und nach einer Weile fuhr er fort: Hochwürden, ich bin ein *motherfucker.*

Er hatte getrunken, wirkte aber nüchtern. Anfangs sprach er schnell und leise, ohne die Augen zu erheben. Am Ende waren sie naß.

Ich habe eine rumänische Großmutter. Darum war meine Mutter griechisch-katholisch. Sie heiratete jung, einen Reformierten, auch wenn er in keine Kirche ging. Aber er war Banker und hatte ein Verhältnis zum Geld, das war reformiert – und damit ließ er seine Frau allein. Er hat sie geliebt, fürchte ich, aber er hat nichts von ihr verstanden, *nichts*. Es kam ihm nie in den Sinn, daß er sie krank machte – nicht durch etwas, was er sagte oder tat. Durch die Art, wie er war. So ist er immer noch. Was er für Zuwendung hält, ist tödlich. Seine Aufmerksamkeit trampelt, seine Güte schwitzt, sein Witz schreit zum Himmel, sein Elend manchmal auch – und immer zu laut. So war er, so ist er, so bleibt er. Meine Mutter war lange zu unschuldig, *sein* Elend zu verstehen. Und dann war sie zu fein, ihn *ihr* Elend merken zu lassen. Ihre Krankheit *beleidigte* ihn, Hupp. Wie durfte die Frau an seiner Seite krank werden? Aber sie war nie an seiner Seite. Sie hing im Leeren. Sie vertrocknete an seiner Luft. Und als sie anfing zu welken, delegierte er sie an die Medizin. Und eines Tages konnte sie ihm auch mit ihrer Krankheit nicht mehr dienen. Das wurde der Tag, an dem sie mich geboren hat, zum zweiten Mal.

Ich war erst fünf Jahre alt. Schon fünf. Ein kleiner Mann. Ein dummer Bub. Ein einziges Häufchen Angst um meine Mutter. Aber ich nannte sie wie mein Vater, Chantal. Ihn habe ich nie Thomas genannt, auch nicht Vater. Papa. Oder lieber gar nicht. Aber *Chantal*.

Ich wußte es ja, spürte es jeden Augenblick. Sie war Haut und Knochen, gerade noch da. Aber das Gesicht wurde immer edler, ein Bild von einem Gesicht. Nicht eingefallen, nur blaß, sogar der Mund, den sie nie geschminkt hat. Ganz weich, wehrlos. Weich und voll auch das Haar, weil sie die Chemo verweigert hat. Flache Wangen, große Augen, die feine Nase, durch die sie immer mühsamer atmete. Wir hatten einen großen Garten mit einem gepflegten Teil und einem wilden, der reichte bis in den Wald. Am Waldrand lag ein Weiher, den niemand mehr gepflegt hatte, mit einem Badehaus mit einer Sitzbank, eigentlich nur ein Unterstand. Wir hatten ja den Pool beim Haus. Ich konnte schon mit drei Jahren schwimmen. Aber mit fünf wollte ich einmal im Weiher baden, was streng verboten war. An einem Samstagmorgen, das Haus war still, lief ich weg, hinaus, und merkte zu spät: ich hatte nicht mal die Badehose dabei. Aber zurück ging nicht mehr. Es war eine Mutprobe. Der Weiher war zugewachsen, aber es gab eine Stelle, wo man ins Wasser steigen konnte. Als ich mich auszog, schämte ich mich, aber es konnte mich ja keiner sehen. Ich versteckte die Kleider in einer Baumwurzel und stieg ins schwarze Wasser. Bevor die Füße im watteweichen Schlamm versanken, schwamm ich los. Das schwarze Wasser trug mich. Ich schwamm im Bogen zum Badehaus hinüber und zog mich ans Ufer. Ich lebte noch.

Da hörte ich in die Hände klatschen. Gut gemacht, rief es aus der Hütte. Es war Chantal, sie hatte mir zugesehen. Sie lag auf der Sitzbank, im blau-weißen Morgenmantel mit weiten Ärmeln, und stützte sich auf den Ellbogen. Schon das strengte sie an. Ich lief zu ihr hin, hatte ganz vergessen, daß ich nackt war; da ließ sie sich etwas sinken und lächelte mich an. Sie hätte im Bett sein müssen, aber sie sagte: Ich bin entwischt wie du. Aber du hast ja Hühnerhaut, flüsterte sie. Komm an die Wärme. Sie hat die Arme gehoben, um mich näher zu ziehen, Arme dünn wie Rohr, und hat mir über den nassen Rücken gestrichen, mit der mageren Hand. Nebeneinander hatten wir nicht Platz auf der Bank, so öffnete sie den Morgenmantel nach meiner Seite, und als ich darunterkroch, schlug sie ihn um mich herum und hielt mich so fest, daß ich ihre Brust nicht sehen sollte. Aber ich sah das Kruzifix, preßte das Gesicht darauf, und sie rückte etwas beiseite, damit ich noch bequemer lag, ganz an der Wärme. Ich fror nicht mehr, und doch begann ich zu zittern, meine Zähne schlugen aufeinander, denn da geschah etwas Schauderhaftes. Das Ding zwischen meinen Beinen war fest geworden und wuchs in Chantal hinein wie in ein warmes Bad. Es fühlte sich an wie der seidenweiche Schlamm zwischen den Zehen. Sie sagte kein Wort, aber sie hielt mich noch fester, drehte den Kopf zur Seite und seufzte. Ich wußte nicht, wie mir geschah, aber jetzt begann ich zu reiten. Dabei war Chantal schmal wie eine Ziege, aber ihr Schoß hielt mich fest. So, so, *mon petit chou*, flüsterte sie und begann mich zu wiegen, schließlich hüpften wir miteinander, fast als kämpften wir, aber obwohl sie schwerer atmen mußte, spürte ich, sie wird wieder stark. Ich reite auf ihr, davon wird sie gesund! So, so, flüsterte sie, und ich sah das Kruzifix tanzen an ihrem Hals. Und dann sah ich, sie weinte ja, es war Schluchzen, was sie schüttelte und ganz innen zusammenzog. Ich schämte mich und wurde still. Warum weinst du? fragte ich. Sie schüttelte nur den Kopf und biß sich auf die Lippen. – Vor Freude, sagte sie, ich habe so lange nicht mehr richtig geweint. Du wirst ein Mann, Jacques, ein großer guter Mann.

Als es lange still blieb, sagte Hubert: Das bist du geworden.

Zwei Wochen später war sie tot, sagte Jacques. – Seine Augen liefen über, doch seine Stimme schwankte nicht, als er das Glas hob. Auf dein Wohl, Huppert. Er wollte trinken, doch das Glas war leer. Er setzte es ab und schenkte nicht mehr nach.

Die Eigentumsverhältnisse der «Hygeia» hatte Reinhold noch zu Lebzeiten zugunsten der Arbeiterschaft geregelt, in deren Eigentum das Werk überging. Was sein Privatvermögen betraf, so hatte Achermann zwar Andeutungen des Freundes entnehmen können, daß etwas auf ihn zukam, aber auf dreißig Millionen war er nicht gefaßt, die auch dem Notar von Reinholds Wohngemeinde den Schweiß auf die Stirn trieben. Einige entfernte Verwandte gingen nicht leer aus, aber Hubert Achermann, Vollstrecker des Testaments, war zu seinem Hauptbegünstigten geworden. Das aber hieß: die Stiftung «zum Eisernen Zeit» hatte ein wahrhaft fettes Jahr. Denn eine fast gleiche Summe war ihr aus der Erbschaft Frau Seilers zugeflossen, deren Wunsch nach einem flotteren Abtreten einen Tag nach Reinholds Tod erhört worden war. Mit soviel Kapital wurde die Gründung der geplanten Bank «zum Zinstragenden Sparhafen» möglich, und die AAS unternahm, unter Federführung Moritz Assers, die nötigen Schritte dazu.

Das Institut konnte er auch und sogar besser von New York aus dirigieren, wo ihm noch Verbindungen aus seiner Studienzeit zu

Gebote standen. Moritz hatte offen deklariert, daß er im Einvernehmen mit Thomas Schinz reise und auch seine Interessen wahrnehme.

O papapapai, heulte Jacques los, erwartest du meinen Segen, listenreicher Odysseus?

Ja, sagte Moritz. – Troja fällt nicht ohne Mitwirkung der Trojaner.

Herr Thomas Schinz hat sich einen Sohn nach seinem Herzen gewünscht, und ich war's nicht. Einen von beiden wirst du verraten müssen, mein Freund.

Die *Sache* nicht, sagte Moritz.

Es lebe die Sache, sagte Jacques.

Marybel hatte sie verständnislos angeblickt. – Wovon redet ihr?

Über ein Stück von Sophokles, Schatz, geschrieben im 5. Jahrhundert vor unserer Zeitrechnung. Das ist lange her.

Moritz' Abschied rückte näher; Begleitung zum Flughafen hatte er sich verbeten. Aber am Reisetag kam er mit seinem Rucksack nochmals in Marybels Büro.

Weißt du schon, wo du wohnst?

In Brooklyn, bei meiner Großtante, wie vor sieben Jahren. Damals lebte ihr Mann noch. Er war Rabbiner.

Bist du gläubig?

Nein, sagte er.

Aber Gott glaubt an *dich*, sagte sie.

Er war einen Augenblick verblüfft, dann lachte er und sagte: Hoffentlich tut's ihm gut. Jetzt gehe ich zum Flughafen.

Ich rufe ein Taxi.

Ich *gehe*, sieh doch. Wanderschuhe!

Sie lachte. – Zum Flughafen ist sicher noch nie einer gewandert.

Wenn er fliegt, sitzt er noch lange genug. Goodbye, Marybel, summte er, nach der Melodie eines Songs von Leonard Cohen. – Halt den Laden zusammen. Und sieh zu, daß wir Kasse machen. Wir brauchen Geld, *viel* Geld!

9
1971–1977–1984. Salomon

Nach dem Unfalltod ihrer Schwester im Juni 1971 hatte Sidonie Wirz ihrem Anwalt Hubert Achermann – Erzeuger des Kindes, das sie in den Tagen des Unglücks geboren hatte – in Aussicht gestellt, über sein Mandat zu «reden». Dazu kam es nicht, trotz seiner wiederholten Rückfrage. Erst vor Weihnachten überwies sie einen fünfstelligen Betrag auf sein Konto, woraus er schloß, daß ihr das Erbe zugesprochen worden war, wohl einschließlich Verenas Anteil. Wenn diese kein Testament gemacht hatte, galt nach ihrem Tod das Gesetz, und dieses verkehrte Verenas Absicht ins Gegenteil. Sidonie verfügte am Ende so gut wie allein über Haus und Hof des «Gugger» und den in dreißig Hektar Grundbesitz verkörperten Wert. Doch Neid und Vorurteil, die Verenas Partei hatte mobilisieren wollen, waren mit ihrem Tod nicht aus der Welt geschafft. Sie war ihrer Schwester so gelegen gestorben, daß man an *foul play* glauben konnte, auch wenn Sidonie als Wöchnerin gewissermaßen ein Alibi besaß. Die AAS erstattete Sidonies Überweisung zurück, mit dem Kommentar, die Anwälte glaubten nicht, ein Honorar zu verdienen, für das sie keine Leistung erbracht hätten; gezeichnet: Dr. Hubert Achermann.

Nachdem Huberts Besuch bei seinem neugeborenen Sohn fehlgeschlagen war, hatten die Eltern miteinander keinen Kontakt mehr. Auf Umwegen erfuhr er, daß Sidonie ihr Studium mit praktischer Sozialarbeit in der Gemeinde, namentlich in einer Drogenstation, verbinde und den Umbau des «Gugger» zu einem Tagungszentrum betreibe. Die AAS hatte alle Hände voll damit zu tun, die

Früchte eines starken Anfangs zu ernten. Moritz hatte das Zentrum seiner Aktivität von New York nach London verlegt, wodurch sie nicht durchsichtiger, aber noch profitabler wurde, während der Rest des Anwaltskollektivs in den siebziger Jahren einer gewöhnlichen Kanzlei immer ähnlicher sah, nur daß die Herren ihre Briefe immer noch selbst tippten, jetzt auf Schreibmaschinen mit Kugelkopf.

Das Personalwesen lief über Marybel, mit der Folge, daß gar kein Personal eingestellt wurde. Sie behielt das Monopol aller Dienstleistungen in der Hand und übte es mit einer Hingabe aus, die man Selbstausbeutung oder auch Generalzuständigkeit nennen konnte. Selten verließ sie das Haus vor neun Uhr abends. Zu ihrer Ikonensammlung zog sie nichts, und die Phantasie einer romantischen Dachidylle mit Jacques war einer umfassenden Verantwortlichkeit für die Hausgemeinschaft gewichen, die nicht nur Peter Leu und Hermann Frischknecht einschloß, sondern auch Jacques' Beziehungsleben – und vor allem seine Gesundheit. Aber sie liebte ihn unveränderlich, und wenn er in ihrem Büro vorbeikam, ein halb abwesendes, halb verzweifeltes Verlangen im geröteten Blick, kam es vor, daß sie ihm, wie eine Äffin, wortlos den blanken Hintern präsentierte. Das hätte sie für keinen andern Menschen getan; aber es gehörte zu ihrer Sorgfaltspflicht, die Zirkulation guter Geister im Haus nicht an Blockaden stocken zu lassen.

Im Mai 1977 erreichte Hubert eine Einladung Sidonies zu Salomons sechstem Geburtstag. Er hatte gerade einen großspurigen Offroader mit Vierradantrieb gekauft; Jacques pflegte ihn wegen seiner Schwäche für starke Motoren ebenso zu hänseln wie dieser ihn für die Treue zu seiner luftgefederten Gottheit. Aber der Geländewagen war auf dem «Gugger» nicht ganz deplaziert. Denn Achermann fuhr auf eine Großbaustelle. Auf allen Seiten um das stolze Fachwerkhaus brachen Bagger die Erde auf. Mühsam hatte er zwischen Baugruben einen Parkplatz gefunden, und als ihn Sidonie unter der Haustür empfing, verstanden sie das eigene Wort nicht.

Sie war braungebrannt und trug ein weißes plissiertes Sommerkleid; stattlicher war sie geworden und wirkte weniger gebieterisch.

Sie führte ihn in den Weinkeller, dessen Kühle man zu schätzen wußte; auch der Baulärm drang nur gedämpft herein.

Sie hatte den Weinberg unterhalb des Hauses verkauft und das Studium für soziale Arbeit beendet; gerade war sie in die Schulpflege gewählt worden. Am Evangelischen Kirchentag in Berlin unter dem Motto «Einer trage des anderen Last» hatte sie vom heilsamen Umgang mit Süchtigen berichtet und für die Tagungsstätte, die sie im «Gugger» einrichten wollte, Anregungen mitgenommen und Kontakte geknüpft. Zum ersten Mal war sie in der Stadt ihrer Geburt gewesen, nicht nur in Westberlin; sie hatte auch in Güstrow eine noch nicht siebzigjährige Frau besucht, ein ziviles, doch absurdes Zusammentreffen, denn Sidonies Nähe zu dieser Frau erledigte sich schon durch den Augenschein. Von ihrer Vergangenheit als vermeintliche Dame war nur ein geziertes Wesen übriggeblieben, eine Geheimnistuerei mit sich selbst, die eine früher gewiß anziehende Person im Alter nur noch töricht aussehen ließ. Sie hatte eine Art, ihre Mutterschaft an Sidonie *nicht auszuschließen*, welche die Besucherin degoutierte, und sie gewann den Eindruck, daß sich die im Arbeiter- und Bauernstaat zur Rentnerin gewordene Halbweltdame für ihre späte Mutterschaft von Verena ordentlich hatte bezahlen lassen.

Sie selbst hatte das Erbe der Schwester nicht angerührt, sondern dem Gegenanwalt seinen Lohn hingeworfen und den Löwenanteil einem Kibbuz am Fuß des Golan überwiesen. Ihr eigenes Geld könne Hubert gerade arbeiten hören, und sie entschuldige sich für den Lärm. Über das 1971 zurückgewiesene Honorar verlor sie kein Wort und schien auch nicht wissen zu wollen, wie es Hubert ergangen sei – oder Asser und Schinz. Dabei behielt sie eine Intimität bei, die ihn befremdete, als nähme sie ihn als Komplizen für ein Spiel in Anspruch, das er nicht zu kennen brauchte, um als Kavalier mit ihr darüber vollkommen einig zu sein. Der Rand des Kamins war zu einer Granitbank verbreitert, die sich im rechten Winkel in den Raum hinaus fortsetzte und mit Kissen belegt war. Sie saßen sich schräg gegenüber, Sidonie mit übereinandergeschlagenen Beinen, auf denen das weiße Kleid selbst weit zurückwich. In ihre unnahbar korrekte Stellung schlich sich, wenn sie mit den Achseln zuckte, eine Spur von Räkeln ein, eine Suggestion von Hingabe, die sich mit ihrer strengen Miene nicht vertrug.

Was sie mit dem «Gugger» im Sinn hatte, nannte Sidonie «eine Sammelstelle von Orientierungswissen», «etwas zwischen Akademie und Leuchtturm». Die Lage des «Gugger» sei wie geschaffen, richtungsweisend in die Gesellschaft auszustrahlen. Der nötige Umbau war vom Gemeinderat abgesegnet worden – «vielleicht wählen sie mich nächstens hinein». Was sie zur Zeit beschäftigte, war der Aufbau eines starken Teams. «Ich habe dir von Robert Wittwer erzählt – er ist jetzt Stabschef bei mir.» Einen «Mann in ihrem Leben» gab es nicht, auch wenn es die Boulevardblätter inzwischen der Mühe wert fanden, nach einem solchen zu fahnden. «Sie gehören nicht zu den üblichen Verdächtigen, Salomon sieht Ihnen zu wenig ähnlich – und da Schieß sein Pate ist, müssen Sie ja zu meinen Feinden gehören. Eine alleinerziehende Mutter und keine Affären – eine böse Zunge hat mich ‹die Claire Zachanassian Überseens› genannt. Ich bin aber auch ‹eine kommende Frau›.»

Sie klang amüsiert. Ja, sie hatte Salomon taufen lassen, an seinem vierten Geburtstag. «Es liegt mir daran, daß er bei uns verwurzelt ist.» Auch Sidonies Beziehung zu Schieß und Gattin hatte wohl etwas mit Wurzelschlagen zu tun. Seit er seine Hand über sie hielt, begannen sich Hypotheken der Vergangenheit in moralisches Kapital zu verwandeln. Daß sie seiner Partei nicht beigetreten war, machte sie auch für andere wählbar. Ihrem Auftritt war diese Unabhängigkeit bis zum Haarschnitt anzusehen. Sie sympathisierte mit der Bewegung der Kommunitaristen, die ein wenig verdächtig klang, aber sie war ein Stück solides Amerika, wandte sich gegen Exzesse des Liberalismus und band den Gedanken der Gerechtigkeit an denjenigen einer verbindlichen Gemeinschaft.

Wie lebt Salomon?

Sie werden gleich sehen. Gehen wir, sonst ist die Party vorbei.

Sie stützte sich auf seinen Arm, als man über die Baustelle ging, und ließ ihn auch nicht los, als man hinter der Scheune den Kirschgarten erreichte, in dem Vater Wirz zu Tode gekommen war. Der Weg führte durch ein Stück offene Wiese; aus dem Gehölz dahinter hörte man Kinderstimmen. Die Bäume säumten einen verschilften Weiher, Herzstück des vorgesehenen Naturschutzgebiets. Das bergseitige Ufer war gemäht und als Spielplatz gestaltet; vielleicht ein Dutzend Kinder tummelten sich darauf.

Hubert war der einzige erwachsene Gast. Er versuchte seinen Sohn auszumachen; Sidonie half ihm nicht auf den Sprung. Zwei junge Osteuropäer beaufsichtigten die Kinder und trieben sie jetzt den Tischen und Bänken zu, die vor einer Blockhütte aufgestellt waren. Hier wachten größere Mädchen über Kuchen, Schüsseln mit Obst, Krüge voll Saft und eine Eiscremebox. Aber bevor die Gesellschaft zugreifen konnte, mußte sie bei Sidonie und ihrem Gast vorbei und Händchen geben. Meist nannten sie keinen Namen, und so mußte Achermann zu beobachten fortfahren, bis irgendwo ein Kind *Salomon!* schrie.

Der Angerufene war der Kleinste der Gruppe, dunkelblond, mit einem schmalen, füchsisch wirkenden Gesicht. Er sprach wenig, wendete aber den Kopf wachsam wie ein Vogel hin und her. Daß er das Geburtstagskind sein mußte und der kleine Hausherr, entnahm Achermann dem Betragen des Personals.

Er wurde nicht zum Sitzen eingeladen, Sidonie ergriff bald wieder seinen Arm, und man schritt zum Haus zurück, als wäre nun alles Nötige geschehen. Über Salomons Leben und Vorlieben hatte er nur erfahren, daß er kaum von seinem Apple II wegzubringen war, einem sogenannten Computer.

Erst sieben Jahre später, im September 1984, kam Achermann zur nächsten Begegnung mit seinem Sohn. Sidonie bat ihn in einem handgeschriebenen Brief, einige Tage im «Gugger» ihr Gast zu sein. Sie möchte mit ihm über Salomon reden. Er schrieb zurück: Wenn er diesmal auch *mit* Salomon reden könne: gern.

Diesmal ließ sie ihn abholen, vor dem «Eisernen Zeit». Er hatte gleich das Gefühl, Teil einer bedeutenden Veranstaltung zu werden. Der Fahrer des Bentley war ein vielleicht dreißigjähriger Mann, der weiße Handschuhe trug, sich gewählt ausdrückte und zu erkennen gab, daß er in Sidonies Projekt eine Vertrauensstellung bekleidete. Sie fuhren durch eine frisch gepflanzte Platanenallee vor, am Eingang des Riegelbaus stand man bereits zum Empfang bereit. Sidonie, tiefgebräunt und im schwarzen Kostüm eher streng als festlich, bot ihm die Wange zum Willkommen; dann stellte sie ihn ihren Leuten vor, mit humoristischen Hoftiteln, keineswegs formlos: Bob, früher Robert Wittwer, Projektmanager mit Menjou-Bärtchen, wurde als Kanzler angesprochen, Matthias, ein Ungar, der wie ein Tenniscrack aussah, als Hofmeister, denn er war für Salomons Privatunterricht zuständig; als der Fahrer vom Parkplatz zurückkam, wurde er Oliver und Truchseß genannt. Später würden noch ein Marschall und ein Schenk dazukommen, die Hauptperson aber war Matuschka oder das «Kämmerchen», da es zu «Kämmerer» keine passende weibliche Form gebe und Kammerfrau nicht passen würde. Sie war eine resolut wirkende Person mächtigen Umfangs mit kurzgeschnittenem Haar und durchdringend blauen Augen, führte die Buchhaltung, disponierte über das Budget und dirigierte die Verwaltung. Salomon sei gerade beschäftigt. Ob sich Dr. Achermann erst erfrischen wolle? Ein erster Augenschein des Geländes gefällig? Der Koffer werde inzwischen auf sein Zimmer gebracht.

Auf dem «Gugger» wurde noch immer gesägt und gehämmert, aber aus der Scheune war eine Kongreßhalle geworden, dahinter erhob sich der kompromißlose Betonbau eines Gästehauses. Der verkleinerte Stall diente nur noch für Reitpferde; sein bisheriges Volumen war durch Personalwohnungen belegt und durch einen modernen Anbau ergänzt, an dessen Ende ebenerdige Suiten für Vorzugsgäste lagen, Wohneinheiten mit ummauerten Steingärten, die kunstvoll verschränkt waren. Das ehemalige Waschhaus war jetzt ein Atelier für Gastkünstler, während das Rebhaus, ein kleiner Rokokobau mit Seeblick, auf einen Gastdichter wartete. Nur der alte Bauernhof, der großzügige Fachwerkbau, wirkte unverändert und imposanter denn je.

Wieder spazierte man hügelwärts; die nächste Umgebung war jetzt als parkähnliche Landschaft gestaltet. Den Baumgarten gab es nicht mehr, der Weiher, ohne Spielplatz, war mit bunten Karpfen besetzt. Der Flurweg führte durch immer noch bestellte, doch verpachtete Felder, alle in bester Aussichtslage. Sidonie äußerte sich zur Raumplanung der Gemeinde, an der sie in einer Kommission beteiligt war, und entwickelte das Konzept einer neuen Siedlung auf ihrem Boden, generationenfreundlich und bezahlbar. Viele wünschten sie sich als Gemeindepräsidentin, und eigentlich war das Amt schon keine Frage des Wenn mehr, sondern des Wann. Auch ein Streifen Wald gehörte zum «Gugger», aber den besuche man morgen; zuerst mußte Hubert ihren Planetenweg sehen. Schon stand der Bentley am Eingang der Platanenallee bereit, und der Truchseß fuhr das Paar durch einige Spitzkehren ins Dorf zurück.

Der ehemalige Weinberg «Goldhalde», mit Terrassenhäusern überbaut, war schon für die Eltern Wirz der Absprung in den Wohlstand gewesen. Aber die Schlucht, durch welche rüstige Fußgänger vom Bahnhof Überseen in zwanzig Minuten zur Höhe des «Gugger» gelangten, war ein Stück unberührte Natur. Schon der junge Gottfried Keller war für Malstudien hergekommen, und hier hatte Sidonie jetzt einen Planetenweg anlegen lassen, in Gestalt schwarzer Holzstelen. Sie markierten die Abstände der Himmelskörper, am Eingang der Schlucht beginnend mit Pluto, einem in der Röhre schwebenden Stäubchen, das nur durch ein angehängtes Vergrößerungsglas überhaupt wahrzunehmen war. Sidonie schritt auf dem steilen Pfad so kräftig aus, daß sich Achermanns Brust beim Versuch, mitzukommen, unangenehm zusammenzog. Nicht einmal in die Murmel der blauen Erde durfte er sich lange vertiefen, er mußte die Sonne sehen: und da ging sie endlich zwischen den Zweigen auf, ein Goldball auf hölzernem Schaft, und Sidonies Gesicht verklärte sich in seinem Widerschein.

Während er nach Luft rang, hatte sie auch noch die nötige Legende zu ihrem Projekt geliefert. Sie «erfand» ein Institut, das die wirklichen «Akteure» zusammenzuführen versprach, Leute der zweiten und dritten Reihe, doch intellektuell ersten Ranges und mit dem nötigen Durchblick. Man nehme sie kaum wahr, da sie kein Rampenlicht auf sich zögen. Aber da sie auch anderen nicht im Licht stünden, *blieben* sie und steuerten das Gemeinwesen an den Klippen und Untiefen politischer Eitelkeit vorbei. Sie gälten als konservativ, aber das Gegenteil sei wahr; diesen Luxus könnten sich nur sogenannte Staatsmänner leisten, welche die Welt fortwährend verändern wollten. Die Dienenden aber seien die Leute, wirkliche Veränderungen, die sich auch ungesucht einstellten, zu erkennen und zu beherrschen. Ihre Staatskunst gebe den Ausschlag in jedem System, auch in der Wirtschaft, und da am meisten. «Ich dien» sei eine Devise für Könige, nicht für Kreaturen. Die Dienenden aller Länder und Systeme brauchten einen Ort, an dem sie zusammenkommen könnten, um nicht nur ihre Visitenkarten auszutauschen, sondern um Flagge zu zeigen, eine, bei der es nicht auf die Farbe ankomme, sondern auf die Textur, die Bindung. Und bei allen, gleich welcher Herkunft, ziehe sich durch diesen Stoff der Goldfaden der Verbindlichkeit, man dürfe auch sagen: des *Glaubens*. Sie sprach selbst wie eine Gläubige, während sie mit großen Schritten ihrer Sonne zustrebte. Sie hatte sich in spektakulärer Umgebung ein Theater gebaut, und jetzt suchte sie Stoffe dafür, Effekte, Darsteller. Die wichtigsten Darsteller saßen im Publikum. Das einzige, was schon feststand, war die Regie.

Die Höhe war erreicht, vom Zentrum des Sonnensystems waren es nur noch hundert Schritte zum Eingang des «Gugger». Diesmal bekam der Gast auch Sitzungs- und Konferenzräume zu sehen, die stilvoll in das alte Zimmerwerk eingepaßt waren. Er sah Archiv und Mediathek, den mit Monitoren bestückten Raum der *Sicherheit*; schließlich führte sie ihn über vier Treppen hinauf zu den Giebelstuben.

Sie klopften umsonst und mußten geradezu ungebeten eintreten. Ein schmaler Junge mit faustgroßen Hörern am Kopf saß, wie in einem Cockpit, an einem wandlangen Corpus, das mit Schaltern, Reglern und Meßanzeigen bestückt war, und steuerte Frequenz und Verlauf der bunten Zuckungen, die auf den Bildschirmen erschienen. Er ließ Hände und Füße selbstvergessen und konzentriert im Takt seiner Arbeit wippen. Das Fenster war mit einem Vorhang verhängt, dessen fotografischer Aufdruck ein Bild der Zerstörung zeigte; einzelne hohe Trümmer ragten aus einem wüstenförmigen Gelände empor, über dem ein zarter Dunst lagerte; Achermann hatte zuerst an einen Friedhof mit hohen Obelisken gedacht. Aber es waren Wolkenkratzer, eine Stadtlandschaft, die nur aus Monumenten bestand.

Eine Weile sahen sie dem Schauspiel zu, dessen Akteur nur körperlich anwesend war; dann schickte es sich nicht mehr, ihn länger zu belauschen. Zwei Stockwerke tiefer, in der Kachelofenstube, kehrten sie ins Tageslicht zurück. Die lange Zeile der Sprossenfenster zerschnitt eine weite Aussicht zum kleinteiligen Bilderbogen. Es roch nach Wachs und Honig. An diesem Tisch hatten die Eltern Wirz ihre Hausandacht gehalten.

Salomon, berichtete Sidonie, ging aufs Gymnasium, nachdem er von der Grundschule freigestellt war, mit behördlicher Erlaubnis. Seine mathematische Begabung war so ausgeprägt, daß ihn der Unterricht nur langweilte; auch sprachlich lag er weit über dem Durchschnitt. Anderseits verstand er immer wieder die einfachsten Gedankengänge nicht, sobald Gefühle im Spiel waren. Beim Versuch, sie zu lesen, konnte er wie ein Idiot wirken. Da emotionale Intelligenz auch im sozialen Kontakt nicht zu entbehren ist, hatte er sich zum Einzelgänger mit autistischen Zügen entwickelt. Ließ man ihn reden, so konnte man über seinen Zugriff nur staunen, auch auf entfernte Zusammenhänge. Nur durfte man ihn dann nicht in ein Gespräch verwickeln, denn regelmäßig stieß er sich an einem Denkfehler des Partners. Blieb der andere bei seiner Ansicht, ohne sie logisch ausreichend zu begründen, konnte Salomon die Fassung verlieren.

So hatte er die ersten Jahre der Schulpflicht mit Privatunterricht verbracht. Da er die Aufnahmeprüfung fürs Gymnasium bestanden hatte, wollte man der öffentlichen Schule noch eine Chance geben. Aber der erhöhte Leistungsanspruch öffnete die Schere in seinem Kopf noch weiter. Während er im exakten Denken Hochschulreife besaß, fiel er, wenn es auf Ermessen und Vorstellungskraft ankam, um so deutlicher ab. Heftige Reaktionen hatte er in Gesellschaft zu unterdrücken gelernt; jetzt blieb ihm nur noch der Ausweg ins Schweigen. Mündlich beteiligte er sich am Unterricht gar nicht mehr. Seine Aufsätze waren streng gebaut und knapp formuliert. Auch in Latein schaffte er passable Zensuren, weil sich das Irreguläre der Grammatik in Grenzen hielt. Außerdem fürchtete er nicht, diese Sprache je sprechen zu müssen. Sein Problem waren moderne Fremdsprachen, denn da gab es kaum eine Regel ohne Ausnahme. Aber in den größten Konflikt geriet er bei literarischen Lektüren. Kaum ein Text, von dem er Rechenschaft geben sollte, schien ihm derselben würdig. Kein Motiv fand er zwingend, jeden Satz beliebig, und die Ausrede, daß etwas bei aller logischen Unart oder gar ihretwegen auch schön oder gefühlsintensiv sein könne, revoltierte ihn geradezu. In seinen Augen entbehrte der Schulstoff der Eindeutigkeit. Und von ihm eine widersprüchliche Behandlung zu erwarten erschien ihm als Bosheit, ja als Nötigung zur Lüge.

Sidonie hatte ihn zur Abklärung von der Schule genommen. Doch Salomon erkenne für sich keinerlei Therapiebedarf. Er sei in Ordnung, wenn man nur endlich den Versuch lassen wollte, diese Ordnung zu stören. So verbringe er Tag und Nacht in seinem Dachstudio und verlasse es kaum noch für die Mahlzeiten. Am Dienstag gehe er zum Judo, seiner einzigen körperlichen Übung. Die Samstagnachmittage verbringe er im Schachclub, wo er keinen ernsthaften Gegner mehr habe. Aber statt sich an Turnieren zu beteiligen, spiele er gegen den Rechner und arbeite daran, ihn zu verbessern. In seinem Studio komponiere er, das könne man aus seinen Bewegungen schließen, aber außer ihm selbst habe noch niemand seine Musik gehört.

Ich möchte Sie bitten, eine gewisse Zeit hier zu wohnen und ein Auge auf ihn zu haben. Vielleicht sehen Sie mehr.

Er weiß ja nicht, daß ich sein Vater bin.

Er hat ihn bisher nicht vermißt.

Hubert Achermann hatte in der Gastwohnung gelebt; er hatte an Essen zu dritt teilgenommen, als Besucher, der Salomon als Jurist aus der Stadt vorgestellt worden war, der schon für Mama gearbeitet habe. Die Erwachsenen duzten das Kind; unter sich blieben sie beim Sie. Sidonies Regie blieb höflich, aber niemand konnte auf den Gedanken kommen, die gestellte Familie könnte eine wirkliche sein. Gespräche schien Salomon nicht zu fürchten, er sah nur nicht, was es zu reden gab, wenn man das Nötige mitgeteilt hatte. Er sprach seine Wünsche aus und nahm zur Kenntnis, wenn sie nicht erfüllt werden konnten. Es schien ihn eher zu erleichtern, wenn er nicht verstanden wurde, denn das enthob ihn der sinnlosen Mühe, sich verständlich zu machen. Nur in seiner Raumstation sah man ihn lächeln, zu niemandem. Und doch verriet ihn die Augenpartie als Huberts Sohn; das linke Auge saß bereits etwas schief im Gesicht. Und am Weiher erlebte Hubert eine Überraschung.

Hier waren Sie schon, an meinem fünften Geburtstag. Sie kamen mit Mama vorbei.

Daran erinnerst du dich? fragte Achermann. – Als Salomon nicht antwortete, fragte er hilflos: Magst du Sterne?

Den Planetenweg mag ich nicht, antwortete Salomon.

In meinem Büro arbeitete früher ein Astronom. Magst du mich mal besuchen?

Wozu?

Weil ich mich freuen würde, sagte Achermann.

Gibt es eine Sternwarte?

Leider nicht.

Der Mars ist der einzige Planet, der für Besiedlung in Frage kommt.

Möchtest du auf dem Mars wohnen?

Es wird nur für ein paar hundert reichen, wenn wir die Erde verlassen.

Wozu sollen wir die Erde verlassen?

Weil sie in zweiundvierzig Jahren unbewohnbar geworden ist.

Wo hast du diese Zahl her? fragte Achermann.

Das kann man ausrechnen.

Wo sie standen, war das Ufer befestigt, und ein Steg führte hinaus, dessen Stützen in einem Steinbett verschwanden. Salomon hob einen Kiesel auf und ließ ihn über das Wasser schnellen. Es reichte für drei Sprünge, bevor er ins Schilf schoß; einige Halme knickten. Er wiederholte das Spiel mit großer Treffsicherheit und hatte bald eine Bresche geschlagen. Auch Achermann nahm einen Stein auf, doch sein Geschoß versank schon beim ersten Aufschlag auf die Oberfläche.

Am nächsten Morgen um neun klopfte er an die Tür von Sidonies Sekretariat. Das «Kämmerlein» nahm die Stöpsel aus dem Ohr und meldete ihn. Sidonie saß vor einem alten Sekretär, vor sich ein blaues Schulheft. Weitere stapelten sich auf der Filzplatte.

Das ist Ihr Arbeitszimmer, sagte er.

Wirz nannte es Studierzimmer, sagte sie. Es war sein Allerheiligstes.

Es war ein mittelgroßer getäfelter Raum; die längste Wand war von Vitrinen besetzt, in der Pokale dämmerten, Kränze, Urkunden, ein zweiter Glasschrank war mit einer Mineraliensammlung belegt. An der Hinterwand, beidseits der Tür, je ein Bücherschrank, im klassizistischen Stil und ebenfalls verglast. Die Mitte des Raums nahm ein ovaler Tisch ein; die Zipfel der roten Samtdecke berührten fast den Boden.

Wirz war einmal Kranzturner, sagte Sidonie, auch ein Schütze, bis es ihm das Müetti verbot. Als er nicht mehr schießen durfte, hat er schöne Steine gesammelt und ein Kind adoptiert. Ein Mädchen.

Sidonie, fragte er, Sie haben mich nicht geliebt. Warum haben Sie ein Kind von mir gewollt?

Sidonie betrachtete ihn.

Da Sie von Liebe sprechen, möchte ich Ihnen etwas zeigen.

Sie schloß den linken Bücherschrank auf und tastete im untersten Regal hinter der Reihe der Bildbände. Sie zog eine zerfledderte Broschur aus dem Versteck, die sie aufblätterte und ihm unter die Augen hielt. Er sah eine pornografische Zeichnung im Stil der zwanziger Jahre. Sie zeigte einen akkurat gescheitelten Gent im Smoking, der sich über eine Dame beugte, deren Cocktailkleid über die weit geöffneten Beine hochgerutscht war. Wortlos reichte er die Broschüre zurück.

Das war Wirz, sagte sie, der weltliche Schrank seiner Bibliothek. Rechts steht der geistliche Schrank, damit hat er seine Hausandachten bestritten. In *diesem* Stil.

Sie zeigte auf das Bild über der Tür, eine Darstellung Schnorr von Carolsfelds aus dem Leben Jesu, gezeichnet für die Kinderbibel.

Lasset die Kindlein zu mir kommen, sagte sie, und wehret ihnen nicht, denn ihrer ist das Himmelreich. Ich war neun, als ich zu ihm kommen mußte. Das Müetti war im Krankenhaus. Jetzt dürfe *ich* etwas für ihn tun. Ich sei ja nicht immer lieb zu ihm gewesen. Jetzt könne ich dafür einmal ganz lieb sein. Dazu streichelte er mich, ich wußte genau, was er meinte, und sagte: laß mich los. Sofort!

Da fragte er: ob ich wisse, daß ich ohne ihn gar nicht mehr am Leben wäre? Sogar Judenkinder seien lieb zu ihren Vätern, die müßten nicht extra darum bitten. In der Bibel hätten zwei gute Töchter ihrem Vater etwas Liebes getan, und er zeige mir jetzt, was. – Das Kindlein wollte nicht zu ihm kommen, es wehrte sich. Danach züchtigte er mich. Ich zeige Ihnen die Spur des Verbrechens.

Sie nahm Achermanns Hand und führte ihn zum Tisch. Dann hob sie einen Zipfel des Tischumhangs. An einer Stelle war der rote Flor verklebt und borstig.

Das ist der Same von Vater Wirz, sagte sie.

Warum haben Sie das so gelassen?

Zum Andenken. Als Müetti starb, hat er es mit beiden gemacht.

Mit beiden? fragte Achermann befremdet. – Mit Ihnen auch?

Warum nicht? fragte sie. – Es machte mir nichts aus. Ich war ja schon eine ganze Weile tot. Das haben Sie einfach nicht geglaubt, nicht wahr? Aber ich habe es Ihnen doch gezeigt.

Sie haben mir alles andere gezeigt.

Sie heilige Unschuld, sagte sie.

Wenn Sie damit sagen wollen …

Nein, das will ich nicht sagen, mein Freund. Ich rede nicht vom weiblichen Orgasmus. Geschenkt. Mein Tod geht tiefer, als ein verehrlicher Männerschwanz reicht. Das tut mir leid, aber nicht für Sie. Sie sind zu Ihrem Spaß gekommen, oder nicht? Tote sind scharf.

Sie sind als Kind mißbraucht worden, sagte Achermann. – Das wußte ich nicht.

Wirz hat versucht, mich zu beschenken. Mit mir zu beten, hat er nicht mehr gewagt. Als ich sechzehn war, fragte ich ihn: was bekomme ich jetzt dafür? – Wofür? fragte er. – Daß ich dich nicht anzeige, lieber Vater. Und als er erschrak, sagte ich: du bezahlst jetzt, oder du marschierst ins Gefängnis. Was willst du denn? fragte er. – Hol dir einen runter, sagte ich. – Zeig, daß du ein Kerl bist. Ich habe ihn gefoltert. Quitt waren wir noch lange nicht, das zeigte er in seinem Testament. Reue, Wiedergutmachung? Schiß hatte er, über den Tod hinaus. Er wußte: für meinesgleichen sind Gräber kein Hindernis. Der Engel, der ihn drüben in Empfang nehmen würde, war ich, in meiner wahren Gestalt.

Was ist Ihre wahre Gestalt?

Lieblos. Absolut lieblos.

Es klopfte an die Tür. – Ihr Termin, Frau Wirz, der Fahrer wartet.

Ich komme, Matuschka, eine Minute, sagte Sidonie laut. – Sie sehen aus, als ob Sie sich verabschieden wollten.

Ich glaube es nicht, sagte er.

Ich wünsche mir nicht, daß Sie mir glauben, sagte sie. – Bleiben Sie dabei.

Auch Verena war ein Opfer, sagte Achermann.

Glauben Sie, daß sie davon besser wird? Opfer hassen einander gegenseitig noch mehr als ihre Täter. Opfer müssen böse sein. Es ist das einzige, was sie ein wenig erleichtert. Als ich in den Wehen lag, sagte ich Gott: du läßt mich jetzt ein Leben zur Welt bringen. Dann nimm aber auch eins weg, und ich sage dir, welches. Ich weiß, wie man mit ihm sprechen muß. Gott ist kein Christ, er ist hart. Sie sind es nicht, das wußte ich, als ich Ihre Schriftsätze las. Der unschuldige Hubert Achermann – an das wirklich Böse glaubt er nicht. Hassen Sie mich?

Nein, sagte Achermann.

Schade. Aber nicht wahr. Als ich die Ehre hatte, von Ihnen begattet zu werden, sah ich den Haß in Ihren Augen. Er machte Sie zum Mann. Ohne ihn hätte ich kein Kind.

Es geht auch mit Liebe, sagte Achermann.

Bei Ihnen? fragte sie. – Da hätte ich lange warten können. Aber bei mir ginge es auch nicht. Wissen Sie, was man mir am Theater gesagt hat, wenn ich für eine Rolle nicht in Betracht kam? – *Dafür sind Sie zu sehr Persönlichkeit, Sidonie.* Ich wäre auch für den Mann, dem ich meine Liebe antäte, bald zu sehr Persönlichkeit, und wer für jedes Theater zu sehr Persönlichkeit ist, braucht eine Bühne für sich allein. Ich kann kochen, lieben kann ich nicht, Herr Doktor Achermann.

Doch, Sie können.

Wenn ich's gelernt habe, darf ich wieder bei Ihnen vorbeikommen?

Warum sehen Sie diese Hefte durch?

Ich lese die Schulaufsätze meiner Pflegeeltern, meine sind verloren. «Der Garten im November». «Schulreise auf den Großen Mythen». «Ein trauriger Tag». Vatis Aufsätze sind unglaublich artig. Fehler macht er fast keine, und fast immer steht «gut» oder «sehr gut» darunter.

Wenn ich Ihnen einen Rat geben darf, misten Sie diesen Raum aus, aber restlos. Sogar die Steine.

Sie faszinieren mich wieder, Hubert Achermann, sagte sie.

10

1985–1989. Sternwarte

Im Juni 1985 war es soweit, daß Achermann, Asser & Schinz das Haus «zum Eisernen Zeit» kauften. Peter Leu mußte froh sein, es abzustoßen, nicht nur aus finanziellen Gründen – es war ein verfluchter Ort geworden, und wenn der Fluch an der Person hing, nicht am Gebäude, würde er ihn, wie schon seinen Vater, an jeden anderen Ort der Welt verfolgen.

Dabei hatte sich alles wieder so verheißungsvoll angelassen. Leu war nicht nur sein Schnalzen im Ohr losgeworden, auch das Geschäft erholte sich, und entsprechend seine Lebensstimmung. Vera blühte auf, auch wenn sie in Reinhold Dörig beinahe einen Lebensgefährten verloren hatte. Sein Leiden hatte dem Paar sein Glück nicht verbittert, nur weil ihm etwas zur Erfüllung fehlte; fast im Gegenteil. Veras Finesse, um die sich bisher noch kein Mann gekümmert hatte, kam um so schöner zur Geltung. Leu war von einem düsteren Chef zu einem beinahe genießbaren geworden. Er hatte die Lehrtochter befördert, eine neue, fröhliche eingestellt und reiste wieder zu Auktionen. Sogar sein Verhältnis zum alten Schinz wurde durch einige passende Verkäufe repariert. Auch wenn keine blaue Mauritius seines Weges kam.

Die Wende begann am Mittwoch nach Pfingsten 1986, einem Datum, das die Eheleute Leu nie mehr vergessen sollten, auch wenn ihre Erinnerung fatal auseinanderging.

Frau Elisabeth hatte an jenem Tag zum ersten Mal seit Jahren das Haus «zum Eisernen Zeit» wieder betreten. Sie wollte ihren Mann überraschen, und das gelang ihr nur zu gut. Es war vier Uhr nachmittags; Vera teilte mit, Leu sei kurz in seine Wohnung gegangen. Als Frau Elisabeth diese betrat, fand sie ihren Mann und Marybel in einer Situation, die sie für unzweideutig hielt. Ihr Gatte lag nackt auf seiner Liege, und Marybel massierte ihn – durchaus nicht in der Form, die als «Feinmassage» bekannt ist. Was Elisabeth nicht wissen konnte und später auch nie hören wollte: es war seit der Austreibung des Tinnitus das erste Mal, daß Marybel Hand anlegte. Leu hatte sie darum gebeten, weil ihn ein hartnäckiges Kopfweh plagte. Daß er sich für die Behandlung nackt machte, hielt sie allerdings für selbstverständlich. Um seine Blockaden zu lösen, mußte sie ihn *spüren*, und er sich selbst auch. Aber Elisabeth sah das alles nicht, und was sie sah, ließ sie erstarren.

Das ist keine Übertreibung. Es sollte Peter Leu, der die Sache anfangs mit seiner sauer erworbenen Fröhlichkeit zu nehmen versuchte, nicht mehr gelingen, sie ins Harmlose zu wenden. Elisabeth ließ keine Bagatellisierung einer Szene gelten, der sie eine fundamentale Beleidigung ihrer Würde entnahm – und einen Hohn auf alles, wofür sie ihr Leben lang gestanden hatte. Für Leu war Marybel etwas wie der letzte Strohhalm gewesen; seine Ehefrau aber verhielt sich so, als habe er sich unter allen Töchtern des Landes umgeschaut, um ihr mit der schmuddligsten das Herz zu brechen. Er war nicht der Mann, dem sie Leichtsinn durchgehen ließ, und beim Versuch, sich mit dem therapeutischen Wert der Handlung zu rechtfertigen, erlebte er eine Abfuhr nach der anderen. Es durfte ja nicht wahr sein, daß die rote Hexe mit ein paar Handgriffen rückgängig machte, was so lange Lebensleid und Daseinskummer einer verantwortungsbewußten Frau gewesen war: daß ihr Mann sie mit seiner Spukneurose aus der Wohnung ihrer Träume vertrieben hatte! Jetzt bewies er selbst, daß seine Misere immer nur vorgeschützt gewesen war. Er wollte freie Bahn für sein «Geschleipf» – fortan ihr Wort für Marybel –, und wenn er mit ihr wirklich nicht geschlafen haben sollte, was sie keine Sekunde lang glaubte, stand er nur um so erbärmlicher da. Tatsache war – aber sie rettete ihn nicht –, daß er das bißchen Lebenslust, das Marybel in ihm wieder aufgespürt hatte, ausschließlich seiner Frau zugute kommen ließ.

Sollte sie der Person auch noch dankbar sein? Wollte er sie etwa mit ihr *vergleichen*? Jeden Morgen, wenn sich der Arme, der kaum geschlafen hatte, ins Geschäft schleppte, behandelte sie ihn so, als sei er ein ewig rückfälliger Bordellbesucher, der schon wieder auf Freiersfüßen ging. Sie nannte das Haus «verseucht» – kein Wunder, daß er es endlich abstieß. Fatal war nur, daß er damit seiner Ehe einen Dienst zu leisten hoffte und bei einer Frau Schutz suchte, deren Lebenszweck es geworden war, ihrem Mann nicht zu vergeben.

Es war Achermann, der das Geschäft der «Handänderung» abwickelte, auch mit Leus Hauptgläubiger Thomas Schinz, der sein Guthaben auf Heller und Pfennig zurückbekam, einschließlich der roten Mauritius. Was ihn nicht hinderte, Peter Leu an seine Heimatadresse eine offene Postkarte zu schicken, auf der in großen Lettern geschrieben stand: WO BLEIBT DIE BLAUE VICTORIA?, was Elisabeth für einen neuen Beweis für Peters lockeren Lebenswandel hielt. Dabei hielt sie jede Minute davon in ihrem eisernen Griff.

Und so vergingen weitere vier Jahre, in denen die übrige Welt eine erstaunliche Wende vorbereitete.

Es war ein kalter Samstagmorgen im Oktober 1989, zugig bis in den Hof hinein, über den Hubert Achermann dem «Jardin Noir» zustrebte, um sich einen Kaffee zu gönnen und in Zeitungen zu blättern. Er hatte in seinem Dachstock fröstelnd über der Arbeit für eine europäische Verfassung gesessen und kam auch hier über die Präambel nicht hinaus. Jetzt brauchte er die Nähe von Menschen.

Das Haus war entvölkert. Marybel war mit Jacques nach Berlin gefahren, eine «Spritztour aus Nostalgie», wie er's freudlos nannte. Auch Moritz' permanente Vertretung im Haus, sechs adrette junge Leute, die in Leus ehemalige Geschäftsetagen eingezogen waren, hatten diese alarmgesichert und waren ins Wochenende gereist.

Da sie immer weniger Möbel, *hardware*, benötigten, wirkten ihre Arbeitsplätze leer und aufgeräumt wie sie selbst, und sie wurden ihrer körperlosen Höflichkeit wegen von Jacques «Avatars» genannt. «Moritz bewegt sie aus London, sonst stehen sie still.» Hermann Frischknecht war in seiner Werkstatt mit dem Reisbesen zugange. Und sagte, als Achermann mit kurzem Gruß vorübergehen wollte:

Dem Baum geht es nicht gut.

Achermann sah in die Krone hinauf.

Dünn geworden, die Blätter fallen schon. Und sieh, wie klein sie sind.

Waldsterben? Ich hoffte immer, für Einzelstücke gilt es nicht.

Dreihundert Jahre hat sie es geschafft. Aber dann kamen wir. Übrigens, ich wollte euch schon eher fragen: könnte ich das Treppenhaus dazumieten?

Welches Treppenhaus?

Das da, antwortete Hermann und deutete auf den halbrunden Vorbau im Winkel zwischen dem «Eisernen Zeit» und dem «Schwarzen Garten». Er war fensterlos wie der Rest einer Festung, aber zuunterst gab es eine unscheinbare Tür, die meist offenstand, denn es war der Zugang zu Hermanns Werkstatt im Soussol.

Wozu gehört das? Wo geht das hin?

Das müßtet eigentlich ihr wissen, sagte Hermann, ihr habt es gekauft.

Beim Verkauf des Hauses vor vier Jahren hatten sie Marybel die Pläne überlassen; sie meinten ja längst, jeden Raum zu kennen. Inzwischen war Hubert mit Hermann in den Vorraum seiner Werkstatt eingetreten. Hier gab es eine dicke schmucklose Säule, sonst nichts. Wo ist da ein Treppenhaus? fragte Achermann.

Hermann deutete auf die Holzwand vor ihrer Nase, ergriff die Eisenstange, den Geißfuß, der daran lehnte, und setzte die Spitze in den Spalt an der Säule; da drehte sich ihnen die ganze Wand entgegen. Sie war eine Tür; dahinter erschien der Anfang einer lädierten Wendeltreppe mit steinernen Stufen. Ich hole Licht, sagte

Hermann, kam mit zwei Handlampen zurück und leuchtete in den Treppenschacht.

Um die Mittelsäule lief ein Seil, daran begannen sie sich, Hermann voran, in die Höhe zu hangeln. Zur Säule hin liefen die Stufen eng zusammen, öfters war eine geborsten, doch das Seil war neu und wirkte sicher. Sie hatten sich wohl ein halbes dutzendmal um die Mittelachse gedreht, bevor die Lichtkegel an eine Bretterdecke stießen. Hermann stemmte sie mit dem Rücken hoch; es war eine Falltür, die sich an der Wand fixieren ließ. Sie stiegen durch die Öffnung und standen auf einem breiteren Treppenabsatz; in der Nische dahinter zeigte sich eine massive Tür.

Wo geht die hin?

In euren vierten Stock, sagte Hermann, ich schätze, zu Marybel.

Dort gibt es gar keine Tür.

Das können wir ja noch feststellen. Aber jetzt kommt's.

Noch ein paar Stufen, dann standen sie in einem Raum, wie Achermann noch keinen gesehen hatte. Die Scheinwerfer flogen wie Motten durch eine Kuppel, tasteten ihre Höhe ab, den Beobachtungsspalt, Zähne und Räderwerk des Drehmechanismus. Dann huschten sie über das Rund der Wände, senkrechte Lamellen aus rötlichem Holz, quadratische Messingbeschläge, in jedem ein Ring. Zwölf davon zählten sie, und als Hermann an einem zog, öffnete sich ein mit Tablaren ausgelegter Schrank. Aus dem nächsten senkte sich ein Brett heraus, das sich zu einem Tisch mit angehängter Sitzbank entfaltete und sich auf den Fußboden senkte; dieser bestand aus Schiffsplanken mit verpichten Fugen. Darauf brachte Hermann noch einen Brunnen mit zinnernem Wasserbehälter zum Vorschein; die übrigen Schränke ließen sich nicht öffnen oder waren leer. Als Hermann das Arbeitspult mit seiner altertümlichen Mechanik in den Schrank zurückgeklappt hatte, wirkte auch der Raum wieder ganz leer, bis auf das Ende der Treppensäule, eine rissige Plattform, die wohl noch einen Meter in den Raum hineinragte.

Da hat das Teleskop drauf gestanden, sagte Hermann.

Wo ist es hingekommen?

Der alte Leu hat die Instrumente verkauft, nach Amerika, als ich noch ein Bub war. Die Umzugsmänner trugen grüne Overalls und sprachen englisch.

Leu hat den Raum also gekannt, sagte Achermann, ich erinnere mich nicht, daß er ein Wort davon gesagt hätte.

In der Kuppel spukte es angeblich, darum wurde sie mal zugenagelt. Mit der großen Kiste auf eurem Dach.

Du hast auch nie etwas gesagt.

Wenn man nicht gefragt wird.

Und hier oben bist du auch nicht das erste Mal.

Ich könnte ein Lager gebrauchen.

Achermann ging, das Licht in der Hand, einmal im Kreis herum, als suche er etwas. Doch er hatte es schon gefunden. Dies war sein Raum.

Hier wolltest du ein Lager einrichten? Am Ende dieser Wendeltreppe?

Ich brauche einfach mehr Platz. Sonst, weißt du, müßte ich ausziehen. Das Geschäft ist größer geworden, das Soussol nicht, und es macht auch nichts her.

Hubert ahnte das komplizierte Verhältnis Hermanns zu diesem Haus. Als verleugneter Sohn hatte er etwas wie moralischen Anspruch darauf, und nun gehörte es ihnen.

Die Leute lassen weniger reparieren, und ich könnte mehr verkaufen. Auf die Dauer geht es nicht ohne Ausstellungsraum.

Wir könnten den ersten Stock frei machen.

Hermann stutzte, dann lachte er. – Ein Fahrradgeschäft in der Beletage von Achermann, Asser & Schinz?

Für Jacques und mich genügt Marybels Etage, und das Dach haben wir immer noch. Moritz ist nur alle paar Wochen im Land, und seine Avatars kommen mit zwei Etagen hin. Wozu brauchen wir Konferenz- und Repräsentationsräume? Für die Denkmalpflege?

Ich soll die Barocksäle mit Bikes bestücken?

Sind sie häßlicher als Polstergruppen? Das Kirschholzparkett, gut – du wirst ja keine Bremsspuren hinterlassen. Dafür hast du immer noch den Hof. Zu dem wird sich ja auch ein Zugang durchs Haus schaffen lassen.

Du meinst, in mein Geschäft käme man dann durch die Vordertür.

Das gehört sich bei guter Kundschaft.

Und was soll das kosten? fragte Hermann.

Ein Vorschlag, sagte Achermann langsam. – Du richtest mir diesen Kuppelraum so her, daß ich darin hausen kann. Dafür hast du das Hochparterre drei Jahre mietfrei.

Das wirst du mit deinen Freunden besprechen müssen. Aber ist der Raum das richtige für dich?

Er sagt mir zu. Oder bist du abergläubisch, Hermann? Man hat ja nicht mal gewußt, daß es ihn gibt.

Ich schon, Marybel auch. Es gibt sie nämlich, diese Tür in den vierten Stock. Marybel führt ein Doppelleben.

Mit ihr komme ich zurecht, keine Sorge.

Aber an ihr *vorbei* kommst du nicht. Die Tür ist genau hinter ihrem Rücken, und das Büchergestell steht davor. Sie will nicht, daß diese Kuppel geöffnet wird.

Warum muß sie geöffnet werden?

Wo soll sonst Licht herkommen? Man kann den Beobachtungsspalt verglasen.

Hier arbeitete ein Astronom in der Dunkelheit, Hermann, und hatte höchstens ein kleines Arbeitslicht für seine Notizen. Mehr verlange ich auch nicht.

Möchtest du hier *wohnen*, im Ernst?

Sein möchte ich, mich sammeln, nachdenken. Was für ein Raum für Konzentration. Aber leer muß er bleiben. Natürlich: Wasser, Strom, Heizung …

Bodenheizung. Sonst zerstört man die Wände. Hoffentlich kriegt man diesen Boden ganz raus und dann wieder rein. Könnte ein Schiffszimmermann gelegt haben. Und wie belüften wir das Ganze?

Es ist gar nicht stickig hier. Auch nicht kalt.

Weil du heiß bist.

Mach das Beste daraus. Und verletz die Hülle nicht!

Leu wollte nicht mal, daß ich die Holzverkleidung anbohre. Erinnerst du dich an das Theater, als ihr eingezogen seid?

Leu sieht überall Gespenster und sieht selbst schon aus wie eins. Er hat die falsche Frau.

Jede ist die falsche. Aber vielleicht weiß er etwas über die Kuppel, was wir nicht wissen. Du fragst ihn doch besser.

Leu auch noch? Danke, Marybel reicht mir. Wie lange würde der Umbau denn dauern?

Drei Monate, wenn ich mich ins Zeug lege.

Am nächsten Dienstag ging Hubert zu Marybel zum Diktat.

Sie hatte gerade einen *word processor* angeschafft und war jede Minute damit beschäftigt, sein Potential für den Eigengebrauch auszuloten, denn Jacques interessierte sich nicht für Rechner, und bei Hubert war Hopfen und Malz verloren. Ihr Unterricht schien sein Unverständnis des Geräts nur zu vertiefen. Eigentlich hatte ihn schon die elektronische Schreibmaschine überfordert. Mit einem Diktiergerät kam er gerade noch zurecht.

Achermann fürchtete sich vor dem Gespräch über die Sternwarte, aber Marybel war guter Dinge von dem politisch aufgeregten Berlin zurückgekommen. Jacques hatte ihr wieder einmal Glück gebracht. Neuerdings hatte sie auch antiquarische Interessen. Sie hatte sich die alte deutsche Schrift angeeignet, brachte viele Stunden im Staatsarchiv zu oder in der Handschriftenabteilung der Zentralbibliothek und ließ sich alte Manuskripte kopieren. Die Biographie von Frau Dr. Fanny Moser hatte immer weniger Geheimnisse für sie.

Es könnte sein, sagte Achermann nach dem Diktat, daß du es gelegentlich hinter deiner Wand rumoren hörst. Hermann richtet die Sternwarte wieder her, in meinem Auftrag.

Ihre blauen Augen verdunkelten sich. – Weißt du, was dir begegnen kann?

Nein. Aber ich kann es erwarten. Wenn ich dich bitten darf, die Tür in deinem Rücken offenzuhalten. Hermann hilft dir, die Bücherwand wegzuschieben.

Wer will denn hier aus und ein gehen?

Nur Hermann und ich. Und ich möchte sogar einen Schlüssel für beide.

Der Raum braucht seine Ruhe.

Ich auch, und gerade dafür möchte ich ihn benützen.

Möchtest du etwa auch das Geißblatt ausreißen?

Warum denn? Wir lassen die Zugänge verschlossen, oben und unten. Die Tür hinter dir bleibt der einzige. Du bewachst sie. Kein müder Geist kommt ohne Ausweis an dir vorbei.

Dann habe ich eine Bitte, Hubert, sagte sie, und ihr Ausdruck wurde zugleich bittend und streng. – Jacques darf nie in die Kuppel.

Jacques ist erwachsen, Marybel.

Ich weiß, wie ich ihn schützen kann. Andere wissen es nicht.

Was ich dir garantieren kann, das wird viel eher eine Mönchszelle als ein Liebesnest. Aber der Astronom interessiert mich, dieser Caspar Horner. Kannst du ihn mal für mich ausforschen? Es muß ja nicht immer Fanny Moser sein.

Sie waren ein Paar, paß auf. Und mach dich nicht lustig.

Schon in derselben Woche begann Hermann seine Arbeit, nach sieben Uhr war das Haus ohnehin so gut wie leer. Zuerst legte er Arbeitslicht in die Kuppel; Hubert hatte sich vergewissert, daß es nicht nach außen drang. Beim Drehmechanismus gab es eine Überraschung: Räder und Schienen waren fest verschweißt. Auch der Beobachtungsspalt, der genau genordet war, ließ sich nicht öffnen.

Im Material über Caspar Horner fand sich kein Hinweis auf den Bau. Er mußte nach 1829 errichtet worden sein, denn ein Stich mit dieser Jahreszahl, eine Vogelschau der Altstadt, ließ auf dem «Eisernen Zeit» die aufgestockten Dachzimmer, aber keinerlei Kuppel erkennen. Horner war am 3. November 1834 an Krebs gestorben; vielleicht hatte er die Fertigstellung seiner Sternwarte gar nicht mehr erlebt. Daß die Kuppel in Holz verpackt war, kam der Isolation zustatten; Hermann hinterfütterte die runde Wand mit Schaumstoff und legte elektrische Leitungen hinein. In einem Geschäft für Seemannsbedarf fand er Scheinwerfer, für jede Himmelsrichtung einen, und versah sie mit einem Dimmer; Horner hatte noch bei Öl- oder Talglicht gearbeitet. Es gab Anschlüsse für den Kühlschrank, ein Musikmöbel und Lautsprecher, die Hermann in den Schränken verstaute. Eine Wasserleitung in den kleinen Wandbrunnen duldete Achermann nicht – «so erinnert er mich an mein Lieblingsbild». Aber das Schreibpult in der Wand wurde um eine Platte erweitert; nur die Sitzbank blieb eng und hart. Von der elektrischen Bodenheizung durfte Marybel nichts wissen, der solche Störfelder ein Greuel waren; der Fußboden bereitete Hermann auch sonst das erwartete Kopfzerbrechen, doch am Ende sah er aus wie zuvor. Auf den Zylinder in der Mitte stellte der Umbauer sein Transistorradio und arbeitete zu den Chören italienischer Partisanen und der Roten Armee: diese Welt muß unser sein! Was keiner Revision bedurfte, war die Lüftung. In der Kuppel herrschte immer ein schwacher Luftzug, dessen Quelle auch durch Zigarettenrauch nicht zu orten war, da sie ständig zu wechseln schien.

Schon Ende Februar war die Kuppel bezugsbereit. Diesmal gab es kein Einzugsfest, nur einen Umtrunk, zu dem Hubert natürlich Hermann und Marybel einlud – auch Jacques, da sie über ihn wachen konnte, und Moritz, der sich auf der Durchreise befand. Zu jedermanns Überraschung und Marybels Befremden brachte Hermann Sidonie mit. Sie hatte im Laden mit ihm über ein Bike für Salomon verhandelt, und der redliche Mann fand, wenn sie darüber auch die Meinung des Vaters hören wollte, brauche sie nur mitzukommen: man wolle gerade ein wenig zusammen feiern. Und so stand sie unter der Kuppel, eine damenhafte Erscheinung, der es keinerlei Mühe bereitete, Marybel nicht zu begrüßen und zu ignorieren. Moritz versuchte die dicke Luft durch jüdische Witze zu zerstreuen. Nicht als Witz gemeint war seine Bemerkung, die Beletage sei für Hermann jetzt schon zu klein, denn ein solches Geschäft verlange nach einem Fitneßcenter. Moritz trat in seiner maßgeschneiderten Mao-Tracht als Herr auf und galt als graue Eminenz der Londoner Börse und als Schöpfer ganz neuer Finanzprodukte – dieses Wort hörten die meisten zum ersten Mal. Aber die Kunst, seine Aufmerksamkeit zwischen beiden anwesenden Damen gleichmäßig zu teilen, verriet immer noch die hohe Schule sozialer Gerechtigkeit.

Eine Woche später ließ Sidonie zwei Sessel einer bekannten Designwerkstatt ins «Eiserne Zeit» liefern, mit Dank und Gruß sowie der Vermutung, der Inhaber des Gewölbes werde sich vielleicht nicht immer nur in ein Schulbänklein drücken wollen, um seine Sterne zu betrachten, und dabei auch einmal Gesellschaft nicht verschmähen. Die Sitzmaschinen waren zu massig, um in den Wandschränken zu verschwinden, und wenn man sich niederließ, neigten sie sich so weit nach hinten, daß die Augen von selbst in die Höhe wanderten. Die Feindin versuchte ihre Präsenz in der Kuppel zu stärken; Marybel sah es mit Empörung. Als Achermann auch noch die häßliche Zementbühne mit einem runden Seidenteppich zudeckte, schlug sie Alarm. Die Kuppel wolle geerdet sein, und die Stelle, an der die Energie austrete, dürfe nicht verschüttet werden, man möge auch nie etwas darauf abstellen. So hatte sich Achermann eben noch einen kleinen massiven Klapptisch angeschafft, Mahagoni wie die Wände und gleichfalls mit Messing beschlagen. Aber das Wahrzeichen der Kuppel blieb ein vergrößertes Porträt Caspar Horners, ein Geschenk Marybels. Sie hatte es genau unter den Beobachtungsspalt gehängt.

Achermann brachte viele Stunden in seiner Kuppel zu, doch er zählte sie nicht. Er brauchte sich nur in einem Sessel nach hinten kippen zu lassen, dann schwächten sich die Außengeräusche ab, und bald lag er in tiefer Stille. Aber vollkommen war sie nicht. Sie blieb von einem fast unmerklichen Summen erfüllt, von dem er nicht wußte, war es im Raum oder in seinem Ohr. Es störte nicht wie etwa das Surren eines Kühlschranks oder das Vibrieren eines Ventilators. Es sprach den Organismus einvernehmlich an, als wäre es so etwas wie das Grundgeräusch aller Kreaturen. Der Glockenschlag der Augustinerkirche war nicht mehr zu hören, kein Martinshorn, kein Notalarm aus der Stadt, in deren Mitte man sich befand. Der Raum wies die Zeit ab wie Ölpapier Wasser. Achermann selbst fühlte sich federleicht und überwach, und sein Bewußtsein gewann eine Beweglichkeit, für die es keine Grenzen zu geben schien. Marybel hatte ihn gewarnt, er könnte in Sidonies Liegen einschlafen und nicht mehr erwachen, doch er ging nicht unter, erhob sich vielmehr in einen Zustand schwebender Konzentration. Er ließ seine Gedanken kreisen wie ein Jongleur seine Bälle, von denen ihm keiner entfiel; denn die Schwerkraft war ausgeschaltet, und jeder Ball ein Gestirn, das seine Bahn auch ohne Zutun kannte.

Manchmal erinnerte ihn seine Lage an seltsame Erfahrungen, die er als Kind beim Zahnarzt gemacht hatte. Der hatte ihn vor einer absehbar schmerzhaften Behandlung mit Lachgas betäubt und mußte sich in der Dosis vergriffen haben. Denn während er bohrte, hatte Hubert in ein unbekanntes Universum abgehoben, wo der Schmerz zum Auftrieb, das Bohrgeräusch, anfangs noch schrill, eine Weltmusik geworden war, in welcher er, ein Planet unter vielen, seine Bahn um eine schwarze Mitte zog. Sie war vielleicht nur das Loch in seinem Gebiß, an dem der Zahnarzt herumbohrte, seinerseits halb betäubt von dem Lachgas, das der Patient ausatmete. Aber was damals ein schlechter Trip gewesen war, wurde jetzt zu einer Weltreise des Bewußtseins, dem alles, was ihm begegnete, zur stillen Klarheit diente und zum tiefen Einverständnis mit seinem Dasein oder Nichtdasein; denn eines ließ sich vom andern nicht unterscheiden. Doch festhalten ließ sich auch nichts, die grundlose Einsicht ging verloren, sobald er sich wieder aufgerichtet hatte. Dann kehrten, mit dem Bewußtsein seiner Person, auch Raum und Zeit zurück, und damit das Schlagen der Glocke, das

Geräusch aus der Stadt. Er fühlte sein Gesicht dicht werden wie eine Maske, die sich jemand vorhält, der ein ganz anderes Gesicht zu verbergen hat oder verbirgt, daß er keins mehr nötig gehabt hatte. Denn er war als Ganzes Auge und Ohr gewesen, sogar Geschmack und Gefühl ganz und gar – keine Wahrnehmung mehr, sondern Wirklichkeit, fraglos. Doch sobald er wieder Hand und Fuß empfand, ließ sie sich nicht mehr fassen.

Manchmal fiel ihm ein Holzstich ein, in dem ein einzelner Mensch kniend durch das geschlossene Himmelsgewölbe stößt, das ihn bisher wie eine Eischale umfangen hat. Und nun starrt er dahinter auf das gewaltige Räderwerk, das aus immer neuen Welten ein grenzenloses Universum fabriziert. Und er weiß nicht, ob er mit diesem Durchbruch nun erst zur Welt gekommen ist, der wahren Welt, oder ob er nur seine altgewohnte verloren hat und mit ihr selbst verlorengegangen ist. Fest steht nur: hier ist etwas Endgültiges geschehen, und ein Zurück ins Ei gibt es nicht.

Die Bewegung der Himmelskörper, der kosmischen Materie, läßt sich in Grenzen messen, im Ganzen ermessen jedoch nicht und immer weniger. Vielleicht ist es kein Ganzes; vielleicht handelt es sich um etwas anderes als Materie. Vielleicht ist nicht einmal der Gedanke, daß sie sich durch Beobachtung verändert oder gar durch sie erst *entsteht*, so aberwitzig, wie es angesichts astronomischer Größenverhältnisse scheinen könnte. Denn vielleicht sind es gar keine Verhältnisse der *Größe*. Um nicht als Stäubchen zu verschwinden, hat sich der wissenschaftliche Verstand die Schutzhütte des Berechenbaren eingerichtet. So groß wird die Welt nie, daß er daran nicht etwas messen könnte; und solange er sie messen kann, hat sie eine bestimmte Größe, auch im kleinsten Teilchen.

Wie aber, wenn es gar nichts Kleines und Großes gäbe? Oder andersherum: wenn das, was es gibt, weder klein wäre noch groß? Wenn diese Kategorien Phantome wären – um kein Haar besser als die Gespenster, die sich der kleine Mann, als er sich noch im Ei aufgehoben glaubte, auf die Innenseite der Schale gemalt hat? Wenn uns die Frömmigkeit nichts mehr sagt: was weiß die Wissenschaft über eine Ungröße, von der das grenzenlose Universum nur die uns zugewandte Seite ist, auf die wir unsere Phantasien zeichnen – nur daß wir keine Glaubensprüfung mehr bestehen müssen, sondern eine Rechenprüfung?

Der Raum, den Hubert unter seiner Kuppel bezogen hat, würde diese Prüfung nicht bestehen oder ihrer spotten. Es bleibt schon seltsam genug, daß *vor* ihm niemand sehen wollte, wieviel größer dieser Raum, von innen betrachtet, immer gewesen sein muß als von außen – jedenfalls, seit die Außenhaut der Kuppel von einem Holzverschlag abgedeckt ist. Es ist ein veritabler Turm und seit Marybels Geißblatt-Begrünung ein unübersehbarer Hügel. Doch wenn man ihn als Kubus, als Würfel, betrachtet, hätten seine Abmessungen niemals ausgereicht, die Weite von Horners Kuppel aufzunehmen, die ihm eingeschrieben sein müßte wie der Halbkreis einem Quadrat. Horner, als Mathematiklehrer, hätte sie seinen Schülern vorgezeichnet, sogar mit Entzücken – er liebte die Geometrie als gültige Sprache Gottes, während er Gott, als ihm dieser theologisch begegnete, davongelaufen war, um die ganze weite Welt. Er mußte sie als Kugel erfahren, weil sie ihm als Tal des Jammers und der Sünde nicht genügte.

So floß, was Hubert Achermann über Horner las und was er in Horners Kuppel erfuhr, immer wieder zu einer neuen Erzählung im eigenen Kopf zusammen. Von außen sah man die Sternwarte nicht, denn man sah nicht *sie*. Aber was hatten denn die Pläne gezeigt?

Die älteren mußten verloren sein; die bei der «Handänderung» an Achermann, Asser & Schinz weitergereichten vermerken schon keine Sternwarte mehr. Am Rand der Etagengrundrisse ist allerdings, bis zur vierten, eine Treppenschnecke zu sehen, doch sie windet sich offenbar ins Nirgendwo, denn auf dem Dachstock erscheint an der erwarteten Stelle nur noch ein gestricheltes Quadrat. Es ist – wie auch die Dachzimmer, das Refugium der Familie Leu – mit feinster Feder gezeichnet, als wäre der Bausubstanz nicht zu trauen. Anstelle einer Kuppel ist nur noch der Kasten markiert, der sie nie und nimmer hätte fassen können; denn ihr Durchmesser muß – grob geschätzt – fast doppelt so groß sein. In jedem Fall gibt es zwischen dem Innen und Außen der Kuppel eine markante Differenz. Dabei ist auf beiden Seiten viel gemessen worden – vermutlich auch bei der Errichtung des Holzturms, ganz gewiß bei der Innenrenovierung. Hermann leistete Millimeterarbeit, um dem Raum zur nötigen Geräumigkeit zu verhelfen. Sidonies Sessel hätten gar keinen Platz mehr gefunden, wenn es nach der Außenabmessung des Kastens gegangen wäre. Aber *es ging.* Außen und Innen gehörten gewissermaßen nicht der gleichen Topographie an, die Differenz brauchte sich nicht zu zeigen.

Weil es sie nicht gab? Achermann wußte es besser: es gab sie sehr wohl, doch nicht als Differenz, sondern als *andere Welt.* Sie war zugleich tief wie die Nacht und sonnenklar, solange sich der Sessel nach hinten neigte. Kippte er zurück, dann schrumpfte wieder zum *Zwischenraum,* was eben noch ein Reich ganz eigenen Rechts gewesen war. Die fünfte Hildesheimersche Vermutung von der Inversion künstlicher Räume war Horner noch nicht bekannt (und ist auch heute nicht vielen geläufig). Aber wie immer man den Spielraum beschreibt, für den «Differenz» kein Name ist und in dem sie geradezu überwunden erscheint: um ein «Jenseits» handelt es sich keinesfalls. Da es seine bemerkenswerteste Eigenschaft ist, nicht an Raum und Zeit gebunden zu sein, schleicht es sich sozusagen durch das empirische, das erfahrene Universum hindurch und schlängelt sich gleichzeitig gleichräumlich an ihm vorbei.

Caspar Horner hatte sich in seinen letzten Jahren mit der trigonometrischen Vermessung seines Landes große Verdienste erworben. Aber vieles spricht dafür, daß er in der Nähe des Todes an einem anderen Raumkonzept arbeitete und einem unbekannten Meßverfahren auf der Spur, vielleicht schon verfallen war. Warum sollte diese – im Verhältnis zur individuellen Lebenszeit – perennierende Sphäre nicht in jedes Hier und Jetzt einsickern? Warum sollte sie sich nicht in Horners Architektur bemerkbar machen, die Achermann als Rückzugsgebiet für sich selbst wiederentdeckt und bezogen hat?

Wenn die Grenze zwischen Innen und Außen Welten zu trennen scheint, gibt es ein Tabu zu beachten: diese Grenze darf nicht verletzt werden, am besten gar nicht berührt. Was geschehen kann, wenn sie zusammenstürzt, ist nicht auszudenken. Eine alles vernichtende Kernschmelze? Eine Explosion von Glück – tödlich nur für den Tod selbst, für Lebende und Tote aber ein neuer Himmel und eine neue Erde, eins nicht ohne das andere?

So oder so ungefähr, aber manchmal auch ganz genau so sahen die Dinge aus, die sich Hubert Achermann in seiner Sternwarte träumen ließ.

Zweites Buch

11
1990/91. Diktat Horner

Ein Jahr nachdem die Sessel kamen, trat Sidonie noch einmal als Spenderin auf. Eine lange Reihe zartbunter Lederbände wanderte in die Kuppel ein, Gehlers «Physikalisches Wörterbuch», dessen erster Band 1827 erschienen war. Horner hatte so viele Artikel dazu beigetragen, daß sie, in einem Band, ein eigenes Kompendium der damaligen Physik gebildet hätten. Der einzige Platz, an dem das Werk stehen konnte, war die stillgelegte Schiene des Drehmechanismus. Und da es nun nicht mehr darauf ankam, legte Achermann auch ein paar Glaskugeln dazu, eine mattglänzende Kette von Perlen. Die erste, aus altem Bleiglas, hatte er auf einem Trödelmarkt in Lüttich gekauft. Das war die Nachkommenschaft der Kindheitsmurmeln; und in jeder Kugel spiegelte sich, mit dem vervielfachten Licht der Lampen, die Kuppel als verkehrte Welt, ein wohlgerundeter kleiner Abgrund.

Wenn Hermann den Raum wartete, pflegte er die Schränke zu öffnen, aber nicht um *sie*, sondern um die Kuppel zu lüften, denn in ihnen lag offenbar das Geheimnis der Ventilation verborgen. Das unerklärliche, doch erwünschte Phänomen hatte sich von der Isolation der Schränke nicht stören lassen, und Hermann riet, sie wie Fenster zu behandeln und über Nacht offenzulassen. Eines Morgens im Juni 1990, als Achermann vom Frühstück im «Jardin Noir» zurückgekehrt war, fiel ihm eine Unregelmäßigkeit auf. In einem Schrank lag der Boden höher als in den anderen und klang hohl. Aber er war solide eingefügt, und Hubert holte den Freund aus seinem Ladengeschäft, wo ihn zwei Angestellte vertreten konnten.

Hermann bückte sich in seinem taubengrauen Berufsmantel nicht mehr ganz mühelos in den Kastenfuß und hielt bald das Brett in der Hand. Im Versteck zeigte sich ein graues Mäppchen mit einem gerahmten Etikett, wie es Huberts Mutter für Gläser mit selbstgekochter Beerenkonfitüre verwendet hatte, aber auf diesem stand in zittriger Frauenschrift: *Diktat Horner*.

Was ist das? fragte Achermann.

Ein Osterei, das ich vor einem Jahr versteckt habe. War gespannt, wie lange du brauchst, um es zu finden.

Das Mäppchen war mit einem mürben schwarzen Band zugeknotet und enthielt zwei Dutzend maschinengeschriebener Blätter aus sehr dünnem Papier, wie man es früher für Durchschläge verwendete. Die Typen waren ungleichmäßig, aber lesbar.

Wo hast du das her? fragte Achermann.

Von meiner Mutter, sagte Hermann. – Leonhard Leu hat es ihr zugesteckt, mit der Bitte, es gut zu hüten, sonst geschehe ein Unglück.

Leonhard Leu? fragte Achermann.

Er hat ihr gekündigt, nachdem er sie geschwängert hatte, aber sie haben sich gelegentlich wiedergesehen. Seine Frau ist ja übergeschnappt vor Eifersucht. Glaubte sogar, er habe was mit der Geisterseherin. Das hier hätte sie als Beweis betrachtet. Darum mußte es aus dem Haus.

Hubert Achermann wendete behutsam die Blätter. – Hast du es gelesen?

Ja, schon als Bub. Es sind Notizen aus der Südsee, und sie wimmeln von wilden Weibern. Damals habe ich mir weiß was vorgestellt, aber eigentlich ist es eher zahm. Die Frau Moser war auch aus dem letzten Jahrhundert, und was ihr Horners Geist diktiert hat, muß sie schwer aufgeregt haben.

Sie war doch schon eine alte Dame.

Die Zeit war verrückt. Kannst du dir heute noch vorstellen, daß jemand Hitler wählt?

Ja, sagte Achermann, er darf nur nicht mehr aussehen wie Hitler.

Komisch, sagte Frischknecht. – Spürst du nichts? Es luftet nicht mehr. – Er nahm Hubert ein Blatt aus der Hand und hielt es in die Höhe. Es rührte sich nicht. – Reichst du mir das Mäppchen noch mal rüber?

Er legte es ins Versteck zurück, und bald erwachte die Raumluft zu frischem Leben.

Hier spukt es doch ein bißchen, Hubert.

Ich möchte die Blätter lesen.

Du weißt jetzt, wo sie sind. Aber lies nicht zu lange. Die Luft wird sonst zu dick.

Die Lektüre fesselte Hubert; es fiel ihm nicht auf, daß er schwerer atmete. Als er die Blätter zurücklegte, war er bereits entschlossen, das Versteck zu sichern. Er bat Hermann um den Einbau eines Safes und wählte als Code das Geburtsdatum Salomons.

I. Natur

Die Insel sah nicht nur schon von ferne reizend aus, sondern je näher wir derselben kamen, desto schöner wurden auch die Prospekte. Mit Beihilfe einer gelind wehenden Landluft näherten wir uns nun allgemach dem Ufer und betrachteten die Schönheiten der Landschaft, die vom blendenden Glanz der Sonne gleichsam vergoldet wurden. Schon konnten wir jene weit hervorragende Landspitze unterscheiden, die wegen der ehemals darauf gemachten Betrachtungen Point Venus genannt war.

Je länger wir blieben, je mehr wurden die Eindrücke des ersten Anblicks bestätigt, ja selbst bei jedem Spaziergang entdeckten wir neue Annehmlichkeiten. Die Bäume, welche ihre dickbelaubten Zweige gegen den Teich hin ausbreiteten, gewährten uns kühlen Schatten, und ein angenehmes Lüftchen, welches über das Wasser herwehte, milderte die Hitze des Tages noch mehr. Hier legten wir uns auf den weichen Rasen hin, um beim feierlich einförmigen Geräusch des Wasserfalls, dazwischen dann und wann ein Vogel schlug, die eingesammelten Pflanzen zu beschreiben, ehe sie verwelkten. Unsere einheimischen Begleiter lagerten sich ebenfalls unter das Gebüsch hin und sahen uns mit stiller Aufmerksamkeit zu. Wir hätten den ganzen Tag in dieser reizenden Einöde zubringen mögen!

Die Frauenspersonen waren hübsch genug, um Europäern in die Augen zu fallen, die seit Jahr und Tag nichts von ihren Landsmänninnen gesehen hatten. Das ungewöhnlich sanfte Wesen, welches ein Hauptzug ihres Nationalcharakters ist, leuchtete sogleich aus allen ihren Gebärden und Handlungen hervor. Es schien, als hätten sie noch keinen Europäer in der Nähe gesehen, wenigstens fingen sie gleich an, unsere Kleidungen und Waffen neugierig zu untersuchen, doch ließ ihr angebornes flatterhaftes Wesen nicht zu, länger als einen Augenblick bei einem Gegenstande zu verweilen. Sie tanzten allerhand Tänze, worunter verschiedne waren, die mit unseren Begriffen von Zucht und Ehrbarkeit eben nicht sonderlich übereinstimmen. Die Leute waren aber auf unsere Korallen, Nägel und Messer so erpicht, daß wir gegen diese Waren eine unglaubliche Menge ihres Zeuges, ihrer Matten, Körbe und andere Gerätschaften, desgleichen Kokosnüsse, Brotfrucht, Yams und Pisangfrüchte in großen Überfluß zusammenbrachten. Sogar auf den Verdecken wimmelte es von Indianern, und unter selbigen gab es verschiedene Frauenspersonen, die sich ohne Schwierigkeiten den Wünschen unserer Matrosen überließen. Sobald es dunkel ward, verloren sie sich zwischen den Verdecken, und konnten ihnen ihre Liebhaber frisch Schweinefleisch vorsetzen, so aßen sie davon ohne Maß und Ziel. Sie hatten unregelmäßige, gemeine Gesichtszüge, aber schöne große Augen, die durchgehend sehr lebhaft waren: nächst diesen ersetzte auch ein ungezwungenes Lächeln und ein beständiges Bemühen zu gefallen, den Mangel an Schönheit so vollkommen, daß die Matrosen von ihnen ganz bezaubert waren und auf die leichtsinnigste Weise von der Welt, Hemder und Kleider weggaben, um sich diesen neuen Mätressen gefällig zu bezeigen. Einige von denen, die dieses Gewerbe trieben, mochten kaum neun oder zehn Jahre alt sein und hatten noch nicht das geringste Zeichen der Mannbarkeit an sich.

Und so scheint es denn schon ein unvermeidliches Übel zu sein, daß wir Europäer bei unseren Entdeckungs-Reisen den armen Wilden allemal hart fallen müssen. Endlich wird das gemeine Volk diesen Druck empfinden und die Ursachen desselben gewahr werden, alsdann aber wird auch das Gefühl der gekränkten Menschheit in ihnen erwachen und eine Revolution veranlassen.

Diese Nacht mußten sich die Matrosen ohne ihre gewöhnliche Gesellschaft behelfen. Der König hatte es den Frauensleuten für heute ausdrücklich untersagt, damit durch die Diebereien derselben nicht neue Händel entstehen möchten. Unser Kapitän konnte sich aus Unwillen über das schändliche Betragen dieses Kerls nicht enthalten, ihm eine Flintenkugel über den Kopf nachzufeuern, aber die Flinte versagte. Die Einwohner sahen ihn zielen, und da sie natürlicherweise vermuten konnten, daß er ein Gewehr in der Hand hielt, so säumten sie nicht, das Boot von allen Seiten mit Pfeilen und Speeren zu beschießen. Der Kapitän ließ also die Mannschaft aus wirklicher Notwehr auf die Indianer feuern. Es dauerte zwar eine geraume Weile, ehe eine einzige Flinte losgehen wollte; doch wurden endlich durch die ersten Schüsse gleich zwei Wilde dicht am Boote erlegt.

Nachdem dieser Tumult vorüber war, gingen wir an Land, um unweit dem Orte, wo unsere Wasserfässer gefüllt wurden, nach Tische einen Spaziergang zu machen und das Zutrauen des Volkes wiederzugewinnen, welches uns, der eben erzählten Feindseligkeiten wegen, mit einem Mal verlassen hatte. Wir stellten ihnen vor, daß wir bei aller unserer Macht weder stehlen noch Gewalt brauchen, daß wir vielmehr alles und jedes redlich bezahlen und oft Geschenke machten, wo wir uns nichts dagegen erwarten dürften; daß wir uns endlich überall als ihre besten Freunde bezeugt hätten.

Am folgenden Morgen besuchten uns viele von den Insulanern in ihren Kanus, und die Frauensleute kamen nicht nur in Menge an Bord, sondern ließen sich zum Teil auch die Nacht über bei unsern Matrosen gefallen. Die Matrosen fingen also nach einer kleinen Pause, ihre Lebensart von gestern mit desto größerer Begierde wiederum an. Der König brachte eine ganze Partie Leute an Bord, die bloß in der Absicht kamen, den Kopf des neuseeländischen Jünglings zu sehen, den Herr P. Weingeist aufbewahrt hatte.

Wir wußten zwar schon von unserem vorigen Ankerplatz her, wie feil die hiesigen Mädchens sind, doch hatten sie dort ihr Ausschweifungen nur bei Tage getrieben, des Nachts hingegen sich nie gewagt, auf dem Schiff zu bleiben. Hier aber hatte man den europäischen Seemann schon besser ausstudiert, und die Mädchen mußten ohne Zweifel wissen, daß man sich demselben sicher anvertrauen könne, ja daß dies die herrlichste Gelegenheit von der Welt sei, ihm an Korallen, Nägeln, Beilen oder Hemden alles rein abzulocken. Es war erstaunend, was für eine Menge von Fleisch diese Mädchen verschlingen konnten, und ihre Gierigkeit dünkte uns ein deutlicher Beweis, daß ihnen dergleichen zuhause selten oder niemals vorkommen mochte.

Wer weiß also, ob die ersten Menschenfresser die Körper ihrer Feinde nicht aus bloßer Wut aufgefressen haben, damit gleichsam nicht das geringste von denselben übrig bleiben sollte? Wenn sie nun außerdem fanden, daß das Fleisch gesund und wohlschmeckend sei, so dürfen wir uns nicht wundern, daß sie endlich eine Gewohnheit daraus gemacht und die Erschlagenen allemal aufgefressen haben. So frühzeitige Ausschweifungen scheinen einen sehr hohen Grad von Wollust anzudeuten und müssen im Ganzen allerdings Einfluß auf die Nation haben. Doch so sehr es auch unserer Erziehung zuwider sein mag, so ist es doch an und für sich weder unnatürlich noch strafbar, Menschenfleisch zu essen.

Was Hubert Achermann früher an Lebenszeugnissen Horners gelesen hatte, stimmte zu seiner Physiognomie, die ihm von der Wand über die Schulter blickte, wenn er auf seiner spartanischen Schulbank saß. Im Stil eines Menschen teilt sich der Gestus seines Lebens mit. Aber in Horners «Diktat» erkannte Achermann den Jungmann aus bürgerlich solidem Haus nicht wieder, der als Astronom wie als Hausvater nichts als pflichtbewußt gewesen war. Am befremdlichsten aber war nicht seine Duldsamkeit gegen den Kannibalismus, sondern seine Neigung, das Arbeitsethos des reformierten Pfarrers, des gegen sich und andere strengen Professors, beiseite zu setzen und das Lob eines wunschlosen Dolcefarniente zu singen.

III. Geteiltes Glück

Das Ufer, dessen schlängelnder Krümmung wir aufwärts folgten, brachte uns zu einem senkrecht stehenden und mit mancherlei wohlriechendem Gebüsch behangenen Felsen, von welchem sich eine kristallhelle Wassersäule in einen glatten klaren Teich herabstürzte, dessen anmutiges Gestade überall mit bunten Blumen prangte. Dies war eine der schönsten Gegenden, die ich in meinem Leben gesehen. Kein Dichter kann sie so schön malen. Wir sahen von oben auf die fruchtbare, überall bebaute Ebene herab, und jenseits dieser in das weite blaue Meer hinaus! Der ganze Tag ward in Wohlleben und Müßiggang verbracht: sie salbten sich die Haare mit wohlriechendem Öl, sangen oder spielten die Flöte, kurz ein Vergnügen wechselte mit dem andern ab, und keine der Glückseligkeiten, die man hier zu Lande haben kann, blieb ungenossen. Vor jeder Hütte sah man eine kleine Gruppe von Leuten, die sich ins weiche Gras gelagert hatten oder mit kreuzweise übereinandergeschlagenen Beinen beisammen saßen und ihre glücklichen Stunden entweder verplauderten oder ausruhten. Einer von den jungen Männern blies mit den Nasenlöchern eine Flöte von Bambusrohr, die drei Löcher hatte, und ein anderer sang dazu. Wir hieltens daher für unsere Pflicht, ihn nach Vermögen zu belohnen, und schenkten ihm das beste, was wir bei uns hatten, eine Menge durchsichtiger Glaskorallen und Nägel, womit er äußerst vergnügt und zufrieden war.

Bei dem ehrwürdigen Paar, das uns bei Tisch bediente, hätten wir auf eine poetische Weise vergessen mögen, daß wir Menschen wären und auf den Gedanken kommen können, daß wir als Götter bewirtet wurden: allein unser Unvermögen, sie zu belohnen, erinnerte uns nur zu sehr an unsere Sterblichkeit. Indessen suchten wir an eisernen Nägeln und Korallen zusammen, was wir allerseits noch übrig hatten, und schenkten ihnen diese Kleinigkeiten mehr zum Zeichen unserer Dankbarkeit als zur Vergeltung unseres guten Willens.

Einige ergriffen unsere Hände, andre lehnten sich auf unsere Schultern, noch andere umarmten uns. Zu gleicher Zeit bewunderten sie die weiße Farbe unserer Haut und schoben uns zuweilen die Kleider von der Brust, als ob sie sich überzeugen wollten, daß wir eben so beschaffen wären wie sie. Bei allem, was sie tun zeigt sich gegenseitiges Wohlwollen, und eben so sieht man auch die Jugend in Liebe untereinander und in Zärtlichkeit zu den Ihrigen aufwachsen. Muntrer Scherz ohne Bitterkeit, ungekünstelte Erzählungen, fröhlicher Tanz und ein mäßiges Abendessen bringen die Nacht heran; und dann wird der Tag durch abermaliges Baden im Flusse beschlossen. Zufrieden mit dieser einfachen Art zu leben, wissen die Bewohner eines so glücklichen Klimas nichts von Kummer und Sorgen und sind bei aller ihrer übrigen Unwissenheit glücklich zu preisen.

Wahrlich! Wenn die Wissenschaft und Gelehrsamkeit einzelner Menschen auf Kosten der Glückseligkeit ganzer Nationen erkauft werden muß: so wär' es, für die Entdecker und Entdeckten, besser, daß die Südsee den unruhigen Europäern ewig unbekannt geblieben wäre! Wir selbst sind zwar nicht mehr Kannibalen, gleichwohl finden wir es weder grausam noch unnatürlich, zu Felde zu gehen und uns bei Tausenden die Hälse zu brechen, bloß um den Ehrgeiz eines Fürsten oder die Grillen seiner Maitresse zu befriedigen.

Wir machten uns so beliebt, daß die Einheimischen zuletzt auf etliche Mädchen mit dem Finger zeigten, um uns solche aus übertriebener, aber bei wilden Völkern gar nicht ungewöhnlichere Gastfreiheit auf Diskretion zu überlassen.

Am Vormittag des 11. November 1990 war es wie verhext: der Safe ließ sich nicht öffnen. Dreimal hintereinander tippte Hubert Salomons Geburtsdatum ein; das Schloß rührte sich nicht. In diesem Augenblick klopfte es an die Falltür. Das Chronometer zeigte elf Uhr.

Wer ist da?

Sidonie.

Er zog am Ring, der Boden öffnete sich, und Sidonie Wirz stieg die letzten Stufen in den Kuppelraum herauf.

Statt aller Begrüßung sagte sie: Ich bin Ihrer Marybel begegnet; sie stieg in den Zug, mit dem ich gerade angekommen bin. Da dachte ich: das ist die Gelegenheit, Sie ohne Zeugen zu sprechen.

Sie wirkte ungewohnt atemlos, im schwarzen Plisséekleid ihres bevorzugten Herstellers, und trug ihr glänzendschwarzes Haar mittellang und schräg gescheitelt. Die Lippen im weißen Gesicht waren tiefblaß geschminkt. Ihre Zähne schimmerten wie die Perlen, die sie als einzigen Schmuck am Handgelenk trug.

Welche Überraschung. Bitte setzen Sie sich doch. Was darf ich anbieten?

Ein Glas Wasser, bitte.

Er machte sich am Kühlschrank zu schaffen und kam mit Wasser und Eis.

Zwei Sessel hätten Sie eigentlich gar nicht gebraucht.

Aber ja. Im einen sitze ich, im andern sitze ich *nicht.* – Ernsthaft: Jacques weiß ihn zu schätzen.

Wie geht es ihm?

Er ist beschäftigt, mit Immigranten. *Sanspapiers.*

Sehen Sie Moritz noch manchmal?

Er kommt alle paar Wochen vorbei.

Ich habe ihn kürzlich in London getroffen. Im März veranstalte ich ein Symposium über den Zusammenhang von Finanzgeschäft und Realwirtschaft. Er übernimmt das Grundsatzreferat. – Sie räusperte sich, trank einen Schluck Wasser und atmete tief.

Ich hätte wieder ein Mandat für Sie und weiß nicht, wie ich anfangen soll.

Was kann ich denn für Sie tun?

Sie können mich heiraten.

Daß er erstarrte, wäre zuwenig gesagt und zuviel. Merkwürdigerweise hatte er letzte Nacht von einer Reise geträumt, die er mit Sidonie gemacht hatte, nach Lüttich; er hatte ihr die Kirche gezeigt, in der er Pascal begegnet war. Auf seiner Bude waren sie noch nicht gewesen, und er fürchtete im Traum, daß er ihr Mandy vorstellen mußte. Sie waren schon im Treppenvorplatz mit den Briefkästen, da weckte ihn eine Detonation unbestimmter Herkunft, und er erwachte maßlos erleichtert.

Hubert, ich liebe einen Mann, den Sie auch kennen. – Sie waren sein Student. Wir kennen uns seit vier Jahren. Er ist zuverlässig, ruhig und naiv – eine saubere Seele. Er bringt mir ein Glück, das ich seit meiner Kindheit gesucht habe; ich bin sein Unglück, denn er kann keinem Menschen weh tun. Er ist gebunden, an seine Frau seit dreißig Jahren. Sie haben erwachsene Kinder. Er hat trotzdem ein anderes Leben angefangen – mit mir. Passion ist etwas, was er zum ersten Mal erlebt. Rücksicht ist etwas, was er nie loswerden kann. Beides geht nicht zusammen.

Seit einem Jahr ist seine Frau unheilbar krank. Sie weiß angeblich nichts von unserem Verhältnis – das ist ihre Art von Größe. Seine Art ist es, sich nun doppelt schuldig zu fühlen. Mich aufgeben kann er nicht. Aber seine Frau auf der letzten Strecke Wegs zu begleiten – das will er sich auch nicht nehmen lassen.

Und deswegen wollen Sie mich heiraten? fragte Hubert.

Sie müssen noch etwas wissen. Unser Verhältnis war nicht bekannt – glaubten wir. Wir hielten unsere Verstecke für sicher. Natürlich waren sie es nicht. Fritz ist Sozialdemokrat – er berät den Bundesrat und auch einige Schlüsselpolitiker der EG. Wo ich politisch stehe, glauben die Leute zu wissen. Für sie bin ich das Ziehkind von Melchior Schieß. Und die Medien warten nur darauf, ihn und mich bei einer Differenz zu ertappen – oder bei einem Verhältnis. Das haben wir nicht zu bieten. Aber ein Fehltritt wäre noch schöner. Und was für ein Geschenk, wenn er auch noch politisch anrüchig wäre. Das ist er, Hubert.

Und da Sie noch viel werden wollen, brauchen Sie einen Ehemann als Alibi.

Ganz recht, sagte sie. – Und ganz falsch. Ja, ich brauche einen Ehemann. Aber ich wünsche mir Sie.

Sie lieben also, sagte er. – Sind Sie sicher?

Ich werde geliebt, dessen bin ich sicher.

Das rührt Sie zu Tränen, sagte er. – Mich auch. Also heiraten wir.

Nicht so, Hubert. Sie *müssen* nichts. Sie sind frei.

Ich bin sicher, Ihre Geschichte liegt längst pfannenfertig bei einer Redaktion.

Die Herren waren sogar schon bei mir und schlugen mir einen

Deal vor. Ließe ich mich darauf ein, hätte WIR eine noch bessere Geschichte: WIR weiß, was Sidonie Wirz unser Stillschweigen wert wäre. Aber WIR läßt sich nicht kaufen.

Gegen Tatsachen war ich noch nie hilfreich, Sidonie, sagte Achermann, und ein Ehrenmann bin ich auch nicht. Haben Sie gelesen, was man mir beim Präambelprozeß nachgesagt hat? Gotteslästerung war noch das Gnädigste. Mit einem solchen Mann an der Hand wollen Sie vor Ihr vaterländisches Publikum treten?

Ich habe jedes Wort gelesen und weiß, daß Sie Gottes Namen *geschützt* haben, im vollen Bewußtsein, daß er es nicht nötig hat. Ich habe es nötig, Hubert, für eine sterbende Frau. Ich will nicht, daß sie ihren Namen in der Zeitung liest. Im Namen Gottes des Allmächtigen, Hubert.

Sie senkte den Kopf so tief zur Brust, über der sie die Hände gefaltet hatte, daß ihr Gesicht nicht mehr zu sehen war. Die Beine standen eng zusammen wie die eines artigen Schulmädchens.

Ich verspreche Ihnen jetzt zweierlei, bei allem, was mir heilig ist, sagte sie und hob das Gesicht mit tränenbeschwerten Augen. – Nach unserer Heirat werde ich Fritz nicht wiedersehen – unter keinen Umständen, auch nicht, wenn er morgen frei wäre. – Und: *Sie* bindet unsere Ehe nicht. Sie sollen Ihr Leben genau so fortsetzen, wie es für Sie richtig ist.

Sie senkte den Blick wieder, wie jemand, der sein Urteil erwartet.

Wie geht es Salomon? fragte Achermann nach einer Pause.

Sie werden ihn nicht wiedererkennen. Er gleicht Ihnen immer mehr.

Sagen Sie mir doch sein Geburtsdatum.

Das kennen Sie nicht?

Wenn Sie sich umdrehen: sehen Sie den Safe im offenen Schrank? Tippen Sie doch bitte Salomons Geburtsdatum ein, sechsstellig.

Sie tat es verwundert; die Tür sprang auf.

Wunderbar, sagte er. – Ich hab's dreimal mit den gleichen Zahlen versucht. Aber offenbar muß die Richtige kommen.

Was hüten Sie denn darin? fragte sie. – Papiere?

Ein spiritistisches Diktat, über fünfzig Jahre alt. Wollen Sie ein Stück hören?

IV. Marorais Bettücher

Die ungekünstelte Einfalt der Landestracht, die den wohlgebildeten Busen und schöne Arme und Beine unbedeckt ließ, mochte freilich das ihrige beitragen, unsere Leute in Flammen zu setzen; und der Anblick verschiedener solcher Nymphen, davon die eine in dieser, jene in einer andern verführerischen Positur behend um das Schiff herschwammen, so nackt die Natur sie gebildet hatte, war allerdings mehr denn hinreichend, das bißchen Vernunft ganz zu blenden, das ein Matrose zur Beherrschung seiner Leidenschaften etwa noch übrig haben mag. War diese Tracht gleich nicht so vollkommen schön als jene an griechischen Statuen bewunderten Draperien, so übertraf sie doch unsere Erwartungen gar sehr und dünkte uns der menschlichen Bildung ungleich vorteilhafter als jede andere, die wir bis jetzt gesehen.

Ich habe angemerkt, daß die Weiber der Vornehmen nie Besuch von Europäern annahmen. Allein die Begierde nach roten Federn warf auch diesen Unterschied über den Haufen. Ein Befehlshaber ließ sich durch sie verleiten, dem Kapitän seine Frau anzubieten, und die Dame wandte auf ihres Mannes Geheiß alles mögliche an, um den Kapitän in Versuchung zu führen. Sie wußte ihre Reize unvermerkt so künstlich sichtbar und geltend zu machen, daß manche europäische Dame von Stande sie darin nicht hätte übertreffen können. Es tat mir für die Ehre der Menschheit leid, daß ich einen solchen Antrag von einem Manne hören mußte, dessen Charakter sich sonst in allen Stücken so untadelhaft gezeigt hatte.

Marorai war eine graziöse Figur, und besonders am Oberteil ihres Körpers von ungemein schönem und zartem Bau. Sie hatte ein angenehmes rundliches Gesicht, über welches ein unaussprechlich holdes Lächeln verbreitet war. Da die Frauenspersonen hierzulande das Haar gemeiniglich kurz abgeschnitten zu tragen pflegen, so war der Haarputz dieser Dame als etwas Außerordentliches zu betrachten. Ihr hoher Rang befreite sie jedoch nicht von der allgemeinen Etikette, die Schultern in Gegenwart des Königs zu ent-

blößen, ein Brauch, der dem Frauenzimmer auf unzählige Weise Gelegenheit gibt, ihre zierliche Bildung ungemein vorteilhaft sichtbar zu machen.

Sie fand an ein Paar Bettüchern, welche sie auf einem Bette erblickte, besonderes Wohlgefallen und versuchte auf allerhand Art und Weise, sie von ihrem Begleiter geschenkt zu bekommen, allein umsonst. Er war zwar nicht abgeneigt, ihr solche zu überlassen, verlangte aber eine besondere Gunstbezeugung dafür, zu welcher Marorai sich anfänglich nicht verstehen wollte. Als sie aber sah, daß kein anderes Mittel sei, zu ihrem Zwecke zu gelangen, so ergab sie sich endlich nach einigem Widerstreben. Schon bereitete sich der Sieger, seinen Triumph zu feiern, als das Schiff zur ungelegensten Zeit von der Welt gegen einen Felsen stieß und ihm unglücklicherweise die ganze Freude verdarb.

Hubert Achermann legte die Blätter auf den Boden. Das soll uns nicht passieren, sagte er. – Steh auf.

Sie gehorchte verblüfft. Nun standen sie Auge in Auge, doch er drehte sie herum, stieß sie in die Mitte, packte ihren Nacken und beugte sie über den Zementblock.

Was tun Sie? sagte sie. – Unten ist die Tür offen!

Er antwortete nicht. Alles Weitere geschah in großer Stille. Plötzlich wurde im unteren Stock das Klöppeln von Absätzen laut und verstummte dann wie lauschend. Hubert Achermann sagte laut:

Ich nehme das Mandat an.

Nach wenigen Sekunden war von unten der Knall einer Tür zu hören.

Als er Sidonie hinunterbegleitete, war Marybel nicht mehr zu sehen, und er wußte, daß etwas Unwiderrufliches geschehen war. Wieder allein in der Kuppel, las er den unterbrochenen Text zu Ende.

Sie hatte sich auf dem Schiff versteckt gehalten, weil es ausdrücklich verboten war, daß keine Frauensleute mit uns von der Insel weggehen sollten, und kam auch nicht eher zum Vorschein, bis wir in offner See waren. Das Mädchen hatte eines Offiziers Kleider angezogen und gefiel sich in dieser Tracht so wohl, daß sie solche gar nicht wieder ablegen wollte. Sie trug kein

Bedenken, in der Gesellschaft der Offiziers zu speisen, und lachte nur über das Vorurteil, welches ihre Landsmänninnen abhielt, ein gleiches zu tun. Überhaupt zeigte sie viel gesunde Vernunft und würde sich mit Hilfe einer guten Erziehung selbst unter den europäischen Damen ausgezeichnet haben. Der Offizier, welcher seine Bettücher eingebüßt, war bei uns, hielt es aber für vergebliche Mühe, danach zu fragen, und suchte vielmehr seine Schöne durch neue Geschenke zu gewinnen. Korallen und Nägel und andre Kleinigkeiten wurden reichlich daran gewandt. Das Mädchen nahm sie freundlich genug an, blieb aber bei den feurigsten Wünschen ihres Liebhabers unerbittlich. Nunmehr schien sie folglich durch nichts weiter gereizt werden zu können, einen Liebhaber zu erhören, den sie doch nur für kurze Zeit gehabt haben würde. Da nun alle Lebensmittel leicht zu haben, und die Bedürfnisse des Volkes sehr eingeschränkt sind, so ist natürlicherweise auch der große Endzweck unseres körperlichen Daseins, die Hervorbringung vernünftiger Kreaturen, nicht mit so vielen drückenden Lasten überhäuft und beschwert als in zivilisierten Ländern, wo Not und Kummer den Ehestand oft so mühselig und sauer machen.

Im März 1991 nahmen sich Peter Leu und seine Frau Elisabeth das Leben. Die unschuldige Ehefrau hatte ihren Ehemann fast dämonisch vor sich her und in die Enge getrieben. Er erlebte, daß er mit jedem Versuch, sie zu versöhnen – das hieß für sie: sich herauszureden –, windiger aussah, bis ihm nur noch eine Sühne übrigblieb, bei der auch sein eigenes Leben nicht mehr zählte. Er hatte es moralisch verwirkt und kam zu dem paradoxen Triumph, es wenigstens in der Gesellschaft seiner Frau, der gequälten Quälerin, zu beenden. Wovon und wofür hätte sie noch zu leben gehabt, wenn ihr der Prügelknabe ihrer Selbstverachtung abhanden gekommen wäre? So setzte sie sich, fast gnadenhalber, neben ihm ins Auto, nachdem er den Schlauch aus dem Auspuff in die Kabine geleitet und diese dicht gemacht hatte.

Man fand die beiden Leichen jede auf ihre Seite gesunken – im Tode noch so getrennt wie möglich. Selbst zum Sterben hatten sie einander nicht mehr angerührt.

12
Dezember 1991. Rätsel

Achermann saß an Horners Pültchen, vor sich das Kreuzworträtsel mit zwei Gruppen immer noch leerer Felder. Freitag Schlag fünf hatten sie es zu lösen angefangen, jeder an seinem Ort, Jacques in seinem Büro, Hubert in der Sternwarte. Sie hätten die Zeitung abonnieren können, aber das hatte schon Dörig nicht getan. Also besorgte Marybel jeden Donnerstag nachmittag im Kiosk am Ende der Chorherrengasse zwei Exemplare und legte sie auf das Korridortischchen neben das Bukett gelber Kallas, Dörigs Lieblingsblumen. Die Freunde lösten das Rätsel um die Wette und gaben sich nur eine Stunde. Jacques' Rekord betrug achtundzwanzig Minuten. Sobald einer fertig war, gab der andere auf. Allmählich hatte der kapriziöse Vorsatz feste Regeln angenommen und wurde zum Ritual.

Der Haushalt im «Eisernen Zeit» hatte sich in diesen Jahren verändert. Die Handvoll junger Leute in der zweiten und dritten Etage waren mit der Steuerung eines grenzüberschreitenden Unternehmens beschäftigt, das mit «Achermann, Asser & Schinz» nur noch entfernt zu tun hatte und mit dem Fassungsvermögen zweier von ihnen gar nichts mehr. Doch das inzwischen glanzlose Bronzeschild stand immer noch zuoberst an der Eingangstür – darunter «Phryne Treuhand» und «Hermann's Bike- and Fitnesscenter». Auch zu diesem gelangte man durch den Vordereingang; das Treppenhaus blieb, auf Veranlassung des Denkmalschutzes, offen, aber die Geschäftsräume der «Phryne» waren hinter dem ziselierten Jugendstilglas durch Metallpforten gesichert, die man nur mit einem elektronischen Paß öffnen konnte.

Jacques und Hubert hatten sie noch nie betreten. Sie waren Herren ihrer Zeit und fähig, nach Rentnerart Kreuzworträtsel zu lösen und zu jeder Tageszeit Whiskey zu trinken. Als Stiftungsräte hätten sie den Anteil der Zinsen, der ihnen als Salär zustand, auch bei üppiger Lebenshaltung kaum aufbrauchen können. Aber das meiste floß in den Fonds zurück, da sie mit Geld wenig anzufangen wußten. Insofern waren sie bereits Teil von Moritz' Utopie universalen Maßhaltens und lebten am Ende der Geschichte. Aber sie waren immer noch Advokaten, was heißen will: *Anrufbare* geblieben, und wenn das Rätsel gelöst war, besprachen sie im Kuppelraum ihre Fälle, zu vorgerückter Stunde auch ihren persönlichen Fall. Sie nannten es ihren Fastenabend, weil sie sich auf das Trinken beschränkten. Zu zweit fühlten sie sich stark genug, den makrobiotischen Canapés von Marybel zu widerstehen, die überzeugt war, daß Jacques die Sternwarte «nicht vertrug». Darum verweilte sie an ihrem Arbeitsplatz, bis die Männer die Kuppel verließen – es konnte Mitternacht werden –, und blieb dann erst recht, um «aufzuräumen». Jacques betrachtete dies als Schutzbehauptung für Geisterbeschwörungen; Hubert als Bekräftigung eines Revieranspruchs.

«Kein besonderer Beruf, wenn man ein wenig veraltet und immer noch reich genug ist»: PARTIKULAR.

Hubert gewann nur ausnahmsweise. Jacques dachte schneller um die Ecke. Sie stellten sich vor, der unbekannte Verfasser koche seine Rätsel unter einem Reetdach in der Lüneburger Heide aus, und nannten ihn Zebedäus.

Ob er davon leben konnte?

Hubert war noch nicht fertig, als er unten schon Jacques' Stimme hörte, nach dreiundvierzig Minuten, wie Horners nautisches Chronometer anzeigte. Hubert ließ den Stift fallen, stieg aus der Bank und streckte die Glieder. Marybel führte Buch; sie würde Jacques jetzt eine Weile festhalten und daran erinnern, daß er die Uhr hinterlegen mußte. Das hatte er zweimal versäumt, danach war sie stehengeblieben und hatte sich als irreparabel erwiesen. Der Uhrmacher hatte gefragt: haben Sie die Uhr gebraten? Sie war der Beweis, daß in der Kuppel eine andere Physik herrschte. Uhren mußten außen vor bleiben, wie im – damals ganz neuen – Magnetresonanzgerät alle metallischen Gegenstände. Die Ausnahme bildete das Schiffschronometer, das dem Ausverkauf der historischen Instrumente entgangen war. Hermann hatte es nur aufzuziehen und die Zeiger zu richten brauchen. Es lag auf grünem Samt in einem Kästchen aus Rosenholz, und die schriftlose Strahlenskala auf weißem Zifferblatt machte es einem Kompaß ähnlich.

Als Jacques eintrat, ließ er sich beglückwünschen, schlug die Arme gegen die Schultern und rieb sich die Hände. – Bei mir wird es nie richtig warm, sagte er, da beeilt man sich. Und du hast Bodenheizung. Beneidenswert.

Vielleicht macht es träge, sagte Achermann. – Ich war nicht in Form. Zebedäus war auch schon stärker.

1 waagrecht: «Nach Schiller die höchste der Künste.» LEBENSKUNST.

Wer die hätte, sagte Achermann.

Schiller nicht, aber du auch nicht. Kein Lebenskünstler begräbt sich in einer Sternwarte. Die hast du ohne mich aufgetan.

Damals warst du mit Marybel in Berlin.

Die DDR lag in den letzten Zügen, und ich verhandelte noch mit «Volk und Welt» über ein Projekt: Goethe als furchtbarer Jurist. Hat eine Kindsmörderin dem Henker ausgeliefert, der Dichter Gretchens! Ich dachte, ich sei der erste, der ihm dahintergekommen war. Aber die Ausgrabung war ohnehin nicht opportun. Sie untergrub die Autorität – da deckten die DDR-Behörden doch lieber den Minister Carl Augusts. Der Herzog hätte das arme Weib übrigens laufenlassen, aber für Goethe stand die alte Rechtsordnung auf dem Spiel, also mußte sie bluten.

Dafür wolltest du Goethe hinrichten. Vatermord, deine Spezialität.

Und wieder mißlungen. Auch mit Marybel wurde ich nicht mehr

warm. Wir haben im «Neptun» logiert, mit schwedischen Betten, aber sie waren keinen Lauschangriff wert. Marybel hat es mit dem Übersinnlichen, das schlägt auf den Appetit.

Sie liebt dich unveränderlich.

Sie liebt mich fürsorglich, Hupp, und das muß ich nicht haben.

Jacques ließ sich einen Sechstagebart stehen, der deutlich grauer war als sein gelichtetes Kopfhaar. Sein saloppes Outfit wirkte verwahrlost. Er hatte sich mit der Erbschaft Frau Seilers eine Vierzimmerwohnung in der Altstadt gekauft; nach der Trennung von Mara hatte er die attraktive Personalberaterin eines Touristikkonzerns hineingelockt, Daniela, doch es war eine Fehlinvestition, denn er mußte auch ihre Freundin Deirdre, eine irische Ethnologin, in Kauf nehmen. Das Frauenpaar, das seine Beziehung mit politischem Nachdruck lebte, wuchs ihm über den Kopf, er floh ins «Eiserne Zeit» zurück und war inzwischen dankbar, wenn die Damen seine Kamelien gossen und Telefonanrufe weiterleiteten. So dehnte sich seine Lebensunordnung auch auf das Büro im vierten Stock aus, das ohne Marybels ordnende Hand wieder so trostlos ausgesehen hätte wie zu Peter Leus Zeiten. Jacques fand, die Geister hätten wenigstens zum Aufräumen wiederkommen können. Doch für den Spuk des Vergessens, Verlegens und Verlierens gab es nur zu natürliche Erklärungen. Mit einem nachlässigen Junggesellen hat schon die Tücke der Objekte leichtes Spiel.

Willst du glauben, daß Marybel meine Mutter aus dem Jenseits zitieren wollte? Ich war nahe daran, sie zu erwürgen.

Achermann holte Eiswürfel aus dem Kühlschrank und goß Whiskey auf. – Was ist eigentlich aus Philipp von Hohensax geworden?

Nicht Marybels Typ, sagte Jacques beim Anstoßen, sie zieht nur Geister an, die ihr gleichen, sinnig und mit schwülem Blick, wie Frau Dr. Moser. Der Mann mit der Schädelwunde ist nichts für ihre Gesellschaft. Da schätzt man Geister, die auf sich halten.

Sie hat über die Sternwarte schon lange Bescheid gewußt, durch Peter Leu. Aber uns sagte sie nie ein Wort. Dieses Versteck wollte sie schützen.

Schützen – vor wem?

Vor meiner Naseweisheit, und sie hatte ja recht. Ich habe die Geister vertrieben.

Freu dich nicht zu früh, sagte Jacques.

Er betrachtete das Porträt des Astronomen, das über Gehlers «Physikalischem Wörterbuch» wachte. Horner trug Koteletten, und sein Hals verschwand bis zum Kinn hinter der Binde, die sich im hochgeschlagenen Kragen plusterte.

Hatte er Kinder? fragte Jacques.

Drei, aus erster Ehe. Die zweite war kinderlos.

Was war er für ein Mensch? fragte er.

Hat dir Marybel nichts erzählt?

Über Fanny Moser allerhand, über ihre Schwester Mentona auch. Aber um Horner macht sie einen Bogen. Warum baut einer seine Sternwarte mitten in die Stadt? Nachthell wie heute war sie ja noch nicht – aber es hätte doch bessere Standorte gegeben.

Er wollte den Himmel in seiner Nähe. Damals war er schon krank.

Damit er heimkomme und mit siebenunddreißig Jahren einen Hausstand gründe, hatte seine Mutter 1808 das Haus «zum Eisernen Zeit» gekauft. Dafür waren Beziehungen nötig, denn es gehörte der Stadt, die es, aus bekannten Gründen, lange nicht mehr genützt hatte. Aber Frau Regula, geborene Fehr, war keine Frau, die an Geister glaubte. Sie war schon achtzehn Jahre verwitwet, von Familie auch vermögend, denn ihr Mann, der Bäckermeister, war regimentsfähiger Zunftherr und Stadthauptmann gewesen. Nun hatte ihr zweiter Sohn, wie sein Vater Caspar getauft, in ihren Augen genug von der Welt gesehen. Er war als Astronom und wissenschaftlicher Begleiter des russischen Weltumseglers Adam von Krusenstern ein großer Mann geworden, hätte in St. Petersburg eine Sternwarte aufmachen, das Weltall erforschen und die Astronomie zu neuen Höhen führen können. Doch Mutter kannte ihn besser. Von den zwölf Jahren, die er fort gewesen war, hatte er zwei von Pökelfleisch und

Bananen gelebt; nun sehnte er sich nach ihren Zwetschgen- und Kirschwähen und war immer noch ihr Sorgenkind, das sie nicht umsonst zum Pfarrer bestimmt hatte. Wenn er noch etwas werden wollte, war es höchste Zeit, nach Hause zu kommen, das fanden auch seine Brüder, und da er noch der Führung bedurfte, suchte Mama eine Frau für ihn und eine Schwiegertochter für sich. Vorsorglich baute sie schon ein Nest, und damit es die rechte Wärme habe, setzte sie sich einstweilen selbst hinein. Die auserwählte Dorothea Zellweger, aus guter Familie, war mit fünfzehn Jahren vielleicht ein wenig jung; um so weniger würde sie es an Respekt fehlen lassen. Ihr Mann, über zwanzig Jahre älter, durfte sich kaiserlich-russischer Hofrat nennen und bezog eine Pension des Zaren. Fehlte nur noch ein Titel, an dem auch ein solider Brotkorb hing. Man hatte ihm eine Professur am Carolinum in Aussicht gestellt; als er heimkam, war sie leider nicht frei, aber er übte sich in Bescheidenheit. Freilich hing der Weltumsegler, der zum Schulmann geworden war, noch eine Weile dem Traum eines eigenen Observatoriums in Südamerika nach. Es tat ihm wohl, daß ihn die große Welt nicht ziehen lassen wollte; sein Lehrer Baron von Zach in Jena, der berühmteste Astronom seiner Zeit, der ihn nach St. Petersburg empfohlen hatte; sein Herr und Freund Krusenstern, der ihm öffentlich bestätigt hatte: ohne seine exakten Messungen bei Nacht und Sturm hätte es keine Weltumsegelung gegeben. Und nun mußte er erleben, daß ahnungslose Schüler seinen Unterricht trocken fanden und sich durchaus nicht für seine Wissenschaft begeisterten, am wenigsten für das lebensrettende Fach Mathematik. 1822 starben dem Achtundvierzigjährigen beide Frauen weg, die siebenundzwanzigjährige Ehefrau, die lange gekränkelt hatte, und auch die Mutter, so daß er mit drei Kindern allein in einem zu großen Haus saß. Zum Glück fand sich wieder eine Regula, die verwitwete Schwester eines Freundes, die einsprang und sich der Halbwaisen und ihres Vaters annahm, denn dieser war ein gefragter Fachmann, der staatlichen Ämtern nicht entging. Das höchste bekleidete er 1829 als konservatives Mitglied des Kleinen Rats, war aber heilfroh, als ihn ein politischer

Umsturz davon bald wieder befreite. Wieder blieb ihm eine Professur in der neugegründeten Universität vorenthalten, dafür widmete er sich der Reform der kantonalen Mittelschule, und der Aufbau ihres technisch-mathematischen Zweigs, der Industrieschule, war sein persönliches Werk. Als er sie mit einer Lobrede auf die exakteste der Wissenschaften eröffnete – «Sollte der Schüler der Mathematik nicht stolz darauf sein, sich vor anderen im Besitze von Wahrheiten zu wissen, die keine Welt oder Zeit ändern oder vernichten kann?» –, war er schon von der Krankheit gezeichnet; am 3. November 1834 schloß er die Augen – aber durchaus nicht für immer.

Was hatte seinen Geist an der Erde haften lassen, die er in seinen letzten Lebensjahren trigonometrisch vermessen half – während er am Hauptartikel «Meer» für Gehlers «Physikalisches Wörterbuch» arbeitete, von dem er leider nur einige wenige, bloß ihm selbst verständliche Notizen hinterließ? Auch der Sternhimmel hatte ihn nicht losgelassen; man konnte das Denkmal einer nicht nur verschwiegenen, sondern *versteckten* Sehnsucht mit Händen greifen. Bevor Horner ganz abbaute, wollte er nochmals bauen. Die mechanische Werkstätte auf dem Dach war die Rüstkammer für ein viel größeres, ja abenteuerliches Bauvorhaben gewesen, das er zu tarnen verstand, bis, lange nach seinem Tod, sensible Frauen wie Frau Dr. Fanny Moser seinen geheimen Sinn errieten – oder Marybel.

Wie ließ sich eine Sternwarte verstecken, ihr Bau verheimlichen?

Im Hof, hinter der Linde, fand sich ein aufgelassener Sodbrunnen, vermutlich aus Ghetto-Zeiten. Horner hatte ihn mit einem Gitter bedeckt, damit niemand verunglückte. Als seine Kinder groß waren, begann ihr Vater mit dem Loch zu spielen. Er goß es aus, mit Mörtel und Kalk; um diesen Kern zog er ein rundes Gehäuse hoch und immer höher; schließlich erreichte der Turm das Niveau der Mansarde. Dafür beschäftigte er wandernde Arbeiter, die keine Fragen stellten, und morgen waren sie schon wieder fort.

Das Gebäude enthielt eine geheime Botschaft. Wenn man Horners Artikel über «Magnetismus» verstand, konnte man sie entziffern. Daran war auch Jacques gescheitert. Er sagte: In den Augen hat er was von einem Flüchtling, der fürchtet, entdeckt zu werden, er sieht es kommen. Er glaubt nicht, was er sieht. Aber er muß dran glauben, das sieht er.

Unter seinem Porträt reihten sich die einundzwanzig Bände von Gehlers «Physikalischem Wörterbuch», in denen Horners Beitrag zur Welt des wissenschaftlichen Fortschritts verzeichnet war. Er war auf achtundzwanzig mit *H.* signierte Artikel verzettelt, die wie Eisberge im kühlen Element des Lexikons trieben, verurteilt zum raschen Schmelzen in der Flucht der Zeit. Nie mehr würden sie sich zu einer zusammenhängenden Decke zusammenfügen.

Brehms Tierleben, erklärte Jacques, könne man wenigstens als Sittengeschichte des 19. Jahrhunderts lesen. Aber antiquarische Physik? Marybel hatte das Werk lange gesucht; da hatte es Sidonie in einem Kopenhagener Antiquariat entdeckt und als Handgepäck nach Münsterburg mitfliegen lassen. Marybel hatte es in aller Stille abräumen und in ihrer Handbibliothek verstecken wollen. Aber für einmal war Achermann hart geblieben. Die Bände blieben beim Bildnis Caspar Horners. Dafür entschied sich Achermann gegen einen Feuerlöscher, obwohl er eigentlich obligatorisch war. Er hätte ihm den Raum verdorben.

Früher hatten die drei Advokaten bei ihren Dachkonferenzen meist Juristendeutsch gesprochen; damit blieben sie unter sich, auch wenn Marybel, die Gießkanne in der Hand, jedes Wort mithörte. Solange Moritz dabei war, war für eine enge Auslegung des Privaten gesorgt. Doch jetzt tat Jacques seinem natürlichen Hang zur Indiskretion keinen Zwang mehr an. Mara hatte sich, nach der fulminanten Ouvertüre auf dem Bodensee, als unnachsichtige Pedantin des Zusammenlebens erwiesen. Aber mehr als die Trennung traf ihn, daß sie «dem Alten wieder zugelaufen war». Thomas Schinz hatte einen kleinen Schlaganfall gehabt, und Mara nahm die Gelegenheit wahr, sich als reuige Pflegerin unentbehrlich zu machen. Jacques tröstete sich mit dem klassischen Pyrrhus-Wort: «Noch ein solcher Sieg, und er ist verloren.»

Das war die Frage. Denn inzwischen hatten sich zwischen dem Bankhaus Schinz & Cie. und dem «zum Zinstragenden Sparhafen» Verbindungen angesponnen, von denen «Analysten» vermuteten, daß sich dahinter ein vom alten Schinz längst angezetteltes Spiel verbarg. Man konnte es so sehen, daß Moritz bei Schinz «eingetreten», aber auch so, daß dieser bei Moritz «untergeschlüpft» und seine fortgesetzte Selbständigkeit nur noch Fassade war. Auch wenn die Finanzvolumina beider Institute unterschiedlich waren, so taten doch Schinz-Aktien bei der Verbindung einen Sprung nach oben, und er profitierte von der Eingliederung in eine selbstverwaltete Banken-Genossenschaft. Auf welcher Seite die größere Ironie dieser Entwicklung lag, blieb offen. Fest stand, daß Moritz de facto ebendas geworden war, wozu ihn Thomas Schinz gern gemacht hätte: sein Nachfolger. Man konnte nur hoffen, daß Moritz immer noch wußte, was er tat, und wissen wollte, ob er noch schluckte oder schon geschluckt worden war.

Auch bei einem Scheidungsfall, den Hubert Achermann angenommen hatte, war viel Geld im Spiel. Geschieden werden wollte Professor Bernhard Tschirky, ein erfolgreicher kosmetischer Chirurg, von der Mutter vierer gemeinsamer Kinder, die längst erwachsen waren; der Vater aber stürzte sich entschlossen in eine zweite Jugend. Die sehr junge Frau, die es ihm angetan hatte, war das symbolische Ziel eines großen Sprunges, den er sich vorgenommen hatte, koste es, was es wolle. Er war bisher als kosmetischer Chirurg der zu wenig gewürdigte und zu dürftig bezahlte Star eines Fachs gewesen, das kaum universitäres Ansehen genoß, da es im Geruch stand, vor allem dem Luxus und der Mode zu dienen. Zugleich war es eine Goldgrube, welche der Staat gerne abschöpfte, ohne den Schatzsucher gebührend zu belohnen. Eines Tages beschloß Professor Tschirky, nicht nur die Gesichter seiner Patienten, sondern sich selbst vorteilhaft zu verändern. Er war der Mann, die Natur nicht nur an der Oberfläche zu korrigieren, sondern das kosmetische Prinzip auf ihre ganze Architektur auszudehnen, und zwar mit einem Minimum an Invasion, mit Hilfe von Robotern und elektronischen Bildträgern. Seine Privatklinik sah denn auch einer Galerie oder einem Filmatelier ähnlicher als einer Arztpraxis.

Nun aber benötigte er eine Dienstleistung, die außerhalb seiner Kunst lag, und wandte sich dafür an Hubert Achermann. Dieser hätte nicht zugegriffen, wenn Tschirky nicht bestimmte Referenzen mitgebracht hätte. Daß er in den ärmsten Ländern der Welt behinderte Kinder auf eigene Rechnung so neu zuschnitt, daß sie, wenn sie schon nichts zu essen kriegten, doch ordentlich kauen konnten, war edel, hilfreich und gut. Aber es verschaffte ihm auch die nötigen Versuchskaninchen und befriedigte sein Forschungsinteresse an Personen, die ihn, wenn eine Operation mißlang, dafür nicht zur Verantwortung zogen. Außerdem beförderte es den Ruf eines Operateurs, der auch als Wohltäter genial war, bei seinem eigentlichen, dem gut zahlenden, Publikum. Aber nun hatte er auch Suso, einen von Huberts ehemaligen Kapuzinerbrüdern, dem auf einer Bergwanderung ein Steinschlag den Schädel zertrümmert hatte, so subtil und dazu kostenlos wieder restauriert, daß Achermann bereit war, ihn als Gläubiger seiner eigenen Schuld gegen das Kloster anzuerkennen. Er hatte noch nie einen Scheidungsprozeß geführt.

Aber auch Jacques hatte ein merkwürdiges Mandat. Er war nicht nur der Anwalt bedürftiger Millionäre, er wurde kein PARTIKULAR. Jetzt betrieb er ein Zuschußgeschäft, das ihn auch noch den Ruf kosten konnte, «oder was davon noch übrig ist». Er mied Spiegel, seit er selbst nicht mehr wusste, ob ihm daraus ein Seelsorger entgegenblickte oder ein Zuhälter.

Er unterhielt neuerdings eine Organisation namens LUZ, die gestrandete Frauen aus den Philippinen beriet und Asylwohnungen für sie bereitstellte. Er war zum ersten Mal als Kunde in diesen Kreis getreten, aber da ihn an seiner Partnerin – er schilderte sie als «berührende Unschönheit» – nicht nur das gemietete Organ, sondern ihre Lebensumstände interessierten, sollte die Begegnung nicht flüchtig bleiben. Concepción war, wie andere ihresgleichen, von Schweizer Männern in einem Katalog ausgesucht, von romantisch firmierenden Schleppern eingeschleust und nach der Heirat in der Wohnung sitzengelassen worden. Denn fast regelmäßig pflegte sich der Reiz gegenseitigen Unverständnisses zu erschöpfen und in häusliche Gewalt umzuschlagen, bei den Frauen in Heimweh und Depression. Dank Jacques' Initiative fanden sie jetzt Zuflucht in einer geschützten Wohnung, während ihre Ehemänner Mittel und Wege suchten, die unbequeme Last durch eine wohlfeile Scheidung wieder loszuwerden. Diese so lange zu hintertreiben, bis sich die Frauen ein Bleiberecht erdauert hatten und damit auch die Chance auf einen Arbeitsplatz, betrachtete Jacques als seine Verpflichtung und widmete ihr Zeit und Mühe, mit oder ohne Gegenleistung.

Nicht wenige der Filipinas waren von ihren Eheherren auf den Strich geschickt worden, und da diese Dienstleistung meist die einzige blieb, von der sie sich ernähren konnten, sorgte Jacques dafür, daß es damit wenigstens seine bürgerliche Ordnung hatte. Sie kamen, abzüglich Steuern, Versicherungen und Miete, selbst in den Genuß ihres Lohns und konnten für die Familien zu Hause das Nötige abzweigen. Jacques kümmerte sich um ihre Schul- und auch um ihre berufliche Fortbildung, übernahm ihren Verkehr mit Behörden und Ämtern, auch mit Ärzten, brachte aber auch viele freie Abende – eigentlich hatte er ja keine anderen – in ihrer Gesellschaft zu. Seit seiner Trennung von Mara und der Besetzung seiner Wohnung durch Daniela und Deirdre («die kann ich nicht aussprechen, aber mit der anderen kann ich nicht mal *reden.*») ging er in diesen Frauenfamilien, deren Sprache er gelernt hatte, nicht nur als Patron und Helfer, sondern als selbst Schutzbedürftiger ein und aus. Es war ein Grenzgang, er wußte es. «Ich habe ein neues Testament geschrieben: wenn ich im Dienst sterben sollte, möge man ihn am Grab beim rechten Namen nennen. Ich lasse mir jedes Laster nachsagen, aber Selbstlosigkeit denn doch nicht.» Was Jacques an diesen Frauen anzog, war «ihr polynesisches Blut in einem katholischen Leib». Und als bekennender Materialist habe er Leib und Seele nicht trennen gelernt. «Die Frauen sind fromm, das glaubst du gar nicht.» Keine Fleischeslust ohne den Segen der Heiligen Jungfrau. «Man weiht ihr seine Kerze, solange sie brennt.»

Hubert nahm an, daß der Freund auch die Adresse am Ligusterweg kennen müsse. Es war diejenige von Huberts Physiotherapeutin, die er wegen eines chronischen Rückenleidens aufsuchte. Jeanette war eine alte Achtundsechzigerin mit starken Händen und sensiblen Fingerspitzen; in ihrem Treppenhaus war er zwei asiatischen Frauen begegnet, die im Parterre wohnten. Sie empfingen Besucher, und Jeanette war sich sicher, was diese dort suchten.

Aber Jacques war die Adresse neu, und er notierte sie sofort. «Das ist kurios. Sonst kenne ich doch alle. Die müssen sehr isoliert sein. Ich kümmere mich darum.»

Und wie geht es *deiner* Familie? fragte er, nachdem Hubert nachgeschenkt hatte.

Sidonie hat mich um einen Dienst gebeten. Sie ist ja nun Gemeindepräsidentin – es geht um eine Beziehung, die ihr schaden kann und dem Partner noch mehr.

Eine Liebesgeschichte? Und da fragt sie dich um Rat?

Wie du siehst.

Der Liebhaber ist Fritz Walder, nicht wahr?

Wie kommst du darauf?

Ich habe sie wandern gesehen, sagte Jacques, auf 2200 Meter Höhe. Vielleicht dachten sie, das Auge Gottes reicht nicht bis zur Höhe der Greina. Aber meines.

Seit wann wanderst du in den Bergen? fragte Hubert Achermann.

Seit ich Familie habe. Aber seit wann wandert Sidonie? Da muß die Liebe groß sein. Mit Fritz Walder! Wer hätte das von ihm gedacht.

Und Sidonie ist zu Schieß übergelaufen. Es überrascht mich nicht. Aber es ist grauenhaft.

Kürzlich war die Nachricht durch die Presse gegangen, Sidonie

Wirz, Gemeindepräsidentin von Überseen, sei in die Vaterländische Partei eingetreten.

«Und das nächste wird sein, daß sie für den Nationalrat kandidiert.»

Jacques betrachtete das Programm Sidonies als Vorspiel der Machtergreifung. Der «Gugger», der jetzt unter dem Kürzel BZG – «Bluntschli-Zentrum im Gugger» – firmierte, beschäftigte sich mit der «Identität» des Landes und der Behauptung seiner Autonomie, wobei Redner aus dem In- und Ausland vor dem Beitritt zur Europäischen Union warnten und das Publikum ermutigten, am Eigensinn der Eidgenossenschaft festzuhalten. Da konnte sich Jacques über die Duldsamkeit Huberts nur wundern. Wozu eigentlich bastelte er – in Fortschreibung seines «Gottesprozesses» – seit Jahren an einer europäischen Verfassung, ganz ohne Auftrag? – Im Namen Gottes des Allmächtigen, will ich hoffen.

Das war der Gott der allmächtigen Handels- und Gewerbefreiheit, bis zum Bankgeheimnis für Steuerbetrüger. Danken wir ihm dafür?

Glaubst du etwa, Schieß will den absetzen? Er ist doch selbst ein Matador des grenzenlosen Geschäfts – ein Nationalkapitalist, der sich auch noch das Volk kaufen möchte und dem zum Tyrannen nichts fehlt als die Ehrlichkeit – und einstweilen die Macht, vor der uns der Himmel behüte.

Jacques, erinnerst du dich an den Sonderbundskrieg?

Sehr dunkel. Er war hundert Jahre vor meiner Geburt.

Auf welcher Seite wärst du gewesen?

Nicht auf der Seite der Jesuiten.

Aber der Baumwollbarone? Der Eisenbahnmagnaten? Der Kreditanstalt?

Auf der Seite Bakunins.

Du wärst genauso eigensinnig gewesen wie heute. Wenn es für Anarchisten überhaupt einen Staat gäbe, wäre er total föderalistisch. Bluntschli war ein konservativer Schweizer im deutschen Exil, aber er war ein totaler Föderalist. Wir verdanken ihm die erste europäische Verfassung nach schweizerischem Modell.

Dann braucht Europa ja nur der Schweiz beizutreten, dann sind wir aus dem Schneider.

Das glaubt Schieß auch, ungefähr. Damit beschäftigt sich der «Gugger».

Wunderbar, sagte Jacques. – Gelobt sei das Opfer deines Intellekts. Alles für Sidonie. Siezt ihr euch immer noch?

Nur unter uns. Vor Leuten nicht. Sie ist in der Politik, und da gilt unter Schweizern der Duzfuß, sonst hast du kein Brot.

Vor Leuten duzt ihr euch, unter euch bleibt ihr beim Sie?

Du fragst intim, mein Freund. Aber so ist es.

Darauf muß man kommen. Dafür erhältst du auch ein Geständnis. Ich habe Sidonie ja schon früher gekannt als du. Und wenn ich eine wirklich hätte heiraten sollen – dann keine andere.

Leider hat sie dir einen Korb gegeben.

Bist du so sicher? fragte Jacques maliziös.

Ich kenne ihre Freunde, sagte Achermann. – Wir heiraten.

Jacques hatte gerade das Glas am Mund und hielt es dort eine ganze Weile, bevor er einen doppelten Schluck nahm; dann leerte er es ganz und stellte es hart auf den Tisch.

Du und Sidonie? Willst du doch noch ein Heiliger werden? Du! bist! mir! ein! Freund! sagte er, anhaltend fassungslos.

13
1992. Flordeliza

Schon eine Weile kämpfte Jacques mit dem Entschluß, das Herrenmünster vor Ende der Trauerfeier zu verlassen. Er fürchtete sich nur vor der Auffälligkeit seines Abgangs, denn alles, was in der Stadt Rang und Gewicht hatte, füllte die Kirche, die ihr den Namen gegeben hatte, bis zum letzten Platz. Markus Schwab war Jacques' Doktorvater gewesen. Seine Dissertation über das erste Fabrikgesetz im Kanton Glarus hatte er einst wie folgt kommentiert: «In der Substanz originell, in der Haltung nicht objektiv und im Ton deplaziert.» Am Ende hatte Schwab die Arbeit, vielleicht aus Rücksicht auf Jacques' Vater, durchgehen lassen, aber mit einem «cum laude» bestraft; Jacques konnte eine akademische Laufbahn vergessen. Jetzt saß sein Vater, neben Mara, drei Reihen hinter ihm und verengte den Mittelgang mit seinem Rollstuhl. Der Weg zum Ausgang führte unerbittlich an ihm vorbei, und Jacques hatte schon bald eine Stunde seine Augen auf Hals und Rücken gespürt; eine ausgemachte Folter.

Und noch immer würdigte Fritz Walder den Verewigten vom Taufstein her mit bewegten Worten. Unvorstellbar, daß er mit derselben belegten Stimme Liebesworte in Sidonies Ohr raunte. Während Jacques' Studium war Walder ein junger Dozent des öffentlichen Rechts gewesen und hieß «der Gerechte», weil er der Gerechtigkeit profunde, im Alten Testament gegründete Reflexionen widmete. Sie waren an sein Verständnis des *Heiligen* gebunden, dem er weltliche Rechtsfähigkeit zusprach. Er war Sozialdemokrat, hatte zwei Legislaturperioden im kantonalen Parlament gedient, galt als mustergültig verheiratet und gehörte zu denen, die man in den schnippischen achtziger Jahren «Gutmenschen» zu nennen anfing. Dabei behielt er auch mit grauem Haar etwas Jungenhaftes, und die Wandertracht stimmte dazu. Dagegen hatte Sidonies urbane Figur zwischen Felsen und Kühen noch exotischer gewirkt als Jacques' Filipinas. Es hatte etwas peinlich Rührendes, wie weit das Paar gehen mußte, um allein zu sein.

Sich selbst konnte Jacques, angesichts versammelter Fakultät und der bürgerlichen Trauergemeinde, stellenlos werden fühlen. Er gehörte nicht mehr dazu, aber auch im Haus «zum Eisernen Zeit» ging er um wie ein unerlöster Geist. Das Geschäft mit den Erblasserinnen lag danieder; die Schätze, die er früher mit seinem Charme an Land gezogen hatte, waren unerreichbar geworden, von Geiz oder Eigensinn bewacht. Was er noch fischte, waren alte Stiefel oder reale Körbe. Die einzigen, die seinen Wert bestätigten, die armen Seelen von LUZ, stellten ihn durch Naivität auch wieder in Frage. Der große Herr, den sie in ihm verehrten, war er nicht. Früher war er stolz darauf gewesen, in anderen Betten zu schlafen; jetzt gehörte ihm auch das eigene nicht mehr. Er hatte seine Stadtwohnung den beiden Damen kampflos preisgegeben und schenkte ihnen auch noch die Miete. Ein echtes Gespräch mit Gabriele langweilte ihn zu Tode und war doch immer noch erträglicher als die waidwunde Innigkeit, die ihm aus Marybels blauen Augen entgegenstrahlte. Jede ihrer Mienen sagte ihm, daß sie für ihn durchs Feuer ging – vorausgesetzt, daß sie selbst einheizen durfte. Aber an dem war es nicht mehr. Immer weniger lag ihm daran, mit ihrem abgründigen Verständnis unter einem Dach zu hausen. Da ihm aber auch das Streunen beschwerlich geworden war, blieb er am liebsten in einer Kneipe hängen und empfand auch dort einen zunehmenden Druck von Ungastlichkeit, wenn er nicht immer weiter bestellte, bis er kaum noch gehen und noch weniger fahren durfte.

Das hatte ihm kürzlich der junge Physiker abgenommen, mit dem er im «Domino» einige Partien Schach gespielt und alle verloren hatte. Seine Erscheinung war so kurios wie sein Name: Numa

Gaul; so stellte man sich Obelix als Gladiator in einem spätrömischen Zirkus vor. Allerdings spottete der schnelle Kopf des leiblichen Schwergewichts; Mineralwasser genügte ihm, um sich an seinem eigenen Witz zu berauschen, und Jacques lachte wieder einmal auf seinem Niveau, bevor er in trunkenes Elend abstürzte, worauf Gaul die ungleiche Partie abbrach und sich anbot, ihn nach Hause zu begleiten. Wo ist das? fragte Jacques zum ersten Mal laut, und es war ihm egal, ob er in den Augen des neuen Bekannten jetzt wie ein Stadtstreicher aussah. Aber Gaul geleitete ihn mit bemerkenswertem Zartgefühl zu seinem Auto, der *Déesse*, und als er feststellen mußte, daß damit noch nichts gewonnen war, setzte er sich auch ans Steuer. Wohin? fragte er, und Jacques sagte: «Ins Fabrikli.» Es war das erste, was ihm in den Sinn gekommen war, doch war der Einfall kein Zufall, und Gaul wußte auf der Stelle, worum es sich handelte, denn er startete den Citroën mit einem Ruck, worauf Jacques' Kopf einmal gegen die Stütze, dann auf die Brust geschleudert wurde und dort liegenblieb wie eine geknickte Sonnenblume. Eine unbestimmte Zeit hing er in den Gurten, bevor ihn behutsame Hände wieder aufrichteten. Er blickte in die besorgten Augen Tövets und schloß die seinen wieder, da er eigentlich gar nichts mehr verstand. Aber dann fühlte er sich aufgehoben, ins Haus getragen und auf einem Bett abgelegt, und als er zugedeckt wurde, fiel er in eine erlösende Ohnmacht.

Am nächsten Morgen beim Frühstück in der ehemaligen Webstube erfuhr er erst, was los gewesen war, verstand es nun erst recht nicht und wunderte sich, daß die *Déesse* fahrbereit vor der Tür stand; Tövet hatte Gaul in seinem Geländewagen in die Stadt zurückgefahren. Jacques schämte sich für die Umtriebe, die er verursacht hatte, und war dankbar, unter Menschen gefallen zu sein. Das «Fabrikli» lag eine halbe Autostunde von der Stadt entfernt im Oberland und war ein ländliches Anwesen, das bei der Umrüstung für das Industriezeitalter auf halbem Weg steckengeblieben war, als kleines Denkmal des Scheiterns zugenagelt wurde und jahrzehntelang vor sich hin döste, bis es David, genannt Tövet, gekauft und ein Asyl für Flüchtlinge aller Art darin eingerichtet hatte. Er gehörte selbst zu ihnen. Zwar hatte er sein Blumenkinderleben in der Stadtkommune einige Jahre mit der Stelle eines Entwicklungshelfers in Bolivien vertauscht, dann aber sein Engagement dem Staat wieder zurückerstattet, um sich selbst neu zu buchstabieren. Allerdings war der bewußtlose Wohlstand der Schweiz erst recht keine Alternative zur Armut auf dem Altiplano, doch immerhin produzierte er eine Not, mit der sich Tövet auskannte. So wurde er im «Fabrikli» zum Herbergsvater für andere, die ebenfalls dem Teufel vom Karren gefallen waren und mit nicht mehr ganz jungen Beinen immer noch den langen Marsch in ein verantwortliches Leben unter die Füße nahmen, ohne jeden Spaß daran zu vergessen. Das «Fabrikli» wurde zu einem Ort der Binnenkolonisation, wo immer wieder Durchreisende eine Weile Atem schöpfen konnten, ein Daueraufenthalt für niemanden. Aber es gab inzwischen doch fünf oder sechs Leute, die sich dieses Niemandsleben schmecken ließen, und viele andere, die nur Tövets selbstgemachter Pasta wegen kamen. In seiner halbidyllischen Gottverlassenheit war das «Fabrikli» das passende Wahrzeichen für eine Utopie, die auf alltägliches Minimum geschrumpft war. Tövet gehörte zu denen, die keinem Klimawandel in die Schuhe schieben, wenn dem Nächsten die Füße einfrieren, sondern für warme Socken sorgen. Freilich machten sich die Gäste auch wieder auf dieselben, wenn das Gröbste vorbei war und sie die Angst beschlich, für so bedürftig angesehen zu werden, wie sie eigentlich waren. Es hatte Stil, etwa für eine Nacht im «Fabrikli» unterzukommen, wenn man elend war, aber noch wäre es für Jacques das Letzte, weil das Nächste zum Armenhaus gewesen, endgültig dort zu landen.

Nun aber, nach einer Trauerstunde zwischen seinesgleichen, hatte auch er hier am längsten gesessen, und der Fluchtreflex wurde unwiderstehlich. Er simulierte einen Hustenanfall, der ihn zwang, an Vater und Mara vorbei überstürzt das Freie zu suchen. Und als es gewonnen war, wußte er auf der Stelle nicht mehr, was er da sollte, und der Husten wurde ehrlich.

Plötzlich fiel ihm die Parterrewohnung am Ligusterweg ein, von der Hubert gesprochen hatte, mit ihrer Belegschaft unbekannter Filipinas. Es war vier Uhr, vielleicht hatten die Damen noch einen Termin frei. Die Wohnung lag im Wasserfeld und war in einer Viertelstunde zu Fuß erreichbar. Er war noch ganz in Schwarz; die passende Tracht für Freiersfüße.

Er fand einen Block aus den zwanziger Jahren mit maritim gerundeter Fassade; die Tür stand offen, so daß er gleich ins Hochparterre steigen konnte. Das Türschild war leer. Er klingelte, hörte aufgeregte Bewegung drinnen; als ihm aufgetan wurde, stand er vor vier asiatischen Frauen in großer Toilette. Zwei trugen einen Schleier über dem Haar, und die vorderste kniete nieder, um seine Hand zu küssen. Sprachlos beschloß er, den Dingen ihren Lauf zu lassen. Im kleinbürgerlichen Wohnzimmer war ein Altar aufgebaut, geschmückt mit Blumen, Kruzifix und Weihwasserbehälter vor dem Bild einer Postkarten-Maria; davor brannten drei Kerzen. Die Frauen flüsterten, und die vorderste, eine Kleine mit pockennarbigem Gesicht, stellte sich als Michelle vor und redete ihn als Padre an. Er wurde durch die Wohnung in ein kleines Schlafzimmer geführt. Im Bett lag ein blasses Geschöpf mit kurzem Haar, starken Jochbeinen, flachen Wangen und breiten Lippen, dessen offene Augen zur Decke starrten. Das sei Florian, erklärte Michelle, dem er doch bitte Trost spenden möge.

Da Jacques keine Ahnung hatte, weswegen Florian getröstet werden sollte und womit, mußte er jetzt in seinem besten Spanisch um eine Erklärung bitten. Michelle wollte diese offenbar nicht in Gegenwart des Kranken abgeben und öffnete die Tür zum nächsten Raum. Mittendrin stand die nur mit einem frischen Laken bezogene Liege, die Wände waren mit Comicbildern behängt, die ein bewimpertes Bambi mit Augenaufschlag zeigten, doch das Kruzifix mit dem leidenden Leib des Herrn durfte auch hier nicht fehlen. Michelle erklärte auf englisch mit leiser, doch bebender Stimme, es sei nun das dritte Mal, daß Florian versucht habe, sich das Leben zu nehmen. Da er leider nicht gemeldet sei, wagten sie keinen Arzt zu holen oder in eine Klinik zu gehen. Alles, was sie für ihn tun könnten, sei eine Letzte Ölung, und Gott werde Hochwürden Bänziger dafür segnen, daß er ihn, Jacques, geschickt habe.

Dieser wollte gerade Farbe bekennen, da klärte sich das Mißverständnis von selbst auf. Denn wieder klingelte es, und diesmal stand, am Habit zu erkennen, unzweifelhaft ein Priester vor der Tür. Michelle ließ Jacques stehen, um dem richtigen Mann die Honneurs zu machen, einem hochgeschlossenen Milchbart, der mit hoher Stimme stockendes Spanisch sprach. Er packte sein Köfferchen aus und legte sich eine silberweiße Stola über die Schultern; als er an Jacques vorbeiging, trug er auf feierlich gewinkelten Armen ein Tablett mit gottesdienstlichem Gerät. Jacques war schon wieder bei der Tür, da hörte er Schreie, als würde einem Menschen Gewalt angetan. Er kam zurück und wurde Zeuge, wie die Frauen samt Pfarrer heftig aus der Tür gedrängt wurden, vom selben Geschöpf, das eben noch regungslos im Bett gelegen hatte. Jetzt entwickelte es so viel Kraft, daß der Geistliche das Gleichgewicht verlor und die stürzenden Gefäße ausleerten. Oblaten flogen durch den Raum, die Tür krachte ins Schloß; die Frauen hatten Pokal und Kruzifix gerade noch auffangen können. Der Pfarrer stand einen Augenblick starr; dann sammelte er sein Gerät ein, verstaute es mitsamt der hastig gefalteten Stola im Koffer und ging, ohne sich noch einmal umzuwenden, zur Tür hinaus.

Michelle betete vor der verschlossenen Tür eine flehentliche Litanei herunter, in einer unbekannten Sprache; endlich wurde der Schlüssel von innen gedreht. Statt zu öffnen, ließ sich Michelle zum zweiten Mal vor Jacques auf die Knie nieder. Er bat um Entschuldigung für sein Eindringen und stellte jetzt nicht nur sich, sondern auch seine Organisation mit Namen vor. Michelle bot ihm einen Stuhl an. Allmählich kam Florians Krankheitsgeschichte ans Licht, und die drei anderen Frauen begleiteten Michelles Erzählung mit heftigem Nicken.

Florian, ein vaterloser Verwandter Michelles, eigentlich Flordeliza getauft, war dem Körper nach weiblich, hatte aber nie ein Mädchen sein wollen und in seinem Dorf nur mit Jungen gespielt. Mit neun Jahren hatte er sich das Bild eines japanischen Soldaten auf die Brust tätowieren lassen, und als er mit elf einen Büstenhalter tragen sollte, riß er in die Hauptstadt aus und war ein halbes Jahr lang ein Straßenkind, bis die Polizei ihn aufgriff und Michelle als Verwandte ausfindig machte. Aber das Kind kehrte zu seiner Gang zurück, wurde nach dem Überfall auf eine Tankstelle verhaftet und nur wegen Überfüllung des Gefängnisses wieder laufengelassen, mit Auflagen, für die Michelle verantwortlich war. Flordeliza wurde zum Schulbesuch befohlen und zu den Mädchen gesetzt, worauf es die Lehrerin mit einer Schere angriff. Danach hatte es versucht, sich eine Ader aufzubeißen, aber als es in Jeans gehen durfte, habe es sich als erträgliche, sogar gute Schülerin gezeigt. Inzwischen hatte Michelle in einer Reisegruppe, die zu einem Geistheiler fuhr, einen Schweizer kennengelernt, Oskar, der ihr die Ehe versprach. Als er zurückgekommen sei, hätten sie wirklich geheiratet; sie seien in die Schweiz gefahren, wo sie als Spitalhilfe Arbeit gefunden und der Familie jeden Monat Geld geschickt habe. Doch die Nachrichten von Flordeliza seien katastrophal gewesen. Sie sei bei einem Geistheiler gewesen, und der müsse etwas Schreckliches mit ihr gemacht haben. Sie habe zwar aufgehört zu bluten, aber sie rede nicht mehr, und einen Arzt wolle sie nicht sehen – der käme auch viel zu teuer.

Michelles Mann Oskar, als Bäcker arbeitslos geworden, habe verlangt, daß sie anschaffe, statt Geld nach Hause zu schicken, aber als sie ihm zuwenig nach Hause brachte, habe er sie halb totgeschlagen. Da sei sie ausgezogen, in diese Wohnung, und habe mit drei Frauen, die ähnliches erlebt hatten, einen Salon aufgemacht. Anfangs bedrohte sie der Mann, aber sie drohte zurück, dann sehe er kein Geld mehr; Sex hatte er immer noch verlangt. So lasse sich natürlich kaum was verdienen. Da die Verwandtschaft schrieb, Flordeliza hungere sich zu Tode, habe Michelle den Entschluß gefaßt, sie in die Schweiz kommen zu lassen, ins Land der besten Ärzte; da müsse es ja auch einen geben, der sie zum Mann operieren könne.

Michelle hatte das Reisegeld zusammengespart, die Verwandtschaft einen Paß besorgt, und vor drei Monaten stand das Kind wirklich da, natürlich mit einem Touristenvisum. Sie kannte einen Arzt, der habe nur gelacht. Für eine Geschlechtsumwandlung brauche man zwei Jahre und viele Gutachten, damit die Kosten, mindestens sechsstellig, von einer Krankenkasse übernommen würden, aber wer weder Geld noch Beziehungen habe, könne den Eingriff vergessen. Michelle hatte die genannten Kliniken trotzdem angeschrieben und wenigstens von einer eine Antwort erhalten, doch keine ermutigende. Es gab eine lange Warteliste, und mit jedem Versuch, die nötigen Papiere zu beschaffen, hätte man nur die Polizei darauf aufmerksam gemacht, daß Flordelizas Aufenthaltserlaubnis abgelaufen war. Anfangs habe sich alles so gut angelassen, das Kind sei dienstfertig gewesen, habe schon erstaunlich viel Deutsch gelernt, auch wenn sie die Arbeit der Frauen verachte, aber inzwischen spüre sie, daß ihr Projekt aussichtslos sei, und das ertrage sie nicht. Man habe Messer und Scheren weggeschlossen, damit sie sich nicht weh tun könne, dann habe sie eine Schachtel Trockenspiritus-Tabletten gefunden und eine unbekannte Menge davon geschluckt. Zum Glück hatte ihr der Arzt, ein Freund, noch rechtzeitig den Magen ausgepumpt. Jetzt aber esse sie endgültig nicht mehr und sei sehr schwach geworden. Man dürfe keinen Menschen ohne die heiligen Sakramente gehen lassen, darum habe sie Hochwürden Bänziger von der Heiliggeistkirche um einen Priester gebeten – und nun. Und nun ...?

Alles Weitere ging in einem Tränenstrom unter. Jacques unterdrückte die Bemerkung, daß das sterbensschwache Kind gerade einen Priester hinausgeworfen hatte. Er verlangte es zu sehen, Michelle möge dabeisein und dolmetschen. Das Kind protestierte nicht, als er sich an sein Bett setzte, und hatte die Augen offen; das Gesicht unter dem kurzen Haar war streng und wachsam. Er werde helfen, erklärte Jacques, er sei Anwalt, kenne Ärzte, die sich um Florian kümmern würden. Mit den Behörden werde er reden.

Und dann geschah es: das Kind richtete sich im Bett auf und zog das Hemd hoch, bis zum Kinn. Es zeigte Jacques einen ausgemergelten Mädchenkörper mit Schnittnarben auf dem Bauch. Auf der linken Brust hatte es einen lila Fleck, die Reste eines Kopfes, das Gesicht eines Mannes in Uniform mit einem Stern an der Mütze. Jacques deckte Florian wieder zu und nahm seine Hände, magere, doch wohlgebildete Hände, in seine Hand. Davon erzählte Jacques am nächsten Rätseldonnerstag. Bei seinen Händen habe das Kind schon angefangen, nicht nur ein Mann zu sein, sondern ein Gentleman. – Als ich wieder draußen war, wollte ich einen Scheck ausschreiben. Aber die Frauen haben nicht mal ein Konto. Wahrscheinlich verstecken sie ihr Geld im Kühlschrank. Ich hatte nur hundert Franken flüssig, soviel, wie Michelle von einem Kunden nimmt. Aber nicht von jedem nimmt sie's auf den Knien.

LUZ hatte ein Ferienhaus in Graubünden – natürlich gehörte es Jacques, von der Mutterseite; hier hatte er einige Sommer seiner Kindheit zugebracht. Am Freitag nach Schwabs Trauerfeier fuhr er mit seiner neuen Familie hin; Florian saß auf dem Todessitz – so hatte ihn Mara genannt, denn ihr fuhr Jacques immer zu schnell. Jetzt kostete er jeden Meter der Strecke aus. Hinten zwitscherten die Frauen, vorn waren die Männer unter sich. Sie blieben wortkarg. Aber Jacques versuchte jeden Wasserfall, jeden Gipfel, jedes Schneefeld durch Florians Augen zu sehen und hätte sie gern mit Steinböcken und Lämmergeiern bevölkert. Dieses Gefühl hatte er seit der Pubertät nicht mehr gekannt, als es noch eine Welt bedeutete, einen Freund zu haben. Plötzlich empfand er den wunderbaren Wunsch, *leben zu lassen*. Es wurde ein Wochenende mit kleinen Wanderungen, einem Picknick unter Arven, sogar mit einem Lagerfeuer, das Florian anzünden durfte. Und wie sie kochen! lobte Jacques. Die Frauen sangen, Michelle fotografierte, Florian aber hatte sich vor das Haus gesetzt und es gezeichnet; die Zeichnung schenkte er Jacques, sie hing in seinem Büro, wo er jetzt wieder anzutreffen war, denn es gab zu schreiben und zu telefonieren. Männersache.

Übrigens, wie läuft Tschirkys Scheidung?

Er muß etwas springen lassen. Aber seine Klinik läuft. Er ist ein guter Chirurg.

Ist er auch ein guter Mensch?

Wäre ich seine Frau, ich hätte ihn keinen Tag ertragen. Sie hat Format; das kann von den Damen, mit denen er sich jetzt umgibt, nur ihr Schneider behaupten. Auch Tschirky macht Haute Couture – Bescheidenheit findet er unangebracht. Doch für bestimmte Operationen soll er nicht nur der Beste sein, sondern auch der einzige.

Auf die Operation kommt es an. Er muß es nicht gratis machen. Aber er muß der Richtige sein.

Du nimmst etwas auf dich, sagte Hubert.

Und Florian? Stell dir vor: zwanzig Jahre in einem Leib, den du *haßt.*

Ein Problem war Florians Unterkunft.

Ich werde meine Lesben an die Luft setzen müssen, sagte Jacques.

Es war das letzte Mal, daß Jacques mit dem Freund über Florian oder Flordeliza sprach. Dabei deutete alles darauf hin, daß er eine Aufgabe übernommen hatte, beinahe eine Mission, aber er beteiligte Hubert nur an ihrem ersten, freilich wichtigen Schritt. Er mußte ihn bei Tschirky einführen, der sonst nie einen Termin für Florians Behandlung gefunden hätte. Bis zur Operation mußte man zwei Jahre rechnen. Über den Anteil, den Jacques an dieser Sache hatte und nahm, schwieg er sich aus. Gab es einen Riß im Vertrauensverhältnis zu Hubert, und woher? Dieser hatte ihm seine Heirat mit Sidonie unterschlagen; jetzt erfuhr er auch nichts mehr über Jacques' Adoptivkind, die erste unverhoffte Vaterschaft seines Lebens. Aber so einfach konnte es nicht sein. In einer anderen Hinsicht würdigte Jacques Hubert nicht nur seines Vertrauens wegen, er strapazierte es bis an die Grenze und darüber hinaus. Denn Jacques ließ es auch den Frauen am Ligusterweg an nichts fehlen, und was ihre Gegendienste betraf, ersparte er Hubert nichts: als habe er gerade hier seine Ehre zu verteidigen.

Florian lebte nicht mehr am Ligusterweg. Die Frauen, Mitglieder von LUZ, hätten jetzt ohne Rücksicht auf seine Empfindlichkeit ihre Arbeit wiederaufnehmen können, doch als Jacques ihre Situation mit den Behörden geklärt und die Stiftung dafür in Anspruch genommen hatte, waren sie auf Dirnenlohn nicht mehr angewiesen. Michelles Diplom verschaffte ihr eine Stelle als Pflegerin, ihre Kolleginnen kamen im Küchendienst unter. Das Gröbste war überstanden, als Michelle zu einem Festessen einlud; es war genau ein halbes Jahr her, seit Jacques als Bringer von Glück und Segen zum ersten Mal aufgetaucht war.

Die Wohnung erinnerte wieder an den Tag frommen Mißverständnisses und entbehrte nicht einmal eines Hausaltars. Die Postkarten-Maria lächelte, doch diesmal war ein Diner mit Blumen, Kerzen und vier Gängen gerüstet. Dazu servierten die Frauen einen schweren kalifornischen Wein. Nach der Reistafel wurde Musik aufgelegt, dem Gast zu Ehren, denn der Sänger hieß ebenfalls Jacques. Und als sie Brels rauhe Stimme vom *Vlaanderenland* und seinen Winden singen und sagen hörten, wollten sie dazu auch tanzen, und Jacques sah ihnen unter schweren Lidern zu. Ihre Bewegungen waren herzlich unverschämt und, wenn sie einander berührten, von wollüstigem Kichern begleitet. Schließlich forderte Michelle auch ihn auf, mit einem Knicks, wie damals, als sie ihn für Hochwürden gehalten hatte. Leider war er keiner Schrittfolge mehr mächtig, bedauerte mit einer Grimasse und wollte sich wieder in den Sessel fallen lassen, als er sich von allen Seiten umflügelt fand. Sie faßten ihn unter und geleiteten ihn wie einen Opferstier ins Zimmer mit dem Doppelbett, stießen ihn darauf und warfen sich über ihn, um ihn fliegend auszukleiden, und plötzlich war er ein Kleinkind. Da lag er nun und starrte, und bald nicht nur mit den Augen; denn vor diesen tanzte eine weibliche Öffnung und bot sich zur Behandlung an, während er diese gleichzeitig am eigenen Leib wie Balsam zu spüren bekam.

In der Folge hielt er die Augen geschlossen. Blinzelte er doch einmal, dann schossen ihm Bilder durch die Augen, wie er sie als

Kind in einem riesigen Buch gesehen hatte, das kaum zu heben war und an dem er sich doch nicht hatte satt sehen können. Es waren Dorés Illustrationen von Dantes Inferno. Eine Frau saß vorgebeugt und bot ihren blanken Hintern zum Pfählen an. Eine Büßerin schwamm mit zuckenden Brüsten und leidend geöffnetem Mund über einer Beingabel; eine männliche Leiche wurde von einer Wolke fliegender Zungen so lange gewaschen, bis Totenstarre eintrat, die sich dann unter dem Zustrom heißen Atems wieder löste. Und eine Ewigkeit lang drehte sich dazu bald schneller, bald langsamer das Karussell von Brels Liedern. Immer wieder tauchte die gleiche Figurengruppe auf, die von kleinen Mädchen besprungen und fliegend gewechselt wurde. Der Kellner von *Knokke-le-Zoute* kam immer wieder, Marieke und die Marquisen, und sie alle waren zugleich er, Jacques; sie drehten sich um ihn und drehten ihn mit. Hie und da griff er mit dem Finger nach dem goldenen Ring, der eine Freifahrt versprach, als wäre die Fahrt nicht schon frei genug. Bald glaubte er, in ein Ornament aus Körpern verschlungen, im freien Raum zu schweben, dann ließ sich die Schwerkraft mit der Wucht eines Gesäßes auf seinem Gesicht nieder und verschlug ihm den Atem. Er bekam seinen Lohn, von Körperstrafe nicht immer zu unterscheiden. Endlich lag er nur noch da und fühlte sich von vielen Mutterarmen umschlungen und in den tiefsten Schlaf seines Lebens gewiegt.

Davon erzählte er Hubert keine Einzelheiten; er wollte sie selbst nicht zu genau wissen. Aber daß es diesen Dienstag gegeben hatte, erfuhr der Freund, und daß er sich jetzt ebenso regelmäßig wiederholte wie die Donnerstage des Kreuzworträtsels. Und als ihn Jacques eines Tages um seine Kapuzinerkutte bat, war Achermann nicht ganz erstaunt.

Sie ist aber kein Kostüm.

Ich brauche noch eine Haut *mehr* zum Ausziehen.

Wenn Jacques in seinem Verhältnis zu Florian die Fäden zog: am Ligusterweg ließ er sie fahren und lieferte sich aus. Hier schien Jacques nichts als ein Mann zu sein und war es doch weniger denn je, viel eher ein Geschöpf, das sich vier Frauen zum freien Gebrauch überließ. Dabei verlor sich der Umriß seiner Person. Hie und da kamen ihm Fritz Walders Kollegien in den Sinn. Denn die Naivität der Frauen folgte ihrem Drang nach Heiligkeit. Sie drängte nach einer Gestik des Nackten, die einem Gebet glich. Nur waren es nicht Hände, die sie falten wollte, sondern ganze Körper. Die Frauen behandelten ihn als Kind. Sie waren so umfassend fromm, daß sie zwischen einem Dildo und einem Kruzifix nicht unterschieden. Wie selig schliefen sie mit ihrem Herrn, und wie selbstverständlich schlossen sie in das Gebot «und sündige nicht wieder!» das Gegenteil ein. Sie büßten dann ja auch von ganzem Herzen. Und der Herr gab auf und ließ sich in das Passionsbild ihrer Seligkeit fallen wie in ein warmes Bad. Und aus jedem Grab wußten sie ihn wieder zu wecken, wenn ihre Zungen, statt zu reden, züngelten wie die alte Schlange, dann aber war der Herr wieder zur Stelle und begrub die Sünde mit seinem Fleisch in ihrem Fleisch. Siehe, dies ist mein Leib, siehe, dies ist mein Blut. Der Herr war ein *tesoro*, und alles, was sie brauchten, um ihm zu dienen, war *corazón*, ein großes Herz.

Die Phantasie, es mit einem heiligen Mann zu treiben, machte sie erfinderisch. Und es kam so weit, daß die Dienstagabende die Schwelle zur Messe überschritten, und die Musik dazu war jetzt von Bach, Händel und Mozart. Der Herr brachte sie mit, und auch wenn die Frauen sie noch nie gehört hatten, sie wußten danach zu handeln. GLORIA, SANCTUS, MISERERE NOBIS, AGNUS DEI hinauf und herunter.

Es begab sich aber zur selben Zeit, da Jacques Schinz die Dienstagsmesse zu feiern begann, daß Marybel an ihrem Leib plötzlich, außer der Reihe, eine starke Blutung feststellte. Der Kinderfresser biß zu. Sie vereinbarte einen Termin bei dem Frauenarzt, der früher zum Freundeskreis des UNO-Beamten gehört hatte. Diesmal klopfte er mit klinisch tastendem Finger an der heiklen Stelle an. Sie sah, daß er erschrak; beim Gespräch hatte er sich wieder gefaßt.

Der Abstrich ist ungünstig, Marybel, sagte er, wir müssen ein CT machen, aber ich glaube, wir kommen noch rechtzeitig. – Ich denke darüber nach. – Wir müssen handeln, Marybel. – Es gibt jemanden, mit dem ich das erst besprechen muß.

Hast du einen Freund? fragte er.

Ich habe Freunde, sagte sie, aber ich lebe allein.

Rufst du mich morgen an, bitte?

Aber sie unterließ den Anruf; Fanny hatte ihr schon während der Untersuchung das Nötige eingeflüstert. Hast du vergessen, Marybel, daß Schmerz und Krankheit etwas ist, was wir selbst machen? Und was wir selbst machen, können wir auch selbst wieder zurücknehmen. Es kommt nur auf unser Selbst an. Und selbst sind wir stark.

So verlor der Tod zum ersten Mal sein Recht auf Marybel.

Aber auch das Geschäft der Universaltherapie, die Moritz jetzt von London aus betrieb, war seit dem Jahr 1989, das sich als Wende deklariert hatte, munter fortgeschritten. Es war, im Kern, ein homöopathisches Verfahren nach dem alten Prärierezept: gegen Steppenbrand hilft nur Gegenfeuer. Dabei schienen dem Wachstum des Kapitalismus keine Grenzen mehr gesetzt.

Als Moritz im Haus «zum Eisernen Zeit» vorbeikam, erklärte er den Freunden, was passiert war und was nicht passieren durfte. Man möge sich durch den Triumphalismus des Marktes nicht verrückt machen lassen. Das System bereite jetzt, durch eine schwindelerregende Expansion, seinen eigenen Zusammenbruch vor. Der «Zinstragende Sparhafen» und seine globalisierten Töchter waren glücklicherweise auf einen grünen Zweig gekommen. Aber er war, wie die Mistel, von anderer Art als der Wildwuchs, von dem er sich nährte. Seine Zellen hatten die Eigenschaft, das entgleiste Wachstum des Wirts zu entgiften. Der gutartige Parasit setzte dem Stoffwechsel der Gier so lange zu, bis dieser Allergien gegen sich selbst entwickelte, die heilsame Kraft der Autoaggression. Allmählich überlebte nur noch der Impuls der Lebensfreundschaft, welcher die Zellen, von der Wurzel bis zum Blatt, unter sich und auch für die Nachbarschaft verträglich reorganisierte.

Moritz sprach von einer Impfung des Wirtschaftskörpers mit *Isotopen*: einem Element, das die Struktur eines Moleküls nachahme und die Kontrollen daher unbemerkt passiere. Es führe einen vom Auge nicht bemerkten, wohl aber für das Gefühl wirksamen Faktor mit, der es quasi radioaktiv mache, nicht explosiv, doch evolutionär. Unmerklich verändere es mit den Gebrauchenden den Gebrauch.

Dieses Element nannte Moritz: Unkäuflichkeit. Ausgerechnet dem Geld zugesetzt, dem allgemeinen Tauschmittel, entwickle sie paradoxe Marktkraft. Bald würden die unvorstellbaren Kapitalströme, die das Ende des kalten Kriegs lockermache, und die Gewinnerwartung der Investitionen, mit denen frei gewordene Länder besetzt würden, jeden Bezug zur real existierenden Wirtschaft verlieren und beim Abheben, wie Windhosen, alles verkehrte Wesen mitreißen und verpuffen lassen. Betrachte man diesen Flugstaub konkret, so bestehe er aus Menschen, denen der spekulative Wirbel Arbeitsplätze und Lebenspläne vernichte, als handle es sich nur um Verbrauchsmaterial. Aber da liege der springende Punkt: im Unterschied zwischen Verbrauch und Gebrauch. Kein Mensch werde sich auf die Dauer als Verbraucher verkaufen lassen und zu den blinden und ahnungslosen Komplizen allgemeiner Vernichtung schlagen. Die Kraft zur wahren Wende liege in ihm selbst.

Am nächsten Fastendienstag sagte Jacques: Ist er so naiv, oder tut er nur so?

Es war nur eine Probe, sagte Hubert Achermann. – Zur *keynote address*, die er im «Gugger» hält. «Die Werte und ihr Preis».

Genau so klingt es, sagte Jacques. – Kann er sich eigentlich selbst noch hören, wenn er spricht? Biologie und Mystik. So etwas hatten wir doch schon. Alles will Evolution werden, Wirtschaft, Technik, Kultur. Bald sind auch Himmelskörper ein evolutionäres Produkt. Und was am Ende dabei herauskommt, ist lebensunwertes Leben. Wir gehören auch dazu.

Er ist der Reinste von uns, sagte Achermann.

Das kommt erschwerend dazu. Diese Soldaten Gottes! Sie sind mir unheimlicher als Er. Er hat ein Alibi: es gibt Ihn nicht. Aber Moritz vertritt Ihn gleich doppelt und dreifach, und das im Namen des Glücks. Sieh dir seine Engel an, die es uns bringen! Sie lächeln und riechen nach nichts. Da lob' ich mir Marybels Geister!

Ja, sie wirkten wie die reine Unschuld oder die Kosmetik gewordene Entfremdung, Moritz' junge Mitarbeiter, vier weiblich, drei männlich, die zwei Etagen mit ihrer volldigitalisierten Tätigkeit besetzten. Ob sie saßen, joggten oder walkten, der Knopf kam ihnen nicht aus dem Ohr und zirpte wie ein Heimchen. Sie schlürften ihre Pizza schon auf der Treppe, und wenn ihre Finger nicht auf der Tastatur klapperten, hoben sie eine PET-Flasche zum Mund. Sie waren an ihrer BWL-Hochschule mit Flip-charts und Powerpoint-Demonstrationen groß und cool geworden. Was sie gelernt hatten: für sowenig Studium wie nötig so viele Punkte wie möglich zu sammeln, im Sinn jener Ökonomie, die ihnen zur zweiten Natur und inzwischen schon zur ersten geworden war. Jacques, der sie nicht verstand, behauptete, sie sammelten Marken ins Büchlein wie seine Urgroßmutter; das Büchlein war virtuell geworden, um so mehr Realität erwartete man vom Rabatt. Gewinn durch Reduktion, das war der Trick. Welt ist Wissen, und es wird immer mehr, da hat man mit dem Aussortieren des Unnützlichen so viel zu tun, daß man zuerst wissen muß, was man nicht zu wissen braucht. Sparsamer Aufwand aber verlangt kanonisches Wissen, damit man auch Zeit gewinnt für seinen Spaß. Ein paarmal im Jahr drangen ihre Happy-Birthday-Gesänge durch alle Böden. Marybel wurde zu ihren Partys eingeladen. Sie war die einzige der Gruftis im Haus, mit der sie auch sonst *normal* kommunizieren konnten, nämlich von Rechner zu Rechner.

Auch in diesem Fall war Marybel, als Frau des Hauses, die *Schnittstelle*, und manchmal tat es immer noch weh. Sie hatte den Mann loslassen müssen, den sie liebte. Dafür war sie im Haus für alles zuständig geworden, von dem sich Männer keine Vorstellung machen. Sie faßte mit dem Herzen, was man nicht mit Händen greifen kann, seien es Geister oder das *World Wide Web*. Oft starrte sie Tage und Nächte auf den Bildschirm, als wäre er die Kristallkugel der Wahrsagerin.

14
1994. Therese

Die Öffentlichkeit erfuhr von Huberts und Sidonies Eheschließung zum ersten Mal in einem Interview, das ihr Sohn Salomon (22) dem Twen-Magazin «HOT» gab. Marybel hatte es kommentarlos auf das Tischchen mit den gelben Kallas gelegt.

SALI war unter Netzbewohnern eine bekannte Größe. «HOT» besuchte ihn leibhaftig in seiner «Loge» in St. Gallen und zeigte sie im Bild: einen anscheinend leeren Raum, in dem nur ein knallrotes Sofa stand; Salomon stand davor, kahlgeschoren, schmallippig, barfuß, als Judoka mit schwarzem Gürtel, und sah dem Betrachter streng ins Gesicht. Seine Zukunftspläne? Erst das Studium, Ökonometrie. Später Medien. Sein Privatleben? Über fünfhundert Freundinnen und Freunde. Lieblingsmusik? Seine eigene. Wo man sie hören könne? In seinem Netz-Club. Das Verhältnis zu seiner Mutter? Man lerne voneinander. Was lernte die Mutter von ihm? Keine überflüssigen Fragen zu stellen. An der Meinungshoheit der jungen Generation ließ SALI keinen Zweifel. Erziehen könne er sich schon selbst, und der Vater sei ja auch «irgendwo im Boot» gewesen. Neulich hätten die Eltern «sogar geheiratet». Das fand SALI angebracht, «wenn es aufs Alter zugeht».

Die «Geschichte», die dazugehörte, hatte schon das maßgebende Boulevardblatt recherchiert: Sidonie und Hubert hatten 1970 einen *amour fou* erlebt, nachdem er sie als Rechtsanwalt in einer Erbsache gegen ihre Schwester vertreten hatte. Sie hatte ihm die folgende Schwangerschaft verheimlicht, um ihn keinem Interessenkonflikt auszusetzen. Der Unfalltod der Klägerin hatte sie dieser Rücksicht enthoben. Aber sie waren getrennt geblieben, weil jeder sein Lebensprojekt nur selbständig glaubte verwirklichen zu können. Jetzt war Sidonie Präsidentin der Gemeinde geworden, in die sie mit neun Jahren als Flüchtling gekommen war, und gönnte sich die Verbindung mit dem eigenwilligen Advokaten.

Kein Wort über das Thema des unterbliebenen Prozesses; nichts von Fritz Walder. Dabei erschien das große Interview mit der Nationalratskandidatin in ebendem Blatt, das ihr mit einer schwerwiegenden Enthüllung gedroht hatte. Statt bloßgestellt, erschien sie nun für das gesuchte Amt wohlausgestattet, und die Redaktion beglückwünschte sie dazu. Wie hatte sie das fertiggebracht? Es genügte, daß sie die Redaktion wissen ließ: nachdem ihre Heirat, wider Erwarten, Aufsehen erregt habe, habe sie sich, auf Rat von Melchior Schieß, entschlossen, das klärende Interview «WIR» zu geben. Und «WIR» brachte es gleich so aufgemacht, daß der Sonderdruck als Wahlwerbung dienen konnte. Sie kam der Auflage zugute, und Sidonie wurde Teil des «WIR»-Gefühls.

1990 war ein Gottfried-Keller-Jahr, und Sidonie Wirz hatte «WIR» verraten, daß sie immer «eine begeisterte Leserin des ‹Grünen Heinrich›» gewesen sei. Judith, die starke Frau, sei ihre Lieblingsfigur und ihr Vorbild. Auch sie habe auf ihrer Wanderung Klippen und Abgründe nie gescheut und schließlich, mit dem Jugendfreund vereint, «die Krone des Lebens vom Altar des Vaterlandes genommen». Sie bedaure nur, daß der gealterte Autor auf prüde Ratgeber gehört und die ursprüngliche Nacktszene Judiths getilgt habe. Sinnlichkeit sei nichts, dessen eine Frau sich schämen müsse. Man erfuhr, daß sie im «Bluntschli»-Center diesen Frühling einen Vortragszyklus über den sinnlichen Keller veranstalte, den «mein Mann» maßgeblich mitgestalte.

Mit seiner Mutter rücke die Vaterländische Partei «in die extreme Mitte», hatte Salomon in einem Blog gespottet, dabei sei die von allen Parteien umworbene Mitte ein PR-Phantom und nichts weiter als der Versuch, «eine Zone der Vermutung», wo sich am meisten Stimmen abschöpfen ließen, als eigenes Revier zu definieren. Dabei spiele es «unterm Strich» keine Rolle, ob man den Tatsachen auf dem rechten oder dem linken Bein hinterherhinke. Auf die Frage, wo diese Tatsachen denn geschaffen würden, sagte der junge Mann: «Im Netz, wo sonst?» Weitere Fotos zeigten ihn an seinem Schaltpult oder, den Kopf zwischen den Händen vergraben, am Schachbrett. Auf einem Bild war er mit seinen Eltern «beim Arbeitslunch» zu sehen. Ein gestandenes Paar sitzt einem jugendlichen Experten gegenüber, der ältere Herr mit gelichtetem Haar und bemühtem Lächeln sieht aus, als hätte er sich aus einem anderen Film ins Bild verirrt.

Am Sonntag, dem 8. Mai, zum Auftakt des Keller-Zyklus, leuchtete der «Gugger» im vaterländischen Frühlingsglanz. Sidonie führte in der Titelrolle die so gut wie unbekannte «Therese» auf. Achermann hatte den Text so eingerichtet, daß seine Sperrigkeit zu ihrem Recht kam. Man gedachte nicht zu «schauspielern», wie Sidonie im Programmheft vorwarnte. Angezeigt war ein *Vortrag* der besonderen Art. Sidonie würde *alle* Frauenrollen sprechen, Achermann die männlichen nur markieren, am Vortragspult, wo er einführende Worte zu liefern hatte. Eine kleine, doch feine Matinee, zugleich ein Coming-out: ein Paar stellte sich vor, die bekannte Judith präsentierte sich mit ihrem nicht mehr ganz grünen Heinrich einer größeren Öffentlichkeit.

Das Publikum war hoch besetzt. Zwei Bundesräte und zwei Regierungsräte, vom Staatsschreiber begleitet, gaben sich die Ehre und erwiesen diese auch Schieß, der mit Gattin erschienen war. Natürlich war der Gemeinderat in corpore für seine Präsidentin zur Stelle, auch Fritz Walder fehlte nicht und hatte sogar seine Frau zum Verlassen des Krankenbetts bewegt. Sie war festlich hergerichtet und sah zum Erschrecken hinfällig aus. Jacques hatte sich entschuldigt, um seinem Vater und Mara nicht zu begegnen, aber Moritz war da, auch Tövet aus dem «Fabrikli», und das von Keller so genannte «Stammholz der Nation» war in Scharen aufmarschiert. Drei Fernsehkameras beherrschten die Szene; Salomons kahler

Kopf war immer wieder im Bild. Er hatte seine virtuelle Gemeinde mobilisiert, und manche der Avatars begegneten sich zum ersten Mal leibhaftig.

Zuerst galt die Aufmerksamkeit naturgemäß dem BCG, dem «Bluntschli-Center im Gugger», dessen Wahrzeichen der rot-weiße Riegelbau blieb. Die Gäste waren auf dem Vorplatz des Kongreßgebäudes von der Hausherrin und, einen Schritt dahinter, ihrem Mann einzeln begrüßt worden. Ein Appenzeller in Tracht und mit Hackbrett spielte auf, dazu wurde ein Weißer aus der «Goldhalde» gereicht, dem letzten Jahrgang vor ihrer Überbauung. Daß das Zentrum eine Scheune gewesen war, konnte man ihrem Profil noch ansehen – darauf hatte der Heimatschutz bestanden. Doch hatte der Architekt das Objekt ausgeweidet und die nach Norden geneigte Dachseite verglast; sie schimmerte, wenn der Saal beleuchtet war, wie der Schliff eines Kristalls ins Land hinaus. Unter der anderen Dachhälfte waren Büros untergebracht, aber der Boden schwebte auf Stützen, so daß das Erdgeschoß durchgehend war. Unter dem Glasdach lag der große Saal, und eine getreppte Rampe, bei großen Anlässen als Tribüne zu gebrauchen, führte in ganzer Breite zum Oberstock hinauf, der ihr Übersetzerkojen und technische Büros zuwandte. Wurde ein intimer Raum benötigt, so verschwand die Tribüne hinter einem raumhohen weißen Vorhang.

Heute aber zeigte sich der «Rudolf-Minger-Saal» in voller Größe. Mobile Holzkuben, die sich zur Bühne in jeder Form zusammenfügen ließen, waren zur kompakten Plattform vereinigt. An der Rampe ein Stehpult, zur linken Hand, ebenerdig, der Steinway-A-Flügel, an dem Sebastian Kind, ein ortsansässiger Pianist, Backgroundmusik im Stil Astor Piazzollas improvisierte, um die Gäste allmählich in den Saal zu locken. Dieser war nach einem populären, vor allem wegen seines unfreiwilligen Sprachwitzes gern zitierten Bundesrat benannt, Minger, vor dem Zweiten Weltkrieg eine Säule der Bodenständigkeit und Wehrbereitschaft. Die bloße Nennung seines Namens pflegte in der älteren Generation die Stimmung zu lockern und bot Gelegenheit, ausländischen Besuchern den Eigensinn schweizerischer Neutralität zu erläutern, meist umsonst. Rechter Hand, parallel zum Kongreßsaal, doch nicht einmal halb so hoch, lag das Café Marignano, dessen Name vor allem auf eine gepflegte italienische Küche, aber auch auf eine sinnstiftende Niederlage der alten Eidgenossen deutete, die 1515 ihren Rückzug aus der Weltgeschichte nahmen, «nicht besiegt, sondern vom Siegen ermüdet», wie sich ein Feldherr der Gegenseite ausdrückte. An der Wand stand freilich nicht dieser Satz, sondern die Warnung des einheimischen Heiligen Nikolaus von Flüe: *Macht den zun nit zu wit!*

Es war also beim europakritischen Dialog, der am BCG gepflegt wurde, für *conversation pieces* gesorgt. Im übrigen war das Café Marignano für Selbstbedienung ausgelegt, bis auf eine weiß gedeckte Ehrentafel. Der Tresen des Büffets zog sich in ganzer Länge unter der Tribüne hin und wurde aus der Küche im Untergeschoß beschickt. Das Café lag nach der Sonnen- und Aussichtsseite, die Glaswand ließ sich zur Terrasse öffnen, wo der Blick an einem Föhntag so klar ist, daß die Alpen zum Greifen nahe rücken. An der Rampe wehten drei Fahnen – des Landes, des Kantons und des «Gugger»: eine Garbe Kolbenschilf.

Achermann, der im «Gugger» übernachtet hatte, war schon frühmorgens zum Weiher gegangen, und dann noch weiter den Berg hinauf bis zum Waldrand. Er war frisch begrünt; das Licht des Sees verstärkte den Glanz des Bildes vor seinen Augen, aber es blieb ein Bild, wie gefangen in seiner Schönheit. Es fehlte etwas daran, als habe sich die Seele verflüchtigt und nur eine malerische Ordnung bestehen lassen. Vielleicht lag der Defekt aber auch daran, daß er nicht recht sah. Die ungleichartigen Augen hatten ihm schon als Kind zu schaffen gemacht. Sie ermüdeten rasch, begannen halb oder doppelt zu sehen, und wenn sich auch noch bestimmte Phantome, dem Grundriß einer Zitadelle ähnlich, ins Blickfeld schlichen, wußte er: die Migräne hatte ihn wieder. Da half nur, die Augen zu schließen und sich einigen Stunden wohltätiger Dunkelheit zu überlassen.

Er hatte schlecht geschlafen; aus dem noch fast lichtlosen Steingarten vor seiner Gastklause hatte ihn ein stummes Grauen angeblickt, als drohe hinter den fünf Sinnen, die er noch bei sich hatte, die Person abhanden zu kommen, die sie zusammenhielt. Er spürte, daß die Mechanik, die auf Menschen und Dinge reagierte, ins Stocken geraten war. Er konnte jederzeit ausfallen, ohne daß er selbst von der Bildfläche verschwand. Er blieb einfach stehen wie ein Schatten seiner selbst und fiel damit vielleicht gar nicht sonderlich auf. Und das war das Unheimlichste.

Als er wieder zum «Gugger» hinunterlief, hatte er sich gefaßt. Aber Tövet, der zu Fuß hergewandert war, fragte bei der Umarmung: ist dir nicht gut? Inzwischen schlug es vom Kirchturm in der Tiefe elf. Der Saal hatte sich gesetzt, Sidonie zwischen Bundesräten in der ersten Reihe. Sebastian Kind griff in die Tasten, dann erhob sich die starke Altstimme der kleinwüchsigen Carolin Speck, deren grauer Lockenkopf in der schwarzen Bucht des Flügels gerade noch sichtbar war. Aber wenn man die Augen schloß, konnte man die Stimme einer großen Passion hören, auch wenn sie durch einen traurigen Schalk gedämpft war:

Du milchjunger Knabe,
Wie schaust du mich an?
Was haben deine Augen
Für eine Frage getan!

Alle Ratsherrn in der Stadt
Und alle Weisen der Welt
Bleiben stumm auf die Frage,
Die deine Augen gestellt!

Eine Meermuschel liegt
Auf dem Schrank meiner Bas' –
Da halte dein Ohr d'ran,
Dann hörst du etwas!

Die Bühne war leer geblieben; nun stieg Hubert Achermann hinauf und sagte:

«Brahms, Opus 86 Nr. 1. Er hat die erste Fassung des Gedichts vertont. Sie ist 1846 entstanden und steht – unter dem Titel ‹Therese› – in einem kleinen Zyklus, betitelt ‹Von Weibern›, mit dem Untertitel ‹Alte Lieder›. Keller hat sie nach dem Abschied von einer Liebe geschrieben, Marie Melos, die unverheiratet geblieben ist wie er selbst.

Herren Bundesräte, Herren Regierungsräte –», fuhr er fort, und die protokollarische Begrüßung beanspruchte soviel Zeit wie das Brahms-Lied, wobei er nicht versäumte, jedem Angesprochenen ins Gesicht zu sehen.

«Einem interessierten Literaten hat Keller die Absicht des Zyklus wie folgt erklärt: ‹Ich wollte in dieser Liederreihe ursprünglich die auf- und absteigende Liebe eines jungen Mannes zu einer voll erblühten verwöhnten Schönheit schildern. Anfangs weist sie den grünen Anbeter schnöde ab, später aber, als sie einen Zahn verliert und auch sonst älter zu werden merkt, will sie ihn mit allen Mitteln wieder erobern. Doch es ist schon zu spät.›

Der Briefwechsel mit der genannten Marie Melos setzt erst dreißig Jahre später ein, als beide sich den Sechzigern nähern. ‹Fast alles ist tot aus jener Zeit›, schreibt er ihr, und: ‹Es geht uns allen mehr oder minder so, mein liebes Fräulein; erst wenn wir gegangen sind, läßt man uns gelten und bedauert uns.›

Therese hieß auch die Titelheldin eines Dramas, mit dem er sein Glück machen wollte, nachdem er als Maler gescheitert war. Sie hat mit der Therese des Brahms-Liedes nur den Namen gemein – das ist vielleicht nicht wenig. Aber sonst ist sie eine andere Person: eine wohlhabende Witwe aus frommem Milieu, die ein entsprechendes Gewissen mit sich schleppt. Dieses Gewissen wird im Keller-Stück schwer geprüft. Die nach damaliger Vorstellung mit siebenunddreißig Jahren gealterte Frau verliebt sich mit aller Macht ihrer Seele in den Bräutigam ihrer Tochter.

So viel zum Thema, das Sidonie und ich – aber vor allem Sidonie – in einer szenischen Lesung vorstellen. Sein Glück hat er nicht damit gemacht, es blieb gut versteckt, aber halten Sie Ihr Ohr dran, ‹dann hört ihr etwas›.»

Er blieb an seinem Pult und las die Männerrollen vom Blatt, das dienende Echo auf den Exzeß passionierter Weiblichkeit. Denn Sidonie *spielte* ihren Text so, daß jeder merken mußte, daß sie vom Theater herkam; daß sie es verlassen hatte, deutete sie durch einen ebenfalls gut gespielten Mangel an Bühnendeutsch an. Sie trug ein in der Taille enggeschnürtes Seidenkleid, das an eine Dame des Biedermeier erinnerte. Das Ende einer Szene markierte Sebastian Kind jeweils durch eine Tonfolge, in der Isoldes Liebestod anklang.

O du unbarmherzige Nacht, wie folterst du mich! Schläft denn Gott auch, daß diese dunkle Zeit, die keines Menschen Freund ist, so viel Macht haben kann über mein armes Herz? Gibt es keine Religion mehr für mich, wenn die Sonne untergegangen und die letzte Lampe ausgelöscht ist? Alle Fenster sind dunkel, wie süß schlummernde Augen, jede Not ruht, die ich sonst mit selbstzufriedenem Gemüte gelindert habe, nur ich bin wach und elend! Verlassen und einsam in meiner sündhaften Glut! Wo seid ihr, stille, glückselige Gebete, ihr zarten verwöhnten Kinder meiner Seele? Alle geflohen! Und wenn Eines sich noch aus meinem Herzen ringt, so beginnt es unter elenden Seufzern und verwelkt unreif auf meinen trockenen Lippen, die nach seinem Munde dürsten!

Sidonie begann die tragische Arie verhalten und steigerte sie zum Ausbruch: *Ich kann dich nicht mehr lieben, o Herr, wenn ich dich nicht in ihm anbeten darf. Nein, nein, ich kann es nicht, o verzeih mir meine Sünde! Nein verzeih mir sie nicht, ich vermag deine Gnade nicht zu genießen, wenn sie mir nicht aus seinen Augen strahlt und von seinem Munde lächelt.*

So ging es von einem Umschlag der Passion zum nächsten und immer wieder äußersten: *Ich fühle es nun wohl, o Gott, daß ich dich unwissend betrogen habe mit meiner Liebe zu dir. Wie bleich wie matt war jene Innigkeit gegen diese Inbrunst, welche mich jetzt durchlodert! ... Wenn ihr das Blut in meinen Adern umkehren und rückwärts treiben könnt – dann will ich mich bessern!*

Sidonie sprach die Töne der Leidenschaft wie Verse, und wer noch nie von einem Dramatiker Keller gehört hatte, mochte ihn für einen ganz großen halten. Dabei sprach sie, manchmal mit der Andeutung eines Lächelns, den Monolog zu Hubert Achermann hin, der damit als Ziel liebevollen Einverständnisses ausgezeichnet war. Und da sie nicht nur die tragische Rolle Thereses sprach, sondern auch diejenigen des unschuldigen Röschens und der Magd Elisabeth, entfaltete sie das ganze Spektrum subtiler Einfühlung. Den letzten Satz Thereses: *Ich lasse meinen besseren und schöneren Teil zurück, und niemand soll sich beklagen!* beantwortete Sebastian Kind mit den vollen Klängen des Liebestods.

Das Publikum spendete respektvollen Applaus, auch dem Ehemann. Seine Passagen – ob sie der geliebte Bräutigam der Tochter sprach oder der gutmütige Pächter – hatten wie Einwände eines besonnenen Mannes gewirkt, der angesichts des Überschwangs seiner Frau kühlen Kopf bewahrt. Einige erinnerten sich an den Präambel-Prozeß, mit dem sich Achermann einen Namen gemacht hatte. Als Angreifer oder Verteidiger des Allmächtigen? Bei Keller wußte man dies, wenn man Achermann folgte, auch nicht so genau, sicher war nur, daß er Gott nie ganz aus dem Spiel lassen konnte. Schieß hatte sich bei Sidonies schwankhafter Zugabe wiederholt aufs Knie geschlagen: *Bald waren wir so treu verbunden / Und hatten miteinander schon / Das Schweizerheimweh schön erfunden / Als Zeichen jedem Alpensohn, / Die Freiheit wuchs uns unbewußt, / Ein wildes Zweiglein, aus der Brust, / So ging es her, und so erstand / Das Schweizervolk, das Schweizerland.* Die Kameras drehten geräuschlos mit und schwenkten immer wieder auf Schieß, der kein Hehl daraus machte: Sidonie war seine Kandidatin.

Man setzte sich im Freien zu Tische; die Herrlichkeit der Kulisse ließ sich auch kauend genießen. Aus der Trachtengruppe, die sich am Rand der offenen Terrasse formierte, stieg bereits der eine oder andere Juchzer, bevor sie, während der Brunch serviert wurde, Heimat- und Heimwehlieder anstimmte. Sie wurde vom Vortrag dreier Alphornbläser abgelöst, die ihren langen Rohren zuerst urtümliche, dann auch neutönige Klänge entlockten. Die Kamera ging von Tisch zu Tisch und nahm Salomon ins Visier, der sich zum nahen Bundesjubiläum vernehmen ließ. Die offizielle Schweiz war siebenhundert Jahre alt, und der junge Mann erregte Aufsehen, als er sie zu einem der jüngsten Staaten Europas erklärte, und als Bündnis *geil*, wenn man an Jugoslawien denke. Wolle die EU nicht ebenso auseinanderfallen, müsse sie von der Schweiz etwas lernen. Seine Chatroom-Mates, die einen eigenen Tisch belegten, brachen in Ovationen aus, in denen Zustimmung und Hohn nicht immer zu unterscheiden waren. Sidonie ging zu allen Gruppen, und die Kamera hielt sie besonders gerne in der Gesellschaft des Bundesrats aus dem Berner Oberland fest, eines ehemaligen Spitzensportlers, den das ganze Land beim Vornamen nannte und der wegen seines sonnigen Wesens beliebt war. Auch er gehörte der Partei Schieß' an, allerdings ohne dessen schroffe Linie zu vertreten. Die Vaterländischen hatten, um die ältere Generation an sich zu binden, ein Sonntagsfrühstück eingeführt, bei dem sich Leute frei verköstigen und Erinnerungen an eine bessere Vergangenheit nachhängen konnten.

Schieß persönlich hatte den nächsten Keller-Vortrag übernommen, der den Altersroman «Martin Salander» behandeln sollte. Vor seinen Tischgenossen nahm er, heftig gestikulierend oder herzhaft lachend, bereits eine Pointe vorweg: im «Salander» habe sich der alte Staatsschreiber vom damals staatstragenden Freisinn, für den er als junger Mann noch zur Waffe gegriffen habe, enttäuscht abgewandt und am Ende die ganze politische Klasse mit Feuer und Wasser vertilgen wollen. Was er gesucht habe, wäre gerade die politische Heimat gewesen, die ihm die Vaterländische Partei heute zu bieten hätte, nur sei er dafür leider hundert Jahre zu früh gestorben.

Das Hauptmenü bestand aus Rippchen und Sauerkraut, dazu wurde ein «Staatsschreiberwein» geschenkt. Moritz hatte die Vorstellung vor ihrem Ende Richtung Flughafen verlassen. Hubert nahm bei Tövet Platz. Die nahe Wiese summte, die Bäume prangten in goldenem Grün, doch er sah nur die fatale Migräne-Festung im Auge, und wie angeflogen ging ihm immer derselbe Vers durch den Kopf: «Wie ist doch alles Werdende so krank.» Als Tövet die Hand auf seinen Arm legte, sagte er halblaut: Ja, fertig. Plötzlich saß er neben Melanie Walder, und als er sich vorstellen wollte, sagte sie: Ich kenne Sie.

Plötzlich schien ihm die Gesellschaft dieser kranken Frau die erträglichste. Sie mußte schön gewesen sein; jetzt sah sie viel älter aus als ihr Mann, und ihr porzellanblasses Gesicht wirkte durchsichtig. Sie erzählte, daß sie sich zur Zeit die Bedienung des Computers beibringe. Achermann spürte ihr Ehrgefühl. Ob sie morgen noch da sei oder nicht, heute wolle sie vor dem neuen Rechner bestehen. Einer Bemerkung hatte Achermann entnommen, daß sie Nachbarskinder gewesen waren und geheiratet hatten, während er studierte und sie als Sekretärin arbeitete. In einem plötzlichen Impuls legte er seine Hand auf die ihre. Sie weinte nicht.

Auf der Fahrt in die Stadt wich der Druck aus seinem Schädel; dafür überfiel ihn eine solche Müdigkeit, daß er versucht war, auf den nächstbesten Parkplatz zu fahren. Er legte die Kassette mit Martial Solals «Longitude» ein und ließ sich von den Dissonanzen des Pianisten wieder notdürftig flottmachen. Heil erreichte er den Mietplatz in der Parkgarage, doch als er den Motor abgestellt hatte, ließ er sich auf das Steuer sinken und fiel augenblicklich in tiefen Schlaf. Nach unbestimmter Zeit pochte es an die Scheibe. Neben dem Wagen stand ein Sicherheitsbeamter.

Sind Sie o.k.? fragte der junge Mann.

Achermann ließ die Scheibe nieder.

Nur einsam, sagte er.

Der Uniformierte sah ihn prüfend an. – Aber … sonst fehlt Ihnen nichts?

Wieviel Uhr ist es denn?

Gleich 17 Uhr, sagte der Mann, trat etwas zurück, als Achermann ausstieg und den Wagen verriegelte, und sah ihm besorgt nach, als er wegging.

Sonntag abend: das Haus «zum Eisernen Zeit» war menschenleer. Jacques pflegte mit seinen Familien übers Wochenende auszufliegen; auch Marybel war nicht da. Aufatmend öffnete Hubert die Tür zur Sternwarte und stieg die wenigen Schritte zur Kuppel hinauf. Sie schwebte, wie eine Raumkapsel, immer gleich warm oder kühl im gedämpften Licht der vier Wandscheinwerfer, die sich einzeln zum Leselicht verstärken ließen. Er holte Weißwein aus dem Kühlschrank, öffnete den Safe und begann das letzte von Horners Diktaten zu lesen.

V. Die Linie im Sand

Wir hatten uns bis dahin mit der angenehmen Hoffnung geschmeichelt, daß wir doch endlich einen kleinen Winkel der Erde ausfindig gemacht, wo eine ganze Nation einen Grad von Zivilisation zu erreichen und dabei doch eine gewisse frugale Gleichheit unter sich zu erhalten gewußt habe. Selbst mit uns, die wir Fremdlinge in ihrem Lande waren, gingen sie aufs liebreichste um. Wenn wir aus den Booten ans Land oder vom Ufer wieder in die Boote steigen wollten, erboten sie sich jederzeit uns auf dem Rücken hinüberzubringen, damit wir uns die Füße nicht naß machen sollten. Die guten Leute folgen hier dem Trieb der Natur ganz ungehindert. Insofern unterm Monde nirgends etwas Vollkommnes, Glückseligkeit immer nur ein relativer Begriff ist, insofern dürften, im ganzen genommen, schwerlich mehrere Völker der Erde sich einer so erwünschten Lage rühmen können!

Für ein empfindsames Gemüt ist aber das ein wahrhaft tröstlicher Gedanke, daß Menschenliebe dem Menschen natürlich sei und daß die wilden Begriffe von Mißtrauen, Bosheit und Rachsucht nur Folgen einer allmählichen Verderbnis der Sitten sind. Sie frugen gemeiniglich wie wir hießen, nahmen uns an Kindesstatt an und machten uns mit ihren Verwandten bekannt, die auf diese Weise auch die unsrigen wurden. Außerdem daß sie gemeiniglich auf eine oder die andere Art hübsch waren, ging auch ihr ganzes Dichten und Trachten dahin, uns zu gefallen, und da sie sich noch überdies auf die zärtlichste Art der Welt unsere Schwestern nannten, so durften sie, aus mehr denn einer Ursache, in ihren Anliegen nicht leicht eine abschlägige Antwort besorgen, denn wer hätte so hübschen und gefälligen

Mädchen widerstehen können? Einer unsrer jungen Seeoffiziere rühmte sich, daß er bei einer Verheiratung zugegen gewesen und die dabei vorgefallenen Zeremonien mit angesehen habe; als wir ihn aber um die Beschreibung derselben ersuchten, gestand er, daß sie zwar sehr sonderbar gewesen, doch könne er sich keiner insbesondre erinnern, wisse auch nicht, wie er sie erzählen solle.

Die Indianer wußten nicht, daß die Wirkung unseres Gewehrs nur bis auf gewisse Entfernungen reicht, und da es eben nicht ratsam war, sie das Geheimnis zu lehren, so stellten wir uns gemeiniglich, als könnten wir die Vögel, auf die sie zeigten, nicht gewahr werden, bis wir unter diesem Vorwand so nahe heran gekommen, daß sie zu erreichen waren. Der erste Schuß machte immer großen Schrecken; einige fielen darüber platt zur Erde oder rannten ungefähr zwanzig Schritt zurück, bis wir ihnen durch freundliches Zureden die Furcht nahmen. Die verwundeten Indianer krochen auf allen Vieren ins Gebüsch, und sobald das grobe Geschütz zu spielen anfing, lief der ganze Trupp eilfertigst davon. Nur etliche wenige hatten das Herz, hinter einem Sandhügel wiederum Posto zu fassen; sie konnten aber auch da nicht lange standhalten, weil man tapfer nach ihnen schoß, so oft nur ein Kopf über dem Sandhügel zum Vorschein kam.

Der Anschein berechtigte die Einwohner allerdings unsere Leute für ungebetne Gäste und für den angreifenden Teil zu halten, ja was mehr als das alles ist, sie hatten Ursache, für ihre Freiheit besorgt zu sein. Die Indianer versammelten sich in solcher Anzahl um uns her, daß Herr P., zur Sicherung der Kleider, für nötig fand, Linien in den Sand zu ziehen, die keiner von den Wilden überschreiten sollte. Unter dem ganzen Haufen war nur einer, der über diese Anstalt mehr Verwunderung als die übrigen bezeugte, und eben dieser fing nach einer Weile sehr launig an, mit einem Stock einen Kreis um sich herumzuziehen und unter allerhand possierlichen Grimassen den Anwesenden zu verstehen zu geben, daß sie auch ihm vom Leibe bleiben sollten. Bei der sonst gewöhnlichen Ernsthaftigkeit der Einwohner war dieser humoröse Einfall sonderbar und merkwürdig genug!

Die Sätze, die Fanny Moser von ihrem toten Freund empfangen haben wollte, atmeten einen fast betäubenden Irrsinn aus. Und als

Hubert Achermann die Augen schloß, wagte er endlich zu wissen, was ihm fehlte. Eine unendliche Umarmung. Er hatte große Sehnsucht und versuchte sich vorzustellen, wonach. Und wieder ließ er sich sinken, in einen Schlaf, bei dem sein letzter Gedanke der Wunsch war, nicht mehr erwachen zu müssen.

15
1994. Adriana

Sidonie war im Sommer 1993 als Referentin in China unterwegs und machte sich vor Ort über das Projekt des Dreischluchtendammes kundig, in das Schieß beträchtlich investiert hatte. Nachdem das Ende der Geschichte ausgerufen war, konnte man sich der lokalen Verbesserung widmen und sicher sein, daß die heilsamen Kräfte des Marktes auch abgelegene Winkel des Planeten erreichten. Achermann nahm sein Mandat als Ehemann, wenn Sidonie verreiste, ohne tägliche Anfechtung wahr. Es wirkte als Arbeitstherapie gegen Anfälle grundloser Verzweiflung, die sich zu alterstypischen Körpersymptomen verkleinert hatten und bei Bedarf von Professor Tschirky behandelt wurden: hie und da eine kleine Atemnot, eine vorübergehende Störung des Herzrhythmus, auffällige Schwankungen des Körpergewichts. Wenn er die Beobachtung unterließ, erübrigte sich meist auch die Behandlung. Er führte ein unregelmäßiges Leben, aß an einem Tag – etwa bei einem Empfang oder Bankett im «Gugger» – reichlich, dann wieder tagelang fast nichts. Ähnlich verhielt es sich mit dem Schlaf. Sein Bett schlug er abwechselnd im Dachstock des Hauses «zum Eisernen Zeit» oder in der Steingarten-Suite auf. Am liebsten nächtigte er im Kuppelraum, auch wenn sein Zustand eher Dämmern als Schlafen zu nennen war. Aber so weit seine Seele schweifen mochte: sie schien dabei auch zu sich selbst zu kommen. Gelassenheit, Verlassenheit – plötzlich glaubte er, Konflikten gewachsen zu sein, die ihn früher zerstört hätten. Jetzt verbanden sie sich mit einem Glückwunsch an andere, auch wenn er sich, wie selbstverständlich, davon ausschloß. Manchmal wünschte er, Sidonie könnte mit Fritz glücklich werden. Die Seltenheit von Glück und seine Empfindlichkeit waren ihm bewußt geworden wie noch nie. Warum sollte er ihm übelnehmen, wenn es nicht gerade bei ihm vorbeikam?

Auch in Horners Weltreise hatte sich ein Glück versteckt und versagt. Ihm, der ebenfalls Bäckersohn, ebenfalls abgebrochener Geistlicher war, begegnete es in der Südsee, in Gestalt grenzenlos williger Frauen. Aber begegnete es *ihm* auch nur ein einziges Mal? Anderen ja, den gröbsten Matrosen – er aber hatte immer nur, wie durch ein Teleskop, aus der Ferne *zugesehen*. Was er sehen mußte, zu sehen nicht aufhören konnte, war verworfen. Und doch blieb er am Guckloch, um sich zu weiden und zu schämen. Die Moral, hinter der er Schutz suchte, verriet sich selbst. Damit mußte er leben; damit sterben konnte er nicht. Am verworfenen Glück blieb ein Elend hängen, das ihn noch im Tode nicht ruhen ließ. Schließlich lieh ihm die vereinsamte Fanny ihr Ohr und gab ihm Antwort: *Caspar, ach Caspar*. Wenigstens als Toter durfte er wagen, Glück zu entbehren. Sein Geständnis legte er einer Frau ab, die den Mut hatte, auf Geister zu hören. Sie aber empfing es als Ruf, ihm in seine Sphäre zu folgen, wo zwar nicht das Glück vollkommen ist, aber seine Entbehrung. Denn Glück ist an Körper gebunden; wie könnte es vollkommen sein, solange wir am Körper leiden. *Es muß nicht vollkommen sein*. Es muß nicht gelingen, doch gewagt sein, das will es. Nur in der Entbehrung ist Vollkommenheit zu erreichen. Darum hatte der schreckhafte Peter Leu die vereinigten Geister *jubeln* gehört.

So ungefähr – und wiederum: ganz genau so – darf man sich die Phantasien vorstellen, die Hubert Achermann in der Kuppel, nirgends sonst, zuflossen; dann wußte er, daß er sich in Horners Schädel befand. So seltsam es klingt: er lernte die körperliche Liebe, die ihm fehlte, heilig halten.

Die Fastenabende mit Jacques blieben ein fester Termin. Er hatte Jacques von der Matinee berichtet, auch vom Eindruck, den Vater Schinz nach seinem Schlaganfall auf ihn gemacht hatte. Der alte Mann hatte den Mut aufgebracht, sich mit schiefem und halboffenem Mund in Gesellschaft zu zeigen. Aber Jacques blieb taub, für seinen Vater sei ihm sogar Haß zu schade. Es war nur seine eigene Arbeit, die ihn interessierte. Damit meinte er die Begleitung Florians beim Versuch, ein Mann zu werden. «Ich soll ihm zeigen, warum es sich lohnt, aber eigentlich lerne ich es von ihm.»

Achermann hatte Florian kennengelernt, als er die Sternwarte besuchte; der junge Mann wohnte bei Jacques, zusammen mit dem lesbischen Paar. Er hatte die Hormonbehandlung begonnen und trug eine Art Russenkittel, der seine noch weiblichen Formen verbarg. Wenn er redete – nur das Nötigste –, schwankte seine Stimme, und seine Bewegungen waren eckig und ungraziös. Seinem blassen, verschlossenen Gesicht war die Gewalt anzusehen, die er sich antat. Es hatte eine martialische Strenge, die trotzig wirkte. So viel war deutlich, daß Jacques den jungen Menschen liebte – seinerseits nicht ohne Mühe.

Ende des Monats ist Moritz wieder da, sagte Achermann, er meint, wir brauchen eine Grundsatzdiskussion.

Dann wird ja alles gut, höhnte Jacques. – Moritz übersieht das Ganze. Sozialismus kaputt – höchste Zeit für eine Sitzung des Zentralkomitees. Die Jahrtausendwende naht mit Riesenschritten. Als Kind habe ich immer gedacht: die erlebe ich nie. Wie sollte ich fünfundfünfzig werden! So alt war damals ja noch nicht mal mein Vater. Hast du übrigens was vom *millennium bug* gehört? Er ist das neue apokalyptische Tier.

Er bedeute, daß am 1.1.2000 die Computer abstürzten. Alles könnten sie rechnen, doch bis hundert zählen hätten sie nicht gelernt. Die Programmierer hätten versehentlich ein Verfallsdatum in ihr Produkt eingebaut. Wahrscheinlich bleibe die erste Nacht des neuen Jahrtausends dunkel, und es müsse von Hand eingeläutet werden.

Achermann fehlte beim zweiten Vortrag des Gottfried-Keller-Zyklus. Melchior Schieß versprach eine politische Zeichensetzung «mit Ecken und Kanten». Der Verdacht, daß es sich beim BCG eigentlich um einen Stützpunkt der Vaterlandspartei handele, würde sich durch die dem Volkstribun eigene Sprache erhärten. Er war Sidonies Patenonkel, sie hatte sich seine Einführung nicht nehmen lassen. Achermann aber blieb fern – keine Demonstration. Er kehrte einfach von einem Morgenspaziergang nicht rechtzeitig zurück, blieb auf der Bank sitzen, wo er seinen Anfall von Unwirklichkeit erlebt hatte.

Bei der letzten Sitzung des «Zentralkomitees» war Moritz von der botanischen Metapher zu einer physikalischen übergegangen, von der parasitären Mistel zum radioaktiven Isotop. Um die unwahre Gesellschaft mit ihrer eigenen Kraft zu destabilisieren, mußte man die normalerweise ruhiggestellten Ungleichgewichte in ihrem Kern der festen Bindung berauben und damit aktivieren. Ein Isotop war die Ritze, an welcher der revolutionäre Hebel angesetzt werden konnte, um die Selbstähnlichkeit einer Materie zu spalten.

Aber wenn Hubert Achermann die schöne Welt zu seinen Füßen betrachtete, schien ihre Selbstähnlichkeit unerschütterlich. Sie hatte ihre Materie lückenlos zur geschlossenen Oberfläche verfestigt. Der «Gugger» war das Isotop eines alten Bauernhauses, das sich an dessen Stelle gesetzt hatte. Die *Form* seines Verschwindens war lückenlos. Und in diesem Augenblick kümmerte Achermann auch die politische Rechnung nicht mehr, für die Melchor Schieß «Martin Salander» als Unterlage benützte, um ihm seine eigene Handschrift einzugraben.

Immerhin war er zur Stelle, um Schieß zu verabschieden. Dieser bemerkte, bevor er in seine Limousine stieg: Ihre Frau hat Sie vermißt.

Sidonie aber sagte: Das nächste Mal entschuldigst du *mich*, bitte. Ich fliege mit Salomon nach Dubai, und wer kennt diesen Diebold? Er war *deine* Idee.

Tatsächlich ging Diebolds Engagement auf Marybel zurück. Sie hatte in der Postille eines Gottsucher-Vereins einen Artikel gelesen, der ihr imponiert hatte. Eigentlich war er ein Pamphlet gegen

Zwingli. Mit Keller hatte er nur insoweit zu tun, als die Darstellung des Reformators in «Ursula», der letzten «Züricher Novelle», heftig gerügt wurde. Kellers Urteil sei durch seinen «zweideutigen Atheismus» bestochen gewesen; durch die bürgerliche Heiligsprechung Zwinglis wolle er vergessen lassen, daß er selbst ein Taugenichts geblieben sei. Aber mit Zwingli lasse sich kein Staat machen. Seine Schwäche für das andere Geschlecht habe ihn schon in Einsiedeln zum unehelichen Vater werden lassen. Und die Härte, die er gegen die Täufer gezeigt hatte, sei nichts als eine Form von Schwäche gewesen wie auch sein Versuch, die übrige Eidgenossenschaft zu seinem Glauben zu bekehren; damit habe er sie unter- und seine Zürcher überschätzt. Das einzige, was er erreicht habe, sei eine Spaltung der Eidgenossenschaft, und seinen Tod in der Schlacht bei Kappel könne man nicht anders als dilettantisch nennen. Die Schrift hatte etwas von der giftigen Abrechnung eines enttäuschten Liebhabers, der von der Schwäche seines Objekts besessen bleibt, weil er ihm die eigene dauerhaft zum Vorwurf machen kann.

Marybel hatte einige Kernsätze von Diebolds Tirade vorgelesen, und da sich Achermann gerade auf die Korrektur eines Diktats konzentrierte, hatte er abwesend genickt und erst festgestellt, *wozu*, als der Schaden schon geschehen war. Denn Marybel hatte sein Nicken als Zustimmung zu ihrem Vorschlag gedeutet, den er überhört hatte: diesen Diebold als Referenten für den «Gugger» zu gewinnen, da er offenbar das Zeug besaß, ein Publikum aufzumischen. Bei klarem Verstand hätte er ihr sagen müssen, daß dies keineswegs der Zweck der «Gugger»-Referate war und daß man wenigstens einen *Namen* haben müsse, um sich dort einzureihen. Aber nun hatte er geschlafen, und als er aufwachte, hatte Marybel bereits vollendete Tatsachen geschaffen. Mit Hilfe eines sogenannten Internets, von dem Achermann zum ersten Mal hörte, hatte sie diesen Diebold angeschrieben, und als das Diktat durchgesehen war, lag bereits seine Zusage vor – innerhalb von fünf Minuten; als hätte der Mensch Tag und Nacht auf diese Anfrage gewartet.

Hinterher, und im Lichte all dessen, was aus dieser voreiligen

Dienstleistung folgte, kann man sie einen Anschlag nennen. Anderseits ist nicht einzusehen, warum Marybel Achermann tödlich treffen wollte – was hatte er ihr getan? –, wenn es nicht auf Ruf und Renommee Sidonies abgesehen war, die für Marybels Seelenhaushalt eine ähnliche Rolle gespielt haben muß wie Zwingli für Diebold. Das alles aber überblickte Hubert Achermann anfangs nicht. Er ärgerte sich nur über Marybels Eigenmacht und seine eigene Geistesabwesenheit. Den Mut, die Einladung Diebolds zu annullieren, fand er nicht, bemühte sich aber, den Schaden zu begrenzen. Er schob den Vortrag vom Matinee-Termin auf den Sonntagabend, wo kaum Zuspruch zu erwarten war, und auf ein Wochenende, an dem Sidonie in Dubai über den Bau eines Schweiz-Zentrums an der zehnspurigen Sheikh Zayed Road verhandelte. Diebold lief damit gewissermaßen *hors concours*. Außerdem blieb der Verkehr mit ihm Marybel überlassen. Die Adresse sax@hohensax.com pflege immer schon in der nächsten Minute zu antworten, erklärte sie. Am Ende hatte die Penetranz des Mannes, so undurchsichtig sie war, auch etwas Amüsantes, und eine Prise Pfeffer tat dem manchmal etwas pompösen «Gugger» gut.

Diebold hatte als erstes verlautbart, über «Ursula» sei alles gesagt, er möchte sich zur Manessischen Liederhandschrift äußern, über die Keller ebenfalls Unwahrheiten verbreite. Einmal zum Galgenhumor gestimmt, ließ Achermann auch dies durchgehen. Diebolds Gewohnheit, historische Tatsachen in der Gegenwartsform abzuhandeln, erinnerte ihn an das Zeitverständnis der Islamisten, für welche ein Streit in der Familie des Propheten heute so frisch ist wie vor dreizehnhundert Jahren. Außer der Schmähschrift auf Zwingli schien Diebold, der sich Kirchenhistoriker nannte, nichts publiziert zu haben.

Achermann ließ den Termin auf sich zukommen, doch am 25. September war es unerbittlich soweit. Achermann hatte Sidonie und Salomon am Morgen zum Flughafen gefahren, eine Stunde zu früh, denn die Umstellung auf Winterzeit war ihnen entgangen. Die Witterung aber schien sich danach zu richten, denn gegen

Abend breitete sich im Seebecken dichter Nebel aus, durch den Achermann im Schritt zum Bahnhof fahren mußte. Als er eintraf, war Diebold schon da und erwartete ihn vor dem Stellwerk. Auch ohne Personenbeschreibung war seine Identität nicht zweifelhaft; er war eine zu auffallende Erscheinung. Der fußlange schwarze Mantel und der ebenfalls schwarze Hut ließen ihn überlebensgroß erscheinen. Die schlaffe Krempe seines Borsalino verschattete seinen Blick, und als Achermann ihm die Hand reichte, erwiderte sie den Druck kaum merklich, schien dafür länger liegenbleiben zu wollen, feucht und schwer. Der fleischige Mund sah aus, als wäre er eher zum Saugen als zum Reden geschaffen, und zeigte in geöffnetem Zustand – Diebold hatte einen tiefen, fast röchelnden Baß – ein lückenhaftes Gebiß. Fiel einmal Licht auf seine Augen, sah man, daß sie gerötet waren. Ihr Blick wirkte schwül; so hätte sich der junge Keller einen Jesuiten vorgestellt. Diebolds Rede war gravitätisch, wobei er jedes Wort mit den Kiefern mahlend vor- und nachzukosten schien. Er trug eine so gewichtige schwarze Tasche, daß Achermann versucht war, sie ihm abzunehmen; Diebolds Alter war kaum zu schätzen. Er hatte einen stakenden Schritt, bei dem grobes Schuhwerk sichtbar wurde.

Was für ein Auto! sagte Diebold, als er in den Jaguar einstieg. Der «Gugger» lag über der Nebelgrenze; man blickte über die in Watte verpackte Tiefe auf ein gestochen scharfes Bergpanorama, doch Diebold gönnte ihm keinen Blick. Er trank auch keinen Alkohol, es blieb bei einem Glas Wasser, das am gedeckten Tisch im «Marignano» serviert wurde. Hier wollte man nach dem Vortrag noch im kleineren Kreis zusammensitzen. Achermann erkundigte sich vorsichtig nach den Lebensumständen des Gastes, der wortkarg blieb. Er wohne im Stadtkreis 13, hinter dem Lindenberg, und sei verheiratet. «Als Privatgelehrter lebe ich von der Kunst meiner Frau.» – Seine Frau sei Künstlerin? Wo man ihre Bilder sehen könne? – Nur privat. – Ob ihm recht sei, wenn das Publikum hinterher Fragen stelle? – Es war ihm recht.

Von zweihundert Plätzen des verkleinerten Rudolf-Minger-Saals waren vielleicht zwanzig besetzt; in der ersten Reihe saß Marybel allein. Doch die sogenannte eiserne Garde Sidonies, das Grüppchen um den Allgemeinpraktiker Dr. Adank mit Gattin, fehlte nicht; er versäumte keinen Anlaß auf dem «Gugger» und transportierte andere Unentwegte herbei. Achermann begann die Vorstellung, entbot den Gruß der leider verhinderten Hausherrin und beschränkte die Würdigung Diebolds auf dessen Plädoyer für historische Wahrhaftigkeit, das man seiner Analyse von Kellers «Ursula» entnehmen konnte. Nun durfte man gespannt sein auf seine Eröffnungen zur Manessischen Liederhandschrift, der bedeutendsten des Mittelalters, und eine Quelle der Inspiration für Kellers «Züricher Novellen».

Diebold schien die spärliche Zuhörerschaft nicht zu kümmern. Er hatte weder Mantel noch Hut abgelegt. Wie der schwarze Winter stand er in dem geheizten Saal und lehnte seine Tasche an den Flügel, doch entnahm er ihr kein Manuskript. Er sprach vom Bühnenrand frei ins Publikum, monoton, doch druckreif.

Der Vortrag, kündigte er an, werde im wesentlichen aus zwei Richtigstellungen bestehen. Beide bezögen sich auf die eher schwache Erzählung «Der Narr auf Manegg». Die eine betreffe Kellers Aussage, Ital Manesse habe die Liederhandschrift 1409, nachdem das Schloß ihres Diebes, des Narren, abgebrannt sei, «einem jungen Freiherrn von Sax» weitergeschenkt. «Nimm es und verwahre es auf deiner starken Veste Forsteck; es wird dort besser aufgehoben sein als in meinen Händen!» Das war der erste Irrtum. Der zweite: Die letzte Frau von Hohensax habe sich «von dem pfälzischen Kurfürsten und seinen Gelehrten das Buch nur ungern und nach langem Zögern abdrängen lassen».

Und nun schickte sich Diebold, ohne auch nur den Zusammenhang zu skizzieren, zur ausführlichen Kritik zweier Details an, deren Unerheblichkeit in die Augen sprang. Ihm aber lag an der Ehrenrettung eines Freiherrn Johann Philipp von Sax, dessen Ehre freilich niemand in Frage gestellt hatte, denn er war gänzlich unbekannt. Das aber war gerade der Makel, den zu tilgen Diebold nach Übersee gekommen war. Zuerst mußte man wissen: Philipp von Sax kann die Liederhandschrift auf keinen Fall aus Manesses Hand entgegengenommen haben, weil er erst im 16. Jahrhundert gelebt hat. Zum zweiten: auch zuvor ist die Liederhandschrift durchaus nicht im Besitz eines Hohensax gewesen. Philipp hat sie als Kriegsherr erst erbeuten müssen, und zwar im Karmeliterkloster zu Geldern am Niederrhein, das er im Namen des reformierten Glaubens aufgehoben hat. Danach ist sie mit ihm auf seinen Stammsitz Forsteck im oberen Rheintal gelangt und nach seinem gewaltsamen Tod auch noch eine Weile dort verblieben. Und hier gilt es schon den zweiten Irrtum Kellers zu berichtigen. Die Witwe – eine Adriana Franziska, geborene von Brederode – hat sich keineswegs erst nach schwerem Zögern von der Handschrift getrennt. Sie hat den Schatz *verludert.* Die verwöhnte Niederländerin hat sich auf ihrem unverhofften Witwensitz zwischen Felsen und Kühen zum Sterben gelangweilt und mit ihren Früchtchen das Vermögen in wenigen Jahren gänzlich durchgebracht. Und damit man ihre Schande recht ermessen kann, wollen die Verdienste des Mannes, an dem sie sich versündigt hat, angemessen gewürdigt sein. Dafür, für nichts anderes, ist er, Diebold, nach Überseen gekommen.

Diese Geschichte, die er jetzt ruhmredig auszubreiten begann, stieß beim Publikum auf profundes Desinteresse. Achermann aber stellte fest, daß sie ihm bekannt, schon beinahe geläufig war. Der Gefeierte war ja kein anderer als der erste Besitzer des Hauses «zum Eisernen Zeit», der das Haus nach seinem Tod als Spukmann unsicher gemacht hatte, zugleich aber intakt in seiner Gruft liegengeblieben war, bevor ihn katholische Nachtbuben entwendeten und weiterem Nachleben zuführten, erst als Märtyrer, dann als Mumie. Davon freilich war bei Diebold keine Rede. Er präsentierte seinen Freiherrn, als könne er hier und heute jederzeit an die Tür pochen. Er *empfahl* ihn, lobte die Geläufigkeit in Wort und Schrift, die er sich auf seinen Wanderjahren erworben hat, Deutsch, Französisch, Englisch und Spanisch, schriftlich auch Griechisch und Latein. Er stellte seine Befähigung zum Kriegsmann ins beste

Licht und würdigte die Mischung von Zuckerbrot und Peitsche, die er als Besatzungsoffizier in katholischen Ländern walten läßt. Philipp von Sax ist aber auch ein erprobter Friedensstifter und ein besonders liebevoller Bruder. Die Prüfung einer verantwortungslosen Ehefrau trägt er als Kavalier. Ganz besonders bleibt er dieser Stadt verbunden, deren Bürgerrecht schon seine Ahnen erworben haben. Und beim Sterben zeigt er sich noch einmal in ganzer Größe. Denn was tut er nach Empfang der tödlichen Wunde? Er setzt ein Schreiben nach Münsterburg auf, in dem er den Mitbürgern seine Familie ans Herz legt und um Schutz für sein Eigentum bittet. Er zeigt sich als Mann, dem Schreiben nötiger ist als Leben.

Diebold hatte im Verlauf seines Vortrags unmerklich nicht nur die Sprache gewechselt – fremdsprachige Brocken schlichen sich immer öfter ein –, sondern auch den Stil. Seine Perioden wurden länger, ihre Syntax rhetorisch kompliziert und gelegentlich undurchsichtig, seine Sprache altertümlich. Außerdem ging sie immer deutlicher in die Ichform über. Er schloß mit den Worten, in denen er den Totschlag, dessen Opfer er war, als Mord überführte. *Daß er auch den Hund gesucht, erscheint darauß, daß er deß Abends zuvor seinem Jungen gesagt, er welte noch etwan einem mitt seiner Plauten den Kopff zerspalten, dergestalten daz sein Herr Vatter uff französisch gesagt: «ce garçon me deplaist il ha dehia vendanger sans cousteau.» An iezo, so der Schaden geschechen, ist ausgerissen und sagt der Vatter, es sige ihm leid, müß bekennen, daz er mich mörderisch angriffen und ich ihm kein Ursach geben, ob es aber ein anglegte Sach gewesen, wirt die Zeit geben.*

Im Publikum war längst Unruhe aufgekommen. Einzelne verständigten sich halblaut über ihren Abgang und nahmen ihn dann auch. Am Ende harrte, außer Marybel, fast nur noch das Grüppchen um Herrn und Frau Dr. Adank aus, während Diebold hochaufgerichtet und schwarz am Bühnenrand stand, ein Steuermann am Ausguck seines sinkenden Schiffs. Jetzt wäre es an Achermann gewesen, die Situation durch eine souveräne Wendung aufzufangen. Statt dessen gab er das Wort frei.

Dr. Adank, ein graumelierter, kultivierter Herr, erhob sich, ohne auf den Vortrag einzugehen; vermutlich hatte er das meiste verschlafen. Jetzt aber wollte er wissen, ob es sich bei diesem Philipp von Sax und der Mumie im Kirchturm von Sennwald um ein und dieselbe Person handle. Er sei als Bub an manchem lieben langen Sonntag von Buchs nach Sennwald hinübergeradelt, um in die Glockenstube zu steigen und sich ordentlich zu gruseln. Sogar die Schädelwunde habe man noch gesehen.

Diebold antwortete lange nicht, nur seine Kiefer mahlten. Dann sagte er:

Darf ich fragen, wer Sie sind?

Dr. Adank stellte sich mit Namen vor.

Lebt Ihr Vater noch?

Der Arzt verneinte befremdet.

Er ist also tot.

Adank bejahte überflüssigerweise und stand immer noch, wie in einem Verhör.

Gruseln Sie sich ordentlich vor Ihrem Vater? fragte Diebold.

Warum sollte ich? lächelte der Arzt schon mühsam.

Warum gruseln Sie sich dann vor Philipp von Hohensax?

Der Arzt setzte sich.

Weil er tot ist? Glauben Sie, Philipp von Hohensax sei toter als Ihr Vater?

Jetzt begann Dr. Adank mit seiner Gattin zu flüstern; Achermann wollte eingreifen, doch Diebold beachtete ihn gar nicht.

Wie gehen Sie mit Toten um, wenn ich fragen darf? Wollen Sie ein Arzt sein?

Dr. Adank erhob sich, diesmal zum Gehen, und damit war der Aufbruch komplett. Binnen weniger Minuten befand sich Achermann mit Diebold und Marybel allein im Saal.

Diebold nahm seine schwere Tasche auf. – Zum Umtrunk? fragte er.

Wir werden allein bleiben.

Fürchten Sie sich davor?

Unter der Tür stand Marybel, bereit, sich anzuschließen.

Sie sind ein Luder, sagte Diebold, ohne sie eines Blickes zu würdigen.

Marybel erstarrte, dann füllten sich ihre Augen mit Tränen, und sie lief weinend weg.

Das «Marignano» war leer, bis auf einen einzigen, für zwölf Personen gedeckten Tisch. Die Serviererin wollte die nicht benötigten Gedecke entfernen.

Lassen Sie nur, befahl Diebold, es ist gemütlicher so.

Achermann hatte es die Sprache verschlagen. Auch seine Kiefer hatten zu mahlen begonnen. Diebold hatte sich gesetzt, immer noch in Mantel und Hut.

Haben Sie ein Gelübde getan? Weil Sie Ihren Hut auflassen.

Diebold nahm den Hut ab und legte ihn neben sich auf den Stuhl. Unwillkürlich blickte Achermann nach einer Schädelwunde. Aber Diebold hatte zwar ungepflegtes, doch dichtes, ganz dunkles Haar. Sein fleischiges Gesicht war ungesund gerötet, und seine Augen irrten suchend im Raum umher. Die Bedienung erkundigte sich nach den Wünschen; Diebold aß nichts, und so verzichtete auch Achermann auf Bewirtung. Ein Glas Wasser. Und schließen Sie das Fenster, es zieht! Merken Sie es nicht?

Aber es war gar nichts offen. Dennoch blieb der Platz unter dem Sinnspruch (*Machet den zun nit zu wit*) so kalt, daß auch Achermann versucht war, den Mantel wieder anzuziehen. Sie tranken wortlos. Dann sagte Diebold: Sie haben sich nach der Kunst meiner Frau erkundigt. Ich lade Sie zu einer Besichtigung ein.

Gern, log Achermann.

Es paßt leider nur morgen abend, sagte Diebold.

Was hätte es Achermann gekostet, seinerseits bedauernd den Kopf zu neigen, und wie viel hätte er sich erspart. Statt dessen sagte er: Morgen ist Montag. Und wann?

Um sieben, zum Abendmahl.

Zum Nachtessen, danke, wiederholte Achermann. Aber ich habe Ihre Adresse nicht.

Diebold entnahm seiner Mantelbrust einen hölzernen Bleistift, wie ihn Zimmerleute gebrauchen, und begann auf einer Papierserviette zu zeichnen. Mit ein paar Strichen entstand ein Straßenschema, das er mit steiler Hand beschriftete.

Grabenwies 29, wiederholte Achermann, als er das Papier entgegennahm, das ihm Diebold wie eine Visitenkarte überreichte.

In sieben Minuten hätte ich einen Zug.

Sie erreichten den Bahnhof, als der Zug schon eingefahren war, aber eine einzige automatische Tür blieb offen, nur für Diebold. Und bevor Achermann sich wundern konnte, fuhr der Zug an. Bis morgen, sagte er laut zu sich selbst, und eine Dame auf dem Bahnsteig drehte sich nach ihm um.

Diesen Montag abend würde Hubert Achermann nicht mehr vergessen. Doch erinnerte er sich auch nie genau daran. Die Stunden, die er bei Diebolds verbracht haben mußte, glichen einer Gegend, über die Wolkenschatten streichen; sie löschen das Bild, und wenn es wieder Licht hat, ist die Gegend nicht wiederzuerkennen.

Am Vormittag im Büro war er bei Marybel stehengeblieben; sie schrieb Briefe Fanny Mosers an Sigmund Freud ab, und Achermann las: «Sie sind also jene Fanny, die uns so viele Sorgen gemacht hat.» Er berichtete, daß er bei Diebold eingeladen sei, und bat sie, den Lageplan auf der Papierserviette mit dem Stadtplan im Internet zu vergleichen. – Es war nicht schön, was er zu dir gesagt hat.

Ich hatte vergessen, wie er die Frauen haßt. – Ich finde keine Straße namens Grabenwies. Soll ich ihm mailen?

Nicht nötig, ich folge seinem Plan. Finde ich ihn, gut. Wenn nicht, auch gut.

Nimm dich in acht, Hubert, und nimm ihn ernst. Er kann böse werden.

Das Finden des Hauses bereitete Achermann keinerlei Mühe. Er geriet in eine kleinbürgerliche Siedlung, vielleicht aus den vierziger Jahren, die gänzlich zugeparkt war; doch ausgerechnet vor Nr. 29

fand sich eine Lücke. Achermann erstieg ein Treppenhaus, in dem die Stufen aus Kunststein und die braunen Wände mit oft verletztem Leinen bezogen waren. Das Sparlicht erlosch immer schon nach zehn Schritten. Vor den Etagentüren häuften sich Kinderwagen, zerschlagene Skateboards und volle Müllsäcke. Im fünften Stock bellte ihm aus einer offenen Tür ein Tier entgegen, ein Bluthund; zum Glück hielt ihn jemand am Halsband fest. Es war Anastas Diebold.

Er war ohne Mantel, doch immer noch in Schwarz und trug einen Anzug mit Weste und Silberknöpfen, dazu ein Käppchen. Er reichte Achermann die feuchte Hand und bemerkte, die Hündin sei läufig. Sie trug einen Gürtel aus schwarzem Leder, der nur den Schwanz frei ließ. Im Windfang beschnupperte ihn das Tier mit törichtem Eifer, puffte ihn an und ächzte herzzerreißend. Zischge! warnte Diebold, und die Hündin warf sich in ihren Korb. Die Wohnung befand sich in einer Art Auflösung, denn die Wände waren, so weit das Auge reichte, aus Bildchen zusammengesetzt, so lückenlos, daß sie Achermann zuerst für ein Tapetenmuster gehalten hatte. Aber es waren Miniaturgemälde in weißen oder schwarzen Papiermasken, und das Motiv schien immer dasselbe: ein grau-grünes Stück Landschaft mit einer doppelt gewölbten Bodenform. Sie wurde von der immer gleichen tiefliegenden Wegspur durchschnitten, die nach immer gleicher schwacher Biegung nach links in fast schwarzem Buschwerk verschwand.

Aus der Nähe betrachtet, war denn doch kein Bildchen wie das andere und jedes ein penibel ausgeführtes Original. Die Endlosgalerie setzte sich im Wohnzimmer fort, dessen Hintergrund ein gedeckter Eßtisch einnahm, mit Mohnsträußen und brennenden Kerzen geschmückt. Vorn zwei Sessel im Neubarock der fünfziger Jahre; nur das Sofa war älter: ein langes Ruhebett, dessen grüner Polsterüberzug mit einer Reihe Messingnägel am Holzunterbau befestigt war. Darüber, an der einzigen weiß gebliebenen Stelle der Wand und wie ein Diplom gerahmt, hing ein Schriftbild, und Achermann erinnerte sich später an einzelne Zeilen:

Chemins qui ne mènent nulle part
Entre deux prés

Bis die Hausfrau erschien, wurde ein Aperitif kredenzt und der Name einer Fee dazu genannt. Absinth also, aber bläulich; wenn Eis dazugegeben wurde, trübte sich die Flüssigkeit zuerst und zeigte dann ein überirdisches Hellblau. Da das Essen auf sich warten ließ, führte Diebold den Gast in einen Nebenraum, auf den ersten Blick eine altväterische Studierklause, aber Bücher gab es nur an zwei Wänden, während die übrigen, einschließlich des Fensters, mit vergilbten Zeitungsausschnitten beklebt waren. Darauf war die Mumie des Freiherrn in allen Größen und aus jedem denkbaren Winkel abgebildet. Das Ölgemälde in der Mitte zeigte ihn lebend, unter der Perücke seiner Zeit, als Bonvivant in Jugendfrische. Aber das Bild war falsch, wie Diebold erklärte. Das fleischlose Phantom war alles, was von ihm noch leibte und lebte. Die wohlerhaltenen Zahnreihen im aufgerissenen Mundloch deuteten auf einen wölfischen Appetit. Doch die Wunde erschien nur noch als helle Zone, wie ein radierter Fleck, auf der schwarzen Schädelhaut.

Achermann nippte gelegentlich an der himmelblauen Flüssigkeit, als Diebold fragte: Mögen Sie Pizokel? – Achermann hörte das Wort zum ersten Mal. Trotzdem hatten seine Kiefer zu mahlen begonnen. – Fühlen Sie sich imstande, fragte Diebold weiter, beim Transport dieser Handschrift behilflich zu sein? – Die Truhe, mit wachsfarbenem Pergament verkleidet, war kaum als Buch zu erkennen. Sie war so lang wie ein Kindersarg und mit Ecken und Kanten aus graviertem Eisen beschlagen. Diebold entriegelte das Schloß mit einem Schlüsselchen, das am untersten Silberknopf seiner Jacke angekettet war. Achermann war auf ein übermäßiges Gewicht gefaßt gewesen, aber als er es mit Diebold zu heben anfing, sprang es ihm beinahe in die Hände und ließ sich fast schwebend ins Wohnzimmer tragen und absetzen. Und als Achermann sich aufrichtete, sah er die Frau.

Doch eigentlich sah er nur einen taubengrauen Fleck, der sich als hochgeschlossenes langärmliges Arbeitskleid entpuppte. Es reichte bis über die Knöchel; die nackten Füße sah er nur ganz kurz, wenn sie sich darunter hervorbewegten, während der Saum, wie eine Schleppe, auf dem Parkett knisterte. Auch das Kleid raschelte nicht wie Tuch, eher wie eine Baumkrone. Er hörte Falten schleifen, als streiche ein Bogen probeweise über die Saiten eines Cellos, aber was ihnen entstieg, war kein Ton, sondern die Form eines Körpers, der sich beim Hinsehen verwirrte, denn er schien jetzt Baum und Frau zugleich. Die Wurzeln waren beweglich wie ein Rock, der Stamm eine knappe Taille, die das nach unten weit ausgebreitete Netz raffte, um ein feinmaschig verästeltes Brustteil in die Höhe sprießen zu lassen. Es wurde von zuckender Leere gekrönt, in der man ein Gesicht zu suchen anfing, aber es war von Helligkeit getilgt, wie die Hitze über einer langen Straße flimmert. Das Kleid aber schwebte getragen am Tisch hin und her, entfernte sich immer wieder durch die hintere Tür, und die Gänge nahmen kein Ende. Er blickte in eine Landschaft tiefen Ernstes, und jetzt wurde sie doch zum Gesicht. Augen wie Kornblumen stiegen aus dem fahlen Weizengelb des Haars, das wie vor einem Gewitterhimmel leuchtete; dann sättigte es sich zum Ocker der nahen Ernte. An eine Stimme erinnerte er sich nicht, nur an ein Wort: Pizokel.

Er erinnerte sich auch an Notschreie, die sich zu einem gepreßten Wimmern brachen, und dann hörte er Diebolds Baß sagen: der Hund muß hinaus. Ich gehe jetzt mit dem Hund.

Eine Tür sank ins Schloß, und mit einem Schlag war es still. Plötzlich wurde die Luft blau wie Absinth, eine Nebelbank zog über kleine Landschaften, überall zitterten die Wimpern der Frau, und Achermann fielen weitere Verse zu:

Chemins qui souvent n'ont
Devant eux rien d'autre en face
Que le pur espace
Et la saison.

Das nächste sind wieder Bilder, diesmal bunt. Er sitzt neben der Frau auf dem grünen Liegebett, während sie den Deckel der Buchtruhe öffnet. Sie blättert die Handschrift auf, mit beiden Händen.

Mit beiden Armen legt sie die Seiten um, als wären es Segel. Was für Bilder!

Da steigt ein kleiner glatzköpfiger Mönch die Leiter hoch. Man kann seine Tonsur strahlen sehen, denn ganz oben, auf gezähnter Zinne, erwartet ihn eine kleine Frau und hat sich schon so weit über die Zacken gebeugt, daß das blonde Haar dem Krönchen auf ihrem Kopf davonfließt, dem Aufsteiger entgegen. Die Gesichter bleiben leer. Die Frau trägt einen roten Mantel über dem blauen Kleid. Auf dem nächsten Bild hat sie den kleinen Mönch in ihren roten Mantel eingewickelt, denn sie stehen engverschlungen auf der Zinne. Noch ein Bild: nun müssen die beiden über eine Wendeltreppe in die kleine Kuppel darunter abgestiegen sein. Denn darin steht ein Lager, grün wie das Paradies, mit zwei Reihen winziger goldener Nägel dran. Das Weiblein hat sich auf das Lager gelegt, es ist schon nackig. Aber es faltet die Beine, deckt auch die Brüste mit beiden Händen zu und hat das Köpfchen weggedreht. Man sieht nur langes Haar davon- und auf den Fußboden laufen, von Wellen gekräuselt. Der Mönch aber hat sich die Kapuze über den Kopf gezogen. Er steht vor dem Bett, seine braune Kutte hat sich geöffnet, und zwischen den Beinen ist ein roter Stift zu sehen. Aber die Seite wendet sich ganz schnell. Und siehe da: auf der nächsten Seite kniet er schon voller Andacht zwischen den Beinen des Weibleins, die jetzt offen ausgebreitet sind, und dazwischen sucht er eine Stelle, die sein Stift beschreiben kann. RE heißt wenden, immer schneller. Und als das Blattsegel das nächste Mal umschlägt, zieht ein saugender Strudel den Betrachter ins Buch hinein wie in ein schlenkerndes Boot, und er fühlt, wie er zu schreiben beginnt. Das Wasser schlägt ihm entgegen, aber nun schreibt er ins Wasser. Sein Stift geht unter, da schwimmt er wie ein Fisch, doch er schreibt und schreibt.

Wie Hubert Achermann nach Hause gekommen ist, weiß er nicht mehr. Aber wieder zu sich selbst gekommen ist er in der Kuppel. Da wußte er, die Frau war seine Frau, Adriana von Brederode.

16
1993. Sturmzeichen

Im Herbst 1993 hatte die große Linde weichen müssen. Ernsthaft bemerkt wurde ihr Fehlen nur von Hubert Achermann. Jacques war mit seinen Familien beschäftigt, namentlich mit dem Aufbau Florians zum Mann, und zeigte sich nur noch zum Lösen des Kreuzworträtsels. Marybel war im Haus, aber sie lebte im Netz, wo sich Raum und Zeit verflüchtigten. Nur ihre Gewohnheit, hinter Jacques und Hubert aufzuräumen, verleitete sie zu längeren Aufenthalten in der Kuppel. Seit der Baum weg war, entfernte sich auch Achermann viel häufiger, und wer sollte nach dem Rechten sehen, wenn nicht die Frau des Hauses. So saß sie oft stundenlang in einem von Sidonies schwarzen Sesseln.

Peter Leus Ende hatte ihr zu schaffen gemacht. Um sie an seinem Elend nicht schuldig sprechen zu müssen, hatte Leu es vorgezogen, sie überhaupt nicht mehr zu sprechen, Haus und Geschäft so weit wie nur möglich zu fliehen und sich lieber an seine Peinigerin zu klammern. Jede Minute, die er gewissermaßen unentschuldigt abwesend war, begleitete er mit Furcht und Zittern. Den Kontakt mit Marybel behandelte er jetzt selbst als das Verbrechen, das seine Frau darin sah. Wie es unter diesen Umständen um sein Geschäft stand, kann man sich denken. Die vorübergehende Blüte war in wenigen Monaten geknickt. 1985 beschloß er, in einer Art von selbstmörderischem Trotz, nicht nur das Geschäft, sondern gleich das Haus zu verkaufen. Er tat es hinter dem Rücken seiner Frau; es war sein letzter Anfall von verzweifelter Mannesehre. Vera war, mit Moritz' Hilfe, im «Zinstragenden Sparhafen» untergekommen. Danach nahm das häusliche Unglück seinen Lauf.

Im übrigen hatten die Advokaten Peter Leus Verwandlung zum gejagten Wild zugesehen, ohne hilfreich eingreifen zu können. Am meisten waren Marybel die Hände gebunden. Sie gedachte den Wahnsinn nicht durch eigene Empfindlichkeit zu verlängern und verbrannte sich auch nicht mehr an einem Hoffnungslosen die Finger. Als Gesellschafterin der Stiftung mußte sie raten, das Eisen zu schmieden, solange es heiß war. Zum Begräbnis des Unglückspaars war Leus Zwillingsschwester Doris aus Neuseeland angereist. Sie hatte dort als Nurse keineswegs das große Glück gemacht und dachte daran, wieder in der Schweiz Fuß zu fassen. Mit Marybel entwickelte sich eine Freundschaft, welche diese wie einen Freispruch empfand und die auch ihren Forschungen zustatten kam.

Auch zu Moritz' «Korbflechtern» hatte sich ein freundschaftlicher Verkehr entwickelt – je besser man sie kennenlernte, desto weniger zweidimensional nahmen sie sich aus. Tim, der sommersprossige Wuschelkopf aus Oklahoma, hatte Marybel ins *Internet Relay Chat*-Netz eingeführt, in dem sie seither als «Fanny» umging und weiteren Anschluß suchte. Er hatte ein Profil Frau Dr. Fanny Mosers digital bearbeitet, bis es Marybel so ähnlich wie möglich sah. Das Original hing im Hause Schinz; Thomas' Partnerinnen hatten dieser Frau zu gleichen. Auch Marybel hatte einmal in diese Reihe gehört. Nun unterwies sie Tim beim Scannen und Kolorieren. Samtkleid, Perlenkette und Medaillon blieben schwarzweiß, aber den Hintergrund färbte sie tannengrün, im Kontrast zur tiefen Blässe des Gesichts. Die virtuelle Fanny hatte das Gesicht einer klassischen Gemme mit ausgeprägter, feiner Nase und einem innigen Blick.

Ach, Caspar, hatte Fannys Ansprache an Unbekannt gelautet, *heißt du wirklich Caspar mit C? Und hättest du Lust, den Südhimmel für mich zu besternen? Astronomische Fachkenntnisse unentbehrlich!*

Exotischer kann man sich keinen Partner suchen, und doch traf die Antwort schon in der nächsten Stunde ein: *Wie lange habe ich auf deinen Ruf gewartet. Caspar.* – Ob der Partner so hieß, ließ sich natürlich nicht nachprüfen, aber auch er lieferte ein Profil seines Gesichts im Warhol-Stil, demjenigen Horners in der Kuppel nicht ganz unähnlich. *Caspar* schrieb kein Kurzfutter, sondern Abhandlungen, die der Leserin etwas abverlangten. Dafür nahm Marybel an Wochenenden die Kuppel in Beschlag. Sie setzte sich in einen Liegesessel, und wenn sie die Augen schloß, wurde Caspar im anderen sichtbar. Hinter ihm zog der Südhimmel auf wie eine schwarze Wandtafel zum Beschriften. Einen schönen Sommer lang tapezierte *Fanny* im Verein mit *Ach Caspar* die südliche Himmelshalbkugel mit neuen Sternbildern und schmückte sie mit dem Geschenkband eines eigenen Tierkreises. *Caspar* brachte ein astronomisches Know-how mit, das sich nicht auf den Wissensstand des historischen Horner beschränkte; der hatte gerade noch die Entdeckung des Uranus erlebt. *Caspar* aber wußte über *Hubble* Bescheid, über Quasare, schwarze Löcher und interstellare Materie, während Marybel die Bedeutung der Sterne lieber aus ihrem Leben schöpfte. Sie hatte den Namen *Rigel* schon im Schulatlas geliebt, als sie ihn noch nicht als linken Fuß des *Orion* sehen konnte und schon gar nicht wußte, daß er ein Blauer Riese war, also ein Stern im besten Mannesalter. Nun lernte sie seinen arabischen Hintergrund kennen, seine Spektralanalyse und seine Verbindung mit anderen Sternen – *Betelgeuze,* zum Beispiel, die kaum auszusprechen, aber wegen ihres hohen Alters zu respektieren war. Sie war ein Roter Riese, der sich vielleicht schon in tausend Jahren – einem astronomischen Sekundenbruchteil – zum Überriesen blähte und ein Ende mit Schrecken nahm. Dann würde sie, größer als der Mond, über uns aufgehen wie eine Blase voll Blut. Und wenn sie zugleich ein Gewitter von Gammastrahlen losließ, dann gnade uns Gott! Es mußte allerdings noch nicht das Ende sein. Dieses kam um so sicherer in fünf Milliarden Jahren, wenn auch die Sonne, heute noch ein Gelber Zwerg, allmählich zum Roten Riesen wurde. Dann wurde die Erde im Feuerofen gebacken – zuvor mußte sich der Mensch, wenn ihm sein bißchen Leben lieb war, auf einen anderen Himmelskörper unserer Galaxie abgesetzt haben, der sich einigermaßen gastlich zeigte. Für die Vorbereitung dieser interstellaren Reise blieb uns nur noch eine lächerlich kurze Zeit, astronomisch betrachtet. Vielleicht mußten sich unsere Gene verkapseln lernen, in der Art einer Kokosnuß, für welche die Dimensionen des Pazifischen Ozeans keine Barriere dargestellt hatten, um Tausende von Kilometern entfernte Eilande mit Palmen zu besiedeln. Im Weltraum hatte man allerdings einige tausend Lichtjahre unbeschadet zu überstehen. Aber dazu kam es wohl gar nicht erst, da wir – davon war *Caspar* überzeugt – schon in wenigen Jahrzehnten die Ressourcen des Raumschiffs Erde völlig geplündert hatten. Jeder könne Gott danken, der zuvor selbst schon Erde geworden sei und mit den bevorstehenden Verteilungskämpfen nichts mehr zu tun habe. Dabei würden sich auch die letzten Züge von *humanitas* verflüchtigen, und die wenigen, die sich daran erinnerten, würden selbst finden, daß es um den Menschen nicht mehr schade sei. Aber das *Leben* gehe noch lange weiter und wahre sich die Chance zum nächsten Anlauf, der Schöpfung eine neue Krone aufzusetzen – aus Flechten etwa oder autonom gewordenen Viren.

Für Hubert Achermann war das Weltende einstweilen nicht größer als die verschwundene Linde. Er trat nur noch ungern an den Rand der Terrasse. Wo ein Platz zum Leben gewesen war, begannen sich Lücken auszubreiten, eine nach der anderen. Als erstes war das Lokal «Jardin Noir» verschwunden. Im August vorletzten Jahres hatte sich das Gartenbauamt erstmals mit der Linde beschäftigt. Danach hatte es den Anwohnern mitgeteilt, daß der Baum weichen müsse, «aus Sicherheitsgründen». Man habe Markfäule festgestellt. Aber im Frühling danach hatte er getrieben wie immer, hatte geblüht und sein Laub fallen lassen, etwas früher als sonst. Und in diesem Frühling trieb er noch einmal, doch viele Zweige blieben kahl, und das Laub dorrte schon im August. Im September trieb schockfarbenes Personal die toten Blätter mit fauchendem Blasgerät zusammen. Im November fuhren Hebebühnen auf, und Männer, auf Haushöhe geliftet, begannen das kreischende Duett der Handsägen. Ast um Ast fiel, bis es nur noch einen verstümmelten Torso zu entleiben gab.

Seither hallte der kahle Hof von Betrieb. Auch früher war das Lärmen der Container nicht zu überhören gewesen, das Kettenklirren, Flaschenschmettern, Sackplumpsen, Deckelschlagen, Räderscheppern. Aber im Lindenschatten hatte die Kakophonie immer noch etwas Entferntes gehabt. Jetzt aber mußte man unerbittlich *sehen*, was lief, und jeder Wortwechsel schlug ungedämpft herauf.

Der Baum fehlte *leibhaftig*. Er hatte die Lücke des Ghettos gefüllt, sein Stamm den Eingang zu Horners Turm geschützt. Frischknecht hatte die defekten Räder auf der einen Seite der Linde plaziert, die reparierten auf der andern, wo sie die meist jugendlichen Besitzer abholten und auf einer Runde durch den Hof ausprobierten. Jetzt war der Hof mit Kunststeinplatten belegt. Sie führten zum Fitneßstudio im Parterre des «Schwarzen Gartens», und im Schaufenster konnte man zusehen, wie sich Zeitgenossen beiderlei Geschlechts reckten und streckten, ruderten und hüpften, auf Ergometern strampelten oder auf Laufbändern marschierten. Um halb elf erlosch diese Lichtquelle; danach war der Hof tot.

Vor über zwanzig Jahren waren sie in Wipfelhöhe eingezogen. Wenn Moritz abwesend, Jacques unterwegs war, hatte Hubert die Terrasse wie ein Baumhaus bewohnt, aus dem eine Tür, offen wie der Himmel, geradewegs in seine Kindheit führte. Denn auch in der Kleinstadt, wo er aufgewachsen war, hatte vor seinem Zimmer eine Linde gestanden. Ein paar Tage im Juni mischte sich der Geruch von frischem Brot aus Vaters Backstube mit dem Duft der Lindenblüte, der ihm den Atem stocken ließ. Welche Gnade, als ihm dieser Duft wieder zuflog, aus einer Lücke der Großstadt, Jahr für Jahr, als wären beide, der Baum und er, nicht älter geworden. Durch die Fenster wehte ein Glück herein, das, so sparsam es in seiner Jugend gewesen war, mit Erinnerung beschwert, die reine Überwältigung bedeutete. Glaube, Liebe, Hoffnung mochten dünn geworden sein, aber solange der Baum stand, lagen sie immer noch in der Luft.

Unbewegt hatte Achermann die Krone nie erlebt. Die Laubfrachten nickten und neigten sich wie vertraute Gestalten, die winkten und wieder eingingen in die Fülle namenlosen Grüns. Im Sommer hatte der Baum die Südseite des Hauses vor prallem Sonnenlicht bewahrt, das im Dunkel des Blattwerks spielte, als gingen tausend Augen darin auf. Im Winter aber zitterten die Schatten der Zweige auf dem Papier unter seiner Hand, und bei gelöschtem Licht rückten sie über die Wand hinter seinem Bett. Die Augen wanderten durch diesen stillen Nachklang des Figürlichen, bis sie zufielen, und im Schlaf noch fühlte er sich geborgen. Nun war die Linde weg, und wenn er in den ausgenüchterten Hof sah, kam es vor, daß ihn der Gedanke, daß er das entseelte Licht nicht mehr zu sehen brauchte, anrührte wie ein Trost.

Seit die Gründungsmitglieder der AAS immer öfter aushäusig waren, blieb oft tagelang nur noch Marybel im «Eisernen Zeit» zurück, auch wenn sie ihre Freundin Doris Leu hie und da zwei, drei Tage zum Baden nach Ragaz einlud. Die Zwillingsschwester des geschlagenen Peter war selbst eine unentbehrliche Quelle, obwohl sie die Schauplätze ihrer Kindheit mied. Lieber als Geister besprach sie schlimme Einzelheiten des Doppelsuizids. Man habe sich erst nicht im verschlossenen Wagen vergasen wollen, da man der Sicherheit der Prozedur nicht getraut und das Risiko einer dauerhaften Invalidität gefürchtet habe. Daher stand der Gebrauch der Militärpistole zur Debatte. Aber wer sollte zuerst schießen und notfalls zum Gnadenschuß bereit sein? Elisabeth weigerte sich strikt, Hand an sich selbst zu legen – Peter mußte, und wenn auch nur im letzten Augenblick, ihr Mörder gewesen sein. Der Verdacht, er könnte sich vielleicht überlegen, ob sich ohne Elisabeth nicht ganz gut leben ließe, erledigte dann diese Variante, und man entschied sich doch für Kohlendioxid. Woher wußte Doris von diesen makabren Intimitäten? Sie fanden sich auf Papier, von Peters Hand –

ein schreckliches Alibi, mit dem er hinterlassen wollte, wohin ihn seine Frau getrieben hatte. Doris aber stellte trocken fest, die beiden hätten nur gekriegt, was sie gebraucht hätten. Die geerbte Wohnung hatte sie bereits verkauft und das Geld in eine Ausbildung als Notfallpsychologin gesteckt, für die sie sich noch nicht zu alt fühlte und wahrlich erfahren genug. Denn sie habe schon in Neuseeland so viel haarsträubendes Elend gesehen, daß es ihr eigentlich für zwei Leben reichen müßte.

Nein, eine Geistesverwandte Marybels war sie nicht. Immerhin hatte sie als Kind die «Phänomene» erlebt und verstand sie plastisch zu schildern. Ihr hatte das «Gestürm» nie viel ausgemacht. Auch Horner sei eine der armen Seelen gewesen, die sich immer an eine Frau hängen müßten, um ihre Last loszuwerden. Solche Männer konsumierten Frauen wie Alkohol, den man ein Laster nennt, sobald man sich nicht mehr daran berauscht. Das kenne sie von den Maori, und bei Fanny Moser sei Horner leider an die Rechte gekommen. Sie habe an einem schweren Helfersyndrom gelitten, genau wie ihre Schwester Mentona, nur daß die eine arme Waisen gesammelt habe, die andere verlorene Seelen. Die Mütterlichkeit, die den Damen selbst nicht zuteil geworden sei, hätten sie unerbittlich an anderen durchgezogen. Aber weil sie etwas Besseres gewesen seien, hätten sie es nicht ohne Bildung getan. Die eine sei dialektische Marxistin geworden, die andere wissenschaftliche Spiritistin. Auch Horner sei stolz gewesen auf seine Wissenschaft, die habe ja auch Hand und Fuß gehabt. Nur anderswo müsse es ihm gefehlt haben. Und die Fanny sei, mit all ihrem Geld, einsam genug alt geworden; wie hätten sich die beiden nicht anziehen sollen?

Man hätte nicht geglaubt, daß Doris von Toten rede, und das faszinierte Marybel. Aber vielleicht hätte sich das Paar wieder verloren, sagte Doris, denn nach Fannys Tod hätte man Horner weinen hören wie ein Kind. Er konnte aber auch wüten wie ein Seeräuber und habe sich immer gern mit Wasser und Wind bemerkbar gemacht. Doch wenn man ihn heulen gehört habe, sei man nie ganz sicher gewesen, ob es ein Mensch sei oder ein Wolf. Und das Tosen der Brandung hätte sich manchmal so zweideutig angehört, daß die Eltern den Kindern die Ohren zuhielten.

Unter Horners Notizen von seiner Weltreise war diese Marybels liebste:

Gegen Mittag verhüllte sich die Sonne, und blickte verzerrt und trübe durch den verwirrten Dunst der niedrigen Wolken; schnellere Wogen warfen das Schiff. Endlich brach aus der grauen Nebelwand in Südost der Sturm los. Auf schleudernder Raa (denn der haltende Strick war zerrissen) band die verwegene Kunst die wilden Segel fest; man spannte die starken Sturmsegel auf, in solchen Fällen unsere letzte Zuflucht; was den vorigen Stürmen getrotzt hatte, war diesem Winde ein Spielwerk. Er zerriß die Stricke und warf die Lappen nieder. Wer beschreibt das übermächtige Tosen des immer wilderen Sturmes, das einem immerwährenden Donner glich, alle Sinne betäubte, oder wer vermag das Toben der ungeheuren Wassermassen zu mahlen, die mit zerstörender Schnelle dem Winde enteilten! Um 4 Uhr wüthete der Wind, was kaum möglich schien, mit verdoppelter Kraft; das Barometer war noch um zwei Zolle gefallen. Die Erwartung der Nacht war schrecklich, jeden Augenblick am nahen Lande zerschmettert (denn seit zwei Tagen saßen wir nach den Karten schon darauf) oder im offenen Meer begraben zu werden, war die langsam tödtende Aussicht. Unterdessen trieben die entfesselten Elemente ihr steigendes Spiel; was vermochte das Gehäuse von Holz gegen ihre Wuth? Auf dem Verdecke konnte man weder das Vordertheil des Schiffes noch die Höhe über dem Mars erkennen. Dicker Wasserstaub strömte durch die Luft, es waren keine Wolken, kein Nebel, sondern das finstere Chaos lag über dem aufgewühlten Meere. In stiller Gelassenheit erwartete jeder die zögernde Entscheidung; nicht der Tod, aber der ungeheure Apparat war gräßlich. Um 8 Uhr endlich wurde es plötzlich still; das Schiff, vom Winde nicht mehr gestützt, wandte, und eine schwere Woge warf sich aufs Verdeck, und schlug den linken Flügel der Hinter-Cajüte weg. In Strömen schoß das Wasser durch die Cajüten, die Lichter waren ausgegossen; einige sagten sich ruhig, als die von der Todesangst erlöst waren, das Lebewohl, andere unten im Schiffe, den offenen Anblick der Gefahr scheuend oder der Bewegung ungewohnt, oder die quälenden Gei-

ster mit flüssigem Geiste tödtend, als das Wasser hinunterrann, glaubten mit Geschrei und Verwirrung das Schiff sinkend und in den Fluthen begraben. Die gefährliche Stille brach plötzlich ein entgegengesetzter Sturm aus Südwest. Im Streite der alten Wellen mit dem neuen Winde erbebte das biegsame Schiff, der wilde Tanz begann mit erneuerter Wuth. Das Barometer, vorher ganz unter die Scale versunken, schien wieder steigen zu wollen, als ein Schlag des schwingenden Schiffes seine schwache Befestigung losriß, und unsere Hoffnung, mit dem flüssigen Silber, zur Erde rann.

Am Donnerstag, dem 10. Februar 1994, kam Hubert Achermann kurz vor fünf Uhr – es begann zu dämmern – in ein menschenleeres Haus. Es war Rätseltag, zu dem noch keiner von beiden unentschuldigt abgeblieben war, und die Zeitungen lagen auch bereit, aber Jacques ließ sich nicht blicken, und auch Marybel war nicht an ihrem Arbeitsplatz; Hubert beschloß, einstweilen in die Kuppel vorzugehen und die Türen offenzulassen. Er hatte sich kaum gesetzt, da begannen unten die Tasten des Rechners zu klappern; Rufen schickte sich nicht, also stieg Hubert ab und fand das Büro immer noch leer; das Klappern war verstummt. Marybel! rief er; keine Antwort. Aber ihm schien, die Ordnung der Papiere auf ihrem Tisch habe sich verändert. Zögernd ging er wieder die Treppen hinauf und war noch nicht auf der obersten Stufe, da ließ sich das Tastenklappern von unten neuerdings vernehmen, lauter diesmal; er kehrte um und flog förmlich ins Büro zurück, wo wieder kein Laut mehr zu hören war, und erst recht niemand zu sehen; dafür lagen die Bücher auf dem Pult wirr durcheinander, und eine Anzahl Blätter war über den Boden verstreut, als habe sie ein Windstoß vom Pult gefegt. Aber es war kein Fenster offen, und das Geräusch war verstummt; allerdings zeigte der Bildschirm des Computers, der zuvor dunkel gewesen war, Marybels Desktop, als habe gerade noch jemand davorgesessen. Er musterte die Überfülle von Icons darauf; dann begann er die Blätter einzusammeln. Sie waren dünn, halb durchsichtig, und offensichtlich mit derselben Maschine geschrieben wie Horners Diktat in seinem Safe, aber der Titel lautete: «Emmy von N. Studie einer Neurose von Professor Sigmund Freud».

Die Blätter waren numeriert, und nachdem er sie erst nur hatte ordnen wollen, begann er zu lesen. «*Frau Emmy v. N., 40 Jahre, aus Livland*». Achermann wußte, daß Freud seine Hysteriepatientin Fanny Moser von Warth nach Livland versetzt hatte, vielleicht hatte sie ihm selbst einen Wink gegeben; das Baltikum hatte das Junkerhafte, das sie suchte. Was hatte Fanny, die Jüngere, veranlaßt, den Neurosebericht ihrer Mutter abzutippen? Suchte sie in diesem Zerrspiegel das eigene Jugendgesicht, sammelte sie Material gegen die Person, die eine tiefe Spur in ihrer Kindheit gegraben und dann verwischt und geleugnet hatte – ein doppeltes Verbrechen? Hubert Achermann las in Freuds Sprache, daß diese Mutter *eine vermögende und noch junge Witwe gewesen* war. *Ihr Mann war ausgerechnet zum Zeitpunkt gestorben, als sie mit der zweiten Tochter niederkam, worauf sie gegen das Neugeborene äußerst unwirsch geworden sei.* Sie sprach von ihr *wie von jemandem, dessen man überdrüssig geworden ist.* Danach habe das Kind so spät gehen und sprechen gelernt, *daß man es lange für idiotisch hielt*, auch sei es zuerst am linken Bein gelähmt gewesen und habe *Visionen gehabt*, und sie habe *durch drei Jahre das Kind gehaßt, weil sie sich immer gesagt habe, sie hätte den Mann gesundpflegen können, wenn sie nicht des Kindes wegen zu Bette gelegen hätte. Ich habe gesagt*, las Achermann, *daß ich die Kleine nicht geliebt habe. Ich muß aber hinzufügen, daß man es an meinem Benehmen nicht gemerkt hat. Ich habe alles getan, was notwendig war. Ich mache mir jetzt noch Vorwürfe, daß ich die Ältere lieber habe.* Es ist aber diese Ältere, die gleichfalls «Emmy» heißt, in deren Gesellschaft sie den Seelenarzt in Wien aufgesucht hat. Beide kuren gemeinsam, die jüngere Emmy hat Menstruationsbeschwerden, die ältere leidet unter *Tierdelirien*, Horrorphantasien, Ekelanfällen, Willenshemmungen, *Stürmen im Kopf*, in denen sie die Tochter und sich selbst verwechselt, mit verzerrten Zügen auf dem Diwan liegt und in unaufhörlicher Unruhe des ganzen Körpers, die Hände immer wieder gegen die Stirn gepreßt, *Emmy ruft*, den gemeinsamen Namen. *Einem unserer angesehensten Gynäkologen gelingt es immerhin, den Uterus der Tochter durch Massage aufzurichten, so daß sie mehrere Monate frei von Beschwerden blieb.* Doch die Mutter läßt diese Kur nicht gelten, gibt den Ärzten sogar die Schuld an der Krankheit des Kindes, *weil wir ihr das schwere Leiden der Kleinen als leicht dargestellt.* Die Damen reisen ab, aber Freud besucht die Patientin auf ihrem Gut, sie muß ihm wichtig sein, da er den weiten Weg von Wien nach «Livland» nicht scheut. In der Folge stellen er und die ältere Emmy bei der jüngeren Emmy eine ungünstige Entwicklung fest. *Sie zeigt einen ungemessenen Ehrgeiz, der im Mißverhältnisse zu ihrer kärglichen Begabung steht.* Man vermutet, daß bei dem älteren Mädchen eine familiäre Paranoia durchschlage, denn *sie wurde unbotmäßig und selbst gewalttätig gegen die Mutter.* Von der jüngeren, anfangs vorzugsweise gehaßten Tochter ist jetzt keine Rede mehr. Das Trauma der Mutter bleibt verschwiegen, woran Freud und sein Kollege Breuer ihren Anteil haben, da sie sich bei ihren Berichten *leider nicht bloß von wissenschaftlichen Rücksichten bestimmen lassen durften. Unsere Erfahrungen entstammen der Privatpraxis in einer gebildeten und lesenden Gesellschaftsklasse, und ihr Inhalt berührt vielfach das intimste Leben und Geschick unserer Kranken. Es wäre ein schwerer Vertrauensmißbrauch, solche Mitteilungen zu veröffentlichen, auf die Gefahr hin, daß die Kranken erkannt und Tatsachen in ihrem Kreise verbreitet werden, welche nur dem Arzt anvertraut wurden.*

So mußte Achermann auch Freuds Skizze Frau Emmys für diskret zensiert halten, wenn er sie eine «Hysterika» nennt, die sich überwiegend mit bestimmten Körpertics, besonders einem eigentümlichen Schnalzen, zu erkennen gibt. Aber sie ist *mit größter Leichtigkeit in Somnambulismus* zu versetzen, obwohl Freud anmerkt, daß es sein *erster Versuch in der Handhabung dieser Methode* gewesen sei, *und ich war noch weit davon entfernt, diese zu beherrschen.* Immerhin gelingt es immer wieder, der hypnotisierten Patientin quälende Symptome auszutreiben, traumatische Erinnerungen zu löschen oder wegzukommandieren, wenn die Kur auch nie von Dauer ist. Freud hilft aber auch mit Massagen nach, *zweimal täglich am ganzen*

Körper, etwa *gegen Kälteempfindungen im rechten Bein, die vom Rücken oberhalb des Darmbeinkammes ausgehen*, eine intime Berührung, die sich die Kranke nie ohne ihre stereotype Warnung gefallen läßt: *Seien Sie still – reden Sie nicht – rühren Sie mich nicht an!* Immer wieder vertreibt sie ihre Ärzte durch ihr charakteristisches Schnalzen. Frau Emmys Anfälle von «Zoopsie» machen Stuhlbeine und Sessellehnen zu Schlangen, besetzen vertraute Wege mit Kröten, bevölkern eine Theaterbühne mit Rieseneidechsen, auch hält sie die Kleie in ihrem Bad für kleine Würmer. *Wenn so ein Tier im Bette wäre! Denken Sie sich, wenn das ausgepackt wird! Es ist eine tote Ratte darunter, eine* an-ge-nagte*!*

Sie war achtundzwanzig, und als ihre Kleine *so krank gewesen, habe sie sie im Delirium so heftig angefaßt, daß sie fast erstickt wäre.* Zwar läßt sie ihre Angstphantasien immer wieder fahren, *wenn Sie es verlangen*, aber dann wird ihr sein Verlangen zuviel, sie reist ab, und erst ein Jahr später *gab sie sich wieder in meine Hände.* Der *Sturm im Kopfe* ist ungebrochen, *sie stotterte und schnalzte sehr viel, rieb häufig wütend die Hände aneinander, und als ich sie fragte, ob sie viele Tiere sehe, antwortete sie nur: Seien Sie still!* Sie verweigert die Nahrung, er versucht, *ihr reichlicheres Trinken anzuraten*, auch *etwas Übergewicht schien mir immerhin erstrebenswert*; ihre Antwort: *Ich werde es tun, weil Sie es verlangen, aber ich sage Ihnen vorher, es wird schlecht ausgehen, weil es meiner Natur widerstrebt*, und sie bekam dann auch pünktlich Magenschmerzen. *Ich habe es Ihnen ja gesagt. Jetzt ist der ganze Erfolg wieder weg, um den wir uns so lange gequält haben.*

Der Arzt sieht sie jetzt *in voller Auflehnung begriffen* und stellt ihr ein Ultimatum, wenn sie ihre Eßgewohnheiten nicht ändere, worauf sie *demütig und mürbe* wird und ihre Magenschmerzen verleugnet: *Ich glaube, daß sie von meiner Angst kommen, aber nur, weil Sie es sagen.* Ein Machtkampf, in dem das hartnäckige Leiden am längeren Hebel sitzt; die Patientin gibt den Arzt auf, Freud erfährt, daß *der unerquickliche Zustand ihrer Tochter … Ihr Wohlbefinden endlich doch untergraben habe*, sie verlangt die Erlaubnis, einen anderen Arzt zu konsultieren, den sie, wie Freud voraussieht, nicht weniger auflaufen lassen wird als ihn, *ich verzichtete also schriftlich auf mein ausschließliches Vorrecht.*

Jacques kommt heute nicht, hörte er hinter sich sagen und fuhr derart zusammen, daß die dünnen Blätter in seiner Hand zitterten wie Espenlaub.

Marybel, rief er, du kannst einen zu Tode erschrecken!

Nur wenn man den Tod fürchtet, sagte sie. – Vergiß den Denkmalpfleger nicht. Schuppisser heißt er. Morgen um zehn habt ihr ein Rendezvous. Er will die Kuppel sehen.

Und feststellen, daß der Feuerlöscher immer noch fehlt, sagte er. Aber wenn es brennen soll, hilft auch kein Feuerlöscher. Danke jedenfalls für die Erinnerung, sagte Achermann. – Ich gehe jetzt hinauf und beginne mit dem Rätsel, mit oder ohne Jacques.

Er ist bei Dr. Tschirky, sagte sie. – Sie besprechen Florians Operation. Ich glaube, mit Jacques kannst du nicht mehr rechnen.

Gute Nacht dann, wenn wir uns nicht mehr sehen. Meinetwegen wirst du ja nicht bleiben wollen.

17
1994. Schuppisser

Der angekündigte Besuch des Denkmalpflegers ließ nichts Gutes erwarten. Mit Schuppissers Vorgänger hatte Jacques einen langen Strauß ausgefochten, wegen des Einbaus eines Lifts. Das Haus war alles andere als rollstuhlgängig, und Jacques könne seine eher gestandene Damenkundschaft zwar «auf Händen tragen, aber nicht acht Treppen hoch». Bald danach wurden Behinderte öffentlich stärker wahrgenommen, Asser und, zu seiner eigenen Verwunderung, auch Achermann profitierten vom Bonus der Prominenz, und siehe da: plötzlich vertrug sich ein Lift mit dem barocken Treppenhaus. Ein Jahr vor den Nationalratswahlen galt Sidonie als einflußreiche Kommunalpolitikerin, während ihr Mann nicht viel Imageförderliches hergab, außer vielleicht dem Oldtimer-Jaguar, der ihn als spleenigen Gentleman auswies. Und alsbald begann die veröffentlichte Nachrede auch an Achermann etwas Englisches zu entdecken und ihm «Understatement» zuzuschreiben. Damit war auch seine Reizlosigkeit halb entschuldigt, denn er rauchte nicht, trank nicht und ging nicht fremd. Sidonie dagegen unterstellte man «gesunde Härte». Diese hatte sie gerade Arm in Arm mit Schieß an den Tag gelegt, als Jeanne d'Arc in der Landesverteidigung gegen den europäischen Wirtschaftsraum, die in der Volksabstimmung vom 6. Dezember 1992 zum Triumph des Alleingangs führte.

Was für eine Nikolausüberraschung! sagte Jacques, wir stecken uns selbst in den Sack der bösen Buben, aus lauter Angst vor der Bescherung. Es könnten uns ja nicht alle Wünsche erfüllt werden! Und wie wird sie nun aussehen, die glorreiche Autonomie? Wir werden für jeden Wunsch einzeln bei den Europäern vorbeikommen müssen, auch noch bei jedem einzelnen Land, mit jedem ein kleines Paketchen schnüren und vor lauter Paketchenschnüren gar nicht mehr zum Regieren kommen, bis das Land selbst einpacken kann. Und dafür können wir uns dann bei Herrn Schieß bedanken! – Jacques drückte sich noch milde aus. Früher hatte man über den Erfolg der Vaterländischen Sätze gehört wie: Idioten aller Länder, vereinigt euch! Es war ihm ernst mit der Sorge, daß die «Nationalneurotiker» das europäische Nachkriegsprojekt, eine der wenigen Hoffnungen für die Menschheit, versenken könnten. Er hielt Schieß für eine kleine Nummer, aber inzwischen habe er genug Nullen hinter sich, um auch politisch wie ein Milliardär aufzutreten.

Seit Hubert mit Sidonie verheiratet war, nahm Jacques zwar ein Blatt vor den Mund, aber die Nähe zu Hubert hatte zu leiden begonnen. Ohne Entschuldigung allerdings war er noch keinem Rätselabend ferngeblieben, und konkurrenzlos gegen Zebedäus anzutreten bereitete Hubert keinen Spaß. Er tat es aus mystischem Pflichtgefühl, wie Moses in der Kinderbibel die Arme erhoben hatte, damit sein Volk Israel gegen die Amalekiter siegreich blieb, wofür er freilich die Hilfe zweier Freunde in Anspruch nahm. Doch ihn, Achermann, stützte niemand mehr, und die Zeichen häuften sich, daß alte Freunde den Ehemann Sidonies allmählich zu den Amalekitern rechneten. Wirklich gab er nach außen keine Differenz zu seiner Frau zu erkennen, denn auch die unschuldigste ließ sich aufblasen und gegen sie verwenden. Das Bild der Harmlosigkeit, hinter dem er verschwand, war ein Schutz für beide. Aber seit er einen großen Teil seiner Zeit auf dem «Gugger» verbrachte, behielt die «Sicherheit» auch ihn im Visier und machte zwischen Schutz und Kontrolle keinen Unterschied. Noch war die Schweizer Politik eine Zone ohne Attentate und Entführungen; auch Bundesräte konnten wie Privatleute auf dem Markt einkaufen, Tram fahren oder ins Kino gehen. Aber dabei brauchte es nicht zu bleiben – und die Vaterländischen, die das Land polarisierten, sorgten durch das Einladende ihrer Warnungen am meisten dafür, daß es nicht dabei blieb.

Es kam vor, daß Hubert Achermann untertauchte. Das Auto blieb auf dem Mietplatz in der Tiefgarage, und er nahm die Straßenbahn Nr. 17 bis zur Endstation, wo ihn ein schwarzer Geländewagen erwartete und ins Oberland führte, auf Sträßchen, die im Winter ihren Namen nicht verdienten und auf denen der Vierradantrieb kein Luxus war. An diesem Ende der Welt hatte Tövet das «Fabrikli» gekauft, ein kleines Monument der frühen ländlichen Industrialisierung. Es war ein teilweise entkerntes Bauernhaus, dessen Erdgeschoß zur Web- oder Spinnstube umgerüstet worden war; jetzt war aus dem Raum eine Gastwirtschaft der besonderen Art geworden. Tövet stammte selbst aus einem Bauernhaus und hatte ein paar Semester Ökonomie studiert, aber zu diesem Milieu paßte sein blumenkindlicher Habitus wie die Faust aufs Auge, auch wenn es nicht seine Art war, die Faust zu ballen und Augen zu verletzen. Er galt als Hippie mit Gitarre, diese Verkleidung verbarg sein Bedürfnis nach einer soliden Lebensart, auch wenn sie mit der konventionellen nichts zu tun hatte: Regeln waren für ihn kein Gegensatz zur Selbstbestimmung, sondern Teil davon. Er hatte nach Reinholds Begräbnis «fremde Dienste» genommen, nämlich diejenigen einer Gesellschaft zur Entwicklung Lateinamerikas, und auf dem Hochland Boliviens eines ihrer Projekte beaufsichtigt. Nach dem Tod seines Vaters kehrte er zurück und investierte die Erbschaft in das abgelegene Anwesen, das zur Not von der eigenen Landwirtschaft leben konnte. Das Fabriklein hatte sich zum Asyl für Leute entwickelt, die andere als gestrandet betrachtet hätten, und meist taten sie es auch selbst. Tövet beherbergte sie mit der Auflage, daß für ihren Aufenthalt eine Frist vereinbart wurde. Längstens nach zwei Jahren mußten sie das «Fabrikli» wieder verlassen, nachdem sie aus seiner Gemeinschaft für sich das Beste daraus gemacht hatten – oder eben nicht. Diese Trennungsklausel, die auch galt, wenn man sich gut verstand und gedeihlich zusammenarbeitete, bildete eine Versicherung gegen jede selbstgefällige

Erschlaffung guter Vorsätze. Es war die Klinge, über die einer springen mußte, wollte er sich nicht immer weiter schneiden, und die manchem zum ersten Mal beibrachte, was Springen heißt. Nüchtern besehen, war Tövets «Fabrikli» eine strenge Schule, doch lag es an ihm, daß sie einem nie als solche bewußt wurde, sondern als haltbarer Vorsatz, nur von Tag zu Tag zu leben, doch mit aller Achtsamkeit und unter einem neuen Namen, den man für sich selbst gewählt hatte. Davon wurde man nicht plötzlich ein anderer Mensch, aber man begegnete in sich der Möglichkeit, sich anders zu verhalten, und zwar in jedem Augenblick. Zugleich war dieses fragile Andere in der eigenen Haut am besten geschützt, wenn es nicht als Geheimnis, sondern als Selbstverständlichkeit behandelt wurde. Tövet hätte Albrecht heißen können, denn er glich einem bekannten Selbstbildnis Dürers, nur daß sein schulterlanges Haar nicht lockig war und sein Gesicht bartlos, doch die Augen blickten mit demselben kühlen Ernst.

Zu den Lebenslehrlingen im «Fabrikli» gehörten auch sogenannte Zaungäste, vorzugsweise ehemalige Linke in festen, oft gehobenen Berufen, die, in einer Krise, aber oft auch ganz ohne Notfall, bei Tövet unterkamen. Sie nahmen an Haus- und Feldarbeit, abends am Gespräch sowie am Singen und Musizieren teil, was eine Spezialität des «Fabrikli» war, ebenso, daß man zwischen Sonn- und Werktag nicht unterschied. Hubert gehörte neuerdings öfter zu den Zaungästen, denn diese durften nach Bedarf wiederkommen. Krise ist normal, gehörte zu den Maximen von Tövets Hausordnung, aber in seiner Nähe ergab sich wie von selbst die kleine Rücksicht, daß man das Normale nicht übertrieb.

Zum Ehepakt mit Sidonie gehörte die Klausel, daß sie, wenn ihre Termine abgestimmt waren, einander nicht nachfragten, am wenigsten mit Handy, gegen das Achermann allergisch war. Er hatte sich vorgenommen, diesen Freitagabend im «Fabrikli» vorbeizukommen, nicht weil er selbst ein Notfall war, sondern weil ihn Tövet beschäftigte. Letztes Mal war sein Gang gehemmt gewesen, beim Gespräch war er öfters angestoßen und hatte sich, statt am

Singen teilzunehmen, früh zurückgezogen. Es war sehr ungewohnt, sich um Tövet Sorgen zu machen. Doch zuerst stand Hubert der Denkmalpfleger bevor. Es wollte nicht gelingen, sich mit der Zeitung abzulenken. Die NATO drohte den Serben mit Luftangriffen, wenn sie ihre Geschütze nicht von Sarajevo zurückzogen. Eine gute Nachricht?

Da läutete es.

Schuppisser, sagte eine tiefe Männerstimme in der Gegensprechanlage.

Achermann fuhr mit dem Lift ins Parterre und öffnete die Tür. Da war niemand. Aber auf der anderen Gassenseite stand ein Mensch, schmal wie ein Strich, und ließ seinen Blick über die Fassade des «Eisernen Zeit» wandern. Dann kam er herbei und drückte Achermanns Hand so fest, daß dieser beinahe aufgeschrien hätte.

Schuppissers Gesicht wirkte ausgezehrt und verlängerte sich durch eine Art Kamm, zu dem sein schiefergraues Haar hochgebürstet war. Die Augen lagen klein in tiefen Höhlen und waren gerötet; er trug knappe schwarze Röhrenhosen und eine gelbe Krawatte auf dem orangefarbenen Hemd, dessen Manschetten ungemein sehnige Hände hervortreten ließen. Wenn er gesprochen hatte, ließ er einen Augenblick den Mund offen. Der Ausdruck mochte schalkhaft gemeint sein, aber er hatte etwas Drohendes, wie die Bedächtigkeit seiner Bewegung und die Tiefe seines Basses.

«Zum Eisernen Zeit», knarrte er. – Starker Name für die Sonnenuhr. Das Hauszeichen noch spätes Mittelalter, aber das Portal: Barock pur. Man sieht ihm nicht an, daß es zweihundert Jahre lang nur eine Hintertür gewesen ist – Sie kennen die Geschichte? Ein Freudenhaus, aber mit feiner Klientel. Für gewöhnliche Sterbliche verschlossen. Ist doch artig, wenn eine Tür nur den Sinn hat, die Fassade zu wahren!

Er ließ seine Hand über das Türholz streichen wie über einen Geigenkörper und sagte schon auf der Schwelle: Aber ich komme wegen der Sternwarte.

Sie war also kein Geheimnis für die Denkmalpflege. Darauf

hatte sich Achermann gefaßt gemacht. Er bot den Lift an, aber Schuppisser sagte: Was wir nicht bewilligt haben, benütze ich nicht. Ich nehme die Treppe.

Sie stiegen an den ziselierten Glastüren des zweiten und dritten Stocks vorbei, die das Panzerglas der «Phryne SA» kaschierten.

Ja, die Leus, sagte Schuppisser. – Ich habe Sie bei der Beerdigung nicht gesehen.

Unsere Mitgesellschafterin war da, sagte Achermann.

Anne Marie Kohlbrenner, sagte Schuppisser. – Eine originelle Frau.

Wir kommen gleich bei ihr vorbei, sagte Achermann.

Wenn Schuppisser zur Kuppel wollte, mußte man auf der vierten Etage haltmachen. Aber er stieg weiter. Als sie auf die Terrasse hinaustraten, zog er Luft durch die Zähne. – Ein verwunschener Garten.

Fehlt nur die Linde, sagte Achermann. – Mir fehlt sie sehr.

Das «Eiserne Zeit», sagte Schuppisser. – Der «Schwarze Garten». Eines Tages holen die Namen die Sachen ein. Wer wohnt jetzt hier? – Er deutete auf Horners Dachwohnung.

Niemand mehr. Mein Kollege Schinz oder ich übernachten hie und da.

Eine Absteige, sage Schuppisser. – Das Anwaltskollektiv. Das war einmal. Aber je größer man wird, desto unsichtbarer. Horners Kuppel nutzen Sie nicht?

Manchmal setze ich mich eine Stunde hinein und denke nach.

Sie standen am Geländer, Schuppisser blickte über die Stadt, dann in den Hof, auf den Strunk mit seinem hohlen Kern, der aus der Höhe wie polierter Bernstein wirkte.

Ich möchte Ihre Zeit nicht ungebührlich in Anspruch nehmen, Herr Doktor. Ich habe ein paar Jahre bei der UNESCO gearbeitet, darum sind wir uns noch nicht begegnet. Aber ich kenne dieses Haus länger als Sie. 1968 bekam der damalige Denkmalpfleger Isenschmid den Auftrag, es auf Störquellen abzusuchen, die angeblich Peter Leus Gesundheit untergruben. Physikalisch ergab sich kein Befund. Leus Vater hatte schon früher Wünschelrutengänger und Teufelsaustreiber kommen lassen, denn er glaubte an Spuk. Aber Klartext war seine Sache nicht. Er redete von «Störquellen» und verlegte das Elend mit seiner Ehe in die Vergangenheit des Hauses. Dafür ist dann die Denkmalpflege zuständig. Eigentlich war es nicht zum Lachen. Aber bei einem Narren kann man nicht viel verderben, dachte Isenschmid – so kam ich zu meinem ersten Auftrag. Ich bin der Geschichte des Hauses nachgegangen, soweit die Quellen reichen, und habe es zentimeterweise untersucht. Und siehe da, Peter Leu hatte recht. Das Haus hat, was man bei kränkelnden Menschen einen *Herd* nennen würde – einen chronischen Defekt. Und er saß tatsächlich in dieser Sternwarte. Doch zu beheben war er nicht. Da haben wir sie dichtgemacht.

Er zerrte die Ranken des Geißblatts auseinander, klopfte gegen das Holz und lauschte dem Klang nach, als stimme er ein Instrument.

Die Büchse der Pandora! Wir glaubten sie ausreichend versiegelt. Aber da tritt gefährliche Strahlung aus, wie bei einem defekten Atommeiler. Ihre Frau Kohlbrenner hat versucht, meinen Besuch zu verhindern. Hier habe keine Denkmalpflege herumzufummeln, hier gebe es einen Frieden zu respektieren. – Reden wir von einem Friedhof? – Ja, sagte sie. – Kennen Sie Horners Geschichte, Herr Doktor?

Einigermaßen, sagte Achermann. – Darf ich Ihnen etwas zu trinken anbieten?

Sie dürfen mir die Sternwarte vorführen, sagte Schuppisser, aber zuvor müssen Sie noch etwas hören. Vielleicht sage ich Ihnen ja nichts Neues.

Es muß in den zwanziger Jahren des 19. Jahrhunderts gewesen sein, Horner war Professor, Erziehungsrat, Landvermesser, alles mögliche – aber kein Seemann mehr. Er saß auf dem Trockenen. Da entdeckte er im Winkel seines Hofes diesen Sodbrunnen. Wie tief man da fallen konnte, hat er gewiß nicht nur mit einem Stein ausprobiert. Er hat es gemessen. Und da muß ihm eines Tages eine

Idee gekommen sein: er könne diesen Schacht ausgießen und als Fundament benützen, für das Instrument, das er am meisten entbehrt hat: sein Teleskop. Ein Pfahl im Fleisch der Erde, eine feste Grundlage für die Wissenschaft! Und dann hat er diesen Sockel immer höher gegossen, doch lange nicht hoch genug, daß er in die Klarheit eines Meeres- oder Wüstenhimmels hinaufreichte. Wäre es nur um das bißchen Höhe gegangen, hätte er sein Fernrohr auch auf die Terrasse stellen können. Aber er wollte eine Sternwarte bauen, nicht wahr? Aber warum?

Die Baubewilligung – wenn er 1832 eine brauchte, hat er sie sich am Stammtisch der Schneiderzunft besorgt. Er gehörte ja dazu. Heimatschutz gab es noch nicht. Und das Werk wurde fertig – das erlebte er gerade noch. Hat er Aufrichte gefeiert im Kreis verschwiegener Freunde? Kaum. Denn als das Werk vollbracht war, an das er Hab und Gut und seinen letzten Atem verschwendet hatte, muß er längst gewußt haben: es war umsonst.

Der Mittelkern, die tragende Säule, hatte sich unter dem eigenen Gewicht gesenkt. Und senkte sich weiter, das konnte er messen. Das Fundament seiner Arbeit war selbst ohne Fundament. Der Pfahl bohrte nur den Sodbrunnen immer tiefer aus. Eine Katastrophe, die sich nicht korrigieren ließ. Und was hat Horner gemacht?

Er hat den Beobachtungsspalt genordet, für immer, und die Drehmechanik blockiert. Die ganze Kuppel in eine Kiste verpackt. Die Sternwarte zugenagelt, als Denkmal einer begrabenen Hoffnung, lichtlos. Gerade noch lebendig, hat er sich selbst ans Begrabensein gewöhnt. Allerseelen 1834 ist er gestorben, bei Neumond.

Aber der Holzturm ist erst 1953 errichtet worden, von Leonhard Leu.

Nein. Er hat nur den Deckel gelüftet, weil er Gespenster darunter vermutete. Und als nur eine Kuppel zum Vorschein kam, hat er ihn wieder draufgesetzt, mit dem Segen eines Kapuziners. Was sollte er mit einer toten Sternwarte? Sie hätte den Denkmalschutz auf den Plan gerufen, und der hätte ihn zu Investitionen genötigt. Er hätte das Haus nur nach Vorschrift bewohnen können, der Verkaufswert wäre ins Bodenlose gestürzt. Nun hat er sich auch ohne Denkmalschutz ruiniert. Und der kommt Ihnen doch noch ins Haus, mit meiner Wenigkeit, nur viele Jahrzehnte zu spät.

Warum haben Sie nichts unternommen, damals, 1968?

Es durfte nichts kosten. Für eine Sternwarte, die noch teuer saniert werden muß und nichts bringt, hat die Stadt kein Geld. Wir hätten sie enteignen müssen, um sie zu konservieren, aber wozu? Ich hatte keine Lust, mit drei Anwälten Ihres Kalibers um ein Gebäude zu prozessieren, dessen Kern ein Paradox ist.

Und warum sind Sie gekommen?

Sie fürchten das Schlimmste, nicht wahr? Mit Recht. Ich muß Sie bitten, die Sternwarte zu räumen. Die Säule sackt weiter ab, die Stufen brechen, der Zug auf die Wände nimmt zu. Wir haben schon vor vierzig Jahren Risse festgestellt und veranlaßt, daß das Treppenhaus unten und oben zugemacht wird. Nun haben Sie es wieder geöffnet – ich verstehe gut, daß Sie dem Reiz nicht widerstehen konnten.

Als ich die Sternwarte renovieren ließ, hat der Handwerker keine Mängel festgestellt.

Warum sollte Herr Frischknecht Mängel feststellen? Er wollte Ihnen dienen – und wußte einen unkonventionellen Auftrag zu schätzen.

Gehen wir jetzt in die Kuppel, Herr Schuppisser.

Wenn Sie mir zuvor noch eine Frage erlauben. Sie haben die Anordnung gehört, zu der ich von Amts wegen verpflichtet bin. Werden Sie ihr folgen?

Nein, sagte Achermann.

Dann verstehen Sie, daß ich es vorziehe, die Kuppel nicht zu betreten. In diesem Fall möchte ich sie gar nicht gesehen haben.

Dann hat auch Ihr Besuch besser nicht stattgefunden, sagte Achermann, und ich habe Ihre Warnung nicht gehört.

Der hagere Mann war noch fahler geworden.

Das wäre Ihr Risiko, das sage ich nicht nur dem Juristen Achermann.

Aber der Jurist antwortet Ihnen, daß uns die Behörde über ein Risiko, das ihr bekannt war, hätte informieren müssen. Diese Unterlassung würde man Ihnen zur Last legen. Ganz offensichtlich wissen Sie schon länger, daß ich unbefugt in meine eigene Sternwarte eingedrungen bin. Ihr Stillschweigen dazu kann man Ihnen notfalls als Begünstigung auslegen oder gar als Hehlerei.

Die kleinen Augen musterten ihn mit einer Mischung aus Bosheit und Respekt. – Fehlt nur noch, daß Sie meinen guten Rat eine Erpressung nennen.

Dahin wollen wir es gar nicht erst kommen lassen. Vergessen wir dieses Gespräch.

Welches Gespräch? fragte Schuppisser. – Nur etwas sage ich noch zur Ehre Horners. Sie können es auch gleich vergessen. Er war Physiker. Ich glaube nicht, daß er sich über die Festigkeit seiner Konstruktion Illusionen gemacht hat. Dann hätte er sie nicht in einen verfallenen Brunnen setzen dürfen. Trotzdem glaube ich, es war ihm ernst mit dem Bau. Wenn es keine Sternwarte werden durfte: *aussehen* sollte es wie eine.

Und was war es wirklich?

Ein Innenraum, der sich auf seine Zeit als Seemann öffnete und den niemand betreten durfte als er selbst.

Warum nagelte er ihn dann zu?

Aus Scham, denke ich. Er genierte sich, daß er sich seinen größten Wunsch erfüllte. Das durfte er selbst nicht wissen. Daran ist er gestorben. An dem, wofür Menschen gelebt haben, sterben sie auch. – Aber wenn seine Beobachtungssäule *schwamm* ... dann war sie ein Mast, Herr Achermann. Er *sollte* sich bewegen! Es war Horners Trick, die allzu feste Erde Münsterburgs der bewegten See anzunähern. Wasser bleibt Wasser, und ein Brunnen ohne Boden ist besser als nichts. Mit seiner Kuppel wollte er untergehen, Herr Doktor. – Sie auch?

Als Schuppisser gegangen war, kehrte Marybel an ihren Platz zurück und wartete umsonst auf den Bericht Achermanns. Er war unbemerkt weggefahren. Da wußte sie Bescheid.

Lange hatte sie sich nicht mehr mit *Ach Caspar* unterhalten. Sie klickte seine Adresse an. Aber er hatte nur einen philosophischen Text ins Netz gestellt. Sie las «Betreten für Unbefugte verboten».

Zeit ist nichts, was vergeht; was vergeht, ist nicht Zeit, sondern wir, und mit uns alle Kreatur. Von der Veranstaltung, in der wir uns befinden, fehlen uns die Begriffe so sehr, daß wir schon die Ahnung unseres Nichtwissens mit dem Wort Religion bezeichnen, als wären wir dann irgendwo zuverlässig angebunden. Aber Religion ist nur der Strick, an dem Kälber zur Schlachtbank geführt werden, oder das Seil, an dem sich der Schlächter am Ende aufhängt. Wir sollten es fassen können, daß unser raumzeitliches Gefäß ein Paradoxon ist. Es ist zugleich – vielleicht nicht gleichzeitig – so weit offen wie das Universum, und so geschlossen wie eine Urne. Bestimmte Eigenschaften dieses vermeintlichen Innenraums messen wir zeitlich oder zeitförmig, um zu verschleiern, daß es sich nur um Kategorien unseres Vergehens handelt. In unserer unbegreiflichen Nische des Universums suchen wir Inseln, wo wir dem, was die Zeit ohne uns *wäre, näher zu sein glauben. Wir tun Örter auf, wo die Zeit entweder gar nicht vergehen soll (wie wir vergehen), oder eine Schichtung erkennen läßt, die von einer andern Dynamik bestimmt wird als der des Vergehens – wo etwa Rückläufigkeit herrschen soll, Wiederkehr, oder Stillstand, und womöglich Alles in Einem. Um dem einfältigen Verlauf zu entgehen, den wir, als Vergehende, der Zeit unterschieben, sind Menschen auf Säulen geklettert, haben sich in Höhlen vergraben oder Sternwarten gebaut, um der Sphäre, die sie überzeitlich oder zeitlos nennen, inmitten des Zeitbetriebs und Zeitvertreibs näher zu sein. Denn natürlich möchte sich niemand etwas, was ohnehin, und immer zu rasch vergeht, auch noch mutwillig* vertreiben.

Und doch ist dann Zeitvertreib wiederum die einzige Form, in der Menschen den Skandal ihrer Vergänglichkeit aushalten, und gerade Langeweile betrachten sie als das Schlimmste, was ihnen passieren kann. Der manifeste Unsinn dieser Flucht scheint für handfeste Leute niemals auf der Hand zu liegen. Es kommt ihnen nie in den Sinn, gerade das zu kultivieren, was sie Langeweile nennen.

Verwirrend ist nur, daß uns, wenn wir die Materie, aus der wir selbst bestehen, durch Mikroskope betrachten, deren Auflösung denjenigen der besten Teleskope entspricht, im Kleinsten wie im Größten dasselbe Phänomen unaufhaltsamer Unendlichkeit begegnet. Jede Körperzelle, jedes Atom, ja jedes subatomare Teilchen ist für die geschärfte Wahrnehmung vom gleichen Stoff wie die Lichtjahre entfernten Himmelskörper, ein unerschöpflicher Abgrund, dem keine Grenzen gesetzt sind, am wenigsten die aus unserer eigenen Vergänglichkeit geschöpften von Anfang und Ende. Aber diese Grenzen liegen nur in unserer Wahrnehmung und ihren Werkzeugen, nicht in der Sache. Diese Sache (was immer sie sein mag) hält zu unserer Beobachtung nicht still, sondern je weiter wir, im Allergrößten wie im Allerkleinsten, in sie einzudringen glauben, desto mehr verändert sie sich. Durch *diese Beobachtung? Das war die Entdeckung der Quantenphysik – mit der sie sich und uns vor einer fundamentaleren und allerdings ganz untröstlichen zu bewahren hoffte: es ist nicht erst unser Zugriff, der die Sache verändert: diese Sache gibt es nicht. Was wir für die Sache halten, ist ein Phantom. Was wir zu beobachten glauben, hört nicht unversehens auf, gegenständlich zu sein; es ist es nie gewesen und kann es nicht werden; es ist* von Haus *aus kein Objekt.*

Wie um alles in der Welt wäre auch ein Universum dingfest zu machen, das sich im Zustand unaufhörlicher Expansion, ja Explosion befindet, aber «zugleich» – oder «einmal» – aus unendlich weniger als nichts entsprungen sein soll: nämlich einem Materie- oder Energiekern von unvorstellbarer Dichte; so daß also das unendlich Große mit einem Urknall aus dem unendlich Kleinen hervorgegangen wäre? Welche Gelegenheit, mit den Kategorien von Groß und Klein überhaupt aufzuräumen, da sie offenbar in der Veranstaltung, in der wir uns befinden, gar nichts zu suchen haben?

«Ach Caspar», mailte sie, sie wollen deine Sternwarte abreißen. Was soll ich tun?

Hat man denn nie seine Ruhe?

Rede, Herr, denn deine Magd höret.

Aber er schwieg. Er hatte keine Sprache mehr für sie.

18
1994. Jacques

Hubert Achermann hörte den Satz nun schon zum dritten Mal, um den seine Gedanken bisher im Wachtraum gekreist hatten, als sage er zwar etwas Unmögliches, doch nichts Neues. Wenn er blinzelte, sah er ein Topplicht in der Höhe schwanken. Oder tanzte sein Kopf auf den Wellen? Allmählich kam er zu sich, sah Moritz über sich gebeugt, dem Horner über die Schulter blickte. Seine eigenen Hände klammerten sich an die Reling.

Jacques ist gestorben, wiederholte er mechanisch. – Welche Zeit ist es denn?

Moritz blickte auf seine Uhr. Dann schüttelte er den Kopf und sagte: drei Uhr, das kann nicht sein. Draußen wird es schon hell.

Du hättest deine Uhr ausziehen müssen, sagte Hubert Achermann und stemmte sich an den Stahlstützen des Sessels hoch. – Wir waren eben noch in deinem Hotel.

Du warst kaum aus der Tür, da meldete sich Marybel aus der Notfallstation des Kantonsspitals. Jacques war eingeliefert worden, mit Herzstillstand.

Hat sie ihn eingeliefert?

Eine Filipina, in deren Armen er gestorben ist, übrigens in deiner Kutte. Die Damen waren als Nonnen verkleidet.

Hubert setzte sich wieder und schloß die Augen.

Du warst nicht zu erreichen, sagte Moritz, und jetzt können wir nichts mehr tun. Er ist von Frauen umgeben, wie zu Lebzeiten. Schlimm ist nur: sein Adoptivsohn wird heute operiert. Er soll ein Mann werden. Und wenn er aufwacht, sind nur noch Frauen da.

Die beiden Frauen in Jacques' Wohnung, seine sogenannte Task-Force.

Ich weiß nichts mehr von Jacques, sagte Hubert Achermann, dabei bin ich doch sein Testamentsvollstrecker. Wie er meiner.

Da kommt etwas auf dich zu. Fährst du ins Krankenhaus?

Nein, ich mache einen Spaziergang.

Es war sieben Uhr früh, als er das noch leere Haus verließ. Ein grauer Frühlingstag, auch das frische Grün wirkte gedeckt. Er kaufte Zigaretten; auf einer Bank am See zündete er sich eine an, die erste seit dem Abschied von Lüttich. «Schützen Sie Ihre Kinder – rauchen Sie nie in Ihrer Anwesenheit.» Jacques, gelegentlich Pfeifenraucher, hatte die Forderung auf seinem Tabakbeutel für erfüllbar gehalten. «Ich rauche nie in meiner Anwesenheit.»

Zuerst ging Achermann an den Ligusterweg und stand vor der Tür still, durch die Jacques diese Nacht hinausgetragen worden sein mußte. Er klingelte; Michelle öffnete mit roten Augen; sie erkannte ihn nicht mehr. Als er sich als Jacques' Freund vorstellte, brachen die vier Frauen in lautes Weinen aus. Sie hatten auf der Kommode einen kleinen Altar aufgebaut. Am Kruzifix lehnte, von weißen Rosen gerahmt, Jacques' Foto und lachte ihm faunisch entgegen; eine Amateuraufnahme, im Hintergrund war die Holzwand seines Ferienhauses zu sehen. Das Bild stand auf einer gefalteten braunen Wolldecke, in der Achermann seine Kutte erkannte. Tränenüberströmt und doch fast singend begann Michelle Jacques' großes Herz zu loben; wie hätte man ahnen können, daß es so leidend gewesen sei! Bei jeder Nennung von Jacques' Namen ging ein neues Aufstöhnen durch die Runde.

Achermann stellte sich als Testamentsvollstrecker vor. Er werde dafür sorgen, daß die Frauen die Sicherheit, die ihnen Jacques gegeben habe, auch weiterhin nicht entbehren müßten. Da erlebte er, was Jacques als falschem Priester widerfahren war: die Frauen bedeckten seine Hand mit Küssen.

Im «Eisernen Zeit» fand er Marybel an ihrem Arbeitsplatz schon rastlos tätig. Es zeigte sich, daß auch sie einen Letzten Willen Jacques' besaß, aufgesetzt am Tag nach dem Einzugsfest, in dem er beschrieb, wie er begraben sein wollte; es war eine für ihn typische boshafte und makabre Liebeserklärung, der sie juristische Geltung beimaß. Achermann fürchtete, bei anderen Geliebten könnten weitere Szenarien zum Vorschein kommen, doch ließ er ihre Zuständigkeit gerne gelten, denn er war dankbar, wenn sie den Verkehr mit Behörden übernahm, auch mit den Verwaltern des Baumfriedhofs, in dem für Jacques ein Platz reserviert war. Es wird sein Fest, und du sprichst seine Lieblingsverse, bestimmte sie, und nachher feiern wir im «Schafsberg» weiter. Die Todesanzeige enthielt nur Jacques' Namen, seine Lebensdaten und den Satz: *Er bleibt uns der Nächste. Für seine Freunde: Anne Marie Kohlbrenner, Moritz Asser und Hubert Achermann.* Die Beisetzung sollte «im engsten Kreis bereits stattgefunden» haben, wenn die Anzeige erschien.

Darüber, wen sie zum «engsten Kreis» rechnete, wollte sich Marybel noch nicht äußern. Es war acht Uhr morgens. Achermann nahm sich vor, Tschirky in seiner Klinik zu besuchen, und vielleicht auch den frisch operierten Florian. Er wollte Jacques nicht tot sehen. Aber er hatte die Pflicht, sich um seine lebende Hinterlassenschaft zu kümmern.

Jacques hatte ihn in sein Leben als Ziehvater Florians nicht eingeweiht, ebensowenig kannte Jacques Huberts Leben auf dem «Gugger». Der Mond ihrer Freundschaft hatte eine abgewandte Seite, und vielleicht war sein Schein darum blasser geworden, denn man kann einander auch durch Verschweigen täuschen. Jacques berichtete unverändert über sein Liebesleben, aber Hubert entnahm vielen Zeichen, daß ihm seine sozialen Errungenschaften wichtiger geworden waren. Die «Task-Force», die sich um das Projekt von Florians Geschlechtsumwandlung geschart hatte, umfaßte, neben Dr. Tschirky und Jacques selbst, seine Mieterinnen Daniela und Deirdre, aber auch Michelle, und bildete etwas wie eine kulturübergreifende Familie, in die Ernst und Respekt eingezogen waren, während Jacques früher besonders für das lesbische Paar nur den Spott des gerupften Gockels übrig gehabt hatte. Hubert war als Türöffner Tschirkys unentbehrlich gewesen; jetzt gehörte er nicht mehr dazu. Aber nun war Jacques tot, und Hubert fühlte sich verpflichtet, Tschirky zu besuchen und die Lage mit ihm zu besprechen.

Er mußte im Ordinationszimmer warten, bis Tschirky auftauchte, in Eile. Er war hochgewachsen, Brillenträger mit immer noch blonder Tonsur und keineswegs kleinen Händen, die er geschmeidig knetete wie ein Pianist. Bei der Nennung Jacques' hatte sich seine Miene pflichtschuldig verdunkelt. Früher starben die Mütter an einer Geburt, sagte er, und jetzt die Väter. Gestern noch saß Jacques an Florians Bett, und weißt du, was er mit ihm getan hat? *Gebetet.* Und dann geht er hin und vögelt sich die Seele aus dem Leib. Mit seinem koronaren Status. Als hätte er's darauf angelegt. Aber Tschirkys Ton kehrte gleich zu professioneller Lockerheit zurück. Er hatte die nächste transsexuelle Operation, diesmal M-F, vergleichsweise ein Kinderspiel. Jemanden zum Mann aufzubauen war heikler. Als sich Hubert über Einzelheiten nicht im Bilde zeigte, bekam er in aller Eile das Nötigste zu hören; so eilig war Tschirky nie, daß er am Lob seiner Kunst etwas versäumte. Hinter seinem Pult standen zwei lebensgroße Puppen, deren Inneres man ausfahren konnte. Er zeichnete der weiblichen das Schnittmuster der Operation auf den Leib. Den künftigen Penis hatte er aus der Haut des Unterarms präpariert. Bevor er den gerollten Lappen abtrennte, hatte er die Harnröhre hineingezogen und die durchschnittenen Nerven und Blutgefäße mit farbigen Bändern markiert. Dann hatte er sie unter dem Mikroskop an den freigelegten weiblichen Genitalien mit ihren Pendants zusammengeflickt, nachdem er aus dem Rest der Schamlippen einen Hodenersatz modelliert und die Klitoris darin eingebaut hatte. Nach einem halben Jahr, wenn vom Wundschmerz nur noch Empfindlichkeit übrig war, würde sie dem neuen Körper ihre Erregung mitteilen. Dann sollte männlicher Betätigung nichts mehr im Wege stehen. Aber Florian würde ihr lebenslänglich mit Hormonen nachhelfen müssen.

Keimdrüsen transplantieren können wir noch nicht, aber sonst ist er jetzt ein ganzer Mann. Die Brüste haben wir weggenommen.

Was ist aus der Tätowierung geworden? fragte Hubert. Er wußte von Jacques, daß sich schon Flordeliza einen Soldatenkopf hatte tätowieren lassen, der mit dem Stern an der Mütze wie ein Rotarmist aussah; es war aber ein japanischer Offizier, den sie für ihren leiblichen Vater hielt.

Alles kann er nicht haben, antwortete Tschirky unwirsch. – Er kann sich den Seeräuber ja wieder auftragen lassen.

Wann kann ich ihn sehen? fragte Hubert.

Du? fragte Tschirky erstaunt. – Besser nicht. Er verachtet dich zu sehr.

Was tut er? fragte Hubert zurück; jetzt war das Staunen an ihm.

Es geht mich ja nichts an, sagte Tschirky.

Bernhard, er kennt mich doch gar nicht, sagte Hubert erschüttert. – Was habe ich ihm getan?

Frag Deirdre, sie ist der Vormund. Besser als Daniela.

Wer sagt das?

Jacques hat es so bestimmt, vor einer Woche, sagte Tschirky, eine Kopie liegt in meinem Safe. Das nennt man einen Letzten Willen!

Davon weiß ich gar nichts, sagte Hubert.

Tschirky war längst auf dem Sprung, er mußte operieren. Aber angesichts von Huberts Fassungslosigkeit hielt er noch einen Augenblick inne.

Ich habe mich immer ein wenig über eure Beziehung gewundert, sagte er. – Jacques hielt dich für einen Opportunisten. Mit Florian kultivierte er ein bestimmtes Bild von Männlichkeit. Mit dir hatte es nichts zu schaffen.

Es kommt vor, daß man sich in einer Freundschaft täuscht, fuhr er fort, als ihn Hubert sprachlos ansah. – Und was Florian betrifft: kennst du seine Geschichte als Straßenkind? Ich auch nicht, zum Glück – und damals war er noch ein Mädchen. Aber ich sehe etwas wie Totschlag in seinen Augen. Diese blanke Unschuld – Jacques war fasziniert davon. Aber sie ist lebensgefährlich, wie man sieht. Sei froh, daß du aus dem Spiel bist, mein Lieber. Eine Last weniger. Du hast immer noch Sidonie. Gibt sie dir nicht ausreichend zu tun? Du entschuldigst mich jetzt.

Hubert ging ziellos in der Stadt herum; am Abend landete er, nicht mehr nüchtern, in der Bar des «Eckstein», wo Moritz abgestiegen war. Der Saal des «Eckstein» war in den sechziger Jahren Schauplatz der «Rotrecht»-Versammlungen gewesen und verschwunden, als das Haus für die Bedürfnisse Handelsreisender renoviert worden war. Moritz hielt ihm die Treue, weil er seine Anonymität schätzte. Aber um 22 Uhr war er noch nicht da. Ein Ledersofa aus alter Zeit stand noch zwischen Bar und Lobby, Hubert Achermann hörte dem schwerfälligen Ticken der Kastenuhr zu und nickte schließlich ein.

Er erwachte am Hüpfen der Polster. Neben ihm saß Moritz und gähnte. Die Lobby lag gottverlassen im Sparlicht, selbst der Portier hatte sich zurückgezogen.

Man würde nicht glauben, daß Jacques tot ist, sagte Moritz gähnend. – Er läuft Amok, schon die zweite Nacht. Gerade hat er Marybel ins Irrenhaus gebracht, ich kann sie erst herausholen, wenn es Tag wird. Aber nur, wenn sie mich eine Weile dortbehalten. Ich brauche auch meine Ruhe. – Du siehst aus, als verstündest du kein Wort.

Hubert schüttelte den Kopf.

Weck mich um sieben, wenn ich einschlafe, sagte er.

Er habe schon auf dem Polizeiposten fast drei Stunden reden müssen, um Marybel wenigstens für die Psychiatrie zu retten. Dort höre man sich ihre Geschichte vielleicht mit klinischem Interesse an, in der Untersuchungshaft hätte sie sich um Kopf und Kragen geredet. Wenn eine Frau nicht amtlich nachweisen könne, daß sie Witwe sei, benehme sie sich besser nicht wie eine – besonders wenn andere Damen ähnlich auftreten.

Bitte der Reihe nach, sagte Achermann.

In der Nacht zum Mittwoch, um ein Uhr früh, wird Jacques in

die Notaufnahme des Wacker-Spitals eingeliefert, nur notdürftig bekleidet, nämlich mit einer Kapuzinerkutte, und begleitet von einer Frau mit schweizerischem Namen, aber philippinischem Hintergrund, die nicht leugnen kann, daß er beim GV verstorben ist. Es handelt sich aber nicht um einen Mönch, sondern einen Dr. jur. Jacques Schinz, was er selbst nicht mehr bestätigen kann, denn er trägt kein Papier bei sich. Ein immerhin dubioser Tod, dem man durch Obduktion nachgehen muß. Nur das nicht! protestiert Michelle und hat eine Patientenverfügung des Verschiedenen bei der Hand, in dem er sich «im Todesfall jede Invasion meines Körpers» verbittet. Das Spital, selbst nur notfallmäßig besetzt, will den Fall durch nächtlichen Anruf bei seinem Hausjuristen lösen, Michelle aber alarmiert Deirdre und Daniela, die auch einen Doktortitel vorweisen kann. Die Damen kommen und sehen den toten Jacques aus seiner Kapuzinerkutte grinsen, bestätigen immerhin, daß er in Sachen Totenfrieden keinen Spaß verstand, was der verschlafene Spitaljurist, aus dem Bett gejagt, als unerheblich erklärt; wenn einer so dubios stirbt, besteht immer der Verdacht auf *foul play*. Auftritt Marybel, offenbar von ihrem Hausgeist geweckt, zu allem entschlossen und macht den Knoten unauflöslich. Sie verlangt in grellen Tönen, daß dem lieben Toten die gotteslästerliche Kutte sofort ausgezogen werde, denn sie weiß genau, in welchem Anzug er seinen letzten Weg gehen wollte: demjenigen, den er bei ihrer ersten Begegnung getragen hat und den sie als Reliquie verwahrt. Nun beginnen die Frauen um die Rüstung des Toten zu kämpfen, es ist vier Uhr früh, und der Nachtarzt aus Castrop-Rauxel versucht ein Machtwort: der Tote werde nun in einem spitaleigenen Hemd bis zur Bürozeit gelagert, dann seien die nötigen Entscheidungsträger wieder an Deck. Sofort vereinigen sich die trauernden Frauen in heiliger Empörung: Jacques ins Kühlschubfach? Nur über *ihre* Leiche! Inzwischen hat Marybel ihn, Moritz, aus dem Hotelbett im «Eckstein» geklingelt, und so wird die Bühne frei für einen Juristen, wenn auch ohne Vollmacht. Immerhin gelingt es ihm, den Hinterraum der Notfallstation mit seinem Auftritt noch einmal unsicher zu machen. Und auch in ihm vereinigen sich Schmerz und Lachen angesichts des unverbesserlichen Kapuziners zu einer Erschütterung ohnegleichen. Aber seine Urteilskraft reicht noch aus für einen salomonischen Schiedsspruch.

Es traf sich gut, daß das Krankenhaus Wacker und das Krematorium Sommerau eine organisatorische Einheit bilden. Jacques kam in kein Schubfach, es wurde ein Kämmerchen in der Aufbahrungshalle für ihn aufgetan, wo er einstweilen seine Ruhe hatte, im günstigen Fall auch bis zum Tag der Kremation. Da lag er auch kühl genug, um Trauerbesuch zu empfangen. Und natürlich würde er da einstweilen nicht in der Leihkutte eines Ordensmanns liegen, sondern in anständiger Kluft. Was die Obduktion betreffe, werde die Untersuchung seiner Lebens- und Todesumstände ergeben, daß sie sich erübrige. Darüber rede Moritz, als Kompagnon des Verstorbenen, auch mit der Polizei.

So kamen für den Augenblick alle Parteien ein wenig zu ihrem Recht, und auch todmüde waren inzwischen alle, außer Jacques, der sich darauf freuen konnte, daß gewiß noch etwas nachkam. Und es kam hageldick. Sein Sommerau-Kämmerchen wurde zur Umkleidekabine. Als erste erschien am Donnerstag um die Mittagszeit Michelle, diesmal mit drei Freundinnen und der Kutte, die nicht geduldet worden war. Während die Jüngste den Aufsichtsbeamten mit einem milden Flirt ablenkte, zogen die drei anderen dem Toten das läppische Rüschenhemd aus und versetzten ihn beinahe in den Zustand zurück, in dem er sie verlassen hatte. Sie verharrten eine Weile in Andacht vor dem stillen Mönch, gewiß, daß er in dieser gottgefälligen Tracht ohne Schaden an seiner Seele durch jedes Feuer gehen werde.

Aber auch Marybel hatte nicht geruht. Sie hatte Jacke und Hose nicht weniger heiliggehalten, die er zum ersten Mal 1970 beim Einzugsfest an- und ihretwegen auch ausgezogen hatte. Eine juristische Vollmacht hatte sie nicht vorzuweisen; da nahm sie das heilige Recht selbst in die Hände, den Geliebten aus der Sommerau zu entführen, nur noch für eine Nacht. Auch Marybel hatte einen Helfer, Tim von der «Phryne SA», der als Erzeuger von *Games*, *Gadgets* und *Special Effects* seinesgleichen suchte. Ursprünglich Modefotograf, hatte er in gotischen Szenerien unter Werwölfen und Vampiren ein zweites Leben angefangen, und daß ihm ein Sargraub nicht nur virtuell begegnen sollte, war eine Chance, die er sich nicht entgehen ließ. Das Paar mietete einen Transporter, in dem es auf den Hinterhof der Leichenhalle vorfuhr. Sie hoben den Sarg vom Sockel, aber beim Manövrieren durch die Tür verlor Marybel das Gleichgewicht, und er stürzte ihr auf den Fuß. Das Gepolter rief den Beamten herbei, der die weinend Herumhinkende nicht einmal festzuhalten brauchte, bis die Polizei erschien und das Paar arretierte, das zusehen mußte, wie der falsche Mönch wieder in sein Kämmerchen geschafft wurde. Tim verlangte, wie aus Filmen geläufig, sofort einen Anwalt zu sprechen, und war so keck, gleich die Nummer seines obersten Chefs zu wählen. Moritz, *not amused*, kam im Taxi und fand Marybel außer Rand und Band, was sich als glücklicher Umstand erwies, denn damit untermauerte sie selbst den Zweifel an ihrer Zurechnungsfähigkeit. Nun, sie hatte ihren Liebsten verloren und stand unter Schock, während Tim keinerlei mildernde Umstände anführen konnte und von Moritz auf der Stelle gefeuert wurde. Das machte den Beamten Eindruck, sie hielten nur Tims Personalien fest und ließen ihn laufen, während sie die Haupttäterin, von Moritz eskortiert, selbst in die Psychiatrie fuhren, wo Moritz dem Stationsarzt das Nötigste erklärte. Sie blieb in der Klinik, wo endlich auch ihr Fuß behandelt wurde.

Was hatte sie mit Jacques gewollt? Aufbahren habe sie ihn wollen, im Haus «zum Eisernen Zeit», erklärte sie auf dem Revier. Zu Jacques gehöre eine *Wake*, mit Singen, Tanzen, Trinken, eine Festlichkeit, um ihn gemeinsam für die andere Welt zu rüsten. Die Beamten verstanden kein Wort. Aber Jacques brauche keine *Wake* mehr, fand Moritz gähnend auf dem Ledersofa des «Eckstein». Zwei Nächte lang habe er seine Hetz gehabt. Und auch die *Tenue*-Frage sei gelöst. Er gehe in Marybels Liebhaberanzug durchs Feuer – wenn er ihm noch passe; zu ändern sei er nicht mehr. Aber *darüber* die Kutte, als Pelerine für alle Fälle – weißt du noch, Huppert, wie wir sie als Kinder getragen haben? Allerdings – schwarz färben können wir die Kutte nicht mehr. Aber ich habe einen Trauerschleier besorgt, in den das Ganze gewickelt wird.

Eigentlich war das *meine* Kutte. Ich habe sie ihm geliehen, sagte Hubert.

Du siehst müde aus, sagte Moritz.

Aiaiaiai, summte Hubert statt aller Antwort.

Apapapapai, antwortete Moritz, es sterben ja so viele, warum gerade er?

Ich habe seinen Tod verpaßt, sagte Hubert.

Wer kein Handy hat, ist nicht mehr von dieser Welt, sagte Moritz. Ich verstehe dich, doch beklagen darfst du dich nicht.

An Jacques' Grab sang Brel. «Jacques … Jacques!» war das letzte Wort, das der schon todkranke Chansonnier sich selbst nachseufzen ließ, aus sehnsüchtig-zurechtweisendem Frauenmund, um nur noch *Oui* antworten zu können, sein heiser lachendes, herzzerreißend verlegenes *Oui*.

Marybel stellte die CD ab und schluchzte öffentlich. Aus gegebenem Anlaß, auch beim Begräbnis seiner Mutter, hatte Achermann noch nie weinen können; Tränen kamen ihm nur unverhofft. Einmal hatte er mit Jacques ein Kreuzworträtsel gelöst, in dem BREL gefragt war: «Sterben auf den Marquisen – am Ende doch nicht». Trockenen Zuhörern näßte der Frühtau wenigstens die Schuhe ein. Marybel trug den linken Fuß im Gips und ging wie beschwingt an Krücken. Die philippinischen Frauen waren im Witwenschleier erschienen.

Die Anhöhe, zu der sie aus den Bussen zweihundert Meter aufsteigen mußten, war ein zum Waldfriedhof umgerüsteter Ausläufer des Greifenbergs. Am Fuß einer jungen Buche war ein kleiner Schacht in den Boden gegraben, der später mit dem Hügelchen daneben zuzuschütten war. Im Kreis standen vielleicht hundert Leute, die Mehrzahl weiblich und fast alle nicht mehr ganz jung;

der Senior war Thomas Schinz, Vater des Verstorbenen, den Mara diesmal nicht zu stützen brauchte. Fritz Walder war zu sehen, inzwischen selbst Witwer, auch einige Studienkolleginnen der Anwälte. Sidonie war in den USA und hatte sich mit einem Bukett von 101 roten Rosen entschuldigt. Jacques' wichtigste Klientel, die Erblasserinnen, fehlten naturgemäß. Viele Damen begegneten einander zum ersten Mal.

Zuerst sang LUZ ein Wiegenlied in Tagalog, ein Zeugnis musikalischer Unschuld. Wer nicht weinte oder tuschelte, gähnte verstohlen, denn es war noch früh am Tag. Die Phantasie, von Waldvögeln in den Schlaf gesungen zu werden, entsprang der Welt von Nachtschwärmern, nicht Frühaufstehern. Die Buche trug bereits eine Codenummer, nur Eingeweihten bekannt, damit sie und nur sie die Stelle wiederfanden. Moritz sollte es sein, der das Tonkrüglein in einem roten Netz herunterließ. Er tat es, wie ein Polarfischer die Angel in ein Eisloch senkt. Dann trug Achermann Verse von Hugo Ball vor. Jacques und er hatten sie einander zu «Rotrecht»-Zeiten vorgesagt, mit mokantem Pathos; es mußte ihren stillen Ernst verbergen, dessen Stunde nun gekommen war.

Wir sahen's wohl, und uns beschlich ein Sehnen
Nach Untergang und gallgetränkten Tränen
Zu schlürfen aller Trauermeere Flut.

Vergiftet fühlten wir das eigne Wähnen
Und ein Verlangen, uns dort anzulehnen,
Wo der versunkenste der Engel ruht.

Wem die Gabe der Tränen beschieden war, ließ sie nochmals herzhaft fließen. Nun sollte die Grube zugeschüttet werden, aber die Schaufel fehlte. Geistesgegenwärtig lehnte Marybel ihre Krücken an die Buche und zog den Schuh von ihrem gesunden rechten Fuß. Den linken in der Luft, schöpfte sie, kunstvoll balancierend, drei Schuhvoll schwarze Erde und schüttete sie in die Grube. Dann ließ sie den Pumps auf dem Hügelchen stehen, damit sich auch die anderen seiner bedienen konnten. Der geopferte Schuh gewann märchenhafte Qualität. Nie war Staub graziöser zu Staub zurückgekommen und Asche zu Asche.

Nach einer Weile der Stille rief Marybel: Und jetzt lädt uns Jacques zum Frühstück ein! Moritz, gehst du voraus?

Für sie selbst galt die Aufforderung noch nicht. Während sich die Gesellschaft auf dem Sträßchen entfernte, das einige hundert Meter weiter zu einem bekannten Landgasthof führte, kniete Marybel nieder und vergrub ihren Schuh im lockeren Erdreich über der Urne. Dann drückte sie es mit beiden Händen fest, richtete sich auf, zog sich den Schlüpfer auf die Knie nieder und hielt sich mit beiden Händen am silbergrauen Stamm fest, um die Stelle kräftig zu wässern. Sie kannte die heilsame Wirkung des Morgenurins auf das eigene Immunsystem. Die kleine Weihe würde die Erde leichter machen für den, der darunter lag. Und was sie am Kleid und an beiden Füßen, auch dem eingewickelten, mitnahm, war kein Schmutz, es war die Spur der Zusammengehörigkeit derer, die man irdisch nennt, weil sie aus Erde gemacht sind und wieder zu Erde werden müssen.

Und während Marybel der Gruppe mehr nachhüpfte als -humpelte, mit schwingenden Krücken, freute sie sich auf den Tanz mit ihnen, jedem einzelnen. «Ein Mal sollte jeder spüren, was es bedeutet, dich im Arm zu halten.» Es war ein Vermächtnis aus ihrer glücklichsten Zeit.

19
1997–2010. Entgeisterung

Nach Jacques' Tod macht diese Geschichte einen Sprung. Sie setzt erst einige Zeit später wieder ein, mit der ersten verbürgten Rückkehr des Spuks ins Haus «zum Eisernen Zeit».

Die Jahre zwischen 1997 und 2010 «entgeistert» zu nennen wäre ein kühnes Kürzel, aber für die allgemeine Geschichte läßt es sich vertreten – immer mit dem Vorbehalt, daß es eine solche nicht gibt. Sie wäre ein Phantom. Aber selbst für ein solches wirkten die Jahrhundertwende und die folgenden Nullerjahre erstaunlich entgeistert. Mit diesem Wort bezeichnet man sonst die momentane Verfassung eines Subjekts, und als diese kann Entgeisterung einen guten, ja lebensrettenden Sinn haben. Den verliert sie als Dauerzustand einer ganzen Zivilisation; dann ist er von Schwach- oder Leichtsinn nicht mehr zu unterscheiden. Eine chronisch entgeisterte Zivilisation sucht Zerstreuung um jeden Preis. Es ist, als hätten die Betroffenen stillschweigend vereinbart, das Erschrecken über sich selbst ganz bleiben zu lassen, da sie von ihrer Unfähigkeit, an seinen Ursachen etwas zu ändern, zu tief durchdrungen sind. Ein lebensgefährlicher Trick. Wir dürfen das Erschrecken nicht ganz verlernen. Gegebenenfalls sind Geister, die uns heimleuchten, besser als nichts.

Von der Jahrtausendwende, angekündigt vor allem als Computerpleite, nur soviel: diese wurde erfolgreich vermieden. Die Glokken brauchten nicht von Hand geläutet zu werden. Aber Jacques, der dies befürchtet hatte, hörte sie so oder so nicht mehr. Von ihm gibt es auch keine spukhafte Wiederkehr zu melden. Er muß alle

Geschäfte erledigt haben, in seiner Art. Allerdings blieb er auch seinem Freund Hubert die versprochene Nachricht schuldig. Dieser führte trotzdem das gemeinsame Kreuzworträtsel zu lösen fort, nun eben allein.

Die Nullerjahre standen bevor. Eigentlich ereignete sich nichts von Belang. Man konnte auch zum entgegengesetzten Schluß kommen. Sie trat ein, die weltweite Krise der Finanzwirtschaft, welche das Anwaltskollektiv AAS schon bei seiner Gründung hatte kommen sehen und gern beschleunigt hätte. Noch mehr bis vor kurzem Unvorstellbares trat wirklich ein, sogar in der Schweiz. Fast alles, wofür sie gestanden zu haben glaubte wie eine Bank, verflüchtigte sich, nicht zuletzt das Bankgeheimnis. Aber so recht wirklich war das alles auch nicht mehr. Auch schwerwiegenden Entwicklungen kam schon beim Eintreten das Gewicht abhanden, ein früher gefühlter und gewohnter Ernst. Schon die Nullerjahre des vergangenen Jahrhunderts, die sich ja auch Belle Époque nannten – konnte man nicht ohne Paß durch ganz Europa reisen? –, müssen unter ihrem Unernst so gelitten haben, daß die meisten Zeitgenossen den Ausbruch eines Weltkriegs als Erlösung empfanden. In den Nullerjahren des 21. Jahrhunderts war selbst ein reinigendes Gewitter unvorstellbar geworden. Der Unernst war zu umfassend. Gewiß, das Gespenst des Terrorismus ging um, und sein Zwilling, der Krieg gegen den Terrorismus. Natürlich wurde immer noch gestorben, auch wenn immer mehr Leute hundert Jahre alt wurden. Viele, mehr als in anerkannt trostlosen Zeiten, suchten selbst den Tod; aber zwischen der individuellen Not und ihrem Erscheinen in der Statistik war ein Verbindungsstück ausgefallen, das von Vorstellungskraft bewegte gesellschaftliche Mitgefühl. Dein Problem war nicht mehr mein Problem. Das hielt man für individualistisch. Dabei gab es zu allem, was man tat oder ließ, einen Subtext in Zahlen. Es mußte sich lohnen, auch wenn man immer weniger wußte, was das heißen sollte. Aber eine Art von roher oder schlauer Ökonomie besetzte alle Reviere, die früher Gott, dem Gewissen oder der Seele zugewiesen wurden. Daran änderte die internationale Finanzkrise nichts; nicht im Ernst.

Der Unernst war ansteckend, jedenfalls bei Männern. Bei Tövet wurde multiple Sklerose diagnostiziert; davon machte er selbst nichts her. Aber das «Fabrikli» begann sich zu entvölkern. Leute, die nicht zu Pflegern werden wollten, suchten sich einen anderen Standort. Sie hatten einen Heiland für mancherlei Gebrechen verlangt, nun wurde er selbst gebrechlich; so hatten sie nicht gewettet. Auch Hubert Achermann zeigte sich nur noch sparsam, seit ihn ein Eklat, von dem noch die Rede sein muß, aus seiner Kuppel vertrieben hatte. Danach war sein Kreislauf zusammengebrochen – für seine Frau Sidonie ernsthaft genug, daß sie ihn, nach längerem Krankenhausaufenthalt, im «Gugger» behielt, auch wenn er keiner ständigen Fürsorge bedürftig war.

Aber es war Moritz Asser, der dafür sorgte, daß weder das «Fabrikli» verödete noch Tövet sich selbst überlassen blieb. Von Moritz Asser gibt es eine erstaunliche Entwicklung zu melden. Im Herbst 2005 begann er die über alle Kontinente ausgespannten Flügel seines Geschäfts einzuziehen, verkaufte seine Wohnung in London und bezog ein Zimmer im «Eckstein» als Dauer- und Pensionsgast. Das tat er, wie es hieß, um in der Nähe seines Vaters zu sein, der um keinen Preis in ein Alters- und Pflegeheim wollte – eine Begründung, die das Milieu der Hochfinanz, in dem sich der Sohn bewegt hatte, unmöglich ernst nehmen konnte. Warum konnte er sich nicht vertreten lassen bei diesem Akt der Pietät – der ihm, wie es hieß, von dem eigensinnigen Alten keineswegs gedankt wurde? Der unverlangte Rückzug der «Phryne» aus dem globalen Bankgeschäft mußte Gründe haben, und der Verdacht, Asser verfüge über anderen nicht zugängliche Indizien einer fatalen Entwicklung, schlug sich alsbald in einem Kurssturz an der Börse nieder, da der Markt, obwohl er selbst mit fiktiven Größen operierte und Seifenblasen als Werte verkaufte, eine Demonstration ökonomischen Unernstes in dieser Größenordnung nicht für möglich hielt. Drei Jahre später, als der Finanzmarkt tatsächlich zusammenbrach und große Teile der sogenannten Realwirtschaft ins Elend riß, entstand eine Diskussion darüber, ob der Liquidator der «Phryne»-Gruppe im Rückblick als Prophet oder als Verursacher der Krise zu betrachten sei –, daß er ihr Profiteur sein mußte, galt selbstverständlich als ausgemacht.

Moritz hätte nicht widersprochen, wäre er für dieses Milieu und seine Presse noch zu sprechen gewesen. Aber Gewinn definierte er jetzt auf seine Art, nachdem er auch den «Zinstragenden Sparhafen» aufgehoben hatte, nicht ohne die Einlagen der Kundschaft als Abschiedsgeschenk zu verdoppeln. Am Ende war überaus überblickbar, was ihm persönlich gehörte, und es traf sich gut, daß Haushalten etwas war, was er nicht erst zu lernen brauchte. Er besaß genug, um seinem Vater und vor allem Tövet, der sein Leben lang nie an Versicherung gedacht hatte, über Wasser zu halten und mit dem Nötigsten zu versorgen. Bis für die Stiftung ein besserer Träger gefunden war, ließen sie die Vorstände einstweilen bestehen. Zwei «Korbflechter», die sich Karl und Rosa nannten, fingen im «Fabrikli» ein neues Leben an, nachdem sie den rechten Schlüssel gefunden hatten, mit dem das alte für immer abzuschließen war. Diese Umkehr wurde ihnen durch die Liebe sehr erleichtert. Sie allerdings waren so ernsthaft, wie es nur junge Konvertiten sind. Selbst ein Gespenst, das erfahrene Geisterseher für endgültig gebannt hielten, begann bei ihnen ganz frisch aufzuleben: das Gespenst des Kommunismus. Karl war Iraner aus Sheraz, Rosa Australierin mit chinesischen Wurzeln. Als frischgebackene Kommunistin hatte sie ein Mittel gefunden, dem Land ihrer Ahnen, der erbarmungslosesten Ökonomie auf dem Globus, wieder eine Seele zu geben. Der gemeinsame Haushalt im «Fabrikli» schloß Tövet ein, auch seine Pflege, die ihr Moritz getrost überließ, wenn er zwischen New York und Hongkong mit der Abwicklung seines Wolkenkukkucksheims beschäftigt war.

Im übrigen war Tövet gewillt, der Krankheit ihren Lauf zu lassen. Auch wenn das Niveau, auf dem er wieder zu Kräften kam, jedesmal etwas tiefer lag, so waren die Zwischenzeiten doch so gute Zeiten, daß auch die Umgebung sie nicht mehr bei diesem Namen nannte. Es war Lebenszeit, und daß sie abnahm, war natürlich und hier einfach sichtbarer als anderswo. Was Moritz betraf, so wäre der Verdacht wohl nicht falsch, er habe den verlorenen Ernst seiner weltweiten Unternehmungen in der kleinen Krautfabrik gesucht. Aber mehr als die halbe Wahrheit wäre es nicht, denn vor allem suchte er die verlorene Freude am Leben wieder. Und diese fand sich zwanglos bei einem Gefährten, der imstande war, sein Schicksal ohne Fatalismus zu lieben. Tövet nahm das Leben von Tag zu Tag, oft von Minute zu Minute; für diese bescheidene Kunst besaß er eine natürliche Begabung. Er steckte andere mit seiner Musik an, auch wenn er einmal nicht zur Gitarre greifen konnte und ihm die Zunge stockte.

Von Hermann Frischknecht dagegen ist leider nichts Erhebendes zu berichten. Daß er am Erfolg seines Geschäfts litt, ist eine seltsame, doch wahre Behauptung. Es war der Unernst hinter dem Bierernst, mit dem seine Kundschaft das Fitneßgerät traktierte, was seine Würde beschädigte und mit der Selbstachtung auch seine Seele. Hatte er dafür gelebt, daß solche Leute länger lebten? Mit seinem verlorenen Gesicht gehörte er nirgends mehr hin. Er hatte ein Bankkonto, aber keinen Menschen, der zu ihm gesagt hätte: du bist mein. Und jetzt wurde er auch noch alt.

Soviel zu den Männern der Nullerjahre. Die Frauen ließen sich vom Unernst der Geschichte nicht beeindrucken. Sie setzten sie unerbittlich fort.

Sidonie war im letzten Jahr des alten Jahrhunderts auf der Vaterländischen Liste in den Nationalrat gewählt worden. Auf dem dreizehnten Listenplatz aufgestellt, hatte sie die zweitmeisten Stimmen gemacht, direkt hinter Schieß persönlich. Sie waren das politisch herrschende Paar. Er gehörte zu den Männern, die sie für die Erhaltung ihrer Position brauchte. Dazu gehörten auch Robert («Bob») Wittwer, Verwalter des «Gugger», der ihr den Rücken freihielt, und ein europaweites Netz von Gesinnungsgenossen, die sie sich als Gäste und Referenten des Zentrums nachgezogen hatte. Auch ihr Sohn Salomon gehörte dazu, der in Shaidan, dem kleinsten der acht Vereinigten Emirate, als Vertrauter des Herrschers Rashid bin Hasher mit dem Aufbau eines Medienzentrums beschäftigt war. Hubert Achermann gehörte nicht dazu, doch als Beweisstück einer liberalen Ehe war er auch nicht ganz entbehrlich. Er bewohnte die Klause mit dem ummauerten Steingarten und schrieb angeblich ein Buch über den Hausheiligen Caspar Bluntschli, den Staatsrechtslehrer des 19. Jahrhunderts. Tatsächlich arbeitete er, wie dieser, an einer europäischen Verfassung, aber in der Art Penelopes, nur mit vertauschten Tageszeiten. Bei Tage zerriß er den Text regelmäßig, den er in der Nacht gewoben hatte, und sehnte sich danach, wieder ins «Fabrikli» zu entkommen, wo Rosa ihr Matriarchat mit kulinarischem Schwerpunkt unterhielt.

Tövet war auch für ihn, wie für Moritz, eine Stütze der Lebensfreude. Das Haus war wieder zum Anziehungspunkt für Sinnsucher aller Art geworden, die anfingen, eine neue Kleingesellschaft mit verschwiegenen, doch wirksamen Regeln zu bilden, in der das Wort «Gemeinschaft» ebenso verpönt war wie «Kollektiv». Eine Alters-WG der Revolution? Aber von Revolution sprach außer den Jüngsten, Karl und Rosa, keiner mehr, und was das Alter betraf, erinnerte Tövet Hubert und Moritz daran, daß sie schon erfreulich lange gelebt hatten. Vor hundert Jahren wären sie als Sechzigjährige längst Greise gewesen; so sah jetzt noch keiner aus, auch Tövet nicht. Er sei jetzt schon zwanzig Jahre älter als sein Vater, und nächstes Jahr überhole er auch seinen Großvater. Kein Abstieg ohne Überraschung. Im Gegenteil: schon morgen war es möglich, daß er den vollen Gebrauch seiner Glieder wiederhatte, und seine Singstimme auch.

Auch an Marybel ging der Unernst der Nullerjahre spurlos vorüber. Als Florian, zum Mann operiert, aus der Bewußtlosigkeit erwachte, war sie es, die seine Hand hielt; das allein kann es nicht gewesen sein, was ihn sprachlos machte. Ohne Jacques fand er sich in einer Lage, in der ihm die Verständigung unmöglich geworden war; da schien es ihm das beste, das Werkzeug, das ihm diese Tatsache zu schmerzhaft bewußtmachte, gar nicht mehr zu gebrauchen. Die «Task-Force» sprang in die Lücke, so gut sie es verstand, Tschirky, Daniela und Deirdre; bei den beiden Frauen wohnte er auch in der Periode der Rehabilitation oder vielmehr: sie bei ihm, denn Jacques' Testament hatte ihn zum Erben der Wohnung gemacht. Das Frauenpaar biß Michelle, die philippinische Pflegerin, sofort weg, doch bei Marybel bissen sie auf Granit. Sie wußte, was der Operierte am nötigsten hatte, und unterwies ihn im Gebrauch der neuen Organe, sanft wie eine Taube, aber auch klug wie eine Schlange. Denn das Studium war als privater Zeichenunterricht getarnt, für den er sie zweimal wöchentlich in ihrer Wohnung besuchte.

Was sie unternahm, um den Ziehsohn Jacques' hinter dem Rükken Danielas und Deirdres, aber auch der Psychiater und Logopädinnen, nicht nur zum Mann aufzurüsten, sondern zum Engel des Schreckens und zum Werkzeug der Vergeltung – das ist eine Geschichte, die anderswo erzählt werden muß, denn sie würde den Rahmen einer Spukerzählung sprengen. Nur so viel: Die Gelegenheit, bei der Florian die Sprache wiederfand, war diabolisch ausgesucht und genau gezielt; sie hatte den Sinn, Hubert Achermann zu entgeistern und aus dem Haus «zum Eisernen Zeit» zu vertreiben.

Als er es am Donnerstag, dem 18. März, betrat, um, wie jede Woche, das Rätsel zu Ehren seiner Toten zu lösen, fand er die Kuppel schon besetzt. Marybel und Florian befanden sich auf Horners unberührbarem Teleskoptisch in Kopulation, Florians erreichte Mannhaftigkeit wurde Achermann im Triumph vorgeführt. Und als er in der Tat sprachlos davor stand, warf ihm Florian, wie einem Hund, vier unsägliche Worte hin, die ersten, die ihm seit Jacques' Tod über die Lippen kamen: *Verpiß dich, alter Spanner!* Der Schlag, die Schmach hatten Hubert erst richtig getroffen, als er wieder auf der Straße stand, ohne zu wissen, wie er dahin gekommen war.

Florian aber war von jenem Tag an verschwunden gewesen, als hätte ihn der Erdboden verschluckt. Es waren Deirdre und Daniela, die ihn vermißt meldeten, aber die Suche erwies sich als aussichtslos. Marybel schien die Abwesenheit ihres Schützlings so wenig zu beunruhigen, daß Achermann annehmen mußte, sie habe ihren Anteil daran. Aber selbst wenn er daran gedacht hätte, den Fall weiterzuverfolgen: er wäre dazu nicht imstande gewesen. Denn wenige Stunden nach seiner Vetreibung aus der Kuppel war er zusammengebrochen und mit einem Kreislaufkollaps in die Notfallstation des Kantonsspitals eingeliefert worden. Da blieb er einige Tage, und auch wenn der Verdacht auf einen Herzinfarkt sich nicht bestätigte: die Sprachlosigkeit Florians schien auf ihn übergesprungen zu sein, obwohl sich dafür keine organische oder neurologische Grundlage finden ließ. Es war *wie verhext,* und da Zeitgenossen diesen Zustand nur noch als Redensart kennen, war ihm medikamentös auch nicht beizukommen. Im Licht späterer Vorkommnisse könnte man die Diagnose wagen, daß die chronische Entgeisterung, die von der Epoche Besitz ergriffen hatte, in Hubert Achermann im März 2010 in ein akutes Stadium getreten sei. Der Geist, den die Zeit aufgegeben hatte, meldete sich mit einem Schlag als *Ungeist* zurück, und es ist dann nur eine Frage der Zeit und der vorhandenen Disposition, bis daraus wieder ein mehr oder minder altbekannter Spuk wird, mit allem, was an Grauen und Gruseln dazugehört.

Wer läßt ihn ein? Wer öffnet ihm Tür und Tor? Auch wenn es die entgeisterte Zeit selbst ist, die statt geistig hilfreicher nur spukhafte Belegschaft anzieht wie ein saugstarkes Vakuum – man kam nicht umhin, die lästerliche Hochzeit Marybels mit Florian ein *Schlüssel*ereignis zu nennen. Sie hat damit einen Todesengel erweckt, der nach allen Regeln der Schwertkunst ausgebildet, wiederkehren und unter neuem Namen seine Ernte beginnen wird. Dr. Tschirky ist der erste, dessen Kopf fällt – oder gerade nicht; denn er schien immer noch, nur von einer Blutspur umlaufen, an seiner Stelle zu sitzen, so exakt war der Hals, bis auf einen Hautlappen, durchtrennt. Ein solcher Schlag bedarf einer übermenschlichen Konzentration des Täters, er hat schon bei den Beamten für *akute* Entgeisterung gesorgt, die Tschirky über eine Abbildung des

Schwerts gebeugt fanden, das ihn getroffen hatte, gerade als hätte er dazu stillgehalten; und das war erst der Anfang.

Mit welcher Ruhe Marybel der Entwicklung entgegensah, die sie in der Kuppel mit ihrem eigenen Fleisch und Blut losgetreten hatte, läßt sich am letzten Spielkameraden ablesen, den sie sich leistete. Es war kein anderer als Timothy aus Oklahoma, der von Moritz gefeuerte Sargräuber. Nun hatte er an Philipp von Sax einen Narren gefressen, schaffte sich ein Musterbuch historischer Kostüme an und bearbeitete ihn am Bildschirm. Er kleidete ihn im Stil des 16. Jahrhunderts ein, als Schüler, Humanisten, Kriegsmann, Schultheiß. Mit dem Gesicht war nicht so leicht fertig zu werden. Wie generiert man aus einem grimassierenden Mumienkopf ein glaubhaftes Menschengesicht? Marybel schwebte ein Modell mit fleischigen Lippen vor, aus denen lückenhafte Zähne sahen, und Augen, die äffisch nahe beieinanderlagen, verdunkelt von einem breitkrempigen schwarzen Hut.

Ich habe ihn gesehen, Tim. Ich muß es wissen.

Tim war in den zehn Jahren seit dem gemeinsamen Sargraub älter geworden, aber nicht erwachsener. Sein Geschmack war unverändert «gotisch», und er glaubte auch an einen eigenhändigen Schöpfer. Marybel hatte einen unentbehrlichen Helfer an ihm, seit sich Hermann zurückgezogen hatte, außerdem einen einfallsreichen Spielgefährten – und notfalls auch wieder einen Komplizen. Der alte Thomas Schinz besaß eine Sammlung chinesischer Teppiche, und die beiden benützten die Verkleidung von Auktionsexperten, um während eines Kuraufenthalts des Hausherrn in seine Villa einzudringen, das Bild Fannys über dem Flügel zu entwenden und heimzuführen, wohin es gehörte: in die Kuppel, vis-à-vis dem Porträt Caspar Horners. Freilich waren die Fluchthelfer von Schinz' Videoüberwachung erkannt worden, und er schickte seinen alten Freund Moritz Asser bei Marybel vorbei, um sie zur gütlichen Herausgabe ihrer Beute aufzufordern; natürlich umsonst. Bisher hatte ihr Moritz viel zugute gehalten, denn in anderer Hinsicht hatte sie sich als die einzig verläßliche Stütze des «Eisernen Zeit» erwiesen und das Haus zusammengehalten. Aber nun, da sie es symbolisch in Besitz genommen hatte, schien der Wahnsinn darin ausgebrochen, und Moritz hatte sich überzeugt, daß es nur noch durch einen scharfen Schnitt zu steuern war. Horners Sternwarte mußte weg. Plötzlich hatte Achermann gegen den Abriß, den der Denkmalpfleger gefordert hatte, nichts mehr einzuwenden.

Moritz Asser suchte auch noch Hermann Frischknecht auf, um sich seiner Meinung zu versichern, und vernahm zu seiner Erleichterung, daß sich Hermann seit Jahren nichts dringender wünschte als das Verschwinden der Sternwarte, in der es seit Marybels Überhandnehmen weniger geheuer war denn je. Allerdings sah auch der kluge Moritz noch nicht voraus, wie mit Marybel zu verfahren war, wenn man ihr den Boden unter den Füßen weggezogen hatte. Die Seelenruhe, mit der sie ihm drei Tage später Fanny Mosers Porträt auslieferte, hätte ihn stutzig machen müssen. Sie hatte auch dasjenige Horners abgenommen. Moritz teilte ihr mit, er habe bei Frischknecht gerade ein Tretrad besorgt, einen Ergometer, damit Hubert auch in der Stadt etwas für seinen Kreislauf tun könne; dann erfülle die Kuppel wieder einmal einen guten Zweck.

Sidonie hatte in den Nullerjahren Punkt um Punkt gesammelt. Mit jedem Schlag, den das Land traf, schien Sidonies Kopf höher aus dem Nagelbrett hervorzutreten. Jetzt hielt sie sich bereit für den größten Sprung. Sie erlaubte niemandem, auf den Gedanken zu kommen, ihr Projekt könnte nicht solide, ihr Aufstieg ein Spuk sein. Außer ihr selbst wußte nur ein einziger Mensch, daß sie nicht mehr lebte. Das war ihr Mann, und er würde sie nicht verraten.

Drittes Buch

20
März 2010. Diebold

Achermann ließ die Tür zum «Eisernen Zeit» hinter sich ins Schloß fallen und atmete kurz. Sein rechtes Bein tat weh. Zum ersten Mal war er wieder allein Auto gefahren, vom «Gugger» ins Parkhaus; mühsam hatte er sich aus dem Sitz des Jaguars gestemmt und den Wagen verschlossen, nachdem er die Sporttasche vom Rücksitz geholt hatte. Wenn er langsam ging, ließ sich seine Behinderung verbergen. Es hatte, statt fünf Minuten, eine Viertelstunde gedauert, bis er unter der Sonnenuhr stand. Jetzt ließ er den Vorfrühling hinter sich. Die Kühle des Entrees war merklich; er hatte geschwitzt, aber der Sommeranzug hielt ihn zusammen.

Willkommen! hörte er laut sagen. Frischknecht stand, in Anzug und Krawatte, am obern Ende des roten Teppichs und wollte ihm entgegenkommen.

Nicht nötig, Hermann, danke.

Achermann faßte das Geländer und schlenkerte das versteifte Bein eine Stufe um die andere hoch. Als ihn Hermann umarmte, kam er sich gebrechlich vor. Ich muß *gehen!* sagte er, als ihm Hermann die Lifttür öffnete. Und so gingen sie denn, Hermann in hilfsbereitem Abstand, das Treppenhaus hoch bis zum vierten Stock.

Sie waren in Marybels Arbeitszimmer angelangt, der ehemalige Familiensalon wirkte aufgeräumt. Ihr Pult war, bis auf den Rechner und eine Zeitung, leer.

Kurios, sagte Hermann, gestern brachten wir das Gerät hinauf, da war sie noch da.

Achermann nahm die Zeitung, und sie stiegen weiter in die

Kuppel. Auf dem Podest stand das neue Trainingsgerät und beherrschte mit seinem ausladenden Geweih den Raum. Horners Porträt war weg, auf der Kuppelschiene standen nur noch Gehlers «Physikalisches Wörterbuch» und die Glaskugeln.

Während sie gemeinsam den grünen Stoff mit weißen Streifen über das kranke Bein streiften, sagte Achermann: in zwei Stunden fahre ich zurück. Aber warte nicht auf mich.

Zwanzig Minuten fürs erste, sagte Hermann, und der Puls bleibt unter hundert, bitte. Ich kann dir auch ein Meßgerät für den Blutdruck draufpacken. Blutverdünner nimmst du ja wohl. Du solltest regelmäßig trainieren, wenn schon.

Dann komme ich eben regelmäßig hierher.

Was legen wir auf? Einen langsamen Blues?

Martial Solal.

Die ersten Akkorde schnellten in den Raum; Hubert hatte mitzutreten begonnen. Dann sagte er: Erst das Rätsel, dann das Vergnügen. Es muß gleich fünf sein. Er blickte auf die Uhr. – Verdammt, sie steht. Ich habe vergessen, sie draußen zu lassen.

Wenn etwas nicht stimmt – ruf mich an. Aber du hast ja kein Handy.

Immer noch nicht, aber es stimmt schon alles.

Als Hermann gegangen war, ließ Achermann die Falltür nieder und holte das Chronometer aus dem Schrank. Marybel hatte es aufgezogen. Sechs Minuten vor fünf. Er zog Horners Schulbank aus der Wand. Auf der Tischplatte waren zwei unförmige, roh gefertigte Puppen mit Klebeband befestigt, eine Spanne hoch, eine Frau und ein Mann, die an der Schulter zusammengenäht waren. An den rötlichen Haarsträhnen der Frau klebte ein Tüllschleier, weitere Stoffreste auf ihrem Körper, ein Stück gewellten Damasts, ein mit Blumen bedruckter Rock. Beide Puppen waren hart gestopft, die männliche nur mit einem langen Hemd aus Matratzenstoff bekleidet und durch ein Büschel Schnauzhaar gekennzeichnet. Beide Gesichter waren länglich und leer und ihre Züge nur angedeutet, bis auf zwei Fadenstiche Lippenrot im Frauengesicht.

Auf der Brust des Mannes war mit Bleistift eine Buchstabenreihe eingetragen. Eine kleine Muschel haftete auf der Herzseite.

Die Puppen erschreckten ihn, denn sie waren ihm nicht unbekannt. Plötzlich sah er Mandys Bettpfosten vor sich, an dem sie gehangen hatten, ihr Kinderspielzeug auf den Fidschiinseln. Ihre Mutter hatte das Paar genäht und auf die Brust des Bräutigams alle Buchstaben geschrieben, die sie kannte, darunter ein verkehrtes E.

Marybel hatte ein Zeichen hinterlassen, auf ihre Art, und es ging eine dunkle Drohung davon aus. «Verpiß dich, alter Spanner» war das letzte Wort, das er in diesem Raum gehört hatte; es war sechs Jahre her. Nun kam er wieder, und Tschirkys Hinrichtung deutete darauf, daß auch Florian wiedergekommen war. Die Köpfe der Puppen waren mit einer Schlinge aus rotem Bindfaden verbunden, an der man sie heben konnte; Achermann tat es mit spitzen Fingern, als fasse er einen toten Vogel. Dann öffnete er die Falltür und warf die Puppen auf die Treppe. Von der nahen Augustinerkirche schlug es fünf Uhr. Er holte den Silberstift aus dem Jackett, schob sich in die Schulbank und wollte sich ans Werk machen, da klopfte es an die untere Tür, ein Wirbel wie mit Fingerknöcheln.

Hermann hätte nicht geklopft, Marybel jedenfalls nicht so. Ein Unhold ebensowenig. Ein unbekannter Gast? Der würde nochmals klopfen.

Aber es geschah nichts mehr. Er setzte den Stift an und erlebte die nächste Überraschung:

Es braucht kein Hinterteil, wenn es nach Moos scharrt. RENTIER. Das kam ihm bekannt vor. Auch die nächsten drei Schlüssel erkannte er sogleich wieder: so war das Lösen keine Kunst. Er blätterte die Seite um und prüfte das Datum: es war das von heute. Offenbar hatte es sich der Rätselmacher leichtgemacht und rechnete nicht damit, daß es unter seinen Kunden solche gab, die ihm seit dreißig Jahren die Treue hielten. Achermann biß sich durch, fast in Windeseile: nach fünfundzwanzig Minuten waren nur noch drei Buchstaben übrig, der letzte ein N. *Er hat nur … geliebt, der einzige Todesschütze.*

Und in diesem Augenblick klopfte es wieder, aber noch nicht an der Falltür. Konnte es der gleiche Mensch sein? So lange wartet keiner, bis er zum zweiten Mal klopft. Aber es war derselbe Wirbel.

Achermanns Herz schlug bis zum Hals. Und doch blieb er kühl. GIN, TON, BON – das hätte gepaßt, aber was hatte es mit einem Todesschützen zu tun, warum war er «einzig», und hatte er auch nur eine – oder einen – geliebt? Zuerst kam Achermann der Tell in den Sinn, aber seine Hedwig gab es nur bei Schiller, außerdem war sie zu lang und hatte kein N. TOD hatte auch keins, und wer hätte «nur» ihn geliebt? Warum erinnerte er sich an diese drei Buchstaben nicht mehr?

Er zog sich aus der Bank, dehnte und streckte die Glieder. Das gehörnte Gerät starrte von seinem Sockel herab. Achermann war allein im Haus. Argwöhnisch behorchte er das Dröhnen der Stille in seinen Ohren. Dann ging er zur Tonanlage, drückte die Taste und stellte die Lautstärke hoch. Der Kuppelraum begann unter den Tastenschlägen zu beben. Achermann stieg auf das Ergometer, schob die Füße in die Riemen und wählte einen Tretwiderstand, mit dem er dem Takt folgen konnte, nicht zu mühelos, nicht zu angestrengt.

Diese Musik sperrte sich gegen die Erwartung von Regelmäßigkeit. Solals Anschlag hatte nicht das Pathos der Befreiung, sondern die Intelligenz der Résistance, die Häßlichkeit der Sabotage. Ein Algerier in Paris. Die Takte hatten den schleppenden Gang von Karawanen, es war etwas Mageres daran, das der heiße, doch reine Atem der Wüste ausgezehrt hatte. Hie und da, sparsam wie beim Haushalten mit Trinkwasser, gönnten sich die Töne eine Oase des Wohlklangs.

Eigentlich war der Anfall im Rettungswagen schon wieder vorbei gewesen: er fühlte sich nicht als Notfall, und die erste Diagnose ergab keinen Befund. Sidonie fuhr ihn in ein Krankenhaus ihres Vertrauens zur Angiographie. Er konnte auf dem Monitor zusehen, wie die Sonde, die man ihm in die Beinarterie geschoben hatte, in seine Herzkranzgefäße kroch; und er fühlte, wie ihm, mit einem nicht schmerzhaften, doch merklichen Ruck eine Titanhülse um die andere ins Geäder gekniffen wurde. Erst nachdem er schon wieder eine Stunde auf dem Zimmer zurück war, zeigte sich das Mißgeschick einer ungenügend verschlossenen Arterie. Die erzürnte Sidonie verlegte ihn auf den «Gugger» und in die Obhut ihres Leibarztes. Bald konnte er in sein Studio umziehen und wurde von ihrem Hofstaat versorgt, während sie auf Reisen war. Als Vorsitzende einer Städtevereinigung konnte sie sich keine Ruhe gönnen; er hatte sie um so mehr.

Salomon war nicht mehr zu Hause. Was anfangs als eine Art Maturareise angefangen hatte, versprach, sich zu einem Zwischenjahr auszudehnen. Der junge Mann beteiligte sich im kleinsten der acht Vereinigten Emirate an einer Körperschaft, die der regierende Scheich mit der Ausarbeitung eines Leitbilds beauftragt hatte. Offensichtlich genoß Salomon sein volles Vertrauen, denn was er mailte, klang wie ein Märchen aus Tausendundeiner Nacht.

«Er hatte auf der Welt nur ihn geliebt ...» Die intimste Begegnung in seinem Leben blieb diejenige mit Jacques, und dabei würde es auch fünfzehn Jahre nach seinem Tod bleiben, trotz der Entfremdung zuvor. Er konnte ihn förmlich hören: *Stents?* Sind das Zuhälter oder Jungfische? Titan? Da hast du doch endlich was Bleibendes in deinem Herzen – es wird dich als Sondermüll überleben!

Dabei hätte *er* Stents nötiger gehabt – doch er war der Mann, einen Herzfehler durchzuziehen.

Es fehlen nur zwei Buchstaben.

Wenn etwas fehlt, fehlt alles.

Ja, so redet ein Mensch wie du.

Ein Mensch wie ich? Kennst du noch manchen von der Sorte?

Nein. Aber du hast gesehen, wohin es führt.

Nicht nur Rauchen ist tödlich, mein Freund. Leben auch.

Du hast versprochen, dich zu melden.

Und wenn ich draußen vor der Tür stände?

Hubert Achermann lachte. Plötzlich hatte ihn etwas angeflogen und verstärkte die leichte Brise im Gehäuse zur Bö: eine Erinnerung, als habe es doch einmal etwas gegeben, was mit ihm selbst ganz frisch in die Welt gekommen war. Und während er kraftvoll in die Pedale trat, ließ er die Hörner fahren und lehnte sich zurück wie ein Akrobat, während er den hohen Rhythmus beibehielt. Er fixierte den höchsten Punkt der Kuppel, als wäre er der Polarstern. Er dachte an den jungen Horner, den Bäckersohn aus Münsterburg, der nie, auch nicht im Orkan, seekrank geworden war, solange er sich über seine Instrumente beugte. Es ging nicht nur um seine Lage, sondern diejenige des Schiffs mit dem Namen «Hoffnung». Es gab noch keine Karten, die für eine Reise um die Welt genügt hätten. Die «Hoffnung» zeichnete die erste mit ihrem Leib, und der Kurs war der richtige, auf dem es nicht unterging.

Solal war verstummt; das letzte Stück war hart und heftig gewesen. Jetzt trat Achermann die Pedale ebenso schnell weiter, und in der Stille war nur noch ihr fast tonloses Sausen zu hören. Er begleitete den Rhythmus seiner Beine mit einer eigenen Melodie, und es dauerte noch eine ganze Strecke, bis auch die Worte dazu nachkamen:

Es geht bei gedämpfter Trommel Klang …

Er hatte auf dem Flohmarkt in Lüttich einen zerfledderten Band deutscher Volkslieder gekauft, die er sich, allein auf seiner Bude, vorgesungen hatte.

Ich hatt' auf der Welt nur ihn geliebt,
Nur ihn, dem man nun den Tod doch gibt …

Und im nächsten Augenblick fiel es ihm wie Schuppen von den Augen.

«Nur *ihn*». *Nur ihn* hatte er geliebt, der «einzige Todesschütze». Drei Buchstaben, der Schlüssel paßte, das Rätsel war gelöst.

Er hatte zu treten aufgehört und sah auf die Zeitanzeige, sie stand immer noch bei Null. Und in diesem Augenblick klopfte es wieder, unmittelbar an der Falltür, ein Hämmern gegen den Fußboden wie aus dem Inneren der Erde.

Achermann stockte das Herz. Dann stieg er vom Gerät, ging mit festem Schritt zur Luke, faßte sie am Ring, zog sie hoch und trat zurück. In diesem Augenblick schlug es vom Turm der nahen Augustinerkirche vier Uhr. *Vier?*

Zuerst blieb die Öffnung leer. Dann stieg langsam ein schwarzer Hut mit breiter Krempe herauf, ein Kopf, die Schultern eines grauen Soldatenmantels. Das Wachstum der Gestalt nahm kein Ende, und als sie auch den zweiten schweren Schuh über die Schwelle gehoben hatte, stand sie überlebensgroß im Raum und sah auf Achermann nieder. Die äffischen Augen blieben verschattet, doch der fleischige Mund im schweren Kinn, der aussah, als wäre er eher zum Saugen als zum Reden geschaffen, war nicht zu verkennen. Er trug seine schwarze Tasche in der einen Hand, in der andern die Puppen.

Herr Doktor Diebold, sagte Achermann zwischen den Zähnen, die unwillkürlich aufeinanderschlugen. Was für ein unverhoffter Besuch.

Der Mann mahlte mit den Kiefern. Dann sagte er mit tiefem Baß: Sie haben etwas fallen lassen. – Er reichte ihm die Püppchen und ließ sein lückenhaftes Gebiß sehen.

Stecken Sie es ein, sagte Achermann. – Wie sind Sie hereingekommen?

Ich bin schon eine ganze Weile da.

Es kam Achermann nicht in den Sinn, dem Mann die Hand zu reichen oder einen Sessel anzubieten. – Und was kann ich für Sie tun?

Zweierlei, sagte der Baß. – Sie sind Advokat. Ich habe einen Auftrag, und ich habe ein Mandat.

Einen Auftrag, sagte Achermann, ich hoffe, daß ich ihn annehmen kann.

Es handelt sich um Johann Philipp von Hohensax.

Das hab' ich mir gedacht, sagte Achermann. – Er ist seit vierhundert Jahren tot.

Vierhundert Jahre hat man ihn *hoch schimpfieret*, sagte der röchelnde Baß. – Einer Vogelscheuche gleich wurde er in Fastnachtsumzügen mitgeführt und als Trockenwurst verhöhnt – der *Landesherr*, der keinen anderen Wunsch hatte, als seine Domäne zu befrieden. Was sagt man dazu? *Ecce-Homo*.

Und worin soll mein Auftrag bestehen? fragte Achermann.

Er hat sich um die Stadt Mosbach im Odenwald hochverdient gemacht als Vogt und Amtmann des Pfalzgrafen Ludwig. Dort hat auch sein Sohn und Stammhalter Friderich Ludewig das Licht der Welt erblickt. Sie erinnern sich, wer ihm zu Gevatter gestanden hat. Nicht nur der Kurfürst in Person …

… sondern alle vier reformierten Städte der Eidgenossenschaft, ergänzte Achermann. Das haben Sie uns eindringlich dargestellt.

Leider folgenlos, sagte der Mann. – Auch die Stadt Mosbach hat sich bis heute nicht dazu durchgerungen, den Freiherrn und Obersten angemessen zu würdigen.

Was hatten Sie sich denn vorgestellt? fragte Achermann. Er hatte zu schwitzen begonnen; vom leichten Luftzug, der sonst in der Kuppel herrschte, war kein Hauch mehr zu spüren. Das Gesicht Diebolds, gerötet wie ein Lampion, erinnerte Hubert an die Rübenlichter, die er zu Allerseelen geschnitzt und durch abendliche Gassen zum Friedhof getragen hatte.

Ein Ehrengrab wäre das mindeste, sagte Diebold, was die Stadt Mosbach aufwenden müßte. Sax war Europäer. Es geht nicht an, daß ihn Mosbach als Ausländer behandelt.

Das geht nicht an, wiederholte Achermann. – Ich verstehe.

Verlangen Sie Remedur. Sie schreiben dem Oberbürgermeister von Mosbach einen Brief, reklamieren ein Ehrengrab und bezeichnen die Stelle.

Welche Stelle? fragte Achermann.

Ich habe sie hier markiert. – Diebold schlug seine Tasche auf und entnahm ihr ein gefaltetes Papier, das er über dem Kreuzworträtsel ausbreitete. Es war ein altertümlicher Katasterplan, groß wie ein Laken, auf dem Grundstücke mit einzelnen Gebäuden zu sehen waren, bezeichnet mit Lettern und Zahlen in steiler Handschrift.

Dies ist die Gutleutanlage, röchelte Diebold, sie liegt eine Meile vor den Toren im Norden und ist heute dem Friedhof benachbart, auf dem auch jüdische Opfer liegen. Der Abstand erklärt sich daraus, daß in diesen Gebäuden Aussätzige untergebracht wurden;

hier, im Gutleuthaus. Im Gebäude daneben, dem Elendshaus, nächtigten die Gäste der Siechen. Das Zentrum der Anlage ist die Gutleutkapelle, in der sich die Menschen zum Gottesdienst sammelten. Heute steht sie leer. In der Mitte ist ein gewisser Michael Entenfuß begraben. Zuviel der Ehre. An seiner Stelle wird der Freiherr beigesetzt. Die Stadt gedenkt seiner in Dankbarkeit, und der Oberbürgermeister spricht zu seinen Ehren.

So weit der Auftrag, sagte Achermann. – Und das Mandat?

Haben Sie Eile? fragte Diebold von großer Höhe herab. – Ich habe zur Stütze Ihres Gedächtnisses eine Lebensbeschreibung Philipps mitgebracht, verfaßt von mir selbst. – Er holte einen Ordner aus der Tasche und legte ihn auf den Plan. – Hier die Friedhofssatzung der Stadtgemeinde Mosbach. Die Einrichtung von Ehrengräbern ist ausdrücklich vorgesehen. In meiner Studie finden Sie einen Entwurf dazu. Der Kopf in Marmor. Dafür braucht man nur die Totenmaske abzunehmen.

Von der Mumie? fragte Achermann mit schwachem Spott.

Von Ihnen, sagte Diebold. – Der Oberbürgermeister heißt Hahn. Er ist Advokat, wie Sie. Jetzt zu meinem Mandat. Ich muß mich von meiner Frau scheiden lassen. Sie sind ihr begegnet.

Sie meinen …, sagte Achermann.

Eine Künstlerin. Sie ist ein Lied. Aber sie läßt jeden drüber.

Was heißt das? fragte Achermann und erbleichte unwillkürlich.

Sie treibt es mit jedem, sagte Diebold. – Nicht mehr und nicht weniger.

Und darum wollen Sie sich von ihr scheiden lassen?

Sie läßt sich besteigen wie eine Hündin.

Sie hatten eine Hündin, wenn ich mich recht erinnere, sagte Achermann.

Sie läßt jeden drüber.

Das sagten Sie schon.

Sie sehen und auf ihr reiten ist eins, sagte Diebold.

Ich habe verstanden, sagte Achermann, aber Scheidungsprozesse führe ich nicht.

Sie haben Professor Tschirky geschieden.

Das waren besondere Umstände, sagte Achermann, unangenehm angeweht.

Auch meine Frau hat besondere Umstände zu bieten. Sie ist die Schloßherrin von Aspermunt, das sagt alles.

Ich glaube nicht, daß ich mich darauf einlasse, sagte Achermann.

Das würde Ihnen leid tun.

Herr Diebold, sagte Achermann, ich mag nicht, wenn man mir droht.

Wie sollte ich Ihnen drohen, sind Sie doch der einzige Mensch, den ich habe.

Er ließ sich auf ein Knie nieder, nahm den Hut ab und beugte ein gänzlich kahles Haupt. Es war noch immer auf der Höhe von Achermanns Brust. Dieser forschte unwillkürlich nach einer Schädelwunde und fühlte sich tief geniert.

Stehen Sie auf, in Gottes Namen, sagte er. Als sich Diebold wieder erhoben hatte, behielt er den Hut in der Hand.

Das ging mir zu schnell, Herr Diebold, und ich fühle mich noch unpäßlich.

Sie sind ein Erblasser, sagte Diebold und zeigte seine lückenhaften Zähne. – Sie sind schon ziemlich erblaßt.

Das waren Jacques' Witzchen, sagte Achermann, machen Sie Ihre eigenen. Wenn ich soweit bin, melde ich mich per Mail.

Das heißt: gar nicht, sagte Diebold, oder durch Marybel, das Luder. Sie kennt meine Adresse nur zu gut. Ich maile ihr.

Ihre Akten nehmen Sie bitte wieder mit, Ihr Lebenswerk auch. Und die Puppen.

Diebold gehorchte schweigend, wobei er den Plan mit aller Vorsicht zusammenfaltete; dabei fielen Achermann seine dürren Hände auf. Waren sie nicht eben noch fleischig gewesen?

Wenigstens zum Abschied könnten Sie mir die Hand reichen, sagte Diebold.

Achermann tat es und bedauerte es sofort. Die Hand war eiskalt, und seine eigene wurde es auch, kaum hatte sie den Druck erwidert. Der Gast setzte den Hut auf und wandte sich zum Gehen. Achermann lauschte dem genagelten Schritt auf der Treppe nach, doch er hörte die Haustür nicht ins Schloß fallen. Plötzlich beschäftigte ihn die Vorstellung, daß der Mann sich im Haus versteckte. Er hätte ihn geleiten sollen.

Er ergriff den Silberstift, um die fehlenden Buchstaben ins Rätsel einzutragen. Aber der Stift schrieb nicht mehr. Es war keine Mine darin.

Sein Bein schmerzte, und erst jetzt fiel ihm auf, daß er es die ganze Zeit nicht gespürt hatte. Er blickte auf das Chronometer. Es zeigte zehn Minuten nach fünf. Die Zeit war außer Rand und Band. Dabei tickte das Uhrwerk ordnungsgemäß.

Er zog sich an, verschloß alle Türen hinter sich und stieg mühsam in den zweiten Stock hinunter. Hermann saß an seinem Tresen vor dem Computer.

Schon fertig? fragte er überrascht. – Nicht mal zehn Minuten. Und angezogen bist du auch schon.

Wir erwarten noch Besuch. Du hast nicht zufällig jemanden hinauf- oder hinuntergehen sehen?

Nein, ich bin ja selbst eben heruntergekommen. Erwartest du noch jemanden?

Eigentlich nicht, sagte Achermann. – Bis morgen dann. – Er reichte Hermann die Hand, die dieser sogleich wieder losließ. – Was ist mit dir? fragte er.

Was soll sein?

Eiskalt, sagte Hermann.

Ach was, sagte Achermann, es war nur ein wenig kühl oben. – Aber Hermann ließ seine Augen nicht los. – Bist du gefallen? fragte er. – Was ist mit deinem Gesicht passiert?

Du siehst Gespenster, Hermann, lächelte Achermann und wandte sich zum Gehen. Unterwegs fiel ihm auf: er ging ganz mühelos. Das Trainingsgerät war doch für etwas gut.

21
März 2010. Schieß

Von drinnen nach draußen war ein harter Schnitt. Zum Glück zeichnete ihn der immer noch helle Märzabend weicher, durch den Achermann auf der Seestraße südwärts fuhr. Daß er wieder zu sich selbst kam, wäre zuviel behauptet gewesen; aber allmählich stellte sich das Selbst wieder ein, mit dem er auf dem «Gugger» bisher durchgekommen war.

Bald nach dem Ortsschild Überseen bog er nach links ab und begann den Einstieg in die Hügel. Er kurvte durch den Hang, der einmal der größte Rebberg des Ufers gewesen, jetzt aber eine versteinerte Welle geworden war. Das zyklopische Mauerwerk trug artigen Blumenschmuck, die Terrassenhäuser drängelten sich um das größte Stück des begehrten Seeblicks zu Füßen des einzelnen Hauses auf der Höhe, das ihn ungeteilt besaß. Es erhob sich in die noch helle Dämmerung wie ein Schiff, und die Giebelfenster leuchteten im letzten Abendrot. Hier oben war dem Flüchtlingskind die Fremde einmal als Paradies begegnet. Von hier aus hatte es die Eroberung der Heimat begonnen, Schritt für Schritt. Und jetzt stand der größte bevor: Sidonie wollte in den Bundesrat.

Diese Absicht hatte sie auch ihm verschwiegen. Mit seinem Kollaps hatte er das Siegel gelüftet, denn er hatte ihre Termine durcheinandergebracht. Nun kam Schieß, um die Belastbarkeit des Ehemanns zu prüfen. Achermann verstand, wofür Schieß von seinen Parteigängern vergöttert wurde. Er machte den *Heimatboden* auch für Leute heilig, die nicht einmal davon träumen durften, darauf zu bauen. Denn wer nie im Leben Seeblick haben wird, kann immer noch die Aussicht wählen, die er seinen Enkeln wünscht. Wer keine Chance hat, wählt nicht die Chancenlosen, sondern diejenigen, die sie gepackt haben. Auch auf das, was man nicht hat, will man stolz sein, und diesem Stolz hat die Vaterlandspartei eine politische Heimat zu bieten. Sie stattet unverdient Arme mit dem Verdienst des Patriotismus aus und macht sie zu Eidgenossen der verdientermaßen Reichen. Wer sich keiner Standortgunst erfreut, hat immer noch einen Standpunkt: den vaterländischen.

Sidonie hatte schon im ersten Schuljahr erlebt, was es bedeutete, der vaterländischen Sprache nicht mächtig zu sein. Damals wohnte sie im «Guga». Nun hatte sie aus dem Sprachfehler ein Kongreßzentrum gemacht und sich den Peiniger von einst als Verwalter gekauft. Und noch immer schien die Beweislast, ob das Flüchtlingskind zum Schweizervolk gehörte, unvermindert. Sie hatte Achermann engagiert und seine Deckung beansprucht, als sei sie ganz sicher, daß sie beide etwas Solideres verband als Liebe. Doch verstand sie den Eheschein nicht nur als Versicherungspapier. Er war auch eine Bürgschaft für fortgesetzte Unvernunft. Sie hatte sich selbst als «Wundertüte» bezeichnet. Seit Sidonie als Schauspielerin gescheitert war, probte sie die Rolle ihres Lebens: *Ich verlange, daß es mich gibt.*

Die Platanen der Einfahrt standen noch kahl, aber die beginnende Dämmerung schien die Luft noch durchsichtiger zu machen. Es war nicht zu entscheiden, ob die englischen Gaslaternen auf den Torpfosten schon brannten oder im Abendschein leuchteten. Näherte man sich dem «Gugger» von der Bergseite, schien er auf hoher Küste unmittelbar am Meer zu liegen. Vor dem Kongreßzentrum, dessen halbes Glasdach wie Kristall schimmerte, lag ein Blumenrondell ganz in Weiß, Narzissen, Hyazinthen, Anemonen und Schneeglöckchen in konzentrischen Kreisen. Kein Mensch war zu sehen, aber Achermann wußte, daß seine Ankunft von den Kameras registriert wurde. Er parkte den Jaguar neben dem Offroader der Verwalterin; ein paar Meter entfernt stand ein dunkelblauer BMW. Der Chauffeur von Schieß hatte das Innenlicht eingeschaltet und las einen Comic.

Achermann stieg aus; der vertraute Schmerz war wieder da. Im Schongang bewegte er sich zur Seitentür des Riegelbaus, durch die man in den tiefer gelegenen Weinkeller gelangte. Schon von weitem hörte er Sidonies beherrschte Stimme im Wechsel mit der bald grollend, bald wehleidig intonierenden des Gastes im Schaffhauser Dialekt. Auf dem letzten Treppenabsatz war der Sitzplatz am Kamin noch nicht einzusehen, wohl aber der größere Teil des Gewölbes, das durch einen einzigen weißgeschlämmten Bogen aufgefangen wurde. Der Fußboden war aus demselben geschwärzten Backstein, aus dem auch die Aufbauten der Bar gebildet waren. Zur Seeseite hin lag das große Tor, durch das früher Lesegut hereingeschafft worden war. Jetzt diente die Trotte nur noch der Dekoration, wie die raumhohen Fässer an der Wand, die Bottiche, Hucken, Körbe und Winzermesser. Auf dem Boden lagen, zum Kleeblatt geordnet, drei Bärenfelle und streckten ihre bewehrten Tatzen. Der Raum waberte im Schein des noch unsichtbaren Kaminfeuers, außerdem flackerten reihenweise Kerzen.

Knistern und Knacken übertönten Achermanns Eintritt in den Zuschauerraum von Sidonies Kellertheater, das auch schon diesem Zweck gedient hatte. Jetzt war es der Kamin, der mit seinem Rahmen aus monolithischen Granitbalken einen Guckkasten für das Schauspiel des Feuers bildete. Die Steinbrücke, welche die Feuerstelle rechtwinklig in den Saal hinaus verlängerte, war ein mit Gläsern und Naschwerk gedeckter Tisch. Er trennte Sidonie und Schieß, die in schwarzen Corbusier-Sesseln saßen; ein Dutzend ihresgleichen stand zum Hufeisen geordnet vor einem Flip-chart, denn der Weinkeller wurde auch als Seminarraum gebraucht. Sidonies Haltung passte zum Design der knappen Sitzmaschine, während die hohen Armstützen für Schieß' Gestikulation erkennbar hinderlich waren.

Er rappelte sich halb aus dem Sitz. Herr Doktor! schnaubte er mit kurzem Lachen. – Läuft das Geschäft?

Achermann reichte ihm die Hand und küßte Sidonies Wangen.

Hast du schon gegessen? fragte sie. – Wie geht's dem Bein?

Achermann setzte sich, halb im Rücken seiner Frau, auf die Kaminumrandung. – Das Bein geht, sagte er. Sidonie erklärte das postoperative Mißgeschick.

Ja, sagte Schieß, wenn man kürzertreten muß, zeigt sich der Bocksfuß. Dann ist Schluß mit großen Sprüngen, sonst endet man wie der junge Schinz. Da macht es sein Vater besser. Ein Schlaganfall, und schon wieder mitten im Leben. Er hat eine junge Frau – was uns nicht umbringt, macht uns stärker! – Er steckte sich ein Canapé in den Mund. – Wir möchten, daß Ihre liebe Frau im November Bundesrätin wird, Herr Achermann.

Er rekapitulierte die Lage. Die Vaterlandspartei war auf kaltem Wege um einen Sitz gebracht und in die Opposition gezwungen worden. Als größte Partei wollte sie wieder in die Regierung und erhob selbstverständlich Anspruch auf zwei Sitze. Dabei gehe es nicht darum, die Konkordanz wiederherzustellen, sondern dem Volk sein Recht zurückzugeben. Es sei der Souverän, der sich im Prinzip selbst regieren könne. In der Regierung dürften nicht Abgeordnete von Abgeordneten sitzen, Musterknaben des Parlaments und Matadore der Filzwirtschaft, sondern wahre Volksvertreter, das heißt vom Volk direkt gewählte Leute. Und bis es dahin komme, müsse für Bundesräte gesorgt sein, die für einen anderen Modus ihrer Wahl einträten, vaterländische Bundesräte. Bei den Vaterländischen regiere der Volkswille nicht nur dem Namen nach. Einem alten Linken müsse das doch wie Musik in den Ohren klingen.

Und wenn man Ihnen nicht zwei Sitze zugesteht?

Dann wählen wir eine Bundesrätin, die Gewicht hat für zwei. Die Gewähr bietet für Unbeugsamkeit, Prinzipientreue – und Exzellenz. Wir haben das Vergnügen, diese Bundesrätin zu kennen. Es ist Ihre Frau.

Sie wollen aber mit zwei Kandidaten antreten.

Logisch, für zwei Sitze stellen wir zwei Kandidaten. Und wenn es bei einem Sitz bleiben sollte, *müssen* wir auch dafür zwei Kandidaten bringen, sonst werfen uns die Herren und Damen Parlamentarier wieder vor, wie ließen ihnen keine Wahl. Also bleibt es bei

Sidonie Achermann-Wirz – lange Pause – und Paul Haudenschild. Paul ist ein Ehrenmann. Kein Zählkandidat, aber auch kein Fixstern erster Größe. Wir portieren Haudenschild, *damit* Sidonie gewählt wird.

Mittelmaß ist bisher eher eine Empfehlung für den Bundesrat gewesen, sagte Achermann, das habe ich von Thomas Schinz gelernt. «Wir haben noch nie unsere besten Leute in den Bundesrat *delegiert.*»

Und sehen Sie sich an, wohin wir damit gekommen sind. Tiefer sinken kann das Land nicht mehr – außer in Gottes Hand. Sidonie ist nicht nur eine Frau, sie ist eine brillante Frau – da gibt es ein Restrisiko, das bestreite ich nicht. Aber wir würden es vergrößern, wenn wir sie *allein* brächten. Dann hieße es: Sidonie Wirz duldet keinen gewöhnlichen Sterblichen neben sich. Haudenschild ist ihre Lebensversicherung, Herr Doktor. Er ist der Scheffel, unter dem ihr Licht ungestraft leuchten darf, und sogar unsere liebe Bundesversammlung wird diesmal lieber das Licht wählen als den Scheffel.

Im übrigen: das wahre Restrisiko für Sidonie sind zwei Männer, Sie und ich. Was mich betrifft: ich werde mich zurücknehmen, meine Liebe für Ihre Frau sogar ein wenig verleugnen – wundern Sie sich dann nicht. Es soll nicht heißen: da können wir ja auch gleich den Schieß wählen! Das andere Risiko sind Sie. Sie haben als Linker angefangen. Das spricht für Ihre Sensibilität. Sie sind kein Linker mehr. Das spricht für Ihre Intelligenz.

Sie müssen mir kein Zeugnis schreiben, Herr Schieß. Ich bewerbe mich nicht.

Aber Sie sind die wichtigste Referenz Ihrer Frau. Und die wird man drehen und wenden, bis man den gewünschten Unrat findet. Niemand kann einem Bundesrat mehr schaden als sein Lebensgefährte. Sie haben Sidonie gewählt, vor zwanzig Jahren. Was können Sie heute tun, und was müssen Sie lassen, damit sie auch von anderen gewählt wird – weniger klugen Leuten als Ihnen?

Natürlich ist Hubert ein Sicherheitsrisiko, sagte Sidonie. – Glaubst du, sonst hätte ich ihn geheiratet?

Achermann lächelte nicht. Er sagte: Ich soll Ihnen meine Verbindungen offenlegen, wenn ich Sie recht verstehe. Über einige haben Sie sich ja schon informiert. Aber die wichtigste habe ich verschwiegen.

Im Kaminzimmer hörte man jetzt nur noch das Feuer knistern. Achermann stand auf, um zwei Scheite nachzulegen, und sagte: *die Toten.*

Es geschieht ihnen das größte mögliche Unrecht, fuhr er fort, ohne Schieß anzusehen, dasjenige des Vergessens. Sie werden nicht gehört, und sie haben keine Stimme. Ich bin hier, um Ihre Stimme für die Toten zu gewinnen, Herr Schieß.

Wie meinen Sie das?

Ich spreche als Betroffener, wie man so sagt, und Sie sind es auch. Wir haben mehrere Mitgliederkategorien. Man stuft sich selbst ein. Ein Volltoter sind Sie noch nicht, ein Jungtoter nicht mehr. Ich würde Sie in die Kategorie der Werdenden Toten einreihen – meine amerikanischen Freunde reden von *Budding Deads*, BD. Aus denen kann noch alles werden – leider auch ein DD, ein *Destructive Dead.* Zum Erfahrenen Toten – *Experienced Dead* – haben Sie noch einen weiten Weg, und zum *Seasoned* oder gar *Prime Dead* qualifizieren sich nur ganz wenige. Aber auch die übrigen brauchen eine Stimme und sie am meisten.

Jetzt begann Schieß bellend zu lachen. – Man merkt, daß Sie aus einem Geisterhaus kommen! Läßt sich die gute alte Fanny Moser noch blicken?

Sie ist empfindlich geblieben, erwiderte Achermann ruhig, und wüßte gar nicht zu schätzen, wenn man sie *gut* und *alt* nennt. Sie kann Ihnen jede Wahl verderben.

Kennst du die Geschichte Fanny Mosers? fragte Schieß, an Sidonie gewandt, und wurde beredt. Der kleinwüchsige Mann richtete sich auf, die Hände ließen das Rudern sein und begannen Kanten in die Luft zu hacken. Seine Stimme war heller geworden, nur die Schaffhauser Färbung blieb.

Der Moser! Heinrich Moser, ein bißchen älter als unser Gottfried

Keller, aber in Schaffhausen geboren, Sohn eines Stadtuhrenmachers. Hatte auch mal ganz klein angefangen und nicht geruht, bis er der Größte geworden war. Als Uhrmacherlehrling im Jura machte er die Nacht zum Tage: Schlafen ist Zeitverlust! Schon mit zweiundzwanzig eroberte er als Uhrenkaufmann den größten Zukunftsmarkt, das zaristische Rußland. Und Schaffhausen beförderte ihn nicht einmal zum Stadtuhrenmacher! Da schrieb er dem Stadtpräsidenten: «Donner und Hölle! Bin ich deshalb nach Rußland gereist, um mein Glück zu machen? Bin ich nicht hierhergereist, um Mittel und Wege aufzufinden, meiner Vaterstadt nützlich zu werden? Ich schwöre, daß ich entweder mit Beweisen zurückkomme oder gar nie!» Und 1848 zeigte er es den Schaffhausern. Erst rettete er sie durch Getreidekäufe vor einer Hungersnot. Dann baute er für seine Frau Charlotte die Villa Charlottenfels. Und als sie einem Kutschenunfall zum Opfer fiel, sagte er: nun erst recht! Und stellte «dem Schicksal wie der alten Perücken-Behörde den Wert seiner Person entgegen» – seine Worte! Er staute den Rhein mit dem kühnsten Damm Europas, um seine Werkstätten mit Wasserkraft zu betreiben. Er kaufte ein Areal in Neuhausen, um kleine und mittlere Firmen darauf anzusiedeln, von denen einige zu ganz großen wurden wie die SIG oder die IWC, und stampfte eine Eisenbahnlinie nach Winterthur aus dem Boden. Jetzt war das verschlafene Schaffhausen zum erstklassigen Industriestandort geworden, und Heinrich Moser zahlte immer noch die besten Löhne. Man sagte ihm nach, daß er die Arbeiter behexe, denn man konnte ihm keinen abjagen. Diese Leute sind die Schöpfer meines Wohlstandes, man muß sie sich warmhalten! Mit fünfundsechzig heiratete er nochmals eine ganz junge Frau, eine Baronesse Sulzer-Wart, und machte ihr noch zwei Töchter. Leider starb er schon vier Jahre später weg, da hatte die Witwe natürlich ausgesorgt. Aber sie war eine Nervöse, wie man damals sagte, konnte sich jede Laune leisten, ein Landgut am Zürichsee, zum Beispiel, aber auch jede Krankheit der Zeit, und für jede den besten Arzt, auch wenn sie dafür bis nach Wien reisen mußte oder nach Stockholm. Einmal wurde sie aus

Versehen in einem königlichen Salonwagen transportiert und entsprechend empfangen. Das war das richtige für eine Frau, die nichts zu tun hatte, als Krönchen in ihre Wäsche zu sticken! Als sie die Geschäfte ihres Mannes verkauft hatte, schwamm sie in Geld, und wenn sie es nicht zum Fenster hinauswarf, gönnte sie sich auch mal einen Verarmungswahn und hat ihre zwei Töchter regelrecht ausgehungert. Die ältere, auch eine Fanny, hat sie eine grausame und rücksichtslose Tyrannin geschimpft, sie habe ihre Kinder gehaßt und sie nicht nur um das väterliche Vermögen betrogen, sondern ihnen auch das mütterliche vorenthalten. Sie hat diesen Mädchen das ganze Leben vergiftet, die eine hat einen kranken Mann geheiratet, die andere kranke Kinder bekommen, und natürlich haben sie an Gespenster geglaubt, Fanny an richtige und Mentona an den Kommunismus. Dabei war die jüngere Fanny wahrscheinlich die erste Frau, die einen Anatomiesaal betrat und Leichen sezierte, und Mentona ist später eine bekennende Lesbe geworden. Aber Mutter noch dazu und eine soziale Tante für alle Waisen der Welt, nur antifaschistisch mußten sie sein! Sie hätte nämlich schon bei der Geburt ein Bub sein sollen. Ihre Mutter hätte dem Heinrich, als er im Sterben lag, gern einen neuen Stammhalter untergejubelt, um die erste Familie abzuhalftern. Daß es eine solche überhaupt gab, hat sie ihren Kindern unterschlagen. Für die siebzehnjährige Fanny war es ein Schock, als sie erfuhr, es gebe da noch ältere Halbgeschwister. Dabei waren die auch nicht von Pappe. Henri, der richtige Stammhalter, tat seinem Vater den Gefallen nicht, ein Tunichtgut zu werden. Der wäre Ihr Typ, Herr Doktor! Früh aus dem Nest geworfen, hat er sich eins in den Wolken gebaut und ist ja immer noch weich genug gefallen. Hat meistens in Paris gelebt, und nicht nur als Bonvivant. Ist gereist, hat Zentralasien entdeckt, eine famose Sammlung von Kunstobjekten zusammengebracht und sie dem Berner Historischen Museum vermacht, auch den Ehrendoktor dafür bekommen. War auch ein Pionier wie der Vater, auf seine Art! Der alte Heinrich hätte locker zehn Familien ernährt, aber wäre es auf die Frauen angekommen, das Vermögen wäre in alle Winde verflogen, denn sie waren selbst Windhühner und haben nichts als Windeier gelegt. Zum Glück gab es noch ein paar Männer, ich zähle mich dazu, die wußten, wie man für Heinrich Mosers Erbschaft Sorge trägt. Wir haben wieder etwas daraus gemacht, Herr Achermann. Gehen Sie mal nach Charlottenfels! Das ist jetzt ein Bildungszentrum! Unter den originalen Kronleuchtern unterrichten wir junge Landwirte, damit sie bei der Stange bleiben. Und was Heinrich Mosers Uhren angeht – sehen Sie das?

Schieß zog die linke Manschette zurück und klopfte auf seine Uhr, ein nostalgisch wirkendes Stück, länglich-rechteckig mit gerundeten Ecken und silbernen Kanten.

Eine HENRY FUMÉ von Moser, das Zifferblatt vollständig aus Palladium hergestellt – Palladium! Gold ist Blech dagegen, mit Verlaub. Tonneau-Form, das klassische Understatement! Wer etwas von Innovation versteht, der weiß, was in der Mechanik steckt. Zwei gegeneinanderschwingende Spiralfedern zur Ausschaltung des Schwerpunktfehlers! Selbstkompensierend! Antimagnetisch! Die Moser-typische Taschenuhr-Sekunde, Mosers Originalverzahnung, durchgehärtete Lagerzapfen im gesamten Räderwerk. Echte Kegelräder im Aufzugssystem. Dezent gewölbtes Saphirglas und Saphirsichtboden. Die Schließe wieder massives Palladium. Das Meisterstück der Moser-Gruppe.

Schieß' Stimme hatte etwas Singendes angenommen, sein Knöchel pochte unausgesetzt auf die Uhr. Seine Augen schwammen in Erschütterung. Er räusperte sich, und als er wieder zu sich selbst kam, sah er Achermann herausfordernd in die Augen.

Heinrich Moser braucht nicht zu spuken. Er lebt. Wir haben seine Firma wiederbegründet – in diesem Jahrhundert, fürs nächste Jahrtausend. Wenn Sie schon mit Toten prahlen – so geht man mit ihrer Erbschaft um, Herr Doktor. Diese Uhr wurde letztes Jahr zur «Montre de l'Année» gewählt! Ich schenke sie Ihnen.

Er hatte sich die Uhr vom Handgelenk genestelt; Achermann blickte ins Feuer.

Ich brauche keine Uhr, sagte er.

Nachdem sie Schieß noch einige Sekunden in der Luft hatte baumeln lassen, band er sie sich wieder ums Gelenk. – Beneidenswert, sagte er dann, aber wie Sie wünschen.

Was hat ein Unternehmer wie Sie gegen Europa? fragte Achermann.

Ich bin Europäer, Herr Achermann, ich bin nicht gegen Europa. Aber Europa ist nicht die EU. Die Welt ist groß, die EU ist klein. Dagegen ist die Schweiz immer noch eine Welt.

Darum haben Sie vorgeschlagen, daß die EU der Schweiz beitreten soll.

Schieß lachte wie ein Wolf. – Heute zöge ich das Angebot zurück. Die vergrößerte EU hat die Chance verpaßt, der Schweiz ähnlicher zu werden.

Beitrittsfähig zu sein, um nicht beitreten zu müssen, sagte Achermann.

Das war nicht meine Parole, sagte Schieß. – So reden Kuhhändler und Schlaumeier. Wir *müssen* gar nichts, und die einzige Fähigkeit, die wir beweisen müssen, ist diejenige Heinrich Mosers: draußen tüchtig genug sein, um drinnen einen Damm bauen zu können. Sidonie hat Krieg hautnah erlebt, das Elend, die Flucht. Sie weiß, was ein Vaterland bedeutet. Sie sind kein Politiker, Herr Achermann. Was ich jetzt sage, ist rein hypothetisch. Aber nehmen wir an, es bliebe uns eines Tages nichts übrig, als in die EU einzutreten. Glauben Sie, Ihre Leute könnten uns hineinführen? Sidonie könnte es. Kein Linker hätte den Algerienkrieg beenden können, keiner hat Franzosen und Deutsche versöhnt. Da mußte ein de Gaulle her. Für unpopuläre Schritte braucht es starke Figuren.

Den Toten ist das gleichgültig, sagte Achermann.

Das bestreite ich! sagte Schieß heftig, sonst wären sie für nichts gefallen, und ihr Opfer wäre umsonst geblieben!

Sie sind für nichts gefallen, und ihr Tod war kein Opfer.

So ein Nihilist sind Sie? fragte Schieß. – Dabei wollte ich mit Ihnen anstoßen!

Worauf, bitte? fragte Achermann.

Auf Sidonies Wahl im November, was sonst!

Ich hole den Champagner, sagte Achermann.

Endlich spricht er wie ein Mann! sagte Schieß, und während sich Achermann am Kühlschrank zu schaffen machte, der in die Backsteinwand der Bar eingelassen war, wandte sich Schieß zu Sidonie: Ich habe dir eine Kleinigkeit mitgebracht, Sidi, zur Feier des Tages.

Er holte das flache, blau und silbern verpackte Paket, das an einem Dekorationsfaß gelehnt hatte. Sidonie dankte und packte es aus, während Achermann den Champagnerkorken löste und drei Kelche füllte. Er hörte Sidonies Freudenschrei. Sie hielt ein Bild vor sich hin und stellte es wieder ab, um Schieß zu umarmen. Es war von Albert Anker. Achermann wußte von Dörig: Schieß sammelte den Meister aus dem Berner Seenland.

Die Bleistiftzeichnung zeigte zwei ländliche Gebäude hinter Bäumen, rechts einen Bauernhof mit mächtigem Dach, links, kleiner und weiter entfernt, eine Scheuer, die fast nur aus Dach bestand. Doch der Zauber des Bildes beruhte auf der Behandlung von Licht und Schatten. Denn das Laubwerk der Bäume, das die Häuser zu verdecken schien, existierte gar nicht. Der Zeichner hatte die Stelle, wo es anzunehmen war, leer gelassen, und diese Leere suggerierte bald Blust, bald Schnee oder einfach die Fülle des Lichts, das die Körperlichkeit der Bauten dahinter mit Luft zu versetzen schien, ohne ihre Form zu stören. Sie waren zugleich ganz da und in zarter Auflösung begriffen. Die dunkel schraffierten Stämme, Äste und feinen Zweige griffen wie Wurzeln des Himmels, die ein Gewölk von nichts oder fast nichts umschwebte, in die Höhe des Bildes hinauf und hielten es wie ein Netz zusammen, durch dessen Maschen reine Stille blickte, ein Frühling aus dem Jenseits der Zeit. Auch den Boden, in den der Zeichenstift Baumstämme gepflanzt hatte, behandelte Anker als luftigen Teppich, in dem das Muster aus Hell und Dunkel diesmal umgekehrt war, ohne das Auge zu verwirren. Denn mühelos nahm es die Stellen, wo Baumschatten hätten liegen müssen, als Licht wahr. Und es war leer wie dasjenige, das, anstelle des Laubs, die Bauerndächer federleicht machte, so daß ihr Körper einem Flockengestöber ähnlich sah. Wo aber Licht auf dem Erdboden liegen mußte, hatte es der Zeichner *dunkel* schraffiert. Da zeigte das Licht die Erde, wie sie ist. Hubert sah Adrianas Gesicht.

Heimat, sagte Schieß.

Darauf stoßen wir an, sagte Achermann.

Als Sidonie Schieß zur Tür begleitete, fröstelte Achermann. Seine Hände fühlten sich wieder eiskalt an. Vom Feuer war nur noch Glut übrig; er legte zwei Scheite nach und sah zu, wie sich sofort bläuliche Zünglein bildeten, die am Holz leckten. Als Sidonie zurückkam, brannte es schon lichterloh. Sie setzte sich neben Achermann auf die Steinbank.

Mitternacht vorbei, sagte er. – Du gähnst.

Trinken wir noch aus, sagte sie. – Ist das Bild nicht schön? Oder siehst du nur deine Toten darin?

Ich sehe Liebe darin, sagte er.

Sie fehlt dir, sagte sie, und als er lächelte: du bist einsam, Hubert.

Nur allein, und daran ändert sich auch nichts.

Bei mir ist das eher umgekehrt, sagte sie.

Wenn du Bundesrat wirst, hast du gleich beides. Du bist einsam *und* allein.

Du bist hart geworden, Hubert. – Ich wollte dir zur Sternwarte noch etwas sagen. Ich kenne den neuen Denkmalpfleger. Er könnte den Abriß überdenken.

Ich gebe auf, sagte er, das tut mir gut.

Du hast auch meine Wahl aufgegeben, nicht wahr?

Ich glaube nicht, daß du gewählt wirst, aber das soll niemand merken.

Eine *Homestory* kommt auf uns zu. «WIR» hat sie angeboten.

Das sind die Leute, die dich bedroht haben.

Das vergessen sie, wenn wir ihnen jetzt entgegenkommen. Aber wir spielen ihnen hier kein trautes Heim vor. Ich mache dir einen Vorschlag. Wir besuchen Salomon und lassen die Reporter mitfahren.

Nach Shaidan?

Er fängt an, sich dort eine interessante Existenz aufzubauen. Das ist mir so neu wie dir. Ich appelliere an deine Neugier. Ich verspreche dir ein Minimum an Indiskretion.

Wir fahren in den Orient, um «WIR» ein Familienbild zu bieten. Weit hergeholt.

Und wenn du es als Spiel verstehst? Für Salomon bist du wichtig.

Ich dachte, es geht um deine Wahl.

Ja, darum geht es. Ich möchte, daß du etwas verstehst, Hubert. Ich schauspielere nicht. Ich *will* es werden, und ich sage dir eins: wenn ich erlebe, Schieß nimmt mich nicht ernst, dann lernt er mich kennen. – Ich bin keine Lady, Hubert. Du liebst mich nicht. Aber wie wäre es, wenn du mich ein wenig kennenlerntest?

Sie kniete jetzt auf der Ofenbank und streckte die Hände gegen das Feuer aus. Ihr frisch gefönter Lockenbusch sträubte sich um die blasse Stirn.

Plötzlich lachte sie. – Habe ich dir die Geschichte mit Wahlen schon erzählt?

Guten Abend, gute Nacht, summte er leise.

Nein, eine andere. Die Eltern Wirz hatten einen Schnauzer namens Ajax. Immer, wenn der Götti zu Besuch kam, mußten sie den Hund wegsperren. Er war sehr gutmütig, für Ausbrüche von Leidenschaft zu bequem, auch zu alt. Aber an Friedrich Traugott Wahlen hatte er den Narren gefressen. Er versuchte ihn zu besteigen, wenigstens das Beinkleid, und forderte ihn zur Paarung auf. Wahlen war gelernter Agronom. Er wehrte Ajax geduldig ab, und die Entschuldigungen der Gastgeber auch.

Du willst Bundesrat werden, weil es diesen Götti gab.

Jetzt hast du mich verstanden.

22
März 2011. Shaidan

Der März 2011 war so kalt, wie der unentschlossene Winter, den man schon hinter sich zu haben glaubte, nie gewesen war. Hermann Frischknecht war mitten in der Woche während der Arbeitszeit aus seinem Geschäft gegangen und nicht wiedergekommen. Da er über eine Reise gesprochen hatte, hatte ihm sein Buchhalter nicht nachgeforscht und erst am nächsten Montag die Polizei alarmiert. Doch es war ein Spaziergänger, dessen Hund zufällig auf den Toten stieß, in einem Gebüsch, in das sich Frischknecht von der nahen Bank geschleppt haben mußte, nach einem Herzanfall, wie die Obduktion ergab. Nichts deutete auf Fremdeinwirkung hin. Er hatte das Versteck aufgesucht, um darin zu erfrieren. Der Leichnam war von Füchsen angenagt.

Der einsame Tod des verhinderten Ingenieurs kontrastierte mit dem großen Geleit, das ihm eine heterogene Trauergesellschaft auf dem städtischen Friedhof gab, sprachlos, da er sich im Testament jede Trauerrede verbeten hatte. Drei Trompeter-Veteranen der Arbeitermusik «Eintracht» ließen es sich nicht nehmen, am offenen Grab die «Internationale» zu intonieren, auf die sich die Klientel des Fitneßcenters keinen Vers mehr machen konnte. Achermann fiel die Liquidation von Hermanns Firma zu, und auch da hatte er es auf die Tilgung seiner Spur angelegt. Für Ladengeschäft und Werkstatt wünschte er sich keine Nachfolge, die Räume sollten an das *Anwaltskollektiv* zurückfallen. Achermann las es mit verlegener Rührung. Seit Jahren war ihm dieser Umriß einer verblaßten Vision nicht mehr begegnet, den Hermann in seinem Letzten Willen nachgezeichnet hatte. Sein beträchtliches Vermögen hatte er einer in Brasilien tätigen Kreditanstalt zugewendet, mit der eine landwirtschaftliche Schule verbunden war. Diese Kombination erlaubte armen Landarbeitern, Grundbesitz zu erwerben und sich zu selbständigen Unternehmern zu entwickeln. Sie gehörte zu den Investitionen Moritz Assers in eine bessere Welt und trug ebenfalls den Widerspruch an die Stirn geschrieben, daß Arbeiter erst zu Teilhabern der bestehenden Verhältnisse werden müssen, bevor sie die Fähigkeit erwerben, sie zu verändern – und dann meist keinen Grund mehr dafür sehen. Hermann aber, selbst gezeichnet vom Widerspruch seines Erfolgs, hatte sich diese Hoffnung nicht nehmen lassen und übers Grab weitergereicht an Genossen, die vielleicht besser damit umgehen konnten.

Der wahre Adressat des Testaments war Moritz, mit dem Hermann das Nötigste schon besprochen hatte. Ob er auch der *richtige* Adressat sei, war eine Frage, die Moritz selbst offenließ – oder durch Taten beantwortete, die Befremden erregten. Hermann hatte das Haus «zum Schwarzen Garten», das er gekauft hatte, dem «Zinstragenden Sparhafen» übereignet, der damit zu einem passenden Stadtsitz gekommen wäre; doch erklärte Moritz, dafür keine Verwendung mehr zu haben, und verkaufte es an eine Privatbank weiter, deren Senior Thomas Schinz war. Dieser übernahm es persönlich und ließ sich darin einen rollstuhlgängigen Alterssitz einrichten, womit er doch noch zum Hausbesitzer am gewünschten Ort geworden war. Den Erlös investierte Moritz *à fonds perdu* in einen jüdischen Kleinverleger, der fast gesteinigt worden wäre, weil er die Diaspora als wahre Grundlegung der jüdischen Existenz propagierte.

Seit Moritz' Vater fast hundertjährig gestorben war, begann ihm der Sohn immer ähnlicher zu sehen, denn er ließ sich Haar und Bart wachsen, und man konnte leichter einen jüdischen Witz von ihm haben als eine dialektische Analyse der Lage. Eigentlich hatte er den Finanzmarkt schon vor dessen Krise im Herbst 2008 selbst nur noch als Witz betrachtet, allerdings einen unappetitlichen, der seinen Humor überforderte und nicht einmal mehr seinen Widerspruch reizte. Dabei wirkte er immer noch beweglich und zeigte, obwohl er fester geworden war, keine Spur von Behäbigkeit. Er hatte auch die Belegschaft der «Phryne Treuhand» verschlankt, nachdem Tim in Marybels Dienste getreten war und als Page und Faktotum zu ihren Füßen saß. Karl und Rosa waren ins «Fabrikli» abgewandert und vertraten Moritz jetzt bei dem kranken Tövet. Ein anderes Paar, an dem jede Art von Sozialromantik verloren gewesen wäre, René und Annette, stellte Moritz zu Achermann ab, anfangs, um ihm beim Vollstrecken von Hermanns Testament an die Hand zu gehen. Doch als gewiefte Wirtschaftsjuristen begannen sie diese Hand bald diskret zu führen, und allmählich rutschten auch, durch die Schwerkraft der Sachkompetenz, alle Geschäfte der Stiftung «zum Eisernen Zeit» hinein.

Hubert Achermann wehrte ihnen nicht. Die stille Liquidation der AAS hatte sein ebenso stillschweigendes Einverständnis. Der revolutionäre Anspruch benützte die intelligente Begriffsstutzigkeit des Pärchens, um den Weg aller irdischen Dinge zu gehen. Nach Marybel, die Moritz längst in aller Diskretion vom Verkehr mit der Außenwelt entbunden hatte, kam es jetzt an Hubert Achermann, «verbeiständet» zu werden, wie es im alten Notariatsdeutsch geheißen hatte. Noch kehrte er manchen Donnerstag für Kreuzworträtsel und Kreislauftraining in die Kuppel ein, doch Hermanns Ende begann dort mysteriöse Nebenwirkungen zu zeitigen. Die Musikanlage fiel aus, dann spielte die Tretmühle verrückt. Dieselbe Einstellung ließ die Pedale erst im Leerlauf durchdrehen und verstärkte dann den Widerstand bis zur Blockade. Achermann war die Tücken des Objekts bald so leid, daß er René und Annette bat, es zu entsorgen.

Wie sich zeigte, hatten sie es in der Nachbarschaft für ein Butterbrot verkauft, da es einwandfrei funktionierte. Der alte Thomas Schinz war der Begünstigte, der jetzt auf Achermanns Gerät strampelte, klaglos, wie ihm die sehr fest gewordene Mara bei einem Zusammentreffen im Hof miteilte. Sie war auf bestem Weg, den alten Mann wieder vom Rollstuhl zu entwöhnen. Aber noch saß er darin und sprach Achermann, verwirrt oder boshaft, als «Herr Trokkenwohner» an. Er beschwerte sich über «diese Rote», die ihm immerzu auf den Leib rücke. Offenbar war damit keine politische Zumutung, sondern Marybel gemeint. Mara versuchte Achermann in ihr nachsichtiges Lächeln zu ziehen und lud ihn zum Tee ein. Da man glücklich Nachbar geworden sei, müsse man auch zusammenhalten, gell. Von ihren üppigen Lippen klang es wie ein unsittlicher Antrag, während der alte Mann aus seinem Rollstuhl keifte: *Sie* haben ihr dieses Velo aufgeschwatzt, und es kommt nicht vom Fleck! Zeigen Sie sich nie wieder bei uns! Betteln und Hausieren verboten! So ging alles seinen sozialistischen Gang, wie Jacques gespottet hätte, und Huberts Versuch, Horners Kuppel noch einmal zu besetzen, wurde endgültig aufgegeben.

Im April 2011 aber besuchte das Ehepaar Wirz-Achermann, in Begleitung eines Fernsehteams und ausgewählter Presseleute, das Emirat Shaidan, wo ihr Sohn Salomon als Berater des fast gleichaltrigen Thronfolgers Rashid bin Hasher neue Wege der Darstellung des kleinsten der Vereinigten Arabischen Emirate beschritt. Zwar waren auch hier einige Ölvorkommen vor der Küste die Grundlage des Reichtums, aber sie wurden nicht nur, wie in Abu Dhabi, zur Emanzipation von fossiler Energie genützt. Shaidan bereitete schon den nächsten Sprung vor. Seine bescheidene geographische Existenz bildete die Grundlage für eine unbeschränkte virtuelle. Shaidan befaßte sich mit der Entwicklung von 3-D-Technologien für einen zugleich opulenten und sparsamen Umgang mit Realität. Dabei ging man unverblümt davon aus, daß die Klimaerwärmung nicht aufzuhalten sei. Soweit die Menschheit eine Zukunft hatte, lag sie in der Hitze, und jetzt kam es darauf an, die Hypothek in eine Quelle des Reichtums zu verwandeln. Shaidan pflasterte sein Gebiet mit Sonnenkollektoren und testete verschiedene Verfahren, diese Bedeckung zugleich als Sonnenschutz für Öko-Food-Kulturen zu nützen. Sie wurden mit neuartigen Entsalzungsanlagen bewässert und saugten zugleich einen Teil des zu erwartenden Anstiegs des Meeresspiegels ab.

Nüchtern betrachtet, bestand Shaidan aus kaum hundert Quadratkilometern Wüste und dreißig Kilometern Strand, eingeschlossen eine kleine Bucht, deren Bewohner für Schiffbau eher berüchtigt als berühmt gewesen waren, denn ihre wendigen Dhaus dienten dem einheimischen Piratengewerbe und begründeten seinen Reichtum. Schon im Sklavengeschäft der frühen Neuzeit hatte sich Shaidan eine fortschrittliche Bestückung seiner Flotte geleistet, und da seine Bewohner auch als Räuber einem Ehrencode anhingen, rühmten sie sich einer besonderen Ritterlichkeit. Es gehörte zu ihrer Eigenart, den Gewinn, dessen kriegerischer Erwerb als verdienstlicher galt als sein Genuß, mit einer gewissen Geringschätzung zu behandeln. Die herrschende Schicht hatte also zugleich gelernt, sich des Bazars zu bedienen – etwa für ihre üppige Geschenkkultur – und von ihm nichts wissen zu wollen. Eine Doppelstrategie, die der hauchdünnen Oberkaste bis heute erlaubte, sich immer noch als echte Wüstensöhne zu fühlen und den Arbeitsaufwand geringzuschätzen, der die Grundlage ihres sagenhaften Reichtums bildete. Die Bevölkerungsmehrheit hatte immer aus sogenannten Gästen bestanden; zahlende beschenkte man noch, die bezahlten hielt man um so kürzer und sorgte dafür, daß sie weiterkamen, wenn sie ihren Dienst getan hatten. Früher hatten sie als Schiffssklaven ihre Knochen hingehalten, heute beim Aufschütten und Bedienen künstlicher Inseln, gewinnbringender Verlängerungen der Küstenlinie, die nach Sternbildern benannt wurden. Die turmhohen, noch kaum bewohnten Komplexe standen wie Sichtblenden gegen unerwünschte Blicke fest im Sand. Insofern waren sie eine zeichensetzende Vorleistung der virtuellen Realität, die in ihrem Schatten entstand, und dienten ihr am Tag als imponierende Kulisse, nachts als Leuchttürme in die Zukunft. In den Bazaren der neukonstruierten Altstadt siedelten sich Boutiquen aus der großen Welt an und verbreiteten ihren Duft.

Die Herren des Emirats kultivierten Altertümlichkeit auch in Brauchtum und Kostüm. Als echte Beduinen gingen sie steuerfrei in dem Werk herum, das andere für sie verrichteten, im stolzen Bewußtsein, es ermöglicht zu haben. Darin waren sie Allah nahe, wie sie überhaupt die unbeugsame Frömmigkeit von Leuten verbreiteten, die im Glauben an sich selbst gefestigt sind und eine hohe Kultur der immer gewaschenen Hände und des blütenweißen Umhangs pflegen. Ihre in der *Harvard Business School* gestählte Spitze hatte, ohne das traditionelle Gewand am Computer abzulegen, gelernt, persönlichen Mut in Investitionen umzusetzen, deren hohes Risiko eine geborene Kriegerkaste noch nie gescheut hatte.

Und so gedieh in Shaidan eine Architektur des Fabelhaften. Um nicht vom Quicksand einer Krise verschlungen zu werden, hob ihr bestes Teil gewissermaßen vorsorglich ab und unterstützte die gebaute Topographie mit der luftigen einer Fata Morgana. Was ins Virtuelle umgesiedelt ist, kommt nicht um. Es ist spektakulär, wartungsfrei und raumsparend, denn es läßt sich im Nu in das schwarze Kästchen zurückholen, aus dem es gezaubert ist. Doch es macht die natürliche Kulisse zum Bühnenbild für ein Theater, das keinen anderen Zweck hat, als jede Vorstellungskraft zu übertreffen. Shaidans wahrer Reichtum zeigt sich an seiner Kunst, sich zu entmaterialisieren, und seine Schatzkammer befindet sich tief unter der Erde. Aber hier wird kein Gold gehortet, sondern Silikon geschliffen zum Programmieren einer neuen Welt und Software aus den besten Köpfen auf Festplatten geladen. Das Produkt soll in der Realität aus Licht und Luft, Wasser und Erde nicht nur bestehen, es soll sie komplettieren und zum Markenzeichen überhöhen. Dafür war Salomon mit dem Training seiner Kindheit im «Gugger» ganz der Rechte und der ideale Partner des jungen Scheichs, der sich ein Reich wünschte, über dem die Sonne nicht unterging, weil er ihren Lauf mit dem Joystick steuern konnte.

Eigentlich war Shaidan ja, bis auf zwei Monate im Jahr, seiner schwülen Hitze wegen so gut wie unbewohnbar, was das nahe Dubai auf die Idee gebracht hatte, eine ganzjährig befahrbare Wintersporthalle zu bauen, während Hoheit Rashid bin Hasher zu sagen pflegte: «bei uns werden die Gäste von sich aus cool.» *How to be in the picture*, lautete die Eigenwerbung des Emirats. Hier ging man in keinen Film mehr, man *war* in einem Film.

Die Legende dazu lieferte Numa Gaul, der persönliche Reiseführer der Delegation aus der Schweiz, der sie im Reisebus, einer Kühlbox auf Rädern, auch ins Allerheiligste des Emirats führte, zum *Image Generator*, auch *Picture Pit* genannt, da die Anlage als steiles Amphitheater zwanzig Stockwerke in die Erde abgeteuft war. Von weitem schon imponierte ihr oberirdischer Teil: zwölf Türme am Kraterrand, die in einem Kreis von einem Kilometer Durchmesser angeordnet waren «wie Staubfäden in einem Blütenkelch». Allerdings sahen die Türme, jeder eine mit dornartigen Warzen gespickte Walze, eher Säulenkakteen ähnlich oder – «sagen Sie nur, was sie denken», ermutigte Gaul die Reisegesellschaft – Noppen-Kondomen, «aber betrachten wir sie als *Land Art*, *snorkels of the Yellow Submarine*».

Für Kenner waren sie Windtürme, das geniale Kühlsystem für den Krater. Man mußte die Luft nur richtig fallen und steigen lassen und unterwegs passend befeuchten, dann kühlte oder wärmte sie nach Bedarf. Bernoulli-Effekt, Venturi-Effekt – Kamineffekt verstand man besser, auch Verdunstungskälte. Die Türme wirkten porös, und das Gebüsch, das aus den Öffnungen wucherte, verstärkte den Eindruck des Organischen. Übrigens war auch Numa Gaul sehenswert, mächtig gebaut, mit immer gerötetem kinnlosen Gesicht und zum Pferdeschwanz gerafftem gelben Haar. Er stammte aus Libanon und Luxemburg, doch war er in Münsterburg aufgewachsen und hatte Spieltheorie studiert, bevor er sich auf Pataphysik spezialisierte. Er verstand sich als Pionier einer multiplen Realität, der Salomon Szenarien und Stichworte für die technische Umsetzung lieferte. Sein engster Kreis war zugleich der unterste des Trichters, angeordnet um die *Black Sun*, ein Kreisrund, das von oben einer permanenten Sonnenfinsternis mit lodernder Corona gleichsah, aber, je näher man ihr kam, zur Zisterne mit Trinkwasser wurde, aus der man sich mit Eiswürfeln zum Whisky bedienen konnte.

Aber dieser Drink wollte verdient sein. Schon beim Verlassen des Busses hielten sich die Besucher die Ohren zu. Ein Sirren und Schwirren lag in der Luft, das offensichtlich von den Türmen ausging, nicht laut, doch penetrant. Die Luft *röhrt*, lächelte Gaul; Neulinge hielten die Frequenz nicht aus, längerer Aufenthalt in den Türmen sei nicht geraten. Es sind aber doch Leute darauf! glaubte ein Fotograf zu bemerken. – Nur Reste von solchen, erklärte Gaul, aber gruseln Sie sich nicht. Es gibt nichts so Sauberes wie Luftbestattungen. Und ein bißchen Ohrensausen stört die Toten nicht mehr und schreckt auch die Geier nicht ab. – Fotografieren war nicht verboten. So kam die Schweiz zu sensationellen Bildern, denn in die Nähe der *Picture Pit* hatte das Emirat noch niemanden gelassen.

Die Gesellschaft Sidonies wurde ausgiebig mit Shaidans *Open Air Landlifting* bekannt. Gemeint war, daß man für *special effects* ohne Projektionsschirm auskam, vielmehr Licht und Luft so aufbereitete, daß sie selbst als Bildträger dienten. Die Idee war, sich in einer vertrauten Szenerie zu befinden, ohne sie wiederzuerkennen. Das Bekannte steckte plötzlich voller Überraschungen, war unterfüttert von Fremde. Und auch wenn der Effekt in der Regel kosmetisch war: Gaul schloß nicht aus, daß man auch andere Saiten aufzog und etwa aus einer Alp – wie er launig bemerkte – mit Mausklick einen Alptraum machte. Da die Veränderung ohne Rahmen war, konnte sie grenzenlos wirken. «Wir sorgen dafür, daß der Betrachter psychisch abhebt – oder wir ziehen ihm den Boden unter den Füßen weg. Zur Zeit arbeiten wir am Licht der Erinnerung.» Die Natur zur Mitspielerin zu machen, ohne ihre Unbequemlichkeit in Kauf zu nehmen, gehörte zu den erklärten Zielen von *Shaidan World*.

Eines schönen Tages werde man das dreidimensionale Bild von technischem Gerät lösen und mit dem körpereigenen Sensorium direkt zusammenschließen, nach dem Muster der direkten Animation von Prothesen durch das Gehirn. Schließlich wolle man nicht schwer verkabelt in der freien Natur sitzen, sondern als Freizeitmensch, der die Szene selbst herstellen kann, die er sich zu Gemüte führen will. Statt eines banalen Sonnenuntergangs einen Wirbelsturm, einen Tsunami, Eisberge mit Eisbären, den Ausbruch eines Vulkans oder die Geburt einer Supernova.

Sidonie und Hubert sahen ihren Sohn auf dem *Black Sun Level* am Werk, es war sein «Gugger»-Studio in Potenz. Noch waren 4-D-Events erst an Bildschirmen darstellbar, die Simulation blieb auf das Modell beschränkt, aber einzelne ihrer Effekte flossen bereits in das Programm ein, das den Gästen vorgesetzt wurde, und machte etwa aus einer Tanzrevue in der Wüste eine Féerie, die sich über das ganze Himmelszelt ausdehnte, als wäre es von einem Pop-Tintoretto ausgemalt. Der Herrscher hatte Neurophysiologen und Bioniker aus aller Welt nach Shaidan gezogen, aber nicht, wie Salomon den Medienleuten erklärte, um die gewünschte Wirkung durch halluzinogene Substanzen zu unterstützen, sondern um körpereigene Äquivalente zu mobilisieren. Der junge Herrscher, ein Feind aller Drogen, verschmähte für seine Person sogar die Wasserpfeife. Doch im Umgang mit Andersbedürftigen zeigte er Verständnis, wenn sie bestimmte Reize nicht entbehren konnten, und hatte etwa für erotische generös vorgesorgt. Unter den Attributen der Allmacht, die er repräsentierte, hätte man die Prüderie umsonst gesucht, denn wer wahrhaft gastlich ist, denkt nicht eng.

Die *Picture Pit,* mit keinem Filmstudio zu vergleichen, war ein Märchenland zukunftsbildender Kommunikationstechnologie. Man wartete die Zukunft nicht ab, man stellte sie her. Das Steuergerät, das ein Besucher von *Shaidan World* bei sich tragen mußte, um in die verwandelte Szene nicht nur einzusteigen, sondern daran mitzumodellieren, war nicht größer als der Knopf eines Steiff-Tiers. Im Ohr getragen, lenkte er (Salomon drückte sich fachmännischer aus) bestimmte Hirnströme um und verband sie zu einem neuen Netzwerk, das Eindrücke selbsttätig bearbeitete, so daß zwar alle Netzteilnehmer etwas Vergleichbares erlebten, aber auch nicht zwei das gleiche. Selbst die Repräsentation eines raumfüllenden Gewitters lasse sich auf diese Weise individualisieren; von Gleichschaltung könne keine Rede sein. Wolle man aus dem Erlebnisprogramm aussteigen, sei nichts weiter als ein Paßwort nötig; dann würden *gleichzeitig* die Stimulation des Gehirns und die Transformation der Szene zurückgefahren. Für die Journalisten stellte sich Salomon nicht mehr als importierter Fachmann dar, sondern als heimlicher Nebenkönig des Emirats.

Kein Wunder, daß er zur Statur seiner Mutter viel beitrug. Sidonies Expedition nach Shaidan erwies sich als ideale *Homestory.* Die arabische Kulisse machte das typisch Helvetische der Besucher besser sichtbar und ließ es als vorbildlich erscheinen. Die Kandidatin trat nicht als Schulmeisterin einer neuen Generation auf, sondern als Lernwillige, die aber auch Vorbehalte geltend machte, sogar was ihren eigenen Sohn betraf. So empfahl sie sich auch als gereifte Vertreterin des dritten Alters. In einer guten Familie redet man über alles, der Ausgleich der Generationen bleibt möglich. Dabei fiel dem Ehemann und Vater nicht nur die Rolle eines verständnisvollen Begleiters, sondern auch eines skeptischen Humoristen, gelegentlich sogar eines Slapstick-Komödianten zu, der, wie der erste beste, an der Tücke orientalischer Objekte scheiterte. Achermann agierte mit einem Stich ins Melancholische, intelligent auch auf eigene Kosten, wobei ihm sein juristisches Training zustatten kam. Er gab, wenn er durch die Wüste ritt, zu verstehen, daß auch ein Dromedar zwei Seiten hat, aber nur einen Höcker. Wenn er sich etwa mit philippinischem Personal – übrigens in fließendem Spanisch – unterhielt, zeigte er seine soziale Ader. Stark war er in der Behandlung religiöser Fragen und verleugnete nicht einmal ein gewisses Verständnis für fundamentalistische Positionen. Über den Islam zeigte er sich oft besser beschlagen als der Imam, mit dem er sich unterhielt, doch ohne eine Spur von Überheblichkeit.

Die mitreisenden Medienleute wurden Sidonies beste Verkäufer. Die Wirz-Achermanns führten vor, daß man sich im Wüstenzelt bei der Falkenjagd ebenso wie in den Chefetagen von *Shaidan World* in bestem Englisch unterhalten und selbst eine schneeweiße Kandoura oder eine fußlange schwarze Abaya tragen kann, «ohne das Schweizer Format zu verleugnen». Wer nicht dabei war, schnödete natürlich über *embedded journalism*. Aber die *Homestory* erreichte auch ein Publikum, das bisher gefremdelt hatte. Mit Sidonie und Salomon durfte sich die Schweiz zeigen. Shaidan war der Ort, an dem man auch einem *whizz kid* nachsah, was man bei jugendlichen Fußballmillionären fast neidlos akzeptierte. Wer so früh den Jackpot knackt, ist nicht von schlechten Eltern.

Die Gastgeber behandelten Achermann, den Erzeuger eines genialen Salomon, mit fast erdrückendem Respekt, doch Scheich Rashid bin Hasher, in Princeton geschult und mit dem Brauchtum des christlichen Abendlandes hinreichend vertraut, zeichnete auch Sidonie mit seiner Galanterie aus. Er wußte, wer die Hauptperson der *Homestory* war. Und wenn er sie meist in rein weiblicher Gesellschaft auftreten ließ, kam er nur dem Drehbuch entgegen, das vorsah, die Angst vor einer Emanze im Bundesrat zu zerstreuen. Vor den Seinen trug sich der Scheich als splendider Jungpatriarch, und die Ehrerbietung, die sein kanariengelbes Kleid auf Schritt und Tritt umgab, erhob ihn in eine andere Dimension. Schweizern aber zeigte er sich vertraulich und grinste lausbübisch in die Kamera.

Doch wehe, wenn man ihm auf gleichem Fuß begegnete! Es hieß, er pflege den Schliff seines Schwertes gelegentlich mit einer eigenhändigen Hinrichtung zu überprüfen. Er herrschte anstelle seines Vaters, den eine markante Geistesschwäche zum Rückzug gezwungen hatte. Einige Jahre hatte der hinfällige Großvater die Stelle des Alleinherrschers versehen, bevor er sie dem sehr jungen Enkel abtrat. Nachdem dieser anfangs von angenommener Würde förmlich erstarrt gewesen sei, habe ihn der Auftritt Salomons zu neuem Leben erweckt, und jetzt wolle er sich von Dubai und Abu Dhabi nicht lumpen lassen und mache unerbittlich Ernst mit märchenhaften Entwicklungsplänen für seinen Wüstenfleck. Aber auch SALI war in dieser Goethe-ähnlichen Position kein *Nerd* mehr, sondern holte die Jugend nach, die er sich vor dem Bildschirm hatte entgehen lassen. Reiten hatte er schon im «Gugger» gelernt, nun aber betätigte er sich als Pferdezüchter, unterhielt einen eigenen Rennstall und erschien in azurblauer Kandoura mit silbernem Kopfreif auf der Ehrentribüne des berühmten *Shaidan Turf.*

Zum Glück für die *Homestory* blieb er der geistigen Nähe zum Islam durchaus unverdächtig, auch wenn ihn ein ganzes Gefolge beduinischer, meist bärtiger Männer umgab. Und was Sidonie betraf, erlebte man eine Kandidatin, die ihre Zunge zu hüten verstand, manchmal nur ein Lächeln für sich sprechen ließ und schweigend um so vielsagender wirkte. In Interviews war sie beredt, während sich ihr Mann eher bedeckt hielt. Sein zurückhaltender Auftritt verlieh ihm etwas Staatsmännisches, und nach Shaidan wurde die Frage nach seiner Eignung als Partner einer Bundesrätin nicht mehr gestellt.

Achermann triumphierte nicht, er hatte sich überwunden, mehr als je im Priesterseminar oder in der Kapuzinerkutte. Shaidan war eine Hohe Schule der Entfremdung. Das Orient-Parfum war allgegenwärtig, aber die Gewürze im Bazar rochen erst, wenn man mit der Nase darauf stieß. Dafür war das Meer vollständig geruchlos. Dieses sterilisierte Wasser mit kaum plätschernden Säumen – kein Strandgut, kaum eine Muschel – war nur zum Anschauen gedacht. Am deutlichsten aber machte sich der falsche Film bei Kontakten mit dem Personal bemerkbar. Sprach man einen chinesischen Kellner, ein malaiisches Zimmermädchen an, verschwanden sie. Ihr Lächeln ließen sie stehen. Aber ihre wahre Person war abgetaucht. Sie mußte fürchten, bei einer anderen Realität ertappt zu werden als der in Shaidan zugelassenen; das hätte sie ihre Existenz gekostet.

Einmal Homestory *und nie wieder!* Dieses Versprechen war – in diplomatischer Form – schon *vor* Shaidan Gegenstand einer öffentlich abgegebenen Erklärung gewesen. Mußte man um Verständnis bitten, wenn man seine Privatsphäre abzuschirmen wünschte? Die Medien nahmen den Wunsch scheinbar respektvoll zur Kenntnis. Die Hotelszene, in der sie das Paar trotzdem filmten, hatte ein venezianisches Flair; die Suite, in der man residierte, war eigentlich die Miniatur eines maurischen Inselpalastes und nur mit Booten zu erreichen. Der Vermutung eines glücklichen Paars ergab sich schon aus dieser Szenerie. Dennoch waren findige Reporter bereits einer neuen Kombination auf der Spur: Sidonie Wirz und Numa Gaul!? Noch hatte der Fußabdruck die Form eines Fragezeichens, doch warum sollte es sich nicht zum Ausrufezeichen flachtreten lassen?

Im August tauchte er wirklich als *Artist in Residence* im «Gugger» auf und hatte mit Sidonies Wahlkampf scheinbar nichts zu tun. Um so intensiver trat er in ihrem Kulturprogramm auf und entzückte Insider mit Projekten wie «pataphysikalische Metamorphose» oder «die Kunst des Wirbels». Er veranstaltete auch eine «Sehschule für Zeitgenossen», deren Teilnehmer etwa Anamorphosen erst erkennen, dann selbst basteln lernten, Zerrbilder, die man durch Aufsetzen eines zylindrischen Spiegels an der richtigen Stelle zu regelrechten Gesichtern oder Landschaften auflösen konnte. Er nannte auch die *Picture Pit* in Shaidan eine anamorphe Architektur, für deren Entzerrung freilich ein Auge nötig wäre, das gleichzeitig von der Mitte und vom Rand her zu blicken wüßte.

Über dieses Auge verfügte, neben Gott, zur Zeit nur Numa Gaul. Es war nicht zu übersehen, daß er sich Sidonies Gunst erfreute. Er war nur wenig älter als Salomon. Seinen Einstand in der Szene hatte er um 2000 in Dinkelsbühl gefeiert, mit einer Produktion, die er «Abokalypsen» nannte, mit weichem b, weil man sich darauf «einmalig abonnieren» konnte. Es waren Bilder, die sich «durch Ansehen» veränderten, aber, anders als die «von Milliarden Blicken abgelutschte Mona Lisa», real, aufgrund einer gegenseitigen Reaktion von Bild und Auge, «die ich nicht steuern kann: am Ende kommen Sie in jedem Fall zu einem überraschenden Selbstbild». Er war ein pointierter, dabei melancholischer Schlauredner, der Sidonie amüsierte und ihr am Kaminfeuer zur Erholung von der politischen Knochenarbeit angenehm war.

23
2011. Schnitt

Es war ein warmer Augusttag; Achermann stand neben Annettes Pult in der Beletage. Da sah er schräg gegenüber den alten Thomas Schinz auf dem Treppenabsatz des «Schwarzen Gartens» im Rollstuhl mehr kauern als sitzen, unter einem weißen Gartenschirm, der in einem Zementblock befestigt war. Neben ihm stand ein Tischchen mit Getränken, und er starrte mit schief gehaltenem Kopf zum Oberstock des Hauses «zum Eisernen Zeit» hinauf.

So sitzt er den ganzen Tag, sagte Annette, und beobachtet unser Dach. Kürzlich hat ihn René auch nachts um zehn Uhr da sitzen sehen.

Bewegt er sich nie? fragte Achermann.

Manchmal kommt diese Blondine und schiebt ihn ins Haus, aber nach kurzer Zeit ist er wieder draußen. Er tut nichts, absolut nichts. Aber er *schaut.*

Ich rede mit ihm, sagte Hubert.

Der Ausgang, der von Hermanns Ladengeschäft direkt in den Hof geführt hatte, war verschlossen und alarmgesichert. Achermann mußte, wie einst, den Weg um drei Ecken nehmen, und auch der Durchgang in den Hof war jetzt mit einem Gittertor blockiert. Als Anlieger hatte er einen Schlüssel. Das Haus «zum Schwarzen Garten» wandte ihm seine frisch verputzte klassizistische Fassade zu. Der Rollstuhl auf der hohen Plattform hätte jederzeit abstürzen können. Aber der Insasse rührte sich nicht.

Guten Tag, Herr Schinz. Wie geht's?

Nach einer Weile sagte der Alte, ohne den Kopf zu drehen:

Jetzt haben Sie die Bescherung.

Was meinen Sie?

Das Haus kommt herunter, sagte der alte Schinz leicht lallend. – Ihr habt die Kommunisten hineingelassen. Ich sollte es nicht haben. Und jetzt habe ich ein schöneres.

Ja, Sie haben das Haus sehr schön gemacht, sagte Achermann, und in diesem Augenblick ging die Tür auf, und Mara kam heraus.

Wollen Sie das Haus sehen, Herr Doktor? fragte sie. – Ich zeige es Ihnen gern. Es ist reines Biedermeier und absolut schwellenlos.

Ein Hurenhaus, sagte der Alte.

Mara lächelte. – Er meint *Ihr* Haus, Herr Doktor, nehmen Sie es nicht übel.

Die Männer krepieren, keifte der Alte, und die Weiber bleiben lustig. Aber nicht mehr lange. *Es kommt.*

Ist es nicht heiß da draußen, den ganzen Tag? fragte Achermann.

Es ist das einzige, was er sich gönnt, sagte Mara halblaut, und dann mit erhobener Stimme: Wir sind ja so froh, daß es ihm wieder gutgeht. Die Kur in Shaidan. Jeden Tag eine Stunde gewichtlos, und man ist ein anderer Mensch.

Meine Mitarbeiter beschweren sich, sagte Achermann, er starre den ganzen Tag in ihr Fenster, oft bis in die Nacht.

Das tun wir nicht, Thomas, sagte sie laut, wobei nicht klar war, ob es eine Antwort für Achermann war oder eine Mahnung an den Invaliden. – Kommen Sie morgen zum Tee, sagte sie beiläufig, dann erzähle ich Ihnen etwas. – Und wir gehen jetzt einen Augenblick in den Schatten, Thomas, nicht wahr?

Ein Hurenhaus! sagte er störrisch.

Dann auf morgen, Herr Doktor, sagte sie. Achermann hatte nicht den Eindruck, daß sie sich an seinen Namen erinnerte, aber als Wienerin lebte sie in der Annahme, daß ein Titel nie ganz falsch sein kann.

Als er am nächsten Nachmittag wiederkam, regnete es in Strömen, was Thomas Schinz nicht hinderte, auf seinem Beobachtungsposten zu sitzen, nur daß der weiße Schirm jetzt als Regenschirm diente.

Guten Tag, Herr Schinz. Etwas Neues entdeckt?

Trockenwohner. Selbst nicht trocken hinter den Ohren. Und die blaue Mauritius habe ich *doch*.

Das ist schön, sagte Achermann, ohne zu wissen, wovon der alte Mann sprach.

Es geht nicht mehr lange! griente er und sah Achermann das erste Mal an.

Ihre Frau hat mich zum Tee eingeladen, sagte Achermann. – Wenn Sie erlauben, läute ich jetzt. Hoffentlich setzen Sie sich ein wenig dazu.

Ein Hurenhaus! wiederholte Schinz und mümmelte heftig. – Aber *es kommt!*

Achermann mußte sich über ihn beugen, um zu klingeln, und bis sich Schritte näherten, herrschte eine unbehagliche Stille. Als Mara öffnete, sagte Schinz: Und dir schneidet er den Hals ab.

Treten Sie ein, Herr Doktor. Bitte drück auf den Knopf, wenn du was brauchst. Es geht ihm gut, Sie hören es. Er macht wieder Witze. Bitte treten Sie ein.

Der ehemalige Kraftraum, zu dem drei kleinere Zimmer zusammengelegt worden waren, hatte sich in einen Wintergarten verwandelt. Man ging durch eine Gruppe Topfpalmen zur Sitzgruppe und saß wie in einer Oase. An der Wand hing ein altmodischer Klingelzug, den Mara betätigte. Man hörte es trippeln, und eine Servierdame mit Häubchen und weißer Schürze kam zwischen den Bäumen hindurch und erkundigte sich nach den Wünschen in einer östlich gefärbten Sprache. Die Tochter des Realitätenhändlers orientierte ihren Geschmack an der alten Donaumonarchie, und den Palmenwald hatte man wohl als hochkonzentrierte Kaffeehauskultur zu verstehen. Aus dem Fitneßcenter war ein Rollstuhlparadies mit eingebautem Lift geworden, und Achermann erfuhr, daß der alte Herr seine Villa verkauft hatte.

Jetzt beobachtet er, sagte Mara. – Es ist seine letzte Freude.

Was sieht er denn?

Er sieht Ihr Haus bröckeln, nichts für ungut, Herr Doktor.

Wenn es dunkel war, sah er einen schwachen Schein hinter den Fenstern, als belebe sich ein Computer von selbst; aber das blaue Licht wanderte von Fenster zu Fenster. Peter Leu will sein Haus zurück, sage er dann, die Kommunisten haben es ihm gestohlen.

Thomas sieht gut, nur ganz andere Dinge. Er glaubt, daß Ihr Haus von Geistern besucht wird, und oft verwechselt er sie mit lebenden Frauen. Er hat Enttäuschungen erlebt, wissen S', eigentlich sieht er keine Frau mehr an. Dafür sieht er Geister. Am hellichten Tag sieht er sie noch besser. Dann sehen sie aus wie diese Marybel. Gestern sahen wir Ihre Frau Gemahlin im Fernsehen. Da sagte er: das war die Geliebte von Jacques, und als er sie verließ, hat sie ihn getötet. Und dann sagte er noch etwas, das dürfen Sie gar nicht hören.

Sie war nie die Geliebte von Jacques, sagte Achermann.

Natürlich nicht, sagte Mara, aber wenn Sie sich einsam fühlen, kommen S' einfach herüber, und wir trinken einen Kaffee zusammen. Soll ich Ihnen noch a bissel das Haus zeigen? Thomas braucht mich die nächste Stunde nicht.

Danke, aber ich habe noch zu tun. Das Haus wird ja nicht heute schon einstürzen.

Wer weiß, lachte sie kokett, aber wenn ich Sie noch um an G'falln bitten dürfte. Nehmen S' doch des wieder mit.

Sie drehte das Bild um, das hinter ihrem Sessel an der Wand gelehnt hatte. Es war das große Fotoporträt Frau Dr. Fanny Mosers. Die Dame mit dem antiken Haarknoten und dem Perlenkranz auf der hohen Büste sah sinnend vor sich hin.

Es wundert mich, daß sie sich nicht selbst umgedreht hat, sagte Mara. – Das tut sie nämlich. Keiner rührt sie an, und scho' hangt sie verkehrt. Oder sie fallt auf den Boden, das ist jetzt zum dritten Mal vorgekommen, auch wenn sie ganz frisch aufgehängt war. Fällt auf den Boden und tut sich nichts dabei, nur der Flügel kriegt wieder eine Schmarre.

Aber Ihr Mann hängt doch an dem Bild.

Jetzt kann er's nicht mehr ansehn. Sie habe sogar den eigenen Sohn verdorben, davon sei er geworden, was er ist.

Fanny Moser hatte keine Kinder, sagte er.

Es geht mich ja nichts an, aber Thomas sagt: Fort mit Schaden.

Marybel wird sich freuen, sagte Achermann.

Draußen goß es immer noch, doch der Rollstuhl stand unverändert auf seinem Hochsitz, und Schinz schien zu dösen. Doch als Achermann vorbeiwollte, war er hellwach.

Ausgevögelt? fragte er. – Und schleppen schon die nächste ab? – Er deutete mit seinem dürren Finger auf das Bild.

Herr Schinz, Fanny Moser war eine ehrbare Dame, sagte Achermann.

Eine ehrbare Dame, sagt der Trockenwohner. Wissen Sie, was die einen Mann kostet? Das Leben. Ich sage nur: der Krug geht zum Brunnen, bis er bricht. *You can fool* all *people* some *of the time. You can fool* some *people* all *of the time. But you can't fool* all *people* all *of the time.*

Das haben Sie gut hingekriegt, sagte Achermann.

Es *kommt.* Es kommt, wie es muß.

Achermann lief los und preßte das Bild mit der Schauseite gegen den Leib, damit es ungeschoren durch den Regen kam.

Er hatte Marybel lange nicht mehr an ihrem Arbeitsplatz aufgesucht. Jetzt legte er das Bild auf ihren Tisch.

Von Thomas und Mara, ein Geschenk. – Sie blickte ihn kurz an.

Was soll ich damit? Ihr reißt doch die Sternwarte nächstens ab. Aber wenn du grade mal da bist, heute kam ein Mail für dich, hohe Dringlichkeit. Wenn du deine Tochter noch sehen wolltest, müßtest du dich beeilen.

Welche Tochter? fragte er.

Was weiß denn ich? fragte Marybel. – Das mußt schon du wissen.

Von wem ist das Mail? fragte er.

Diebold, sagte sie, Anastas Diebold. Er wollte von seiner Frau geschieden werden. Aber du hast dich nicht gerührt. Anscheinend hast du sie geschwängert.

Was für ein blühender Unsinn, sagte Achermann.

Die Tochter sei neunzehn und sehr schön, aber es bleibe ihr nicht mehr viel Zeit. Soll ich das Mail ausdrucken?

Marybel, sagte er, ich muß in den «Gugger». Das Bild lasse ich da. Und der Abbruch steht noch in weitem Feld.

Hast du Personenschutz, Hubert? fragte sie.

Warum?

Nur so. Wenn die Frau Bundesrat werden will.

Sidonie hatte in einem launigen Interview bekanntgemacht, sie habe ihrem Mann untersagt, sie am Wahltag nach Bern zu begleiten. «Wenn er mir in den Mantel helfen will, sage ich ihm: danke, es geht allein gerade schwer genug.» Sie zitierte das Männerkindbett bestimmter Naturvölker, bei denen der Mann am Tage der Niederkunft das Bett hüte, um böse Geister irrezuführen, «während die Frau der Feldarbeit nachgeht wie jeden Tag».

Achermann hielt sich im «Eisernen Zeit» nie lange auf und vermied seine oberen Etagen ganz. Da er in der Stadt nicht erkannt oder gar auf einem Waldspaziergang angesprochen werden wollte, verbrachte er seine «Gugger»-freie Zeit lieber im Nebenhaus «zum Schwarzen Garten» und wußte jetzt die verschlossenen Gitter um den ehemaligen Lindenhof zu schätzen. Nach einem kurzen absurden Wortwechsel mit dem Invaliden auf dem Vorplatz der Doppeltreppe trank er Kaffee in Maras tropenfeuchtem Palmengarten und ließ sich, wenn er hinausging, von dem alten Schinz fragen, ob er gut gevögelt habe.

Der über Neunzigjährige war des Schreibens nicht mehr mächtig, aber bestimmte Teile seines Gedächtnisses lagen noch in klarem, wenn auch seltsamem Licht, denn gelegentlich schien eine andere Person in seine Haut zu schlüpfen, etwa diejenige des verstorbenen Briefmarkenhändlers Peter Leu. Achermann wunderte sich über das mehrfach belichtete Gedächtnis, das in Thomas Schinz' Kopf rumorte. Das Haus «zum Eisernen Zeit», das Thomas nicht hatte kaufen können, war ebendarum die große Passion seines Lebens geworden. Schon für Goethe hatte sich das Haus mit einem Liebeszauber der dritten Art verbunden, als er es am 20. November 1780 mit seinem gleichfalls inkognito reisenden jungen Landesherrn Carl August besuchte. Zwar habe ihn das Gespenst des Herrn von Hohensax offenbar im unpassenden Moment überrascht, dennoch habe er von dieser Nacht eine Erfahrung mitgenommen, die gewissermaßen zum Schlüssel zu seinem eigenen Leben geworden sei. Thomas Schinz hatte die Sätze des Klassikers in Gold rahmen lassen, und Mara führte sie Achermann im Schlafzimmer des Invaliden vor: *Erst hier geht mir recht klar auf in was für einem sittlichen Todt wir gewöhnlich zusammen leben und woher das Eintrocknen und Einfrieren eines Herzens kommt das in sich nie dürr und nie kalt ist. Indeß bin ich auch schon wieder bereit daß uns der Sirocko von Unzufriedenheit, Widerwille, Undanck, Lässigkeit und Prätension entgegendampfe. Doch kann ich die Zeit unter die glücklichsten meines Lebens rechnen.* Die Obsession des alten Mannes für das «Hurenhaus» war demnach nur der säuerlich gewordene Ausdruck einer Haßliebe, die er für Körperlichkeit und Sexualität überhaupt empfand. Marybel blieb auch jetzt noch ein Gegenstand seiner argwöhnischen Beobachtung; dafür gedachte er seines Sohnes Jacques kein einziges Mal. In gewissem Sinn stimmte Thomas Schinz' Geschmack an erotischem Spuk jetzt mit demjenigen Maras überein, denn ihr Hobby waren Sterben und Tod.

Die Tochter des Realitätenmaklers war schon als Kind am liebsten auf den Wiener Zentralfriedhof gegangen, wo ihr die Realität im Konzentrat von Meistergräbern erschienen war, über denen die Nachtigallen sangen. Sie genoß aber auch die Kapuzinergruft, ohne zu schaudern; dafür hatte sie die medizinhistorische Sammlung der Universität. Aber das Größte war das Wiener Bestattungsmuseum, wo sie bei ihrem letzten Besuch bis ein Uhr an einer *Langen Nacht* teilgenommen hatte.

- *Sargtest – Mutige können auch heuer probieren, wie es sich in einem Sarg liegt.*
- *Leichenwagen-Parade – Glaswägen und Fourgons nehmen Aufstellung im riesigen Innenhof der Bestattung Wien.*
- *Luftballons für die Toten – Leuchtende Botschaften entschweben in den nächtlichen Himmel.*
- *Papiersärglein – Zum Ausschneiden, Bemalen und Zusammensetzen für kleine und große Bastler.*
- *Totentanz – Der Bilderzyklus in der Museumsgalerie demonstriert die Macht des Todes über das menschliche Leben.*
- *Thanatopraxie – Informationen zur kosmetischen Konservierung für wenige Wochen bei «Six Feet Under» gang und gäbe – gibt ein Thanatopraktiker der Bestattung Wien.*
- *Funeral Gospel Singers – um 20, 22 und 24 Uhr singen sie Black-Music-Hits von «Amazing Grace» bis «Oh Happy Day».*

Mara erzählte von Weckern, welche scheintot Begrabenen erlaubten, die Oberwelt von ihrer Lage in Kenntnis zu setzen, von Sitzsärgen für kurzatmige Tote und wiederverwendbaren Klappsärgen, und als sie sich Hubert besonders nahe fühlte, rückte sie ein Stilett heraus, das für den Herzstich verwendet wurde, um jeglichem Scheintod sicher vorzubeugen, und bot ihre Brust für einen Versuch an. Doch Hubert Achermann widerstand, denn aus der mehr als voll erblühten Rose wehte ihn Moderduft an – es konnte auch schon sein eigener sein. Da war die Geisterseherei des Rollstuhlfahrers im gestreiften Pyjama mit seinem Wahnsinnsgedächtnis vergleichsweise sauber. Nun saß er vor der verfehlten Liebe seines Lebens und konnte sich an ihrem Bröckeln nicht satt sehen. So hätte Jacques im hohen Alter aussehen können. Kein Wunder, daß er darauf verzichtet hatte, es zu erreichen.

Am 14. November stand Hubert Achermann vor Marybels Pult. Er trug einen Anzug aus ockerfarbenem Tweed mit einem diskret orangefarbenen Karomuster, dazu ein grünes Hemd mit offenem

Kragen; über seinem Arm hing ein schwarzer Regenmantel. Auch ohne Gepäck wirkte er reisefertig und wie ein Gentleman, der zu einer Jagd ins Hochland aufbricht. Sein Gesicht war schmal geworden, doch auffallend gerötet; auch das immer etwas hängende Lid des linken Auges stand weiter offen als sonst.

Wenn es wahr ist, daß ich eine Tochter habe, möchte ich jetzt zu ihr.

Das Haus hielt den Atem an. Es war still, wie es nur in Horners Kuppel gewesen war.

Ich treffe Diebold, wo er will. Maile ihm, bitte. Er antwortet sofort, wenn ich mich recht erinnere.

Das war einmal, Hubert. Heute könnte es dauern.

Dann gehe ich so lange aufs Dach.

Die Terrasse lag in Wind und Regen, als er gegen merklichen Druck die Tür aufstieß, und war leer, wie damals vor vierzig Jahren, als die Advokaten eingezogen waren. Die Pflanzenkisten und -töpfe waren verschwunden, auch das Geißblattdickicht, das den Holzturm verkleidet hatte. Nun starrte er nackt in den grauen Himmel und teilte die Flucht der Wolken, die von Westen nach Osten fuhren, ein eiliger Strom ohne Ufer. Achermann faßte den Mantel, den er sich übergezogen hatte, am Hals zusammen, gegen den Wind, der ihn mit Schauern besprühte, und kämpfte sich über die Planken ans Geländer vor. Er blickte noch einmal ins Geschiebe der Dächer hinunter; manchmal fuhren sie, und der Himmel stand still. Am Horizont blieb ein lichtes Band frei, in dem sich, wie auf alten Panoramabildern, die Kette der Schneeberge als gefrorene Brandung abzeichnete. In der Höhe das Murren eines Flugzeugs; aus der Tiefe das Schluchzen einer arabischen Frauenstimme. Er schloß die Augen und spürte die Nässe auf Lidern und Stirn.

Nach einer Viertelstunde stand er wieder an Marybels Arbeitsplatz. Ihre Augen hafteten auf dem Bildschirm.

Morgen um zehn Uhr im Wirtshaus von Salez.

Morgen um zehn im Wirtshaus von Salez, wiederholte er. – Gibt es nur eins?

Es muß der «Löwe» sein. Er war im Mai 1596 Schauplatz des Maiengerichts.

Ich habe viel versäumt, sagte Achermann.

Ja, du hast mich in all den Jahren nie angesehen. – Jetzt erhob sie ihre blauen Augen, aber sie wirkten starr. – Du bist kein schlechter Mensch, aber du hast schlechte Augen. Sie müssen dir einmal geöffnet werden.

Wie heißt meine Tochter? fragte er.

Kann eine Frau nicht ungetauft bleiben? fragte sie. – Was hängt an einem Namen? Muß man sich erst einen machen wie deine Frau Gattin? Tote sind namenlos, daran gewöhnst du dich besser gleich. Warum hast du aufgehört, das Rätsel zu lösen?

Ich verstehe den Spaß nicht mehr, den es früher gemacht hat. Es fehlt etwas.

Es hat dir nicht genug gefehlt, Hubert Achermann, sagte sie.

24
November 2011. Zum Löwen

Achermann drehte sich noch einmal um. Das Fabriklein blickte mit zwei regelmäßigen Fensterreihen wie aus Kreide geschnitzt durch den teilweise schon kahlen Obstgarten. Ein Flor schwebte über der nassen Wiese im Schatten des Waldhügels, hinter dem die Sonne schon aufgegangen sein mußte. Denn der Himmel war durchsichtig, und einige hundert Meter weiter lag der Weg schon in schwachem, doch reinem Licht.

Sie hatten die Nacht in Tövets Wohnküche verbracht, am Kamin, von dem man bis in die Höhe des Dachstuhls hinaufsah. Er war als Taubenschlag eingerichtet, und Reden und Schweigen waren immer wieder von leisem Gurren begleitet oder einem Rascheln des Gefieders, wenn sich die Vögel im Schlaf rührten. Sie verstummten, als plötzlich Regen einsetzte; weiße Blitze zuckten im Fenster, und von weit her hörte man es grollen, anhaltend, nachtragend. Im Garten schlug ein Stück Holz an, in kurzen Abständen, solange das Wasser in Fülle niederprasselte; erst wenn der Zustrom nachließ, verlangsamte sich auch der Takt des Schlagzeugs. Es war ein einfacher Apparat, mit dem japanische Bauern das Wild verscheuchten, wenn es in ihre Reisfelder einfiel. Dafür mußte er dauerhaft an fließendes Wasser angeschlossen sein; hier, wo er keinen Zweck erfüllen mußte, wartete er auf den Zufluß des Regens, und wenn er ausblieb, verstummte er ganz.

Auch diesem Verstummen hatten die Freunde noch eine Weile nachgehört. Mitternacht war vorbei; Tövet ging es unverhofft besser. Er hatte nach dem Nachtessen Huberts Arm genommen und ihn in die Wohnküche geführt, während die andern im alten Spinnsaal sitzen blieben. Tövet rückte seinen Großvaterstuhl an den Kamin, Hubert nährte das Feuer, erzählte von seinen Jahren in Lüttich, von Maimonides, Mandy und Pascal und erinnerte sich an den Satz: Hoffnungslosigkeit ist normal. Er sprach ihn in die Flammen, es schien ihm taktlos, Tövet dabei anzusehen. Weißt du, hatte Tövet gesagt, es ist nur der Einzelne, der stirbt, und damit muß er allein fertig werden. Aber Menschlichkeit stirbt nicht – da kannst du sie veruntreuen, soviel du willst. Sozialismus! So was von tot, wie der geredet und geschrieben wurde. Und jetzt sieh Karl und Rosa! Vor einem Jahr hättest du gesagt: wenn zwei Leute auf der weiten Welt gegen jeden politischen Gedanken immun sind, dann die. Und jetzt lesen sie ein Stück des alten Brecht, und plötzlich wollen sie wissen, was sie bei der «Phryne SA» eigentlich getan haben. Moritz will es nicht mehr wissen – aber sie! Und was hat ihnen auf den Sprung geholfen? Kein Buch. Keine Belehrung. Die Liebe. Ein bestimmtes Gefühl, daß Glücklichsein verpflichtet – und daß von einer Liebe schon morgen nur private Scheiße bleibt, wenn sie die Unglücklichen nicht eingeschlossen hat. Dann müssen sie nur noch merken, daß mit Mitleid nichts getan ist, und sie sind auf dem Weg.

In diesem Augenblick erschien ein grelles Licht im Fenster, und mit dem unmittelbar folgenden Donnerkrachen zugleich begann draußen Wasser zu strömen, als würde eine Schleuse geöffnet. – Was immer Tövet in das Tosen hinein sagte, Hubert war nicht sicher, recht gehört zu haben. Immer neue Salven von Blitz und Donner fuhren dazwischen, als wolle Zeus seine Zustimmung so weit treiben, bis sie nicht mehr zu verstehen war. Doch als die Wut des Gewitters gestillt schien, ging auch Tövets Atem regelmäßig. Er behielt den Mund offen und schnarchte leise. Es war das Leben selbst, das den Körper des Kranken besuchte und wieder verließ, und sein Atem würde erst stocken, wenn Tövet versuchte, ihn festzuhalten. Bei ihm zu wachen kam Hubert jetzt wie das einzige vor, was er für beide tun konnte. Soll ich meines Bruders Hüter sein? Ja, du sollst, ohne zu fragen, ob du es kannst. Hubert legte noch zweimal ein Scheit nach und wickelte sich enger in seine Wolldecke, und während Flammenzungen das knackende Futter ergriffen, fielen auch ihm die Lider zu.

Als er erwachte, war es in der alten Küche hell geworden. Tövet rührte sich nicht, als ihm Achermann die eigene Decke über die Knie legte, aber er atmete ruhig, und die Glutreste bedurften keiner Aufsicht mehr. Achermann stand auf und verließ das Haus, in dem noch nie eine Tür verschlossen worden war. Sein Kopf war so hell, wie er nach einer Nacht ohne Bett sein kann. Der Lack des Jaguars war beschlagen, als er die Tür aufriegelte. Das Wegwerfen der Hand, das mit der Fernbedienung verbunden ist, hatte er sich nie angewöhnt. Doch er hatte das Navigationssystem handhaben gelernt und war schon im Begriff, «Salez Löwen» einzutippen, als er sich eines andern besann. Es war Sidonies Wahltag. Selbstverständlich erwartete ihn jedermann, seinem öffentlichen Dispens zum Trotz, im Hotel Bellevue zu Bern, wo die Kandidatin logierte, und dann auf der Tribüne, um am wichtigsten Tag ihres Lebens unter den ersten Gratulanten zu sein oder das Netz der Gattenliebe für eine Stürzende bereitzuhalten. Suchte er seinen Weg jetzt mit «Ariadne», so würde man ihn zu finden wissen. Er schaltete das Gerät ab.

Noch waren die Straßen leer. Aus Dunstbänken erhoben sich kleine Hügel, auf denen ein einzelner Baum stand, eine Linde oder ein Ahorn, verfärbt wie ein Dekorationsstrauß. Diese ländliche Kulisse hatte für die Vorfahren noch das ganze Leben bedeutet. Jetzt hatte das Gesicht der Geranienfenster und Dahliengärtchen etwas von einer verschämt grinsenden Grimasse. *Drumlin*, *Nunatakker*, solche Zauberwörter hatte er in der Geographiestunde gelernt. Sie verbanden die Landschaft vor seinen Augen mit der vergletscherten Eiszeit. Auch der Sonnenaufgang, dem er entgegenfuhr, hatte die dünne Klarheit arktischer Breitengrade. Es blendete die Augen nicht, sondern schien sie kindlich zu weiten. Der Augenarzt hatte Achermann einen zunehmenden Tunnelblick attestiert, doch heute schien sein Gesichtsfeld nach allen Seiten offen; auch an Tiefe hatte die Landschaft gewonnen. Die Scheinwerfer der spärlichen Fahrzeuge, die ihm entgegenkamen, vergrößerten sich auffallend langsam. Dabei zeigte ein Blick auf den Tachometer, daß er fast nie unter hundert Stundenkilometern fuhr – *Ka Emm* hatte Salomon gesagt, als sie in seinem Sportwagen durch die Wüste stoben, auf der leeren Autobahn, einem flimmernden Horizont entgegen. Aber statt den Luftspiegelungen aus Tausendundeiner Nacht zeigten sich nur die Scheuklappen der Billboards in nie abreißender Flucht. Am Ende aber tauchte doch eine Art Oase auf, vielmehr ein Massiv aus grell beleuchtetem Beton, das Stadion Xanadu, in dem eine Batterie Laserkanonen für nur dreißig Zuschauer Shaidan zum zweiten Mal an den Himmel malte, eine verschwenderische Insel des Scheins. Jetzt schwammen die tieferen Lagen in Dunst, die erstarrte Welle der Alpen stand in überirdischer Ferne am Horizont und rührte sich nicht, während die Straße durch die auf und ab schwellende Landschaft mutwillig immer höher zu tanzen schien. Bald war das Toggenburg erreicht, eine grüne Furche im Vorwerk des Alpsteinmassivs, mit dem das Hochgebirge weit bis zum Bodensee ausgreift. Aus diesem Tal stammte der Reformator Zwingli, aber es war zur Hälfte katholisch geblieben, sonst hätte die luzernische Kleinstadt keine Ferienkolonie in Wildhaus unterhalten. Wenn sich der Schnee rar machte, so standen doch die Klippen der Churfirsten immer noch wie Naturdenkmäler im Höhenlicht. Die eingesessene Armut war dem Toggenburg noch anzusehen; das einzige Hotel, das versucht hatte, ihm etwas große Welt einzuhauchen, hatte Konkurs gemacht. Als die Innerortstafel auftauchte, suchte Achermann das gelbe Haus am Hang, die Schindelfassade der Verbannung, von der ihn der Tod seiner Mutter erlöst hatte. Seine Augen fanden das Haus nicht mehr; er fuhr an einem Ort seiner Kindheit vorbei, den er sich damals nicht einmal richtig zu hassen getraut hatte. Auch die Berge, in denen er beinahe zum Klettern verurteilt worden war, standen jetzt im Glanz einer abgelebten Vergangenheit, als wären sie Zähne, denen man den Nerv gezogen hat.

Wie *vorbei* sie war, die Landschaft, durch die er jetzt mit soviel Abstand des Herzens fuhr, als wären die drohenden Höhen durch einen Scherenschnitt zu milden Schatten ihrer selbst geworden. Gleich war die Wasserscheide erreicht. Er erwartete den offenen Blick ins Rheintal.

Statt dessen tauchte die fallende Straße in Nebel ein, der sich mit jeder Kurve dichter zusammenzog. Während die Bäume beiderseits heranrückten, versank die Fahrt in fast undurchsichtige Nacht. Im Licht der Scheinwerfer trieben die Schwaden so verwirrend, daß die Markierungen der Fahrbahn nur mit Mühe zu erkennen waren; kaum noch rollend suchte Achermann die rettende Linie. Und jetzt erschienen im Rückspiegel auch noch die Scheinwerfer eines Fahrzeugs, das dicht aufgerückt war. Überholen war unmöglich, dennoch drosselte er die Fahrt noch mehr und kroch am Rand, um den Dränger vorbeizulassen. Aber der begnügte sich damit, ihm auf den Fersen zu bleiben. Im Rückspiegel erkannte Achermann die silberne Kühlerfigur, das verschränkte doppelte R und einen Augenblick das Gesicht des indischen Fahrers, der ihnen in Shaidan zugeteilt worden war. Er war versucht anzuhalten, doch dann verbohrte er sich in die Weiterfahrt Schritt für Schritt; einmal mußte sich der Nebel lichten.

Und wirklich, an der Spitze einer Haarnadelkurve breitete sich das Rheintal vor ihm aus, dessen Boden fast schon erreicht war. Vor ihm lag die Ebene übersichtlich, doch in einem trüben, wie erloschenen Licht. Auch die Straße ließ Raum zum Überholen, doch nun war hinter ihm kein Fahrzeug mehr zu sehen. Herz und Kopf hämmerten immer noch zum Zerspringen. Der Kirchturm unter ihm mußte schon derjenige von Grabs sein; Salez war nur noch ein kurzes Stück entfernt. Die Uhr zeigte halb zehn.

Nicht viel später fuhr Achermann auf den Parkplatz hinter dem Gasthaus. Dann stand er fröstelnd vor dem eher unscheinbaren dreistöckigen Gebäude mit laubenartigem Umgang, zu schmal zum Sitzen. Dafür gab es vor dem Haus grobe Holztische und Bänke, die fest in den Boden eingelassen waren. Ihr Lackbraun hatte das Ordinäre eines Bahnhofimbisses und wirkte aufreizend verlassen.

In der kleinen Gaststube saß nur ein ältliches Paar beim Milchkaffee und blätterte in Gratiszeitungen. Der Wirt hantierte am Tresen; Achermann bestellte Tee und fragte, ob sich ein Herr Dr. Diebold gemeldet habe. Der Name sagte dem Wirt nichts. Um so geläufiger war ihm derjenige Philipps von Hohensax. Das ZDF war ja hier gewesen, um seinen Totschlag am Originalschauplatz zu drehen. Der Wirt, ein melancholischer Spätvierziger, hatte den Mörder markiert. Die Szene war in einem ledergebundenen Gästebuch nachzulesen. Ein lokaler Chronist hatte auf dem ersten Dutzend Seiten die Geschichte des Wirtshauses in Zierschrift festgehalten, eingeschlossen ihren Höhepunkt am Maiengericht 1596.

Philipp: *Laß mich ungheit, ich bin so gut ein Freiherr wie du!*

Ulrich Georg: *Ghei dich der Tüfel!*

Wahrscheinlich sei die Schädelwunde, die Philipp empfangen habe, noch nicht tödlich gewesen, ergänzte der Wirt. Der Stiefneffe könnte ihm eine Woche später auf Schloß Forsteck nachgestiegen sein, um diesmal ganze Arbeit zu leisten. Es gab am Hals der Mumie deutliche Spuren eines Seils. Vielleicht kämen sie aber auch daher, daß sie so lange im Kirchturm angebunden worden sei, zum Schutz vor Grabdieben.

Die kleine Gaststube atmete die Dürftigkeit der Chipsbeutel und Fertigwürzen, die auf kahlen Tischen herumstanden, aber der Wirt war jetzt auch bereit, dem Gast die historische Trinkstube vorzuführen; sie sei leider nicht geheizt. Durchgebogene Balkenzüge trugen eine verrauchte Holzdecke; die Festpokale in den Fensternischen, die Vitrinen mit alten Kränzen erinnerten an die Trophäensammlung von Vater Wirz. Sonst war der Raum leer. Aber saß da nicht doch einer, mit dem Rücken zu den Eingetretenen, und rührte sich nicht?

Hallo, Herr Friedrich, sagte der Wirt, und deutete sich zugleich an die Stirn, wieder ein wenig Ausgang?

Ich habe Sie erwartet, Herr Achermann, sagte der Mensch nicht laut, doch mit durchdringender Stimme, und drehte sich um. Hubert erschrak. Gregor, der Baumspringer! Das Gesicht hatte kaum gealtert, nur war der damals kahle Schädel jetzt mit dünnen grauen Strähnen bedeckt.

Ich bin mit Herrn Dr. Diebold verabredet, sagte Achermann.

Nehmen Sie einstweilen mit mir vorlieb, sagte der Mann.

Der Wirt sagte: Hoheit, ich glaube nicht, daß der Herr Zeit für Sie hat.

Er wird sie sich nehmen, sagte Gregor. Er war es jetzt ganz unzweifelhaft. Der metallische Schrei hatte sich eingeprägt. Existenz vor Essenz, *unbedingt*.

Schon recht, sagte Achermann zum Wirt, geben Sie Bescheid, wenn Herr Diebold kommt. Ich setze mich so lange her und nähme jetzt auch einen Kaffee. Was darf er für Sie bringen, Gregor?

Nichts, und das weiß er am besten, sagte der Angesprochene.

Der Wirt entfernte sich achselzuckend, und als Achermann Platz nahm, stand ihm die stumme Fahrt an den oberen See wieder so lebhaft vor Augen, als wäre sie gestern gewesen. Gregor trug ein rotes T-Shirt mit der Aufschrift: SUNNY, für die ungeheizte Gaststube eine zu leichte Bekleidung. Der Wirt brachte einen Kaffee mit Grappa. Als sie wieder allein waren, sagte Gregor:

Das Wirtshaus war meins. Ich hab's abgelassen, mit allen Gerechtigkeiten, Tachungen, Traufrecht, Nuot und Nagel, unter und ob Erden, Bäumen und Zäunen, für sage und schreibe achthundert Gulden. Dieser Wirt kriegt nichts mehr von mir.

Wie war der Name? fragte Achermann. – Ich habe eben Friedrich gehört.

Friderich, wenn schon. Ein Ludewig gehörte auch noch dazu, und die üblichen Titel. Muß nicht mehr sein. Nennen Sie mich Gregor, wenn Sie wollen.

Aber Sie kennen Herrn Anastas Diebold, sagte Achermann.

Diebold heißt hier jeder zweite. Jeden muß ich nicht kennen.

Wer sind Sie denn, mit Verlaub? fragte Achermann.

Können Sie nicht lesen? *Sunny*. Ich bin ein Söhnchen, reicht das nicht? Mir reicht's. Väter sind peinlich. Oder möchten Sie Vater sein?

Ich habe einen Sohn, sagte Achermann. – Und von Herrn Diebold höre ich jetzt, daß ich auch eine Tochter habe.

Diese Töchter des Landes! höhnte Gregor. – Ich kenne sie! Keine, die nicht versucht hat, mich zu vatern! Als man den schwarzen Ritter untersuchte, hat man ein wenig DNA abgeschabt, von den Zähnen, oder vom Sack – aber wenn die Katholen die Eier nicht als Reliquien ausgeführt haben, müssen sie taube Nüßchen geworden sein. Taugen nicht mehr für Doktorspiele. Die Forscher haben damals im halben Rheintal saxisches Erbgut gesucht, und wissen Sie, wo sie welches gefunden haben? Überall! Kein Schößchen weit und breit, das nicht einen Hohensax gewiegt hätte, erst als Männchen, dann als Kindchen. Saxe wurden gezapft wie frisches Bier, und ob die DNA reformiert oder katholisch schäumte, sie floß in Strömen. Ich bin dem Test ausgewichen. Wenn sich just bei Vaters Stammhalter keine Spur seines Saatguts gefunden hätte? Peinlich, peinlich! Ehre Vater und Mutter. Decke ihre kleine Blöße nicht auf. Bei Mütterchen kann man bekanntlich auf Sicher gehen – *mater semper certa*. Aber auch wenn die Adriana eine Brederode war, sie blieb ein Kriegskind. Und ihr Gatte ein Kriegsmann, wenigstens tat er so. War kaum je zu Hause. Und wenn weder Gott noch Gatte die Klage der Hausfrau hören, hört sie schon mal ein anderer. Muß ja nicht gleich der Teufel sein. Glauben Sie, die Adriana habe es mit der Vaterschaft so genau genommen wie Wappenmaler und Genealogen? Wenn du sündigst, sündige wacker, sagte der Luther. Nur wenn sich die Sünde gelohnt hat, macht sie gesunde Kinder. Da nehmen es die Weiber genau, sonst nicht. War ich Philipps Sohn? Ach Gott – meine Mutter wollte auch nicht so genau wissen, wessen Tochter sie war. *Je sème à tout vent* – mit einer andern Devise überlebst du keinen Krieg. Wir sind seine Kinder, denn er ist der Vater von allem, doch ein Kinderfresser ist er auch, wie die Zeit. Darum so bleiben wir nicht, Gott sei's geklagt – da könnt ihr lange klagen. Wie überlebt man einen Krieg? Mit Gewalt – und kann von Glück reden, wenn sie nichts weiter verletzt hat als die Scham. Welcher Jahrgang sind Sie? Dann haben Sie allerhand Gewalt erlebt – und zweimal wehe, wenn Sie nur zugeschaut haben. Die Verschonten sind die Schlimmsten, denn sie begehen die einzige Sünde, die nicht verziehen werden kann. Sie nehmen sich von der Sünde aus, um die Sünder besser auszunehmen.

So wortreich sind Sie vor vierzig Jahren nicht gewesen, sagte Achermann.

Weil Sie mir die Sprache verschlagen haben, Verehrter. Sie gehören zu den halben Seelen, die sich ins Helfen verdrücken. Denen ist nicht zu helfen. Siehe Philipp von Hohensax. Ein Sünder wie jedermann, aber er hat es nur zum Pharisäer gebracht und die Sünde verleugnet, wenn sie ihm am nächsten war. Aber auch die Sünde ist deine Nächste, Mann, und wenn du sie nicht lieben kannst, was bist du für ein schwacher Christ! Was er an ihrer Stelle tat, war verkniffen und verdrückt, wie seine Liebhaberei mit der Minnehandschrift. So einen muß man ordentlich aufs Kreuz legen, und er kann Gott danken, wenn er ihn wenigstens so kennenlernt. Gewalt gehört zur Passion. Kommt sie herunter, weil Leben und Liebe abgezogen sind, sieht sie aus wie Philipp von Sax im Glaskasten. Da ist er als totes Ende zu besichtigen, denn einer, der nicht recht geworden ist, der vergeht auch nicht recht. So einer hätte wohl nötig gehabt, seinen Vater zu kennen, aber wer seine Mutter nicht kennenlernen will, weiß auch von seinem Vater nichts.

Seine Mutter war fromm, soviel ich weiß, sagte Achermann. – Eine Reformierte. Regula Marbach.

Soviel Sie wissen, sagte Gregor. – Sie okulierte alle Schwächen des Stammes mit dem Reis der Selbstgerechtigkeit, und daraus wurde ein Spaltpilz, der ihn verrotten ließ. Philipp wäre besser Junggeselle geblieben. Statt dessen suchte er sich eine Frau nach dem Katalog, natürlich mußte es dann die schönste und beste sein – und die reichste dazu.

Welchem Katalog?

Sie haben auch darin geblättert und sind auf die gleiche Frau gestoßen. *Gestoßen*, Achermann – genauso unschicklich, wie das klingt, kam es heraus. Sonst immer von des Gedankens Blässe angekränkelt – diesmal haben Sie nicht gefackelt, das muß man Ihnen lassen. Doch ohne Ihnen nahetreten zu wollen: sie trieb es mit jedem. Was Verschwenden heißt, lernte ich von ihr.

Sie haben Ihre Mutter geschändet? sagte Achermann.

Geschändet? fragte die schrille Stimme. – Die Leute nannten es nicht so. Der Landesherr nimmt nur Rechte wahr. Und ich war ein gnädiger Herr. Man wußte zu schätzen, daß bloß Weiber meine Strenge zu fühlen bekamen, und das an einer Stelle, wo sie ihnen nicht unwillkommen ist. Das Schlimmste, was passieren konnte, war ein Kind. Kaum eins, dem ich nicht hinterher zu Gevatter gestanden hätte. So gibt man sich aus, und am Ende muß man den Bettel sausen lassen, als Letzter des Geschlechts. Aber da das Geschlecht zugleich mein Bestes war, habe ich ein Völklein von Saxen hinterlassen – wer weiß, ob es nicht eines Tages die Erde besitzt! Jedenfalls spotten die Familiengene der Analyse. Als die Herren Forscher Speichelabstriche von hundert eingesessenen Familien nahmen, stellten sie eine hohe Übereinstimmung der genetischen Codes fest. Inzucht, meinen sie. Der saxische Fingerabdruck, sage ich. Der Finger dazu kann sich immer noch sehen lassen.

Achermann stand auf. Die Pokale im Fenster waren dem örtlichen Sportclub für immer dieselben Sportarten verliehen worden, Seilziehen und Unihockey.

Wenn sich Sie recht verstehe, ist Herr Diebold Ihr Vater, und Sie vertreten ihn.

Treten, vertreten, sagte der Mann, man vertritt sich die Füße. Aber einen Menschen? Jedenfalls hat er Sie meiner Mutter zugeführt und läßt Sie glauben, Sie hätten ihr ein Kind gemacht.

Warum sollte er das tun? fragte Achermann. – Und warum will er sich von ihr scheiden? Und warum soll ausgerechnet ich sein Anwalt sein?

Vielleicht glaubt er, Sie wüßten am besten, wovon er redet. Und niemand könne seine Sache besser führen als ein Schuldiger – *nur* ein Schuldiger könne sie führen.

Schuldig wessen? fragte Achermann. – Er hat mich ja geradezu eingeladen.

Natürlich erpreßt er Sie. Er zieht sein Gift aus dem Spaß, den Sie an der Adriana gehabt haben. Er vergällt ihn. Er zwingt Sie, sich an seine Stelle zu setzen. Er verurteilt Sie dazu, vor Gericht sein Anwalt zu sein. Dabei ist seine Askese nicht freiwillig. Adriana läßt ihn gar nicht mehr drüber. Welche Frau will eine Hündin vertreten?

Er hat sie selbst als Hündin bezeichnet, sagte Achermann.

Gregor schnaubte durch die Nase. – Mama ist durchaus wählerisch. Unterstellten Sie etwas anderes, müßten Sie gering von sich selbst denken. Mama hat in ihrem Märchenbuch gerade Sie ausgesucht, keinen andern.

Eben haben Sie es noch einen Katalog genannt, sagte Achermann.

Wer Sex kaufen will, für den ist es ein Katalog. Wer es nicht ohne Romanze tut, für den ist es eine Liederhandschrift. Meine Mutter wollte etwas erleben. Ein Mönchlein hatte sie noch nie vernascht.

Woher wollen Sie das alles wissen? fragte Achermann.

Ihr Argwohn trifft zu, wie immer. Aber wirklich befriedigt habe ich Mütterchen nur ein einziges Mal: als ich ihren Schoß verließ. Da ging ich ihr durch und durch. Jeder Seufzer hätte ihr letzter sein können. Der Rest blieb Getändel – was ist der stärkste Schwanz gegen einen Kindskopf? Und doch: wollen Sie den Namen hören, den ihr jeder Mann abpreßt, mühelos, in der Folter der Lust? Hubert, seufzt sie. Huppert, ächzt sie. Hupp! schreit sie im Triumph der Lust. Wie soll einer das aushalten, der nicht Hubert heißt, Huppert oder Hupp?

Achermann war errötet. Gregor benützte die schamlose Imitation eines weiblichen Orgasmus dazu, ihn zu verhöhnen. Zugleich demonstrierte er die Tiefe seines Elends.

Ich betrachte jeden, der mit meiner Mutter verkehrt, als Bruder, dann bleibt es in der Familie. Zu duzen brauchen wir uns darum noch nicht.

Gregor oder Herr Friderich, Existenz und Essenz. Was wollten Sie damit sagen?

«Sagen» ist gut. Warum habe ich es herausschreien müssen, die halbe Nacht? Weil keiner hören wollte. Erst als ich sprang, wurden sie munter – und lächerlich.

Wollten Sie sterben? fragte Achermann.

Ich mußte *springen*. Alles Weitere ergab sich – Leben oder Tod. Das Zeichen war deutlich, schien mir, aber was wart ihr verhockt, liebe Brüder und Schwestern! Im Zimmer stand der blaue Dunst zum Schneiden dick – da wurde ich zum Messer. Zerschnitt den Vorhang. Teilte das Rote Meer. Die Augen sollten euch aufgehen. Und was habt ihr gesehen? Einen Mann im Baum, dem glücklicherweise nichts weiter passiert war.

Was hätten wir sehen sollen? fragte Achermann.

Den Ausweg aus den langen Märschen in eurem Kopf, sagte Gregor, *das Ende der Zeit.* Wurde sie etwa mitgeschaffen, als der himmlische Vater das Universum knallen ließ wie einen Champagnerkorken? Zeit heißt Unregelmäßigkeit, und die Himmelskörper benahmen sich vollständig regelmäßig, ein Perpetuum mobile – was gäben gewisse Leute darum, sie könnten das Patent kaufen! Doch Er hatte noch nicht genug. Ein Krümel Zeug war Ihm entfallen, Er hob ihn auf, mit der einzigen Absicht, keine zu haben, den Krümel zappeln zu lassen, selbsttätig – um zu sehen, was herauskommt. *Das* war der Grund zur Schöpfung: zuzusehen, was herauskam, wenn man die eigenen Gesetze außer Kraft setzte, aus Neugier, Vorwitz, Spieltrieb, Grausamkeit, was weiß ich. Wer kennt einen Vater! Und die armen Kreaturen, die er aus seinem Sinn entlassen und ihrem eigenen Unsinn überlassen hatte – was bildeten sie sich ein! Sogar: sie müßten ihn kennenlernen! Und was haben sie dabei gelernt? Daß sie nichts sind als das zufällige Produkt eines flüchtigen Wunsches nach Unverantwortlichkeit. Das kommt davon, wenn man der Absenz des großen Schöpfers einen Heilsplan unterlegt – der sich nur immer mehr verwirren kann, je klarer das arme Geschöpf im Kopf wird. Dann macht es am Leitfaden der Zeit, seines Hirngespinstes, eine selbständige Entwicklung für sich zurecht. Und nennt die unendliche Geschichte von Versuch und Irrtum Evolution – dabei hängt sie genauso in der Luft wie ihr selbst. Vielleicht fällt dabei ja doch noch ein Krönchen ab für den Froschkönig, genannt Homo sapiens, auch wenn's aus Dreck und Scheiße ist – ein bißchen Krone der Schöpfung muß schon sein. Und die grünsten Frösche glauben dem Prozeß auch noch durch eine Revolution nachhelfen zu können, wie ihr im Theater und auf der Terrasse. Nur weil ihr selbst ein bißchen heiß wart, wolltet ihr die Eiserne Zeit schmieden. Aber sie blieb kalt, eiskalt, wie jedes leere Versteck.

Ich habe euch zugesehen, stundenlang, ihr Zeitgenossen, ihr wart zum Schreien. Ihr wußtet alles, Klugscheißer, aber keiner wollte wissen, daß die Zeit selbst der Irrtum ist, den sie immerzu korrigieren möchte, evolutionär, revolutionär. Dabei waren Sie, Achermann, immer noch ein trauriges Bißchen gläubig. Das heißt, Sie wollten nicht glauben, daß aus der großen Abwesenheit Ihres Gottvaters längst eine unabsichtliche geworden ist. Die pure Vergeßlichkeit. Selbst wenn er wollte: einem Walzwerk wie der Zeit könnte er nicht in die Räder greifen, mit seinen von der Allmacht verfeinerten Fingern. Aber wahrlich, ich sage euch: er hat seinen Aussetzer längst vergessen. Und jetzt gehen Sie hin und machen sich daraus eine besonders subtile Art von Präsenz zurecht! Dabei seid ihr so was von egal! Gott weiß gar nicht mehr, wovon eure Schöpfung handelt, damit lebt mal schön, ihr Zeit-Genossen! Gibt es den Menschen noch? Gibt es ihn überhaupt, und wenn ja, was soll er? Das ist durchaus keine bange Frage der himmlischen Heerscharen, die foutieren sich ja so was um euch, und ich sage nur: ihr könnt von Glück reden!

Und was können wir tun? fragte Achermann.

Was tut jemand, der nicht weiß, was er soll? fragte Gregor schrill. – Aussteigen aus dem Wahn, es gehe aufwärts mit uns, vorwärts, rückwärts oder irgendwohin. Die Zeit bringt keine Entwicklung ins Leben, sie ist seine Krankheit zum Tode. Mensch, wag doch mal, dich im Jenseits der Zeit anzusiedeln, wie man vor der Pest auf eine Insel flüchtet! Mein Sprung war eine Insel. Jeder Augenblick, in dem wir der Zeit spotten, ist eine Insel. Waren Sie nie in Versuchung, in die Linde zu springen? Dann will ich Ihnen was flüstern: wären Sie gesprungen, die Linde stünde noch – und nicht nur sie. So vieles stünde noch, auch Ihr verehrlicher Schwanz. Was heißt *existieren*? Hinausstehen – wie ein blutiger Daumen, wie ein praller Schweif! Der Unterschied ist nicht so groß, wie eure Wald-, Feld- und Wiesen-Medizin sich vorstellt. Die Linde war krank vom Warten, und schließlich ging sie ein – niemand wollte wissen, was für ein gemachtes Bett sie war. Aber um es zu fühlen, mußte einer springen! Und um zu springen, darf er nicht wissen, ob da ein Netz ausgespannt ist oder nicht. Der Mut ist das Netz, das Wagnis ist die Rettung – ich lag wie in Abrahams Schoß und bin seither nie mehr geworden, was ich damals war: selig! Bis eure Hilfe kam, ihr Störenfriede – du hast sie noch weiter getrieben, bis nach Jona bei Rapperswil, wo du dich noch rechtzeitig erinnert hast, daß du kein Bruder des heiligen Franz mehr bist. Ich danke gebührend, dafür hast du eine Tochter verdient. Bist du denn ein guter Vater?

Nein, sagte Achermann.

Da kommen die Tränen, sagte Gregor. – Mir auch.

Ja, sagte Achermann. – Sie könnten mein Bruder sein.

Sieh dich vor. Philipp wurde von seinem Bruder totgemacht. Kain und Abel. Der Tod kam als Brudermord zur Welt. Nicht genug damit, daß die Menschen Mann oder Frau sein müssen, sie sind auch noch Brüder und Schwestern. Das kommt erschwerend hinzu. Je verwandter, je verdammter.

Ich habe mich oft gefragt, wie Sie damals auf unser Fest gekommen sind. Bevor Sie in den Baum sprangen, kannte Sie kein Mensch.

Sie irren, Herr Achermann, sagte Gregor. – Meine Einladung war eine Gefälligkeit Ihres Freundes Jacques. Vielleicht ein Schweigegeld – er hielt es jedenfalls für gut, mich in Ihre Kompanei zu ziehen. Ich hatte ihn mit Sidonie in einer sogenannten verfänglichen Situation ertappt.

Sie lügen, sagte Hubert Achermann. Gregor musterte ihn maliziös.

Tut es ein bißchen weh? fragte er. – Wenigstens an der lieben Eitelkeit? Sehen Sie: Schmerz kennt keine Zeit. Aber sehen Sie es mal anders: ohne Zeit kein Schmerz. Und jetzt möchten Sie Ihre Tochter sehen. Um jeden Preis?

Ja, sagte Hubert Achermann.

Dann muß ich Sie begleiten, sagte Gregor. – Jetzt ist das Helfen an mir.

25
November 2011. Aspermunt

Hinter den Dörfern der Bündner Herrschaft führt ein Sträßchen ins Gebirge, zu rötlichen Kalktürmen mit abweisenden Wänden. Aber je höher es sich hinaufwindet, desto mehr verschwinden sie. Anfangs führt die Fahrt durch Morast, dann knirschen Splitt und Schotter unter den Rädern; das Gewicht des Wagens schmiert immer wieder ab. Schrecksekunden für den Fahrer, die zum Alptraum werden, denn was eben noch wie ein Holzweg ausgesehen hat, verknappt sich zum Sims, der, in einen zunehmend steilen Hang geschlagen, immerfort steigend in eine weite Berglehne hinausführt, unbefestigt, ohne Geländer. Zwar ist er auch talseitig immer noch von Nadelholz begleitet, aber die Wipfel überragen die Straße gerade soweit, um dem Fahrer den Blick in die vielleicht schon gähnende Tiefe zu ersparen. Mit weit offenen Scheinwerfern tastet sich der Wagen vorwärts, Schritt für Schritt. Nur ein kleiner Fahrfehler, und es wäre kein Halten mehr.

Anfangs hat sich Achermann noch Sorgen gemacht, wie er je würde wenden können, jetzt ist er, mit zusammengebissenen Zähnen, dankbar für jeden Meter, auf dem die Spur noch hält. Weiterfahren bedeutet Lebensgefahr, aber Stillstand die größere; vielleicht ist der Boden unter den Rädern schon abgestürzt, kaum haben sie sich weitergedreht. Ein Blick über die Schulter sagt Achermann, daß Gregor grinst; er genießt die Fahrt auf dem Todessitz. Plötzlich lichtet sich das Grau, reißt auf, das Rheintal öffnet sich, zugleich dreht die Fahrbahn mit einer scharfen Wendung ab und findet plötzlich wieder Raum. Die Kante ist überschritten, eine fast ebene Geländestufe erreicht, der Weg fällt jetzt sogar ein wenig ab. Zwischen den Stämmen blinkt Wasser, weitet sich zu einem kleinen zwischen Berg und Gegenhang gefangenen See. Am Ufer gegenüber, einen Steinwurf entfernt, zeigt sich ein doppeltes Gebäude, rechter Hand ein weißes Giebelhaus mit schwarz und orange geflammten Läden. Linker Hand lehnt es sich an das zweite Bauwerk wie an den eigenen vergrößerten Schatten, aber es ist ein Bunker, dessen Kanten schon verschliffen sind und dessen Krone zur Ruine zerfallen ist. Gras wächst darauf, ein einzelnes Baumgespenst.

Die Gebäudegruppe ist sehr einsam; sie steht am Wasser, ohne sich darin zu spiegeln. Die Uferlinie wirkt wie ein Schnitt im waldigen Leib der Landschaft. Danach heiße der See «blind», *Laj tschorv* bemerkte Gregor. Hier müsse man den Wagen stehenlassen, denn es führe nur ein Fußweg zum Herrenhaus. Wie spät war es wohl? Die Gegend wirkte erloschen, kein Gewässer war hörbar, kein Vogellaut, doch Achermann fragte nicht weiter und machte sich hinter Gregor, der einen Fuß nachzog, an die Umgehung des Sees, die länger dauerte als erwartet. Immer wieder verschwand das Doppelhaus hinter zederähnlichen Kiefern, die ausladende Äste weit über das Wasser hängen ließen.

Das ist Aspermunt, sagte Gregor.

Die Gegend schien für Vogelfreie wie geschaffen. Über dem barocken Portal war zu lesen:

Höhen und Tiefen ebnet die Zeit / Werden-Vergehen ist Ewigkeit.

Die Tür stand offen, sie betraten eine Diele, die an den Eingang zu einem Bergwerk erinnerte und von Neonlichtkeulen eher verdüstert als erhellt war. An den schwieligen Wänden dämmerten Truhen wie liegende Wächter, rechter Hand führte eine Treppe in die Höhe. Achermann folgte Gregor in einen getäfelten Vorraum, wo elektrische Kerzen den Schein von Wohnlichkeit verbreiteten. Die Wände waren mit Reh- und Hirschgeweihen bestückt, jedes mit einem Emailplättchen versehen, nur daß jeweils die ersten zwei

Ziffern der Jahresangabe fehlten. Unter einem geschwärzten Männerporträt führte die nächste Tür in einen Saal, an dessen Wänden wieder dasselbe Männerporträt hing, einmal nach links, einmal nach rechts gewendet, mit demselben gefältelten Mühlsteinkragen, auf dem das knebelbärtige Haupt schwebte wie auf einem Servierteller. In der linken Wand brannte ein Feuer, ohne zu wärmen; die Mitte des Saals nahm eine endlose Tafel ein, die nur im vordersten Teil gedeckt und mit dreiarmigen Leuchtern bestückt war, die hintere Hälfte lag im Halbdunkel. Doch ließen Messer und Scheren, Zangen und Skalpelle sowie Stöße gefalteten Tuchs an einen Operationstisch oder Kreißsaal denken.

Vor der Hinterwand aber, unter einem gotischen Baldachin, deutete sich eine sitzende Gestalt an, die Achermann zuerst für eine Puppe hielt. Ihr Gesicht lag im Schatten einer Haube, die Teil eines blauen Überwurfs war. Unten erweiterte er sich, und die sich abzeichnenden Kanten ließen darauf schließen, daß er zugleich ein Möbel bedeckte. Fast sah es so aus, als entwachse eine erst teilweise vollendete Figur dem Block, aus dem sie geschnitzt war. Die Hände schienen den Mantel am Hals von innen zusammenzuhalten, auch die Füße blieben unter dem ausfließenden Tuch verborgen. Sichtbar war nur der Mund, der Achermann bekannt vorkam; er war leicht verzogen zu einem Lächeln, das er zuerst als schnöde betrachtete, doch konnte es auch Ausdruck einer Behinderung sein.

Ist das meine Tochter? fragte er.

Immer schön der Reihe nach, sagte Gregor, wer von der Tochter was will, wendet sich an die Mutter. Adriana, wenn ich bitten darf, Ihnen gewiß nicht unbekannt, sonst hätten Sie gar keine Tochter. Hoffentlich kennen Sie sie noch, Herr Doktor.

Was tut sie hier? fragte Achermann.

Sie sitzt auf dem Thron. Sie darf alles. Sie muß aber auch, und das kränkt sie. Sie will nicht müssen. Damit tyrannisiert sie uns, um das Ding beim Namen zu nennen. Was tun wir da, wir Männer? Flüstern Sie ihr was. Verfahren Sie. Alles Nötige liegt bereit.

Er zeigte auf die Instrumente auf dem Tisch.

Alles da, Schere, Stein, Papier. Schneiden, Schlagen, Einpacken, Sie haben es in der Hand.

Wozu ist das Linnen gut? fragte Achermann und deutete auf die Stapel.

Oh, das Linnen, sagte Gregor. – Linnen nennen Sie das. So stilvoll! Linnen, Leinwand, immer nützlich, immer zur Hand, von der Wiege bis zur Bahre. Was muß man nicht alles abwischen: Tränen, Rotz, Schweiß, Sperma. Womit trocknet man sich die Hände, wenn man sie in Unschuld gewaschen hat oder in Blut gebadet? Man bedeckt die eigene Blöße, man verbindet die Wunde des Nächsten. Man zieht es Toten übers Gesicht, damit es sich darauf abbilde. Aber man malt auch selbst darauf. Was Männer auf Leinwand gepinselt haben, möchte gemalt am Himmel stehen! Linnen – das Künstlerauge sieht es mit einem Blick. Aber sind es nicht auch Kompressen? Windeln? Das hängt davon ab, was Sie Adriana beibringen wollen. Böse Wunden? Gute Sitten? Sie könnten Ihr Wunder erleben. Eine Ewigkeit sitzt sie nun schon auf dem Thron, und was tut sich? Nichts. Immer noch nichts, du Schlampe? Hoheit gestatten.

Er riß den blauen Umhang auf. Die Frau saß nackt auf einem schwarzen Kasten. Gregor spreizte ihr die Beine auseinander, um die Kastentür zu öffnen, schnüffelte in die Öffnung und warf sie schnell wieder zu; einen Augenblick glaubte Achermann den Schimmer kostbaren Geschirrs gesehen zu haben.

Nichts und wieder nichts, sagte Gregor. – Zeit für ein Doktorspiel, praktizieren Sie nach Wunsch, Herr Doktor, Sie kennen sich hoffentlich aus.

Hatte er die Beine eines molligen Kindes gesehen, die geschwollenen einer alten Frau? Er betrachtete ihren Mund, der in immer derselben Stellung geblieben war. Einmal schienen ihm die Lippen von der Andeutung eines Lächelns getrennt; dann wieder hatte ihr Ausdruck die Unschuld des Schwachsinns.

Mit zwei Schritten war er bei der Person, griff mit beiden Händen durch den Mantel nach ihrem Leib und versuchte ihn zu heben. Er preßte sein Gesicht gegen ihre Schulter, als er ihr Gewicht an sich zog, und es wurde immer schwerer. Von ihrem Körper stieg ihm ein strenger Geruch von Kampfer und Weihrauch entgegen, den er als Ministrant gerochen hatte, wenn der Schrank der Sakristei offenstand. Zugleich fühlte er, wie Adrianas Kopf gegen seinen gesunken war. Mit dem Aufgebot aller Kräfte gelang es, sie vom Thron zu heben, dann aber stolperte er über ihre Schleppe und mußte sie auf dem Tisch absetzen. Sie ließ den Oberkörper rückwärts fallen und raffte dabei ihren Mantel vor dem Gesicht zusammen, während ihre Beine vom Tisch hingen und sich dabei öffneten.

Heilig, heilig, heilig, hörte er Gregor wimmern, und als er auf die Furche vor seinen Augen blickte, das Gegenbild des schiefen Lächelns im Gesicht der Frau, wußte er, woher er sie kannte. Sie war die Mutter des Mitschülers, die er auf der Klassenfahrt belauscht und sich dabei den ersten entfernten Eindruck des weiblichen Geschlechts erschlichen hatte. Da also kam man her, und da ging man hinein; und beides paßte nicht zusammen, denn das eine war die Mutter, das andere waren Weiber. Und doch hatte ihn nichts so gereizt wie die *andere* Mutter. Und als er hätte Priester werden sollen, war das wahre Hindernis, daß er sie auch in jeder Muttergottes wiedererkannte. Jetzt nahm der Blick auf das Geschlecht kein Ende, und daran bemerkte Achermann, daß er aus der Zeit gefallen war. Es war noch Zeit in ihm und summte wie eine im Glas gefangene Wespe als Erinnerung, aber er war nicht mehr in der Zeit. Angesichts der Geburtskerbe vor seinen Augen, der Todesfurche, die seinem Blick gelassen standhielt, war deutlich, daß ihm etwas ohnegleichen widerfuhr. Aspermunt war kein Traum, es war ein quer zur Zeit ausgedehnter Augenblick.

Er sah die Naht, der er entsprungen war, zum ersten Mal ohne Begierde. Sie lag, von einem Kranz blonder Haare gekrönt, nicht ganz verschlossen, wie ein lose zugeklebter Brief, den der Empfänger rasch aufreißt, wenn ihm nur am Inhalt gelegen ist. Aber nun nahm Achermann die Furche selbst als Botschaft wahr. Sie gab sich die Miene eines kleinen Schalks, die Lippen zeigten mit ihrem schiefen Lächeln die Linie an, wo sie sich zu teilen bereit waren, gegebenenfalls. Aber der Fall war nicht mehr gegeben.

Achermann glaubte zu bemerken, daß die Stühle, sechs auf jeder Seite, ein Stück vom Tisch abgerückt waren, als machten sich unsichtbare Richter zur Inspektion bereit. Vor sich sah er das Bild mit dem Titel *La création du monde*, das er aus einem Kunstbuch geschnitten und auf die Innenseite seines Kollegheft über kanonisches Recht geklebt hatte. Wie oft hatte der Maler über sein Modell herfallen müssen, bevor es ihm gelang, es so gelassen zu malen? Aber es war kein Bild erreichter Erschöpfung, sondern gewonnener Richtigkeit. Und jetzt war es an Achermann zu lächeln; denn befand er sich nicht, umgekehrt, im Zustand der Kunst vor einem Gebilde der Natur? Der Gedanke, daß man tot sein müsse, um einen Schoß brüderlich zu betrachten, stimmte ihn heiter. Eigentlich hatte er sich schon mit dem Einzug in die Sternwarte aus der Zeit der anderen verabschiedet, um sich eine eigene zu nehmen. Aber war die Luft nicht immer dünner geworden? War es nicht dieser Mangel, über den sich sein Herz beschwert hatte; Mangel nicht an Sauerstoff, sondern an Anwesenheit?

Hubert Achermann hatte Sterben bisher für ein Ereignis gehalten, das demjenigen, dem es zustößt, nicht entgehen kann. Aber daß sich der Tod unbemerkt einschleicht, daß man ihn, wenn er eingetreten ist, vielleicht noch jahrelang überlebt, ohne es zu merken: darauf war er noch nicht gekommen. Er glich einer Comicfigur, die ihren Lauf in die leere Luft hinaus noch ein Stück fortgesetzt hat, bevor die Tatsachen das Bewußtsein einholen – worauf sie, quietschend vor Entsetzen, abstürzt wie ein Stein. Doch Achermann stürzte nicht ab. Viel eher wurde ihm bewußt, wie lange er schon stürzte, und nun bedurfte es nur einer unmerklichen, doch unvorhergesehenen Bewegung, und die Welt kam zu einem Halt, und er damit auch. Etwas hatte gedreht, und er fühlte sich gehalten. Der lange Augenblick *trug*.

Das schiefe Lächeln der Scham. Er lächelte zurück und wußte, was jetzt zu tun war, obwohl er erst ein einziges Mal – als Begleiter Pascals im schwarzen Viertel Lüttichs – ein Kind gewickelt hatte. Dörig hätte sich amüsiert, wie sein Freund eine Windel unter Adrianas Hintern durchzog. Dafür mußte er sie anheben, sogleich schlang sie ihre Arme um seinen Hals; das machte ihr Gewicht leichter, aber verunmöglichte ihm seine Arbeit.

Sie *rözt*, sagte es schadenfroh neben ihm.

Das Wort war Achermann seit seiner Kindheit nicht mehr begegnet, und Gregor hatte er ganz vergessen. Nun aber drängte er sich herzu, einen Kelch in der Hand.

Hier hinein gefälligst, sagte er. – Damit sie sich ans Töpfchen gewöhnt.

Achermann löste Adrianas Arme, fiel auf die Knie, umfaßte ihre Hüften, preßte das Gesicht gegen ihren Schoß und verschloß die Quelle mit den Lippen. Was in seinen Mund floß, war Meerwasser mit dem Geschmack von Salz, Muscheln und Tang. Er schluckte mit Andacht, dann trocknete er, immer noch kniend, zuerst Adrianas Schoß, dann seine Lippen mit einer frischen Windel und richtete sich auf.

Stell den Kelch zurück, wohin er gehört, sagte er in schroffem Ton, und als Gregor zauderte, packte er ihn beim Kragen und schüttelte ihn. – Benimm dich, du Teufel.

Was soll das? zischte Gregor.

Weißt du nicht, wie man mit einem Andenken umgeht? sagte Hubert, und zu Adriana: Steh auf und wandle.

Sie ist zu alt, fauchte Gregor. – Sieh doch ihr Gesicht.

Er zog das Tuch von ihrem Kopf. Das Gesicht, das zum Vorschein kam, zeigte eine Greisin; die Umgebung ihrer wasserblauen Augen war von Faltenwerk gezeichnet, das der kunstvollen Fassung von Kleinodien glich, und auch ihr Mund wirkte eingefallen, aber sie sprach, und die Jugend, die aus ihrem Gesicht verschwunden war, strahlte jetzt in ihrer Stimme.

U bent een dappere ridder. Heft U het ware geloof?

Ich bin katholisch, Mevrouw.

Katholische sind galanter, aber falsch.

Sie sprechen wunderbar Deutsch, sagte er.

Sie machen ein Kompliment, um nicht zu hören, was ich sage. Das nenne ich falsch. Aber Männer, die sich nicht mal auf Komplimente verstehen, werden davon nicht besser. Falsch *und* grob, das ist das Letzte. Wollen wir es uns nicht bequemer machen? Sie kommen von weit her, nicht wahr? Die Einrichtung ist dürftig, aber *am* Tisch sitzt man doch besser als *auf* dem Tisch.

Sie streckte die rechte Hand aus, während ihre linke das Kleid über der Brust raffte, und Achermann half ihr auf den Boden. Sie ließ seine Hand nicht los, sondern führte ihn ans untere Ende des Tisches, wo die Stühle jetzt so weit von der Tafel abgerückt waren, daß beide Platz nehmen konnten. Sie bewegte sich fließend in der langen Schleppe ihres Kleides, ohne ihre Füße zu zeigen.

Sie sehen mir mein Negligé nach, sagte sie, Freunden zeigt man sich, wie man ist. Friderichludewig, unser Gast ist einem guten Tropfen gewiß nicht abgeneigt. Sei so gut und mach uns den Kellermeister.

Gregor nickte wie ein Nußknacker und entfernte sich rasch.

Diese Söhne, sagte sie, sie werden alt und häßlich, und auch daran soll die Mutter schuld sein. Als sein Vater tot war, habe ich ihm zuviel durchgehen lassen. Hat er Sie sehr angeödet? Ich bitte um Entschuldigung.

Erinnern Sie sich denn an mich? fragte Hubert Achermann.

Wenn der Bub aus dem Zimmer ist, kann ich's ja laut sagen: es gab Kavaliere, die sich über Sie beschwert haben. Ich seufzte Hubert, wenn andere Hosianna singen oder Jesusmaria stöhnen – ich bin eine freie Geuse! Aber er kommt schon wieder. Das Früchtchen muß nicht alles wissen. Es quält mich schon genug. Der Wein ist sauer, aber noch das Beste an diesem Bergloch – nicht wahr, Friderichludewig? Nur zwei Gläser – trinkst du nicht mit?

Ich danke, sagte Gregor finster. – Unser Gast trinkt besser auch nicht. Muß noch fahren, ins Tal. Wird erwartet. Sollte längst da sein.

Ich werde erwartet? fragte Achermann. – Das höre ich zum ersten Mal. Wer erwartet mich denn?

Das wissen Sie doch selbst, murrte Gregor. – Ihr Herr Diebold hockt im «Löwen», wer weiß, wie lange schon. Aber Sie haben nur Ihre Tochter im Kopf. Glauben Sie nur nicht, daß Sie hier übernachten können. Noch bin ich Freiherr von Hohensax.

Ein Schnösel bist du, sagte Adriana, und ein Giftzwerg dazu. Hast du das nötig? Schenk uns ein. Hubert bleibt, solange er will, und will er gehen, ist er im Hui wieder bei den Leuten im Tal.

Das wohl nicht, Freifrau, mit Verlaub, sagte Achermann. – Ich bin mit dem Wagen gekommen, und auf einem Weg, der diesen Namen nicht verdient. Ich habe im Leben keine solche Fahrt gemacht.

Sie hatte den Kopf erhoben; ihre Augen leuchteten. – So muß es sein, sagte sie. – Ein Herr, der zu einer Dame geht, muß das Leben verachten. – Das entschuldigt dich nicht, Friderichludewig. Es sieht dir gleich, einen Gast über den Dienstboteneingang einzuführen. Geh auf dein Zimmer.

Gregor wollte aufbegehren, da wiederholte sie: verschwinde.

Ich hoffe, Sie wissen, was Sie sagen.

Ich verzeihe dir nie, sagte sie.

Er zuckte, als wäre ihm eine Rute ins Gesicht gefahren, und hinkte aus dem Saal.

Enfin seuls, sagte sie. – Gegen Sie hat er keine Chance, das soll er wissen. Mit ihm muß man deutlich sein wie mit einem Hund.

Die beiden Gläser waren blaue altertümliche Pokale mit langem Stiel, und der Wein, der darin schwamm, war schwarz wie Blut.

Hubert, auf Ihr Wohl. Sie haben mich erlöst.

Wann sind Sie erblindet? fragte er, als er ihr zutrank.

Immer, wenn es darauf ankam, habe ich die Augen zugemacht, und allmählich haben sie sich danach gerichtet. Ich habe genug gesehen, doch blind bin ich nicht.

Was können Sie Ihrem Sohn nicht verzeihen? fragte er.

Das verstehen Sie, wenn wir uns vermählt haben, sagte sie. –

Aber Sie wollen ja heute noch weiter. Keine Sorge, Geliebter. Sie sind weg, ehe Sie sich's versehen, und brauchen keinen Wagen dazu. Sie wollten zu Philipp, nicht wahr? Da steht Ihnen eine Entdeckung bevor.

Ich sollte Sie beide scheiden, sagte er.

Nur weil die Frau auf Abstand hält, wird man noch nicht geschieden, Hubert. Geht sie fremd, wie Männer sagen? Daran hängt gar nichts – es sei denn, man sei sich fremd geworden. Und auch das muß nicht das letzte sein. Ein wenig, und vielleicht gar nicht so wenig, soll man sich fremd bleiben. Nichts schadet einer Beziehung wie Vertraulichkeit.

Und was ist mit Vertrauen? fragte Achermann.

Wenn ein Mann gekränkt wird, redet er von Vertrauen, sagte sie, statt sich zu fragen, warum er so eitel war, sich kränken zu lassen. Philipp wird Sie zu Tode langweilen mit seinen Ehebruchsgeschichten. Sie sind eine Sucht. Statt Selbstvertrauen zu haben, braucht er eine Ehebrecherin. Und je bunter sie es treibt, desto weniger kann er sie entbehren.

Ich bin nicht sicher, ob ich Sie verstehe, sagte Achermann.

Verstehen Sie nicht mal, was Sie selbst erleben? fragte sie nekkisch. – Bitte enttäuschen Sie mich nicht.

Aber so ist es, Freifrau. Ich verstehe eigentlich nie so richtig, was ich erlebe, oder erst lange hinterher.

Dann wird es ja Zeit, daß Sie einmal ordentlich sterben, sagte sie. – Oder glauben Sie, daß Sie sich mit solchen Geständnissen bei einer Frau ehrlich machen?

Achermann schwieg.

Ich wollte Sie nicht kränken, Gebenedeiter unter den Männern, sagte sie. – Sie sind ein Mann des Friedens, meine ganze Hoffnung. Philipp und ich waren Kriegskinder, anfangs wußten wir es nicht besser, am Ende konnten wir nicht mehr anders. Denn was heißt Krieg? Es ist nur ein anderes Wort für die Unfreiheit des Willens.

Philipp von Hohensax war ein großer Kriegsmann, sagte Achermann.

Wo haben Sie denn das her? fragte sie. – Philipp war ein Pedant, der die Kriegsgurgel mimte und hie und da ein paar Hälse abschnitt oder eine Stadt verbrannte, damit man's ihm glaube – vergebliche Mühe, Hubert. Unter Kriegern der Gelehrte, unter Gelehrten der Krieger, das war sein Trick, mit dem er sich eine Weile durch beide Lager mogelte. Und flog der Bluff auf, dann machte er sich so dünn, wie er immer gewesen war. Er war ungeschickt zum Erbarmen, aber sogar das Erbarmen verdarb er einem durch Schulmeisterei und Besserwissen. Ach, seine Glaubenswahrheiten, seine Grundsätze! Sogar seine Grausamkeit war nur angenommen. Es war nichts an ihm, was Menschen dauerhaft überzeugt. Es wundert mich nicht, daß er nach ein paar hundert Jahren noch im gleichen Zustand ist wie zu seinen Lebzeiten – Pergament kommt nicht um.

Warum haben Sie ihn geheiratet? fragte Achermann, erschüttert wider Willen.

Er hatte das Buch, und er lebte in diesem Buch. Darin war er genial.

Sie meinen die Manessische Liederhandschrift.

Er hat sie gestohlen, zu Geldern, im Karmeliterkloster, wo er die Mönche austrieb und ihre Bibliothek einsackte. Aber es war dieses eine Buch, das ihn gefangennahm. Er lebte darin, sonst lebte er nicht. Er hatte es auswendig gelernt, er kannte es inwendig. Er besaß es nicht, es besaß ihn. Er hat mir eine Werbung vorgetragen, die mich wider Willen zu Tränen rührte, in altertümlichem Deutsch, das ich für seine eigene Sprache hielt – er kam ja aus diesen Bergen, der Hinterwäldler. Ich hielt es für eine Zaubersprache der Liebe, und das war es auch. Statt «guten Morgen, Verehrte» zu sagen, trug er mir ein Lied vor, das schöner war als jeder neue Tag, auch wenn es mit einer Klage begann. *Owê, sol aber mir iemer mê gelüchten dur die Nacht noch wîsser danne ein Snê ir Lîip vil wol geslacht? der troug dü Ougen min ich wânte es solde sîin des liechten Mânen Schîn do tagete es.* Mir schwindelte vor dem Mann. Er war ja auch geschwindelt. Und als ich ihm dahinterkam, machte er mich zur Gefangenen. Er schloß mich in sein Buch ein. Ich illustrierte es mit meinem Leib. Ich spielte seine Frauenbilder nach – und die Mannsbilder teilte er mir zu. Er wurde mein Zuhälter, und er spielte die Rolle des Wächters, des leidenden Voyeurs. Kein Gast ließ sich bitten, wenn ihn der Eheherr mit mir allein ließ, und ein Amtmann hat immer dringende Abhaltung. Aber er hockte im vorbereiteten Versteck, um sich von meiner Sünde nichts entgehen zu lassen. Haben Sie ihn wirklich nicht bemerkt, Hubert? Ich glaubte so eine kleine Befangenheit bei Ihnen festzustellen. Als Sie das Gefühl hatten, er sei da, waren Sie es nicht mehr ganz. Dabei gab es etwas wie Einverständnis zwischen Ihnen beiden. Sie waren sich auch einig, daß ich es nicht bemerken sollte. Aber ich bemerkte es doch, und da wurden Sie für mich zu Einer Person.

Philipp war süchtig nach einer Frau, an der seine Grundsätze scheiterten. Er wollte mich mit anderen vögeln sehen, um sich die größere Wonne zu bescheren. Er bohrte in meinem Gewissen. Eines Tages wollte ich kein Gewissen mehr haben. Ich entlief seiner Minnehandschrift, hatte der Liebe nicht mehr und suchte nur noch die nackte Sinnenlust. Jetzt hatte er mich da, wo er wollte. Mein Laster war vollkommen, und seine eigene Richtigkeit gedieh ins Unermeßliche.

Was hatte er davon? fragte Achermann.

Ich war im Fleisch, und er blieb in der Liebe.

In welcher Liebe? fragte Achermann.

Der einen und einzigen. Er erlebte sie als Schüler in Münsterburg, wo er bei Antistes Bullinger in der Kost war – dem Haupt der Reformation. Dabei wartete ihm eine kleine Tochter des großen Mannes auf und scheint ihm nicht nur ins Auge gestochen, sondern tief in die Seele geleuchtet zu haben. Sie starb mit elf Jahren. Er aber bewahrte ihr Seelchen in Spiritus auf und kramte es triumphierend hervor, wenn ihm das sündige Fleisch über den Kopf wuchs. Fides hieß das Kind, und er bekam keine Chance, es zu schänden. Das rechnete er ihm hoch an, und sich noch mehr. Eine Kinderliebe fürs Leben, das wurde sein Ding. Der Tod hat sie ihm besorgt. Und nach seinem eigenen Tod zog es ihn in das Haus zurück, wo er das Größte erlebt haben wollte: eine Liebe, die ihn vom Leben dispensierte.

Das Haus zum Sitkust, sagte Achermann.

So hieß es wohl, sagte sie. – Er hat es gekauft, mit meinem Geld. Bewohnt hat er es nie. Das war Philipp von Hohensax.

Das bin ich nicht, sagte Achermann leise.

Das sind Sie nicht, Hubert, das will ich hoffen. Sie haben mich trockengelegt, da erwarte ich, daß Sie mich auch wieder ordentlich befeuchten. Es hätte dem Buben so gepaßt, daß ich in sein Töpfchen mache, damit er mich danach auf Gotteslästerung verklagen kann, auf Tempelschändung, auf Kirchenfrevel! Er schändet jede Frau, die er besteigt, und hat nicht einmal das Alibi seines Vaters. Denn er liest kein Buch! Passion, von wegen! Frauen sind Hündinnen; solange sie läufig sind, steckt man sie in den Keuschheitsgürtel, und wenn sie alt werden, fesselt man sie ans Töpfchen. Bin ich alt, Hubert?

Wenn er Sie hörte, sagte Achermann.

Und wie er uns hört, sagte sie. – Treten Sie mal ordentlich unter den Tisch, und wenn Sie auf so was Lauwarmes stoßen: das ist er. Ich muß nur einmal meinen Frieden wollen, so pirscht er sich an. Hervor mit dir, Friderichludewig, das Spiel ist aus.

Achermann hörte sie strampeln und treten, bis Gregor auftauchte, das Gesicht weiß vor Empörung.

Haben Sie das gehört? fragte er, an Hubert gewandt. – Warum sagen Sie nicht, was Sie denken? Ja, sie ist alt. Und blöde wird sie auch. Das Köpfchen ist leer, nur das Mündchen plappert noch, und warum plappert's? Weil ihm keiner mehr dranhängt! Weil kein Fleisch mehr dran ist! Weil's langsam vom Schädelchen blättert! Wer nuckelt an einem Öhrchen, wenn er fürchten muß, daß es ihm im Mund bleibt? Wer zuzelt an deinen Lederzitzen! Wer rappelt in deinem Leierkasten, dem ausgeleierten, der Scham, der ausgeschämten? Überall an dir gähnt's, und jeder gähnt nur noch dabei, oder der Geruch wirft ihn um. Weißt du, was ist? Du stinkst den Männern, daß Gott erbarm!

Achermann versetzte Gregor eine Ohrfeige, daß er taumelte und fiel.

Wie reden Sie mit Ihrer Mutter!

Gregor rappelte sich auf, bis auf die Knie schaffte er es gerade und kniete weiter, bis er ausgeflennt hatte. Die Stimme, nicht mehr schrill, schwamm nölend in Jammer und Elend.

Wer hat mich denn unterm Tisch gehalten, wenn die Galane kamen, erst die Herren, dann die Knechte? Wer hat mich hergepfiffen, wenn es dir einer besorgt hatte, aber nicht tüchtig genug? Erst haben sie dich besprungen, dann ausgenommen wie ein Goldhuhn, ich mußte zusehen, und jetzt soll *ich* dein Geld durchgebracht haben! Weißt du, warum ich das mitgemacht habe? Weil ich sah, daß du schwach im Kopf wurdest! Deine Mannsbilder haben dir den letzten Funken Verstand abgezogen! «Zerebrale Porose» hat dir Doktor Faust in Staufen attestiert, natürlich nicht, ohne dich ebenfalls dranzunehmen, denn was gibt es Schöneres als ein Stück Fleisch ohne Verstand? Aber wenn die Frische auszieht, zieht der Wildgeruch ein, der Hautgout der Vergänglichkeit ...

Was war die Sünde, die Sie ihm nicht vergeben können, Mevrouw? fragte Achermann.

Er hat das Buch verkauft, flüsterte sie. – *Die Liederhandschrift!*

Wovon sollte der Ofen rauchen? fragte Gregor. – Vater hat das Buch gestohlen – ich habe es zurückgebracht.

Gestohlen? rief Adriana. – Es ist das einzige, was er nicht gestohlen hat! Aber hier sitzt ein Jurist.

Ich glaube nicht, sagte Achermann, daß es Diebstahl zu nennen ist, wenn ein Mensch sich den Text seines Lebens aneignet. Die Handschrift wurde in Münsterburg verfaßt – wie kommt sie nach Geldern zu den Karmelitern? Man könnte sagen, die Handschrift sei verlorengegangen und der Finder sei zum Mitnehmen berechtigt gewesen, als er sich als wahren Eigentümer erkannte. Dazu wurde er durch die Lektüre, als passionierter Leser; haben Sie nicht von seiner Passion geredet, Mevrouw?

Seiner einzigen, sagte sie.

Sie hat ihm als Vorlage für seine Schweinereien gedient, sagte Gregor.

Sprechen Sie wie ein Sohn? fragte Achermann.

Die Handschrift war sein Leib des Herrn, rief Adriana. – Und dieser kleine Mensch hat sie für dreißig Silberlinge verkauft, hinter meinem Rücken!

Hättest du Hurengeld genommen, ich hätte die Schwarte nicht versilbern müssen.

Und nach Heidelberg! rief sie. – Zu den Kalvinisten!

Sie zahlten am besten, sagte Gregor.

Und du willst ein Ritter sein? rief Adriana. – So redet ein Krämer!

Laßt es gut sein, sagte Achermann mit Vollmacht. – Friderichludewig, dies ist deine Mutter, Adriana, dies ist dein Sohn. Ich aber möchte jetzt meine Tochter sehen.

Das Kinderzimmer ist nicht geheizt, Euer Ehren, sagte Gregor.

Jetzt friert mich vor gar nichts mehr, sagte Achermann.

Friderichludewig ging voran, zuerst eine Wendeltreppe hoch, die Achermann an diejenige der Sternwarte erinnerte, nur war diese so schmal, daß man nicht fallen konnte. Hintereinander schraubten sie sich in die Höhe, Adriana zwischen den Männern, Hubert als letzter, der sich wunderte, wie geschickt die Dame ihre Schleppe zu raffen wußte. Er glaubte schon über alle Wipfel gestiegen zu sein, aber als sie durch eine Mauerpforte ins Freie traten, befanden sie sich noch kaum auf halber Höhe des Turms gegenüber, dessen Zinne sich im Nebel verlor. Seine Wände hätten auch Felsen sein können, denn in den Ritzen und Spalten gediehen Bäumchen und Gras, aber die Form des Achtecks war trotz verwitterter Kanten noch zu erkennen. Eine Zugbrücke führte hinüber zur Gegenpforte, es waren nur zehn Schritte, dennoch erwies sich das hohe Geländer als wohlbegründet. Denn kaum trat man hinaus, kämpfte man schon gegen einen Sturm, daß der Atem stockte und die Kleider wie Fahnen flatterten. Auch die Brücke selbst wiegte sich merklich, so daß die drei sie fluchtartig überquerten. Aber drüben tauchten sie in eine so eiskalte Sphäre, daß sie sich wieder nach dem Sturm zurücksehnten. Die von Neonlicht grellbeleuchtete Plattform schien der einzige Raum im Turm zu sein, denn weder nach oben noch nach unten führte eine Treppe, und die Kälte stürzte so ungehindert durch die massive Balkendecke, als wäre diese aus Luft.

Der Raum war mit offenen Regalen bestückt, die in dichten Kolonnen standen und durchweg, vom Fußboden bis zur Decke, mit Glaskugeln aller Größen belegt waren. In jeder schwamm ein Embryo, dessen Entwicklungszustand der Größe des Glases entsprach. Die Mehrzahl der eingeglasten Geschöpfe bewegte sich, manche ruhig, manche heftiger, einzelne schienen zu rudern oder um ihr Leben zu kämpfen. Wie ein vielfaches Ticken war das Anschlagen der Füßchen und Fäustchen gegen das Glas zu hören, sonst aber kein Laut. Die gebeugten Frühbilder der Menschengestalt wirkten schutz- und hoffnungslos, und bei den ruhigen Embryos war man nicht sicher, ob sie nur eingeschlafen oder bereits tot waren.

Welche Kälte, sagte Achermann.

Sie spüren es nicht, sagte Adriana.

Alles spüren sie, sagte Friderichludewig, jede Bewegung.

Wo ist meine Tochter? fragte Achermann.

Kommen Sie, Ehrwürden, sagte Friderichludewig.

Er ging Achermann voraus, durch einen Korridor nach dem andern, die sich wie Kühlschlangen aneinanderlegten und so eng waren, daß Achermann fast mit der Nase an die Kinderschemen stieß. Im zweithintersten Gang zeigte Friderichludewig auf ein Glas unter Augenhöhe, so daß sich Achermann bücken mußte und sich fast Stirn gegen Stirn mit dem gar nicht kleinen Geschöpf befand, das seine Tochter war und ihn unter fertig ausgebildeten Lidern und Wimpern ansah, die sie aber so weit niedergeschlagen hatte, daß nur ein fließender Spalt zu sehen war. Es war ein ausdrucksloser Rest von Blick, und Achermann kam es so vor, als sei das Auge im Begriff zu brechen. – Wo ist die Nabelschnur? schrie er laut; doch kein einziges der Geschöpfe, die in den Kugeln eingeschlossen waren, hatte eine Nabelschnur. – Sie ersticken so leicht daran, sagte es neben ihm, und in diesem Augenblick sah er, wie das Geschöpf, seine Tochter, die kleinen Arme ausbreitete. Die Bewegung schien schon matt, er sah, wie die vollkommen ausgebildeten Fingerchen zuckten, und war sicher, keinen Augenblick mehr verlieren zu dürfen. Er sah sich um, plötzlich war kein Mensch mehr zu sehen, aber an der Wand lehnte ein zweizinkiger Eisenstock. Er packte ihn mit Fingern ohne Gefühl, um das Glas der Tochter zu zerschlagen. Doch traf er in der Enge ungewollt zuerst zwei oder drei andere, die zu Boden fielen und weiterrollten wie Bälle, ohne zu zerbrechen, während die Geschöpfe darin um und um gedreht wurden. Sie hatten die Augen aufgerissen und zappelten mit allen Gliedern. Endlich hatte er auch die Kugel seiner Tochter getroffen, so heftig, daß sie weit wegsprang, und beim Versuch, sie einzuholen, stolperte er über andere Kugeln. Sie federten wie Plexiglas, und mit hochgezogener Stange fiel Achermann nun selbst, verzweifelt bemüht, die entsprungene Kugel seiner Tochter nicht aus den Augen zu lassen. Aber als er zum zweiten Mal hinschlug, waren die Embryos nicht mehr zu unterscheiden, und er hämmerte mit aller Kraft, doch wirkungslos auf irgendeine Kugel ein, es mußte einfach die richtige sein. Aber wenn der Glaskörper vielleicht der einzige Schutz war, den das empfindliche Geschöpf gegen die Eiseskälte besaß? Der Gedanke war noch nicht zu Ende gedacht, da hörte er es in der Kugel knirschen, ihre Wand beschlug sich, das Innere wurde undurchsichtig und begann sich blutig zu färben. Mein Gott, es darf nicht wahr sein! betete er, wenn da noch etwas zu retten war, mußte es jetzt mit einem absolut treffenden Schlag geschehen, sonst …

Es war alles vorbei. Achermann stand unter einem fast vollen Mond, vor der Kirche Sennwalds, wie er sie von Bildern kannte. Der Spitzturm, einem kleinen Satteldach aufgesetzt, war deutlich zu erkennen, die weißen Kirchenwände leuchteten geradezu. Der geisterhafte Schimmer der Berge antwortete ihnen jenseits des weiten Tales, über dem der Nebel gerissen war. Nur einige zarte Bänke hingen noch an den Bergflanken, und entfernte Siedlungen zwinkerten wie Nester von Glühwürmchen. Er befand sich auf dem Friedhof, auch da brannten Kerzen in roten Gläsern, auf der Mauer aber leuchteten Rübenlichter, wie sie Hubert als Kind geschnitzt und im Umzug durch das Städtchen getragen hatte.

Auf dem Kirchenvorplatz stand eine junge Frau. Er räusperte sich, um sie nicht zu erschrecken, bevor er aus dem Dunkel der Zypressen und Buchsbäume trat. Aber sie kam ohne Verlegenheit auf ihn zu, und ihm war, als müßte er sie kennen.

Ich bin die Tochter des Mesners, begrüßte sie ihn, bei Ihnen wird er Sigrist heißen.

Mesner verstehe ich auch, sagte er.

Dort ist das Leichenhaus, der Freiherr ist letzte Tür rechts. Sie waren noch nie da.

Nein, sagte er. – Danke, daß Sie auf mich gewartet haben.

Vom ersten Augenblick an empfand er Vertrauen zu dieser Frau und wunderte sich, warum es ihn zugleich so sehr schmerzte. Ihr Gesicht lag im Schatten des Haars.

Ich gebe Ihnen den Schlüssel, sagte sie, Sie wollen sicher ein wenig allein sein.

Ach nein. Kommen Sie doch bitte mit.

Sie gingen auf ein niedriges Gebäude zu; die Frau schloß die Tür ganz rechts auf und machte Licht. Der Raum war nicht größer als eine Zelle. Die Frau zog die Decke vom Glaskasten der Mumie weg; für Achermann hatte sie nichts Bedrohliches mehr. Der Kopf mit der aufgerissenen Mundhöhle und den blinkenden Zähnen, das bis zur Ausdruckslosigkeit verwischte Gesicht, der Schädel, dessen Blessur nur zu sehen war, wenn man wußte, wo man sie zu suchen hatte; die mit braunem Plastilin nachgebildeten Hände – bei den Füßen hatte man sich die Mühe gespart, die Stummel starrten wie mutwillig gestutzte Krücken. All das hatte unter Glas die Objektivität eines Präparats und entsprach den Schaubildern, Erklärungen und Zeitungsausschnitten, mit denen die Wände bedeckt waren. Dies war ein ortsgeschichtliches Museum, das immer wieder von Schülern und Damengruppen besucht wurde, wie die Begleiterin berichtete. Nach einer spektakulären Frequenz klang es nicht.

Im übrigen blieb die junge Frau wortlos. Sie schien seine Kenntnisse von den Lebensumständen des Freiherrn vorauszusetzen; ihr Verzicht auf Dienstfertigkeit erlaubte die Illusion großer Nähe. Sie sagte, das Lachen des Toten erinnere sie an Ray Charles. – Finden Sie, daß er lacht? – Ray Charles lacht auch nicht richtig. Vielleicht zeigt er dem Publikum die Zähne, und das soll es nicht merken. – Sie selbst lachte ungeniert. Er fand sie, im Licht der Totenkammer, nicht schön, doch vertraut. Woher kannte er sie?

Kennen Sie Aspermunt? fragte er sie. – Sie schüttelte den Kopf, ihr Lachen war erstorben, als hätte sie ihn nur zu gut verstanden. – Habe ich etwas Ungehöriges gesagt? – Warum? – Weil Sie rot geworden sind. – Sie lachte wieder und errötete noch stärker.

Wenn Sie mögen, sagte die Frau, zeige ich Ihnen noch den Kirchturm, wo er gewesen ist, bis sie ihn hierhergebettet haben, 1980, glaube ich. – Man hörte ihr an, das war für sie bereits ein Datum aus undenklicher Vorzeit. – Aber Sie können auch gern weiter hierbleiben.

Warum sollte ich? lächelte er. – Ja, den Turm sähe ich gern.

Das säuberlich renovierte Innere des vierstöckigen Kirchturms war nicht mehr geeignet, einen das Gruseln zu lehren. Achermann ging wortlos zwischen kahlen Wänden herum. Erst in der Glockenstube rührte sich etwas. Er sah die Frau an der offenen Schalluke stehen. Er stürzte sich auf sie und schloß sie in die Arme, zu Tode erschrocken. Sie erschrak jetzt ihrerseits und sah ihn mit großen Augen an. Aber zu seiner Verwunderung stieß sie ihn nicht weg.

Jetzt springe *ich*, sagte er, und im nächsten Augenblick hatte er es getan.

Er sah den Lindenwipfel auf sich zukommen, der ihn wispernd empfing und gelassen durchreichte, von Ast zu Ast, bis er auf festem Boden stand und in die Mündung eines Revolvers blickte.

Der Mann trug einen fast fußlangen Mantel und warf einen langen Schatten über den Kies.

Sie haben lange gewartet, Herr Doktor Diebold, sagte Achermann.

Drehen Sie sich um, sagte der Mann mit dem röchelnden Baß, und keine Zicken.

Entweder Sie lassen Ihre Waffe aus dem Spiel, oder Sie können mich gleich erschießen, sagte Achermann. – Ich komme nur ungezwungen. Wo haben Sie Ihr Fahrzeug?

Auf dem leeren Parkplatz für Kirchgänger stand der Rolls-Royce.

Aha, sagte Achermann. – Also *den* fahren Sie?

Sie fahren, sagte Diebold. – Er riß den Schlag auf, und kaum hatte sich Achermann ans Steuer gesetzt, wand sich Diebold auf den Rücksitz.

Achermann glaubte in einem Boot Platz genommen zu haben, dessen Einrichtung aus Tropenholz gefertigt war; alle metallischen Teile waren vergoldet, auch die Kurbel, mit der er das Fenster öffnete. In der Turmöffnung sah er im hellen Mondschein die Frau mit einem Taschentuch winken. Er winkte zurück.

Wohin soll's denn gehen? fragte er.

Über die Antwort wunderte er sich nicht, wohl aber, daß sie klang, als hätte er sie selbst gegeben.

Nach Mosbach, sagte er.

Und keine Zicken.

Keine Zicken, wiederholte Achermann lachend, blickte in den Mond über der Kühlerfigur und drehte den Zündschlüssel.

26
November 2011. Begebenheit

Bundesratswahl!

Schon immer war, noch immer ist ihre Vorbereitung eine *cause célèbre* in der Republik, und im November 2011 war sie es mehr denn je. Das Land war seiner selbst nicht mehr sicher, und der Bundesrat, weniger eine Regierung als eine zur Erhaltung des Bundes verpflichtete Vormundschaftsbehörde, wurde eben vermöge ihrer altväterischen Unhandlichkeit mit elterlicher Vollmacht ausgestattet. Eltern kann man sich sonst nicht aussuchen; der Schweizerische Bundesrat bleibt eine feierliche Ausnahme.

Seit Jahrzehnten verkörperte Schieß in der ungleichen Familie der Eidgenossen den unholden Vater des Vaterlandes. Grollend beschwerte er sich über dessen Undank, brachte aber mit seinem Gewicht jede demokratische Balance zum Kippen und hatte die Schweiz, vorgeblich um ihre Unabhängigkeit zu gewährleisten, in eine Ecke gedrängt, wo sie immer weniger zur Geltung kam. Inzwischen fanden nicht nur seine Gegner, das Land sei seit dem Ende des kalten Krieges nicht nur kleiner geworden, als es ohnehin sei, es sehe auch schäbiger aus als nötig. Zu lange und zu sorglos hatte es die ihm eigene Größe an Banken abgetreten, die nicht nur ein Vielfaches des Nationalprodukts umschlugen, sondern auch ein Geschäftsgeheimnis daraus machten und dieses als Staatssache behandeln ließen. So verstanden sie das Land als Geisel zu nehmen, und als im Herbst 2008 das globale Finanzgeschäft ins Bodenlose stürzte, mußte auch in der Schweiz der steuerzahlende Bürger für den Verlust geradestehen und sich selbst vorwerfen, für schwindelhafte Geschäfte Schmiere gestanden zu haben und am Ende der Dumme zu sein. Peinliche Gelegenheiten häuften sich, bei denen der kleine Bund nichts dringender gebraucht hätte als Freunde. Und da zeigte sich, daß sie vom Gepolter des Volkstribuns vergrämt und erfolgreich verscheucht worden waren. Aus der neutralisierten Ecke, wo Hirtenknaben früher getrost, nur nicht laut ihre ins trockene gebrachten Schäfchen zählen konnten, war fast über Nacht ein Schand- und Schmollwinkel geworden, in dem sich nur noch Früchte des Zorns und der entrüsteten Enttäuschung ernten ließen – jetzt allerdings so reichlich, daß die Vaterländischen, Schieß im Sattel, mit dem Mähdrescher ernten konnten. Außer dem treuherzigen Vergißmeinnicht nahm der flotte Schnitt auch das Mutterkorn des Fremdenhasses mit.

Als Sidonie für den Bundesrat kandidierte, war Schieß für viele seiner Mitbürger schon zur politischen Hypothek geworden. Aber noch hing ihm das politische Gewicht der Fakten an, die er selbst geschaffen hatte: mögen sie mich hassen, solange sie mich nur fürchten! Mit ihm konnte das Land keinen Staat machen, ohne ihn aber auch nicht – die Rolle des negativen Schiedsrichters schien ihm zuzusagen. Aber dieser Schein trog, wie andere Beobachter glaubten; nach ihnen wünschte er sich nichts inniger, als Landesvater zu werden, und hatte insgeheim keine größere Sorge, als dafür nicht wählbar zu sein. In seinem Unternehmen bestimmte er allein; die Politik war ihm, wie er gerne sagte, als solche schon Opfer genug. Für die Partei war er bereit, dieses Opfer zu bringen; gäbe es andere seinesgleichen, sagte er, schenkte er sich's noch so gerne. In die Räte aber schickte er Leute wie Haudenschild, für die Politik naturgemäß kein Opfer war, denn sie lebten davon. Aber Leute wie Sidonie?

Ihre Kandidatur war ein Hochseilakt, bei dem nicht alles, sogar das wenigste von ihrer eigenen Balance abhing. Dabei spekulierte die Partei auf ihre eigene Risikobereitschaft und ihre Verachtung von Sicherheitsnetzen. Würde sie nach einer ehrenvoll genannten Nichtwahl «ins Glied zurücktreten»? Aber dort hatte sie noch nie gestanden. Der Reiz dieser Kandidatur bestand in ihrer schieren Kühnheit – es war *unschweizerisch*, was die bekennende Schweizerin versuchte. Ihr Patriotismus hatte keinen einheimischen Zungenschlag. In einem Interview hatte sie lächelnd die Schweiz selbst unschweizerisch genannt – so redet man nicht; damit verschenkt man die Gutartigkeit, die schon aus dem Selbstverständnis eines Magistraten herausleuchten muß, bevor sie seinen Verkehr mit dem Bürger und Steuerzahler bestimmt. Ein Bundesrat wird nicht gewählt, um Dinge zuzuspitzen, sondern um Wogen zu glätten und auf das Beste zu hoffen, wenn er schon das Schlimmste nicht verhindern kann. Von Sidonie ging kein Gefühl der Geborgenheit aus; sie verschmähte es ausdrücklich. Ist das eine Landesmutter? Was hatten die «Problemfelder», die sie in ihrer radikal-konservativen Denkfabrik bearbeiten ließ, mit dem Vaterland zu tun?

Die Tribünen waren brechend voll, am Mittwoch, dem 23. November, um acht Uhr früh, als die Sitzung beider Kammern mit der Würdigung des abtretenden Bundesrats begann. Die Nation saß vor dem Fernseher, die Quote stieg von einem Wahlgang zum nächsten. Nachdem die wilden Kandidaten abgebröckelt waren, lag vor der dritten Runde Haudenschild, bei vielen Enthaltungen, mit fast zwanzig Stimmen vorn, blieb allerdings ebenso viele von der absoluten Mehrheit entfernt; von jetzt an genügte die relative. Und nach offenbar intensiven Gesprächen in der Wandelhalle folgte die Überraschung: Sidonie Wirz war mit einer Stimme Vorsprung in den Bundesrat gewählt! – ihrer eigenen, wie ein Kommentator sogleich mit wohlfeiler Malice bemerkte. Auch die verlangte Nachzählung ergab nichts anderes; Schieß mußte sein ganzes Gewicht in die Waagschale geworfen haben. Die Tribüne raunte, die Räte schienen von ihrer eigenen Entscheidung so perplex, daß der Beifall sekundenlang auf sich warten ließ. Dann aber lag Sidonie Wirz-Achermann, in einem dunkelgrünen Plissékleid, Melchior Schieß in den Armen. Sie war am Ziel.

Sie stand schon, von Gratulanten umringt, mit Buketts überhäuft, von Mikrophonen bedrängt, auf dem Bundesplatz, als ihr der

Pressereferent mit starrem Gesicht etwas ins Ohr raunte. Sie bat ihn beiseite. Der Jaguar ihres Mannes sei in der Nähe von Wildhaus gefunden worden, halb abgerutscht auf der Böschung eines Waldwegs. Von dem oder den Insassen fehle jede Spur. Die polizeiliche Suche sei im Gange – mit aller gebotenen Diskretion.

Daß diese nicht lange zu wahren war, versteht sich, am wenigsten an diesem Tag. So teilten die Agenturen die Wahl Sidonies mit – und schon eine Stunde später die Vermißtenmeldung ihres Mannes. Die Schlagzeilen verschmolzen in der Hitze, die sie verbreiteten, und die Lettern waren kaum kleiner als die Bilder, welche die neugewählte Bundesrätin vor und nach der fatalen Nachricht zeigten – und konnten nicht stärker sein als die des Jaguars, der mit vier offenen Türen an einer obskuren Wegkante liegengeblieben war. Die neue Bundesrätin gab keine Erklärung ab. Dafür flogen alle Plagen veröffentlichter Meinungs- und bald auch Stimmungs-, sogar Panikmache aus. War Achermann entführt worden? Wurde seine Frau – und jetzt der Staat – erpreßt, und von wem? Was machte sie erpreßbar? Was hatte ihr Mann am Tag ihrer Wahl im Toggenburg zu suchen? Hatte er nicht einer linken Zelle angehört? War bereits ein feindlicher Geheimdienst am Werk?

Die grenzüberschreitende Personenfahndung wurde erst am nächsten Tag fündig, an einem Ort, von dem in der Schweiz noch kaum jemand gehört hatte. Der Oberbürgermeister der kleinen Stadt Mosbach im Odenwald, Dr. Uwe Hahn, bestätigte, daß ein Hubert Achermann am Spätnachmittag im Rathaus aufgetaucht war. Er hatte ein kleines schlafendes Mädchen auf dem Arm getragen und war von einem scheu wirkenden Jüngling mit asiatischen Gesichtszügen begleitet worden. Die Gruppe sah so aus, als hätte sie sich nach einem Spaziergang über den Markt ins Rathaus verirrt, um halb sechs Uhr, zu einer Zeit, wo diensttuendes Personal normalerweise nicht mehr darin anzutreffen war. Plötzlich standen sie im Vorzimmer, und der Fremde erkundigte sich bei der Sekretärin, die zum Aufbruch rüstete, ob er ihren Chef etwas fragen dürfe. Sie begann, ihm die Besuchszeiten des Chefs auseinanderzusetzen, als Herr Dr. Hahn aus seinem Arbeitszimmer trat und fragte, womit er denn dienen könne. Das müsse er ihm unter vier Augen sagen, habe der Fremde erwidert, immer sein schlafendes Kind auf dem Arm. Dr. Hahn habe die Leute in sein Büro treten lassen und nur gebeten, sie möchten sich kurz fassen. Darauf habe sich Achermann vorgestellt, bedauert, daß er keine Visitenkarte bei sich trage, und gefragt, ob dem OB ein Freiherr Philipp von Hohensax bekannt sei. Er sei gewissermaßen sein Vorgänger im Amt gewesen, als Vogt des pfälzischen Kurfürsten.

Da mußte OB Hahn zuerst zwei Dinge richtigstellen. Erstens: Mosbach war eine Stadt Baden-Württembergs. Zweitens: ein fürstlicher Vogt könne nicht Vorgänger eines Bürgermeisters gewesen sein, sondern, wenn schon, nur sein Gegenspieler. Beides gestand der Besucher zu, erinnerte nur daran, daß Mosbach vor 1803 kurpfälzisch gewesen sei, worauf der OB lächelnd entgegnete, leider reiche sein persönliches Gedächtnis nicht mehr als zweihundert Jahre zurück. Was er denn für ihn tun könne? – Für Herrn von Sax könne und müsse er etwas tun, habe der Besucher nun in großem Ernst erklärt, er müsse in Mosbach seine letzte Ruhestätte finden, denn in dieser Stadt sei er glücklich gewesen.

OB Hahn war ein sachlich und sportlich wirkender Vierziger, der gewinnend, darum gerne lächelte; dieses Lächeln muß in der Unterhaltung mit Achermann strapaziert worden sein. Denn der seltsame Mann hatte auch schon die Stelle im Auge, wo sein Freiherr beizusetzen war: in der Gutleutkapelle. Das kleine Gotteshaus liegt am Rande des neuen Friedhofs im Nordosten der Stadt, und auch wenn es keine bessere Stadttour zu besuchen versäumt, seit in der Kapelle gotische Fresken zum Vorschein gekommen und sorgfältig restauriert worden sind, bleibt das als Denkmal geschützte Ensemble abgelegen, namentlich nachts, und Gutleuthaus und Elendshaus sind an Gastarbeiter vermietet. Wer die Kapelle auf eigene Faust besucht, muß den Schlüssel im Bildhauergeschäft nebenan abholen und dafür seinen Reisepaß hinterlegen.

Im Fall Dr. Achermanns war, wie die Nachforschung ergab,

nichts dergleichen geschehen, und doch gab er über das Innere der Kapelle so ausführlich Bescheid, daß OB Hahn nervös wurde; er hatte eine Gala zum Jubiläum seines Rathauses zu besuchen und mußte sich noch umkleiden. Achermann aber, das Kind auf dem Arm und den stummen Asiaten im Rücken, verlangte für seinen Freiherrn nun geradezu kategorisch ein Ehrengrab, und zwar neben Michael Entenfuß. – Entenfuß? fragte Hahn, womit er sich keinen Gefallen tat, denn nun verglich der Besucher die Verdienste seines Herrn von Sax ausführlich mit denjenigen eines Michael Entenfuß aus dem 16. Jahrhundert, von dem der Stadtvater ebenfalls zum ersten Mal hörte. Daß der Ehemann einer gerade gewählten Ministerin vor ihm stand, war ihm gestern natürlich noch nicht bewußt – heute um so mehr. Er gab an, Herrn Dr. Achermann *sehr höflich* beschieden zu haben, daß das «Ehrengrab», das er für einen zur Zeit gänzlich Unbekannten beanspruche, eines längeren Bewilligungsverfahrens bedürfe; daß bei einer allfälligen Öffnung des Kirchenbodens auch die Denkmalschutzbehörde mitzureden hätte usw. – Darauf könne er nicht warten, habe der Besucher erklärt, sie hätten den Freiherrn bei sich, und er wolle zur Erde.

Hat er gesagt, er führe einen Toten mit? wollten die Journalisten aus der Schweiz wissen. – Einen seit 1596 Totgemeldeten, aber *er lebe* – und in diesem Augenblick sei dem OB durch den Kopf gegangen, daß er einen ernsthaft gestörten Menschen vor sich haben könnte. – Ist das Ihr Kind? wollte er gefragt haben, um Zeit zu gewinnen, obwohl er sich eigentlich schon fragte, welchen Dienst er eher rufen mußte, die Sanität oder die Polizei. – Das sind die Meinen, habe Achermann gesagt, und auch sie wünschen nichts mehr, als daß Herr Philipp von Hohensax seine Ruhe findet. – Wo haben Sie denn ... seine Gebeine? will Hahn gefragt haben, worauf Achermann gelacht habe, freilich nicht laut, um das Kind an seiner Schulter nicht zu wecken. – Gebeine! Der Freiherr könnte vor Ihnen stehen, so leibhaft wie ich selbst. – Der Eindruck, einen *herausgeforderten* Menschen vor sich zu haben, verstärkte sich, als er für Hohensax auch noch ein Denkmal verlangte, dafür nämlich, daß er in

Mosbach *glücklich* gewesen sei. – Wenn jeder, der an irgendeinem Ort jemals glücklich gewesen ist, dafür ein Denkmal bekommen sollte, so würde es bald so viele Denkmäler geben wie – als dem OB kein Vergleich einfiel, habe Achermann nachgeholfen: wie Gräber, meinen Sie. Genau darauf käme es an: so viele Glücksmale wie Grabmale. – Wie Sand am Meer, habe er sagen wollen, entgegnete Hahn. – Sie täuschen sich, Herr Oberbürgermeister, die Glücksmomente sind rar, fast könnte man sie an den Fingern einer Hand abzählen, aber sie wiegen schwer.

Nun habe Hahn – wer hätte es nicht getan? – diesen Herrn samt Anhang entschieden aus seinem Büro komplimentiert. – Das werden Sie bereuen, soll Achermann gesagt und Hahn in seiner Entschlossenheit nur noch bestärkt haben. Er atmete auf, als diese Leute gegangen waren. Natürlich bedauerte er das hinterher.

Ob Achermann gefährlich gewirkt habe? – Nein. – Gefährdet? – Auch nicht. – Der Asiate hatte nichts Bedrohliches? – Seine Haltung war tadellos. – Kein Verdacht auf Geiselnahme? – Nicht der geringste. – Aber er habe den Begleiter nicht vorgestellt? – Mit keinem Wort. Um ehrlich zu sein: Hahn habe zuerst an ein schwules Paar gedacht. Die könnten inzwischen ja auch Kinder adoptieren.

Daß die neue Bundesrätin von der Gesellschaft ihres Mannes nichts wußte, war immerhin erstaunlich. *Was verschwieg sie?*

Und siehe, jetzt tauchte, wie ein Spuk, ein Fahrzeug auf, das die Route der beiden – oder der drei – wiederherzustellen erlaubte. Es war auffällig genug: ein Rolls-Royce *Silver Cloud* des Jahrgangs 1962, der einem, außer bei Oldtimer-Rallies, nur alle Schaltjahre begegnet, weshalb insgesamt dreiundvierzig Handybesitzer das Fahrzeug abgelichtet hatten, teils in voller Fahrt, teils geparkt, doch immer mit Datierung auf die Minute. Danach war die Silberwolke am 23.11. um 15:37 – es war gerade noch hell – zu Todtmoos im Schwarzwald gesichtet worden, um 16:30 am Mummelsee und um 17:13, bereits im Blitzlicht, geparkt auf dem Parkplatz von Mosbach. Am 24. um 20:35 stand sie vor der Maria-Magdalena-

Pfarrkirche zu Geldern am Niederrhein und verschwand dann bis zum nächsten Tag, dem 25. November, um neun Uhr, wo sie in Anfahrt auf die deutsch-niederländische Grenze zwischen Arcen an der Maas und Walbecke wiederauftauchte. Aus der Fahrtrichtung war zu schließen, daß der Fahrer über Nacht in den Niederlanden gewesen sein mußte, oder gar im belgischen Gent, wo sich jemand meldete – leider ein Alkoholiker, der den auffälligen Wagen um Mitternacht vor der St.-Bavo-Kathedrale hatte stehen sehen wollen. Der Fahrer war auf keiner einzigen Aufnahme zu erkennen, als seien die Scheiben des Wagens getönt gewesen. Auch das Kennzeichen war verwischt, doch die Größe des Schildes verwies auf seine Herkunft aus der Schweiz. Dort aber war das Fahrzeug nicht bekannt.

Philipp von Hohensax hätte keine Seele interessiert, wenn ihn ein breites Fernsehpublikum im Sommer 2005, dank einer wissenschaftlichen Sendung des ZDF, nicht als Mumie kennengelernt hätte, deren Todesursache noch immer aufklärungsbedürftig war. Jetzt fielen die Reporter in Sennwald ein, um dem «schwarzen Ritter» zu einem zweiten medialen Auftritt zu verhelfen – und liefen ins Leere. Die Mumie war verschwunden! Die Leichenhalle sowie der klimatisierte Behälter, in dem sie gelegen hatte, zeigten keinerlei Einwirkung von Gewalt; und die Mesnerin, eine rüstige Sechzigerin, versicherte, sie habe die Mumie am Abend des 22. noch an ihrem Platz gesehen. Philipp von Sax erhielt jetzt in vielen Zeitungen einen Kasten, in dem seine historische Bewandtnis in Kürze erläutert wurde, und die Fernsehanstalten verwiesen auf weitere Informationen im Netz. Interessierte erfuhren, daß für den Freiherrn die Störung seiner Totenruhe nichts Neues war. War er mit der *Silver Cloud* entführt worden und mit Achermann verschwunden – aber wohin?

Die «Geisterfahrt» des Oldtimers beschäftigte Amateurfahnder nachhaltig, und die Route der mutmaßlichen Entführung wurde von vielen Medien rekonstruiert – das Aufsehen um Achermann war ein Vielfaches dessen, was er als Verteidiger – oder Angreifer? – Gottes des Allmächtigen erregt hatte. Auch jetzt ließ sich nicht sagen, ob man ihn als Täter oder Opfer betrachten mußte – jedenfalls: er blieb verschwunden. Mosbach und Geldern erwiesen sich als ideale Pausenfüller; man gewann den Eindruck deutscher Kleinstadtidyllen, als hätte sich Achermann die Etappen seiner Fahrt nach einem Nostalgie-Reiseführer ausgesucht. Aber während das heute badische Mosbach die Augen mit historischem Fachwerk verzauberte und immer noch ein reizvoll geschlossenes Ortsbild zu bieten hatte, verbarg das niederrheinische Geldern seine Kriegswunden nur mühsam durch eine eher lockere und etwas beliebige Bebauung. Nur um die Einkaufszone zogen sich die meist nüchternen Klinkerbauten zu einigen festeren Zeilen zusammen. Natürlich erfreuten sich die Schauplätze beider Orte ausführlicher Würdigung, zu Mosbach namentlich das historische Rathaus und die ehemalige Aussätzigenkolonie. Sogar das Entenfuß-Grab in der Gutleutkapelle erschien mit kenntlicher Inschrift, während man sich in Geldern auf den Hauptplatz mit dem Denkmal eines unkenntlichen Löwen beschränkte. Aber der krasse Anblick der freiherrlichen Mumie dominierte naturgemäß denjenigen der übrigen Vermißten, wobei zu ergänzen ist, daß der Asiate und das kleine Mädchen merkwürdigerweise von niemandem vermißt wurden. Das Publikum kam jedenfalls zu einem *mystery* mit einem Einschlag von Politkrimi, während die Fahndungsorgane die «Geisterfahrt» auf dem Boden harter Tatsachen weiterverfolgten. Nur schien der Teufel zu wollen, daß dieser Boden, je weiter man darauf vordrang, immer weicher wurde. Von allen ungelösten Rätseln, die der Fall auslöste, war das Auftauchen und Verschwinden eines kleinen Mädchens auf Achermanns Arm lange das populärste. Aber bald lief ihm eine ungewöhnliche Brandstiftung den Rang ab – auch von seiner Urheberin ging ein ganz eigener Schauder aus, und das Publikum genoß ihn in vollen Zügen.

In der Nacht vom 24. auf den 25. November 2011 brach nämlich in der Altstadt von Münsterburg ein Großbrand aus, dem zwei historische Gebäude zum Opfer fielen, die Häuser «zum Eisernen Zeit» und «zum Schwarzen Garten». Das Feuer mußte lange unbemerkt geschwelt haben, bevor es in heller Lohe aus dem Dach schoß und der verstörten Nachbarschaft ebenso wie der alarmierten Feuerwehr zum ersten und letzten Mal die verborgene Gestalt der Kuppel enthüllte, deren Kupferdach in der höllischen Hitze wie Kerzenwachs zusammenschmolz. Man hätte glauben können, der Holzkasten, in den sie verpackt gewesen war, habe als Brandbeschleuniger gewirkt; denn sie warf, wie ein unverhofft aktiver Vulkan, eine glühende Masse aus, der mit handelsüblichen Löschmitteln nicht beizukommen war. Erst als es gelang, im Hof schweres Spritzwerkzeug aufzufahren, konnte man wenigstens die Ausbreitung des Feuers auf die Nachbargebäude verhindern. Doch die zwei historisch wertvollsten mußte man preisgeben. Nach sechs Stunden standen vom «Eisernen Zeit» und vom «Schwarzen Garten» nur noch die Grundmauern, und auch diese hatte eine wahnsinnige Glut so porös gemacht, daß das Gestein wie Tuff bröckelte.

Glücklicherweise war nur ein einziges Menschenopfer zu verzeichnen, und die Experten ließen gar keinen Zweifel daran, daß Anne Marie Kohlbrenner (65) den Brand, in dem sie umgekommen war, selbst gelegt hatte. Sie war die nächste Mitarbeiterin Achermanns gewesen, daher hatte sie die Polizei, als er vermißt wurde, als erste vernommen. Sie gab an, daß er am Vortag der Wahl in sein Büro gekommen sei und es am Nachmittag gegen fünf verlassen habe, ohne Angabe seines Ziels; er sei ihr auch keine Auskunft schuldig. Den Beamten fiel auf, daß sie nicht eben untröstlich wirkte. Den Brandsatz in der Kuppelwand mußte sie lange vorbereitet haben, und das von ihr entfesselte Höllenfeuer hatte auch von ihr selbst nur gerade so viel übriggelassen, daß an ihrem Tod nicht zu zweifeln war. Sonst war das Haus bei Ausbruch des Feuers leer gewesen, und die Bewohner des «Schwarzen Gartens», der neunzigjährige Thomas Schinz mit Gattin und Personal, hatten sich rechtzeitig in Sicherheit gebracht. Übrigens war Schinz der erste gewesen, der das Feuer beobachtet und seiner Frau Mara gemeldet hatte; von ihr war der Alarm ausgegangen, leider schon zu spät.

Übrigens wäre da noch ein Phänomen zu melden gewesen, das die Brandexperten irritierte: zu den Zerfallsprodukten des Hauses «zum Eisernen Zeit» gehörte ein Granulat, das in so großen Mengen anfiel, daß die Feuerwehrleute auf der immer noch rauchenden Brandstätte durch wahre Dünen von verglastem Sand stapften, ein Material, das man noch nie gesehen hatte. Schuppisser, ein pensionierter Denkmalpfleger, füllte ein Glas mit der kristallisierten Schlacke ab, betrachtete die – wie sich zeigte – ganz runden Perlen unter dem Mikroskop und traute seinen Augen nicht. In der Vergrößerung zeigten die Kügelchen Einschlüsse in Gestalt verzerrter Interieurs der beiden verlorenen Häuser, und zwar so plastisch, daß er, hätte man sie noch stärker vergrößert, womöglich geglaubt hätte, die eröffneten Innenräume betreten zu können – und vielleicht nicht wiederzukehren. Schuppisser erzählte niemandem von seiner Entdeckung, da er nicht gern als verrückt galt. Immerhin wiederholte er die Beobachtung am nächsten Tag, und siehe: die Kügelchen waren trübe geworden und hatten sich dem Tuff oder Blähton angenähert, zu dem die Mauern verglüht waren. Übrigens: Moritz Asser, Achermanns Kompagnon und Freund, war am 24. November in New York gewesen. Sein Alibi war überprüft und nicht zu erschüttern.

Gewiß doch: Sidonie Wirz war in den Bundesrat gewählt worden. Das ging in der Suppe schwarzer Sensationen fast gänzlich unter. Niemand schien es zu kümmern, daß sie um einen Lebensgefährten bangte, so lustvoll schlachtete man ihn schon aus – und tat sich bald auch bei ihr keinen Zwang mehr an.

Man bedauerte sie, damit begann es. Das Verschwinden ihres Ehemannes vereitelte selbstverständlich die Rituale, mit denen die Republik neue Bundesräte im Amt befestigt, noch bevor sie es bekleiden: den Extrazug in ihren Kanton, den festlichen Empfang in dessen Hauptstadt, dann den herzlichen in der eigenen Gemeinde. Wäre Achermann in den Bergen verunglückt, selbst wenn er sich vor den Zug geworfen hätte: ein Wort wie «tragisch» wäre jedem gleich in den Mund gekommen. Nun aber war Hubert Achermann nichts weiter als verschollen – allerdings unter mysteriösen Umständen, die damit angefangen hatten, daß er nicht dort gewesen war, wo man ihn erwarten durfte: an der Seite seiner Frau. Jetzt vermißte ihn sogar die Polizei. Da brauchte man keinen Unrat mehr zu wittern, man befand sich schon mittendrin. Und wonach roch es denn da?

Jetzt folgte eine Enthüllung der anderen aus dem Privat-, sogar Intimbereich der Bundesrätin. Wenn ein Magazin skandalöser News ausgeschossen war, verlangte das entrüstete Publikum das nächste. Ereignisse, bei denen keine Ursachen auszumachen sind, schreien nach einem Schuldigen, *eine* Schuldige ist noch besser. Und siehe da: man brauchte nur ein wenig zu kratzen, nur in den eigenen Archiven zu graben, dann hatte Sidonie Wirz an Schuldhaftigkeit etwas zu bieten.

Sie sollte am Jahresende in ihr Amt eingesetzt werden. Hätte sie gleich das Zepter ergreifen und die Dinge steuern können – sie hätten sich womöglich anders entwickelt. Jetzt aber standen ihr noch zehn Wochen des Stillhaltens bevor und wurden ihr zum Verhängnis. Von einer Bundesrätin wird erwartet, daß sie den Deckel über den Dämonen eines Landes verschließt. Kann sie das nicht, wird ihr nicht verziehen. Ihre Ehe mit dem Land war noch nicht vollzogen, da wurde sie schon zurückbuchstabiert.

Die Treibjagd fing scheinbar teilnehmend an. Wie kam es, daß Sidonie vom asiatischen Begleiter ihres Mannes nichts wußte? Er war sein letzter Kontakt, und sie wollte ihn nicht kennen? Nicht einmal von diesem Kind auf dem Arm ihres Mannes wollte sie etwas wissen? Nichts wurde Sidonie intimer angekreidet als ein Kind, das niemand vermißte. Aber was jetzt nachkam, beschädigte ihre Person. Plötzlich hatte «WIR» Kunde von der Affäre Sidonies mit dem kürzlich verstorbenen Professor Fritz Walder. Ihr Ende wurde als «menschlicher Verzicht» dargestellt – damit man diesem Verzicht nicht nur kritisch auf die Finger sehen, sondern den Sachverhalt, den er zu beenden trachtete, in allen Einzelheiten ausbreiten konnte, eingeschlossen Frau Walders Tod. Die Folgerung für Sidonies Charakter durfte man einer mündigen Leserschaft überlassen.

Sie hatte Achermann geheiratet – aus Liebe? War es nicht auffallend, daß sie ihm so wenig sichtbar nachtrauerte? War das Verhältnis zu Walder wirklich beendet gewesen, war er aus Kummer gestorben, oder war Achermann vielmehr aus Kummer untergetaucht über eine hartherzige, dabei grenzenlos karrieresüchtige Frau? Zum Nikolaustag folgte die scheinheilige Frage, wann sich Sidonie als geschändetes Kind *oute*. Ob es ihr genügt habe, ein für sie günstiges Testament «herauszuholen»? Es war die Küche der Doris Leu, Marybels Freundin, die ihr Gift zu sieden begann, und plötzlich hüllte der Dampf auch Sidonies Kindheit und Herkunft ins Zwielicht. Haften blieb, daß sie eine Landfremde war, und man mußte auch wissen, daß sie als Schauspielschülerin – leider habe ihr Talent nicht gereicht – in einer sexuell eindeutig definierten Frauenkommune gelebt hatte.

Dröhnende Stille aus der Vaterländischen Partei. Ihr Volk sah nicht nur zu, wie die frisch gewählte Bundesrätin demontiert wurde; sie stimmte in das Murren ein. Den Anlaß lieferte die Aufführung eines angeblich landesfeindlichen Stücks, zu dem sie im «Gugger» Hand geboten habe. Ein Studententheater, junge Historiker, hatte statt Walter Fürst, Werner Stauffacher und Arnold Melchthal den Rütlischwur mit Schiller, Napoleon und dem Zaren Alexander I. besetzt. Was als provokativer Diskussionsbeitrag gedacht war, wurde der Herrin des Zentrums als gezielte Nestbeschmutzung ausgelegt. Was so «unsauber» war, mußte man beizeiten säubern – und wenn es die eigene Bundesrätin war. Die eigene? Schieß hatte sich nicht gerührt. Vielmehr gab er sich, auf peinliche Befragung, erschüttert von jener verzerrten Version des Rütlischwurs – davon habe er nichts gewußt. Das Signal war klar.

Fehlte jetzt nur noch, daß sie überdies Gegenstand des Spottes wurde, und auch dies blieb ihr nicht erspart. In Geldern war eine Mumie aufgetaucht, versteckt an einem ganz und gar unwahrscheinlichen Ort: im Sitzungszimmer einer katholischen Stiftung, die jetzt eine Altentagesstätte unterhielt. Sie war der katholischen Pfarrei angeschlossen, dem letzten erhaltenen Gebäude des alten Karmeliterklosters, das im Zweiten Weltkrieg zerstört worden war.

Das makabre Objekt war im Fuß eines wandhohen Bücherschranks zum Vorschein gekommen; im Raum, wo früher der Kapitelsaal des Klosters gestanden hatte, aber keine der Archivalien reichte hinter den Ersten Weltkrieg zurück. Diese Schränke waren wohl jahrelang nicht mehr geöffnet worden, bis eine örtliche Arztgattin, auf der Suche nach Vorfahren, die Tauf- und Totenbücher konsultierte und zu ihrem Entsetzen im Zwischenraum zwischen Büchern und Wand auf eine mumifizierte männliche Leiche stieß. Sie saß in Kauerstellung wie in einer prähistorischen Grabkammer.

Nach seinem Erhaltungszustand zu schließen, mußte der Tote bei weitem älter sein als der Schrank, in dem er gefunden wurde; andererseits wies die MRI-Abbildung in seinen Herzgefäßen Titanium-Stents aus, die erst seit einem guten Jahrzehnt in Gebrauch sind. Zur Feststellung der Person stellte das Institut eine DNA-Analyse an, und im internationalen Fahndungscomputer zeigte sich, daß sie nur mit einer einzigen Probe vollkommen übereinstimmte: derjenigen Hubert Achermanns. Selbstverständlich war diese Koinzidenz ganz einfach Unfug, und Sidonie Wirz weigerte sich, für die läppische Gegenüberstellung mit einer Mumie nach Düsseldorf zu fahren. Um so williger sprang ein trickreicher Journalist ein, der sich zu geschützten Daten Zutritt zu verschaffen wußte und die ledernen Reste von willigen Fachleuten als diejenigen Achermanns identifizieren ließ. Er sei erwürgt worden.

Wenn ein Rätsel dermaßen aller Vernunft spottet, glauben die Menschen an einen üblen Scherz und helfen sich, indem sie mitlachen. Und jetzt lachten sie auch über Sidonie, eine Unperson, der man nicht mehr nahezutreten fürchtete. Es sehe ihr ähnlich, daß man ihren Mann in diesem Zustand finde; sie habe ihn schon früher vertrocknen lassen, und die Deutschen könnten ihn jetzt gründlich abstauben. Ernsthaftere Leute kommentierten das Naturspiel nicht. Für sie blieb Hubert Achermann verschollen – aber es erübrigte sich wohl, ihn noch lange zu suchen. Die Mumie von Geldern blieb in der Asservatenkammer des Gerichtsmedizinischen Instituts Düsseldorf, und in der «Titanic» ließ sich ein Witzbold vernehmen, wenn sich der Freiherr von Hohensax nicht mehr finde, könne man den Schweizern ja Hubert Achermann zurückerstatten.

Ein Scheitern wird unwiderruflich, wenn es die Betreffende selbst beim Namen nennt – und niemand widerspricht. Am 20. Dezember 2011 erklärte Sidonie Wirz ihren Rücktritt vom Amt einer Bundesrätin, bevor sie es angetreten hatte; ein einmaliger Fall in der Geschichte des Bundesstaates. Sie verzichtete darauf, ihren Schritt zu begründen. Die öffentliche Meinung fand die Sprache erst wieder, als Schieß das Zeichen dazu gab. Er werde für die erneute Ersatzwahl kandidieren, es sei ein Opfer, aber er müsse es bringen. «Jetzt mueß de Vatter sälber i'd' Hose», ließ er in einer Sondersitzung des Parteivorstands verlauten. Sidonie war in aller Stille aus der Vaterländischen Partei ausgetreten, und man konnte gespannt sein, was jetzt aus dem «Gugger» würde; aber eigentlich war man es nicht mehr. Die Expedition war abgeblasen; wozu noch ein Basislager?

27
Januar 2012. Gaul

Moritz Asser war zu Fuß gekommen, durch den verschneiten Planetenweg. Nun wärmte er sich im Weinkeller am Kaminfeuer auf. Sidonie hatte ihn schon nach ihrem Rückzug aus der Politik mit Vollbart erlebt, den einzigen der alten Bekannten, den sie wiederzusehen wünschte. Der Medientroß war weitergezogen. Einen kurzen Augenblick stand Sidonies Phantombild noch im Raum, das Negativ einer blendenden Erscheinung, vor der man die Augen verschlossen hatte. Dann stellte sich das wohltuende eidgenössische Zwielicht wieder her, und das Freundlichste, was sie über sich lesen konnte, war: sie habe Schaden von der Republik gewendet.

Aber sie las es wohl gar nicht. Sie hatte ihrem Personal gekündigt und den Verwalter Bob Wittwer nach Shaidan geschickt, vielleicht als Quartiermacher. Denn sie hatte nicht dementiert, daß sie das Land zu verlassen gedenke. Einstweilen ließ sie sich noch von einem privaten Sicherheitsdienst abschirmen, denn nach wie vor trafen jeden Tag anonyme Drohungen ein. Auch Moritz hatte am Ende des Planetenwegs eine Kontrolle passieren müssen.

Er hatte sich verändert, der elegante Mao-Look war einer schwarzen Kluft gewichen, deren lange Jacke zugleich als Mantel diente; eine graue Halsschleife verdeckte das Gilet mit Silberknöpfen. Sidonie wirkte in ihrem dunkelblauen Hosenkleid unverändert, nur das Mohikanische ihres Profils war ausgeprägter geworden, die Züge tiefer eingeschnitten, aber zum ersten Mal sah man darin den Ausdruck der Gelassenheit.

Eingeschneit, sagte Moritz, mitten im Klimawandel! Schnee auf den Palmfächern, und der Christbaum sieht aus wie ein richtiger. Zehn Meter hoch und Kugeln wie Planeten!

Hast du als Kind Weihnachten gefeiert?

Tate wollte sich vor den Gojim nicht lumpen lassen. Aber die Chanukka-Leuchter waren eigentlich nur ein Abwehrzauber. Weihnachten, das waren die anderen. Und ich wollte einer von denen sein. Mich hatte ich sowieso.

Das ist der Unterschied, Moritz, ich hatte mich nicht. Ich wollte irgendwo dazugehören, drinnen sein um jeden Preis.

Für mich war draußen die wirkliche Welt, drinnen die wahre. Ich wollte beides so umkrempeln, daß am Ende die wirkliche zur wahren würde und umgekehrt.

Bist du weiser geworden?

Nur älter. Es gibt nichts Gutes, außer man tut es, sagte Erich Kästner. Irrtum. Wenn du das Gute nicht wiedererkennen willst, brauchst du es nur zu tun. Im Werk ist keine Gerechtigkeit. Ein alter Mystiker hat gesagt: die Werke verwirken Gottes Gruß. Vermutlich eine textile Metapher, aber seit ich gesehen habe, was beim Mitwirken aus mir selbst wird, kaufe ich dieses Tuch nicht mehr.

Du hast den «Zinstragenden Sparhafen» abgestoßen.

Mich habe ich abgestoßen, und beim Versuch, mich aus dem Wirbel rauszuhalten, wäre ich fast noch reicher geworden. In einer bösen Minute dachte ich daran, dir den ganzen Krempel zu schenken.

Glaubst du, von dir hätte ich etwas geschenkt genommen?

Viel Geld seriös loszuwerden ist gar nicht leicht. Billigem Geld trauen die Leute nicht. Was nichts kostet, kann ja auch nichts wert sein. In Island gab es ein *Powwow* darüber, wie sich eine stolze Nation an Finanzschwindler verkaufen konnte; das wollte ich sponsern. Bitte nicht! sagte mir Frau Asgeirsdottir. Es muß uns endlich was weh tun! Aber eigentlich meinte sie: bleib uns vom Leib, du Spekulant! Für ernsthafte Dinge ist Geld immer weniger zu gebrauchen. *Die Zeit läuft aus.* Wo ich das gelesen habe? Auf dem Plakat deines Kulturvereins. «Die Zeit läuft aus. Abokalypsen von Numa Gaul, Kultur im ‹Gugger›, 13.–15. Mai 2012.» *Abo*kalypsen! Braucht da jemand einen Orthographiekurs?

Bei Numa hat alles einen Sinn, auch Fehlleistungen.

Du hättest bei der Kultur bleiben sollen. Dein Keller-Zyklus geht mir nach, bis heute. *Und was den Herd bescheidnen Schmuckes kränzte, / Was sich an alter Weisheit um ihn fand / In Weihgefäßen auf Gesimsen glänzte, / Streut in den Wind, gebt in der Juden Hand.* Das hab' ich schon als Gymnasiast gelesen und bin richtig erschrocken. Ich war Jude, und jetzt gab der Dichter alles in meine Hand, damit er ruhig sterben konnte. – Eigentlich geht es bei mir immer mehr zu wie im «Poetentod». *So löschet meines Herdes Weihrauchsflamme / Und zündet wieder schlechte Kohlen an.* Es tut mir gut.

Wo lebst du jetzt?

Meist im «Fabrikli», bei Tövet. Die Alters-WG der Revolution.

Ich überschreibe Salomon den «Gugger», dann verreise ich, nach Amerika oder Indien. Draußen habe ich Freunde, aus der Bewegung. Das ist das Beste, was von meiner politischen Arbeit geblieben ist, und das einzige.

Kommunitaristen, sagte er, nur vier Buchstaben weniger, und es sind Kommunisten.

An vier Buchstaben hängt viel, sagte sie. – Gott zum Beispiel.

Das Beste an Gott finde ich, daß wir nie über ihn zu streiten brauchen, sagte er.

Ein paar andere Vorzüge hat er auch noch, lächelte sie. – Du mußt Numa reden hören. Zur Zeit arbeitet er im Studio.

Muß heiß hergehn. Das Glasdach taghell, und kein Schnee drauf.

Weißt du, warum ich nicht bei der Kunst geblieben bin? Ich habe mich verraten, aber nicht genug. Wer als Künstler nicht genügt, merkt es daran, daß er sich nicht genug verrät. Für ganze Sachen ist es bei mir zu spät. Aber gute Leute erkenne ich noch.

Ich habe Numa gebeten, später noch ein wenig herüberzukommen. Er möchte mir hier noch ein Fest ausrichten, zum Siebzigsten. Mein Alter ist das einzige, was sie nicht gegen mich verwendet haben.

Weil man's dir nicht ansieht.

Am 24. September 2013. Hältst du dir den Termin frei?

Mit Terminen diene ich nicht mehr, aber wenn du mich einlädst, komme ich gern. Doch was halbe Sachen betrifft – es gibt gute Gründe dafür. Hubert hatte auch was Halbes, aus Schamgefühl und Respekt vor dem Ganzen. Und aus Abneigung gegen Leute, die aufs Ganze gehen. Ich vermisse ihn sehr.

Sie verschloß die Lippen, dann sagte sie: Ich habe einen Gast, der möchte gern über Hubert reden. Der OB Hahn von Mosbach. Er hat sich eine Städtepartnerschaft ausgedacht. Ich habe ihm erklärt: Überseen ist keine Stadt, und ich bin nicht mehr in der Politik. – Aber Sie sind eine Gestalt der Zeitgeschichte! – Sidonie lachte nervös.

Der letzte Mensch, der Hubert gesehen hat, sagte Moritz.

Hubert verlangte ein Ehrengrab für die Mumie. Jetzt, wo er verschwunden ist, möchte ihm Hahn diesen Wunsch erfüllen.

Kein Opportunist, sagte Moritz. – Den möchte ich kennenlernen.

Aber es gibt keine Mumie mehr, sagte Sidonie. – Erinnerst du dich, wie ich diesen Freiherrn bei euch auf dem Dach gespielt habe?

Es war etwas Prophetisches daran. Ich würde gern mit dem OB sprechen.

Sidonie spielte mit ihrem Handy und meldete: in einer Stunde kommt Numa herüber. So lange mußt du bleiben.

Wenn du mir in der Wartezeit Herrn Hahn vorstellst.

Du bist hartnäckig, sagte sie, und benützte das Handy zum zweiten Mal. – Er kommt gleich. Aber ehrlich gesagt, Moritz – über Hubert rede ich nicht gern. Er hat immer sparsam gelebt, und ich glaube, das geht so weiter. Wenn er tot ist, dann auch nur ein wenig. Und das ist *mir* zuwenig, Moritz – so oder so.

Als Moritz unbewegt blieb, fuhr sie fort: Wir haben uns nicht geliebt. Es hätte so kommen können, aber es kam nicht so.

Wer könnte ihn geliebt haben? fragte Moritz.

Warum fragst du das?

Weil er sich nur von einem liebenden Menschen finden läßt, sonst bleibt er weg.

Dann wäre er immer noch ein Kind.

Vielleicht traut er sich endlich was, sagte Moritz, und ist wieder ein Kind.

Stimmen vor der Tür, Klopfen, und auf Sidonies Herein öffnete eine junge chinesische Dame dem Gast die Tür.

Herr Oberbürgermeister! sagte Sidonie, und noch immer klangen Titulaturen aus ihrem Mund wie reiner Hohn. – Das ist Doktor Asser, ein Studienkollege und Freund meines Mannes. Sie haben die Kanzlei geteilt.

Moritz reichte Hahn die Hand. Auch als Hausgast erschien der hochgewachsene Mann förmlich in Anzug und Krawatte. Seine Beflissenheit hatte etwas Jungenhaftes, was vielleicht am frisch gewaschenen Haar hing. Seine dicklich geratenen Lippen wirkten eher arglos als sinnlich. Moritz erkundigte sich nach Mosbach. Er erfuhr, daß die Fachwerkstadt eine paritätisch genutzte Kirche und eine duale Hochschule besaß, die sie neuerdings auch im Ortsschild führte. Große Kreisstadt. Hochschulstadt. Odenwaldstadt. Moritz hatte das Gutleutensemble in der Zeitung gesehen. Warum wollte der Freiherr dort begraben sein?

Eigentlich, erklärte Hahn, habe Herr Doktor Achermann das Grab ja für sich selbst reklamiert. Das Durchsichtige des Auftritts sei ihm erst hinterher aufgegangen. Hohensax stehe für alle Toten. Jeder Tote, so Achermann, habe einmal als Kind angefangen. Wenn er von Vergessen sprach, habe seine Stimme gezittert wie vor heiliger Wut.

Und er meinte sich selbst, denken Sie.

Ja und nein. Er meinte schon auch diesen Sax. Der einmal in seinem Leben glücklich war, und gerade in Mosbach.

Da Moritz schwieg, redete Sidonie. – Hubert ist verschollen, zu diesem Wort gibt es kein Präsens, keine aktive Form. Aber er hat sich immer gewünscht zu verschallen wie Tom Sawyer, jetzt ist er verschollen und lacht sich ins Fäustchen, wenn er seinen Nekrolog liest oder den Schabernack von der Mumie im Bücherschrank.

DNA bleibt DNA, sagte Hahn. – Da steht natürlich der Verstand still. Aber das täte er sowieso jeden Tag, wenn wir ihn ordentlich brauchten. Im Magistrat haben wir beschlossen, Widersprüche zu ignorieren und das Ehrengrab einzurichten. Und wenn der richtige Freiherr nicht mehr zum Vorschein kommt …

Dann nehmen Sie so lange den falschen Achermann? lachte Sidonie. – Lieber Herr Hahn, setzen Sie doch einen Denkstein für beide, dafür brauchen Sie keine Leiche!

Wie wirkte er auf Sie? fragte Moritz.

Dringlich, aber gefaßt. Er hatte verschiedene Augen, das war das Auffälligste, einen breiten, ich möchte sagen sinnlichen Mund und eine unglaublich tiefe Stimme.

Moritz und Sidonie sahen einander an. Sie fragte: Haben Sie Videoüberwachung?

Wir richten sie gerade ein, sagte er, bei der Knappheit der kommunalen Mittel …

Wenn der Vogel ausgeflogen ist, schließen Sie die Tür, sagte Sidonie.

Und dieser Asiate? fragte Moritz.

Bleibt ein Rätsel, sagte Hahn, genau wie das kleine Kind.

Warum das ganze Theater? fragte Sidonie unverhofft schrill. Wie kommt jemand dazu, sich für einen Menschen zu wehren, der schon vierhundert Jahre tot ist? Hat er nichts Besseres zu tun?

Sidonie, sagte Moritz Asser in die betretene Stille hinein, hättest du ein Stück Brot? – Die Bitte hatte etwas Entwaffnendes; Sidonie telefonierte zum dritten Mal.

Sind Sie – arbeitslos? fragte Hahn behutsam.

Herr Dr. Moritz Asser war bis vor kurzem leitend im Finanzgeschäft tätig, sagte Sidonie, und Hahn musterte ihn jetzt doppelt mitleidig.

Und schon gibt mir niemand mehr ein Stück Brot, sagte Asser mit schiefem Kopf und breitete die gespreizten Finger beider Hände vor sich aus.

Und jetzt stehen Sie vor dem Nichts? fragte Hahn bewegt und eine Spur angewidert.

Ich habe noch ein kleines Erbe meines Vaters zu verschwenden, sagte Moritz. – Aber das Stiftungsvermögen ist durchgebracht.

Ein *Stiftungs*vermögen? *Durchgebracht*? fragte Hahn jetzt ehrlich erschüttert. – Waren Sie so schlecht beraten?

Wir steckten alles in eine faule Bank, sagte Moritz, ein Kännchen Öl in die Räder des Kapitalismus. Ihm ist egal, wo und wem es ausgepreßt wurde. Früher glaubten wir, es sei Sand, was wir hineinschütten. Aber wie Ihr Herr Jesus Wasser in Wein verwandelt hat und Wein in Blut, verwandelt das Kapital auch Sand in Öl.

Waren Sie ein Achtundsechziger? fragte Hahn halb ehrfürchtig, halb degoutiert.

Das war der reine Ölsand, sagte Moritz Asser, von den Achtundsechzigern hat das System am längsten gelebt, und sie von ihm am besten. So einer war ich auch und lebte auf Teufel komm raus. Warum sollte ich mich um das Wohl von Urenkeln sorgen, die ich nicht habe? Und wenn ich sie hätte: warum soll ich viel nachfragen? Sie würden von mir auch nichts wissen wollen – mit Recht.

Hahn war erschüttert. – Entschuldigen Sie, Herr Asser, aber wenn man mit der sozialen Marktwirtschaft groß geworden ist …

Glauben Sie ihm kein Wort, Herr Oberbürgermeister, sagte Sidonie. – Gleich wird ihm das Maul gestopft. Und Sie werden erleben, daß er sein letztes Brötchen mit Ihnen teilt.

Eine junge Malaiin mit Schürzchen rollte einen Trolley herein und begann den langen Granittisch zu decken, den Ausleger der Kaminbank. Als sie die Getränke servierte, trat der Hüne näher, der unbemerkt eingetreten war. Sidonie erhob sich und legte ihm die Arme um den Hals. Dabei machte sich der Größenunterschied so bemerkbar, daß sie sich weit zurücklegen mußte. Leicht geniert hielt er sie in einem Arm und griff mit der anderen Hand nach einem Canapé.

Lecker, sagte er.

Bei diesem Wort geht Moritz an die Decke, Numa, sagte Sidonie.

Hoffentlich bleibt er dort, bis ich hier abgeräumt habe, grinste der *Artist in Residence* und steckte sich schon das zweite Brötchen in den Mund. – Pardon, ich bin ein typischer Teutone. Sehe ich ein Gratisbuffet, so kenne ich gar nichts mehr.

Das ist Numa Gaul, sagte Sidonie, und das ist Moritz Asser.

Wer kennt ihn nicht, sagte Gaul und reichte Moritz kauend die Hand. – Der Baalschem. Welche Ehre. Was haben Sie gegen «lekker»?

Fast nichts, wenn Sie es sagen, antwortete Moritz.

Aber noch genug, daß es Ihnen den Appetit verschlägt. Sie sind Kabbalist, ein Mann des Wortes.

Nur Schweigen kann ich fließend, lächelte Moritz.

Aber ich möchte Sie zum Reden bringen, sonst entgeht mir zuviel.

An dieser Stelle sagte Hahn: Ich zöge mich dann zurück, wenn Sie erlauben.

Herr Hahn! schrie Sidonie in ungespielter Verzweiflung. – Ich habe Sie nicht vorgestellt!

Sidonie ging davon aus, daß wir uns hier schon begegnet sind, sagte Gaul. – Mit Recht. Aber Sie waren immer tief in Gedanken. Ein OB, der denkt. Natürlich habe ich Sie bemerkt. Mosbach! Das Palmsche Haus! Ein Juwel – aber die Kapferer-Häuser mit ihrem nüchternen Fachwerk sind mir noch lieber. Und wo gibt es in Deutschland ein Hexenhaus, wie es im Buche steht? Das Haus Kickelhain in Mosbach!

Gaul hatte eine hastige, halb flüsternde Art, eindringlich zu formulieren, und sein kurzes Lachen war kaum von einem Räuspern zu unterscheiden. Beim Zugreifen tat er sich noch immer keinen

Zwang an, sprach ebenso herzhaft dem Rotwein zu und wischte sich fliegend die Lippen.

Sie haben aufgegeben, Herr Asser, sagte Gaul. Und fuhr fort, als Moritz die Antwort schuldig blieb: Das habe ich hinter mir. Wo andere aufhören, fange ich an. Unserer Freundin muß ich das Aufhören ein wenig versüßen. Sie ist hart gelandet. Aber sie hat sie noch alle.

Was für ein hinreißendes Kompliment, sagte Sidonie.

Woran arbeiten Sie gerade? fragte Moritz.

An einer kleinen Universalinstallation. Zum Abbauen. Ich bin Rückbauer, die Kunst ist ernst. Heiter ist das Leben schon ausreichend.

Ihr Name war mir bisher nicht geläufig, sagte Moritz Asser.

Das wird er auch nicht, hoffe ich. Geläufige Künstlernamen sind ein Greuel. Ich bleibe am liebsten grau – Maus oder Eminenz? ist dann die Frage. Eigentlich bin ich Wahrsager und als solcher immer in Lebensgefahr. Ich brauche eine gute Deckung, und es gibt keine bessere als die Kunst.

Was sagen Sie denn wahr? fragte Moritz.

Was wagen Sie denn zu wissen? fragte Gaul. Er griff in die tiefe Tasche seines grauen Arbeitsmantels und zog ein mit rötlichen Kügelchen gefülltes und einem Korkzapfen verschlossenes Reagenzglas hervor. – Das hat mir ein russischer Kollege aus Gulynki, Oblast Rjasan, geschickt, sagte er, er weiß, daß ich mich für dieses Granulat interessiere. Es könnte Sand aus Shaidan sein – jedenfalls sieht es ihm zum Verwechseln ähnlich. Aber neuerdings taucht es auch an anderen Stellen des Globus auf. Meist, nicht immer fällt es bei Feuersbrünsten an, zum Beispiel beim Brand Ihres Hauses in Münsterburg, Herr Asser, dem Ihre Anne Marie Kohlbrenner zum Opfer gefallen ist, bedauerlicherweise, aber gewiß nicht zufällig. Ebensowenig halte ich die Fundorte dieser Kügelchen für Zufall. Auch wenn ich das Verteilungsmuster noch nicht erkenne: ich wette, es gibt eines. Wissen Sie, wo das Granulat zum ersten Mal aufgetaucht ist? Bei der Leiche Dr. Tschirkys. Der ganze Boden war von Glasperlen übersät, sie knirschten unter den Füßen der Polizisten. Sie glaubten an einen geplatzten Sandsack, einen ausgelaufenen Briefbeschwerer – jedenfalls nicht an einen Schlüssel zur Tat; darum haben sie bis heute keinen. War es ein Mord? Es war eine einvernehmliche Hinrichtung, wenn ich mich so ausdrücken darf …

Reden Sie von einem Kriminalfall oder einem künstlerischen Projekt? fragte Moritz.

Wenn man beides nicht mehr unterscheiden kann, Herr Asser, sagte Gaul, wird es interessant. Das ist dann der Anfang vom Ende der Welt. Ich sage nur, es ist nahe herbeigekommen. Und ich sage wahr. «Die Wüste wächst, weh dem, der Wüsten birgt.» Wenn die Wüste an Orten durchschlägt, an denen man sie nicht vermutet … dann ist das so, als ab ein Damm zu nässen beginnt. Er hält nicht mehr lange.

Sie erwarten hoffentlich nicht, daß wir Sie verstehen, Numa, lächelte Sidonie.

Tschirky wurde kunstvoll enthauptet – das sieht ein Kind. Die Polizei sieht es nicht. Nur ein wenig Kunstverstand, und sie hätte den Täter schon. Aber sie weiß ja auch nicht, warum die Kohlbrenner ihren Brand gestiftet hat.

Gestiftet! lachte Hahn.

Ich sehe nach meinen Worten und wähle sie mit Bedacht. Ich wette, Herr Asser hat mich verstanden. Erst stiftet er selbdritt eine Stiftung «zum Eisernen Zeit», und dann stiftet die Kohlbrenner, die Seele des Hauses, einen Brand, der es verzehrt, und sie damit …

Du wirst uns dein Projekt im Zusammenhang erklären, sagte Sidonie.

Mein Projekt? fragte Gaul in theatralischem Entsetzen. – Sie überschätzen mich – sträflich, muß ich schon sagen. Wehe, der Zusammenhang liegt zutage, dann erübrigt sich jede Erklärung. Oder sie kommt zu spät.

Hahn hing an Gauls Lippen, erschüttert und fasziniert.

Er ist ein Apokalyptiker, sagte Sidonie.

Jemand schreitet zur Versandung des Planeten, sagte Gaul, gezielt, mit Bedacht. Das ist für mich ein Fall auratischer Kunst, auch wenn sich die Erfinder des Begriffs vor dieser Anwendung bekreuzigt hätten – mit gutem Grund. Sie ist *dämonisch.* Kairos im Zustand der Sonnenfinsternis – doch ich will Sie nicht langweilen, Herr Hahn.

Ich weiß, was ein Kairos ist, sagte Hahn, der beste Zeitpunkt, ein Papier zu kaufen oder abzustoßen.

Wohl dem, der sich an einer Börse bildet, sang Gaul. – Einer, der in Rechnung stellt, «was von Menschen nicht gewußt/Oder nicht bedacht,/Durch das Labyrinth der Brust/Wandelt in der Nacht». Sie müssen Ihre Schäfchen im trockenen haben.

Ich bin einigermaßen durch die Krise gekommen, sagte der Oberbürgermeister.

Sehen Sie, sagte Gaul.

Warum nennen Sie sich Numa Gaul? fragte Moritz Asser.

Ich bin geboren, als Charly Gaul den *Tour de France* gewann, am 19. Juli 1958. Am Mont Ventoux fuhr er einen Vorsprung von zwölf Minuten – zwölf Minuten! – auf Géminiani heraus. *Der Engel, der den Regen liebte!* Ein beispielloser Bergfahrer – hat aber auch alle drei Einzelzeitfahren gewonnen. Ein Sieger gegen die Uhr, ist das kein Namenspatron? Numa habe ich mich selbst getauft, als ich sprechen lernte, niemand weiß, warum. Was man weiß: den Namen gab es schon; er hat mich ausgesucht. Ich bin Physiker, Pataphysiker.

Die Feuersbrunst in Münsterburg soll dreimal heißer gewesen sein als eine gewöhnliche, sagte Hahn, und löschen konnte man sie auch nicht, bevor beide Häuser ganz ausgebrannt waren. Wie erklären Sie sich das, physikalisch?

Marybel hat die Wand durchstoßen, sagte Gaul, die Membran zwischen innen und außen. Da stellte sich heraus, daß die beiden Sphären nicht kommensurabel sind. Zwei Seiten derselben Medaille, von wegen! Die Annahme, daß an der Grenze ein meßbarer Austausch stattfindet, ist natürlich nicht falsch – aber richtig ist sie so viel weniger, daß man sie vergleichsweise ganz falsch nennen muß. Tiefe und Größe sind kein Kontinuum. Der Verkehr zwischen innen und außen ist so unübersehbar wie das Verhältnis von Leben und Tod.

Alles deutet darauf, daß Marybel wußte, was sie tat, als sie diesen Brand legte. Man hielt ihn für eine Art Vulkanausbruch, aber er war ein Himmelsbeben, erzeugt durch den Kurzschluß zweier Wirklichkeiten, die nur getrennt zu ertragen sind.

Wenn die Dame wußte, was sie tat, fragte der Oberbürgermeister, warum tat sie es?

Ich fürchte, *das* wußte sie nicht. Und doch arbeitete sie mit Methode. Sie sprengte den Unterbau des Universums an zwei Stellen. Die eine war die Kuppel – die andere Stelle bleibt einstweilen mein geistiges Eigentum. Erinnern Sie sich an Jacques Schinz?

Moritz sah ihn zum ersten Mal verblüfft an.

Ich weiß: hier sitzen seine Nächsten. Dazu gehörte ich nicht. Ich war ein kleiner ETH-Student und sein Schachpartner in der Quartierkneipe. Hinterher artete es ins Persönliche aus. Ich glaube, ich war sein engster Gesprächspartner, aber auch sein einziger. Nicht einmal mit seinem Freund Achermann teilte er seinen Kummer – aus Scham. Er fürchtete sich vor Marybel. Dabei hatte er sie selbst ins Haus gebracht. Er war ihre einzige Liebe.

Das hat von außen ziemlich anders ausgesehen, sagte Sidonie.

Von außen. Sie sagen es. Wir stoßen wieder auf die bewußte Differenz. Von innen betrachtet, war Jacques ihre erste und einzige Liebe. Alles, was sie von ihm verlangte, war ein Lippenbekenntnis – aber bald überforderte ihn auch das. Er konnte *tricky* sein, aber platterdings *lügen* – das konnte er nicht. Er sagte mir, er wisse nicht mehr, wie er sich dieser Frau erwehren könne. Nannte sich den unglücklichsten Menschen unter dem Mond – nicht unter der Sonne. Unter dem Mond. Da wollte es etwas heißen.

Man meint ihn selbst zu hören, sagte Sidonie.

Er war mein Vorbild, wenn ich so sagen darf. Wenn einer wie er so unglücklich sein kann, weil er geliebt wird, dann braucht einer wie ich gar nicht erst die Gegenprobe zu machen. Ich bin Jungfrau, wie Salomon, und habe mir gelobt, es zu bleiben.

Wie Salomon? fragte Sidonie bestürzt. – So etwas hat er mir nie gesagt.

Söhne haben ihre Geheimnisse vor den Müttern. Wissen Sie, Verehrte – wer in der Liebe mitreden kann, den erkennen Sie am besten daran, daß er darauf verzichtet. Nach allem, was ich sehe, verlangt die Liebe vom Menschen zuviel. Sie hat was Unmenschliches.

Jetzt schaltete sich OB Hahn ein. – Ich muß Ihnen widersprechen. Liebe mag hie und da fast Übermenschliches verlangen, aber ohne sie kämen wir im Menschlichen nicht weiter.

Die Fortpflanzung können Sie nicht meinen, die geht auch ohne Liebe, sagte Gaul, vom Vergewaltigungskind bis zum *test tube baby*. Aber gibt es Liebe ohne Gewalt? Wie gewalttätig Marybel werden konnte, erlebte Jacques an ihrer Zärtlichkeit. Er floh in seinen philippinischen Kindergarten und schließlich aus dem Leben. Ich war an seinem Begräbnis dabei und sah, wie sie auf sein Grab gepinkelt hat. Es war ihre Machtergreifung. Jetzt herrschte sie über Leben und Tod.

Sie wollen sagen, die Phantasie dieser Person bringt nicht nur die klügsten Männer um, sie bereitet auch den Weltuntergang vor? fragte Sidonie.

Vielleicht muß dafür eine Naive her. Die Kräfte, die sie anzapft, sind nicht trivial – alles andere. Doch was untergeht, ist eine kleine Welt, astronomisch betrachtet.

Wir haben keine andere, sagte Sidonie.

Ich hätte mich längst zurückziehen sollen, sagte Hahn. – Ich bitte um Entschuldigung.

Und wir bitten um Diskretion, für alles, was Sie heute gehört haben, namentlich was das Fest betrifft. Wir erwarten hohen Besuch. Auch Mosbach ist selbstverständlich eingeladen.

Danke ergebenst, sagte Hahn. – Aber eine Frage hätte ich noch. Wegen dieser Granulate. Das ist doch sehr unheimlich. Wird es denn ernsthaft abgeklärt?

Man kann es nur hoffen, sagte Gaul.

Aber daß man nichts darüber liest, ist ein schlechtes Zeichen. Seit ich im Amt bin, weiß ich, wie die Medien arbeiten. Sie berichten so, daß man nicht einmal mehr dem trauen kann, was sie nicht bringen. Sie sind Physiker, Herr Gaul. Ist es möglich, daß diese verschmorten Kügelchen ... etwas mit schwarzen Löchern zu tun haben? Einem – wie soll ich sagen – Schwund der Materie, der plötzlich unkontrolliert um sich greifen könnte?

Hut ab vor Ihren Sorgen, Herr Hahn. Solche wird man nicht bei manchem Oberbürgermeister Baden-Württembergs finden. Lösen Sie gerne Rätsel?

Ich war immer ein wenig ein Nußknacker, sagte Hahn. – So hieß ich bei der katholischen Jugend.

So sehen Sie wahrhaftig nicht aus, Herr Oberbürgermeister, sagte Gaul.

28
2013–2013. ÖKODROM

Mitte Januar flog Sidonie nach Shaidan und konnte, wenn sie denn wollte, die Wahl von Melchior Schieß in den Bundesrat im Netz verfolgen. Das bereits abgefeierte Mitglied der Landesregierung hatte noch einen Monat länger in die Lücke springen müssen, die es, nach dem Urteil der eigenen Partei, nicht hinterließ. Aber auch Schieß füllte keine Lücke. Er definierte vielmehr die Regierung ganz neu, kraft seiner Person, und betrachtete seine Wahl durch das Parlament als Provisorium. Wolle es dieses Privileg behalten, verkündete er zuvor, so dürfe es ihn nicht wählen. Ein Ministerium sei ihm nur etwas nütze, wenn er auch über die nötigen Vollmachten im Justizbereich verfüge. Damit gab er schon vor der Wahl seine Regierungserklärung ab: kein Beitritt zur EU; eine scharfe Kontrolle der Zuwanderung und die Erhebung des «Volkes» zum Souverän in eigener Sache – die im Konfliktfall auch Vortritt hatte vor internationalem Recht. Verträge, an welchen er, als Vertrauensmann des Volkswillens, Anstoß nahm, waren zu kündigen.

Die bürgerliche Konkurrenz war bereit, ihn mit den gewünschten Vollmachten auszustatten, um Schlimmeres zu verhüten; was wäre denn das Schlimmste gewesen? Das unaufhaltsame Wachstum der Vaterländischen in der Opposition, das ihnen im Krisenfall, den sie täglich heraufbeschworen, den Staat ausliefern konnte; da war es gewiß klüger, sie durch Entgegenkommen zu entwaffnen. Und in der Tat, als Schieß gewählt wurde – mit vielen Enthaltungen –, begnügte er sich einstweilen mit dem Außenministerium und benahm sich wie ein Staatsmann, der bei den europäischen Nachbarn die Runde machte und sich als Mann würdigen ließ, mit dem man verhandeln kann und muß, nicht ohne überall einen kleinen Keil zu hinterlassen, den seine ausländischen Gesinnungsfreunde in die europäische Einheit treiben konnten. Er baute an einer Schatten-Eidgenossenschaft der Unzufriedenen jenseits der Grenzen und empfahl sich als starken Mann für alle Fälle. Die Kollegialität im Bundesrat übertrieb er nicht, aber unterlief sie auch nicht geradezu, sondern zeigte sein Dilemma als Mitverantwortlicher eines Systems, das er für defekt hielt, mit einer Art drohender Behaglichkeit, die als Charakterrolle durchging und an die sich sogar seine politischen Gegner gewöhnten. Sie wiegten sich im Trost, die Schweiz sei zuverlässig zu klein für einen wirklich großen Schaden und die kantonale Feinkammerung verhindere ein grobes Leck.

Im «Gugger» gingen neuerdings Vertreter der Vereinigten Emirate in Maßanzügen ein und aus. In Gesprächen mit Bob Wittwer, dem Verwalter, und dem Künstler Numa Gaul wurde die Umwidmung des Zentrums verhandelt, in die der Emir von Shaidan groß zu investieren gedachte. Es ging um ein externes Spielbein von *Shaidan World*, einer futuristischen Bildindustrie, in der Salomon Wirz eine Schlüsselrolle einnahm. Im März erschien er auch persönlich und verhandelte mit Gemeinde- und Kantonsbehörden über die Einrichtung einer Versuchsbühne für 4-D-Produktionen. Auf Einladung des Herrschers besuchten anderseits Schweizer Delegationen das Emirat, um sich über das Vorhaben einer *Picture Pit* bei Münsterburg kundig zu machen, und kehrten fast berauscht zurück. Die Technologie, die reale Landschaften in Bildträger verwandelte, verlangte keine Eingriffe in die gewachsene Natur, sah man von einer federleichten Dachkonstruktion ab. Die elektromagnetische Strahlung, an Schimpansen getestet, blieb im grünen Bereich. Daher nannte sich das Projekt ÖKODROM und war zugleich ein Open-air-Laboratorium für neurophysiologische Versuche. *Fallout* und *rub-off* für die Unterhaltungsindustrie waren kaum zu überschätzen, darum eröffneten sich auch sensationelle Marktperspektiven.

Die formelle Einweihung plante Salomon im September 2013, zum Siebzigsten Geburtstag seiner Mutter. Davon sollte sie einstweilen sowenig wie möglich mitbekommen, womit es keine Not hatte, da sie sich zur Zeit in Indien befand, auf einer Reise, die man sich auch spirituell denken durfte. Als neuer Besitzer des «Gugger» besaß Salomon Wirz jetzt freie Hand. Das Konsortium aus Shaidan verhandelte aber vor allem mit Wittwer, dem geschäftsführenden Direktor, und mit Numa Gaul als Intendanten des ÖKODROMS; sie besaßen Prokura, und Verträge waren nur mit beiden Unterschriften gültig.

Das hörte sich an wie der Entwurf für ein Theater, und mancher erinnerte sich daran, daß Sidonie von der Bühne hergekommen war. Wittwer aber, der die Abwicklung des Hofstaats durchgezogen und überlebt hatte, war für seine praktische Ader bekannt und für seine Nähe zu Schieß, obwohl er offiziell parteilos war. Das kam dem Projekt zugute. Schon im Juni waren die nötigen Bewilligungen eingeholt, und bald darauf landete ein Sonderflug der Emirate Airlines mit zweihundert Wanderarbeitern an Bord, sogenannten *Wiggles* – eine Verballhornung von «Uiguren» –, die in Westchina ausgehoben und den Emiraten per Jahresvertrag ausgeliehen wurden. Hier war Schieß, der am Dreischluchtenprojekt beteiligt war, zugestiegen und hatte den Export zugunsten des ÖKODROMS ausgedehnt. Die Maßnahme war politisch ebenso geschickt wie sozial vertretbar, denn die Unruhe der Minderheiten pflegte sich in einer fremden Umgebung zu legen, während ihre anspruchslose Arbeitskraft intakt blieb. Eine verschärfte Anwendung der Ausländergesetze sorgte dafür, daß die *Wiggles* keinen Anspruch auf Asyl erwarben und in bewachten Siedlungen zusammengefaßt wurden. Diejenige auf dem «Gugger» lag im Rücken eines Drumlins, wo die «Chinesen», wie sie von den Einheimischen ungerührt genannt wurden, zwar keine Seesicht hatten, aber auch nicht einsehbar waren, denn die Straßenzufahrt wurde einige hundert Meter von *bill-*

boards begleitet, die verkündeten: *HIER ENTSTEHT EUROPAS ERSTES ÖKODROM.* Die Schautafeln ließen auf eine Anlage zwischen Kolosseum und Weltraumbahnhof schließen und zeigten die Verwandlung eines Hangs mit Panoramablick in ein monumentales Amphitheater, dessen Sitzreihengeometrie nur aus Rasenziegeln zu bestehen schien. Was hinter der Sichtblende wirklich entstand, ging fast ohne Baulärm ab, also von Hand und doch überaus speditiv. Denn nach einigen Wochen verschwanden die *Wiggles* ebenso plötzlich, wie sie gekommen waren; gleichzeitig wurde das neue Landschaftsdenkmal enthüllt, auch wenn es noch nicht betreten werden durfte, denn seine Ladung mit High-Tech war immer noch im Gange.

Es war, als ob sich eine gigantische Faust in den Hang gewühlt und eine halbrunde Mulde hinterlassen hätte, die mit einem Rautenmuster gepflastert war, den Abdeckungen der 666 Sitzbunker, von denen einer bereits eingerichtet zur Besichtigung stand. Die mit Kunststoff ausgekleidete Grube glich einem versenkten Cockpit. Man saß auf einem flexiblen klimatisierten Polstersitz und blickte auf ein Armaturenbrett, dessen Anzeigen einstweilen stumm blieben. Jeder einzelne Sitz war wetterfest, und bei Vorstellungen wurde das Naturtheater durch eine Art Segel aus reißfestem Gewebe überdacht, dessen Beschichtung ein Geheimnis blieb, denn an ihr hing der 4-D-Effekt von *Ultimate Space.* Dieser Schirm verstärkte nicht nur die Kommunikation zwischen Server und Gehirn über alles bisher Bekannte hinaus – weswegen auch nie von Zuschauern, sondern von *participants* gesprochen wurde –, er stellte auch eine gewisse Einheit der empfangenen Eindrücke her, über die man sich hinterher unterhielt wie über eine gemeinsam unternommene Reise. Nicht das geringste Wunder des Großen Segels, *Albatross* genannt, war sein Tefloneffekt – «das Wetter läuft von ihm ab», sagte Gaul. Unter diesem nur als leichte Himmelstrübung erkennbaren Schutz saß man immer in einer gemäßigten Zone und im Trockenen.

Bereits vor seiner Vollendung wurde das ÖKODROM als *Land*

Art gewürdigt. Die erste Präsentation war eine Hommage an das Stück Natur, das hatte weichen müssen. Mitte Oktober 2012 fand der Testlauf für die Behörden statt. Sie setzten sich zum ersten Mal den Helm auf – das Kürzel lautete: *BeeTeeGee (Brainwave Transformation Gear)* – und nahmen sportlich in Kauf, daß sie den Schädel rasieren mußten. Dafür sahen sie durch den Sehschlitz die Landschaft, wie sie vor dem Umbau gewesen war, so zum Greifen nahe, daß sie hätten hineingehen können, und einer versuchte es wirklich. Er steckte einen Kiesel vom Rand des Weihers in die Tasche und brach ein Blatt von der verschwundenen Platane ab, als Beweisstück, daß er dagewesen war. In Wirklichkeit – aber was war wirklich? – waren die Herren nie aus ihrer *Picture Pit* herausgekommen, auch ihre Bewegungen waren nur eine neurologische Simulation, und so blieben die Taschen, in die sie ihre Beweisstücke gesteckt zu haben glaubten, leer.

Was ihnen vollends die Sprache verschlug: sie konnten die Landschaft zu ihren Füßen wieder unbesiedelt sehen, als dichte Waldwildnis, mit einem indianisch blitzenden Silbersee im Hintergrund. Sie sahen sie als arktische Gegend, von Gletscherströmen zugedeckt, aus denen die bekannten, gerade noch erkennbaren Dreitausender als Inselklippen ragten. Sie erlebten auch eine Zwischeneiszeit, in der die Geländestufe mit Brotfruchtbäumen und Palmen bewachsen war und Riesenechsen die Hälse reckten oder die Plattenschweife spreizten. Kurzum: das ÖKODROM war ein Erlebnis, die Realität zeigte sich biegsamer, die Zeit reversibler, als man sie bisher gekannt hatte, und wer über den Zugang zu dieser Technologie verfügte, würde auch ökonomisch ausgesorgt haben. Naturgemäß war es jetzt Salomon, Schöpfer virtueller Welten, dem sich die Aufmerksamkeit des globalen Dorfes zuwandte, und wenn er *incommunicado* blieb, sprang Numa Gaul in die Bresche. Die Anlage würde erst 2013 komplett sein. Wenn sie einen Winter im Freien unbeschadet überstanden hatte, durfte man daran denken, die Generatoren von Schwerelosigkeit zu montieren.

Diese hatte sich übrigens auch als Heilmittel bewährt. Der Bewegungsapparat ließ sich ebenso liften wie die Gesichtshaut, und ein Schweizer Kunde, den zwei Schlaganfälle früher irreparabel gelähmt hätten, war nach einer Antigravitationskur kaum noch auf den Rollstuhl angewiesen. Gaul sprach vom Bankier Thomas Schinz, der in der Tat von den Toten mehrfach wiederauferstanden war. Seine Frau Mara fuhr ihn auf die Baustelle, wo er sich in einem – stark redaktionsbedürftigen – Interview über den Segen der neuen Therapie ausließ.

Numa Gaul erklärte auch, man werde im Mai eine Vorpremiere lancieren, bei der Salomon Szenen zeige, die er in einem islamischen Land unterdrücken müsse. 4-D könne nicht nur Landschaften, sondern auch Körper substituieren und werde sich vielleicht – wenn man die demographischen Verhältnisse betrachte – noch als Segen erweisen. Die große «Ökolypse» aber war zum 24. September 2013 geplant, mit einem Programm, wie es die Welt noch nie gesehen habe und auch nie mehr sehen werde. Leider sei die Teilnehmerzahl auf 666 begrenzt, und die Plätze würden ausgelost. Im Internet verbreitete sich die Nachricht, die rätselhafte Zahl entspreche den Geretteten des Jüngsten Gerichts.

Verwaltungsdirektor Wittwer war nicht nur für die Baustelle und das Camp der *Wiggles* zuständig, er diente auch als Bodenstation der Luftbrücke nach Asien, mit der Schieß für eine bessere Bewirtschaftung der globalen Arbeitslosigkeit sorgte. Damit führte er zugleich einen Befreiungsschlag zugunsten seines von der EU belagerten Landes. Er importierte Kontingente von *Wiggles* für einen beschränkten Zeitraum und lieh sie an Standorte weiter, in denen das Arbeitsrecht ausreichend liberalisiert war. Damit stopfte er Lücken der eigenen Volkswirtschaft und setzte fremde Armut ins Brot, ohne sie eigentlich ins Land zu lassen. Lohndumping? Aber die einheimischen Werktätigen beschwerten sich durchaus nicht, wenn er ihre Arbeitsplätze vor dem freien Personenverkehr schützte. Sie gehörten längst zu seinen treuesten Wählern. Die Justizministerin mußte angesichts Schieß' allzeit drohender Volkssouveränität lernen, ihre Kompetenzen enger zu fassen.

Das chinesische Modell diktatorischen Wachstums einerseits, die Ordnungspolitik des volksherrschaftlichen Kleinstaates andererseits entdeckten immer neue Gemeinsamkeiten. Dank Schieß entwickelten die Vaterländischen sogar ein gewisses Verständnis für theokratische Regimes, die sich nationalen Eigensinn etwas kosten ließen. Daß ihm Unordnung verhaßter sei als Ungerechtigkeit, sprach Schieß seinem Goethe allemal gerne nach. Aber sein Wahrzeichen blieb die eine Kerze, die anzuzünden immer besser bleibt, als über Dunkelheit zu jammern. So ging der Feuerteufel von gestern als Kerzenengel herum und merkte sich jeden, der ihn immer noch wie einen Brandstifter ansah.

Aber zwischen Münsterburg und den Emiraten waren auch *business* und *first class* gut besetzt. *Shaidan, the Ultimate Space*, wurde das postmoderne Jerusalem für virtuelle Raumfahrt. Seine *Space Clinic, a life without weight*, verhalf horizontal gehandicapten Zeitgenossen schneller zu einem ganz neuen Ichgefühl als jede Diät, die man sich sogar schenken konnte. Auch Discos und *night spots* florierten in Shaidan – doch mußte man wissen: es blieb eine muslimische Küste. Sogar Günstlinge des Herrschers wie Salomon Wirz oder ein *Mr. Culture* wie Numa Gaul mußten Grenzen kennen, wenn sie das *Arabian Universe* mit Frauenbildern bevölkerten. Eine Show wie «Salman Suleika» wäre in Shaidan undenkbar, aber Salomon und Numa hatten sich für die Nacktheit ein wissenschaftliches Kleid besorgt.

Dazu mußte sich der Partizipant allerdings den Helm *BeeTeeGee* aufsetzen, das Meisterstück von Salomons Welt, wie es für die Welt Homers der von Hephaistos geschmiedete Schild des Achilleus gewesen war. In diesem *Headgear* steckte die vierte Dimension, bevor sie dem Träger «draußen» begegnete. Seine Eindrücke, bis hin zu Gerüchen, wurden ihm direkt ins System gespeist, denn BTG war ein High-Tech-Gehirn, das dem biologischen übergestülpt und durch ein Steuergerät in der Hand Salomons, des Bildmeisters, aktiviert wurde.

Doch eben: diese Gehirnmaske verlangte die Entfernung des

Kopfhaars. Dieses verzerrte die Wahrnehmung und war eine Störquelle wie Stanniolstreifen für Radar. Der Haarträger wurde desorientiert, die Berührung mit Scheinkörpern konnte zum Alptraum werden, das lustvolle Abheben zum Höllensturz. Nun waren Glatzen nicht jedermanns Sache. Doch selbst bei Frauen, die das Kopftuch als Signal weiblicher Dienstbarkeit abgelehnt hatten, begegnete man ihm heute als Accessoire. Die Vaterländischen, bisher gegen das Symbol muslimischen Machtanspruchs eingestellt, erinnerten sich nun an die eigene Tradition, als keine Bäuerin ohne *Stuuche* zu Markte ging.

Auch jüdisch-orthodoxe Frauen trugen Perücke. Plötzlich erinnerte sich jemand öffentlich Sidonies. Der Chefredakteur von «WIR» widmete ihr am zweiten Jahrestag ihres Rückzugs aus allen Ämtern eine Betrachtung und ließ durchblicken, daß man «ihre Farbe» vermisse. Sie habe teuer bezahlt für das Mißverständnis, sie müsse sich ihren Wert von der Politik bestätigen lassen. Wer hätte einer *Künstlerin* schöpferische Freiheiten verübelt, wer hätte sie nach ihren Amouren gefragt? Man hätte sich gewundert, wenn sie *keine* gehabt hätte! An ihrer Ehe mit dem verschollenen Hubert Achermann könne man hinterher das Aparte, fast Literarische erkennen. Wenn es Melchior Schieß in einem Jahr als Bundesrat gelungen sei, dem Kleinstaat wieder Respekt zu verschaffen, so hätte Sidonie Wirz durch ihre «moralische Vorarbeit» keinen geringen Anteil daran gehabt.

Plötzlich klang die Hommage wie ein Nachruf – jedenfalls war es derjenige des Schreibers selbst. Denn drei Tage nach Erscheinen des Artikels war er spurlos verschwunden. Er war nun schon der sechste in einer Reihe, die mit Hubert Achermann begonnen hatte, und die Auswahl der Verschwundenen ließ kein Muster erkennen, außer daß nur Männer betroffen waren. Sie hatten ihr Haus oder Büro verlassen und waren wie vom Erdboden verschluckt. Von Entführung oder Geiselnahme war nie die Rede – es war gerade die fehlende Logik der Fälle, ihre *Kontingenz*, die nicht nur Angst und Schrecken verbreitete, sondern *Grauen*. Das Phänomen war um so unheimlicher, als man die kriminelle Energie dahinter nicht mehr Ausländern in die Schuhe schieben konnte. Dank Schieß waren sie unter Kontrolle wie die *Wiggles* auf dem «Gugger». Es war ein mysteriöser, doch durchdringender Notstand, der um so nötiger machte, daß die Nation wie ein Mann zusammenstand; und dieser Mann zeigte selbstverständlich das entschlossene Gesicht von Bundesrat Schieß. Er verwahrte sich gegen Panikmache. Er würdigte das hysterische Gerücht, keine Geringere als Sidonie Wirz befinde sich unter den Vermißten, nicht einmal eines Dementis. Wäre auch nur das geringste daran: würde er dann mit ihrem Sohn einvernehmlich zusammenarbeiten? Oder mit ihrem *Artist in Residence*, Numa Gaul? Mit ihrer Jugendliebe, Bob Wittwer?

Jedenfalls blieb Sidonie verschwunden. Numa Gaul aber hatte die alte Käserei bezogen und arbeitete mit der Technik von *Shaidan World* an der Show im Mai, für die auch Salomon einflog, reichlich knapp. Er hatte dem Emir bei der Falkenjagd aufzuwarten, wie sich S.H. überhaupt einen Jux daraus zu machen schien, den Günstling mit ungeliebten *outdoor activities* zu quälen. Dafür kam der neue Herr des «Gugger» jetzt mit beduinischem Gefolge an, zwanzig jungen Männern im schwanenweißen Dischdasch und schwarzem Seeräuberbart, die allesamt ihrem Herrscher so ähnlich sahen, daß nicht zu entscheiden war, ob er sich nicht inkognito unter ihnen verbarg. Die vierhundert geladenen Gäste waren in Luxuszelten untergebracht, welche eine eingeflogene *Wiggles*-Brigade auf dem Areal des «Gugger» aufgeschlagen und mit Fünfsternekomfort ausgestattet hatte. Als am 18. Mai, dem Abend vor Pfingsten, die Gäste unter den weißen Helm geschlüpft waren, alle im einheitlich grünen Trainingsanzug, ließ sich Schieß nicht mehr vom Emir unterscheiden (wenn er denn anwesend war), Wittwer nicht vom Fürsten von Liechtenstein. Es war eine reine Männergesellschaft; keine Dame hatte ihr Haar geopfert. Eine eindrucksvolle Reihe von Sicherheitsmännern in schwarzem Leder säumte den Rand der neuen *Picture Pit*, abwechselnd einer nach innen, der nächste nach außen blickend. Die *participants* erstarrten in ihren Kuhlen und ließen die Dinge auf sich zukommen. Man war sehr dringend davor gewarnt worden, den Helm bei laufendem Programm abzusetzen. Es könnte geschehen, daß ein Teil der Gehirnkapazität, die an der Schnittstelle beansprucht wurde, im Helm haftenblieb und unwiderruflich verlorenging. Das käme einem Schlaganfall gleich.

Die Show endete in einem Skandal – mit der 4-D-Technik hatte er nichts zu tun, oder nur insofern, als er die Suggestion des Ungehörigen unwiderstehlich machte. Es ging um ein Stück mit zwei widersprüchlichen Schlüssen, die dem Gehirn gleichzeitig zugespielt wurden.

Auf der orthodoxen Schiene lief ein tragisches Rührstück. Ein Ehepaar, schon mit sieben Töchtern gesegnet, erwartete wieder ein Kind; für den Mann, einen wohlhabenden Händler, mußte es endlich ein Sohn werden. Vom Gedanken an den Stammhalter war er so besessen, daß ihm sein Haus nicht zu gestehen wagte, daß das Neugeborene wieder eine Tochter war. Suleika wurde als Salman aufgezogen, machte die Spiele der Jungen mit und tat es ihnen an Tüchtigkeit und Tapferkeit gleich. Sie unterdrückte alle einer Frau zugeschriebenen Eigenschaften und verbarg auch die biologischen, als sie sich zeigten. Schließlich suchte ihr der Vater eine Braut aus, die zu seinen Plänen paßte. Mit dem Hochzeitsbett näherte sich unerbittlich der Augenblick der Wahrheit. Suleika in ihrer falschen Männertracht durfte sich nicht nackt zeigen; über den Grund konnte sie nicht reden, es blieb nur der Rückzug in eine todähnliche Erstarrung. Die verstörte Braut floh zu den Ihren zurück, und diese rotteten sich, um die Schmach mit Blut abzuwaschen. Aber der eigene Vater hatte den vermeintlichen Sohn schon selbst gerichtet. Dabei kam sein wahres Geschlecht an den Tag, und da Allah den Selbstmord untersagt hatte, blieb dem Vater nur der Ausweg in den Irrsinn. Nur in der Weisheit des Dorfnarren, der kommen sah, was er nicht verhindern konnte, schien die Spur von Gottes Güte auf: sie würde zu tun bekommen, um diese Menschen für ihr Verhängnis zu entschädigen.

Auf der zweiten Spur wartete das Paar dafür den Tod nicht ab. Der falsche Bräutigam löste seinen Konflikt im Hochzeitsbett durch eine Flucht nach vorn in eine lesbische Beziehung, die jeder Zensur spottete. Der Braut aber geschah Genüge, das Geschlecht war kein Schicksal, und der falsche Salman verführte die richtige Suleika dazu, ihre Ehe als gültig zu betrachten. Sie spielte aller Welt vor, mit einem Gatten zu leben, aber er war eine Frau.

Die *whizz kids* hatten beide Programme simultan in den zerebralen Rezeptor gespeist und ihm überlassen, das Unvereinbare zu sortieren. Funktionierte das Gehirn wie ein Silikonkristall? Konnte es nur das eine *oder* das andere als wahr gelten lassen? So schien es. Die überwiegende Mehrheit des Publikums hatte *nur* Pornographie gesehen; darunter sämtliche Gäste aus Shaidan. Sie empörten sich so kategorisch, daß sich die Minderheit bald nicht mehr traute, *auch* etwas anderes gesehen zu haben. Die Cooling-down-Party im ehemaligen Kongreßzentrum artete in ein Handgemenge aus, bis es Schieß gelang, den Veranstaltern die geforderten Erklärungen abzunötigen. Wittwer gab also mit tiefgefrorener Miene bekannt, was man gesehen habe, sei nur mit dem Einfluß Satans zu erklären und natürlich um so weniger zu entschuldigen. Salomon stellte richtig, das Publikum habe überhaupt nicht das vorbereitete Programm gesehen. Offensichtlich hätten sich Trojaner ins System geschlichen und die Botschaft verdreht. Seine Majestät lasse sich bei allen Anwesenden entschuldigen. Seine Majestät schien gleich zwanzigmal vorhanden zu sein, und Wittwer fügte sich nahtlos in die Drohkulisse. Leider, sagte er, könne die Vorstellung, deren Zeuge sie gewesen seien, die schweizerisch-arabischen Beziehungen nachhaltig beschädigen. Im Namen von Herrn Bundesrat Schieß ersuche er darum die anwesenden Medienvertreter, nur den authentischen Schluß, den tragischen, zu referieren. Salomon versprach die Säuberung des Programms und bessere Sicherung korrekter Inhalte. Selbstverständlich waren diese Klarstellungen Ohrfeigen für Gaul; er saß nicht lange am Tisch, und Moritz Asser hörte in seiner Nähe zwei junge Redakteure sagen: *jetzt muß er dran glau-*

ben. Aber an dem war es denn doch nicht. Bald stand er, einen Whisky in der Hand, in einem Kreis bewundernder Damen und erläuterte ihnen den erotischen Sinn der Verschleierung.

Die Medien waren des Lobes voll über das 4-D-Erlebnis und verbreiteten sich gerührt über die arabische Tragödie des fehlenden Stammhalters. Kurz darauf gab *Shaidan Planet Switzerland* eine dürre Pressemitteilung heraus, die Gala im September müsse aus technischen Gründen verschoben werden – was unter Kennern nur soviel heißen konnte wie: sie war abgesagt. Gleichzeitig aber erhielten die bereits ausgelosten 666 Erwählten ein Formular, auf dem sie bescheinigen sollten, daß sie am Testflug in die Schwerelosigkeit auf eigenes Risiko teilnähmen und die Organisatoren von jeglicher Haftung entbänden. Das klang etwa so einladend wie ein Versuch mit Pestbazillen; kein Wunder, daß die Angeschriebenen mehrheitlich zurücktraten. Daß der Testflug deswegen keineswegs abgeblasen war, entnahm Moritz Asser der erhöhten Betriebsamkeit auf dem Areal.

Von einer «Gala für Sidonie» war allerdings keine Rede mehr. Was Numa Gaul betraf, so widerlegte er düstere Vermutungen über sein Schicksal durch unverwüstliche Anwesenheit. Doch hatte er deutlich abgenommen. Ja, er sei gerüffelt worden, erklärte er Moritz, als dieser ihn in der alten Sennerei besuchte. Aber nicht, weil die Produktion nicht gelungen, sondern weil sie vielen nicht weit genug gegangen war. Das lesbische Paar hätte es noch bunter treiben dürfen, aber dann hätte man gern seine Steinigung gesehen. Schieß aber habe die Beziehung zum Christentum vermißt. Er wünschte sich den Römerbrief in 4-D, höhnte Gaul, aber Asser sah die Angst in seinen Augen. Wo blieb Sidonie? Gaul hatte keine Patronin mehr. Und die Welt der Spiele, die er anzetteln half, nahm sich ernst und ertrug gerade von ihren Erfindern keinen Spaß. Sind Sie sicher, daß Sidonie noch am Leben ist? hatte Moritz Asser gefragt. Gaul erbleichte. – Sind Sie verrückt? Sie werden ihr im September begegnen, wenn nicht alles trügt. – Und wenn alles trügt? fragte Asser. – Sie wundern sich über unsere Pressepolitik, sagte

Gaul. – Keine Sorge, wir machen es wie versprochen, das Ende der Welt am 24. September. Aber nicht mehr für jedermann. Wir laden individuell ein – Leute, die Zweideutigkeit gewohnt sind. Gaul nannte eine Reihe von Namen, die zur Kulturszene des Landes gehörten. Sie waren Schieß bisher nicht grün gewesen. Gaul lachte. Sie ahnen nicht, wie wohlfeil die Leute zu haben sind – wenn nur ihr Name genannt wird. Schieß fühlte sich in seiner Geringschätzung bestätigt, er hatte keinen Gegner mehr. Begann jetzt die Langeweile der Macht?

Diesen Eindruck hatte man im «Fabrikli» nicht. Rosa, die Moritz – wie sich ihr Freund Karl ausdrückte – «nach St. Helena» gefolgt war, beschränkte sich nicht auf die Pflege Tövets – was er nicht geduldet hätte. Die Investmentbankerin las das «Kapital», und da Lehren die intensivste Form des Lernens ist, hatte sie eine kleine Sprachschule eröffnet, in der sie ihr Chinesisch an den Mann brachte. Moritz liebte die revolutionäre Unschuld des Paars, die eben noch flexible Finanzhaie gewesen waren und gerade anfingen, an die List der Vernunft zu glauben, als ihm auch dieser Glaube abhanden gekommen war. Wenn Tövet bei Rosa Privatstunden nahm, setzte sich Moritz dazu und lernte mit.

Dafür gab es auch einen konkreten Anlaß. Moritz hatte Zutritt zum Camp der *Wiggles* und aß regelmäßig in ihrer Kantine, dem «Golden Dragon», zu Mittag; dabei konnte er anwenden, was er bei Rosa gelernt hatte, wenn auch in engen Grenzen. Die *Wiggles* sollten nur ihre eigene Sprache oder Chinesisch sprechen, damit sie im Gastland nicht Fuß faßten. Da sie aber fast ausnahmslos in die USA auszuwandern wünschten, hatten sie sich auch mehr oder minder heimlich Englisch angeeignet und praktizierten es mit dem Mittagsgast. Nachdem sie sich davon überzeugt hatten, Moritz könne kein Spitzel sein, wurde er zuerst zum Vertrauten eines jungen Uigurenpaars, das in der Küche arbeitete, und dann zu seinem Fluchthelfer. Eines Tages im Juli nämlich fehlte Endili, der Mann, und Rebiya blickte Asser mit bestürzten Augen an. *Please want me. Let's go out.* Ihr Blick verbot, Fragen zu stellen, und da es nicht ungewöhnlich war, daß sich «Gugger»-Kader *Wiggle*-Frauen ausliehen, folgte sie ihm – oder er ihr – ohne Aufsehen aus dem Lager in den nahen Wald. Doch sie zog ihn immer weiter, bis zu einem Dickicht in der Nähe des Baumfriedhofs, wo sich Endili und zwei Chinesen versteckt hielten. Sie waren nicht weitergekommen, weil einer von ihnen auf der nächtlichen Flucht verwundet worden war. Moritz telefonierte Karl aus dem «Fabrikli» mit dem Geländewagen herbei, der die Flüchtlinge aufnahm, bis auf Rebiya, mit der Moritz einen geordneten Rückzug ins Lager antrat, um die Wächter in Sicherheit zu wiegen. Doch hatte man unterwegs den Ort vereinbart, wo sie nächste Nacht abgeholt wurde. Diesmal war es Tim, der das Fluchtfahrzeug steuerte, mit dem auch Rebiya in Sicherheit gebracht wurde, das heißt: ins «Fabrikli», wo die vier Flüchtlinge Unterschlupf fanden, bis Hu wiederhergestellt war und sie die rettende – inzwischen wieder bewachte – EU-Grenze erreichen konnten.

Der rechtliche Status des *Wiggle*-Camps war eigenartig. Es durfte kein Gefangenenlager sein und nicht einmal wie ein Arbeitslager aussehen; die Verwaltung stattete es mit den Merkmalen freien Verkehrs aus und gewährleistete nur, daß kein solcher stattfand, weil die Sprachbarriere intakt blieb. Dennoch gab es Wächter, ein malaiisches Korps, die als Unterhaltungstruppe auftraten und sich auf atemberaubende Nummern mit Messern und Dolchen verstanden; wenn sie hie und da in einem toten *Wiggle* gefunden wurden, war von einem Disziplinarverstoß die Rede. Wittwer pflegte solche Fälle nicht zu untersuchen, um nur ja keinen polizeistaatlichen Eindruck aufkommen zu lassen; die *Wiggles*-Kolonie galt als selbstverwaltet und war auch für sich selbst verantwortlich. Doch war die Sterblichkeit im Camp hoch, und seit der Flucht der vier vermehrten sich die Todesfälle unter ihren han-chinesischen Freunden, umgesiedelten Bauern des Jangtse-Tals, die durch das Dreischluchtenprojekt ihre Existenzgrundlage verloren hatten. Von ihren Gästen erfuhren die «Fabrikli»-Bewohner, daß die *Wiggles* ihren Export nach Europa für eine Art Vernichtungsaktion hielten. Unzufriedenen und Unruhigen sei als Versuchskaninchen eines physikalischen Experiments ein böses, doch unauffälliges Ende zugedacht. Das war stark übertrieben. Dennoch gab es beunruhigende Indizien in Gestalt zweier Todesfälle, deren Zeuge das «Fabrikli» wurde – aus nächster Nähe und gänzlich hilflos.

Hu nämlich starb schon drei Tage nach seiner Flucht – die Beinwunde, die nicht erheblich schien, hatte ihn bisher gelähmt, jetzt zerstörte sie ihn in einer Nacht. Hohe Gaben von Antibiotika änderten nichts an einer allgemeinen Sepsis, die den ganzen Leib schwellen ließ und ihn abscheulich verfärbte. Sie mußten Handschuhe anziehen, als sie ihn im Rosengarten begruben, aber da Tövet einen guten Tag hatte, hörte man das erste Mal seit langer Zeit wieder seine Gitarre: *«I never died» said he, went on to organize. Went on to organize.* Und am folgenden Tag hatten sie schon den nächsten Toten: Tim.

Marybels letzter Spielfreund lebte nicht im «Fabrikli». Moritz hatte ihm eine Stelle beim alten Schinz verschafft. Dieser war, nachdem der «Schwarze Garten» abgebrannt war, mit Mara in seine frühere Villa zurückgekehrt. Der neue Besitzer ließ ihn mietweise so lange darin wohnen, bis die von ihm eingereichte Abrißgenehmigung die Ämter durchlaufen hatte. Mara brauchte in dem zu großen Anwesen ein Mädchen für alles, und so geschah es mit Moritz' Nachhilfe, daß sein arbeitsloser Korbflechter in dem Haus, in das er vor kurzem mit Marybel eingebrochen war, nach dem Rechten sehen durfte. Er glaubte sich in Sicherheit, als ihn die Polizei mit einem Dolch in der Brust aus dem Rechen des oberen Wehrs zog, eine Woche nachdem er Moritz in Maras geliehenem BMW als Fluchthelfer für die Uigurin Rebiya gedient hatte.

Von diesem Tag an war Moritz klar, daß sich das Land im Kriegszustand befand und daß sein Leben wagte, wer die Dinge beim Namen nannte. Also ging er weiterhin im «Gugger» aus und ein, als wüßte er von nichts. Aber er wußte jeden Augenblick, daß er sich auf den Stützpunkt einer feindlichen Macht begab, und überlegte sich bei jedem Schritt, ob er eine Spur hinterlassen oder verwischen müsse. Daß die Verfolger diejenige ins «Fabrikli» noch nicht gefunden hatten, war eine Illusion. Aber Tövet war nicht bereit, drohenden Tatsachen seine Gelassenheit, ja auch nur eine einzige Gewohnheit zu opfern. Das «Fabrikli» blieb allezeit offen, das war der Schlüssel zu seinem guten Sinn. Aber die Achse des Bösen war kein Hirngespinst mehr.

Im Mai 2013 meldete sich Moritz als Teilnehmer der *Ökolypse* – so die interne Bezeichnung – vom 24. September an und erhielt die Bewilligung dafür schon am nächsten Tag, mit zwei Unterschriften: Numa Gaul und Robert Wittwer.

29
24. September 2013. Tableau

Der Countdown läuft. Schalten Sie jetzt alle elektronischen Geräte aus, sonst werden sie unbrauchbar. Was immer geschieht, verlassen Sie Ihren Sitz nicht. Solange die Vorstellung dauert, können in der Außenwelt bestimmte Veränderungen auftreten. Nehmen Sie den Helm nicht ab. Er bietet Ihnen Schutz und Sicherheit. Setzen Sie ihn auf – jetzt. In vier Minuten gehen die Lichter aus. Wir wünschen Ihnen viel Spaß.

Ein Schauer lief durch die Naturbühne, die zum See hin geöffnet war, mit dem «Gugger» als Blickfang. Die Hügel hatten schon eingedunkelt, der Himmel zeigte noch durchsichtige Perlmuttfarben. Die Fachwerkhäuser lagen in schwacher Helligkeit, die etwas Übernatürliches hatte, denn die Sonne war untergegangen. Aber die Zuschauer-Mulde war ähnlich diskret beleuchtet und hätte ein Interieur sein können, wäre die Brise nicht gewesen, die über ein paar hundert Glatzen strich. Viele Köpfe waren wiederzuerkennen. Die Profile erfreuten sich öffentlicher Verbreitung auf Kulturseiten. Frauenköpfe waren an zwei Händen abzuzählen; Haar mußte ihnen wichtiger sein als das Erlebnis der Schwerelosigkeit. Moritz Asser hatte geopfert. Von seinem Randplatz sah er zu, wie sich ein Beet von Eierköpfen in ein Gelege silbergrauer Kunstköpfe verwandelte. Dann setzte auch er den Helm auf.

Fast wäre er nicht gekommen. Tövet hatte einen Schub gehabt, mit Nackenstarre, Sehstörungen, Krämpfen im rechten Bein und Gefühllosigkeit im anderen; er konnte sich nur auf Krücken bewegen und war schon am frühen Nachmittag erschöpft. Aber um neun Uhr war er auferstanden und hatte die Belegschaft in der Spinnstube zum Deutschunterricht versammelt. Ihr müßt euch jederzeit allein ein Ticket nach Lörrach oder Mailand kaufen können, und dafür braucht ihr starke und schwache Adjektive. Die Belegschaft bestand aus Feng, Endili und Rebiya. Die wirksamste Fußfessel der *Wiggles* war ihre behördlich geförderte Sprachlosigkeit; darum war sie das erste, dem man im «Fabrikli» abhelfen mußte, auf Gegenseitigkeit. Tövet fand Chinesisch eine lebensverlängernde Medizin, hoffentlich wirksamer als Cortison. Die Flüchtlinge mußten das Nötigste an Deutsch lernen, unter Tövets Fuchtel, dann bekamen sie von Rosa Englisch zum Nachtisch. Sie waren im Dachstock des «Fabrikli» einquartiert, Rebiya und Endili hatten erstmals ein eigenes Nest, aber sie waren nicht um der lieben Liebe willen untergetaucht. Daran erinnerte sie Hus Grab. Schon in der dritten Nacht nach ihrem Einzug hatten sie es ausheben müssen und den Kollegen in die Erde gelassen, in ein Linnen gewickelt. Es gehörte zur Aussteuer von Tövets Mutter und war ungebraucht; eigentlich hatte er es für sich selbst bestimmt. Am Ende sah das Grab wie eine kleine Erweiterung des Rosengartens aus; Tövet hatte, statt eines Grabmals, die Wildschweinscheuche darauf eingepflanzt. Moritz erfuhr zum ersten Mal, daß sie ein Geschenk Marybels aus ihren Jahren als Stewardeß gewesen war. Als Vollstrecker ihres Testaments hatte er die Wohnung mit den Ikonen geräumt, mit Tim zusammen, der ihre Andenken geerbt hatte – mit Ausnahme der fliegenden Karpfen, die Moritz ins «Fabrikli» mitgebracht hatte. Nun war Tim ermordet, und sie flatterten auch zu seinem Gedächtnis im Wind.

In der Hausgemeinschaft arbeiteten die Flüchtlinge nach Vermögen mit, nur mußten sie auf ein Gongzeichen jederzeit bereit sein, im Dachstock zu verschwinden. Glücklicherweise gab es zwei Zugänge, und auch der halbe Boden war noch geräumig genug, so daß man ihn für den ganzen halten konnte. Das Haus mit Scheune lag am Rand einer Talstufe, der bewaldete Hang begann erst weiter hinten. Ungesehen konnte man sich am Tage nicht nähern, und die gemeldeten Bewohner, Moritz, Karl und Rosa, konnten Besucher jederzeit mit Rücksicht auf Tövets Gesundheit fernhalten. Moritz hatte die Flüchtlinge vorsorglich mit Unterlagen für ein erfolgversprechendes Asylgesuch im EU-Raum ausgestattet, aber jetzt wollten sie gar nicht mehr dringend weg, und es breitete sich etwas wie Kampfbereitschaft aus: *no pasarán!* Karl machte sogar seine Ordonnanzwaffe scharf, mit der Taschenmunition, die nur im Notfall angegriffen werden durfte.

Am 22. September hatte es Tövet die Sprache verschlagen, und Moritz war entschlossen, die Teilnahme an der *Ökolypse* abzusagen. Aber am Vormittag des 23. fuhr ein Kurier auf einem Motorrad vor, und Moritz quittierte den Empfang eines Briefumschlags, dessen Inhalt nur aus einem handgeschriebenen Kassiber bestand:

Lieber Moritz, wir sehen uns am 24. *auf dem «Gugger». Laß mich nicht im Stich. S.*

Sidonies Handschrift konnte eine Falle sein. Tövet sprach wieder, stockend, doch bestimmt: Sidonie ist in Gefahr. Geh hin. Du mußt.

Als Moritz unter Rosas Rasiermesser hervorkam und sich im Spiegel betrachtete, sagte er erschüttert: das bin ich nicht.

Nimm das Bild von Herbert mit, sagte sie, dann weißt du, wie ein Kämpfer aussieht.

Der Bild war ein Talisman, seit Moritz wußte, daß der 1942 hingerichtete Herbert Baum ein Freund seiner Mutter gewesen war und ihr die Ausreise aus Berlin ermöglicht hatte. Sonst hätte es Moritz nie gegeben. Baums Sohn war er nicht, aber er hatte seine Handschrift geerbt.

Als er nachmittags auf dem «Gugger» eintraf, empfing ihn Wittwer mit der Bemerkung, man habe ihn schon zum Mittagessen erwartet. Schwerelosigkeit – dafür müsse man etwas im Magen haben, und Lamm sei genau das richtige.

Lamm mit Minze. Sie haben etwas verpaßt.

Ich esse kein Kinderfleisch, Herr Wittwer.

Er dachte nicht daran, Wittwer nach Sidonie zu fragen, und nahm Helm und Anzug in Empfang. Die Tribüne des einstigen Rudolf-Minger-Saals war zur Wechselzone geworden für Männer mit embryonalen Greisengesichtern, die ihre Identität als Galerist, Intendant, Lyriker und Redakteur kaum noch erkennen ließen. Ein solches Gesicht trug er nun auch. Die Versuchspersonen aus dem Kulturbereich begrüßten einander nicht wie gewohnt. Viele blickten unruhig beiseite, als bereuten sie ihre Teilnahme bereits. Andere verpflegten sich im flachen Teil des Saals an einem rustikalen Buffet; der Betrieb hatte etwas von einer Sportschule mit Massenverköstigung. Die Namen der Anwesenden wurden aus dem Lautsprecher heruntergebetet, das Who's who klang wie der Check einer Passagierliste. Sidonie wurde bei keiner Durchsage erwähnt. Die Kopflast des Helms war so sperrig, daß man ihn abgenommen hatte, aber nun erklang die Aufforderung, seinen Platz einzunehmen, zum dritten Mal. Man stieg in seine Grube, die persönliche *Picture Pit*, und wenn man sich ausstreckte, schien sie um einen zusammenzuwachsen, als wäre man in einen passenden Handschuh geschlüpft. *Setzen Sie den Helm auf – jetzt.* Moritz blickte durch den Sehschlitz nach den anderen; sie waren unsichtbar geworden. Darauf hatte man die Teilnehmer vorbereitet. Aber nicht darauf, daß sich der Helm, als wäre er ein lebendiges Geschöpf, an den Schädel schmiegte und ihn mit wechselndem Druck zu betasten begann, bis er einen optimalen Kontakt erreicht hatte.

Gleichzeitig brach die bekannte Welt in seinem Kopf weg, und eine andere trat an ihre Stelle, die *zu genau* dieselbe Landschaft war, in der er sich eben niedergelassen hatte. Aber seit die anderen ausgeblendet waren, hatte er eine Rundsicht, als säße er auf einer Bergspitze – und sah doch immer noch den «Gugger» wie in natura vor sich, nur daß er jetzt, optisch kaum verzerrt, im Inneren einer riesigen Glaskugel zu liegen schien, die sich zu verfinstern und wie zögernd mit Sternen zu besetzen begann, in Konstellationen, die er noch nie gesehen hatte. Es hatte etwas von einem Trickfilm, als sie zu zwinkern begannen, als würden sie von der Stimme angehaucht, die nun von überall und nirgends her ins Gehirn drang. Es war die Stimme Numa Gauls, nicht mehr verhuscht und halb wegwerfend, sondern mit Nachdruck und getragen von Vollmacht.

Ich bin, der ich nun mal bin, und darf euch durch unser Programm führen. Im Anfang war das Wort, das habt ihr schon irgendwo gehört. Ich aber sage euch: am Anfang war das Paßwort. Es lautet – hier hörte man einen schrillen Pfeifton – *und öffnet heute ein Universum, in dem noch keiner gewesen ist. Und doch wird es euch bekannt vorkommen. Ihr werdet was erleben. Aber ich sage euch: fürchtet euch nicht. Zu allem, was euch begegnen kann, gibt es einen Schlüssel, und wir, die ungesehen hinter den Bildern stehen, haben mit Schlüsseln umgehen gelernt. Aus allem, in das ihr hineingeraten könntet, helfen wir euch auch wieder raus. Vorausgesetzt, ihr rührt euren Helm nicht an. Hände weg vom Helm!*

Erst aber haben wir ein kleines Geschenk für einen Mann, der hundert Jahre alt werden will. Zweimal tot, heute frischer denn je. Oder habe ich zuviel gesagt, Thomas?

Man hörte ein längliches Greisenräuspern, dann sagte eine zitternde Stimme: *Sss-sch-schwerelosigkeit.*

Kennst du die Dame noch? Mit ihr fing alles an.

Einer der Sterne zoomte heran und vergrößerte sich zum gerahmten Porträt einer jungen Frau. Der Kopf mit dem zu großen Kinn blickte nach links, sie trug das Haar, in dem ein Diadem prangte, zu einem losen Knoten geschürzt und war von einer Inschrift umlaufen: POST OFFICE – POSTAGE – TWO PENCE – MAURITIUS.

Die blaue – die blaue –! stammelte die Stimme des alten Schinz.

Mauritius, soufflierte die Stimme Gauls. – *Ganz recht. Queen Victoria, bald Kaiserin von Indien. Sie ist dein, Thomas. Sie gehört dir.*

Das Markenbild fuhr, sich riesenhaft vergrößernd, wie eine Fliegenklappe auf seine Betrachter zu. Dabei veränderten sich die Züge der Königin, sahen Frau Fanny Moser ähnlich, Jacques' Mutter Chantal, Sidonie; aber dann lösten sie sich in ein Gestöber blauer Pixel auf, die im Schwarm umkehrten und am Horizont zu einer wabernden Oberfläche zusammenschossen, über der eine große Silbersonne aufging. Am Horizont zeichneten sich Unregelmäßigkeiten ab, die sich näher rückend als vulkanische Inseln zu erkennen gaben. Und während sich weiße Palmenstrände zeigten, belebte Pfahlbausiedlungen, aus denen der Klang brüchiger Singstimmen herüberwehte, fand sich der Betrachter einige Fuß über den Meeresspiegel hochgetragen wie von einer Woge und flog dahin, als säße er auf einem Bugspriet und scheuchte Schwärme fliegender Fische vor sich her.

Zauberwort Kolonie, sang die Stimme. *Et l'homme marche dans les songes et s'achemine vers la mer. Da kommen sie schon.*

Aus den Schaumkronen waren nackte junge Frauen geworden, wie von Gauguin gemalt tummelten sie sich um das Schiff. Doch es beschleunigte die Fahrt, kaum schien der Kiel noch die Oberfläche zu berühren. Es hob ab, man sah seinen Schatten wie denjenigen eines Flugsauriers über fliehende Delphine streichen; sie blieben zurück, und das Luftschiff stach geradewegs in einen Himmel hinein, der die Augen blendete. Stieg man noch, stürzte man schon? Aber die Stimme Gauls hörte zu tragen nicht auf, unbeirrbar sprach sie französische Verse, die allmählich in eine ganz fremde Sprache übergingen. Unterdessen schwamm man in einem blühenden Meer, es erinnerte an die Gärten Monets, dann dehnten sich die Farben zu dekorativen Schlieren und verzogen sich zu elastischen Bändern. In ihren Dehnungen und Knoten erriet man Reste von Gestalt, regten sich, wie Wassergeister, Zerrbilder des Figürlichen.

Was seht ihr? fragte die Stimme.

Und sie sahen eine kreisrunde Öffnung inmitten der von Farbe strömenden Ebene, und als diese wegkippte, nahm der Kreis Gestalt an und richtete sich zur halb durchsichtigen Säule auf. Sie drehte sich wie eine Spindel und wurde poliert, bis sie spiegelte. Auf der Zylinderrundung war ein roter Mantel zu erkennen, wie gemeißelt in jeder Falte.

Das hatten wir doch schon, fuhr die Stimme fort, *die Anamorphose. Man setzt diesen Zauberstab an, und was in der Fläche wie reines Tohuwabohu aussieht, zieht sich auf der Spiegelsäule zum Bild zusammen. Man muß nur die richtige Stelle wählen. Man braucht seinen Spiegel, wie man einen Schlüssel ins Schloß steckt, und wenn er paßt, springen die Augen auf.*

Der Spiegelstab war zur Rolle geworden, von der sich ein Bild abwickelte; und indem es lang und breit in den Raum hinauswuchs, nahm es Tiefe an, gewann fast unwirkliche Körperlichkeit und sog zugleich den Boden, auf dem es als Zerrbild gelegen hatte, in sich auf. Das Bild hatte die Breite des Sehschlitzes. Es mußte ein Altarbild sein; Moritz kannte es nicht.

Was seht ihr?

Eine reichbegrünte Landschaft, die alles in allem eine weite Lichtung bildet; sie liegt vor den Toren einer mittelalterlichen Stadt, deren Türme über Bäume und Felsgruppen lugen. Im Zentrum ein roter Kasten, eine weiß gedeckte Truhe, der Gruppen menschlicher Figuren zustreben oder huldigen. Der Kasten nimmt auch das Zentrum der Mittelachse ein, zwischen einem sechseckigen Brunnen unten und einer weißen Taube oben, die ihre Flügel inmitten der Sonne ausbreitet. Dicht um den roten Kasten gruppiert sich eher lose ein Dutzend Engel im Kreis, alle kniend. Der nächste, erweiterte Kreis wird von vier kompakten Menschengruppen gebildet. Nur diejenige hinten links besteht aus Frauen, die anderen drei aus Männern, mehrheitlich alt und in geistlicher Tracht, von der päpstlichen Tiara bis zur Mönchskutte. Auch der Vordergrund, die nächste Reihe, wird von Männern gebildet. Die Gruppe linker Hand kommt zu Roß, vornan reiten gewappnete Ritter, dahinter Leute in ziviler und gelehrter Tracht. Von der rechten Seite aber nähern sich Kuttenträger zu Fuß, dienende Brüder, Einsiedler, Pilger, mitten unter ihnen der Riese im roten Mantel, den Moritz gleich erkannt hat: es ist Hermann Frischknecht.

Die lebensgroßen Figuren haben etwas von Puppen, die sich totstellen. Sie rühren sich nicht, aber geben sich die Miene, es zu können. Seitlich im Auge verrät sich eine hie und da durch ein Zucken; siehst du genauer hin, ist sie wieder still. Und doch scheinen alle nur auf einen Wink zu warten, um ins Offene hinauszutreten und es noch weiter zu öffnen, bis du von ihnen eingefangen und eingekreist bist. Wie sie den Betrachter belauern, diese Betrachteten! Moritz fühlt viele Augen auf sich und zögert, ihren Blick zu erwidern. Aus einer der Heiligen Jungfrauen sieht ihn Marybel an, im Ritter, der sich abgewandt hat, erkennt er Jacques, der nächste aber, der ihn mustert, ist Reinhold Dörig. Sidonie selbst, das Modell eines Turms in der Hand, steht Schieß gegenüber, der die Tiara trägt und mit einer ganzen Gruppe geistlicher Würdenträger aus dem Schatten eines Feigenbaums tritt. Unter den Märtyrern erkennt Moritz den alten Schinz, und unter den Propheten im Schlapphut, wenn ihn nicht alles täuscht, sich selbst. Sein Ebenbild ignoriert ihn. Es steht neben dem gelehrten Barbarengesicht Numa Gauls, und tatsächlich bewegt es die Lippen, als dieser wieder aus dem elektronischen Nirgendwo zu sprechen anfängt.

Dies ist der Altar von Gent, in der Kathedrale St. Bavo – alles dreht sich um die Anbetung des Lamms, von dem Sie, liebe Freunde, heute mittag leider nur die Beine übriggelassen haben. Das Gigot d'agneau à la menthe *war zu unwiderstehlich. Aber die Beine stehen auch ohne Leib – ein Wunder! Wollt ihr's anbeten? Nur hereinspaziert – alle ins Bild, wenn ich bitten darf! Habt ihr euch selbst schon gefunden? Es haben sich noch ein paar Überläufer ins Bild geschlichen, die schnell die Seiten gewechselt haben – ihr versteht, was ich meine. Aber was der Dichter von Engeln mutmaßt, gilt auch von der Kunst* – sie weiß oft nicht, ob sie unter Lebenden geht oder Toten. *Es kümmert sie nicht – nichts auf der Welt kümmert sie nach Recht und Verdienst. Das ist nicht der Bonus der Unsterblichkeit, liebe Freunde. Es ist eine Augenschwäche der Kunst. Sie ist blind für den Tod.*

Das Auditorium war erstarrt. Natürlich hatte sich niemand gerührt, als sie die Stimme aufgefordert hatte, ins Bild zu kommen. *Denn es schien nicht ganz unmöglich,* doch unabsehbar in den Folgen. Es ging ein eisiger Hauch von den Figuren aus. Aber sie waren nicht *wie* lebend. Sie lebten, auf ihre Art, nur war sie noch nicht dagewesen. Moritz war erschrocken, als er sich selbst unter ihnen erkannte, aber was hätte er sich gedacht, wenn er gefehlt hätte?

Dies war Huberts Bild, sagte die Stimme, *Hubert van Eyck, geboren nach* 1360 *und gestorben – jedenfalls: begraben – 1426 in Gent. Das Bild ist aber 1432 datiert. Vollendet, sagen wir: fertiggemalt hat es sein Bruder Jan, von beiden nicht nur der berühmte, sondern der allein bekannte. Denn von Hubert ist kein einziges Werk gesichert, und manche haben schon bezweifelt, ob er überhaupt existiert hat.*

In diesem Augenblick war ganz links eine Spur von Bewegung festzustellen. Ein Mann im roten pelzbesetzten Kleid mit langen Ärmeln kniete plötzlich am Rande mit gefalteten Händen, den Blick auf den Betrachter gerichtet. Es war Hubert Achermann, wie er leibte und lebte. Doch worum bat er? Was wünschte er sich?

Die Stimme Gauls war zum Flüstern geworden. Sie sagte: *wer Hubert vermißt hat, kann ihn jetzt bei der Andacht sehen, und wenn er ausgebetet hat, könnt ihr ihn ansprechen. Fragt ihn, was ihr immer schon wissen wolltet.*

Das Schweigen, das dieser Einladung folgte, war tief. Hubert Achermann war in keine Andacht vertieft. Er bat um Gehör, beschwörend, in lautloser Dringlichkeit.

Fragt ihn, ziert euch nicht! Es könnte die Chance ewigen Lebens sein!

Die Stille diesseits des Bildes mußte so tief geworden sein wie die Stille im Bild.

Ihr laßt Hubert allein, fuhr Gauls Stimme wie achselzuckend fort, *auch gut. Das kennt er schon. Es tut dem Menschen aber nicht gut, daß er allein sei. Gott tat es auch nicht gut, sonst hätte er den Menschen nicht erschaffen. Er hat ihm an die Seite gelegt – oder von seiner Seite genommen –, wovon er geträumt hat: die Menschin. Er hätte sich von ihr kein Bild machen können, das hat Gott für ihn besorgt. Aber als sie da war, siehe da, da war sie auch kein Bild, so wenig wie er selbst. Huberts Menschin war ihr ganz eigener Mensch, seht sie euch an. Ecce femina. Macht euch ein Bild von ihr.*

Und jetzt kniete, am anderen Ende des Tableaus, in genauer Symmetrie zur Figur Huberts eine andere, weibliche, unter einer weißen Haube und im roten Oberkleid mit lindgrünem Unterfutter. Die Hände waren ebenfalls gefaltet, aber das Gesicht war leer, ein durchsichtiges Fenster.

Eine halbe Sache, lückenhaft, wie Kleider so sind. Das sind die Lücken, in welche die Begierde springt und die der Traum nicht füllen kann. Wie waren wir denn mal gedacht, Hubert? Mal uns Nägel mit Köpfen. Das erste Menschenpaar, bitte. Die wahren Stellvertreter Gottes. Die schönen Lückenbüßer seiner Einsamkeit.

Die knienden Figuren, Hubert und die unbekannte Frau, wurden langsam, wie zögernd überblendet, dabei schienen sie aufzustehen, sich zu verjüngen, die Kleider fallen zu lassen. Schließlich stand das erste Menschenpaar im Glanz tiefer Vergangenheit vor einem pechschwarzen Hintergrund, der die Leiber ausstellte, als wären sie auf Nadeln gespießt.

Sie sind es gewohnt, Modell zu stehen, aber wie Hubert sie gesehen hat, ist allerhand. Adam hat schon den reinen Christuskopf, und wer in Eva nicht das Beste der Muttergottes erkennt, dem ist nicht zu helfen. Nur ist die Besinnlichkeit noch ohne prüde Vorsilbe da. Trüge sie ein Kleid, sie würde es fallen lassen. Aber im Paradies nimmt sie sich erst ein Feigenblatt vor. Die Hand hält es reichlich tief – die Scham ist bedeckt, und sie wird zur Entdeckung freigegeben. So sieht sie aus, die Gott hinter seinem Dornbusch belauscht hat – warum sollen sich nur die Menschen vor ihm versteckt haben? Auch er wollte sie sehen, wie ihr sie seht, nämlich ohne gesehen zu werden, im taufrischen Reiz ihrer Scham. Was hätte es an ihrer Unschuld zu belauschen gegeben? Sünde ist es, was sexy macht. Das Feigenblatt war das erste Kleid der Frau, und schon trägt sie es als Accessoire der Verführung. Und was hält sie in der erhobenen Hand? Das Äpfelchen, welches das Drehbuch verlangt? Aber das trägt sie schon am eigenen Leib, und gleich doppelt. Eine saure Zitrone ist es, mit der sie den Mann zu locken vorgibt, theologisch korrekt – sie soll ihm zur Warnung dienen. Aber Eva zählt darauf, daß er sie ignoriert und die Früchtchen schon gesehen hat, an denen er sich vergreifen soll. Wie sie steht, *die Frau, eine Vase, die sich nach oben und unten verjüngt! Sie schämt sich der kräftigen Wölbung nicht, die in ihrer Mitte auslädt und einlädt, denn das ist die Wiege des Mannes, das Versprechen der Schwangerschaft. Bis zum Nabel hinauf zieht sich ein Schatten der Furche, die da gepflügt sein will. Da haben wir sie im Bild, die Fülle der Spaltung!*

Bis zum Nabel, was für ein Kunstfehler! Weiß er nicht, dieser Hubert, daß Eva ohne Nabel geschaffen ist, aus keinem Mutterschoß entsprungen, nur von Seiner Hand geschöpft – und dieser Hand vielleicht auch ein wenig entglitten, als sie gelähmt war von Entzücken am eigenen Werk? Ach Gott – so sicher Hubert weiß, daß Maria eine reine Jungfrau ist, so sicher weiß er, daß Eva keinen Nabel hat! Doch als Künstler, als Schilderer, braucht er den Nabel, und die Jungfräulichkeit braucht er nicht! Wohin wäre die Schöpfung als Werk der Zimperlichkeit gekommen? Sie wäre gar nicht erst erstanden, denn sie hätte nicht gewußt, wofür! Ach, der kleine Nabel! Das entzückende Grübchen der Sterblichkeit! Wie soll man nicht darauf reinfallen! Die Scham, wie sie im Lehrbuch steht, durfte Hubert nicht malen, aber den Ursprung der Scham, in aller Herrlichkeit dazusein und nichts als da – diesen *Nabel brauchte er für sein Bild. Und* wie *er Eva braucht, das wundersam gespaltene Geschöpf!* Alles *an ihr braucht er, wozu es sich brauchen läßt, gnädig oder willig, notfalls auch ungnädig und unwillig! Seht euch Adam nur an, den braven Gottessohn, wie er sich gegen die Spaltung sperrt! Wie sein rechter Arm die Brust verwahrt, abweisend nach Gebühr und Gebot – und dann seht, wie sein rechter Fuß zugleich den Rahmen überschreitet, auch wenn der linke dabei ein wenig im Dreck versinkt! Und wie er genau in die Richtung fortschreitet, gegen die sich sein Arm verwahrt!*

Der Mann muß hinaus ins feindliche Leben, nicht wahr, und je weiter er seinen Fortschritt treibt, desto sicherer begegnet er der eigenen Spaltung wieder, mit oder ohne Eva. Aber daß er ihr daran die Schuld gibt – das behaupten *wir nicht, das wissen wir längst.* Sie *aber, liebe Freunde, Eva – schreitet sie fort? Sie steht wie eine Eins – oder eher wie eine Zwei, wohlgerundet und zart geneigt. Als wäre sie ein Flamingo, versteckt sie ihr zweites Bein, um das eine, das Bein überhaupt, das Bein* schlechthin *zur Geltung zu bringen. Seht euch an, wohin der Maler ihren Arm gelegt hat, den Feigenblattarm, um dieses wunderbare Bein noch etwas zu strecken! Stellt euch vor, wie es sich um eure Hüften schlingt, einmal links, einmal rechts – in diesem Knoten möchtet ihr wohl verenden, und mehr als einmal! Aber da wir vom Ende sprechen – es schwebt in Eden wie die Galle im Honig. Et in Arcadia ego! Nur zwei Buchstaben verschoben, und es ist passiert: aus EDEN wird ENDE. Ach Freunde – warum nur haben wir uns den Tod geholt!*

Die Nacht hinter den ersten Menschen hatte sich zur schwarzen Röntgenplatte verdichtet, die Figuren begannen durchsichtig zu werden bis auf ihr Skelett.

So sehen wir aus, wenn alle Hüllen fallen, auch das schöne Fleisch, dem man lange nicht ansehen will, daß es ein Staubgewand ist. Wunderbar ist auch das Skelett, auf seine Weise, aber gewöhnungsbedürftig.

Die Szene erlosch und wurde lichtlos.

Jetzt kommt das Rieseln, sagte die Stimme. – *Es wird Zeit, daß wir auf das allgemeine Nachlassen der Materie zu sprechen kommen, das Zerbröckeln ihrer Festigkeit. Darüber liest man nichts. Normalerweise flüchtet sich eine Gesellschaft vor dem Unerträglichen ins Palaver. Es ist ganz neu, daß sie verstummt, nicht um das Schlimmste zu verhüten, sondern um es nicht beim Namen zu nennen.*

Langsam schälte sich der «Gugger» in kreideweißem Licht aus der Finsternis hervor. Es verzehrte die Zeichnung des Fachwerks und ließ nur noch die Fenster als tiefschwarze Löcher bestehen, wie Scharten einer Festung.

Die Neutronenbombe, erinnert ihr euch? Ihr würdet euch nicht erinnern, wenn sie gefallen wäre, denn sie hätte alles Leben vernichtet und nur die Immobilien stehenlassen. Beim Phänomen des Zerrieselns verhält es sich gerade umgekehrt. Alles, was Menschen gebaut und gemacht haben, zerfällt zu Granulat; sie selbst aber bestehen noch ein wenig.

Während die Stimme sprach, bleichte das Licht auf dem «Gugger» aus, die Mauern verblaßten, und es waren die Fenster, die zu schimmern begannen und eine Atmosphäre der Heimlichkeit verbreiteten. Sie waren mit Gardinen verhängt, hinter denen wohnliche Räume zu vermuten waren, familiäre Freuden, Geselligkeit. Doch allmählich schien die Ausstrahlung dieser Fenster das tragende Gemäuer zu verzehren. Sie wurden zu schwebenden Quadraten, in denen menschliche Silhouetten erschienen, in verzweifelten oder hilfesuchenden Posen. Die abgelöste Gesellschaft hing wie ein Bogen Briefmarken in der Luft.

Jeder Pataphysiker weiß, daß sich die Materie nicht unbeschränkt foltern läßt. Sie ist Mutterstoff, und das vierte Gebot lautet nicht: Quäle deine

Mutter bis zum Gehtnichtmehr, auf daß du länger lebest auf Erden! Da der Mensch selbst aus Materie gemacht ist, überdehnt er nicht nur sie, sondern auch sich. Es handelt sich um Autoaggression, einen verlarvten Selbstmord. In diesem Theater wirft er seine Larve ab. In pataphysischer Sprache folgt der Ökolyse die Ökolypse oder der Ökolaps. Was wir jetzt erleben, ist das Gegenstück menschlicher Autoaggression: unsere Mache entwickelt eine tödliche Allergie gegen die Macher. Die bange Frage lautet: hat Homo sapiens dada eine pataphysikalische Kettenreaktion ausgelöst, die von unserer sogenannten Kultur auch auf die Natur übergreift? Ist eine Verallgemeinerung des Aufstands zu befürchten, eine Pandemie der Materie, die ihrer molekularen, am Ende ihrer atomaren Verbindungen müde geworden ist? Bekommen wir es, um volkstümlich zu reden, mit dem Weltuntergang zu tun?

Das Licht in den Fenstern hatte zu flackern begonnen, als wäre dahinter ein Feuer ausgebrochen, das Gezappel der Silhouetten wurde hektisch wie das von Ameisen auf Treibholz. Zugleich rückten die Fensterrahmen wie Schraubzwingen zusammen, während sich die Flammen im Hintergrund verstärkten. Man konnte sie durch die Figuren lodern sehen, die sich gegenseitig zu treten und aufeinanderzusteigen begannen. Sie glichen jetzt Bodyscan-Bildern, deren Umriß, gerade noch als weiblich oder männlich zu erkennen, als graues Gallert von den zappelnden Figuren abtropfte, bis nur noch schwache Kernschatten übrigblieben. Aber noch ihr Todeskampf war nicht zu unterscheiden von der Gewalt, die sie einander antaten, bis sie ausgezuckt hatten.

Moritz zog sich den Helm vom Kopf und richtete sich auf, und in diesem Augenblick traf ihn ein heftiger Schlag in den Rücken. *Da!* Er hatte unwillkürlich die Arme hochgerissen. Nun sanken sie von selbst. Er war getroffen. Er war hellwach.

Alles war noch da, die Arena, bis zum Rand mit bewegungslosen Helmen gefüllt, und unter ihm der «Gugger»; die Landschaft war komplett, aber wirkte aschgrau, als wäre ihr alles Leben abgesaugt worden. Es konnte drei Uhr morgens sein, aber nicht heute, sondern in der lichtarmen Zeit der Kindernächte, als auch die Stadt noch ländlich war. Holzmasten trugen Bogenlampen, deren Schein in zugekniffenen Augen zum Strahlenkranz zersplitterte.

Moritz ließ den Helm fallen und ging auf das Gehöft zu, bei den ersten Schritten noch vorsichtig, wie man vermintes Gelände betritt. Er begegnete keinem Menschen. Als er sich umdrehte, schien das ÖKODROM sich selbst überlassen, die Scheinwerfer am Rand waren erloschen, und die Helmreihen, schwach aus sich selbst leuchtend, sahen aus der Ferne wie Froschlaich aus. Das Ufer gegenüber, sonst lange nach Mitternacht noch glitzernd wie eine Kirchweih, schien gar nicht mehr besiedelt.

Gestern noch wären hier Bewegungsmelder angesprungen, Scheinwerfer hätten Moritz eingefangen wie ein Insekt, Wachmänner wären aus dem Busch getreten. Jetzt wirkte das Anwesen verlassen, alle Türen standen offen, und es gelang ihm nicht einmal, einen Lichtschalter zu finden. Es wäre nicht der erste Ausfall des ganzen Stromnetzes gewesen, aber der «Gugger» verfügte über ein Notaggregat, und bis es ansprang, wanderten Taschenlampen durch die dunklen Räume, erhellten sich Fenster mit Kerzenschein. Aber jetzt blieb alles dunkel. Nicht einmal ein Autolicht war zu bemerken. Moritz lauschte angestrengt: kein Motorengeräusch, nichts. Doch im Innern des Hauses redete jemand.

Er war mit dem «Gugger» vertraut und hatte doch Mühe, die Treppe in den Oberstock zu finden. Nachdem sich seine Augen an den Schimmer von Licht gewöhnt hatten, versuchte er, auf die Stimme zuzugehen, umsonst; sie schien bald von dieser, dann von jener Seite herzukommen, und es war immer noch die Stimme Gauls.

EDEN, ENDE, ein Druckfehler kann folgenreich sein. Hätte der Postmaster von Mauritius das gewünschte POST PAID geliefert statt des idiotischen POST OFFICE, die rote und die blaue Mauritius wären vielleicht zahlbar, doch wer fragte ihnen nach? Auch der nackte Affe ist erst durch die SÜNDE Mensch geworden, sie zeichnet ihn aus vor allen Geschöpfen, die sich ahnungslos fortpflanzen und sterben. Er aber, der es wissen konnte, mußte *es auch wissen. Jetzt weiß er es: die SÜNDE ist der TOD, dieses*

Wissen holt man sich bei der Idiotie des Lebens, und einen Ablaß gibt es nicht. Tod ist nicht verhandelbar.

Offensichtlich wurde die Stimme durch versteckte Lautsprecher verbreitet. Demnach konnten nicht alle Energiequellen im Haus außer Betrieb sein; im Kachelofenzimmer war eine historische Jukebox beleuchtet wie ein Christbaum. In ihrem Licht waren auch die Bühnenkulissen zu entziffern, mit denen der Raum vollgepackt war; sie stellten Gugger selbst dar, eine naive Fachwerkidylle für ein Dorftheater. Gaul hatte zu singen begonnen, und Moritz setzte sich auf eine Kiste.

Was gäb' es doch auf Erden, / Wer hielt' den Jammer aus, / Wer möcht' geboren werden, / Hieltst du nicht droben Haus! / Du bist's, der, was wir bauen, / Mild über uns zerbricht, / Daß wir den Himmel schauen, / Darum so klag' ich nicht. – Hätten wir den Glauben an einen gnädigen Gott nicht verpaßt, so sähen wir in diesen Himmel statt in die Röhre und endeten dem Werk unserer Hände gelassen hinterher, dem Zeug und Gestell, *wie es ein Kirchenvater zu nennen pflegte, vom Steinbeil bis zum Computer. Liebe Freunde, eben melden mir die Instrumente, daß ihr in den Zustand der Schwerelosigkeit eingetreten seid. Merkt ihr schon was? Ei, ei, ei, die vielen schwarzen Löcher, die sich in unserer Mitte aufgetan haben! Ein Wirbelchen linksherum, ein Wirbelchen rechtsherum: schon sausen wir durchs Rohr, und die ganze Geschichte wird abgesaugt auf Nimmerwiedersehen! Lang mögen sie leben, die kleinen schwarzen Löcher in unserer Mitte! Sie sind der letzte Schrei der Materie! Wen diese Schlupflöcher entsorgen, der braucht sich nie wieder abzuzappeln! Ruhe ist gar kein Wort mehr für das, was er findet! So wesentlich wie das, worauf man dann reduziert wird, hat man sich selbst lieber nie vorgestellt! Was für eine Konzentration – alles dicht! Es steht eine Generalabrüstung unserer Galaxie bevor, Freunde, sie sucht die Ruhe, die ihr nach dem zweiten Energiesatz zusteht. Vorher macht sie noch einmal Remmidemmi, gönnt sich einen Exzeß, einen Anfall wüster Reduktion. Aber dann gibt sie ihn endlich preis, den minimalen Vorsprung, den die Materie gegen die Antimaterie herausgeschunden hat. Wozu? Ihr wißt es schon: damit überhaupt etwas sei und nicht vielmehr nichts!*

Laßt uns dem Ende der Materie ein wenig nachtrauern, sie hat einen

Nekrolog verdient. Wie ist der geplagte Mutterstoff seinem winzigen Vorsprung nachgejagt, was hat er sich's kosten lassen, immer wieder den Wanderpreis der Evolution zu holen! Wie hat er sich abgeplagt, daß dieser Fortschritt seinen Kreaturen zugute kommt, auch den dümmsten – uns, hochverehrte Mitträger der menschlichen Kultur! Wenn das nicht die undankbarste aller Plagen war! Schluß damit! Diese Schöpfung hat ihren Ruhestand verdient! Zurück, liebe Mutter, ins Gleichgewicht mit deiner dunklen Schwester!

Moritz stand auf, aber die Stimme verfolgte ihn unentwegt. Das aschgraue Licht zeigte Bilder der Verwahrlosung, Stilleben aus Schrott. Die Räume waren mit technischem Mobiliar verstopft, Mischpulten, Monitoren, Fernsehkameras, über die Böden liefen Kabel, schwarzes Gewürm, mit Klebeband befestigt. Die einstige Wohnetage wirkte wie ein geplündertes Studio, dessen Personal überstürzt fliehen mußte. Doch mit jedem Stockwerk, das Moritz höherstieg, schien der Überfall weiter zurückzuliegen. Das Gerät stammte jetzt aus den fünfziger und sechziger Jahren, Magnettonanlagen, Schaltanlagen, Mikrophone auf Ständern übereinandergeworfen wie bei einem Schiffbruch. Sidonies Privaträume waren zugemüllt, Küche und Badezimmer verrottet, er klopfte an ihr Schlafzimmer, und als er es öffnete, roch es nach Kampfer, das Bett war abgezogen wie nach einem Todesfall. Doch Gauls Stimme folgte ihm immer noch.

Die Materie leiert ihn an, den großen Akt ihrer Zurücknahme, die Antimaterie hüpfte ihr nur so entgegen, ganze Häuser schmoren zu Kügelchen zusammen. Das sieht noch wie Sand aus, aber es ist erst der Anfang. Denn seht und hört, bis euch Sehen und Hören vergeht: unsere ganze Milchstraße schnurrt zum Kügelchen ein! Der Titan Atlas fragt sich, wo die Erdkugel hingekommen sein mag, die er gerade noch gestemmt hat, und jetzt fällt ihm das unendlich schwere Kügelchen einer ganzen Galaxie auf den Fuß! Aber davon würden beide gar nichts merken – zu glatt fiele es durch sein Titanenfleisch. Aber so durchgefallen, wie der Homo sapiens durch das kleinste schwarze Loch ist: das gibt's gar nicht! Von Homo dada-blabla-gaga ist gleich dreimal nichts übriggeblieben! Nichts, nichts, dreimal nichts! Und wahrlich, ich sage euch: wäre der Mensch nicht von Anfang an ein gieriges Vakuum gewesen, das Konzentrat einer himmelschreienden Negation, er hätte die Antimaterie gar nicht munter machen können und das Ding nicht gezündet, mit dem wir jetzt alle zusammen hochgehen, hoch, hoch, hoch! Es lebe der große Lapsus! Lang lebe die Ökolypse!

30
September 2013. Alles gut

Moritz war im Dachstock angekommen, wo Salomon früher sein Studio gehabt hatte, und öffnete die Tür. Auf der Schwelle blieb er stehen. Ein Bett; ein altertümlicher Nachttisch, auf dem eine Kerze brannte. Vor dem Fenster saß eine junge Frau an ihrem Arbeitstisch und drehte ihm den Rücken zu. Sie trug ein zweiteiliges dunkelblaues Jackettkleid, das einer Schuluniform glich, und ihr Haar war zu einem Pferdeschwanz gerafft. Der Raum roch nach Bittermandeln.

Hier bin ich, sagte er, entschuldige, das Geschwätz folgt mir überall.

Hast du das Paßwort vergessen? fragte sie, ohne sich umzudrehen. – Sprich meinen Namen aus.

Sidonie, sagte er.

Die Stimme brach ab, doch Sidonie blieb unbeweglich sitzen und blickte über ihren leeren Tisch durch das offene Fenster. Der Blick ging nach beiden Seiten des Sees, sie waren dunkel, doch über den Grat am anderen Ufer lief der Schauer eines Wetterleuchtens. Hie und da erhellte sich der Himmel von einer größeren Detonation; das Echo kam lange hinterher als entferntes Grollen an.

Ein Gewitter, sagte er.

Es ist wieder Krieg, sagte sie. – Hier war ich gerettet.

Was tust du hier?

Ich präge mir alles ein. Danke, daß du gekommen bist. Bitte nimm Platz.

Doch außer dem Drehstühlchen, auf dem Sidonie saß, gab es keine Sitzgelegenheit.

Aufs Bett, sagte sie. – Genier dich nicht.

Er ließ sich nieder; hier war der Bittermandelgeruch stärker. Auf der Umrandung standen Wörterbücher und ein Glas Wasser, daneben das Foto eines jungen Mannes mit Scheitel und Tolle, er trug einen Schillerkragen und das glatte Lächeln der vergangenen vierziger oder fünfziger Jahre.

Wer ist das? fragte er.

Statt einer Antwort begann sie leise zu singen: *Nach em Räge schint d' Sunne, nach em Briegge wird g'lacht.* – Stimmt das?

Warum nicht? sagte er. – In diesem Augenblick sah er die hinter dem Foto versteckte Ampulle, aber sie war zerbrochen.

Stimmt auch die Mundart? fragte sie.

Das darfst du mich nicht fragen, ich habe kein Ohr dafür. Und wer war nun der junge Herr?

Mein Schwarm, mit zehn, weil er Lale Andersen geheiratet hatte, die Sängerin von «Lili Marleen». Er hieß Artur Beul, sein Interesse an Frauen war begrenzt, glaube ich, sie war auch älter als er. Aber sie brauchte einen Schweizer Paß wie ich. Er war ein Lehrer aus der Innerschweiz, für ihn bedeutete sie die große Welt. Er legte ihr norddeutsch klingende Lieder in den Mund, aber eine «Lili Marleen» wurde nie mehr daraus, nicht mal: «Nach Regen scheint die Sonne». *When a Swiss boy goes calling for a Swiss miss in June ...*

Ein leises Lachen schüttelte sie; sie drehte sich um, und er sah Tränen in ihren Augen.

Hast du mich auch nie für jüdisch gehalten, Moritz?

Darüber habe ich nie nachgedacht.

Du siehst aus wie der Löwe von Juda.

Er griff sich an den Kopf und begegnete der gewohnten Mähne.

Danke, daß du dein Haar geopfert hast, sagte sie. – Ich hätte das nie getan. Aber es wächst wieder nach, ganz schnell. Wie die Nägel. – Sie hielt ihm eine Hand hin.

Dann möchte ich dir auch ein Bild zeigen, sagte er, damit du siehst, wie ich am liebsten ausgesehen hätte.

Er griff in die Brust nach dem in Folie gepreßten Foto und reichte es Sidonie. Der junge Mann auf dem Bild hatte erkennbar jüdische Züge, rein, etwas weich. – Aber das bist du doch! sagte sie überrascht.

Das war Herbert Baum, antwortete Moritz. – Der Kopf einer Gruppe junger Kommunisten in Berlin, die noch 1942 aktiv war. Daß sie Juden waren, bot ihnen eine Art Schutz, merkwürdigerweise. Es gab noch legale jüdische Organisationen, Fassadenreste eines Rechtsstaats. Baum benützte sie als Deckung für illegale Tätigkeit. Seine Eltern waren schon geflohen, er wollte die Stellung halten. Aber anderen half er bei der Ausreise, so meiner Mutter, die zu seinem Kreis gehörte. Sie kam in die Schweiz, mein Vater hatte sich zu einer Scheinheirat überreden lassen, weil sie eine entfernte Verwandte seiner Mutter war. Dabei haßte er Kommunisten. Aber diese war schön.

Wie hieß sie?

Rahel. Nach dem Krieg zog sie nach Israel. Dort hat sie den Namen geändert und sich später das Leben genommen. Kommunistin, Jecke und eine unglückliche Liebe, das war zuviel des Guten. Ich wurde von Vaters Mutter erzogen.

Du hast Rahel nicht nachgeforscht? fragte sie.

Ich hatte schon eine Mutter: die Partei, für die Herbert gestorben war, im Juni 1942, nach einem Anschlag auf Goebbels' Ausstellung im Lustgarten: «Das Sowjetparadies». Sie versuchten sie niederzubrennen. Die Gestapo hat vierunddreißig junge Leute gefoltert und hingerichtet, auch seine Frau Marianne. Es hätten hundert werden können, wenn sie alle Namen herausbekommen hätten. Davor schützte sie Herbert durch Selbstmord in der Zelle.

Diese Geschichte höre ich zum ersten Mal.

Man erinnert sich an den Widerstand, aber an diesen nicht gern, nicht einmal in Israel. Meine Mutter muß das Gefühl gehabt haben, Herbert sei für nichts gestorben.

Hat ihn dein Vater gekannt?

Er wollte von der ganzen Geschichte nichts wissen.

Moritz, sagte sie, warum hast du verschwiegen, wie lange du ihn gepflegt hast? Weil er nicht ins Heim wollte – Hubert hat es mir erzählt. Und ich dachte die ganze Zeit, du bist in London oder unterwegs.

Er war mein Vater, sagte Moritz.

Ist es wahr, daß er nicht mehr reden konnte?

Er konnte reden, sagte Moritz. – Nur nicht mit mir. Er redete mit seinem Leben, und ich hörte zu. Er rechtfertigte sich nicht. Für seine Ehe hatte er teuer bezahlt, für mich auch. Seine Buchhaltung reichte bis 1950 zurück. Er hatte dem Kindermädchen immer fünfzig Rappen mehr mitgegeben, für meinen Himbeersirup.

Und dafür hast du ihm drei Jahre den Hintern gewaschen. Und aufgehört zu politisieren.

Keinen Augenblick, sagte er. – Mit ihm nie zu politisieren, das war meine Politik.

Sie betrachtete das Bild in ihrer Hand, dann drehte sie es um. – Da ist er noch mal.

Diesmal war es eine Zeichnung, exakt nach dem Foto auf der Rückseite. Doch war die Weichheit der Konturen einer markanten Härte des Strichs gewichen; kein Trauerfliegenschnäpper mehr; ein Revolutionär.

Ein Selbstporträt, sagte Moritz.

War er ein Künstler? fragte sie.

Elektriker. Zwangsarbeiter bei Siemens, sehr musisch. Er hätte gern wie Majakowski ausgesehen. Unerschrocken zu sein, soviel schaffte er. Aber Rotfrontkämpfer mit geballter Faust, das schaffte er nicht. Weißt du, Sidonie …

Er hatte ihren Namen kaum ausgesprochen, da war Gauls Stimme wieder da.

Das ist kein Abriss Was für Menschen eine verbotene Liebe wäre, ist für die Materie der Rückbau, die zurückbuchstabierte Evolution. Was als Hildesheimers dritte Vermutung bekannt ist …

Sidonie, sagte er. – Die Stimme brach ab.

Ja? fragte sie

Warum hast du Gift genommen?

Ich erinnerte mich nicht mehr, sagte sie. – Ich war gar nicht immer sicher, daß es gewirkt hat. Zwischendurch vergaß ich, daß ich tot bin, Moritz. Wie kann man als Tote Bundesrätin werden? Aber man kann. Bei der Liebe hätte ich es merken müssen.

Du hast geboren, sagte er, das kann eine Tote nicht.

Ich habe Salomon geboren, aber zur Welt gekommen ist er ohne mich, in Shaidan. Meine Welt war es nicht. Er brauchte eine, in der er Herr sein kann. Als Kind war er schwierig, weil ich nicht fassen wollte: wir hatten nichts miteinander zu tun. Gefühle machen ihn ratlos wie eine Fremdsprache, die man nie lernen wird. Aber seit er nur noch in Bildern lebt, kann ihm nichts mehr passieren. Was ist eine Mutter? Ein Programm zum Ein- und Ausschalten. Wozu soll er mich jetzt noch einschalten?

Tut ihm nie etwas weh?

Sportverletzungen sind heilbar. Sollte ihm etwas Unheilbares zustoßen, läßt er sich einfrieren und wartet darauf, bis eine Therapie gefunden ist. Zeit spielt keine Rolle. In Shaidan ist man gegen den Tod versichert. Wer es sich leisten kann, friert den ganzen Körper ein, bevor sein Verfall zu weit fortgeschritten ist. Vierzig gilt als gutes Alter. Preiswerter ist es, nur den Kopf einzufrieren, aber da bleibt ein Risiko. Es ist ja nicht ganz sicher, ob sich der Rest hinterher nachbauen läßt.

Wer garantiert den Betrieb der Kühlanlagen? Wie kauft man sich die Wächter dieses Schlafs?

Das ist ein Schwachpunkt. Aber sie arbeiten daran, das Verfahren zu vereinfachen. Man verwahrt nur das Bild und stellt den Körper danach wieder her.

Wofür? fragte Moritz.

Als Träger von Reizen, sagte sie. – Da ist er immer noch unerreicht.

Aber nicht, wenn der Tod jeden Ernst verliert, sagte er.

Aber Moritz, sagte sie, das hat er doch schon längst.

Nein. Sonst wäre Baums Tod *wirklich* um jeden Sinn gebracht.

Sie betrachtete ihn eine Spur spöttisch. – Man hört, du bist noch ganz jung hier.

Ich muß dich vor Gaul retten, sagte er.

Ach, Gaul, sagte sie. – Er ist ein Märchenerzähler und betrachtet sich als Geschenk an die Welt. Ich bin ein Gaul, dem man ruhig ins Maul sehen darf, aber bitte nicht auf die Finger, das sagt er selbst. Es hat mir gutgetan, zum Märchen erzählt zu werden.

Er versteckt seine Agenda, sagte Moritz.

Er versteckt, daß er keine hat. Er inszeniert nur, was ohnehin passiert. Die Züge fahren ab, ob einer dazu auf dem Bahnsteig hampelt oder nicht. Aber ich schaue ihm gerne zu. Falsches Leben ist besser als gar keins. Hubert war nett, aber kein Leben. Wie konnte ich ihn lieben?

Er sollte dich erlösen, Prinzessin, sagte Moritz, so etwas geht schief.

Er wollte erlöst werden, Moritz, aber nicht durch mich. Wie recht er hatte. Und wie habe ich ihn dafür gehaßt. Nur nicht genug. Ein rechter Haß hätte mich lebendig gemacht.

Und du wolltest dir deine Lebensmittel immer noch aussuchen. Du warst wählerisch, Sidonie.

Wieder war ihm ihr Name entschlüpft, und Gauls Stimme folgte auf dem Fuß.

Die Schöpfung zieht den Atem ein, auch mit umgekehrter Stimme kann man sprechen, wie die Nachtbuben in alter Zeit vor den Fenstern der Jungfern, wenn sie unerkannt eindringen wollten, um nicht nur die Frau zu versuchen, sondern ihre Fruchtbarkeit. Wer eine Frau erkennen will, will nicht immer erkannt sein. Und wenn er schon kein Gott ist, als Unbekannter wird er vielleicht dazu. Wie schwer die Schöpfung wiegt, zeigt sich erst, wenn sie weniger als nichts geworden ist. Und da, ihr Lieben, wollt ihr immer noch etwas und jemand sein? Auch ein Kuß wird nicht gehaucht, er wird gesaugt, und jetzt wird euch der Todeskuß der Schöpfung einsaugen. Aber laßt euch nicht gleich Hören und Sehen vergehen, denn fürs Gehör bieten wir noch was: ein wundervolles Abschiedslied der Menschheit. Von Kastraten gejubelt, die verstellte Stimme vor dem Fenster. Eindringen ist nicht mehr. Und doch geht sie durch Mark und Bein. Hört, hört, wie das Verschwinden singt und klingt.

Während im Hintergrund Chorgesang einsetzte, ein Bariton, zwei Tenöre, zwei Countertenöre, senkte Gaul seine Stimme zur Lautstärke des Einflüsterers. *Das ist geistliche Musik Carlo Gesualdos, des einzigen Meisters, der auch ein bekannter Mörder war. Er hat seine Frau und ihren Liebhaber geschlachtet und öffentlich ausgestellt; hört ihr, wie er vor Selbstmitleid schmilzt? Er ist es, der sich geopfert hat.* Ecce-Homo, *seht und hört den Schmerzensmann! Er war ein großer Herr, darum erreichte ihn die Strafe nicht; nun aber legt er seine Klage dem größeren Herrn zu Füßen. Es muß ihn geben, diesen Herrn, denn wohin sonst mit der innigen Dissonanz des Tötens? Dem Wohlklang der äußersten Sünde?*

Die Singstimmen ließen Moritz schwindeln, denn die strenge kontrapunktische Architektur *verrutschte* beim Hören, als bögen sich die Wände und glitten die Böden.

Sidonie, sagte er.

Ja, Moritz, antwortete sie.

Wenn jeder die Höchststrafe verdiente, dem die Liebe nicht gelingt, so müßte die Erde zur Schlachtbank werden, und die Menschheit stürbe aus.

Aber so ist es doch, Moritz, nur daß sie sich einreden, sie täten es aus Liebe, auch das Schlachten, und das am meisten. Warum ist die Menschheit nicht ausgestorben? Weil sie Vergewaltigung immer noch mit Liebe verwechseln kann.

Du nicht? fragte er.

Ich auch. Als ich das merkte, als junge Frau, wollte ich schon vorsorglich sterben – der Rest, dachte ich, lasse sich *spielen*. Aber auch das ist mir nicht gelungen.

Als ich dich zum ersten Mal spielen sah, bei uns auf dem Dach, fand ich dich überzeugend.

Weil ich vom Spielen erlöst werden wollte, dafür war der tote Freiherr eine passende Rolle. Aber ich suchte einen lebenden Advokaten, Moritz, einen von euch wünschte ich mir zum Erlöser. Dafür hätte ich ihm alle Schätze der Welt versprochen. Aber Jacques wollte mich nicht, und dich konnte ich nicht kriegen.

Jacques wollte dich nicht? fragte Moritz.

Sie lächelte. – Das scheint dich am meisten zu wundern. Aber eure Mütter waren zu stark. Es wurde keiner von euch.

Und Hubert? fragte er.

Keiner von euch, wiederholte sie und gab ihm das Bild wieder in die Hand. – Hubert hat den Tod in mir gesehen, von Anfang an, und er hat verdammt richtig gesehen. So etwas macht ein Paar unzertrennlich, und nur der Tod kann es scheiden. Das hat er gnädig getan, Hubert hat ihn gefunden, in seinem Sax, und ich wünsche ihm seine Kapuzinergruft – auf Nimmerwiedersehen.

Sidonie ..., sagte er und hatte es kaum gesagt, da stiegen die fünf gedehnten Singstimmen auf, verklangen auch schon in einer astronomischen Ferne, und Gaul meldete sich zurück, *sotto voce*:

Dann ging alles sehr schnell. Die tiefgefrorene Oberfläche brach auf, ließ ein feuerflüssiges Inneres austreten, Hitzestürme überflogen wie Todesschauer eine Körperform, die nun ganz verlorenzugehen schien. Der Feuersumpf gärte, die Brandsuppe schaukelte vom Platzen unzähliger Blasen, die aufstiegen und sich zu Kratern befestigen wollten; dann aber war es, als würde das Feuer unter dem Topf immer kleiner gestellt, das neue Gestirn befestigte sich und machte sich auf die galaktische Reise, einem neuen Horizont entgegen, unterwegs zu seiner nächsten Form oder gar keiner mehr. Sie verkleinerte sich, sei es durch Entfernung, sei es durch weitere Verdichtung der Masse, nicht Terra mehr, sondern Tellus, ein verschwindender Himmelskörper unter vielen, viel zu vielen, und auf keinem ist Leben. Aber bevor er verschwand, drehte er noch einmal sein Gesicht zurück, ganz fremd geworden, zugleich vertraut wie der Mond, als er noch traurig und prächtig über den Waldrändern der Menschheit aufgegangen war, und doch voll und schön.

Sidonie, sagte Moritz, ich glaube, du hast Hubert nie gekannt, und mit jedem Ehejahr weniger. Du hast dich selbst nicht kennengelernt. Du hast dich zu früh verabschiedet. Du warst die erste, die sich einen Helm aufgesetzt hat, als du dein Gift schlucktest: damit bist du unter die Bilder geraten, aber zu dir selbst bist du nicht mehr gekommen.

Dein Herbert Baum ist auch ein Bild, sagte sie.

Aber sein Bild ist ein Andenken. Es sagt mir: dieser Mensch ist nicht mehr da. Er ist tot, für immer. Und es sagt mir: er fehlt. Er fehlt ganz und gar, aber seine Sache bleibt, und an ihr gibt es immer noch zu tun. Das macht ihn zum Vorbild. Ein Bild ist vorbei, dann kommt das nächste. Ein Vorbild hinterläßt eine Lücke, es ist nie vorbei.

Ich bin kein Jahr nach seinem Tod geboren, sagte sie. – Wenn ich seine Tochter wäre?

Nein, sagte Moritz. – Er hatte seine Marianne. Er war die Treue selbst.

Dann hätte er nie gelebt, sagte sie. – Kein Mensch ist die Treue selbst. Und wenn meine Schwester recht hat, war mein Vater ein Nazi.

Und wenn? sagte er. – In jedem und jeder steckt ein Nazi, dafür ist kein Vater haftbar. Mach dir kein Bild von ihm. Such dir ein Vorbild, das dir erlaubt, weder Nazi noch Jüdin zu sein, sondern ...

Sie drehte sich ihm zu.

Jetzt kannst du *Sidonie* sagen, sooft du willst, sagte sie.

Sidonie, sagte er. – Sidonie! Sidonie.

Alles tot, sagte sie. – Ich hatte auch mal ein Vorbild, am Gymnasium. Ich wollte wie Judith werden, die im «Grünen Heinrich». Erinnerst du dich an den Keller-Zyklus im «Gugger»?

Ich bin dafür aus New York hergeflogen.

Judith lebte allein und hatte doch einen schönen Obstgarten. Sie hatte in einer Lotterie gewonnen wie ich. Und eine Weile war jede Nacht der grüne Heinrich bei ihr, der ihr mit vielen Küssen zu beweisen versuchte, daß er eine andere noch lieber hatte, Anna, die schon dem Tod gehörte. Das war einfacher für ihn. Aber Judith war lebendig, alle Männer im Dorf wollten sie und kamen nachts an ihr Fenster. Da hat sie das Licht gelöscht, den grünen Heinrich ins

Bett genommen und nichts mit ihm anfangen können. Immer wenn er an ihrer nackten Brust lag, wurde er ganz ruhig. Kannst du dir das vorstellen?

Er war ein Schweizer, sagte Moritz, die wollen gestillt werden, das reicht ihnen.

Danach ging sie für immer, sagte Sidonie. – Sie fuhr mit dem gepackten Reisewagen an Heinrich vorbei, als er gerade am Exerzieren war. Man hat ihn zum Militär eingezogen, und jetzt kann er ihr nicht mal nachwinken, weil er den Finger an der Hosennaht halten muß. Dann kommandiert ihn der Feldwebel auf die andere Seite des Exerzierplatzes, und als er sich umsieht, ist die Kutsche verschwunden.

Moritz hatte sich auf den Rücken fallen lassen, seine Stiefel hingen über die Bettkante. Sidonie beugte sich zu ihm, knüpfte sie auf, hob die befreiten Füße auf das Bett und setzte sich an seinen Rand. Er nahm die Fotografie des Schlagerkomponisten vom Bettumbau und betrachtete sie.

Er dichtete noch mit neunzig Jahren, sagte Sidonie. – «Papa, wo liegen deine Beine, / auf denen ich so gerne saß?» «Ich kannte gut den Friedhofspfleger.» Er kam nämlich gerade am Friedhof vorbei, als der das Grab seines Vaters aushob.

Willst du noch deinen Vater sehen,
wenn ich sein Grab ausheben tu?
Dann mußt du früh zum Friedhof gehen.
Schaust du beim Aushub wirklich zu?

Und dann, hat er dem Totengräber wirklich zugeschaut?

Ja, und noch mehr. Er hat Vaters Schädel mit nach Hause genommen und vor seinem Kamin aufgestellt.

Und Papas Kopf schaut ernst herüber,
wenn ich nervös am Schreiben bin.
«Ruhe, mein Sohn, es geht vorüber,
Selbst nichts tun hat auch einen Sinn!»

Moritz hatte still zu lachen begonnen, bis sie sagte: Wenn ich darf, lege ich mich einen Augenblick zu dir.

Sie blies die Kerze aus, schlüpfte aus der Jacke und hängte sie über die Stuhllehne. Dann streifte sie die Schuhe ab, legte sich an seine Seite und fiel auf seinen rechten Arm, den er ausgestreckt hatte; er mußte sie an sich ziehen, damit sie auf der schmalen Unterlage Platz fand.

Da klatschten die ersten Tropfen wie Peitschenschläge gegen das Fensterglas. Immer wieder stand der Raum in taghellem Licht und erlosch danach um so tiefer, während die Donnerschläge folgten, grell und krachend, dann wieder als umfangreiche Zusammenstürze, denen ein grollendes Nachpoltern folgte. Der Sturm heulte ums Dach, Regenböen schlugen wie schwere Seen gegen den Giebel. Moritz und Sidonie waren stumm, da sie ihr eigenes Wort nicht verstanden hätten, und hielten sich wie Schiffbrüchige aneinander fest. Allmählich begann sich das Gewitter abzuschwächen, es schien weiterzuziehen, doch Moritz wachte in höchster Spannung, denn Sidonie atmete kurz und hastig. Dann sagte sie mit hoher Stimme:

So wäre es gewesen, sagte sie.

Es ist schön, sagte er.

Und jetzt könnte es so bleiben, sagte sie. – Ewig, ewig, ewig.

Ach Sidonie, sagte er an ihrem Ohr, ich habe doch noch zu tun.

Auch jetzt noch?

Jetzt erst recht.

Sie dämmerten noch einmal und erwachten engumschlungen. Ruhig, gleichmäßig rauschte der Regen, und doch wirkte das aschgraue Licht im Kinderzimmer eine Spur heller. Wieder schien es Moritz, Sidonie habe aufgehört zu atmen, aber als er sich über sie beugte, fanden sich ihre Lippen.

Kommst du mit? fragte Moritz.

Einmal wollte ich das hören, nur ein einziges Mal. Es war die Mühe wert, daß ich so lange geblieben bin. Ich danke dir.

Ich kann die Menschen nicht lassen, Sidonie.

Ich lasse dich, Moritz.

Was sind wir für ein gutes Paar.

Endlich. Endlich.

Ich gehe keinen Schritt von dir weg.

So geh, und ich wünsche dir alles Glück der Welt.

Als er das Haus verließ, hatte der Regen aufgehört. Die *Picture Pit* war ein einziger Krater, schimmernd rund wie ein abgestürzter Mond und bis zum Rand mit Glasmurmeln gefüllt. Er bückte sich, um eine Handvoll aufzulesen, und knotete sie in ein frisches Taschentuch. Noch dämmerte es kaum, doch als er den Waldfriedhof erreicht hatte, sangen die ersten Vögel, zögernd noch, wie halb im Schlaf. Jacques saß auf dem Findling vor der Pforte. Wo bleibt Hubert? fragte Moritz. – Er kommt sofort, grinste Jacques, wenn du ihn nur nicht fragst, woher. – Und als Hubert aus dem Busch kam, waren sie wieder zu dritt, so daß sie sich beieinander einhaken konnten. Doch diesmal trug sie, anders als damals in Athen, ihr vereinigter Schritt wie im Fluge.

Es wollte noch immer nicht Tag werden, aber die leeren Straßen waren nicht zu verfehlen. Die Dörfer duckten sich dunkel, als wären sie unbewohnt, am Wege der drei. Niemand hielt sie auf.

Der Feind ist von Osten gekommen, seit ich denken kann, sagte Hubert. – Aber eben viel gedacht haben wir uns damals noch nicht, ergänzte Jacques, und Moritz schloß: darum sind wir auch da, wo wir sind. Wie wäre es mit einem Marschlied zur Feier des Tages? – Wo soll da ein Tag sein? fragte Hubert, oder war es Jacques; Moritz antwortete jedenfalls: wo soll er herkommen, wenn wir ihn nicht bringen?

Went on to organize, sagte Hubert.

Sein Selbstgefühl ist immer noch ungebrochen, sagte Jacques.

Gebrochen schon, aber gut geschient, sagte Moritz.

Wir gehen wieder, sagte Hubert, aber wohin?

Erst müssen wir sehen, woher, sagte Moritz. Dreht euch noch einmal um.

Der Hügel hinter ihnen war hell geworden; sie sahen das Fabriklein inmitten mächtiger Linden liegen, doch je besser sie sahen, desto mehr Leere sahen sie anstelle des Laubwerks, in dieser Leere aber Blatt für Blatt wie gemalt. Und sahen nun auch: es war eine Tarnung, hinter der die Schützen Stellung bezogen hatten. Karl und Rosa waren nicht bereit, die Flüchtlinge auszuliefern, doch nun, entdeckt oder verraten, hatten auch sie die Deckung verlassen, und gemeinsam erwartete man den Feind. Gewehrläufe stachen aus dem sanften Grün, und man sah mit einem Blick: die Vaterländischen Truppen würden sie wie Zahnstocher behandeln, an denen man ein Appetithäppchen in den Mund wirft. Mit einer einzigen Artilleriegranate ließ sich das Anwesen wegputzen, als hätte es nie gestanden, dann gab es mit Flüchtlingen und Widerstand keine Scherereien mehr, und man sparte sich die teuren Plätze im Lager.

Aber noch bildete das Astwerk der Linden, wie Wurzeln des Himmels, ein Netz, welches das sonnenhelle Bild der Heimat zusammenhielt. In die Maschen war Lindenlaub geflochten, doch ließ das lockere Gitter durchblicken, was es verstecken sollte: Tövets weitläufiges Gesicht. Die Figuren der Flüchtlinge, die darin Dekkung suchten, waren selbst, wie bei einem Vexierbild, Teil dieses Gesichts. Ein Menschengesicht aber bleibt wehrlos, es ist keine Stellung, die sich halten läßt, und gegen einen mechanischen Feind würde sie sich keinen Augenblick halten lassen, er brauchte nicht einmal entschlossen zu sein, nur unachtsam, nur ahnungslos.

In diesem Augenblick richtete sich die Stange mit den drei Fischen und dem bunten Wimpel über dem Fabriklein auf, und sie streckten sich im frischen Wind.

Moritz griff in die Tasche, löste den Knoten des Taschentuchs, in das er die Glaskugeln aus dem Krater geknüpft hatte, und verteilte sie unter den dreien. Jede einzelne Kugel enthielt die ganze Geschichte.

Jeder Tag,
den die Verfolgten länger gelebt haben werden
als die Gewalt,
ist der längste Tag und derjenige,
für den sie immer noch leben,

bis sie dem Frieden der Erde,
zu der sie werden müssen,
trauen;
bis sie das Meer,
aus dem sie geschöpft sind,
ausgelöffelt haben;

bis die Sterne, von denen ihr Staub gefallen ist,
selber Staub werden,
Blütenstaub.

Nur getrost, der Augenblick,
den sie dem Tod voraus haben,
kurz oder lang
ist die ganze Geschichte.

Jetzt trennten sich ihre Augen von der kleinen Heimat. Sie wandten sich um, Achermann, Asser und Schinz, und der Richtung zu, aus der es kommen mußte, wenn es kam.

Und siehe, es kam faustdick und in breiter Front. Es sah nach einem Dammbruch aus, einer unaufhaltsamen Überschwemmung, einer fortschreitenden Welle, die nicht nur alles kurz und klein schlug, sondern selbst aus kurz und klein Geschlagenem bestand. Der Gewalthaufen, der sich heranwälzte, konnte auch eine flächendeckende Treibjagd sein, die Massenflucht vor einem Erdbeben, der Ansturm auf einen Totalausverkauf oder die Zusammenrottung zu einem Pogrom. Sicher war nur, daß die Bewegung alles mitreißen und fortspülen würde, was ihr im Weg war.

Achermann, Asser und Schinz ließen die brüllende Walze auf sich zukommen, sie maßen das bedrohliche Gestürm, die idiotische Sturmflut mit aller verdienten Geringschätzung, sie sahen dem Blendwerk in die Augen, ohne zu zwinkern. *No pasarán!* sagten sie mit einer Stimme. Doch unbeeindruckt wälzte sich die verkehrte Welt immer näher, auf breiter Front, hageldick.

Da klopfte es einmal, nicht laut, doch durchdringend. Die drei merkten auf; hatten sie diesen Ton nicht schon irgendwo gehört? Da erklang er zum zweiten Mal.

Und siehe, wieviel auch kam und immer noch nachkam: die ganze Masse geriet ins Stocken. War der Effekt des ersten Abklopfens noch zweifelhaft gewesen: das zweite lähmte die feindliche Bewegung schon erkennbar. Und beim dritten Schlag, der gemächlich folgte, begann sich der Angriff in sich zusammenzuziehen wie eine Schnecke, die mit Säure beträufelt wird. Eines fünften und sechsten Klopfzeichens hätte es kaum noch bedurft. Der Feind hatte eben noch die ganze Landschaft überschwemmt; jetzt blieben nur noch vereinzelte Herde zurück, zappelnde Pfützen, in denen sich die aufgehende Sonne spiegelte; man konnte zusehen, wie sie verdampften.

Man konnte aber auch geradewegs in die Sonne sehen, ohne daß sie die Augen blendete.

Ja, das Klopfen, das gelassen weiterging, ein stabiler Puls, war unverkennbar; zwei von ihnen kannten den Ton und erläuterten ihn dem dritten, Jacques, der nie im Fabriklein gewesen war. Die Wildschweinscheuche. Ein mit Bedacht zugeschnittenes Bambusrohr, auf einem Drehpunkt befestigt. War es unter dem Wasserstrahl vollgelaufen, so kippte es nach vorn, und war sein Inhalt auf die eine Seite ausgeflossen, schlug es nach der andern Seite zurück, auf den Stein, daß er klang.

Ich wundere mich nur, daß man es so weit hört, sagte Hubert. – Ein so diskreter Ton. Und daß es so durchschlagend wirkt.

Ich wundere mich über etwas anderes, sagte Moritz. – Wo kommt das Wasser her? Die Scheuche stand unter der Traufe des Gartenhäuschens. Jetzt steht sie im weit offenen Feld, auf dem Grab des Genossen.

Hubert sagte: dann hat *er* geklopft.

Aus dem Boden vielleicht? fragte Moritz. – Es müßte regnen. Und es regnet gar nicht.

Marybel ist im «Fabrikli», sagte Jacques. – Ich kenne den Ton.

Die andern stutzten und blickten dann betreten in die Morgensonne; Moritz lachte.

Sie bleibt eine von uns, sagte er, aber sie ist *unerschöflich*.

In Gottes Namen, fügte Hubert bei.

Nom de dieu, vollendete Jacques.

Inhalt

Erstes Buch

Zweites Buch

Drittes Buch

Alex Capus im dtv

»Alex Capus ist ein wunderbarer Erzähler, für den alles eine Geschichte hat, für den die Welt lesbar ist.«
Süddeutsche Zeitung

Eigermönchundjungfrau
ISBN 978-3-423-**13227**-5
»Erzählungen, in denen die Schweizer Kleinstadt Olten zum Schauplatz einer brillant erzählten Comédie humaine wird. Große Literatur in der Tradition Tschechows.« (Daniel Kehlmann)

Munzinger Pascha
Roman
ISBN 978-3-423-**13076**-9
Die kunstvoll gewobene Geschichte zweier Reisen – die eine führt nach Kairo, die andere in das Innere eines gescheiterten Menschen.

Mein Studium ferner Welten
ISBN 978-3-423-**13065**-3
»Alex Capus sieht im Nichts der uninteressanten Stadt ein Biotop kleiner, halbwegs geglückter oder verunglückter Lebensgeschichten ...« (Elke Heidenreich)

Fast ein bißchen Frühling
Roman
ISBN 978-3-423-**13167**-4
Fernweh und Heimweh – die Geschichte zweier Bankräuber, die 1933 aus Wuppertal nach Indien fliehen wollten, der Liebe wegen aber nur bis Basel kamen.

Glaubst du, daß es Liebe war?
Roman
ISBN 978-3-423-**13295**-4
Die komische Geschichte eines geläuterten Sünders – des Betrügers und Kleinstadt-Casanovas Harry Widmer junior, der vor seinen Gläubigern nach Mexiko flieht.

13 wahre Geschichten
ISBN 978-3-423-**13470**-5
Witzig erzählt Capus von skurrilen Helden und abenteuerlichen Wechselfällen eidgenössischer Geschichte.

Léon und Louise
Roman
ISBN 978-3-423-**14128**-4
Zwei junge Menschen verlieben sich, aber der 1. Weltkrieg bringt sie auseinander – bis sie sich 1928 zufällig in der Pariser Métro wiederbegegnen.

Antal Szerb im dtv

»Szerb nicht gekannt zu haben, ist ein Versäumnis.«
Thomas Steinfeld in der ›Süddeutschen Zeitung‹

Reise im Mondlicht
Roman
Übers. v. Christina Viragh
Nachwort von Péter Esterházy
ISBN 978-3-423-**13620**-4
ISBN 978-3-423-**21904**-4
und dtv AutorenBibliothek
ISBN 978-3-423-**19132**-6
Ein Meisterwerk der ungarischen Literatur des 20. Jahrhunderts, das mit dauerhafter Gültigkeit und voller Symbolik einen humorvollen Blick auf den Sinn des Lebens, die Liebe und die ewige Reise des Menschen zu sich selbst entwirft. »... das kleine Meisterwerk eines ungarischen Weltbürgers.« (Neue Zürcher Zeitung)

Die Pendragon-Legende
Roman
Übers. v. Susanna Großmann-Vendrey
Nachwort von György Poszler
ISBN 978-3-423-**13712**-6
Eine bewegende Kriminalgeschichte, in der ein ungarischer Büchernarr auf einem walisischen Schloss in ein gespenstisches Verwirrspiel gerät.

In der Bibliothek
Erzählungen
dtv premium
Übers. v. Timea Tanko
ISBN 978-3-423-**24562**-3
Mit hintersinnigem Humor kreist Szerb um persönliche Geschichte und historische Figuren, um den siegreichen Alltag und das verbannte Wunder.

Ich liebte eine schöne Frau
Miniaturen von Gyula Krúdy, Ernő Szép und Antal Szerb
Hg. und übers. v. Ernő Zeltner
dtv premium
ISBN 978-3-423-**24865**-5
Miniaturen aus dem Budapest der 1920er und 1930er Jahre.

Uwe Timm im dtv

»Als Stilist und Erzähler sucht Uwe Timm
in Deutschland seinesgleichen.«
Christian Kracht in ›Tempo‹

Heißer Sommer
Roman
ISBN 978-3-423-**12547**-5

Johannisnacht
Roman
ISBN 978-3-423-**12592**-5

Der Schlangenbaum
Roman
ISBN 978-3-423-**12643**-4

Morenga
Roman
ISBN 978-3-423-**12725**-7

Kerbels Flucht
Roman
ISBN 978-3-423-**12765**-3

Römische Aufzeichnungen
ISBN 978-3-423-**12766**-0

Die Entdeckung der Currywurst
Novelle
ISBN 978-3-423-**12839**-1
und dtv AutorenBibliothek
ISBN 978-3-423-**19127**-2

Nicht morgen, nicht gestern
Erzählungen
ISBN 978-3-423-**12891**-9

Kopfjäger
Roman
ISBN 978-3-423-**12937**-4

Der Mann auf dem Hochrad
Roman
ISBN 978-3-423-**12965**-7

Rot
Roman
ISBN 978-3-423-**13125**-4

Am Beispiel meines Bruders
ISBN 978-3-423-**13316**-6

Uwe Timm Lesebuch
Die Stimme beim Schreiben
Hg. v. Martin Hielscher
ISBN 978-3-423-**13317**-3

Der Freund und der Fremde
ISBN 978-3-423-**13557**-3

Halbschatten
Roman
ISBN 978-3-423-**13848**-2

Von Anfang und Ende
Über die Lesbarkeit der Welt
ISBN 978-3-423-**14036**-2

Freitisch
Novelle
ISBN 978-3-423-**14152**-9

Martin Hielscher
Uwe Timm
dtv portrait
ISBN 978-3-423-**31081**-9

Bitte besuchen Sie uns im Internet: www.dtv.de